TIEMPO DE SIEGA

Guillermo Galván

TIEMPO DE SIEGA

Editado por HarperCollins Ibérica, S.A.
Núñez de Balboa, 56
28001 Madrid

Tiempo de siega
© 2019, Guillermo Galván
© 2019, para esta edición HarperCollins Ibérica, S.A.

Diseño de cubierta: Lookatcia
Imágenes de cubierta: ThinkstockPhotos

ISBN: 978-84-9139-319-1
Depósito legal: M-38710-2018

Para Nico y Telmo, que me enseñan a ser abuelo

ÍNDICE

Hay un tiempo para todo lo que se hace bajo el cielo:
Hay un tiempo para llorar
y un tiempo para callar;
hay un tiempo para la duda
y un tiempo para matar.

Eclesiastés 3, versión libre

REDENCIÓN

Viernes, 19 de diciembre de 1941

La foto muestra al hombre tendido sobre un charco oscuro y un sombrero al fondo. La segunda detalla el cuello ensangrentado de la víctima y un profundo corte. Una tercera revela en primer plano el rostro del cadáver y la macabra protuberancia carnosa que sobresale de su boca.

El resto de las fotos no necesita verlas. Deja caer el lote sobre la mesa y descuelga el teléfono.

El coche se desliza entre la bruma con la parsimonia de una lombriz. El asfalto helado aconseja prudencia y el vehículo tarda una eternidad en cubrir los últimos metros hasta la garita. Una vez se detiene, los dos soldados de guardia, enguantados, embutidos en sus gabanes hasta las orejas y sorprendidos por la imprevista visita de un coche del Parque Móvil, ven salir al copiloto, un tipo con abrigo cruzado y sombrero de fieltro bien calado que esconde la mirada con unas gafas oscuras. Se identifica como policía y les entrega un documento. Tras leerlo, uno de los soldados se pierde entre el grupo de edificios que hay a pocos metros, un heterogéneo conglomerado de chozas levantadas con materiales de aluvión en torno a un cobertizo algo más sólido.

—¡Joder, qué frío os gastáis por aquí! —El recién llegado se alza las solapas sin ocultar del todo la camisa azul mahón que lleva bajo la chaqueta.

—Sí, llevamos un diciembre fresquito —confirma el soldado antes de sorberse la nariz.

De entre las chabolas surge una moto con sidecar que toma un camino ascendente hacia un edificio en construcción. Aunque la niebla impide una visión completa, el macizo rocoso que domina el valle resulta sobrecogedor, y el petardeo de la moto ni siquiera araña al desatado aullido del viento.

Enseguida regresa el segundo guardia, acompañado por un funcionario de prisiones que saluda con un toque sobre la visera de su gorra. Al reparar en la camisa falangista del policía, alza el brazo con aire marcial.

—¡Arriba España! En nada se lo traen —añade sumiso entre bocanadas de vaho.

—Pues lo espero dentro del coche, que yo ya he pasado mucha mili y por lo menos me ahorro este puñetero viento.

—Disculpe —se atreve el funcionario a interrumpir la deshonrosa retirada—. ¿Debemos darlo de baja o se trata solo de una diligencia?

—¡A mí qué me cuentas! Ya te lo comunicarán —replica airado el otro antes de encerrarse con un portazo.

El policía se mantiene a resguardo del viento helado en compañía del conductor, un silencioso número de la Policía Armada, hasta que la moto regresa para detenerse a la altura de la garita. Del sidecar se apea un barbudo que viste jersey azul de cuello vuelto, chaquetón del mismo color, pantalones de pana marrón y roídas botas de trabajo. No hay saludos entre ellos; el policía se limita a esposar a un recién llegado que casi le saca la cabeza y conducirlo al asiento posterior del coche.

Cuando el vehículo da media vuelta entre patinazos para perderse en el pinar nevado, el funcionario de prisiones intercambia una mirada inexpresiva con los soldados, se encoge de hombros y regresa a paso rápido al abrigo de su brasero.

En la pared que guarda las espaldas de Balbino Ulloa hay un crucifijo de tamaño más que respetable flanqueado por dos retratos: uno de Franco y otro de José Antonio Primo de Rivera, este último con una banda de luto sobre su esquina superior derecha. Una bandera bicolor con el águila de San Juan ocupa el primer rincón, y la rojinegra de Falange el opuesto. El resto del despacho tan solo está amueblado con un par de sillas de madera tapizadas en azul y situadas frente a la imponente mesa ante la que se sienta el propio Ulloa.

Se pone en pie cuando ve entrar a Carlos Lombardi, y con un gesto despide al agente que lo ha conducido a su presencia. Una vez a solas, cubre la distancia que lo separa del preso con la mano extendida.

—Me alegro de verte, Carlos. Y de verte más o menos bien.

El interpelado ignora el saludo y clava su mirada en la de Ulloa. Sus ojos parecen bayonetas dispuestas al cuerpo a cuerpo. Ulloa retira la mano, que traza una cabriola en el aire para señalar una de las sillas.

—Puedes sentarte.

Lombardi no se inmuta.

—No importa que la manches —añade, condescendiente, el anfitrión—. Ya sé que no vienes de un baile de gala, precisamente.

Lombardi duda.

—Vamos, hombre, siéntate, no seas tozudo.

—¿Qué quiere de mí?

—¿Me tratas de usted? ¡Maldita sea, Carlos!

—Soy un preso —replica con frialdad el detenido—. Usted es la autoridad. He recibido hostias de todos los colores hasta aprender el significado de esa relación.

—¡Pues siéntese de una puta vez!

El preso obedece con gusto. Hace mucho que su trasero no topa con algo tan mullido. Le sorprende el rostro de su antiguo jefe.

Está algo más grueso, y el pelo que conserva ha encanecido más de lo que se le podría suponer a un hombre que apenas supera los cincuenta años. Sus gafas parecen ahora culos de botella donde los ojos nadan como peces azules en una pecera. Y el bigote es muchísimo más fino, casi invisible. Por si fuera poco, completa su traje gris con camisa azul y corbata negra, el uniforme civil de los amos del país. Es lo que tiene la traición, se dice, que estropea a los hombres.

Balbino Ulloa contempla la polvorienta figura del recluso repanchingado en la silla. Ha perdido peso, y ni siquiera la densa y descuidada barba logra disimular el firme mentón y los pómulos huesudos. El cabello, más largo de lo presentable, luce llamativos trasquilones, y los dedos de sus manos terminan en unas uñas tan sucias que avergonzarían a un mendigo. Por lo demás, hace honor a los casi cuarenta que debe de tener, parece razonablemente sano y, al margen de su explicable odio, en sus pupilas de grafito sigue viva la llama de la agudeza.

—¿Quieres un café?

Lombardi se encoge de hombros. Ulloa ocupa su sitio tras la mesa y hace sonar un timbre. Al momento asoma por la puerta una gorra de plato gris con cinta roja.

—¡Arriba España! A sus órdenes, señor secretario. —El guardia se cuadra sin atreverse a cruzar el umbral. Tras escuchar el encargo inclina ligeramente la testuz, da media vuelta sin palabras y vuelve a cerrar la puerta con el mismo cuidado que quien deja en la habitación a un bebé dormido.

—Era más digno el uniforme de la Guardia de Asalto —sentencia Lombardi—. Hasta en eso resulta grotesco su Nuevo Estado.

—Baja la voz. No te he traído para escuchar insultos.

—Sí, señor secretario. Porque ahora es usted secretario. ¿De qué?, si puede saberse.

—Del director general de Seguridad. Desde hace unos meses.

—No está mal —ironiza el preso—. De inspector jefe a mano derecha del mandamás. Un buen salto. Toda una carrera política.

El rostro de Ulloa se ensombrece. Está llegando al límite del aguante, pero no quiere, no puede dejarse llevar por la cólera que le provoca el permanente despecho de quien ha sido un buen compañero. Al menos de momento.

—Mira, Carlos, sabes que hice todo lo posible por evitarte represalias, y que declaré a tu favor.

—Pues gracias entonces por los doce años que me cayeron por el crimen de pertenecer a una organización legal y leal. Doce putos años. Y todavía debo estar contento de respirar, de no haber formado parte de las sacas. Desde Santa Rita se oían los fusilamientos en el cementerio de Carabanchel con la misma claridad que su esbirro de la puerta escucha ese timbre que tiene sobre la mesa. Supongo que todavía se oyen, una noche sí y otra también.

Lombardi se ahorra, por irrelevantes, las torturas, piojos, chinches, sarna y tuberculosis. Y para qué hablar del hambre y el hacinamiento que obliga a los presos a dormir casi en cuclillas y por turnos.

Ulloa traga saliva.

—Hace un par de meses —argumenta el secretario con ademán conciliador—, te incluí entre los aspirantes a redención de pena cuando se presentó la oportunidad de Cuelgamuros.

—Ya la iba redimiendo a costa de mis huesos en las obras de esa cárcel que levantan en Carabanchel.

—Sí, pero el monumento a los Caídos es un proyecto más importante. En cuatro o cinco años puedes estar en la calle. A lo mejor antes.

—Redención de pena, dice. Explotación laboral, mano de obra esclavista para las empresas del nuevo Régimen. Pues más gracias, señor secretario.

Ulloa obvia el sarcasmo de la frase.

—No las merece. Te lo debía, Carlos. Tú diste la cara por mí.

Y en qué hora, se dice Lombardi. Tras el levantamiento militar, el Gobierno republicano ordenó que los directores generales y jefes administrativos informasen sobre el personal a su cargo, especialmente sobre quienes hubieran colaborado directa o indirectamente con el movimiento subversivo. La policía no fue una excepción, y se abrió

17

un proceso indagatorio sobre cada uno de sus miembros. Los dudosos fueron apartados de sus puestos; algunos temporalmente hasta que sus expedientes de lealtad a la República fueran resueltos; otros, de forma definitiva. Durante los dos meses siguientes, el diario oficial publicó las listas de policías y guardias civiles expulsados; a veces eran plantillas completas, las de aquellas ciudades que se habían sumado a la sublevación. La prensa no informaba al respecto, pero bastaba con repasar la *Gaceta de Madrid* para conocer con toda exactitud cómo iban realmente las cosas.

Lombardi se libró de sospechas por su afiliación a Izquierda Republicana. El inspector jefe Balbino Ulloa, sin embargo, fue declarado dudoso, aunque él testificó a su favor tras facilitarle un improvisado carné de una de las organizaciones que integraban el Frente Popular. A mediados de agosto, el expediente estaba resuelto favorablemente y Ulloa pudo reincorporarse sin trabas a su puesto.

—Di la cara por un quintacolumnista —reniega.

—Te equivocas. Entonces no lo era. Creía sinceramente en la causa republicana, así que quítate de encima esa falsa responsabilidad. Tomé la decisión mucho después, en vista de lo mal que iba la guerra. Cuestión de supervivencia.

—¿Supervivencia? Un policía debe estar con la legalidad. Eso nos enseñaron, eso juramos.

—Y con ella estuve hasta donde fue posible. Como lo estoy ahora, con la nueva. Los cambios políticos no dependen de nosotros, Carlos. Lo único que hice fue asegurarme de que mis hijos y mi mujer pudieran seguir comiendo en el futuro que se avecinaba.

El preso va a expresarle lo repulsivo que resulta jugar a dos barajas, a recordarle que muchos han pagado con la vida, la cárcel o el exilio su lealtad, y con ellos sus familias. Pero dos tímidos golpes en la puerta abortan su proyecto de protesta. Ulloa responde a ellos con un monosílabo y el guardia deposita en la mesa una bandeja con dos humeantes tazas. El aroma del café se apodera del despacho y calma momentáneamente la rabia que consume a Lombardi. Lleva años sin catarlo.

Balbino Ulloa lo invita a acercar su silla a la mesa y le ofrece una de las tazas.

—Antes lo tomaba usted solo —comenta el preso al ver que se trata de un café con leche. Pero no desdeña la mezcla: con leche o no, huele a café de verdad.

—Antes no tenía úlcera. ¡Y deja de tratarme de usted, coño!

Ni úlcera, ni mala conciencia, seguro. Lombardi se alegra íntimamente de la justicia poética que la sabia Naturaleza se cobra a veces en la carne de los traidores. Se imagina a Franco devorado por la lepra desde el culo hasta la lengua. Algunos de sus compinches ya lo han pagado. Ni Sanjurjo ni Mola ni Cabanellas han vivido lo suficiente para regodearse con el fruto de su vileza. Tal vez un día no muy lejano le toque turno al dictador; de momento, él se conforma con un largo trago, ignorando los azucarillos que le corresponden. Pliega los párpados para aumentar el placer de saborearlo. Con un segundo sorbo vacía la taza.

—¿Qué pinto aquí, señor secretario?

Ulloa tuerce el gesto. Sabe que no va a ser fácil doblegar la impertinencia de su interlocutor, un hombre humillado y maltratado que sin embargo conserva el orgullo de quienes se creen víctimas de la injusticia. Y él, a pesar de su mediación, forma parte de sus carceleros. Ulloa sabe que Carlos, como muchos otros, ha sido tratado injustamente, pero quién es él para juzgar a los legisladores. Nunca lo ha hecho, al menos no de forma abierta. Su obligación es garantizar que la nueva ley, el nuevo orden, se cumplan más allá de las miserias individuales que cada cual pueda arrastrar. En lo personal, la rabia de Lombardi le ofende, le duele, pero esa misma indocilidad garantiza que aquel hombre sigue tan vivo como antes. Y le parece un coste razonable tener que soportar el desprecio de quien fue un estrecho compañero a cambio del éxito de sus propósitos.

Sin pronunciar palabra, el secretario se inclina hacia una pila de documentos y desliza sobre la mesa una fina carpeta de cartón que se frena contra la taza del preso. Este tarda en decidirse, pero al fin la recoge sin apartar de Ulloa una mirada interrogante. Cuando la abre, el bigotillo del secretario se arquea en un esbozo que aún no se atreve a ser sonrisa. Pero después, con cada sucesivo gesto de sorpresa en el rostro de Lombardi, los pececillos azules parecen bailotear de emoción tras las gafas.

—¿Cuándo se hicieron estas fotos?

—Esta mañana, a primera hora. Es el mismo, ¿verdad?

—Se parece —admite el preso tras devolver la carpeta a la mesa.

—Quiero que lo cojas, Carlos.

—¿Yo? ¿Sospechan ustedes que se esconde en Cuelgamuros? Si así fuera, disponen de militares y funcionarios suficientes. Y muchos perros. Hasta los putos perros tienen allí más autoridad que yo.

—No seas sarcástico. Vuelve a casa, adecéntate un poco y ponte en marcha.

Lombardi responde con un silencio boquiabierto.

—¿Significa que quedo en libertad? —pregunta por fin.

—No exactamente. Digamos que estarás en comisión de servicio. Y quién sabe: si tienes éxito, hasta podría gestionarse un indulto.

—Y una mierda. Este asunto es cosa suya.

—Antes no eras tan mal hablado.

—Se aprende en la cárcel —replica el preso—. Pase usted en ella una buena temporada y verá qué mala uva cría. Eso, si no sale con los pies por delante.

—Reflexiona, hombre. Cada día que dediques a esta investigación te redimirá de pena. Deja en el pasado las cosillas del pasado. Sé práctico.

Carlos Lombardi reflexiona. Está acostumbrado a hacerlo. También a eso se aprende en la cárcel, además de acumular mala leche. Y la reflexión, en este caso, lleva necesariamente a una serie de preguntas.

—¿Por qué yo? ¿Han disuelto los grupos de Homicidios? ¿Es que la policía se dedica solo a perseguir republicanos?

—Nada de eso. Te sorprendería saber que la estructura de la nueva policía es casi una copia de la nuestra... Quiero decir de la anterior. Las cosas que funcionan no deben cambiarse. Por supuesto que hay grupos de Homicidios en cada brigada, como antes. Pero este es un caso importante y quiero que lo lleve nuestro mejor criminalista. —Las cejas de Lombardi se arquean. Ulloa ve una brecha por donde penetrar—. Además, tú te encargaste de los anteriores. Las circunstancias te impidieron cerrarlos, pero los conoces al dedillo y estoy seguro de que ahora lo harás.

Esto no es política, piensa Lombardi, al menos en apariencia. Es investigación criminal pura y dura. Lo que siempre ha hecho, lo que le gusta hacer. Libertad a cambio de cerrar una herida. Porque cada caso abierto es eso, una herida, un bofetón a su autoestima profesional. Un asesino es siempre un asesino, al margen del trapo que ondee en los edificios oficiales. Una emoción con aspecto de gusanillo le repta desde el ombligo y le sale por la boca en forma de interés.

—¿En qué condiciones trabajaría?

—Antes quiero que sepas que eres mi apuesta personal, que me juego mucho.

—¿El pan de sus hijos y de su mujer?

—Y algo más. El director general se ha puesto en mis manos a pesar de la opinión desfavorable del gobernador civil. No voy a negar que los argumentos en contra son razonables, porque soltar a un condenado es bastante irregular; mucho más confiarle un caso tan delicado a despecho de los agentes en activo.

—Debe de dar gusto trabajar con un jefe que cree tan ciegamente en usted.

—Para mí es motivo de orgullo esa confianza —corrobora Ulloa—. Y para ti debería serlo que yo te la tenga hasta el punto de ofrecerte esta oportunidad.

—Ya. Eso quiere decir que dependería directamente del señor secretario.

—En última instancia, sí. Quiero estar al tanto de cada detalle, pero orgánicamente, oficialmente, tu escalón superior será el inspector jefe Luciano Figar.

—No me suena.

—Acabas de dar un paseo en coche con él.

Un breve intercambio de frases le había bastado para comprobar la calidad humana de semejante individuo. A pesar de su intento de ocultarlo tras unas gafas oscuras, el rostro abotargado y enrojecido dejaba ver a las claras su afición por la bebida. Tras su voz atiplada se adivinaba mentira y crueldad antes que sutileza. Era más fácil intuir sus habilidades como verdugo que como policía.

—¿Ese tiparraco? —Lombardi se remueve inquieto en la silla—. ¿De dónde lo han sacado?

—Hizo carrera en Burgos durante la guerra. Lleva aquí un par de años.

—Un advenedizo, vamos.

—Bueno, en toda negociación hay concesiones. Él es el hombre del Gobierno Civil en nuestro caso.

—Eso es un carcelero, no un jefe —protesta Lombardi—. Ni siquiera un compañero. Me ha traído esposado, y supongo que ya estaba al tanto del asunto.

—Por supuesto que lo está. Pero te ha traído como recluso. En cuanto salgas de este despacho como investigador, las cosas serán distintas. No creo que sea un impedimento para ti. Tú a lo tuyo. Eso sí, tiene que estar presente en los interrogatorios.

—¿También en las pesquisas, visitas, pateo de calle? ¿Va a ser mi sombra?

—No, solo en los interrogatorios oficiales, ya sabes, en comisaría. Tú marcas el ritmo, tú diriges la investigación.

—¿Dirigir? Me van a hacer la vida imposible.

—Yo te avalo, y son chicos obedientes.

Menudo aval: contento si no acaba en la tapia de un cementerio o en una cuneta con un tiro en la nuca, se lamenta Lombardi. Aunque la alternativa de deslomarse durante años picando piedra de la sierra de Guadarrama en aquella obra demencial en honor al ego de un tirano tampoco resulta halagüeña.

Ulloa le extiende un grueso paquete de lona. Su roce sobre la mesa se confunde con el bufido de descontento del receptor.

—Ahí lo tienes todo. Copia de la vieja documentación y de lo que hay de esta mañana. También están tus cosas, una cédula personal actualizada, cartillas de racionamiento, de tabaco y de ahorros, las llaves de casa y un poco de dinero en efectivo, de dinero legal, porque el que llevabas cuando te detuvieron no vale nada. Ya te anuncio que tus ahorros, como los de todos los que vivimos en zona roja, se han devaluado bastante. Los resultados forenses y demás detalles del grupo de identificación te los harán llegar mañana a casa. Por cierto, que te la encontrarás un poco revuelta, ya sabes cómo son los registros. Aunque no creo que eches nada de menos. Si así fuera, dímelo.

Lombardi dedica un vistazo superficial al contenido del paquete, y enseguida muestra un evidente gesto de fastidio.

—¿No olvida algo, señor secretario?

—¿Qué te falta? ¡Ah!, ya entiendo. Compréndelo, Carlos: no eres funcionario, así que no puedo proporcionarte chapa ni arma. Te están preparando un carné como criminalista colaborador del grupo de Homicidios de la BIC. Resultará muy convincente.

El anochecer planea sobre la ciudad cuando el coche frena ante el portal. El Carlos Lombardi que baja del vehículo parece un hombre distinto. Viste exactamente igual que horas antes, pero un peluquero de la Dirección General de Seguridad se ha encargado de afeitarlo y eliminar los trasquilones de un cabello que ahora presenta un corte uniforme. Parece mucho más delgado a pesar de que su estómago sonríe satisfecho por la primera comida de verdad en mucho tiempo, y esa misma escualidez ha quedado plasmada en las fotos que darán fe de su identidad en la nueva documentación.

Sube hasta el primer piso degustando el crujido de cada escalón. El edificio, tan silencioso como siempre, se le antoja un santuario ancestral al que regresa tras largos siglos de ausencia. Cuando desliza la llave en la cerradura se le ocurre que no abrirá, que cuanto tiene a la vista ha pertenecido a vidas diferentes, todas suyas pero sin conexión alguna entre ellas. El pasador, sin embargo, responde al giro de la llave y la puerta se abre con un lamento de vejez.

Se admira de que luzca la lamparita del vestíbulo, y semejante sensación de infantil sorpresa obtiene al pulsar los sucesivos interruptores, que revelan el absoluto desorden de un polvoriento mobiliario. Vaga por la casa helada como un sonámbulo hasta desembocar en el dormitorio. La cama está revuelta, con el colchón volcado parcialmente sobre el suelo. Su habitación, la cama, Irene.

¿Por qué acude Irene como primer recuerdo vivo en una casa tan maltratada?

Abelardo y Ramona vivían arriba, en el segundo. En aquellos tiempos; ahora no se escucha en su piso el menor signo de vida. Una pareja con tres hijos. Él era ferroviario y ella ama de casa. Buena gente. Siempre se habían portado bien, como buenos vecinos, y tras el divorcio de Carlos en el treinta y cinco, doña Ramona se encargaba de adecentarle la casa un par de veces a la semana a cambio de una modesta compensación económica que complementaba sus ingresos familiares.

Una noche de agosto, a poco de empezar la guerra y tras los primeros bombardeos aéreos contra la ciudad, escuchó voces en la escalera de la planta superior y subió a interesarse. Un par de policías y una cuadrilla de milicianos querían registrar la casa de los vecinos. Sucedía a menudo últimamente, y los resultados de esas visitas no siempre acababan bien. Lombardi se presentó ante ellos como inspector de la Brigada de Investigación Criminal y exhibió su carné de Izquierda Republicana como aval complementario del que Abelardo tenía del Partido Sindicalista. El incidente se resolvió sin mayores problemas y desde entonces la gratitud de aquella familia fue infinita. No solo de los padres. Los dos hijos menores, varones de trece y diez años entonces, perdieron su respetuoso retraimiento ante un agente de la autoridad para saludarlo cuando se lo cruzaban en la escalera o lo encontraban en la calle. Irene, la mayor, una chiquilla de diecisiete años, seguía ruborizándose ante él como siempre, aunque ahora sumaba a su candor una generosa sonrisa y se atrevía a dirigirle la palabra cuando acompañaba a su madre en las labores domésticas del piso.

Con la normalidad cotidiana que podría esperarse en un frente de guerra transcurrieron los dos años siguientes, hasta que una mañana del treinta y ocho, cuando Lombardi se disponía a salir, llamaron a la puerta. Observó por la mirilla y vio a Irene al otro lado. Un recado de su madre, pensó mientras abría. Ella entró con toda naturalidad.

—Cualquier día nos pilla una bomba, y adiós —dijo sonriendo la muchacha mientras con el tacón cerraba la puerta a sus espaldas—. No quiero irme sin haberte dicho lo mucho que me gustas.

Se aferró a su cuello y selló sus labios con un beso. Desconcertado, el primer impulso del policía fue resistirse al imprevisto asalto. Pero hacía mucho tiempo que no estaba con una mujer e Irene, verdaderamente, ya lo era; tal vez demasiado joven, aunque atractiva, y enseguida se rindió al perfume de rosas que manaba de su cuello, a la dulzura de sus labios. Tras algunos escarceos acabaron en la cama. Le costó poco darse cuenta de que no era virgen, y saberlo le liberó al menos de la responsabilidad de ser el primero y de las dudas sobre una relación tan espontánea e inesperada. Después, compartiendo cigarrillo y desnudez, ella le confesó que se había alegrado de su divorcio (—Begoña era una estirada, no me digas.), porque estaba locamente enamorada de él desde los trece años. Luego se vistió y, con la misma espontaneidad con que había llegado, se despidió con un beso y una frase:

—Cuídate, poli. Te quiero.

No volvieron a besarse. Al día siguiente, un obús acabó con las vidas de Irene y otras quince personas. Lombardi solo pudo llorar en el cementerio; no tanto como la familia rota, pero eran lágrimas igualmente sinceras. ¿Por qué ella?, se preguntaba, como se estarían preguntando sus padres y hermanos. Y por qué sí las otras víctimas que esperaban en la cola de un almacén de alimentos o viajaban confiadamente en el tranvía reventado por la explosión, se respondía. ¿Por qué sí los cincuenta niños asesinados por la aviación fascista en su escuela de Getafe? ¿Por qué tantos otros en Vallecas, Tetuán, Cuatro Caminos; tantos cada día en los últimos dos años? ¿Es que nunca iba a terminar aquella locura criminal contra seres indefensos? Le faltaban respuestas. Solo pudo llorar en silencio por una joven de diecinueve, veinte años, a la que había visto crecer y enamorarse en secreto de un hombre bastante mayor que ella que vivía en la inopia bajo la suela de sus zapatos. Sí, habían sido lágrimas sinceras, y la luctuosa premonición de Irene que los había conducido hasta aquella cama ahora desvencijada seguía aún clavada como una esquirla venenosa en el corazón. Ni siquiera el recuerdo antiguo de su piel, piel de un día, de unas horas, le había servido de paliativo contra el dolor. Tampoco aquellos ojazos alegres en cuyo fondo, contra todo sentido común, había decidido perderse en busca de una felicidad tan efímera como cruel.

Lombardi cierra la puerta del dormitorio para regresar al salón. El paquete de lona levanta una nube de polvo al caer sobre la mesa. Se sienta ante él observándolo fijamente, como si esperase una respuesta por su parte. Pero la suya es la única voz viva en aquella casa.

—¿Otra vez tú, cabrón?

Cosillas del pasado, las llama Ulloa. Con la carpeta de los viejos informes sobre la mesa, Carlos Lombardi se ve a sí mismo agazapado en el asiento delantero de un coche, junto al conductor. Detrás de ellos, otros dos compañeros esperan sin perder de vista el vehículo aparcado un poco más adelante. Otro coche policial sin distintivos aguarda apostado junto a la acera de enfrente. En el registro del vehículo sospechoso han encontrado cuatro pistolas y un casquillo. Llevan horas vigilando esa matrícula, M-40024, localizada en la calle Rafael Calvo. La tienen ante sus narices tras varios días siguiendo su pista.

De un garaje cercano salen dos hombres. Los agentes tensan los músculos y revisan el seguro de sus armas. Lombardi abre ligeramente la portezuela, y cuando comprueba que aquellos individuos intentan entrar en el coche vigilado, les da el alto. Lejos de entregarse, corren calle abajo. Los vehículos arrancan y se lanzan tras ellos por el estrecho adoquinado. La carrera de los fugitivos los lleva hasta el paseo de la Castellana, donde el tráfico dificultará la persecución. Lombardi anima a su conductor a atajar entre los setos que separan las calzadas, donde al fin los sospechosos quedan atrapados en el cepo que forman coches y valla vegetal.

Esa operación y las detenciones subsiguientes que propició le valieron su ascenso a inspector de primera, una categoría más que respetable para un miembro de los Cuerpos de Vigilancia y Seguridad de la República que no había cumplido los treinta y cinco. Corría mayo de 1936, y unos días antes de aquella persecución casi cinematográfica había sido asesinado, mientras paseaba con su esposa, el capitán Carlos Faraudo. Las sospechas de que los autores eran falangistas se vieron confirmadas por la matrícula del coche en que los asesinos se habían dado a la fuga. Y la pericia, la paciencia y la audacia de Lombardi pusieron a los responsables a disposición judicial.

—Pronto me coges, ladrón —había bromeado Balbino Ulloa, su inspector jefe, al enterarse del ascenso.

Pero no era tiempo de felicitaciones. El trabajo, por desgracia, se acumulaba para el grupo de Homicidios desde el mes de marzo, cuando una cuadrilla de falangistas intentó asesinar a Luis Jiménez de Asúa, vicepresidente socialista de las Cortes. No lo consiguieron, pero sí que murió el agente de escolta del político, y tanto Ulloa como Lombardi participaron en la búsqueda y detención de los implicados. Autores y cómplices fueron condenados por el magistrado del Supremo Manuel Pedregal, quien un mes después caía asesinado por balas falangistas disparadas por pistoleros que escaparon a Francia en una avioneta militar.

Al día siguiente del asesinato del magistrado Pedregal, el líder de Falange, José Antonio Primo de Rivera, y buena parte de su Junta Política fueron detenidos por tenencia ilícita de armas, y cerrado el diario *Arriba*, principal medio de expresión del falangismo. Como respuesta, sus conmilitones tirotearon el domicilio del socialista Francisco Largo Caballero y pusieron una bomba en el del fiscal general de la República, Eduardo Ortega y Gasset, aunque los atentados, por fortuna, no causaron víctimas. En mayo, aparte del asesinato del capitán Faraudo, se desarticuló un grupo que pretendía atentar contra el presidente Azaña integrado por tres policías, un par de oficiales y un exlegionario.

Lombardi, ateniéndose a las informaciones aparecidas en la prensa, había hecho un cálculo de las víctimas de este desmedido estado de tensión desde la victoria electoral del Frente Popular, y en el mes de julio contabilizaba ya más de cincuenta muertes entre las organizaciones de izquierdas y un número similar entre las de derechas. A los atentados o enfrentamientos entre facciones rivales había que sumar incendios o saqueos en sedes políticas y sindicales, periódicos, iglesias y conventos, aunque entre las víctimas no figuraba ningún miembro del clero. No había tregua para el grupo de Homicidios, si bien la brega más dura la llevaba la Guardia de Asalto.

Los discursos encendidos de una y otra parte no contribuían precisamente a la calma. El propio Primo de Rivera se dedicaba desde la cárcel a predicar la rebelión a sus seguidores, según documentos incautados por la Dirección General de Seguridad. Pasquines falangistas clandestinos publicaban listas negras con nombres de izquierdistas que debían ser eliminados tras la referida insurrección. A finales de junio, ya desde su prisión de Alicante, el líder falangista enviaba a sus jefaturas territoriales un informe reservado sobre los detalles para participar en lo que consideraba un inmediato levantamiento militar contra la República. Las autoridades concedieron a ese mensaje el mismo crédito que a las divagaciones de un lunático.

Tampoco dieron demasiada importancia al hecho de que el 11 de julio un grupo de falangistas ocupase temporalmente los micrófonos de Unión Radio de Valencia para anunciar que la cacareada rebelión era inminente. El fanatismo y el odio culminarían durante las horas siguientes con el asesinato del teniente de la Guardia de Asalto José Castillo y, como represalia, el del líder del derechista Bloque Nacional y exministro José Calvo Sotelo. Mientras unos y otros lloraban a sus respectivos mártires o disparaban a sus rivales, el Dragon Rapide estaba a punto de aterrizar en Las Palmas para recoger a Franco y dar comienzo a la verdadera carnicería.

La rebelión militar sumió a Madrid en una desconocida crispación. El ejército leal y el pueblo armado por las organizaciones de izquierda buscaban la neutralización inmediata de todo sospechoso de sedición. Francotiradores apostados en templos o edificios civiles eran abatidos, y sus cómplices, reales o imaginarios, sufrían idéntico destino. Ni siquiera las ocupaciones exitosas de los cuarteles de la Montaña y Campamento, donde se atrincheraban los militares conspiradores apoyados por falangistas, contribuyeron a templar los ánimos; más bien al contrario, como si el efluvio de tanta sangre derramada por ambas partes animase a proseguir la cacería.

Entre los sediciosos se encontraba el clero, sobre todo aquellos que habían permitido en sus iglesias y conventos propaganda antirrepublicana o, directamente, promovido y amparado organizaciones antidemocráticas. Entre otros agravios a la legalidad y a pesar del tiempo transcurrido, todavía palpitaban en la memoria popular las invectivas antirrepublicanas del cardenal primado Pedro Segura y su circular animando a los religiosos a retirar sus fondos de las cuentas bancarias y depositarlos en el extranjero; llamamiento a la evasión de capitales respondida por el ministro de la Gobernación, el católico Miguel Maura, con la expulsión del país del insidioso prelado.

La Iglesia formaba parte del enemigo. Era uno de sus brazos ideológicos. Y Madrid atesoraba un largo historial de anticlericalismo. Medio centenar de templos o centros religiosos fueron asaltados en las primeras horas del levantamiento, entre ellos el seminario y la catedral. Los curas empezaron a engrosar la lista de Lombardi, que ya no era feudo exclusivo de falangistas y militantes de izquierda.

Fue entonces cuando apareció el cadáver. Resultaba un tanto cáustico hablar del cadáver en singular cuando a diario se descubrían tantos que los agentes de Homicidios no daban abasto. Pero este era distinto.

El policía despliega ahora las fotos sobre la mesa, aunque no tiene necesidad alguna de hacerlo porque lleva cada detalle prendido en la memoria como una medalla al fracaso. Lo habían encontrado en el portón de entrada del seminario conciliar, asaltado y saqueado unos días antes. Era un hombre joven, poco más que adolescente, vestido con mono azul de obrero, como los que usaban las recién creadas milicias populares. Pero solo eso lo asemejaba a un miliciano porque carecía de distintivos partidistas y no llevaba correajes ni munición.

Lo habían degollado. De un solo tajo, preciso y profundo, en la garganta. Con un cuchillo de monte o de carnicero. Probablemente tras someterlo a tortura, quizás a interrogatorio, a juzgar por los cortes punzantes y poco profundos que presentaban el rostro y otras partes de su cuerpo, anteriores a la muerte. Se había hecho sus necesidades encima, dato que reforzaba la teoría del terror por un suplicio lento, y le habían seccionado el pene y los genitales. Para completar la macabra escena, el autor o autores del crimen utilizaron el paquete sexual para, a modo de brocha, esparcir la sangre del cadáver por las paredes del edificio. Siete manchas sobre ladrillo neomudéjar para satisfacción de un enjambre de moscas.

Se llamaba Nemesio Millán, según la cédula personal que llevaba en el bolsillo de la camisa bajo el mono. Estudiante de veinte años, natural de la localidad zamorana de Villariego. De las investigaciones complementarias pocos datos más pudieron obtenerse aparte de que era alumno del seminario de Madrid, ya que la familia residía en su pueblo natal, territorio en poder de los rebeldes. Comunicarse con responsables del centro religioso o compañeros de la víctima resultaba imposible, pues quienes no habían escapado de la ciudad estaban escondidos para evitar represalias. Aun así, Lombardi cursó órdenes a todas las comisarías por si entre los detenidos figuraba algún clérigo o seminarista que pudiera ofrecer referencias.

No se encontraron huellas; ni en el cadáver, ni en los alrededores. Nada, ni una simple marca de calzado en el suelo, signos de arrastre o restos ajenos al cuerpo. El ataque y la muerte se habían producido allí mismo. Todo parecía demasiado limpio para tratarse de la fechoría de un grupo. Por supuesto, no había testigos de un hecho sucedido por la noche en un lugar bien protegido de miradas.

Los días pasaron sin resultados. Había otras cosas de las que preocuparse. Las noticias de que miles de prisioneros habían sido asesinados por los sediciosos en Badajoz y Navarra acentuaron la indignación en la ciudad. Se abrieron las cárceles, y junto con presos políticos salieron a la calle delincuentes de todo pelaje. Cuando, en agosto, la aviación fascista bombardeó Madrid, estalló la furia y las ejecuciones sin juicio previo se multiplicaron. Las sacas clandestinas de los centros de detención o de domicilios particulares cubrieron de cadáveres tapias de cementerios, parques urbanos y la pradera de San Isidro, hasta el punto de que los jueces se negaron a asistir al levantamiento de los cuerpos por imposibilidad material de cumplir adecuadamente con su trabajo.

La policía estaba desbordada, y aunque algunos responsables de las matanzas fueron juzgados y condenados a la pena capital, las dimensiones de la tragedia se escapaban de las manos de la autoridad. Entre otros motivos, porque la policía tenía sus propios problemas.

Tras el levantamiento militar, la Primera Brigada de Investigación Criminal, dirigida por el comisario general Antonio Lino, fue depurada. Lino era un policía de larga trayectoria, republicano conservador y ferviente católico, cuyo hijo de dieciséis años, falangista, vivía escondido en algún lugar de Madrid desde el fracaso del golpe. Lo de su hijo era *vox populi*, y el Gobierno de Largo Caballero quiso marcarlo de cerca. Con ese objetivo se crearon dos nuevas brigadas, teóricamente a las órdenes del propio Lino: una dirigida por el comunista Javier Méndez, y otra por el socialista Agapito García Altadell. La plantilla policial se multiplicó por cinco. Los nuevos policías eran militantes de ambas tendencias sin experiencia previa o directamente miembros de las Milicias Populares, algunos con antecedentes judiciales que nada tenían que ver con la política.

A partir de ahí, Lino vivió en permanente estado de nervios. Con motivo, porque en la sede de la Brigada de la calle Víctor Hugo escondía militares, falangistas, curas y otros personajes perseguidos. Quienes lo trataban, como Ulloa, aseguraban que no se atrevía a salir solo del edificio. Siempre lo hacía acompañado por un grupo de hombres de confianza con las armas dispuestas. El caso es que varios agentes de su entorno fueron detenidos y alguno asesinado mientras crecían el poder y la influencia de sus rivales. Y no sin méritos, pues con los registros practicados por las nuevas brigadas se habían descubierto dieciocho millones de pesetas en el palacio arzobispal, dos millones en el convento de las Carmelitas, otros dos en casa de un canónigo, otros tantos en el domicilio del tesorero de la congregación de San Ginés y un millón en el del propio obispo, amén de otras cifras considerables en centros relacionados con el clero. Era una cantidad notablemente inferior a la requisada en domicilios de banqueros, aristócratas y políticos de derechas, pero en todo caso un dineral que asociaba de nuevo a la Iglesia con la vieja tentación de evadir capitales y reforzaba su imagen de enemiga declarada de la República.

Cesado en septiembre, perdida su buena estrella, Antonio Lino se refugió en la embajada de México y escapó a Francia ayudado por su enemigo íntimo García Altadell, seguramente encantado de frustrar los turbios planes de su competidor Javier Méndez para con el depuesto comisario general. El propio García Altadell seguiría sus pasos dos meses después, aunque en este caso, según las malas lenguas, con un maletín de joyas valoradas en veinticinco millones de pesetas, resultado de los robos y expolios protagonizados por sus hombres de confianza. Su suerte, sin embargo, había acabado con la llegada a tierras galas. El embajador de la República en París hizo llegar a los franquistas el plan del fugitivo de viajar a México por vía marítima y una escala de su barco en Canarias permitió la detención. Agapito García Altadell fue ahorcado en Sevilla un año después de iniciada la guerra.

Desaparecidos Lino y García Altadell, el comunista Javier Méndez se convirtió en el hombre fuerte de la BIC, aunque los grupos de Homicidios salieron bastante bien librados de esta guerra civil interna, y el propio Balbino Ulloa, tras los resquemores iniciales, sobrevivió en su puesto.

Entretanto, la verdadera guerra se había aferrado como una garrapata a los lomos de Madrid. El director general de Seguridad, Manuel Muñoz, escapó a Valencia con el Gobierno, y todos los efectivos policiales pasaron a depender de la Junta de Defensa. La consejería de Orden Público se impuso la obligación de devolver cierto orden legal a una ciudad casi ahogada por la tenaza fascista. Aun así, los sobresaltos por desmanes estaban lejos de ser eliminados. La necesaria evacuación de la cárcel Modelo, casi en pleno frente de batalla, acabó con un millar de presos aún no juzgados en fosas comunes del pueblo de Paracuellos del Jarama, a los que se unieron otros de distintas prisiones.

A los bombardeos aéreos se sumó la artillería, que elegía para descargar su furia los lugares y horas más concurridos, como la salida de los espectáculos de la Gran Vía. Franco, que se había ganado a pulso el dudoso título de primer asesino aéreo de población civil de la historia, demostraba además con sus baterías que el anuncio de arrasar la ciudad no era una simple amenaza.

El policía abre la segunda carpetilla y aparta a un lado la anterior. Entre los sucesos que ambas recogen pasaron casi dos años; un año y diez meses, exactamente. Recuerda muy bien aquel mes de mayo, el mes de Irene, y cómo ese caso, si no le había ayudado a quitar de su mente la tragedia de aquella muchacha, sucedida apenas unos días antes, sí que había contribuido al menos a distanciarlo un poco del dolor y el desconcierto anímico.

Había sido un tiempo, el que separaba aquellos dos acontecimientos, en que el trabajo policíaco quedaba casi en segundo plano, un tiempo en el que los males de la guerra, la enfermedad y el hambre ocupaban el quehacer cotidiano de un millón de almas, y la impotencia ante el drama el corazón de Lombardi. Casi tenía olvidado el caso del seminario, sin hilos de los que tirar ni ganas de buscarlos, cuando apareció el segundo cadáver.

De nuevo era un hombre joven, vestido de paisano y abandonado en la orilla del río Manzanares cerca de la estación Imperial. El trabajo del gabinete de identificación resultó especialmente arriesgado, pues el cuerpo quedaba en campo abierto, en un territorio propicio para el fuego enemigo y a escasos cien metros de una batería defensiva situada junto a la estación, cuyos miembros habían dado aviso a la policía al reparar en el insospechado cadáver.

Esta vez, el asesino había utilizado un objeto contundente para desnucar a su víctima. De un solo golpe, preciso y definitivo. Como a la precedente, le había seccionado los genitales, que aparecieron sobre la arena a corta distancia de un cuerpo cuyos pies estaban parcialmente sumergidos en el agua. Lejos de conformarse con este ensañamiento, el criminal había rociado el rostro, buena parte de la cabeza y el cuello de la víctima con un producto corrosivo hasta el punto de que en algunas zonas resultaba bien visible el hueso del cráneo.

Su cédula de identidad estaba expedida a nombre de Eliseo Merino, de veintinueve años, natural de Madrid. Los resultados forenses confirmaron las impresiones iniciales, que el ácido empleado era salfumán y que la muerte se había producido la noche previa, sin testigos. El asesino se había llevado consigo tanto las armas homicidas como el recipiente donde necesariamente portaba el ácido clorhídrico. En esta ocasión había huellas, pero no en el cadáver, limpio de polvo y paja como en el caso anterior, sino en la tierra en torno al cuerpo. Huellas que no servían de mucho, porque eran tan difusas y heterogéneas que bien podían pertenecer a los artilleros de la batería cercana que habían descubierto el cuerpo al amanecer.

En las pesquisas posteriores se confirmaron estos extremos, y los interrogatorios practicados entre los soldados tampoco ofrecieron luz, porque todos tenían coartada entre las once y las dos de la madrugada, franja horaria del crimen.

Al igual que en el caso anterior, la investigación llevó a un camino sin salida. Se pudo averiguar que la víctima había residido en el seminario, aunque su edad hacía suponer que tal vez se trataba de un profesor. En la cédula personal figuraba un domicilio de Madrid, donde vivía su padre viudo. Vivía, porque en algún momento se había pasado a la zona fascista y su domicilio, un edificio del barrio de Puerta Cerrada, llevaba más de un año ocupado por varias familias de refugiados.

Como meses antes, Lombardi se encontraba ante un obstáculo insalvable. Conocía la identidad de las víctimas y su vinculación con el clero, pero carecía de testimonios que permitieran determinar la relación que pudiera existir entre ellas más allá de esa coincidencia tal vez circunstancial del seminario. El inspector jefe Ulloa estaba seguro de que el factor anticlerical era decisivo y que había que buscar al autor o autores de aquellas barrabasadas entre los grupos anarquistas incontrolados; pero Lombardi sabía que Balbino Ulloa era un católico practicante, o lo había sido hasta que el culto se convirtió en peligroso, y que su aversión a los anarquistas tenía mucho que ver con sus miedos y creencias. Por otra parte, tampoco es que fuera una pista clara el elemento anticlerical, puesto que convertía en sospechosa a la mitad de la población madrileña.

No, los asesinatos de sacerdotes que se habían producido en la ciudad, de los que Ulloa culpaba exclusivamente a la ideología anarquista, eran otra cosa, crímenes derivados del fanatismo, el odio y el miedo. A los autores de estos delitos, que actuaban siempre en grupo, les bastaba una descarga de fusil para satisfacer su ira, y de existir vejaciones a las víctimas se producían con características de linchamiento *post mortem*, de forma gregaria y grosera, sin relación con la minuciosidad demostrada en los dos casos que le sorbían el seso.

El único factor común era el seminario. El seminario, y ese *modus operandi* del asesino, frío y vesánico como nunca antes había visto. Y en esas dos líneas de investigación dio sus siguientes pasos.

Carlos Lombardi había conocido a Bartolomé Llopis de forma casual, durante una reunión de Izquierda Republicana, partido al que ambos estaban afiliados. Algo más joven que el propio policía, Llopis era ya, a pesar de su edad, un prestigioso psiquiatra que trabajaba como capitán médico en el hospital Provincial. Animado por su afinidad militante, decidió visitarlo y compartir con él sus dudas. El doctor tuvo la amabilidad de abandonar durante un rato sus obligaciones para acompañarlo en un breve paseo por el patio del centro sanitario.

—Vivimos momentos trágicos, en los que cualquier circunstancia puede encender el interruptor de la demencia. —Llopis cabeceó, apesadumbrado ante la petición que acababa de escuchar—. Ahí dentro hay cientos de personas tan normales como usted y como yo a las que el hambre convierte en verdaderos enfermos mentales. Quién sabe lo que hay detrás de esos terribles casos que usted investiga. La muerte de un ser querido, una injusticia sufrida, un detalle al que ni siquiera concedemos importancia. Ya que hablamos de curas, ¿le suena a usted el cura Galeote? Hace unos cincuenta años.

Ninguno de los dos había nacido cuando aquello sucedió, pero Lombardi conocía al dedillo los casos más llamativos relacionados con su profesión, y el de aquel sacerdote había hecho correr ríos de tinta en su época por sus especiales características y el morbo que arrastraba. El tal Galeote había disparado tres tiros al recién nombrado primer obispo de la diócesis de Madrid-Alcalá en la escalinata de la catedral de San Isidro, con resultado de muerte. El asesino quedó recluido en el manicomio de Leganés hasta el fin de sus días.

—Aquella fue la primera vez en nuestro país que se tuvo en cuenta la opinión psiquiátrica a la hora de dictar sentencia —apuntó el doctor—. En vez de ser entregado al garrote vil como solicitaba el fiscal y esperaba la opinión pública, el juez, atendiendo a los informes de los frenópatas, decidió su reclusión de por vida en un centro de enfermos mentales. Los argumentos médicos aseguraban que el cráneo del cura era raquítico, más pequeño de lo normal, y tan degenerado que se aproximaba al de los que entonces se llamaban imbéciles. Hasta estudiaron a medio centenar de sus parientes para llegar a las mismas conclusiones. El hecho de ser tartamudo, casi sordo y de pupila estrecha, amén de su gran memoria y tenacidad, fueron datos decisivos para determinar que se trataba de un demente. Hoy nos reímos de semejantes conclusiones, pero debemos ser benévolos con los cortos pasos de la ciencia en su evolución.

Ambos coincidieron en que el hecho de que el asesino fuera sacerdote contribuyó al triunfo de la psiquiatría en el veredicto, porque ejecutar a un hombre consagrado resultaba demasiado escandaloso para la época. Otro gallo habría cantado si el culpable hubiera sido un pobre diablo. En los casos actuales, argumentó Lombardi, debería buscar a un loco, a una mente desquiciada.

—Fue declarado loco, pero —matizó Llopis— ¿sabe usted lo que dijo Galeote tras descargar su revólver en la espalda del obispo? «¡Ya estoy vengado!», gritó ante cientos de testigos. Lo que quiero decirle es que no es necesaria una patología mental declarada para vengar una ofensa. O que esa patología puede emerger en el mismo instante en que se decide la venganza, y no antes. Y Galeote tenía motivos, por subjetivos o exagerados que puedan parecernos, para tomarse venganza de lo que entendía una injusta humillación por el apartamiento de sus funciones sacerdotales.

Pero en poco se asemejaba el caso Galeote con los que le ocupaban, había objetado el policía. Un asesino vulgar no se andaba con tanto detalle, ni siquiera en los contados casos de asesinos múltiples. Mataba donde y cuando podía, y se largaba. Desde luego, nadie en su sano juicio haría con un cadáver lo que sus ojos habían visto.

—Tal vez no deba usted buscar un demente de larga trayectoria. Los motivos que pueda tener el autor de esos crímenes se me escapan, pero está claro que no le basta con la muerte. Y que probablemente elige a sus víctimas. Puede que quiera comunicar algo con su saña suplementaria. Qué es lo que expresa, a quién y por qué, parecen buenas preguntas para empezar la búsqueda.

Lombardi ya se había hecho esas tres preguntas entre muchas otras, si bien no formuladas tan sistemáticamente. El significado de las mutilaciones, si es que lo tenía, en el cuerpo de dos clérigos, podía ofrecer algo de luz. Y quién mejor que un sacerdote para opinar al respecto. Aunque no era sencillo encontrar un sacerdote, mucho menos uno dispuesto a hablar con la policía, en el Madrid de finales del treinta y ocho.

Leocadio Lobo era uno de los pocos curas que circulaban con libertad y sin miedo. Los periódicos destacaban cada una de sus conferencias y se hacían eco de su presencia en todo tipo de actos. No en vano había sido paladín del Frente Popular ya antes del levantamiento militar. Varios foros europeos habían escuchado su decidida defensa de la República, su condena del fascismo que inspiraba al ilegal movimiento insurgente y la denuncia de una jerarquía eclesiástica que bendecía a los golpistas y sus intereses en lugar de alinearse con los oprimidos.

El distinguido sacerdote, tal y como lo denominaba la prensa local, había sido tiempo atrás delegado de la Junta de Protección del Tesoro Artístico y ahora era jefe de la sección de Confesiones y Congregaciones Religiosas, un vano intento gubernamental de normalizar el culto religioso. Él daba ejemplo celebrando algunas misas en templos que no habían sido profanados, promoviendo la restauración de otros semidestruidos y organizando actos tan llamativos como una exposición de arte sacro patrocinada por la CNT.

Lombardi visitó a Leocadio Lobo en su despacho de la delegación general de Euzkadi; no porque fuera vasco, ya que el sacerdote había nacido en un pueblo madrileño, sino porque el peneuvista Manuel de Irujo, promotor de la normalización cultural, había puesto a disposición de ese objetivo la infraestructura de su partido en la ciudad.

Lobo era un cincuentón de facciones suaves, gafas redondas y pelo canoso que vestía de negro. Detalle que no debería llamar la atención tratándose de un sacerdote, aunque sí el hecho de que había sustituido la tradicional sotana por chaqueta y pantalón. Hacía más de dos años que el uniforme clerical había sido desterrado de las calles de Madrid. Conocedor de las simpatías de aquel hombre por Manuel Azaña, Lombardi quiso unir en la presentación su calidad de militante de IR a la de policía, aunque enseguida se dio cuenta de lo innecesario de semejante advertencia al comprobar el carácter abierto de su interlocutor.

El asunto revolvió en Lobo una herida que sin duda guardaba a flor de piel. No en vano había asistido impotente a la ejecución de muchos de sus colegas, hecho que por supuesto condenaba, aunque desde una postura crítica hacia el papel político desempeñado por la Iglesia.

—Yo mismo estuve varias veces a punto de ser fusilado en los primeros días de la rebelión —confesó con cierto temblor en su decidida y modulada voz—. Me salvó mi compromiso, mi testimonio en defensa de los desfavorecidos. Al conocerlo, los milicianos me respetaron. Como respetaron muchas iglesias que no se habían significado contra la República. Son hechos lamentables que han causado demasiadas lágrimas, demasiado dolor. Pero también los fascistas han matado sin juicio previo a sacerdotes. De haber mártires, tanto lo serán unos como otros, digo yo.

El policía hubo de armarse de paciencia antes de poder entrar en materia y escuchó con gusto las divagaciones de quien parecía ser un ameno conversador, empeñado en devolver su carácter público a una religión obligada a sobrevivir en la clandestinidad. Aunque un poco distinta, ciertamente, pues él proponía una religión unida al pueblo, con una liturgia traducida al español para que todos pudieran comprenderla y dejara de ser un vacío ejercicio de latinajos distanciado de la vida cotidiana. A Lombardi nunca le había interesado ese mundo, levantado en su opinión sobre elementos irracionales, y sostenido por el fanatismo y la superstición; pero escuchar al padre Lobo resultaba interesante por su tono didáctico y el orden mental que demostraba.

—Hace más de veinte años que dejé el seminario —reconoció al fin—, así que no puedo ayudarlo. Esos nombres que ha citado me son por completo desconocidos. En cuanto a otra gente que tal vez sí pueda, comprenda que no voy a facilitar a la policía un contacto con personas que andan huidas, en las catacumbas. Solo faltaba que a los calificativos de cismático, rojo y demás lindezas que me dedican los míos, añada el de delator.

Lombardi aceptó el revés con respeto, aunque dejó claro que aquella negativa significaba un freno a la investigación y que podría favorecer asesinatos de similares características en el futuro.

—Lo comprendo, y le doy mi palabra de que trasladaré su inquietud, junto con esos nombres, a las personas convenientes, aunque dudo mucho que me escuchen. En cuanto a las terribles características de esas muertes, coincido con usted en que parecen seguir una pauta, una especie de rito, cierta liturgia. Pero le aseguro que nada tienen que ver con la liturgia cristiana. Cristo nos ofrece vida frente a la muerte; amor frente al odio. Todo lo contrario de lo que usted me cuenta, que más parece fruto de una pobre mente desquiciada.

Fue una entrevista decepcionante, de la que Lombardi solo pudo sacar tres conclusiones. La primera, que Leocadio Lobo era un idealista; o un iluso, si es que pensaba sinceramente que la Iglesia sería capaz de renunciar a privilegios amasados durante siglos para enfrentarse a los socios que le habían permitido esa posición. La segunda, nada novedosa y hasta cierto punto coincidente con la de Bartolomé Llopis, que debía buscar a un perturbado. Y la tercera, mucho más incómoda, que no encontraría ningún apoyo entre sus víctimas potenciales.

Sin resultados ni noticias de las prometidas gestiones de Lobo llegaron los primeros meses del treinta y nueve, cuando un acontecimiento centró casi por completo la atención de Lombardi. Un mal día de febrero, el inspector jefe Balbino Ulloa desapareció sin despedirse. La inquietud inicial por su vida quedó conjurada al confirmarse que también su esposa y sus dos hijos se habían evaporado. Lombardi estaba seguro de que habían buscado refugio en una embajada.

Quizá ya lo sospechaba y no quería admitirlo. Había percibido los primeros síntomas (—Las cosas están muy feas, Carlos. No sé cómo va a acabar esto.) durante las pasadas Navidades, cuando su jefe lo invitó amablemente a comer en su casa, pero él no concedió a esas palabras más importancia que las que pudiera tener la confesión íntima de una evidencia que ambos compartían.

Feas estaban, por supuesto. Después del desastre del Ebro, Barcelona quedaba a tiro de piedra de los fascistas. Tan a tiro que, aun sin saberlo, mientras ellos comían, los ejércitos de Franco habían roto el frente e iniciado su ofensiva sobre Cataluña.

En ningún momento había sugerido Ulloa algo parecido a la deserción, pero desde aquella fecha todo había empeorado. Los facciosos dominaban desde los Pirineos hasta Tarragona y el Gobierno republicano se había refugiado en Francia como miles de exiliados. Balbino Ulloa había elegido salvar el culo. Quién sabe, comenzó a elucubrar el policía en aquellos días, si ya se preparaba la salida desde tiempo atrás, si no sería incluso un quintacolumnista.

Carlos Lombardi se sumió en una suerte de desamparo personal a partir de ahí. Le había fallado un contrafuerte que suponía sólido desde hacía muchos años, alguien a quien consideraba amigo y que tal vez fuera un traidor. Se sentía burlado. Por si fuera poco, un par de semanas después Manuel Azaña presentaba su dimisión como presidente de la República. Su mundo se estaba desmoronando, y a primeros de marzo ya sabía que todo estaba perdido.

Enfrascado en sus pesares, poco más que indiferencia le provocó el enfrentamiento armado entre casadistas y comunistas que convulsionó Madrid durante una semana. Y al triunfar los partidarios del Consejo Nacional de Defensa, tan solo cabía esperar un armisticio lo más rápido y digno posible.

Pero aún quedaba una sorpresa antes de ese final. En los últimos días de marzo hallaron un nuevo cadáver en un edificio agujereado por los obuses: otro joven, tendido al pie de las escaleras que unían el entresuelo con el principal de uno de los últimos portales de la calle Las Aguas. También degollado, e idéntico ensañamiento con un paquete genital utilizado para dibujar sobre las paredes siete trazas sanguinolentas.

No había tenido ocasión de ver aquellas fotografías en su momento, ni los informes forenses. Pero al hacerlo ahora le parecen una copia exacta del crimen cometido a las puertas del seminario en los primeros días de la guerra. En este caso, la víctima había muerto la noche previa, aunque nadie había reparado en su cuerpo hasta bien entrada la tarde del día siguiente.

Recuerda con cierto sonrojo cómo la contemplación del nuevo cadáver lo había descompuesto de forma extraordinaria, probablemente por la crisis de inseguridad y la depresión que lo atenazaban en aquellas fechas. Tenía la sensación de que el asesino volvía a burlarse de él. Un nuevo fracaso que le restregaban por la cara en un momento de grave descalabro personal. Por eso se había desentendido de las labores del grupo de identificación para buscar aire en las calles adyacentes.

En las últimas semanas había conseguido algunas direcciones. Domicilios de gente influyente donde se refugiaban miembros del clero y se celebraban misas clandestinas. No los había visitado por respeto, por no provocar con su presencia una alarma que podía traer peores consecuencias que el bien que pudiera aportar a la investigación. Por respeto a sí mismo y a su obligación policial de denunciar a los presumibles enemigos. Por respeto, y también por desidia, porque la sensación de derrota lastraba sus pies tanto como su ánimo.

Aquella tarde, desde la calle Las Aguas vagabundeó desconcertado, ausente, durante un par de horas, hasta descubrirse en las proximidades del puente de Toledo. Había anochecido y una suave llovizna biselaba el reflejo de los pocos faroles inmunes a la guerra y a la prohibición de encender la luz por motivos de seguridad. El silencio y la quietud por allí resultaban chocantes, como si la ciudad hubiese detenido en un momento indeterminado su agónica respiración tras casi mil días de asedio. Las baterías en la orilla del río habían sido abandonadas.

La luz de unos faros creció entre el sirimiri al tiempo que lo hacía el ruido de un motor. Antes de que pudiera reaccionar, un Fiat negro frenó a un par de pasos. Dos paisanos iban encaramados a los pescantes laterales. Cuando Lombardi reparó en que estaban armados era demasiado tarde. Su chapa y la pistola no eran argumentos suficientes. A los dos fulanos se les sumaron cuatro más que saltaron a la acera, en tanto otro se mantenía al volante.

Desarmado, lo obligaron a apretarse en el asiento posterior junto a los que ya había identificado como falangistas.

—Se os ha acabado el momio, rojos de mierda —dijo el conductor—. Te vamos a dar matarile.

El coche atravesó con calma el puente. Los fascistas parecían convencidos de que violar el toque de queda en pleno frente les iba a salir gratis. Era una temeridad, y Lombardi esperaba que de un momento a otro una ráfaga los barriera de la calzada. Pero nada sucedió. Las ametralladoras parecían estar tan privadas de servidores como las baterías. Y eso solo podía significar que la guerra había terminado por abandono de uno de los contendientes.

El Fiat giró a la derecha para circular paralelo al Manzanares. Sus faros eran la única luz en muchos metros a la redonda. A la altura del ruinoso puente de Segovia, una sombra se estremeció en la penumbra y los falangistas pusieron pie a tierra provistos de linternas. El conductor apuntó a Lombardi con una pistola para disuadirlo de cualquier intento de fuga.

La sombra resultó ser un hombre acurrucado entre dos bidones de gasolina decorados con el águila y la bandera bicolor de los franquistas. Al parecer, el enemigo había llegado ya hasta la misma orilla del río.

—¡Arriba España! —aulló uno de los miembros de la cuadrilla—. Ni un sabotaje esta noche, camarada. Mañana los nuestros entrarán por aquí como Pedro por su casa, así que no jodamos la casa sin necesidad.

La ronda de los falangistas duró varias horas, con esporádicas paradas para confirmar que su telaraña se extendía por la ciudad sin mayores trabas. Poco antes del amanecer se detuvieron ante un portalón de la calle Velázquez, donde Carlos Lombardi se unió a un pequeño grupo de prisioneros en el patio de la finca. Y ahí acabó su participación en una guerra que él no había empezado.

Ignacio Mora toma posesión de uno de los taburetes frente a la barra de El Brillante. Los espesos aromas de la freiduría le provocan retortijones de hambre tras una noche en vela, pero se obliga a conformarse con una taza de manzanilla bien caliente bautizada con un chorrito de anís hasta la llegada de su cuñado.

Contempla cómo se despereza la glorieta de Atocha con mirada de periodista, o de aprendiz de periodista, porque nadie, excepto Mariano José de Larra, puede considerarse tal sin haber cumplido aún los veinte. Él está en camino, o al menos lo intenta. Desde los catorce años hasta el final de la guerra había trabajado en los talleres del *ABC* republicano, y por un par de meses se libró de una Quinta del Biberón que recibió su bautismo de fuego en la batalla del Ebro. Llegada la paz, y por influencias familiares, se las apañó para entrar en la agencia Cifra, y en sus novísimas instalaciones de la calle Ayala intenta abrirse paso por la complicada selva del mundillo periodístico.

Todos le aconsejan tener paciencia, que refrene su alborotada sangre joven, porque cada oficio, y el que ha elegido no es distinto de los otros, necesita del poso de los años para ser disfrutado en plenitud. Pero él no percibe progreso alguno en su noviciado. Como auxiliar en la sección de sucesos, está sometido al capricho del jefe de tribunales, un colmillo retorcido que, además de lapiceros y blocs de notas, esconde un pistolón bajo la chaqueta. Su presunto instructor se pasa el día fuera de la redacción, husmeando entre togas, uniformes militares y decisiones judiciales, así que su referencia directa es el redactor jefe, quien no parece precisamente interesado en sus avances. Mucho menos en sus inquietudes.

Además de tomar a mano y mecanografiar luego las crónicas telefónicas de los corresponsales nacionales, su principal trabajo consiste en reproducir los partes que la Dirección General de Seguridad envía a media mañana y media tarde. En realidad, lo único que tiene que hacer es añadir *Madrid, fecha (Cifra)* en la cabecera de cada una de esas noticias, generalmente accidentes sin mayor transcendencia que la que puedan tener para los afectados. Cambiar una coma o modificar la sintaxis de una frase es poco menos que ultraje a bandera (—Déjalo tal cual, que no quiero líos con la censura.) ante el irreductible jefe de redacción. Como mucho, le permite corregir alguna letra equivocada o añadir una ausente después de una ardua y razonada negociación. Algunos días ni siquiera llegan los partes (—Mejor, mejor. Si no hay sucesos, es que la patria está en calma.), y se ahorra la ridícula aportación amanuense del *Madrid, fecha (Cifra)*.

De momento no es nadie comparado con los añejos redactores de mesa, mucho menos con los atildados periodistas de calle, pero puede llevar un modesto salario a casa, que la vida no está para remilgos, mientras se permite concebir mil proyectos en su cabeza. Por ejemplo, pasar a la redacción de Efe, la marca internacional de la agencia. Ve a sus periodistas —aún no se atreve a llamarlos compañeros— a través de los ventanales al otro lado del patio que separa ambas redacciones, y se muere de envidia con la actividad que allí se adivina. La idea de convertirse algún día en corresponsal es poco más que un sueño, pero dar el salto hasta el ala opuesta se le antoja un propósito alcanzable.

Si decepcionantes resultan la mayoría de las jornadas diurnas, el turno de noche, en el que ha debutado esa misma semana, se le hace insufrible. Y no por falta de costumbre al horario, pues en el *ABC* terminaba a menudo a altas horas de la madrugada y salía más que satisfecho de su actividad noctámbula. Tal vez fuera la guerra, y que en aquellos años el simple hecho de llegar vivo a casa ya era premio suficiente para sentirse feliz.

El caso es que por la noche tiene todo el tiempo del mundo para leer, para escribir, para pensar en sus asuntos. Entre otras cosas porque don Dionisio, el jefe de turno, desaparece enseguida de la redacción para perderse en un par de tugurios cercanos, cuyos números de teléfono están apuntados en la agenda oficial de uso común de la redacción. Nunca ha habido urgencias que justifiquen una llamada para requerir su vuelta. Son horas de casi absoluta soledad en las que Ignacio se aburre a sus anchas, sin llamadas ni anodinos partes oficiales a los que poner fecha. Solo está obligado a cumplirlo un mes al año, pero ese turno lo saca de quicio por motivos muy distintos al tedio. Especialmente, por lo sucedido un par de noches antes en los servicios.

Los servicios son un espacio común compartido por las redacciones de Cifra, Efe, los de deportes de Alfil, técnicos y conserjes, todos hombres porque no existen mujeres salvo en la administración. Hasta el cura encargado de la información religiosa forma parte del trasiego diario de ese territorio imprescindible. Todo el mundo es usuario de esos servicios excepto don Vicente Gállego, el director, que cuenta con uno privado junto a su despacho del piso superior. Por la noche, sin embargo, el lugar parece casi un templo de silencio, porque solo alguna gente de internacional y un par de pringados como él ocupan el edificio.

Una batería de urinarios verticales se extiende en la pared de la derecha, y en la opuesta cuatro reservados ocultan los retretes. Esa noche, al entrar, escuchó un peculiar jadeo proveniente del último compartimento. Pensó en desaparecer de allí, en que algún otro aburrido se estaría aliviando en soledad, y que si salía en ese momento podría crearse una situación embarazosa para ambos. Pero su necesidad era urgente, así que carraspeó con energía, como un chambelán que anunciara la llegada de alguien importante, y se dispuso a cumplir con las exigencias de su vejiga en el urinario más próximo a la entrada.

Al poco, se abrió la puerta del fondo y don Dionisio irrumpió en el pasillo acomodándose la camisa entre los pantalones. Resultaba grotesca la figura de aquel sesentón rechoncho con el pelo completamente cano y engominado, que se le quedó mirando sin el menor rasgo de incomodidad mientras se abrochaba la bragueta y ajustaba la hebilla del cinturón. Su imagen de autoridad se había derrumbado en dos segundos. Pero lo que dejó boquiabierto a Ignacio fue ver salir a continuación a una de las mujeres de la limpieza, que cruzó a su lado a paso ligero, atusándose la falda y el pelo y evadiendo su mirada. Muy delgada y de cara bonita, debía de tener unos treinta y tantos, y la había visto un par de veces fregando suelos.

—No vayas a pensar que es por vicio —se excusó el veterano periodista—. Es para ayudarlas. La que no es viuda con hijos tiene al marido encerrado. Y un durito de uno y un durito de otro hacen un sueldecillo a final de mes.

Hablaba en plural, así que Ignacio imaginó que aquella mujer no era la única que se vendía, y que su jefe no era el único cliente.

—Si te entran ganas de practicar la caridad cristiana no tienes más que decírselo. Pero solo por la vía estrecha, Nachete, no vayas a dejarlas preñadas.

Y si tú quieres ayudarlas, estuvo a punto de replicarle a semejante hipócrita, dale el duro, o un par de pesetas, y no se la metas, cerdo. Aunque Ignacio Mora sabe que la sinceridad es una virtud pasada de moda, y que en los tiempos que corren resulta mucho más seguro mantener la boca sellada, así que nada dijo. A pesar de su silencio, don Dionisio debió de adivinar en su cara un reprimido gesto de censura y se vio obligado a buscar justificaciones suplementarias.

—Además, les gusta, ¡qué coño! Las mujeres son así, chaval.

Pensó si le gustaría también a su santa esposa, a quien no tenía el gusto de conocer, que él fuese a darle por culo cuando su marido no estaba en casa. Fantasear con la idea de un don Dionisio cornudo le arrancó una sonrisa que vino a compensar levemente la desazón por la escena que acababa de vivir. Ignacio no se considera un meapilas en asuntos sexuales, ni mucho menos, pero aprovecharse de las miserias ajenas le resulta repugnante, y su jefe nocturno había sumado al de solemne gandul el título de despreciable.

No, no le conviene el turno de noche, reflexiona Ignacio con el último sorbo de su manzanilla anisada, ya fría. Es como vivir en una jaula asfixiante, compartiendo su aire con la respiración purulenta de un grandísimo hijo de puta, seguramente con la de varios de ellos. En el turno de noche nunca se hará periodista. Tal vez putañero, sanguijuela y vago, pero nunca periodista.

El reloj de El Brillante marca casi las ocho y media cuando su cuñado Adolfo viene a despejar los pesares de Ignacio Mora. El marido de su hermana le saca más de doce años y, como de costumbre, viste con la elegante sobriedad que se le supone a un médico. Trabaja cerca de allí, en el depósito de la calle Santa Isabel, pero la puntualidad no figura entre sus cualidades. Tiene otras, como el buen humor y la franqueza, que compensan hasta cierto punto sus reiterados plantones, justificados bien por la grosería que significa abandonar un cadáver a medias o por otras mil excusas si la cita es en festivo. Cuando Ignacio lo ve aparecer, encarga al camarero un par de bocadillos de gallinejas y dos cortos de cerveza.

—¿Gallinejas para desayunar? —saluda el recién llegado con admiración.

—Acabo de salir del trabajo y tengo un hambre de perros. Si no te entra a estas horas, pide un vasito de leche —replica Mora, irónico.

—Deja, deja, que no sé cuándo podré comer hoy. Así ya me lo llevo puesto. Y qué, ¿os llegó el parte?

—Nada en todo el día de ayer —apunta el periodista con una mueca de desánimo—. Solo el descarrilamiento de un tranvía, una reyerta en Vallecas y un par de tonterías más.

—Pues me da que no lo van a contar. Hombre, a lo mejor hoy lo dicen, con la autopsia ya acabada. Pero me huelo que van a hacerse el sueco.

—¿Y eso?

La llegada del desayuno enmudece a Adolfo, que a partir del primer mordisco al pan moreno adopta un aire reservado.

—Al tipo le han hecho barrabasadas que no se pueden ir contando por ahí.

—Pero que tú sí puedes contar aquí.

—Le rebanaron el pescuezo.

—Eso sí que dejan contarlo, diciendo que fue degollado, o de forma un poco más suave.

—Lo caparon.

—No jodas… ¿Y eso?

—¡A mí que me registren! Yo solo soy ayudante del forense.

—Bueno, eso no estaría bien visto —reflexiona Mora al imaginar la cruenta escena y contrastarla con la última circular de la Dirección General de Prensa clavada en el tablón de anuncios de la agencia: *A partir de hoy todos los crímenes y sucesos de la misma índole deberán reducirse suprimiéndose los detalles macabros y dejando simplemente la noticia*—. Por innecesario, que diría el redactor jefe.

—De arriba abajo. Todo, los huevos y la polla, de raíz.

—¡Qué bestias!

—Y se lo metieron en la boca —amplía Adolfo, que parece disfrutar del agobio de su joven cuñado—. Todo el paquete.

Mora se atraganta y tiene que servirse de la cerveza para recuperarse. De repente, lo que era un placentero bocado se le antoja asquerosa bazofia. Observa con repulsión las gallinejas que le quedan y deja el bocadillo sobre el plato. Se le ha revuelto el estómago.

—Ay, Nacho, Nacho… —Adolfo le palmea la espalda—. Si todavía no has cumplido los veinte, ¿cómo te metes en sucesos con lo sensible que eres?

—No son los sucesos, hombre, son las gallinejas.

El periodista pide una caña y aparta la vista de su cuñado, que devora el final de su tentempié con frío regodeo. Cuando consigue el vaso de cerveza, lo apura de un trago para eliminar en lo posible el sabor que anida en la boca y la garganta.

—¿No te lo vas a acabar? —pregunta Adolfo.

Pero pregunta por preguntar, porque ya tiene entre sus manos el trozo que Mora ha despreciado.

—¿Por qué habrán hecho una cosa así?

—Cualquiera sabe. Hay gente muy tocada. Pero eso no es lo más gordo —añade Adolfo con un guiño cómplice.

—No me cuentes ahora más detalles de esos, que se me ha puesto mal cuerpo.

—Descuida, que ya no hay más casquería, y lo que te voy a decir arregla el cuerpo de cualquier gacetillero por flojeras que sea.

—Dudo que lo consigas.

—El fiambre es un cura. Bueno, más que cura, porque capellán es más que cura, ¿no?

—Ni idea. Voy poco a misa.

—Pues es capellán castrense.

—Vaya tela. —Mora suelta un resoplido. Parece haber dominado el malestar de sus tripas—. Esto sí que es noticia. ¿Cuándo lo encontraron?

—Ayer por la mañana. Aunque murió la noche anterior, entre las nueve y las once.

—Y no se sabe quién ha sido.

—Hasta ahí no llego. Pero no le des más vueltas, que no van a permitir que se publique. Iglesia y Ejército juntos, casi nada. Por cierto, boca cerrada, ¿eh? No te vayas a significar y dejarme a mí con el culo al aire.

Frente al milagrosamente intacto espejo del dormitorio, Lombardi contempla el baile de su cuerpo dentro de un traje que exige a gritos un buen planchado. Le cabe casi un dedo entre la nuez y la camisa, y ajustar el nudo de la corbata convierte en un gurruño el desgastado cuello. Delgadito, pero limpio, escucha decir a su madre dándole el visto bueno, como cuando lo revisaba antes de salir a toda velocidad hacia el colegio. Decididamente, en aquella casa solo quedan voces muertas y ropa apolillada.

Da cuerda al reloj de pulsera recuperado de sus pertenencias de recluso, y detenido, como él, en una desgraciada fecha cualquiera. Ni siquiera sabe qué hora puede ser. Poco más de las ocho, a juzgar por el gris apagado que ofrece la ventana y los trazos amarillentos que los faroles callejeros imprimen en la fachada de enfrente. Ha perdido el rumbo del tiempo urbano, no se orienta en libertad.

El timbre de la puerta le provoca un respingo, como si hubiera oído gritar su nombre en medio del desierto. Cae en la cuenta de que la privacidad sigue existiendo después de todo, de que las gentes viven en sociedad y se comunican con símbolos y signos inexistentes para los apestados ideológicos que abarrotan cárceles y campos de concentración. El grito, el palo, el escupitajo y la bala son allí los códigos cotidianos. Aquí, al menos en apariencia, se mantienen un poco las formas.

Por la mirilla descubre a Luciano Figar. No lleva sombrero, de modo que deja ver su negro cabello ceñido al cráneo a base de brillantina. El límite del pelo desciende sobre la frente en un ángulo inverosímil hasta un par de dedos de las cejas. A Lombardi se le viene a la mente uno de esos vampiros que ilustraban las novelas por entregas de antes de la guerra. Tras él hay alguien más, pero solo llega a adivinar su silueta.

—¡Abre, coño, que ya han pasado las burras de leche!

Lombardi franquea la entrada a su nuevo jefe y a la mujer que lo acompaña. De unos veintitantos años, es menuda, morena, pálida y chatilla. Sus ojos pardos resultan demasiado pequeños para considerarla guapa, aunque da la impresión de ser simpática a pesar de mostrarse un tanto apocada. Viste traje de chaqueta y una camisa azul bajo el abrigo gris, y porta una cartera de cuero que sujeta bajo el brazo como quien guarda un fajo de letras del Tesoro.

—Este es Carlos Lombardi —comenta Figar a la joven, displicente, una vez dentro—. No tengas miedo, chica. Es un maldito rojo, pero puedes ver que no tiene rabo ni cuernos... Bueno, de lo de los cuernos no estoy tan seguro.

El aludido hace oídos sordos a la gratuita provocación. Sabe que morderse la lengua forma parte de su nueva realidad tanto como el traje arrugado o el reloj a deshora. Estrecha la mano de la muchacha mientras escucha su presentación.

—Alicia Quirós. Mucho gusto.

Figar se pasea hasta el salón con aires de dominio, contemplando el resultado conseguido por sus hombres, quizá por él mismo directamente, en un piso que tres años antes parecía digno.

—Echarás en falta algunos libros —comenta—. ¡Qué digo libros! Bazofia marxista. Bueno, ya está bien de perder el tiempo. ¿Cuándo empiezas a dar el callo?

—Pensaba salir ahora mismo. ¿Puedo disponer de un espacio en la Brigada? Una mesa, teléfono, máquina de escribir...

—No te aconsejo que asomes la gaita por allí —advierte Figar con una sonrisa malévola—. A lo mejor no te dejan salir, o sales con algún hueso roto.

—Entendido. Pero me vendría bien alguien de apoyo.

—¿Apoyo? ¿El gran criminalista necesita apoyo? Y a mí que me habían dicho que eras un machote, que te bastabas y sobrabas solo. No sé si lo sabes —dice a la joven—, pero este cabrón detuvo a muchos camaradas cuando se partían el alma contra los rojos.

—Solo detuve a delincuentes, de uno y otro color —replica Lombardi—. Y todos acabaron ante un juez, no con un paseo hasta una fosa anónima. Ojalá todos los policías de hoy pudieran decir lo mismo.

Figar avanza un paso: fiero, su cara más encendida de lo acostumbrado, sacando pecho. Su aliento apesta a vino. Sin mucho ánimo, Lombardi se dispone a su primera pelea en libertad. Pronto empieza la fiesta, se lamenta.

—Le he traído su carné —anuncia la joven, interponiéndose entre ambos, y en gesto rápido lo coloca ante las narices del titular.

El convincente documento anunciado por Ulloa está decorado

con el yugo y las flechas y el águila franquista. Una foto machacada por el sello de la Dirección General de Seguridad arriba a la izquierda y, de salida, una firma sobre un pomposo título: *El Director General de Seguridad, Teniente Coronel D. Gerardo Caballero Olabezar.*

—Gracias —acepta él—, espero que sea suficiente.

—Tendrá que serlo, porque no hay más para ti —tercia Figar con un gruñido—. Búscate la vida. A menos que te venga bien la compañía de la señorita Quirós, aquí presente. A modo de secretaria, quiero decir.

—¿Pertenece usted a la Brigada?

—Subinspectora de segunda del cuerpo de Administración, destinada en el gabinete de identificación —confirma ella con gesto de incredulidad.

—Me parece perfecto —admite Lombardi, resignado a cargar con una mujer sin duda inexperta, aunque convencido de sacar lo mejor de quien ha demostrado rápidos reflejos en una situación crítica.

—¡Pues hala! A mover el culo. —Figar da media vuelta hacia la puerta, aunque antes de desaparecer señala a Lombardi con un índice desafiante—: Y recuerda que no te quito ojo. Como des un paso en falso, vuelves a picar terrones.

Tras el portazo, la pareja queda frente a frente en silencio, en una situación un tanto incómoda que ella se encarga de descongelar.

—He traído el informe forense. ¿Quiere verlo?

—Claro. —El policía rastrea con la mirada en busca de un sitio donde ambos puedan acomodarse, pero el paisaje es desolador. Solo la cama donde ha dormido está medianamente presentable tras una hacendosa labor la noche previa, aunque no parece correcto invitarla a pasar allí—. Lo siento, está todo hecho un desastre, perdido de polvo. No puede decirse que tenga un hogar en condiciones, ¿verdad? Ni siquiera puedo ofrecerle algo caliente.

—No me importa estar de pie. Y ya he desayunado.

Lombardi le dedica un gesto de conformidad antes de revisar brevemente el contenido del informe. Datos esperables, nada nuevo. El policía devuelve el documento a la joven y ella lo guarda en su cartera mientras confiesa con timidez:

—Le agradezco la confianza que me ha mostrado al aceptarme como secretaria. Desconocía que el señor Figar tuviera esas intenciones.

—No las merece, y créame que ese fulano, el señor Figar como usted lo llama, no tenía en absoluto intenciones de ayudarme. De no haberle pedido ayuda, usted seguiría con el mismo destino que antes. Y tampoco necesito secretarias, sino apoyo policial. ¿Ha trabajado en algún caso de homicidio?

—Quiero serle sincera, señor Lombardi, soy el último mono de mi departamento. Las pocas mujeres que hay en la Brigada llevamos labores administrativas, lo que pasa es que yo asisto a los trabajos de identificación. Si lo que quiere saber es si he tenido delante algún cadáver, la respuesta es sí, en varias ocasiones. Y no me mareo. Fui enfermera en la guerra.

El policía sonríe: la chica tiene nervio.

—¿Estuvo presente en el caso que nos ocupa?

—Claro. Y si no caí redonda en aquel portal es que ya lo he visto casi todo.

—No presuma antes de tiempo. Hay cosas que hielan la sangre al más curtido. Y, mire, yo también quiero ser sincero con usted. No sé si conoce mis circunstancias.

—Lo suficiente, supongo. Sé que lo han sacado de la cárcel para que investigue este caso. Y si han hecho eso será porque es un buen policía. Lo demás no me importa en absoluto.

—Pues bienvenida al equipo, señorita Quirós.

—Gracias de nuevo. ¿Puedo usar su teléfono?

—¿El teléfono? —balbucea Lombardi desconcertado, pero ella señala al aparato, en el suelo tras uno de los sillones—. ¡Ah! Ni siquiera sé si funciona.

La agente descuelga y hace un guiño afirmativo: hay línea. Decididamente, Balbino Ulloa ha pensado en todo. Con teléfono en casa no hay forma de quitárselo de encima.

—Quería comunicar personalmente al gabinete mi nuevo destino —explica Quirós tras su breve conversación—. Bueno, ¿por dónde empezamos?

—Yo voy a acercarme a conocer la escena del crimen. Supongo que no habrán permitido el acceso.

—No. Estará cercada durante tres días, por si hubiera que confirmar algún detalle.

—Bien hecho.

—Lo de conocer personalmente la escena del crimen me parece natural, pero ¿hay algo en el informe que no le convence?

—¿Quién lo dirigió?

—El inspector jefe Figar.

—Motivo suficiente para la desconfianza —apunta Lombardi—. El informe es técnicamente perfecto, pero algo no cuadra.

—¿El qué?

—Tiempo tendremos para hablar de eso. Antes, quiero ver el escenario.

—¿Y yo?

—Usted se va a empapar de toda esa documentación que hay sobre la mesa. Son otros tres casos, registrados durante la guerra, de innegable parecido con el presente. A lo mejor así descubre por su cuenta lo que no cuadra.

—Lo intentaré —asume ella con una sonrisa.

—Espero que no se maree. Puede utilizar mi cama como despacho, que es lo único medianamente limpio en todo el piso. Si le resulta más cómodo, llévese los informes a casa. ¿Tiene teléfono?

—Sí.

—Pues anóteme el número por ahí. ¿Lleva arma reglamentaria?

—Todavía no estoy autorizada.

—Vaya. ¿Y chapa? —La agente muestra con orgullo la dorada acreditación prendida tras la solapa de su chaqueta—. Menos es nada.

Lombardi se embute en un viejo abrigo y se lanza escaleras

abajo a cumplir con su comisión de servicios. La distancia hasta su destino es un buen paseo, pero decide cubrirlo andando y dejar que sus pies disfruten de una libertad apenas estrenada. Enseguida se arrepiente. Hace daño descubrir cómo la miseria se desliza por muros y ventanas y se extiende como una culebra por aceras anegadas de escombros y socavones abiertos en la calzada. Casi tres años después de concluida la guerra, salvo contadas excepciones, la ciudad parece una gigantesca grieta, un pozo de pobreza. Destrucción y mugre, como dos viejas arpías, pasean cogidas de la mano por un territorio que apesta a miedo.

Escucha el tañido de una gran campana, un sonido que hace mucho tiempo dejó de ser familiar para él, desde que las iglesias del Santo Cristo del Olivar y de San Sebastián fueran destrozadas por los anticlericales, y arrasada después esta última por la aviación fascista. Se le eriza el espinazo como si le asaltase un mal presagio y queda quieto, intentando dilucidar en qué país, en qué mundo se encuentra. Se pregunta si merece la pena haber abandonado el perímetro alambrado de Cuelgamuros para vagar por aquellas calles de expresión cadavérica.

Los árboles alargan sus descarnados dedos hacia el cielo ceniciento del inminente invierno. Un viento helado agita hojas podridas que se estrellan contra los muros o se alzan en caprichosas bandadas. La bicolor quiere escapar de sus mástiles o ataduras en los balcones. Un par de mozuelos andrajosos corre ante los ocupantes de un coche del Auxilio Social interesados en convertirlos en carne de hospicio.

La gente camina deprisa, guardando para sí sus miradas, contemplando el suelo o el secreto desbaratado de sus almas; siempre bajo la vigilancia fría de un dictador pintado en las paredes o la de su VICTOR, el emblema de tan cruenta gloria. Camisas azules con corbatas negras, uniformes militares, yugo y flechas en camisas y solapas, hábitos morados de penitentes, señoras enlutadas, velos, monjas y sotanas, muchas sotanas. Tullidos y pedigüeños por todas partes. Nueva fauna para un Nuevo Estado.

56

En las proximidades de la glorieta de Quevedo, máquinas, hombres y montones de gravilla intentan maquillar el paisaje, adecentar el rostro de edificios enfermos de la viruela de la guerra y el abandono. Al llegar al comienzo de la calle Magallanes, el paisaje cambia de forma radical. Las bombas no han podido con el campo de las calaveras, el gran solar resultante de la demolición de varios cementerios, donde un grupo de chavales, ajenos a los sabañones, juegan al fútbol entre tibias humanas, cimientos de nichos e historias de fantasmas.

Entra en el portal con la sensación de dar un paso hacia el pasado. Se detiene un instante para contemplar el escenario de un crimen que, paradójicamente, lo enfrenta al recuerdo de un fracaso al tiempo que lo ha beneficiado. No hay portería. A la izquierda, una escalera de fingidos aires señoriales conduce al primero de los cuatro pisos del edificio. A su derecha, tras el ascensor, el espacio se extiende hacia un fondo oscuro, oculto bajo la estructura de la propia escalera. El acceso al punto caliente del crimen está cortado por una cinta claveteada por sus extremos a las paredes, de la que cuelga un cartel escrito a mano prohibiendo el paso por orden judicial.

Desde allí apenas pueden apreciarse algunas manchas en el suelo y la pared lateral. Según los informes periciales, el lechero que había dado la voz de alarma vio los pies y parte de las piernas al entrar en el edificio, y solo cayó en la cuenta de su terrible descubrimiento al activar la luz del portal; había llamado a la policía sin acercarse siquiera al cadáver. Lombardi pulsa el interruptor y logra una visión un poco más amplia, aunque la penumbra cubre aún parte del fondo. Al menos, el primer testimonio del caso parece coherente.

Salta la cinta y se dirige al lugar de los hechos, lamentándose de no contar con más iluminación que la que le proporciona una vieja caja de cerillas olvidada en el bolsillo del abrigo. Cuando alcanza el rincón donde la penumbra se hace oscuridad, una sombra se desliza hacia la parte opuesta. Sobreponiéndose a la sorpresa, Lombardi salta sobre ella y ambos se estrellan sobre una invisible pared.

—¡Policía! —grita, intentando inmovilizar los brazos del desconocido y evitar un presumible ataque. Pero no encuentra resistencia.

—Tranquilícese, agente —replica una voz temblona, casi infantil—. Solo quería mirar.

Lombardi obliga a su presa a incorporarse y, aún sujeta, la conduce hasta la luz. Un flequillo desordenado le cae en cascada sobre los ojos. Es, efectivamente, muy joven, y lejos de parecer peligroso, el chico se afana en demostrar que no es una amenaza.

—Me llamo Ignacio Mora. Soy periodista. Si me lo permite, le enseñaré mi carné de la agencia Cifra.

—¿Y qué coño pinta aquí? —El policía se lo separa de un empujón hacia el fondo, tapándole la salida—. Le va a caer un buen puro.

Mora exhibe la anunciada documentación, a la que suma su cédula de identidad. Lombardi ojea los documentos sin demasiado interés.

—Buscaba información —se explica el joven—. Es que la Dirección General de Seguridad no ha contado nada sobre este crimen.

—Supongo que tendrán sus motivos. Y si ellos no han contado nada, ¿cómo se ha enterado usted?

—La gente habla, ya sabe…

—Y, como la gente habla, usted se salta a la torera una prohibición judicial. ¿Sabe que puede haber estropeado pruebas importantes?

—No, no. He ido con mucho cuidado, y además ya han estado aquí sus compañeros, ¿no? Solo quería conocer algunos detalles.

—Lárguese, y agradezca que no lo denuncie.

El periodista, obediente, salta la barrera, pero se mantiene en pie al otro lado de la cinta. Lombardi lo mira con cara de pocos amigos.

—Aquí sí que puedo estar, ¿no?

El policía se desentiende del intruso para centrarse en lo que le interesa. La sangre seca ocupa una notable superficie en el suelo, resultado del degollamiento. Y en las paredes son notorias tres manchas. Las otras dos que ha visto en las fotos están en la zona oscura. Enciende una cerilla para confirmarlo, y alguna más para seguir buscando.

—A lo mejor le viene bien esto —escucha a sus espaldas. Al girarse comprueba que el joven le ofrece una pequeña linterna—. Tuve que ir a por ella cuando descubrí que no se veía nada.

Lombardi acepta la oferta con un gruñido y prosigue la inspección para confirmar que no hay errores en el informe elaborado por el grupo de Alicia Quirós. Pero algo no cuadra. Husmea por cada rincón, sobre la cerrada puerta de contadores, en el oblicuo techo, sin resultado alguno.

—Parece que le falta a usted algo —comenta el periodista.

—Y a quién no. —El policía abandona el espacio vetado y devuelve la linterna a su dueño—. A usted, por ejemplo, un poco de sentido común. ¿No se cansa de tocar las narices?

—No pretendo molestar. Pero a lo mejor puedo ayudarlo.

—Claro que puede. Esfúmese. —Lombardi ataca los primeros peldaños hacia el primer piso.

—Caliente, caliente —canturrea Mora.

—¿A qué juega? Me da que va a dormir usted unas cuantas noches en el calabozo.

El policía contiene sus amenazas al comprobar que una vecina baja las escaleras desde el principal. La mujer los mira con recelo al cruzarse con ellos, y cuando por fin se pierde en la calle, es Mora quien reanuda la conversación pendiente.

—Busca más manchas de sangre, ¿a que sí?

—Y a usted qué le importa.

—Si me dice por qué, yo le digo dónde hay más.

Lombardi lo contempla sorprendido. El desparpajo de aquel chico resulta irritante, pero al mismo tiempo, y por los mismos motivos, le cae en gracia. Al fin y al cabo, no es un policía franquista y le trae sin cuidado mantener un principio de autoridad con el que no comulga. Tampoco es gratificante que su primer día de libertad acabe con la detención de un alevín de plumilla.

—Contravenir órdenes judiciales, obstrucción a la justicia, ocultación de pruebas —enumera fingiendo severidad—. En media hora se está haciendo usted con una buena ficha delictiva. Me pregunto cómo caería este borrón legal en su trabajo.

Por toda respuesta, Mora, en un par de saltos, adelanta al policía en la escalera y con una seña lo invita a seguir sus pasos. Lombardi acepta la sugerencia.

—¿Por qué cree que debería haber más manchas de sangre? —inquiere el periodista cuando dejan atrás la primera planta.

El joven es un caso insólito de descaro. Efectivamente, faltan dos manchas para que la pauta criminal coincida con los casos similares, el primero y el tercero, ocurridos durante la guerra. Pero el tal Mora no puede conocer esos detalles.

—¿Y por qué piensa usted que es sangre lo que busco y no otra cosa?

—Porque hay más sangre en el edificio. Y si usted no sabe dónde es que sus compañeros no la vieron.

Mora se detiene en el rellano de la segunda planta, ante la primera de sus dos puertas. Señala con el índice la imagen del Sagrado Corazón que la preside, unos centímetros sobre la mirilla.

—Eso parece sangre, ¿no? —dice.

Es sangre. Los bordes de la ovalada chapa muestran restos ennegrecidos que contrastan con el rojo original de la pintura.

—Lo es —admite Lombardi—. Aunque habrá que comprobar si pertenece a la misma víctima.

—Seguro que sí.

El policía echa un vistazo alrededor de la puerta y en las paredes próximas. Finalmente, corre el pesado felpudo. Sobre las losetas hay una pequeña equis negruzca, trazada sin mucha delicadeza. El elemento que faltaba para confirmar una autoría.

—¡Anda! Eso no lo había visto yo —exclama admirado el periodista.

Lombardi rebusca en los bolsillos interiores de su chaqueta hasta dar con un lápiz.

—Mejor con esto, ¿no? —Mora le ofrece una navaja suiza.

El policía acepta la herramienta con un esbozo de sonrisa. Raspa una pequeña porción de la sangre reseca del suelo y la deposita en su pañuelo. Después hace lo propio con la imagen de la puerta, cuidando de no levantar la pintura, y guarda el improvisado paquete en el bolsillo del pantalón.

—Gracias por su ayuda. ¿Me permite quedarme con la navaja? Se la devolveré.

Mora asiente con un gesto de orgullo. No solo ha conseguido engatusar a aquel policía, sino que el préstamo le garantiza un nuevo encuentro con una envidiable fuente informativa.

—Faltan por revisar los pisos superiores —sugiere, solícito.

—No merece la pena —objeta Lombardi—. Ya no hay más sangre.

—¿Por qué está tan seguro?

—En fin, haga usted lo que quiera, pero yo no me molestaría. ¿No tendrá un bloc? He salido zumbando de casa y se me quedó sobre la mesa.

—Sí. —El periodista saca uno de su chaqueta, echa un vistazo a su interior, arranca varias hojas escritas y se lo entrega—. Quédeselo, que en la agencia consigo otro.

—Gracias de nuevo. Una cosa más: no se le ocurra comentar con nadie lo que haya visto y oído aquí; mucho menos en una agencia de noticias. Supongo que allí podré encontrarlo para devolverle su navaja. Mi nombre es Carlos Lombardi, investigador de Homicidios de la Criminal. Pero, por su bien, le aconsejo que no intente localizarme en la Brigada.

—Mucho gusto, señor Lombardi. —Mora estrecha con vehemencia la mano que se le ofrece.

—Y ahora, váyase. Tengo que hablar con estos vecinos y eso debo hacerlo en privado.

—Pues a estas horas va a levantar a doña Patro de la cama, porque es de las que trasnochan.

—¿Doña Patro? ¿La conoce?

—Solo de oídas. Hay compañeros de trabajo que la visitan.

—¿Cómo que la visitan?

—Esto es una casa de citas, y doña Patro es la dueña.

Lombardi no tiene registrado ese local entre los conocidos. Algunos habían desaparecido tras el decreto del treinta y cinco que declaraba ilegal la prostitución. La guerra, sin embargo, transformó en agua de borrajas la voluntad de los legisladores y durante esos años la principal preocupación no fue tanto la existencia de mancebías como su influencia en la salud pública. Pero aquel piso, como tantas cosas en el Madrid que va descubriendo, es nuevo para él.

—¿Desde cuándo?

—Lleva un par de años por aquí. Creo que vino de Andalucía después de la guerra. Es viuda de militar.

—Así que un burdel —reflexiona el policía en voz alta.

—Yo también me pregunto qué hacía un cura en un sitio como este —susurra Mora con aire misterioso—. No me negará que es un noticón. Y está claro que el asesino, con estas marcas, quiso que nos enterásemos de que había estado aquí.

—En cuanto a lo que hacía un cura en un burdel, supongo que predicar con el ejemplo. Pero lo que yo me pregunto es cómo sabe usted que el muerto era sacerdote.

—La gente...

—Sí, ya sé que la gente habla, pero ese hombre vestía de paisano, de modo que poca gente puede decir que era un cura. —Una mueca de cólera asoma de repente en el rostro de Lombardi, se le tensan los músculos de la mandíbula y su índice golpea en el pecho al periodista—. ¿Por qué conoce usted ese detalle? —Ahora se aferra a las solapas de su abrigo—. ¿Quién es su soplón? ¿Prefiere que lo lleve a comisaría y le organice una ronda de preguntas con varios compañeros?

El joven retrocede, esta vez sí, acobardado. El asequible policía se ha transmutado de repente en un implacable interrogador. Se maldice por lenguaraz, por poner en peligro la identidad de su cuñado, por estirar demasiado de una cuerda que puede ahorcarlo.

—Se me hace tarde. Ya nos veremos, señor Lombardi —se despide Mora mientras baja los escalones a toda velocidad, sin posibilidad de observar a sus espaldas la reprimida sonrisa del policía.

Doña Patro es una mujer entrada en años y en carnes, en cuyo rostro redondo se puede intuir una antigua armonía que ella intenta resucitar con un exagerado maquillaje. Diez minutos de reloj ha esperado Lombardi en un coqueto salón hasta que la anfitriona consigue el beneplácito de algún espejo cómplice. Ahora, sentada frente a él, adopta pose de señorona y dirige a distancia a una emperifollada doncellita para que temple la casa y sirva un café café al distinguido visitante.

—Pues mire que aquí siempre lo conocimos como don Ángel. Y como un ángel se portaba conmigo el pobre, siempre con algún detallito.

—Su ángel se llamaba Damián Varela. ¿Tampoco sabía que era sacerdote?

—Esta casa es muy discreta. Espero no escandalizarlo si le digo que por aquí pasan políticos, generales, comisarios de policía, directores de periódico y hasta algún que otro obispo.

—Gente selecta.

—De primera —corrobora ella con gesto satisfecho—. Aunque también los hay humildes, no vaya usted a creer que le hacemos ascos al pueblo llano. Pero a nadie pedimos su cédula de identidad. Ni preguntamos de dónde viene ni adónde va, ni le miramos la cabeza a ver si lleva tonsura o no. Si se presentan con su verdadero nombre o uno falso, es cosa suya. Tengo mucho cuidado de que los clientes ni siquiera coincidan en el salón. Discreción total, ya le digo.

—Comprendo. ¿Cómo se producen las citas? ¿Vienen cuando les parece o hay aviso previo?

—Ellos me llaman por teléfono y yo les doy hora.

—¿Usted les elige la pareja?

—Por lo general, sí. Aunque a veces la eligen ellos.

—Sus chicas, ¿viven aquí?

—¡Ah, no! —salta ofendida—. Yo no tengo chicas. Esto una casa de citas, no un prostíbulo. No sé si comprende la diferencia.

—Desde luego, pero supongo que cuenta con un grupo más o menos estable.

—Unas diez o doce. Todas de confianza. No acepto desconocidas.

—Imagino que a veces son ellas las que le piden habitación.

—Claro, también se buscan la vida.

—En el caso que nos ocupa, ¿fue don Damián quien llamó?

—Sí. Esa misma mañana.

—¿Notó algo especial en él la noche del jueves? Algo que le llamara la atención. No sé, nerviosismo, tristeza…

—Nada en especial —niega la madama con seguridad—. Parecía contento, como de costumbre. Era un hombre alegre.

—¿Con quién se ocupó?

—Con Fátima. Siempre se ocupaba con ella.

Lombardi anota el nombre en su cuadernillo.

—¿Cuál es su apellido?

—¡Ay, ni idea! Es Fátima y sanseacabó. Lo mismo ni se llama así. Algunas usan motes.

—De modo que solamente se veía con Fátima. ¿Con qué frecuencia?

—Muy de tarde en tarde. Desde su primera visita, hace cosa de un año, habrá venido diez o doce veces.

—Cada mes, más o menos —sugiere el policía.

—Más o menos.

—Supongo que Fátima vendrá también con otros clientes.

—Claro. Es una chica mona y está muy solicitada.

—Pues le va a dejar usted mi teléfono. —Lombardi escribe el número con su apellido y entrega a la madama la hoja del bloc—.

Dígale que quiero hablar con ella y que no me gustaría tener que buscarla.

—Descuide, que en cuanto aparezca se lo digo. De momento no tiene reservas, pero no creo que tarde mucho.

—Necesito comprobar el tráfico de parejas de aquella noche.

—Ni lo sueñe —rechaza ella con una mueca—. No puedo revelar la identidad de mis clientes.

—Nadie le pide que haga pública la lista de esos hombres, la mayoría de los cuales usará nombres falsos, según usted. Pero tengo que verla, porque puede haber algún dato importante para la investigación.

—Pues a ninguno de los policías que vino ayer se le ocurrió importunarme —se reafirma ella en la negativa—. Y la vecina del principal me ha dicho que vinieron unos cuantos.

—Cómo iban a molestarla, si ni siquiera llegaron a su piso.

—Le digo que no, y es que no.

—Me parece que no comprende del todo la gravedad del asunto —argumenta Lombardi en tono templado, con la esperanza de vencer aquella resistencia sin recurrir a métodos más drásticos—. Han asesinado a un sacerdote cuando salía de su casa.

—¡Anda mi madre! Como si yo hubiera tenido la culpa.

—Claro que no, mujer. Pero para la Iglesia sería un suceso más que escandaloso el hecho de que alguno de sus miembros pueda ser cliente suyo. Y no les preocupará tanto su asesinato como las secretas aficiones del difunto padre Varela. La discreción de la policía lo ha mantenido oculto. Aunque si, por un casual, se me soltara la lengua en alguna piadosa cofradía, en pocas horas tendría en su portal una concentración de beatas y curas exigiendo el cierre de una casa de lenocinio que corrompe a sus sagrados pastores. Y no creo que eso beneficie al negocio.

—¿Me está amenazando? —El rostro de la mujer se enciende de púrpura—. Pago mis tasas al ayuntamiento y al servicio sanitario, y buenas propinas al sereno y los guardias municipales. Y sepa que trato con personas influyentes.

—Parece mentira, doña Patro. Usted, como mujer de mundo, conoce bien la hipocresía humana. Nadie defenderá públicamente un lugar de pecado si tiene que enfrentarse a la santa cólera de la multitud. Las ratas abandonarán el barco y usted se hundirá con él.

—Es usted un grandísimo cerdo, inspector. Seguro que no es la primera vez que se lo dicen.

Doña Patro se incorpora como un resorte. Recorre el salón hasta una cómoda y, de espaldas a Lombardi, abre uno de los cajones decorados con motivos chinescos. Cuando vuelve a sentarse trae consigo un grueso tomo, similar a los que usan los contables. Con un gesto, invita al policía a sentarse junto a ella en el sofá.

—No voy a poner esto en manos de un chantajista —se justifica—. Puede mirar, pero no tocarlo.

El policía acepta de buen grado. El perfume dulzón de su anfitriona se le antoja excesivo, pero es un sacrificio soportable. La madama pasa las páginas. Cada dos de ellas, enfrentadas, representan la actividad de un día, repartida en cinco columnas divididas en tramos horarios, presumiblemente correspondientes a las habitaciones disponibles.

—Aquí lo tiene: la número tres; Fátima la ocupó con don Ángel a las nueve menos veinte de la noche y se desocupó a las nueve y cuarto.

—¿Ella se marchó antes o después que él?

—Normalmente salen ellos antes, porque entre que ellas se arreglan y que a veces charlamos un ratito, pasan unos minutos.

—Los clientes les pagan a ellas, supongo.

—Claro.

—Y ellas le pagan a usted tras el servicio.

—¡Por favor! —niega como si hubiera recibido un insulto—. Eso es de muy mal gusto. Ajustamos cuentas una vez al mes.

—Y la hora de desocupación que apunta aquí es cuando la alcoba queda completamente libre.

—Eso es.

Lombardi revisa las visitas coincidentes. Otras dos habitaciones figuran como ocupadas al mismo tiempo que la de la víctima, aunque quedaron libres algo más tarde que esta, entre las nueve y media y las diez menos veinte, de modo que no es posible que aquellos dos hombres estuvieran en el portal cuando el padre Damián Varela llegó abajo. Tampoco parece lógico que los tres clientes que figuran como ocupantes en las horas precedentes hayan esperado tanto tiempo a su víctima. El último de ellos dejó su habitación a las nueve menos cuarto.

—¿Quién es este don Federico?

—Una bellísima persona, fina y educada.

—¿Cómo es, físicamente?

—Ni alto ni bajo, delgadito, con gafas y pelo blanco, de unos sesenta y tantos. Anteayer se ocupó con Silvia.

—Ya lo veo.

Por la descripción de doña Patro, el tal don Federico no parece el tipo de hombre capaz de pasar media hora agazapado en un portal para degollar a un cura de cuarenta años, no demasiado corpulento, pero sí fornido. Mucho menos a tres jóvenes. Por otra parte, tampoco resulta sensato acudir a una cita sexual con un cuchillo de semejantes proporciones. Lombardi corrige de inmediato su pensamiento, porque lo insensato es atribuir una pizca de cordura al autor de semejantes salvajadas. Definitivamente, no será entre los clientes del día de aquella casa de citas donde pueda encontrar al asesino.

—Gracias por su ayuda, doña Patro —se despide, incorporándose—. ¿Ve como no ha sido tan difícil?

—Ya —admite ella a regañadientes, acompañándolo hasta la puerta—. Solo espero que esto quede entre nosotros.

—Pierda cuidado. Pero, ya que lo dice, ¿alguien más tiene acceso a esa curiosa crónica de actividades que me ha enseñado?

—¿Se refiere al libro? Pues no, nadie. Lo guardo bajo llave en un cajón.

—¿Ni siquiera su asistenta?

—Vive conmigo y me fío de ella. Además, ¿para qué iba a fisgarlo si ni siquiera sabe leer?

—Espero que su trabajo aquí sea solo de asistenta. Es menor.

—¿Por quién me ha tomado?

—Muy bien. —Lombardi ofrece su mano como despedida. Ella la acepta con alivio, como quien por fin se quita de encima un pegajoso moscardón—. No se olvide de avisar a Fátima. Es urgente.

—Se lo diré, se lo diré.

—¡Ah! Y otra cosa. No limpie esta puerta ni friegue el suelo de la escalera hasta dentro de tres días.

—¿Por qué?

Lombardi corre el felpudo con el pie. El colorete de doña Patro palidece al contemplar la mancha negruzca, y prácticamente se esfuma cuando el policía señala la imagen del Sagrado Corazón.

—¡Ay, Dios mío, qué asco! ¿Es sangre?

—Eso parece.

—¿Por qué han hecho esto en mi casa? —tartamudea la señora—. ¿No será una amenaza?

—Tranquilícese. De haber querido amenazarla no habrían sido tan sutiles. Tanto, que nadie, ni siquiera usted, ha reparado hasta hoy en el detalle.

—Y cómo voy a dejar ahí esa… porquería. Hoy es sábado y tengo casi lleno.

—El felpudo oculta la mancha del suelo, y la de la imagen bien puede pasar por óxido. A nadie le ha llamado la atención hasta ahora. Puede que los compañeros necesiten nuevas comprobaciones, así que espere hasta que el juez autorice la limpieza del portal. Buenos días.

Ella no responde a su despedida. Con los ojos desorbitados frente al Sagrado Corazón, se santigua una y otra vez musitando alguna jaculatoria de desagravio, tal vez un conjuro contra los malos espíritus del vecino campo de las calaveras.

Esta vez, el policía usa el metro. Agarrado al frío metal de una barra, entre miradas perdidas y semblantes inexpresivos, se conce-

68

de un rato de reflexión sobre las dos novedades que acaba de descubrir. La primera, el riesgo asumido por el asesino al actuar en un lugar relativamente transitado; y especialmente la segunda, ese empeño en marcar la casa de doña Patro, dos pisos más arriba, a costa de ser descubierto. La impunidad de la noche y la soledad del escenario en los tres crímenes anteriores se han alterado en este caso con el aparente propósito de señalar las ocultas aficiones de la víctima. Por primera vez existe un mensaje nítido y preciso en la actividad de aquel carnicero: ha querido comunicar a quien sepa leerlo que el venerable Damián Varela no era un casto varón. Puede que ahora, finalizada la guerra, se sienta más seguro. Tal vez los asesinatos precedentes tenían un móvil similar, aunque parece más que forzada cualquier asociación entre una casa de citas, el seminario, la orilla de un río y un piso destrozado por los bombardeos.

Un tercer elemento ronda la cabeza de Lombardi, ese atrevido jovenzuelo aprendiz de periodista cuya afición por lo morboso, bien empleada, puede servir a sus intereses. Por supuesto, su utilidad nada tiene que ver con su profesión, ya que cualquier intento de publicar algo inconveniente para el Régimen acabará en fiasco y en segura reprimenda; el valor añadido del tal Ignacio Mora no es tanto su posible virtud informativa como su carné profesional y sus ansias de saber.

Desde la estación de Ópera cubre a pie el resto del camino hasta el seminario. El edificio, en obras de reparación, muestra todavía alguno de los estropicios de la artillería fascista, sobre todo en sus cinco torres y en la prolongación del ala norte. Convertido durante el asedio en depósito de munición y sede de una brigada mixta, en sus alrededores se conservan aún huellas del sistema defensivo. Han desaparecido, naturalmente, la ametralladora dispuesta junto a la prolongación y las dos piezas de 105 milímetros situadas ante la fachada que mira al río, pero allí sigue la estructura de hormigón que había cobijado a estas últimas, convertida ahora en una especie de piscina a ras de suelo con el fondo cubierto de arena y hojas secas. El enorme patio terroso, aunque ahora vacío por las vacaciones, vuelve a ser un pacífico escenario de recreo. Por supuesto, tampoco queda rastro en la fachada principal de la sangre de Nemesio Millán Suárez, la primera de las víctimas.

Las gestiones para entrevistarse con el rector resultan inútiles por la proximidad de las fiestas navideñas. Don Rafael García Tuñón, le explica un tonsurado y servicial secretario, ha viajado esa misma mañana a Torrelaguna, su pueblo natal, para pasar las vacaciones en familia, y no se reincorporará hasta el año nuevo; no obstante, el funcionario gestiona la solicitud por si a su vuelta considerase la posibilidad de recibirlo. El tal García Tuñón, que debe de rondar los sesenta y cinco, es rector desde el dieciocho y a Lombardi le parece pieza importante a la hora de investigar cualquier asunto relacionado con una institución que ha gobernado durante casi un cuarto de siglo; tampoco durante la guerra había conseguido interrogarlo, porque el sacerdote se refugió en la embajada de Noruega antes de escapar a zona enemiga. El policía valora la posibilidad de desplazarse hasta las faldas de Somosierra para conseguir cuanto antes la entrevista, pero para eso será necesaria la mediación de Ulloa. De momento, solicita una lista de la plantilla del seminario en el curso 1935-36 que incluya alumnos, profesorado y personal subalterno, y que informe de los fallecidos durante la guerra. Ya existe tal relación, le dicen, aunque solo respecto a alumnos y profesores fallecidos, y esa lista está en poder del juez militar; aunque no será complicado completarla según su petición y en pocos días la remitirán a don Balbino Ulloa a la Dirección General de Seguridad.

De camino al siguiente escenario, el policía compra un arenque en salazón y media barra de insulso pan de maíz. Piensa que tendrá que dar un buen rodeo, pues recuerda el viaducto, ya en obras al comienzo de la guerra, muy dañado por la artillería. Sin embargo, los trabajos de rehabilitación parecen avanzados, y aunque el paso de vehículos está prohibido, los peatones pueden transitar por la zona central mientras un enjambre de obreros trabaja en los márgenes.

El almuerzo le dura casi hasta la estación Imperial, donde calma la sed en una fuente pública antes de bajar a la orilla del río. Orientarse sobre el lugar exacto del crimen no es sencillo una vez desaparecidas las baterías que tiempo atrás defendían aquel entorno. Tampoco espera nada especial de esa visita excepto resucitar recuerdos. Sentado en la pedregosa ribera, quiere imaginarse el lugar exacto donde hallaron el cuerpo de Eliseo Merino Abad, pero tanto da que haya sido allí delante o unos metros más allá. El tiempo lo borra casi todo y la orilla de un río no es precisamente un punto de referencia fiable. Lo único inalterado, que ni siquiera los años han conseguido difuminar, es la evocación de un cruel ensañamiento.

Lombardi se alza las solapas del abrigo para contener el relente de la humedad y reanuda la marcha. Su destino no queda lejos, y al hacerse esta reflexión le sobreviene el recuerdo de otra parecida que a menudo lo asaltaba en la cárcel. Y es que los lugares donde se hallaron las víctimas durante la guerra forman un triángulo cuyos lados no llegan al kilómetro de longitud, como si se tratara de un asunto casi doméstico, con todos los vértices en el mismo barrio. El asesino, con su actuación en la calle Magallanes, parece haber roto el molde que él mismo fraguó en los primeros casos. Un elemento más para suponer que ahora se mueve con una libertad que no tenía en los años de asedio; o que, simplemente, se ha vuelto más atrevido que entonces.

El edificio de Las Aguas está prácticamente reparado, aunque cuando Lombardi llega a la estrecha calle tiene que sortear varios andamios para entrar en el portal donde aquella aciaga tarde de marzo su mundo se había derrumbado por completo y arrastrado con él su libertad. Aquellas horas oscuras permanecen como una mancha nebulosa en su memoria, pero ahora, al afrontar el escenario donde se encontró el tercer cadáver, cree ver de nuevo el cuerpo mutilado que, según los informes leídos la noche previa, correspondía al joven de veinticuatro años Juan Manuel Figueroa Muñoz, otro seminarista. El repintado de las paredes y la lejía en las losetas han borrado todo vestigio, pero el lugar elegido por el asesino para dejar su marca no puede ser aleatorio. El edificio, de dos alturas, tan solo tiene una puerta en el piso principal, mientras que el entresuelo cuenta con una entrada desde el portal y otra desde la calle.

Lombardi investiga entre el vecindario hasta averiguar que los bajos del bloque fueron tiempo atrás una academia de curas. De nuevo los curas. Durante un par de años hubo allí clases para niños y adultos, según las horas y los días, interrumpidas por la guerra y sin muchas trazas de reanudarse, porque el edificio pertenece ahora a una empresa relacionada con la Dirección General de Regiones Devastadas. Solo un nombre, don Hilario, director de la citada academia, queda en la memoria de algunas de aquellas gentes.

Atardece cuando el policía emprende el regreso a casa. Andando, para degustar el sabor de una ciudad de nuevo iluminada, aunque muy pobremente, sometida a severas restricciones. A cada paso saltan los recuerdos, que vagan por las calles como mendigos harapientos. Los recuerdos y las novedades. La plaza de Salmerón vuelve a llamarse de Cascorro; la del Progreso, con su monumento a Mendizábal, pertenece ahora a Tirso de Molina, y de la estatua del político desamortizador solo queda el pedestal de piedra. La peana vacía se le antoja una metáfora perfecta del Nuevo Estado, obsesionado con borrar de sus calles cualquier aroma liberal o republicano. Y si el personaje es de carne y hueso y no basta con apearlo del pedestal, se lo encierra o elimina con la misma impunidad que la demostrada con una obra de bronce inamovible durante setenta años. Fascismo puro. Al menos, no puede reprochárseles que hayan engañado a nadie.

A medida que se acerca al centro, la iluminación es algo más generosa, probablemente por la proximidad de las fiestas navideñas. No figura en su itinerario, pero la plaza Mayor lo atrae como un imán. Imagina que también habrá perdido su nombre de plaza de la Constitución por terminología sospechosa y directamente asociada a la República, aunque se había llamado así durante cuatro decenios de monarquía hasta la dictadura de Primo de Rivera. Mayor o Constitución, al entrar por el arco de Cuchilleros, Lombardi sufre una repentina punzada de nostalgia. Le vienen a la memoria sus años infantiles, cuando, de la mano de su madre, recorría aturdido por la emoción aquellos tenderetes colmados de adornos, regalos y figuras para el belén, como los ve ahora. A veces, ella lo llevaba también al cercano mercado de la plaza de Santa Cruz, donde el espectáculo era parecido, aunque aquí la amplitud del escenario resultaba mucho más impresionante. Entonces era feliz. Y era libre, o algo parecido, porque en aquellos años no existía aún la sensación de sometimiento y opresión que en edad adulta hace brillar como contrapunto la palabra libertad.

Recorre como un niño cada rincón de la plaza. Con ojos de niño quiere examinar las cercas de los vendedores de pavos, los puestos de frutas y verduras, los de castañas asadas, las casetas de golosinas. Compra un cucurucho de pipas de calabaza, uno de sus caprichos de infancia. No sabe cuánto va a durar su libertad, su vida, pero entretanto piensa disfrutar sin freno de cada uno de sus antiguos y secretos vicios.

Como un niño callejea luego y camina calle Atocha abajo, sembrando de cáscaras la sucia y destartalada acera, hasta que sus pensamientos aterrizan en la realidad al cruzarse con una pareja de curas. Como si estuvieran esperándolo tras un breve recreo, las imágenes de los cuatro asesinatos vuelven a su mente y llega a la desoladora conclusión de que apenas tiene nada. Nada excepto un par de nombres vinculados a los dos últimos casos, ese don Hilario de la academia y la prostituta Fátima, la última persona relacionada con Damián Varela. Tiene que moverse, y hacerlo rápido.

Ha doblado la esquina con la calle Cañizares, a pocos metros ya de su casa, cuando un vehículo frena a su lado y el policía tiene la sensación de haber vivido antes aquella escena. Es un cochazo negro, un Mercedes del que se apea un individuo rubio, alto y fornido, con gabán oscuro.

—¿Señor Lombardi? —Con marcado acento extranjero, la frase parece un mandato más que una pregunta. El tipo ni siquiera espera la confirmación de su interlocutor y, ahora sí, dicta una orden—. Debe acompañarnos.

—¿Adónde?

—El señor Lazar quiere hablar con usted.

Las erres en la boca de aquel hombre hacen más ruido que el motor al ralentí. Lombardi se imagina el origen del gigante y no le gusta nada.

—¿Y quién demonios es el señor Lazar?

La respuesta surge del interior del vehículo: dos fulanos hoscos, de similar complexión que el anterior, se le colocan a ambos lados.

—Puede venir voluntariamente —sugiere el primero—. Sería un viaje más agradable.

Sopesa las posibilidades. Enfrentarse a ellos no parece sensato; probablemente van armados, aunque ni siquiera a guantazo limpio tiene opciones. Piensa en correr hasta el portal de su casa, pero el extranjero lo lee en sus ojos.

—Solo lo entretendrá un rato —aclara el matón, que parece elegir a propósito las palabras con más erres—. Luego lo traemos de nuevo a casa.

Resignado, acepta la portezuela posterior que le abren y el tipo dialogante se sienta a su lado. Apenas se han acomodado cuando el coche acelera hacia la glorieta de Atocha. Sus acompañantes parecen estatuas, y al comprobar que sus preguntas sobre la identidad del tal Lazar quedan en el aire, el policía sigue comiendo pipas; al principio deposita las cáscaras en su mano libre, pero al cabo de un rato decide tirarlas al suelo del coche. Tampoco esa actitud desafiante contribuye a que los tres matones abandonen su fría solemnidad.

Toman por la Castellana, o por lo que había sido el paseo de la Castellana, porque los carteles dicen que ahora se llama avenida del Generalísimo. El colmo de la vanidad, piensa: bautizar una calle con el título que tú mismo te has concedido y sin siquiera haberte muerto. Tras un corto trecho, el coche gira a la derecha, y no puede decirse que Lombardi se lleve una sorpresa. La entrada de la verja está delimitada por dos columnas de piedra culminadas por sendas águilas unidas por la bandera de la cruz gamada, la misma que cuelga, repetida hasta la saciedad, en la fachada del edificio más allá del jardín. Aquella siempre ha sido la embajada alemana, y las águilas no tienen nada que ver con el Tercer Reich, pero su nueva decoración resulta especialmente detestable.

El conductor evita la entrada principal de la legación y aparca en un lateral, frente a la puerta de un edificio anexo. Solo se apea el compañero de asiento de Lombardi, que invita a este a seguirlo a través de un acceso vigilado por macabros uniformes negros y luego por un largo pasillo con puertas cerradas a ambos lados. Al llegar a la del fondo, donde acaba el corredor, el alemán se detiene.

—El señor Lazar es agregado de prensa del embajador —dice en un tono parecido a la cortesía—. Lo espera.

El guía golpea tres veces con los nudillos en la maciza puerta de madera y una especie de graznido responde al otro lado. Solo entonces se atreve a abrir y cede el paso al visitante sin cruzar el umbral.

El policía observa atónito desde la misma entrada, sin atreverse a avanzar. Ante él tiene un gran despacho, un salón templado por una chimenea encendida y decorado con extraño gusto. La pared de la derecha, sin ventanas, da la impresión de pertenecer a otro siglo, engalanada con tapices y cuadros barrocos y una colección de tallas de distintos tamaños cuyo origen renacentista, en algún caso gótico, parece indudable. Si se prescinde del resto de la habitación, uno puede creer que se halla en una vieja sacristía o en el almacén de una catedral.

—Adelante, señor Lombardi.

La voz suena nítida, casi sin acento. El hombre que lo ha saludado desde una mesa en la pared frontal se incorpora para dirigirse a un tresillo rinconero junto a la chimenea, y con una seña indica al visitante que lo acompañe. Este obedece con la sensación de que camina sobre nubes hasta reparar en la espesa alfombra que amortigua sus pasos. Tal vez contribuye a esa sensación de irrealidad la presencia de varias espectaculares jóvenes que entran y salen por una puerta del fondo con papeles y carpetas en las manos.

Su anfitrión se ha sentado sin más ceremonias, y él hace lo propio en una butaca lateral.

—Gracias por venir —añade el diplomático.

Lombardi observa detenidamente el chocante ejemplar que tiene enfrente. Corpulento, aunque de altura media, viste con impoluta elegancia y un monóculo le otorga cierto aire aristocrático. Parece un actor representando un personaje. Pero lo más llamativo es su físico, su tez morena, su pelo negro ajustado al cráneo con fijador y un finísimo bigote oscuro. Al policía le da la impresión de que tapiza su rostro con algún maquillaje claro en un vano intento de disimular su origen oriental. Desde luego, su aspecto no tiene nada que ver con la pureza aria que predican los ideólogos nazis. Nada que ver con los gorilas que lo han llevado hasta allí.

Lazar se deja contemplar durante un tiempo, hasta que decide tomar la iniciativa.

—Celebro conocerlo personalmente —apunta en un español más que aceptable—. Usted no me conoce a mí, pero en cierto modo me debe su libertad.

El policía esboza una mueca de incredulidad que el anfitrión ataja con una media sonrisa autosuficiente.

—Pedí al mejor investigador —agrega—, y resulta que estaba preso. Si ahora está aquí es gracias a mí.

—¿Por qué motivo?

—Por el asesinato del padre Varela, naturalmente.

—¿Qué interés puede tener la embajada alemana en ese crimen?

—Lo tengo yo.

—Así que es un asunto personal.

—En cierto modo, aunque mi interés coincide con el del Reich y, por lo tanto, con el de la España Nacional Sindicalista. Pero antes quiero saber si es usted realmente el mejor criminólogo, tal y como dicen. Debe de ser así, si han llegado al extremo de liberar a un condenado rojo; perdón, quería decir a un rojo condenado —matiza, haciendo gala de su dominio del idioma.

—Ni soy rojo ni creo ser el mejor en mi profesión. Si me han elegido para este caso es porque guarda ciertas similitudes con otros que investigué personalmente durante la guerra.

—Vaya, sí que es curioso. Conozco su biografía bastante bien, y ese detalle ha pasado inadvertido para mis informadores.

—¿Cree que me conoce?

El diplomático saca una hoja de bolsillo exterior de su americana, la desdobla, y lee:

—Nació en Buenos Aires en mil novecientos uno, de un argentino y una española. Por cierto, ¿de dónde viene su apellido?

—Mi abuelo paterno era italiano.

Lazar alza levemente las cejas, pero prosigue su informe sin más comentarios:

—Tras la separación de sus padres llegó a Madrid con su madre a poco de cumplir los cuatro. Ingresó en la policía a los veintitrés, y cinco años después, en el treinta, falleció su madre. En el treinta y tres se casó con doña Begoña Arriola, de la que se divorció a primeros del treinta y cinco sin haber tenido descendencia.

—Vaguedades que cualquiera puede conocer consultando archivos.

El nazi le dedica una mirada desdeñosa, pero no se toma la molestia de rebatir su argumento.

—Conclusión —dice, sin embargo—: una magnífica hoja de servicios tras seis años de trabajo policíaco con la Monarquía y ocho con la República. Eso es lo único que cuenta. Lo demás, tiene usted razón, son minucias personales. Y ahora, el Gobierno del general Franco lo rescata de los infiernos. Espero que sus servicios al Estado fascista se prolonguen durante largo tiempo.

—Muy generoso por su parte.

—No es generosidad, créame. Es política. En Alemania no se entiende que el Caudillo mantenga encerrados a miles de españoles cuando hay un país que reconstruir. Bastaría con unos centenares de ejecuciones ejemplares, y el resto a trabajar, que buena falta hace. Aunque, ciertamente, eso aumentaría el ya grave desempleo si no se ponen los medios para recuperar la industria y la agricultura.

—Me temo que aquí las cosas se ven de modo distinto.

—Grave error, pero a mí me basta con la confianza que la policía española ha depositado en usted. Quiero que atrape al asesino del padre Varela, y cuanto antes. No solo se ganará la gratitud de sus jefes, sino que lo recompensaré generosamente.

—Eso intento. ¿Le importaría explicarme los motivos de su interés?

—Con mucho gusto, pero antes permítame ofrecerle un pequeño refrigerio.

Lazar hace un gesto con su mano y desde las espaldas de Lombardi entra en escena una de aquellas valquirias que pululan por el despacho. Rubia, escultural, viste como una modelo y transporta una bandeja con una botella, un par de copas y un platillo de canapés y bollitos de hojaldre que deposita con delicadeza sobre la mesa baja que separa a ambos tertulianos.

—Gracias, señorita Baumgaertner —dice Lazar en español para despedirla, y de inmediato consulta a su invitado—: ¿Una copa de oporto?

El policía niega con la cabeza. Lazar se sirve a sí mismo.

—Puede que le apetezca algún bocado. Supongo que hace mucho que no se permite lujos como este.

En efecto, el platillo muestra delicias de caviar, paté, ahumados y otras combinaciones calientes que hacen gemir el estómago de Lombardi. Pero no está dispuesto a aceptar nada de aquella gente. Tomaría veneno antes que catar las migajas de un nazi. Está tentado de sacar del bolsillo su cucurucho de pipas para engañar en lo posible a los jugos gástricos, pero no es cuestión de provocar más de la cuenta.

—Ni yo, ni la inmensa mayoría de mis compatriotas —argumenta, cortante.

—El orgullo no es inteligente, señor Lombardi. Aunque reconozco que el desabastecimiento es un serio problema, como lo es la creciente carestía de precios. Y no le oculto nuestro temor a que se produzcan altercados por el hambre, porque ni siquiera sus soldados comen en condiciones.

—Estoy cansado. ¿Le importaría ir al grano y explicarme su interés por Damián Varela?

—Desde luego. Y disculpe mis prisas al convocarlo a estas horas. Aquí, como verá, trabajamos hasta tarde, y la noche todavía será larga con el cóctel de Navidad que ofrece la embajada dentro de una hora. Me gustaría que asistiese como invitado mío, pero comprendo que su primer día en libertad lo haya agotado.

Al parecer, Lazar es un sujeto encantado de escucharse, por mucho que sus divagaciones aburran al oyente. Su cortesía no parece impostada, pero sin duda es uno de esos hombres capaces de descerrajarte un tiro con una enorme sonrisa en la boca.

—Vayamos con el padre Varela —dice por fin—. Déjeme que le explique antes la situación de su país en el aspecto informativo, que es mi competencia. Tras la victoria del Generalísimo, nuestro fiel aliado, todos los periódicos y emisoras de radio fueron requisados, en algún caso para devolverlos a sus legítimos propietarios, en otros para ser directamente nacionalizados.

—Sí, ya había oído hablar de la libertad de prensa —ironiza Lombardi.

—La revolución nacionalsindicalista no se puede conseguir con medias tintas. Por eso, los directores de todos los medios de comunicación están nombrados directamente por el Gobierno del Caudillo, y las imprentas en poder de Falange. Yo contribuyo modestamente a que la visión del mundo que ofrecen a sus lectores y oyentes se ajuste a la del Führer. Para eso trabajamos en esta oficina, para contar la verdad, que no es otra que la inminente victoria del Reich.

—Tengo entendido que en Leningrado se cuentan cosas muy distintas.

—Los rumores que puedan llegar a las cárceles no siempre resultan fiables.

—Pues nos hacen desayunar, almorzar y cenar, haya o no comida en el plato, con el parte de Radio Nacional, y en verano anunciaban la rápida derrota de los rusos con la inestimable ayuda de nuestra gloriosa División Azul. El viejo San Petersburgo se les ha atragantado.

—Moscú sigue al alcance. En primavera se reanudará la ofensiva, y unos meses de retraso no cambian los hechos. Pero no discutamos sobre lo evidente en asuntos militares. Le hablaba de la prensa española, controlada por fieles al Nuevo Estado. Incluso muchos de los corresponsales extranjeros pasan por el filtro de esta oficina, de modo que cuanto lea usted en cualquiera de sus periódicos cuenta con el beneplácito de quien le habla.

—Ya veo que me han traído ante un personaje importante. Pero Damián Varela no era periodista, que yo sepa.

—Paciencia, señor Lombardi. Seguramente ignora que desde aquí controlo más de doscientas hojas parroquiales.

—¿También a los curas?

—Por supuesto —acepta Lazar con un tonillo de vanagloria—. El clero es un elemento fundamental de la nueva España. Apoyó el Alzamiento, bendijo sus cañones, y de paso los nuestros, y recibe al Caudillo bajo palio en sus templos. No diré que es de mi agrado el rasgo clerical que ha adoptado el Régimen, algo impensable en el Reich; pero, como dicen por aquí, es lo que hay. Así que me aseguro de que cuanto lean los feligreses españoles se ajuste a la ortodoxia. De momento ciento cincuenta mil ejemplares, que crecen día a día.

—¿Ustedes elaboran esos boletines?

—No sea ingenuo. Si yo le propongo a un párroco hacerle su hoja dominical, se negará: siempre el odioso orgullo español. Sin embargo, si le ofrezco apoyo publicitario de las empresas alemanas instaladas en España que le garanticen la gratuidad de su boletín parroquial, aceptará sin dudarlo. Las hojas se imprimen en tipografías de Falange, de modo que el control de su contenido es sencillo. Y siempre queda claro que defender la causa de la generosa Alemania es un mínimo gesto de gratitud por su parte.

—Con dinero se consigue casi todo, quiere decir.

—El orgullo no es inteligente, le decía antes. El dinero, sí. Y de dinero se trata al hablar de Damián Varela.

—Sigo sin comprender la relación.

—El padre Varela era mi enlace con las parroquias. Él se encargaba de distribuir los fondos para pagar a las imprentas. Y cuando murió llevaba doce mil pesetas en la cartera. Por lo que sé, no las tenía cuando encontraron su cadáver.

El policía arruga la frente: así que el cura se había ido de farra con la colecta del amigo nazi en el bolsillo. Reprime una sonrisa, y por un instante tiene un pensamiento de simpatía hacia quien ha culminado semejante barbaridad con el robo de un dineral al mismísimo Tercer Reich.

—Ahora lo entiendo. El cura le trae al fresco. Lo que quiere es recuperar su dinero.

—Pues ya que lo plantea así, está en lo cierto —asume el diplomático con una mueca de cinismo—. No es que me alegre de que lo hayan matado. Era un correligionario y se merece un buen funeral. Pero lo que me interesa es el dinero. La cuarta parte será suya si caza al criminal en, digamos, una semana. Considérelo un negocio, como lo hago yo: no puedo permitirme impagados con los párrocos y sus imprentas.

—Nunca he considerado mi trabajo como un negocio. El asesino de ese sacerdote es un peligro público, y espero poder cazarlo, como usted dice; aunque no puedo garantizar un plazo.

—Lo conseguirá, estoy seguro. Y ahora debe disculparme porque tengo trabajo. —Lazar se incorpora y tampoco en esta ocasión le ofrece su mano como despedida. Lombardi agradece no verse obligado a tocar a semejante esperpento—. El coche sigue en la puerta y lo llevará a su casa.

Antes de que el policía haya dado media vuelta, el diplomático llama de nuevo su atención:

—Ya ve que soy una persona ocupada. Si necesita cualquier cosa de mí, hable con la señorita Baumgaertner, aquí presente.

La joven que les ha servido se le aproxima, ella sí, con la mano extendida.

—Erika Baumgaertner, a sus órdenes.

Una presentación excesivamente militar y un apellido diabólicamente impronunciable, piensa Lombardi, aunque la mano es cálida y el apretón tiene un gusto sensual que no esperaba.

Todavía le da vueltas a la suavidad de aquella piel cuando el coche de la embajada lo deja ante el portal de la calle Cañizares. Es noche cerrada. Da un sonoro portazo como despedida y enfila la escalera decidido a meterse directamente en la cama con dos o tres mantas para conjurar el implacable frío que de repente ha invadido la ciudad.

Para su sorpresa, una corriente templada le acaricia la nariz cuando abre la puerta de casa. Al encender la luz, la sorpresa se convierte en asombro. Su hogar está razonablemente limpio y ordenado. Quedan algunas telarañas en los techos, pero el cambio parece milagroso. La estufa del salón irradia un suave calor. Aún mantiene brasas. En sus proximidades descubre un cajón que no existía cuando salió de casa por la mañana, lleno de astillas y carbón. Reactiva el fuego antes de proseguir su inspección ocular. El resto de la casa también ha sido arreglado. Sonríe al encontrar legumbres y varias latas de conserva en la cocina, y verduras en la fresquera. También hay leche y achicoria y dos paquetes de Ideales sobre la mesa.

Lombardi tiene sueño, está exhausto tras su primer día en libertad, pero se siente de nuevo en su verdadera casa y recuerda que aún le queda algo por hacer en la cocina antes de acostarse. Del cajón de los cubiertos, relucientes como recién fregados, toma un cuchillo de afilada punta, abre la puertecilla bajo la pila, retira un cubo con un par de bayetas todavía húmedas y se enfrenta a la loseta que queda justamente bajo el desagüe.

Al cabo de un rato de rascar el yeso, la loseta cede y el policía la aparta a un lado para corroborar que Luciano Figar es un chapucero que ni siquiera sabe dirigir un registro. Pistola, sobaquera y munición parecen como nuevas, envueltas en su fieltro protector desde que el levantamiento militar aconsejó guardar un arma de reserva. Ahora, tal y como se están poniendo las cosas, con los nazis campando a sus anchas por Madrid, parece llegado el momento de que su Star del nueve corto vuelva al servicio activo.

***

Abre los párpados de forma automática con el sonido del timbre. Se levanta de un salto, ajusta la sobaquera sobre el pijama y se cubre con el batín. El reloj dice que son las nueve y media. Ha dormido casi once horas de una sentada. La mirilla contribuye a relajar la tensión de sus músculos. Es Alicia Quirós.

—¿También trabaja en domingo? —la recibe de buen humor.

—Normalmente no, pero abrimos el caso ayer y pensé que vendrían bien unas horas para ponerme al tanto. ¿No lo habré despertado? —El aspecto del policía es respuesta suficiente—. Lo siento.

—No importa. —Lombardi la ayuda a quitarse el abrigo y lo cuelga en el perchero junto al bolso que lleva al hombro—. ¿Desde dónde viene, dónde vive?

—En General Ricardos. El tranvía hasta Sol y luego el metro. En menos de una hora estoy aquí.

—¿Pero todavía queda en pie alguna casa de aquella calle? Era frente de guerra.

—Alguna queda, sí, y han rehabilitado otras. Mis padres siguen viviendo en Prosperidad, pero cuando conseguí el trabajo, una amiga y yo decidimos alquilar un piso cerca del puente de Toledo. Allí son baratos ahora.

—¿Pasaron ustedes la guerra en Madrid?

—Mis padres sí, escondidos. Mi hermano y yo nos fuimos con los nacionales.

—¿Falangistas todos? Porque, viviendo en una casa de La Prospe, no creo que sean de familia aristocrática.

—Mi padre es camisa vieja, de los primeros militantes de Falange.

—Bueno, pues ahora estarán como Dios, con los suyos partiendo el bacalao.

Lombardi se arrepiente de la frase mientras la pronuncia. Ha entrado en terreno resbaladizo. Ironizar sobre los vencedores ante una vencedora puede costarle caro; como mínimo, ganarse su antipatía. Todo está demasiado próximo, las heridas todavía abiertas. Ella, sin embargo, encaja el sarcasmo con frialdad.

—¿La Falange en el poder? —replica con una sonrisa cáustica—. No bromee. Llámela falangina o falangeta, como guste, pero de Falange no queda nada a pesar de que cada mes haya cientos de afiliados nuevos a FET y de las JONS. Si ustedes no hubieran fusilado a José Antonio...

—¡Eh! A mí no me mire, que yo no tuve nada que ver.

—La República, quería decir.

—Le hicieron un juicio sumarísimo a espaldas del Gobierno. O eso dijeron.

—Pues más les valdría haberlo canjeado. Con él cerca de Franco todo habría sido distinto. La guerra mucho más corta, y la paz más justa. José Antonio no tragaba a la Culona y le habría puesto las peras al cuarto.

Así que se encuentra ante una desencantada que se permite además llamar por su mote más cruel al gran Caudillo de España, Jefe del Estado y Generalísimo de los Ejércitos; al menos en privado y ante quien, como él, sabe desafecto al Régimen. Lombardi celebra poder expresarse libremente con su inesperada compañera de investigación.

—O habría muerto por balas de distinto color, quién sabe —matiza el policía—. Pero me alegra oír que su idea de la paz no coincide con la que nos han impuesto.

—Y usted, ¿no tiene a nadie con quien compartir la alegría de su liberación?

—Es posible que todavía me quede un padre en Argentina. Y puede que algún hermanastro o hermanastra que ni siquiera conozco en foto. Soy hijo único, y mi madre falleció en esta misma casa hace unos cuantos años.

—¿Tampoco amigos?

—Pocos, pero los tuve. El que no murió en la guerra está en la cárcel o en el exilio. O se cambió de chaqueta cuando vinieron mal dadas. —De pronto, es consciente de que están sentados en el salón; él en batín, ella con el mismo traje que la víspera, aunque hoy con blusa blanca—. Bueno, basta de confidencias personales. Con su charla me ha desviado de la bronca que se merece. Seguro que lo ha hecho a propósito.

—¿Qué bronca? —se alarma ella.

—La acepté como apoyo profesional, no de asistenta del hogar.

Quirós asume el reproche con una risita.

—Siento que se lo haya tomado mal —se excusa—. Pero mírelo de otra forma: si no puede contar con espacio en la Brigada, en algún sitio tendremos que trabajar. Así que lo único que he hecho es adecentar nuestra oficina y procurar que esté caliente. Lo hice por mi propia comodidad, no crea.

—Muchas gracias, en todo caso. ¿Le apetece un café con leche? —Lombardi se incorpora para dirigirse a la cocina. Ella sigue sus pasos—. Bueno, como sabrá, porque la compró usted, solo tengo achicoria.

—Ya he desayunado. Y el café está carísimo en el mercado negro, cuando se encuentra.

El policía pone a calentar un cazo de leche en el hornillo eléctrico y contempla de arriba abajo a la joven, intentando descubrir hasta qué punto merece confianza una funcionaria franquista por mucho desencanto que muestre. Tal vez sea una artimaña de Figar para tenderle una trampa. Mejor andar con pies de plomo que acabar con plomo en la nuca, se dice. Ella parece seguir su misma pauta, observándolo en silencio. Lombardi cuela la leche y deja la nata sobre un plato. De niño le gustaba comerla aparte mezclada con azúcar, una vez fría. Pero no hay azúcar entre las compras de Quirós.

—Hasta tabaco me ha traído, todo un detalle —elogia con el primer trago—. ¿Cómo sabe que fumo Ideales?

—Mal policía sería si no me hubiera fijado en las colillas del cenicero. Lo demás fue sencillo. En su bolsa hay de todo: cartilla de racionamiento, de tabaco, y algo de dinero. Encontrará las vueltas en la propia bolsa.

—Limpió la casa, fue a la compra. ¿Y cómo pudo salir y entrar si no tiene llave?

—Llamé a una amiga para que se quedara mientras yo iba a comprar. Fue ella quien empezó la limpieza. Yo solo ayudé.

—Pues traslade mi gratitud a su amiga. Supongo que con tanto ajetreo no habrá hecho usted los deberes.

—Supone mal —objeta Quirós—. Ya conozco los tres asesinatos de la guerra como si fueran el del otro día. Solo me falta revisar en persona los escenarios.

—Me los pateé ayer. Incluido el del padre Varela.

—¿Consiguió algo nuevo?

—Poca cosa, aunque puede servir para empezar.

—Por cierto, hoy publica la prensa una esquela de nuestra víctima. Tengo el *ABC* en el bolso.

—Vamos al salón.

Quirós despliega el diario. Lombardi la frena para echar un vistazo a las noticias. Desde su detención ha perdido todo contacto con un periódico del día y quiere comprobar qué cara tiene ahora la versión impresa de la realidad. La portada está dedicada a la guerra del Pacífico, y en primera página informativa se destacan los avances japoneses en Filipinas, Malasia y Hong Kong, evacuado por las tropas británicas. Más adelante, bajo el titular genérico de *La Cruzada contra Rusia*, se da cumplida cuenta de la versión del Alto Mando alemán, que informa de encarnizados combates en el sector central del frente Este con grandes pérdidas de los bolcheviques. En África, la aviación alemana ha bombardeado el puerto de Tobruk y los italianos rechazado a las unidades acorazadas enemigas en la Cirenaica. Curiosamente, esta última versión es compensada con un informe del Cuartel General del ejército británico en El Cairo, donde se halla Churchill, que asegura haber conseguido una contundente victoria en aquel enfrentamiento y ocupado un par de plazas al enemigo. Todo se pinta a favor del Eje, pero los italianos, al parecer, no cuentan con un Lazar en España, porque la presencia nazi en la información es abrumadora: discursos de Goebbels, pormenorizados datos sobre el ataque contra Inglaterra, triunfos de la marina alemana.

Las páginas siguientes están dedicadas a personalidades de Falange y del Frente de Juventudes, a heroicas necrológicas político-religiosas en honor a varios caídos de la División Azul y a los cursis Ecos de Sociedad. En otra, en lugar casi oculto y bajo el frío título de *Sentencia cumplida*, se da cuenta de la ejecución en Vigo de tres atracadores y dos miembros de una denominada partida rebelde. Llama la atención de Lombardi un solemne titular sobre la detención en Córdoba de una banda de salteadores de trenes que, en realidad, robaban cajas de cerillas para venderlas luego a bajo precio. Tras la página de deportes, la cartelera de espectáculos. Y allí, incrustada entre la lista de cines y salas de fiesta, la esquela que Quirós quería mostrarle:

✝

ROGAD A DIOS EN CARIDAD POR EL ALMA
DEL PRESBÍTERO
Don Damián Varela Chamorro
Que falleció el día 18 de diciembre de 1941
habiendo recibido los Santos Sacramentos
y la bendición de Su Santidad.
R.I.P.

Sus afligidos padres, D. Benito Varela y Dª Ceferina Chamorro; hermanos, D. Gregorio, Dª Rafaela y Dª María Luisa; hermanos políticos, sobrinos y demás familia ruegan a sus amigos se sirvan encomendarle a Dios.

El funeral en sufragio de su alma se celebrará mañana, lunes, día 22, a las doce de la mañana en la Parroquia de San Martín (calle del Desengaño, número 26), así como las misas que se celebren el mismo día 22 en la parroquia de Maltillos (Huesca) serán aplicadas por su eterno descanso.

Nota.- El próximo viernes, día 26 del corriente, a las diez de la mañana, empezarán a celebrarse las misas gregorianas en sufragio de su alma en el altar de Nuestra Señora del Carmen de la citada parroquia. El eminentísimo señor nuncio de Su Santidad y el excelentísimo y reverendísimo señor obispo de Madrid-Alcalá se han dignado conceder indulgencias en la forma acostumbrada.

—No dice nada del entierro —comenta Lombardi.

—Lo entierran en su pueblo.

—Que será este de Huesca donde le van a dedicar misas. Habría que hablar con sus familiares, vecinos, conocidos.

—Ya están con todo eso en la Brigada. Cuando lleguen los informes, se los paso.

—A ver si cuentan algo más que este panegírico vacío.

—A mí no me parece tan vacío —objeta ella—. A veces, entre el lenguaje aparatoso de las esquelas se averiguan cosas. Por ejemplo: no es normal que a un simple capellán le dediquen misas gregorianas. Deben de ser carísimas.

—Bien visto, Quirós. Tendría buenos padrinos. —Lazar, por ejemplo, piensa el policía, aunque de momento eso es asunto exclusivamente suyo—. Era capellán militar, y el Ejército y la Iglesia no parecen malos valedores en los tiempos que corren. Podríamos preguntar en Nuestra Señora del Carmen quién las ha pagado, pero tampoco creo que nos ayude mucho.

—Y otras veces, como en este caso, compruebas que son una mezcla de verdad y de mentira, con esos elementos irreales que incorporan.

—¿Lo dice por lo de los Santos Sacramentos y la bendición papal? Son formalismos, mujer.

—Desde luego, pero ese pobre cura no tuvo tiempo de recibir otra cosa que una cuchillada mortal. Aunque, siendo sacerdote, es de suponer que estaría en gracia de Dios.

Lombardi sonríe para sí. A ver si sigue pensando igual cuando conozca la verdad, se dice. Pide a su compañera un par de minutos y desaparece en el dormitorio. Al poco regresa vestido, con un pañuelo arrebujado entre las manos. Sentado de nuevo junto a ella, extiende el moquero y le muestra su contenido.

—Es sangre seca —explica, aunque tiene que resultar obvio para una agente del grupo de identificación—. Que confirmen si es del mismo grupo que la de Damián Varela, como supongo. La conseguí con esta navajita; no sé si convendría estudiarla también.

—No es necesario, guárdela. Pero estos análisis ya se han hecho.

—Solo con la sangre del portal. Si esta nueva muestra es insuficiente, hay más restos en la puerta y bajo el felpudo del segundo A. Pero este detalle resérvelo para nosotros si no es imprescindible una nueva visita de su grupo al escenario del crimen.

—¿En el segundo piso? El primero estaba limpio, como el ascensor.

—Me acaba de decir que había hecho los deberes.

—Claro —balbucea ella, azorada.

—¿Y en qué se diferencia el escenario del padre Varela de los tres anteriores?

—Bueno, los de la guerra no son exactamente iguales entre sí.

—Tiene razón, disculpe. Olvidemos de momento el del río. Consideremos solo el primero y el tercero respecto al del jueves.

—Todos degollados, mutilados, aunque con un matiz diferente en el caso de Varela, porque los otros no tenían en la boca...

—La polla y los huevos —completa Lombardi al descubrir el repentino rubor que ha brotado en las mejillas de Quirós—. Disculpe, pero el lenguaje policial suele ser bastante explícito.

—Porque siempre ha sido cosa de hombres —protesta ella—, pero no tiene por qué ser tan ordinario, también puede ser científico.

—¿Cómo?

—Se puede hablar del paquete genital, por ejemplo. Los médicos lo hacen así.

—¡Ah, bien! —ríe él, divertido del resultado de su provocación—. Cree que los médicos son gente fina. Eso es que no los ha oído en sus charlas con colegas. Seamos científicos entonces: solo Varela tenía el paquete genital en la boca, cierto. Pero no me refería a eso. Hay otro elemento, la sangre.

—En los tres casos hay manchas de sangre alrededor, nada casuales, lo que hace pensar que es obra deliberada del asesino.

—Muy bien. ¿Y cuál es la diferencia entre aquellos y este?

Quirós frunce el entrecejo y vence la mirada, como si buscase la respuesta por el suelo del salón. Lombardi abre los cinco dedos de su mano derecha y dos de la otra y juguetea con ellos ante los ojos de la joven.

—¡Es verdad! —salta ella—. ¡Siete manchas! En el portal de Magallanes solo había cinco.

—¡Bravo! A menos que ese número sea fruto de la casualidad, cosa bastante improbable, faltaban dos manchas para confirmar que el autor de tan siniestras pintadas es el mismo. Había que buscarlas.

—Miramos en el primer piso, nada más. La verdad es que me da un poco de vergüenza que usted solo haya dejado en ridículo a todo el equipo. Pero el señor Figar dio por buena la investigación tras interrogar a los vecinos de la planta principal.

—No debe lamentarse. Figar es perezoso, y los perezosos se conforman con las apariencias que corroboran sus prejuicios. Él lo ve así: un sacerdote ajeno al edificio es acuchillado en el portal y nadie oye nada en el primero, así que asunto cerrado por lo que se refiere al escenario; la víctima pasaba por allí y el asesino esperaba en la penumbra; por lo tanto, hay que buscar fuera. Pero tampoco se le puede reprochar, porque Figar ni siquiera sospechaba que faltaban dos manchas. Y me gustaría que, de momento, siga en la ignorancia. ¿Puedo contar con su discreción?

—Claro —asegura Quirós, un tanto desconcertada—. Usted es mi jefe directo y sé a quién me debo. ¿Y por qué estaban las otras manchas en la segunda planta? Es imposible que lo mataran allí y bajaran el cadáver sin dejar un rastro.

—Imposible no hay casi nada; aunque, efectivamente, es improbable.

—Pues no lo entiendo.

—Lo mató en el portal, allí donde se encontró el cuerpo. Luego, el asesino subió al segundo piso y dejó sus marcas. Puede que lo hiciera directamente con sus guantes manchados por la primera cuchillada, aunque me inclino a pensar que fue tras la mutilación, que subió con el paquete genital en el sombrero de la víctima y lo empleó a modo de brocha. Eso explica que el sombrero estuviera tan empapado en sangre a pesar de encontrarse a más de un metro del cadáver, lejos del charco. En todo caso, subió por la escalera.

—Pero forzosamente tuvo que mancharse, probablemente pisó la sangre de su víctima. Y eso habría dejado al menos alguna huella de los zapatos en su recorrido.

—Cierto, aunque pudo descalzarse para subir a la segunda planta y después se llevó todas esas manchas consigo. ¿Quién iba a fijarse a esas horas en el vestuario de un desconocido, en una calle mal iluminada y a dos pasos de un enorme descampado? Seguro que volvió a calzarse en aquellos solares antes de salir pitando.

—De acuerdo, pero ¿qué interés tenía en manchar ese piso?

Lombardi relata minuciosamente el resultado de su investigación, las peculiaridades de aquella casa y la entrevista con su dueña.

—Y ahora —dice como colofón a su colorido relato— no me pregunte qué hacía el padre Varela con la tal Fátima, porque no conozco eufemismos científicos de la palabra follar. Copular podría ser válida, pero a mí me suena un tanto fría.

—¡Un cura en una casa de citas! —exclama ella, boquiabierta—. No puede ser.

—No se escandalice, mujer. Tampoco es el primero, ni será el último. Doña Patro presume de tener algún que otro obispo entre su clientela.

—Increíble. Pero algo nos enseña sobre el asesino, ¿no?

—Seguro. Explíqueme el qué.

—Los casos anteriores son confusos respecto al móvil, si es que un demente sádico puede tener otro móvil que hacer daño —reflexiona Quirós—. En este caso, al señalar ese piso con su sangre, parece que desea desenmascarar la hipocresía de su víctima.

—Bien pensado, pero ¿es esa hipocresía el motivo del asesinato o una circunstancia colateral? Quiero decir, ¿lo mató por ser un cura golferas o aprovechó la coyuntura para contarnos este detalle?

—Usted cree más en esta segunda hipótesis, que hay otros motivos. ¿Me equivoco?

—Si el de Varela fuera un caso único, tendría mis dudas —admite Lombardi—. Pero están los anteriores, jóvenes seminaristas a los que no me imagino visitando burdeles en una época en que salir de noche significaba jugarse el pellejo.

—Bueno, de hecho, eso precisamente les sucedió. Quizá no por seguir la llamada de la carne, pero está claro que algo importante los sacó de su refugio y pagaron con sus vidas.

—Todos murieron allí donde fueron encontrados, lugares que nada tienen que ver con casas de perdición.

—Pero fueron mutilados de la misma forma —apunta ella—. Esa fijación sexual debe de significar algo, ¿no?

—O no.

—A mí me parece una teoría bastante razonable.

—Todas lo son mientras haya tantos puntos oscuros —considera el policía para zanjar el debate—. Y eso nos lleva a la necesidad de tapar agujeros que la guerra me impidió cerrar en su momento. ¿Puede usted viajar?

—Claro —asiente Quirós un tanto sorprendida—. Le pasaré los gastos a la Brigada.

—Son gestiones que, en otras circunstancias, podríamos encargar a la Guardia Civil, pero prefiero que nuestro grupo lo haga directamente.

—Usted dirá.

—Vayamos por orden, entonces. La primera víctima, la del seminario...

—Nemesio Millán Suárez.

Lombardi dedica una sonrisa satisfecha a su pupila. En ese sentido parece haber estudiado bien los informes.

—Podría encargarse de él. Era natural de Villariego, en Zamora, cerca de Toro. Allí vivía su familia en el treinta y seis. Debería hablar con ellos y averiguar todo lo que pueda sobre ese pobre desgraciado: relaciones, amistades, posibles enemigos. Han pasado más de cinco años y el tiempo es el peor adversario de una investigación, pero seguro que consigue algo.

—El tiempo ayuda también a enfriar las cosas. Y hay personas que hablan con más libertad que en caliente. ¿Cuándo salgo?

—Ya debería estar en la estación —comenta él, al tiempo que se felicita por la actitud de la agente—. Pero no me gustaría estropear sus Navidades.

—Bueno, no sé si habrá trenes el domingo, pero si salgo esta misma tarde, mañana por la noche o el martes como mucho puedo estar de vuelta.

—¿Qué suele hacer los domingos?

—Nada especial. Voy a comer con mis padres y luego quedo con alguna amiga.

—¿No tiene novio?

—Nada serio.

—Eso significa que algo hay, y la familia del pobre Millán no se nos va a escapar —resuelve el policía—. No quiero robarle el día libre. Disfrútelo y mañana hablamos.

—¿Aquí, en la oficina?

—Claro. Si es que su novio no se molesta porque pase tanto tiempo en casa de otro hombre.

—No sea bromista, que no hay novio.

—En ese caso, hasta mañana.

Cuando cierra la puerta tras la joven, Lombardi tiene la sensación de haber hecho una buena obra, como el maestro que se levanta de buen talante y aprueba a todos sus discípulos. Siempre ha creído que la sinceridad es un elemento esencial cuando se trabaja en equipo. Sin confianza mutua se generan silencios, malentendidos, prejuicios, rivalidades y ocultaciones que lastran, a menudo de forma fatal, toda investigación. Tampoco es imprescindible la amistad entre compañeros de trabajo; basta con que cada cual se exprese tal y como es y que los demás respeten su derecho a equivocarse. Ha conocido policías huraños y bromistas, patosos e inteligentes, formales y grotescos, cobardes y temerarios. De tarde en tarde descubría inesperadamente en sí mismo alguna de estas peculiaridades que lo ayudaban a identificarse con el denominador común de la condición humana. Pero todos eran hombres. Trabajar con una mujer es una experiencia completamente nueva y en cierto modo desconcertante. Ante ella se siente obligado a moderar su lenguaje, a mostrarse amable y educado, a evitar ciertos lugares comunes y sobreentendidos habituales entre el género masculino. Debería notarse un tanto constreñido, y sin embargo está cómodo. Más allá de sus prevenciones sobre la sinceridad de Quirós y su posible fidelidad a Luciano Figar, la relación parece fluida y la disposición de la chica promete ser fructífera en lo profesional. Se pregunta, con curiosidad más que con temor, qué valores o defectos femeninos podrá descubrir en sí mismo como consecuencia de este contraste de personalidades.

Rumia todas estas reflexiones mientras cubre los peldaños hasta el piso de arriba, concluyendo que tal vez sus íntimas y novedosas preguntas son efecto de la recién estrenada libertad. Ser libre significa estar vivo. El universo conocido ha muerto mientras él se pudría en la cárcel o picaba piedra en los cimientos de la nueva prisión en Carabanchel y luego en Cuelgamuros. Ha renacido en un mundo muy distinto, más triste y luctuoso, aparentemente resignado a la catástrofe, pero aún vivo. Y no está dispuesto a renunciar a la vida.

Llama al timbre del segundo, una planta con una sola vivienda, como las tres del edificio, al parecer ahora completamente deshabitado. Nunca ha llamado al timbre de Irene. Su breve relación había sido de arriba abajo, nunca en sentido inverso. Suena como el de su puerta. Pero sin respuesta, como lo ha estado el suyo durante años.

Vuelve a casa con el sinsabor de aquella ausencia, preguntándose cómo habrá tratado la derrota a Abelardo y a Ramona, a sus hijos, cuando los timbrazos de su teléfono le obligan a acelerar el paso. Aún tarda un tiempo en reconocer la voz que recorre la línea hasta su oído.

—Que soy Balbino, coño. ¿Estabas dormido?

—No.

—¿Qué tal tu primer domingo en libertad?

—Bien.

—Tenemos que hablar.

—Creí que hoy no estaría en el despacho.

—Llamo desde casa. Te invito a comer.

—¿En su casa? No, gracias.

—Podemos vernos en alguna tasca por la plaza Mayor o la Puerta del Sol.

—Como quiera.

—Pues sí que estás lacónico, leche. ¿Paso a recogerte?

—Pensaba salir a tomar el aire.

—Entonces a las dos en la plaza Mayor. Donde la estatua de Felipe III.

Se le van los ojos tras la humeante cazuelita de callos, pero hace un esfuerzo de voluntad y resiste la tentación hasta que la sopa de picadillo se posa frente a las gafas de Balbino Ulloa.

—Buen provecho —dice este, como disparo de salida.

Lombardi no se molesta en contestar. La cuchara abrasa tanto que unos lagrimones le nublan la vista, aunque tal vez sean de alegría. En la lengua, sin embargo, el calor resulta irrelevante por la suavidad de la carne, el cosquilleo del pimentón, la contundencia del chorizo y la morcilla. Parte el bollito de pan blanco y sumerge un buen trozo en aquel lago rojizo, lo hace navegar con la punta del tenedor y lo recibe en la boca entrecerrando los párpados, como si entonase una plegaria de acción de gracias.

—Se come bien aquí —corrobora Ulloa. Lombardi emite un murmullo de boca llena que el secretario interpreta como confirmación—. Aunque lo de comer, como comprenderás, es solo una excusa. Cuéntame.

—Poco hay, y se lo podía haber contado por teléfono.

—Prefiero que hablemos personalmente. Los teléfonos no son seguros.

—¿Los tienen intervenidos?

—El mío no.

—Gracias por el aviso.

—Es solo prevención, no digo que lo esté.

—¿Cree que el gobernador civil le siega la hierba bajo los pies? Da gusto la confianza que se tienen entre ustedes.

—No empieces con tus sarcasmos, Carlos. El gobernador civil no pinta nada en todo esto.

—Entonces, alguien de más arriba —insiste él.

—Déjate de neurastenias y ponme al corriente.

—El asesino es el de la guerra.

—Ya lo sabíamos. Por eso estás aquí.

—Lo sospechábamos —matiza Lombardi, que hace una pausa para pedir al camarero un nuevo bollo de pan—. Ahora ya lo sabemos.

—Ya es algo. Sigue.

—Hay que investigar las relaciones del padre Varela. Familia, alguna parroquia, el regimiento donde estaba destinado, sus movimientos en los días previos.

—Ningún regimiento. Estaba en Capitanía General.

—Tenía un buen enchufe.

—Sí, pero no le dediques tiempo a esos detalles —aconseja Ulloa—. Figar está con ello.

—Menuda garantía. Hablando de Figar, sabrá que me ha prohibido todo contacto con la Brigada.

—Sería un ambiente incómodo para ti.

—No, si al final lo ha hecho por mi bien, no te jode —protesta Lombardi.

—Creo que te ha cedido un agente.

—Una secretaria del gabinete de identificación que le sobraba.

—Vaya, ¿y qué tal?

—Novata, aunque pone interés —acepta a regañadientes—. Pero tenemos que trabajar en casa, sin apoyos ni archivos a mano, ni una puñetera máquina de escribir; así que no espere informes escritos.

—De momento, prefiero escucharte.

—Ya. ¿Y si necesitamos un coche, o hacer un seguimiento prolongado?

—Me avisas. Ya conoces el número de la oficina. Te apunto el de mi casa para que me tengas localizado en todo momento.

Ulloa anota el número sobre una servilleta de papel mientras el policía masculla.

—¡Vaya forma de trabajar!

—¿Qué más?

Lombardi resopla para calmarse antes de contestar.

—He intentado asociar los casos anteriores con el último, pero hay muchos vacíos todavía, todo aquello que no pudimos investigar durante la guerra. Estuve en el seminario para reunir datos, y uno de estos días recibirá en su despacho una lista que les he pedido del personal presente en el último curso antes del cierre. También quise entrevistarme con el rector, pero anda por su pueblo de vacaciones. Me gustaría hablar con él cuanto antes, así que podría usted hacer una gestión oficial para que me reciba. No está lejos, en Torrelaguna.

—No me parece buena idea —objeta el secretario—. Si ya se lo has pedido, espera y que él decida.

—¿Esperar? ¿Desde cuándo decide un posible testigo si declara o no? Tampoco pretendo presionarlo.

—A ver, Carlos. Las cosas han cambiado bastante desde nuestra época. Y cambian cada día. A la jerarquía de la Iglesia, mejor ni tocarla. El rector del seminario de Madrid tiene suficiente categoría como para incluirlo entre los jerarcas. Además, es un tema delicado.

—Por supuesto, cuatro asesinatos no son para tomárselos a broma.

—Me refiero a tratarlo con ellos —matiza Ulloa—. Como comprenderás, están muy sensibilizados con ese asunto, el de las víctimas religiosas durante la guerra. Incluso se habla de canonizarlas.

—Pues que los lleven a los altares si les parece, pero eso no debe impedir que se investiguen sus muertes; todo lo contrario.

—Recapacita. Para ellos, esos hombres y mujeres fueron víctimas de la barbarie roja. Y tú pretendes llegar y explicarles que no, que algunos no fueron mártires, sino que murieron por una causa más o menos prosaica. El Gobierno está a punto de conceder una pensión a los padres de todos los religiosos asesinados, así que me imagino que tampoco a las familias implicadas les va a hacer mucha gracia que metamos las narices con la intención de cambiar las cosas.

—Lo único que pretendo es saber la verdad. Y es lo que usted debería buscar.

—No sé quién dijo que la verdad es la primera víctima en cada guerra.

—¡Vaya con el filósofo señor secretario! —se carcajea Lombardi—. ¿Y qué pinto yo en este paripé si tengo territorios vedados?

—Baja la voz —lo amonesta Ulloa con cara de pocos amigos—. Lo único que te pido es que seas discreto en la investigación y no levante sarpullidos innecesarios. Hay otras formas de tirar del hilo. El rector no es un testigo imprescindible. Además, esa lista que has pedido ya existe. Puedo conseguirla.

—Ya, la del juzgado militar. Pero me han dicho que no incluye a todo el personal, solo a alumnos y profesores fallecidos.

—Más vale eso que nada.

La úlcera de Ulloa parece haberse activado con la discusión, así que completa su menú con una porción de queso blando. Lombardi necesita algo dulce y pide arroz con leche.

—Mira, Carlos —agrega el secretario en un tono que suena paternalista—, comprendo que te sientas un poco desconcertado, como lo estaría un esquimal que aterrizase en Madrid de repente. Pero ahora hay tabúes que antes no existían. Y esos tabúes son los tres pilares del Régimen: Iglesia, Ejército y Falange, los que ayudaron a ganar la guerra.

—Se olvida usted de los oligarcas, del gran capital. Sin dinero no hay victoria que valga.

—Te hablaba de instituciones. Y cuanto menos roce tengas con ellas, mejor. Por si no lo sabes, los funcionarios de Falange gozan de un fuero especial, y ninguno de sus dirigentes puede ser detenido a menos que lo pilles con las manos en la masa.

—Son intocables.

—Así son las reglas del juego, y con ellas hay que jugar, nos guste o no.

—¿Figar puede considerarse dirigente falangista? —pregunta Lombardi.

—Qué obsesión tienes con ese hombre.

—Para nada. Es que me llama la atención que alguien que no debe de haber cumplido los treinta y cinco sea ya inspector jefe. Tengo curiosidad por conocer los servicios prestados que le han hecho merecedor de esa categoría.

—Políticos, naturalmente. Los cambios radicales tienen estas cosas —reconoce Ulloa encogiendo los hombros—. Si has barrido lo que había y necesitas nuevos nombres, no puedes esperar extensos currículos profesionales. Figar creció a la sombra de los falangistas que trabajaban para Franco en Burgos, y ha prosperado. Hay muchos como él, por eso tu presencia en la Brigada solo te traería inconvenientes.

—Oí que se ha creado una policía política. Supongo que Figar pertenece a ella.

—Sí, la Brigada de Investigación Social, donde, efectivamente, se ha integrado Figar hace un par de meses, aunque de momento sigue adscrito a la Criminal. En marzo se reorganizaron oficialmente todos los cuerpos y se crearon otros.

—¿Ya no queda nadie de los de antes?

—Alguno hay, pero la mayoría son policías de nueva hornada. En agosto hubo oposiciones para quinientos puestos de inspectores de tercera. Fue una convocatoria un poco precipitada que hubo que cubrir con oficiales provisionales del Ejército y militantes falangistas con méritos de guerra.

—Como pasó antaño, cuando a Lino le endosaron dos brigadas de milicianos. Será un desastre —augura Lombardi.

—Es solo el principio. La idea es ir creando un cuerpo profesional.

—¿A base de falangistas y militares? Eso es policía política, lo llamen como lo llamen.

—El año próximo saldrá la primera promoción de ese cuerpo profesional. Ojalá el día de mañana puedas estar en él. Y vuelvas a tutearme.

—Solo me preocupa el día de mañana, literalmente. Lo que suceda pasado me queda demasiado lejos.

—Una buena forma de empezar —acepta Ulloa con gesto de resignación—, pero mejor hablamos del día de hoy, que está más cerca. Nos habíamos quedado en tus primeros pasos.

—El tercer asesinato podría ofrecernos alguna luz —especula Lombardi—. Hay un nombre, el director de una academia que había en los bajos de ese edificio, en cuya puerta apareció el cadáver. Una academia de curas que, por lo visto, estuvo abierta durante dos o tres años, prácticamente hasta que empezó la guerra. Don Hilario se llamaba.

—¿Don Hilario? —se sorprende Ulloa—. ¿No sería la academia Mediator Dei?

—Nadie recordaba el nombre, aunque alguien apuntó que el cartel estaba en latín. ¿Lo conoce?

—Tengo que confirmarlo, pero bien podría ser don Hilario Gascones. Él empezó con esa academia, por el barrio de Latina, me parece.

—Pues ya tenemos a nuestro hombre. ¿Quién es?

—Un personaje especial, carismático, que gana adeptos día a día.

—¿Adeptos?

—Mediator Dei, el nombre de la academia, se ha convertido con los años en una congregación de carácter abierto, que admite tanto a religiosos como a laicos. Ahora tienen una residencia de estudiantes por la Ciudad Universitaria, reservada a sus miembros. Con el mismo nombre.

—Pues sí que ha prosperado nuestro cura —apunta, irónico, Lombardi.

—Es un personaje peculiar. Adorado o aborrecido, según a quien escuches.

—Y usted, como católico, ¿qué opina de él?

Balbino Ulloa se toma unos instantes de reflexión, buscando las palabras exactas antes de responder. Finalmente, tan solo encuentra dos:

—Me escama.

—¿Y a qué se debe su desconfianza?

—A su sectarismo.

—¿Ideológico?

—Sectarismo práctico, aunque en lo ideológico también es muy suyo —confiesa el secretario—. Los falangistas, por ejemplo, no pueden ni verlo.

—A ver si me va a caer simpático ese don Hilario.

—Lo dudo, Carlos, conociendo tus ideas.

—Si puede ser más concreto en lo del sectarismo práctico.

—Bueno, la Iglesia condena las sectas, y el Régimen las persigue. Pues Mediator Dei es como una pequeña masonería en plan religioso. No es clandestina porque está reconocida por la jerarquía y sus mensajes se ajustan más o menos a la doctrina, pero en algunos aspectos parece tan impenetrable como los masones. Y comparte con ellos el propósito de influir en las élites, para lo cual necesita, y al parecer consigue, buena financiación.

—¡Ay, don dinero! —canturrea el policía—. Por todas partes asoma su nariz.

—Debe de recibir jugosas donaciones, sí.

—¿Y cómo ha llegado ese fulano tan arriba en tan pocos años?

—Medrando. Escapó de Madrid en los primeros días del Alzamiento. —Lombardi está a punto de reprocharle que llame así lo que siempre había considerado subversión de la oligarquía ante las reformas republicanas, pero Ulloa ya es caso perdido—. Se movió como pez en el agua en territorio nacional, donde estaban el obispo de Madrid y personajes influyentes. Pasó por Burgos y Salamanca, y allí estaba Franco, ya me comprendes. Él mismo alardea de que entró con las primeras tropas nacionales que tomaron Madrid. El caso es que, a su vuelta, había ganado para la causa un elenco de abogados, sacerdotes, empresarios, ingenieros, militares y catedráticos. Ya debe de tener media docena de sus residencias repartidas por las principales ciudades españolas. Y sigue creciendo.

—Tiene que ser un hacha para tener tanto éxito.

—No lo creas. Lo he visto un par de veces, y a mí me parece un pueblerino de pocas luces.

—Pues algo tiene que vender muy bien.

—Dice que Dios le habla —explica Ulloa, apoyado en una sonrisa compasiva—. Hombre, yo soy creyente, pero si alguien me suelta eso, pienso que es un iluminado. Y utiliza eslóganes que calan, como que el amor a la Patria es comparable con el amor a Cristo.

—Parecen mensajes dedicados a beatas y fanáticos, insuficientes para atraer a gente estudiada.

—Claro. A estos les dice que el dinero no es incompatible con la salvación sino todo lo contrario, porque de los ricos se puede esperar más que de los pobres, tanto aquí como en el Reino de los Cielos.

—Menudo hijo de perra —valora Lombardi.

—Ya sabía yo que no te iba a hacer ni pizca de gracia. Una religión para clases selectas, sin el menor recato. Hay quien se burla del nombre de su congregación y la llama Mercator Dei, el comerciante de Dios. Por eso te digo que me escama.

—Pues a ver si nos cuenta algo de aquella academia. A este sí que puedo abordarlo, ¿no?

—A ese sí, pero con pies de plomo, ya te digo que es muy influyente. Oye, ¿sabes que te pueden caer veinte años de cárcel?

—¿Por enfadar a don Hilario?

—Por tenencia de armas. ¿De dónde has sacado esa pipa?

—¿Se me nota? —Lombardi se ajusta la sobaquera bajo la chaqueta.

—Hablo en serio, coño. No puedes ir armado.

—¿Ah, no? Cuando me explicaba como a un esquimal los pilares que sostienen al Régimen se olvidó de Alemania. ¿Sabe quién es Lazar?

Balbino Ulloa parpadea confuso.

—¿Te refieres a Josef Hans Lazar?

—Supongo. El de la embajada.

—¿Qué tiene que ver él con tu pistola?

—Que no me gustan los nazis —replica Lombardi.

—A mí tampoco, pero eso no justifica que vayas armado.

—¿Sabe que el último viaje de nuestro capellán fue en taxi, desde las proximidades de la embajada alemana hasta la calle Magallanes? Lo he comprobado esta mañana en el servicio municipal. Incluso he hablado con el taxista, y su descripción del cliente coincide con la de Varela. Por cierto, no vendría mal una foto del capellán.

—La tendrás, pero no veo la relación con Lazar.

—Hábleme de él. ¿Lo conoce?

—Sí, alguna vez hemos coincidido. Es uno de los hombres fuertes del Reich en España, protegido de Goebbels. Un personaje oscuro, tanto en su origen como en su actividad. Es austriaco, aunque nació en Turquía y hay quien comenta en voz baja que es judío, aunque me extraña con la política racista que se ha impuesto en Alemania. Creo que llegó a España durante la guerra como corresponsal de la agencia Transocean y se quedó luego en la embajada.

—Oscuro retrato para un oscuro personaje. Dicen que dirige en la sombra todas las noticias que se publican aquí.

—Dicen muchas cosas sobre él, y esa es una de las más creíbles.

—¿Tanto poder tiene?

—Lo tiene —confirma Ulloa—. Y cuando no le alcanza con la autoridad, saca la cartera. Tiene comprada a media España.

—¿A usted también?

—¿Te lo contaría de ser así? Aunque no lo creas, todavía conservo un ápice de dignidad. Además, no me gusta: es un hombre peligroso.

—Pues ahí tiene su respuesta a lo de mi pipa.

Tras los postres, Ignacio Mora se acicala de domingo antes de despedirse apresuradamente de la familia en el comedor. En la mesa queda a medias su copa de sidra, con la que ha celebrado la noticia de que va a ser tío. Su madre, aún abrazada a una hija que acaba de anunciarles su estado de buena esperanza, lo premia con un beso que hoy suena especialmente dulce.

—No vuelvas tarde.

Siempre le dice lo mismo. Desde que a los catorce empezó a trabajar en las tripas del *ABC*. Cada madrugada, al regresar a casa, y a pesar de la oscuridad impuesta por el toque de queda, Ignacio descubría su silueta entre los visillos del balcón. Entonces, solo entonces, ella corría a la cama para que él no se percatase de que había velado todas esas horas hasta confirmar que su hijo regresaba sano y salvo. De nada servía aconsejarle que durmiera tranquila, que contaba con un salvoconducto y que varios compañeros compartían con él trayecto y seguridad. Desde que tiene turno de noche en la agencia, aquella frase ha perdido todo su sentido, pero ella la repite cada vez que sale de casa.

—¿Con qué moza sales hoy, tío Nacho? —bromea su cuñado Adolfo en el vestidor.

—Nada de mozas. No te lo vas a creer: he quedado con el poli que lleva la investigación del caso Varela.

—¿Qué Varela?

—El cura que me contaste.

—¿El de los huevos en la boca? —susurra Adolfo con gesto de asombro.

—El mismo.

—¿Y eso?

—Lo conocí el otro día en el lugar del crimen, y esta tarde volvemos a vernos.

—Qué raro. Ándate con ojo.

—¿Qué tiene de raro?

—No es normal que un poli acepte sin más la compañía de un periodista tan bisoño —argumenta Adolfo—. Es una mezcla imposible, como el agua y el aceite. Algo busca ese tipo. No te irías de la lengua respecto a mí, ¿verdad?

—Para nada.

—Cuidado, Nacho, cuidado que me juego el puesto. Y ahora que voy a ser padre eso es muy serio.

—Confía en mí, hombre. Ni siquiera sabe que existes.

—Pues espero seguir siendo inexistente.

—Claro. Ya te contaré.

Mora toma el metro hasta Sol. Llega con más de diez minutos de retraso por la celebración de la inesperada buena nueva. Teme que el policía se haya cansado de esperar, aunque algo le dice que en aquel hombre hay un especial interés en verlo personalmente. De no ser así, se habría limitado a dejar su navaja en la agencia cuando la visitó por la mañana; por el contrario, al comunicarle que era su día libre, había pedido su teléfono para convenir la cita. No es tan iluso como para imaginar que el trato personal con un plumilla pueda tener algún interés para un miembro de la Criminal; su cuñado tiene razón al pensar que algo quiere de él, pero le emociona averiguar qué es ese algo.

Cuando sube las escaleras hacia la calle, de tres en tres peldaños y sorteando a los viajeros que bajan, imagina que el plantón involuntario habrá esfumado toda posibilidad de conocer las intenciones del policía, pero al culminar el último escalón resoplando por el esfuerzo, le tranquiliza descubrir la figura de Lombardi ante el escaparate del Bazar de la Unión.

Aquel hombre le parece un tipo singular. Su extrema delgadez, similar a la de un vagabundo, no se corresponde con alguien que debe de ganar un sueldo razonable y con acceso a una alimentación básica; su rostro cetrino parece quemado por el viento y el sol, como si viviera al aire libre. Y sus ropas, además de un descuido impropio, delatan una o dos tallas por encima de la que le corresponde. Tal vez está enfermo. Un hombre solo y enfermo, eso le parece a Mora cuando estrecha su mano, aunque ni mucho menos falto de energía.

—Disculpe el retraso.

—Aquí tiene su navaja —dice el policía sin entrar en consideraciones horarias—. Y muchas gracias.

—De nada. Es un honor saber que ha ayudado en una investigación criminal y la guardaré como oro en paño. ¿Alguna novedad al respecto?

—Ninguna —contesta Lombardi con aspereza. Se gira y da unos pasos hacia la calle Mayor. Mora entiende que sugiere un paseo y se pone a su altura.

—¿Se confirma que nuestro hombre había visitado a doña Patro?

—Por supuesto, pero no intente tirar más de ese hilo que no va a poder publicar nada.

—No me importa. Solo quiero escribir los hechos. Lo de publicar me da cierto pudor. Soy un poco tímido, ¿sabe?

—¿Tímido usted? —se carcajea Lombardi, esquivando uno de los montones de escombros que jalonan la calle; algunos por obras de rehabilitación, la mayoría provenientes de edificios parcialmente derrumbados durante la guerra—. Quién lo diría. ¿Y para qué escribir si nadie lo puede leer?

—Los tiempos cambian. A lo mejor dentro de unos años sí que se puede. Y haber estado en el lugar de los hechos y conocer personalmente a quien resolvió el caso otorga un crédito extra, ¿no cree?

—Es posible. —El policía responde con una sonrisa ante semejante muestra de confianza, rayana en la ingenuidad—. ¿Pasó usted la guerra en Madrid?

—Sí, de principio a fin. Con mi madre y mi hermana. Ella se

casó hace año y pico y yo sigo con mi madre en la misma casa, en el barrio de Chamberí.

—¿Y su padre?

—Murió cuando yo era pequeño.

—Lo siento —dice secamente Lombardi—. ¿Y cómo le dio por el periodismo?

—De casta le viene al galgo, dicen. Mi padre fue periodista del *ABC*. Gracias a ello trabajé de aprendiz en los talleres del periódico durante la guerra. Y ahora en la agencia Cifra.

—¿Qué estudios le exigen para ser periodista?

Mora es consciente de que el policía lo está radiografiando, como si quisiera conocer hasta los más ridículos pormenores de su vida antes de mostrar su verdadero interés. Pues bien, se dice, si lo que quiere es una ficha, se la voy a dar con todo lujo de detalles.

—Bachillerato, y luego un cursillo de seis meses en la Escuela Nacional de Periodismo. Aquí donde me ve, pertenezco a su primera promoción, aunque no tiene mucho mérito, porque la escuela está en el mismo edificio que la agencia y pude compatibilizar trabajo con estudios. También estoy matriculado en Filosofía y Letras, y espero sacar adelante el curso para poder incorporarme a la Milicia Universitaria.

—¿Qué es eso?

—¿No lo sabe? Bueno, acaban de implantarla. Una forma de ayudar a los universitarios a hacer la mili sin necesidad de abandonar sus estudios. Estás pringado tres veranos, pero es mejor que perder dos años seguidos.

—Sí, parece una buena opción.

—Aunque ganando diez céntimos diarios. Mi sueldo de Cifra es modesto, pero un dineral en comparación con esa miseria. En fin, disculpe, espero que no me tome por un mal patriota, pero la verdad es que la mili te rompe la vida.

—No tiene por qué disculparse, lo comprendo perfectamente. Cuando se es joven se necesita campo abierto y todo freno molesta, hasta la patria.

El periodista traga saliva. Ha metido la pata. Por mucho que se lo repita su madre (—No te signifiques, hijo, que por cualquier cosa te empapelan.), no va a aprender del todo a estar callado, a renegar de esa sinceridad que a menudo se le sale a borbotones por la boca.

—Perdone, no quería decir eso.

—Tranquilícese, hombre. El crimen es el único delito que me importa. De los demás, si es que existen, que se ocupen jueces, falangistas y militares. ¿Por qué eligió la sección de sucesos?

—Me la eligieron —explica Mora con alivio: el poli es raro, pero no parece mala gente—. Es lo que tiene ser novato en una redacción. El trabajo diario es tremendamente aburrido, pero le estoy cogiendo tanto gusto al género que hasta tengo planes de futuro.

—¿Puede compartirlos?

—Claro, soñar no cuesta nada. La idea es crear una publicación, mensual o quincenal, dedicada en exclusiva al mundo del crimen. Una especie de crónica de sucesos. Es un proyecto común con un amigo, un colega que trabaja en el diario *Ya*. Acercar al lector al mundo del delito, a sus protagonistas y circunstancias. Media página para cada caso en lugar de las cuatro líneas que les dedica la prensa diaria, y con fotos, muchas fotos. Estamos seguros de que será un éxito.

—No es por desanimarlo, pero dudo mucho que una publicación de ese tipo sea autorizada.

—¿Por qué? Ya contamos con que la censura pondrá pegas.

—La reserva espiritual de Occidente no acepta de buen grado la lacra del crimen en su vida cotidiana. Mucho menos una publicación dedicada a destacarlo.

—Creo que exagera —argumenta el periodista.

—¿Exagero? Usted mismo se quejaba de no haber recibido información en la agencia del caso que investigo. ¿Cree que podría publicar este asunto con pelos y señales en una revista?

Mora sabe que el policía tiene razón, que le toca vivir tiempos de periodismo con bozal, pero se niega a asumir un futuro parecido para el resto de su incipiente carrera.

—Bueno, a lo mejor dentro de unos años es distinto —aventura—. Todavía tengo que cumplir con la patria y encontrar financiación. De momento es solo un proyecto.

—La agencia, la facultad, los proyectos... —valora Lombardi—. ¿Y aún tiene tiempo para escribir historias truculentas?

—Sí, mi *Madrid sangriento y misterioso* crece día a día.

—¿Ese es el título?

—Provisional.

—¿Y su contenido?

—Esta es una ciudad llena de misterios. Por ejemplo, el palacio de Murga, o de Linares, y su niña fantasma.

—Nunca había oído que tuviera un fantasma —se admira el policía.

—Pues lo tiene. Como lo tienen la casa de las Siete Chimeneas, el Banco de España y otros muchos edificios. Ahí delante está uno de mis favoritos. Acompáñeme.

El periodista se desvía hacia los jardines de la plaza de la Villa y desde allí por la estrechísima calle del Rollo hasta desembocar en la del Sacramento, justo frente a una casa de dos pisos con balcones y arista redondeada, cuyas espaldas quedan encajadas entre edificios de mayor altura. Parece estar deshabitada.

—Esta es la casa de la Cruz de Palo —dice, como si le presentase a Lombardi a un viejo amigo—. También llamada del Milagro.

—No tiene ninguna pinta de fantasmal —protesta el policía.

—Pero posee la leyenda más bella de cuantas he conseguido reunir.

—Y supongo que me la va a contar.

—Si usted quiere.

—Lo escucho.

—Cuentan que hace casi doscientos años paseaba por aquí Juan de Echenique, capitán de la guardia de Felipe V, cuando desde uno de esos balcones una bella joven lo invitó a subir. Después de varias horas de desenfrenado encuentro amoroso, o más bien sexual, el sonido de unas campanas recordó al capitán que tenía que acudir al cambio de guardia en palacio y salió pitando del inesperado picadero. A medio camino, cayó en la cuenta de que había olvidado su espada y volvió a toda prisa a recuperarla. Al llegar de nuevo a esta puerta, se la encontró cerrada a cal y canto sin que nadie respondiera a sus insistentes golpes de aldaba. Con tanto alboroto, se asomó un vecino que informó al capitán de que la casa llevaba cerrada medio siglo. Incrédulo, consiguió forzar la entrada y quedó turulato, porque el interior no se parecía al que acababa de ver; al igual que el resto de la casa, el dormitorio estaba lleno de polvo y telarañas, como si llevase mucho tiempo abandonado. Allí mismo descubrió un retrato de la joven que lo había seducido, fechado cincuenta años atrás. Desconcertado, corrió hacia el exterior y tropezó con una espada herrumbrosa tirada en el suelo, su propia espada. Dicen que, después de eso, Echenique se metió a fraile.

—Una reacción muy española. Ante lo desconocido, mejor esconderse bajo los faldones de un hábito que investigar el misterio.

—Es verdad —ríe Mora—, pero no me negará que tiene su encanto romántico.

—Lo tiene. Oiga, hace un frío que pela. ¿Tomamos un chato por aquí?

—Buena idea. En Puerta Cerrada hay un par de sitios. ¿Los conoce?

—Espero que sí. A menos que hayan desaparecido. —Lombardi observa que el periodista lo mira confuso por su respuesta y se siente obligado a explicarse, hasta donde puede o quiere—. ¿Sabe? Le confieso que me siento un poco como ese Echenique, recién llegado a un lugar que hace nada era diferente.

—¿Ha estado fuera de Madrid mucho tiempo?

—En cierto modo. Fuera de Madrid y fuera del mundo.

Mora se encoge de hombros ante la hermética respuesta: definitivamente, Carlos Lombardi es un hombre raro. Aun así, intenta no romper la armonía que hasta el momento parece haber reinado entre ambos.

—No se extrañe —justifica el periodista—. Es que este barrio, todo el Madrid antiguo, es muy particular.

—Sangriento y misterioso, como usted dice.

—Tampoco soy el único que lo cree —alega Mora en su defensa—. ¿Ha leído *La torre de los siete jorobados*?

—¿Una novela?

—Sí, se publicó a mediados de los veinte y dicen que fue un exitazo en su época. Mi padre la compró y todavía anda por casa.

—No estoy puesto en novelas, prefiero leer otras cosas. ¿De quién es?

—De Emilio Carrere.

—Me suena. Un periodista, ¿no?

—Todavía publica algunas cosas en el diario *Madrid*, pero su obra narrativa es de antes de la guerra. Bueno, él firma la novela, pero no es del todo suya.

—¿Y eso? —pregunta extrañado el policía.

—Parece que entregó a la editorial un montón de hojas con parte de un relato ya publicado, otras con apuntes de ideas vagas y muchas más en blanco. Como buen bohemio que era entonces, desoyó las protestas del editor; pero este, convencido de que cada nueva obra firmada por Carrere sería un éxito de ventas, buscó un escritor fantasma que completase la novela.

—Un negro.

—Sí señor. Jesús Aragón se llama. Entre aquella fecha y mil novecientos treinta y cuatro, además de la obra de Carrere, Aragón publicó bajo seudónimo catorce novelas de ciencia ficción.

—Un hombre prolífico —admite Lombardi—. ¿Y nada desde entonces?

—Este año ha publicado un tratado de contabilidad.

—No veo qué relación pueda tener la contabilidad con la novela.

—La necesidad, supongo. No son buenos tiempos para la cien-

111

cia ficción y ahora Aragón es director financiero de la editorial Aguilar. ¿Le parece bien ahí?

Están frente a Casa Paco, una tasca de doble entrada frontal que a esas horas se muestra más que animada. Consiguen acodarse en la barra a la espera de dos tintos y un platillo de aceitunas.

—Creo que nos hemos perdido —comenta Lombardi en voz baja ante la llegada de los vasos—. Me hablaba usted de esa historia de jorobados.

—¡Ah, sí! —Mora respeta el tono confidencial impuesto por su interlocutor—. Es una ficción de aventuras y misterio. Muy fantástica.

—Que concuerda con su proyecto.

—Solo en su carácter misterioso. Según la novela, el subsuelo del Madrid antiguo es un lugar habitado por magos y delincuentes, los jorobados. Y por prodigioso que pueda parecer, es cierto que esta parte de la ciudad está surcada por decenas de túneles y pasadizos. Cada antiguo palacio, convento o iglesia tenía los suyos, y muchos de esos edificios siguen en pie. Estoy seguro de que se hallarían historias apasionantes en ellos.

—Un poco fantasioso me parece. Y hasta ahora solo me ha hablado del Madrid mágico. ¿Qué hay del sangriento? ¿Con qué sonados crímenes cuenta su listado?

—El del cura Galeote…

—No podía faltar.

—El de la calle Fuencarral…

—¿Cuál de los dos?

—¿Dos? —duda el joven—. El que todos conocen como crimen de la calle Fuencarral.

—En esa calle hubo dos crímenes famosos. Uno a finales de los ochenta y otro a primeros de este siglo.

—¡Ah, ya! Es verdad que los dos se cometieron en esa calle. Pero al segundo lo llaman el crimen de la plancha, para distinguirlos.

—Criadas asesinas en ambos casos —resume el policía—. Una viuda acuchillada y un solterón con la cabeza machacada a planchazos, sus víctimas respectivas. El robo como móvil común. Debe admitir que son crímenes bastante vulgares.

—Es posible. Personalmente, el que más me atrae es el del capitán Sánchez.

Lombardi tenía doce años cuando aquello sucedió, pero recuerda bien el caso de Manuel Sánchez, capitán en la reserva, amante y proxeneta de su propia hija, a la que empleaba como cebo para desplumar incautos. Mató a martillazos a un rico pretendiente que al parecer iba en serio con ella. Descuartizó el cadáver y escondió los restos en diversos lugares.

—Demasiado morboso, señor Mora.

El periodista está en un tris de responder que, para morbo, los detalles del asesinato que investiga el propio policía, aunque eso significa poner en peligro las confidencias de su cuñado. De momento es preferible hacerse el tonto.

—Es lo que quieren los lectores —argumenta.

—¿Está seguro?

—Sí, morbo y aventura, como la del agente Federico García, su viejo colega, cuyo tesón permitió detener a Nilo Sainz.

—Eso fue en el barrio de Ventas, si no recuerdo mal. Yo era muy jovencito entonces.

—Sí señor, en Ventas. Allí, el tal Nilo y su hijo asesinaron y enterraron luego el cadáver de Manuel Ferrero, un rico propietario zamorano. El agente García había visto a los tres juntos en un tranvía el día de la desaparición de Ferrero, y al leer la contradictoria declaración del sospechoso investigó por su cuenta durante más de un mes hasta dar con lo sucedido. Admiro esa capacidad para atar cabos, para descubrir la verdad a partir de una mentira. Eso es lo que usted hace ahora con lo del cura, atar cabos, ¿no?

—Más o menos —reconoce Lombardi—, aunque le aseguro que este suceso no se parece en absoluto a cualquiera de sus reseñas. Y baje la voz, que no estamos solos.

—Sí, perdone. Quiere decir que no es un crimen vulgar, como antes los llamó.

—Desde luego que no.

—¿En qué se diferencia, en el móvil?

—Ojalá conociera el móvil. El asunto estaría resuelto en buena parte. Pero no es fácil encontrarlo.

—Siempre lo hay.

—Excepto que el autor sea un chalado. ¿Qué móvil racional se puede buscar en ese caso?

—¿Por qué sospecha que sea un loco? ¿Por las características del crimen? —Mora se muerde la lengua para no delatarse; desde luego, quien le haya hecho esas barbaridades al capellán no está en su sano juicio—. Con la sangre que había en el portal, debieron de degollarlo, ¿no? Habrá huellas.

—Los muertos suelen hablar, dicen los forenses, y mienten menos que los vivos. Pero este cadáver no nos ha dicho absolutamente nada que no se pudiera apreciar a simple vista, que murió degollado. No había huellas. Apenas unas fibras de lana verde entre las uñas, pero vaya usted a buscar un jersey de lana en Madrid, suponiendo que pertenezcan al asesino.

El periodista ve el campo abierto. De algo tienen que servirle sus muchas lecturas sobre el género.

—Ya, pero dicen que la forma de actuar marca el perfil del autor —puntualiza con la severidad de un perito—. En algún sitio he leído que el profesional intenta mancharse lo menos posible, mientras que el asesino pasional es mucho más violento, y por lo tanto menos cuidadoso. El caso de la calle Magallanes, como lo he titulado por ahora, se ajusta más a este último tipo.

—Es una conclusión acertada, hasta que deja de serlo —refuta el policía—. Como la elección del arma. En teoría es más agresivo quien usa un arma blanca que quien emplea la pistola. Del mismo modo que se considera el veneno como típicamente femenino.

—Eso dicen, sí.

—Pues dos de los crímenes de su lista contradicen la hipótesis. Los de Fuencarral, cometidos por mujeres a base de cuchilladas y golpes, respectivamente. A primera vista, propios de un hombre. Y en cuanto a lo del arma blanca y la pistola, depende. El cura Galeote usó pistola y fue considerado loco, no un profesional. Si el asesino no puede conseguir un arma de fuego y está decidido a matar, usará la navaja, el martillo, el hacha o lo que tenga a mano. Lo que se manche es cosa suya, pero no creo que le preocupe hasta después del crimen. Y si no hay testigos, siempre puede deshacerse de la ropa.

—O sea, que no sabe por dónde tirar —concluye el joven.

—Claro que lo sé, hombre. El que desconozca el móvil no significa que no me haga una ligera idea del asesino. Cuando le decía que el caso del cura no pertenece a la categoría de los crímenes vulgares me refería a que no se ha conocido hasta hoy cosa parecida en Madrid.

—Aunque sí fuera de Madrid, por lo que deja entrever.

—En Orense y Álava. A ver cómo anda usted de documentación.

El periodista se rasca la coronilla. Lombardi aprovecha para pedir otra ronda.

—No me diga que... —Mora detiene el nuevo vaso a la altura de sus labios, sin catarlo—. ¿Romasanta y el Sacamantecas? —cuchichea, y sus cejas arqueadas se sumergen bajo el flequillo—. El primero era un pobre chalado que se creía hombre lobo, y el segundo un sádico violador. ¿Eso es lo que está buscando?

—Lo único que aquellos tenían en común, aparte de su condición rural, era el elevado número de crímenes a sus espaldas. Y es lo único que ambos tienen en común con la persona que busco.

—Así que el cura de Magallanes es el último de una larga lista. —El periodista resopla y vacía el vaso de un trago—. Eso es un notic-ón.

Lombardi paga los chatos y conduce afuera a un joven demasiado excitado como para guardar las formas en público. Las sombras de la calle desaparecen con el sol poniente al mismo ritmo que crece el frío. Los mendigos se acurrucan junto a los portales.

—Olvídese de los noticiones, Mora —lo recrimina, camino de la calle Colegiata.

—Es una forma de hablar. Quiero decir que nunca he oído algo así en esta ciudad, y sería el caso estrella de mi libro.

—Suponiendo que se resuelva.

—Estoy seguro de que lo hará —afirma, enérgico, el periodista.

—Gracias por su confianza, pero no es fácil.

—En aquella casa se movía usted con absoluta seguridad, sabía lo que buscaba.

—Buscaba sangre, simplemente. Aparte de eso, le juro que no sé nada de nada. Había pensado si usted podría ayudarme.

—¿Yo? —Mora enmudece, asombrado. La propuesta es tan increíble como si en la agencia le ofrecieran convertirse en corresponsal en Londres, Berlín o Washington. Incluso más atractiva, porque de momento su inglés es bastante pobre, y del alemán mejor ni hablar.

—Sí, usted. Hay gestiones que resultan menos llamativas en un joven periodista que en un áspero policía.

—Pues si puedo ayudar, cuente conmigo. Aunque sería bueno que antes me ponga un poco al corriente; más que nada, por saber a lo que me enfrento.

—No da usted puntada sin hilo, amigo. Bien, para que vaya preparando el borrador de su libro, le diré que el cura asesinado en Magallanes se llamaba Damián Varela, aunque sospecho que ya conocía este detalle.

—¿Varela? No, no —miente Mora—. ¿Por qué piensa eso?

—Sabe más de lo que aparenta; pero eso, de momento, es cosa suya. Lo que ignora, espero, es que ha habido otros tres asesinatos de similares características, que nos llevan a pensar en una misma autoría.

—¿Tres? ¿Cuándo han sido?

—Durante la guerra. Tres seminaristas.

—¡Ostras! —exclama el periodista—. Pero, bueno, en la guerra mataron a muchos curas.

—Estos son distintos.

—¿Por qué? ¿Cómo fue?

—Con ese dato ya tiene suficiente. ¿Acepta el puesto de ayudante?

—Desde luego, usted dirá.

—Es un encargo sencillo. Debe visitar varias iglesias, a su elección; cuantas más, mejor. Puede argumentar que elabora una encuesta sobre la prensa parroquial. Consiga un ejemplar en cada una de ellas e invéntese un par de preguntas al respecto, nada comprometedoras, alejadas de lo religioso, solo cosas técnicas; seguro que las elige bien. Pero lo que de verdad nos interesa saber es si pagan ellos directamente a las tipografías que les imprimen sus boletines o se encargan de hacerlo sus posibles patrocinadores.

Por fin se revelan las segundas intenciones de este hombre, piensa Mora. Aunque, para su desengaño, nada tiene que ver aquella tarea con la investigación del apasionante caso.

—¿Patrocinadores de qué tipo?

—Empresas alemanas, concretamente. Habrá parroquias que sufragan el boletín con sus propios fondos; esas no nos interesan.

—Solo las patrocinadas por Alemania.

—He dicho por empresas alemanas.

—Ya, pero no me chupo el dedo. —El joven se revuelve el flequillo en un intento vano de devolverlo a su sitio—. Soy periodista y tengo oídos. Todo el mundo sabe lo que significan esas empresas, que son tapaderas del Reich. Y que la propia prensa actúa a menudo de portavoz de su embajada.

—Vaya, pues me alegro de que esté informado. Mucho más fácil así. Necesito saber si las hojas parroquiales patrocinadas por Alemania reciben el dinero para pagar a sus imprentas o bien lo abonan directamente esas empresas y las parroquias se desentienden de los pagos.

—Comprendido, aunque no imagino qué relación tiene todo esto con ese asesino de curas.

—Es lo que trato de averiguar, si tiene o no relación. Créame que su encuesta y sus conclusiones son importantes.

—Confíe en mí —asume el periodista—. Y ya que formamos

equipo y se trata de seminaristas, puedo presentarle a alguien que conoce un poco el paño, si le interesa.

—No me vendría mal hablar con un seminarista, la verdad. El de los curas es un mundo un poco hermético para mí.

—Un exseminarista —puntualiza Mora—. Es un vecino, maestro, que estuvo un montón de años en el seminario. Creo que se salió poco antes de la guerra. Un tío majo, aunque la idea de hablar con un poli a lo mejor le impone.

—Inténtelo, ya ve que no muerdo —sugiere Lombardi.

—Bueno, la verdad es que, cuando se enfada, asusta un poco.

—Ya será menos. Usted me avisa cuando tenga los datos. —El policía anota su número de teléfono en un papel que entrega al periodista—. Pero sea discreto, que no me fío un pelo de la Compañía Telefónica. Ni de su locuacidad, señor Mora. Prefiero que nos veamos.

—Por mí, encantado —acepta el joven—. Hasta mediados de enero tengo turno de noche y vacaciones en la facultad, o sea que podemos vernos cuando quiera.

—¿Es que no duerme?

—Como un tronco, cuando me acuesto. Mientras estoy vertical aguanto la tira.

Como un tronco ha dormido Carlos Lombardi. No porque la libertad le provoque sueño, ni mucho menos. Simplemente, se deja ir cuando se mete entre sábanas de verdad, como si necesitara recuperarse de años de angustia y noches mal dormidas bajo mantas apolilladas. La idea de utilizar el despertador le resulta repulsiva, y el aparato mismo un trasunto de los guardias que aporreaban su celda, de modo que ni siquiera se ha molestado en darle cuerda. Aun así, cuando suena el timbre de la puerta ya flota en un inquieto duermevela, con imágenes fugaces que tan pronto lo conducen a un plácido pasado como lo arrastran al tenso presente.

Antes de entrar, Alicia Quirós otea el vestíbulo en busca de un lugar donde depositar un paraguas que chorrea. Al no hallarlo, se dirige a la cocina a paso vivo.

—¿Llueve?

—Nieva. No me diga que he vuelto a levantarlo de la cama.

—Estaba despierto, pero me gusta remolonear un poco.

El policía contempla la calle desde el balconcillo del salón. El invierno ha llegado puntual a su cita con los calendarios. Copos como puños descienden lentamente sobre la ciudad y un manto blanco falsifica el color de los tejados. Huellas de zapatos rompen la uniformidad de una alfombra que cubre la acera y la calzada borrando los límites entre ambas. La novedosa estampa atrapa como un cepo su atención hasta que la actividad de Quirós le hace interesarse por lo que sucede a sus espaldas. La joven intenta avivar el fuego de la estufa.

—He traído un par de fotos de Damián Varela —dice ella—. Son bastante recientes, conseguidas en Capitanía.

—Nos vendrán muy bien.

—¿Qué plan tenemos hoy?

—De momento, ponerme presentable. Iremos al funeral de Varela y visitaremos a los familiares de Figueroa y Merino.

—¿Y la familia de Millán?

—Eso le llevaría dos o tres días y no puedo prescindir de usted aquí. Hable con la Brigada y que se encarguen ellos.

Quirós ceba la estufa con unas astillas y un par de paletadas de carbón mientras su jefe regresa al dormitorio para vestirse. Cumplido el objetivo, se dirige a la cocina, pone al fuego un cazo de leche y después usa el teléfono para comunicar a sus compañeros el encargo. Lombardi regresa entretanto al salón con aire decidido; se frota las manos junto a la estufa y desaparece en la cocina.

—Gracias por ocuparse de mi desayuno —grita desde allí. Al cabo, reaparece con una taza humeante entre las manos.

—El funeral es a las doce —apunta ella.

—Hay tiempo. A ver si mientras tanto escampa un poco. De momento, intentemos sacar conclusiones sobre los cuatro casos. Un

119

par de ellas parecen claras: que el asesino es un hombre que actúa solo, y que tenía relación con sus víctimas.

—¿Por qué está tan seguro de que los conocía?

—Porque nadie pasea a solas de madrugada por una ciudad en guerra sometida a toque de queda. Mucho menos tres muchachos huidos que se jugaban la vida por el simple hecho de asomarse a la calle.

—¿Sugiere que salieron acompañados por su asesino? ¿Por qué motivo?

—O que se habían citado, probablemente porque confiaban en él. El motivo se me escapa, de momento.

—¿Y también se había citado con Damián Varela?

—Varela no me preocupa. —Quirós frunce la nariz, un gesto de extrañeza que hace gracia a Lombardi—. Quiero decir que es un caso reciente y tenemos a mano vías de investigación. Si resolvemos los antiguos, resolveremos el del capellán. Y viceversa, claro.

—Entonces habría que investigar las relaciones personales de los tres seminaristas.

—De eso se trata —corrobora él—. Conocer a las víctimas es conocer un poco a su asesino. Pero hasta que tengamos claro ese mapa de relaciones, que el bosque no nos impida ver los árboles.

—Disculpe, pero ese proverbio es al revés: que los árboles no impidan ver el bosque.

—Lo sé, Quirós, lo sé, pero he dicho bien. Que la globalidad no nos oculte las particularidades. Porque tres de los cuatro casos, salvo algún detalle, parecen calcados. Centrémonos de momento en el atípico.

—El de Merino.

—Eso es, el del río.

—El escenario carecía de las manchas de sangre de los otros —resume la agente.

—No había paredes que pintar —objeta él.

—Ya, y la causa de la muerte es distinta. Un golpe en la base del cráneo con un objeto rígido, probablemente una barra de hierro.

—Pero no porque le faltase el arma blanca, como demostró con la mutilación posterior.

—A lo mejor no tuvo oportunidad de usarla y empleó esa otra —especula Quirós.

—¿Por qué motivo no iba a poder usarla?

—Tal vez la víctima se resistió, o descubrió las intenciones del asesino.

—No hay dato alguno que sugiera una pelea —refuta Lombardi—. Fue una agresión por la espalda, con nocturnidad y alevosía.

—El autor pudo perder momentáneamente el cuchillo.

—Descartado. Encontrarse casualmente una barra de hierro en plena noche junto al Manzanares se sale de lo razonable. Disponía de esa barra, además del arma blanca.

—Quiere decir que lo mató de ese modo de forma deliberada.

—Claro que eligió. Otra cosa es saber a qué se debe esa distinción de trato con respecto a los otros.

—No es la única —apunta ella—. En este caso no se conformó con castrar a su víctima, sino que se cebó en su cabeza.

—Así es. Y el salfumán tampoco se encuentra casualmente en la orilla de un río. Tanto el modo de matar como el ácido empleado después forman parte de un plan preconcebido.

—El ácido clorhídrico es peligroso —agrega Quirós—. Y más en noche cerrada. No me extrañaría que se hubiera quemado.

—Llevaba guantes, como demuestra la ausencia de huellas. En aquellos días las quemaduras eran casi diarias en Madrid. Incendios, explosiones… Me pateé todos los hospitales por si hubieran atendido a alguien con lesiones de esa naturaleza, pero nada. Si sucedió como usted sugiere, debió de curarse él mismo, aunque rociar un cadáver no debe de presentar demasiadas dificultades. Ni siquiera nos dejó el recipiente.

—¿Era fácil conseguir ese producto durante la guerra?

—Nada era fácil de conseguir entonces —asegura Lombardi—, aunque el salfumán es un elemento común en productos de limpieza y se podía sacar de cualquier parte. Por importante que sea el cómo, deberíamos centrarnos más en el porqué. ¿Por qué cambió su *modus operandi* con Merino?

—Por odio, supongo. Tal vez su relación con él era peor que con el resto. Convertirlo en un monstruo después de muerto puede significar que así lo veía cuando estaba vivo. Un asesino, digamos normal, que se deja llevar por su furia, habría golpeado ese rostro aborrecido una y mil veces, hasta conseguir un resultado similar, pero este parece ser tan frío y meticuloso que ni siquiera se molesta en ello.

—Buena observación, Quirós. Pero el motivo de ese odio es la pregunta clave: envidia, poder, sexo, codicia, venganza... No sé si me dejo algún móvil de entre los habituales.

—Creo que los ha resumido con acierto, pero aparte del elemento sexual, que parece tan evidente por el tipo de mutilaciones, no se me ocurre un motivo que justifique semejante carnicería. A menos que se trate de un macabro juego simbólico.

Lombardi asiente reflexivo, valorando el peso de aquella última frase de su compañera. Macabro sí que lo es, desde luego, y calificarlo de juego tampoco resulta desacertado, porque el criminal parece haber estado burlándose de él durante casi tres años. Pero no le encaja del todo lo de simbólico, a menos que Bartolomé Llopis, el prestigioso psiquiatra, tuviera razón al considerar que el asesino podría estar comunicando algún mensaje con su saña suplementaria. Por cierto, se pregunta, qué habrá sido del doctor tras la derrota.

—La simbología está bien para una charla de salón —considera, por fin—, pero de momento es preferible centrarse en los hechos demostrables, que suelen ser más productivos. Para hacernos una idea aproximada de su naturaleza, sería bueno saber si el asesino actuó por motivos personales o ideológicos. ¿Usted qué cree?

—Los ideológicos parecen descartados, ¿no?

—Sí en cuanto a la participación organizada de grupos anticlericales, pero tampoco hay que rechazar completamente esa idea.

Pongamos un ejemplo. Si yo la ataco a usted, puede ser por dos motivos: uno, porque me siento ofendido personalmente; dos, porque aborrezco de forma global lo que usted y su camisa azul representan.

—Puede ser, si tenemos en cuenta que son varias las víctimas, y todas relacionadas con la sotana —aprueba ella—. Si, por el contario, lo hizo por ofensas personales, hay que pensar que el asesino estaba peleado con medio mundo.

—Quizá sea una mezcla de ambas motivaciones. —El policía consulta su reloj—. Mejor será ponerse en marcha. Vámonos de funeral.

Caminan sobre la nieve como un matrimonio mal avenido. Lombardi no ha logrado encontrar un paraguas en casa y Quirós le ha ofrecido compartir el suyo. Al poco, la diferencia de estatura entre ambos frustra los planes iniciales y la joven sugiere que sea él quien se haga cargo de la protección. Tampoco eso le ahorra copos en el cogote, porque el policía, por mantener una cortés distancia entre su brazo y su compañera, y por no hurtarle resguardo a esta, deja la mitad de su cuerpo al descubierto.

A través de las puertas entreabiertas de los bares se deja oír un murmullo musical que sugiere tiempos mejores. Los niños de San Ildefonso cantan el sorteo de la lotería navideña y la radio esparce su salmodia por todos los rincones de la ciudad. En la calle apenas hay tráfico, porque pocos automovilistas se aventuran por una calzada resbaladiza para la que sus vehículos no están preparados. Tampoco circulan los carros de tiro, y solo algún ciclista suicida y valientes peatones de nariz enrojecida y vaporosa respiración se atreven a hollar el suelo algodonado.

Lombardi rompe la callada caminata con una duda que lo acosa desde que ha vuelto a pisar las calles de Madrid.

—Ya tenía ganas de preguntarle a alguien. Esa especie de giba que llevan casi todos los coches, ¿es un gasógeno?

—Un gasógeno, sí —informa Quirós—. Se rellena con carbón, leña o cualquier cosa que arda y permite andar al coche.

—Vi algún modelo antes de la guerra, pero eran casi anecdóticos.

—Pues ahora son legión. Hay mucha escasez de gasolina, tanta que el parque de taxis se va a reducir a un tercio. El combustible es casi un artículo de lujo, así que hay que buscar soluciones.

—Es raro ver alguno sin su depósito. Hasta los autobuses.

—Porque los coches con gasógeno tienen preferencia en casi todo. Los particulares que no lo llevan sufren restricciones de circulación y tienen limitada la compra de gasolina. Todo vehículo debe llevar su aparatito de combustión.

—Lo admirable es que anden.

—Despacio, pero andan —acepta ella—. Y si se atufa en una cuesta, se puede conectar la gasolina para ayudar.

—Suponiendo que no hayas gastado el depósito.

—Claro.

—¿La policía también los usa?

—También.

Lombardi se imagina persiguiendo a los asesinos del capitán Faraudo en uno de esos coches: todavía estarían libres. Cualquier hombre sano debe de correr más que aquellos trastos.

—En fin, a lo que nos interesa, Quirós: hablábamos del cambio de *modus operandi* en el caso Merino.

—Pues sí. Y me parece que, si partimos de la base de que se conocían, supongo que algo muy grave debió de hacerle ese joven al asesino para ser tratado con tanta saña. Porque, si la motivación de fondo era ideológica, tan seminarista era Merino como el resto de las víctimas.

—O que el asesino percibió la ofensa como muy grave aunque objetivamente no lo fuera —puntualiza él—. Hay que tener en cuenta esa subjetividad cuando hablamos de una mente desquiciada. No nos enfrentamos a un simple carnicero que quita de en medio a quien lo estorba u ofende. En su ensañamiento hay una diferencia de trato que no parece aleatoria.

—Puede ser como su tarjeta de visita —sugiere ella.

—¿Y la cambia según le apetece?

—Hablaba usted antes de los árboles y el bosque. El elemento común, la mutilación, sería el bosque. Esa es su tarjeta de visita. Luego, cada árbol tiene los suyos; algunos compartidos, otros exclusivos.

Cruzan la plaza de la Luna, y frente a ellos se alza la fachada de San Martín. Apenas nieva ya, y los copos, leves, caen hilvanando trenzas en el aire.

—Me alegro de tenerla en esto, Quirós. Sus puntos de vista son la mar de interesantes.

—Es muy amable, aunque la verdad es que no tengo ni idea de por dónde tirar. Dicen que todo criminal se deja siempre cabos sueltos, pero en este caso yo no los veo.

—Ya los veremos, espero. De momento, apostémonos en la entrada de la iglesia. Y no pierda ojo, por si conoce a alguien; me temo que yo no voy a ser demasiado útil en eso.

Protegidos bajo el pórtico barroco, tienen que esperar un rato hasta la aparición de los primeros asistentes a la ceremonia fúnebre. Unos llegan en coche, alguno de ellos oficial; otros directamente a pie y extremando el cuidado para evitar resbalones en la acera. Una vez comenzada la ceremonia, la pareja se acomoda en el interior tras los últimos bancos ocupados, apenas una cuarta parte de la capacidad de la nave central.

—¿Le suena alguien de los presentes? —se interesa Lombardi.

—Aquel de primera fila, el de los bigotones blancos, es Andrés Saliquet, capitán general de Madrid.

—El que asedió la ciudad. Ya veo que ha recibido su presa como premio. ¿Alguien más?

—Algún oficial, de vista. Supongo que son todos de Capitanía —discurre Quirós—. De los paisanos, solo un par de ellos; creo que son empresarios, hombres de negocios.

—¿Conoce sus nombres?

—Claro.

—Pues memorícelos, por si tenemos que interrogarlos. ¿Quién más?

—De entre los curas que han venido solo me suena un cabrón con pintas.

—¡Quirós! —se sorprende Lombardi—. Bien está que se le pegue a usted el lenguaje policial, pero en una iglesia…

—Es que no tiene otro nombre —se justifica ella.

—Seguro que sí. ¿A quién se refiere?

—¿Ve aquel de la primera fila, en la esquina izquierda?

—¿El bajito con gafas y raya en el centro?

—Ese mismo. Hilario Gascones se llama.

—¿El de Mediator Dei?

—¿Conoce a esa secta? —se sorprende la agente.

—De oídas, pero me alegro de que ande por aquí, porque está en mi lista. ¿Sabe que el lugar donde apareció la tercera víctima…

—Figueroa.

—Eso es. —Lombardi dedica a su compañera una sonrisa aprobatoria—. Pues el edificio donde apareció el cuerpo de Figueroa era antes de la guerra una academia llamada Mediator Dei, dirigida por ese don Hilario.

—No fastidie.

—Me enteré ayer. Como me enteré de que ese cura no les cae nada bien a ustedes, los falangistas. Su exabrupto acaba de confirmarlo.

—Tampoco puedo hablar por todos ellos. La mayoría son franquistas más que falangistas. Ya le dije que la camisa azul ha desteñido desde que le añadieron una boina roja.

—Es lo que tiene pertenecer al glorioso Movimiento —intenta picarla Lombardi—. ¿Y a qué viene su inquina por ese hombre?

—Porque la Falange nunca fue meapilas —afirma ella con una mueca de disgusto—. Católica, sí, pero dejando claro dónde empieza y acaba el poder de la Iglesia. Tiparracos como ese nos han traído este nacionalcatolicismo impropio del siglo veinte.

—No pretendo discutir, Quirós, pero los culpables de cuanto sucede son los que unieron sus intereses contra la República. Y la Falange estaba en primera línea de combate.

—Tampoco yo quiero discutir. Todas las ideas me parecen respetables mientras no se defiendan con las armas. Bastante sangre ha corrido ya.

—¿Respetables las ideas? De eso nada: ninguna idea es respetable —asevera él.

—Vaya. Yo lo tenía por un librepensador y resulta que es tan dictador como la Culona.

El policía apenas puede ahogar la carcajada, que intenta disimular con una falsa tos. Varias cabezas de las últimas filas se giran para mostrar rostros ceñudos.

—Lo que pretendo decir —susurra cuando la censura visual ha desaparecido— es que la respetabilidad corresponde en todo caso a las personas que las defienden, no a las ideas u opiniones. Estas pueden asumirse, ignorarse o refutarse, pero no poseen el atributo humano de la respetabilidad. Conceder a las ideas la cualidad de respetables es la negación de toda dialéctica, y sin dialéctica nunca habríamos salido de las cavernas.

Quirós lo mira perpleja, intentando dilucidar el sentido real de la parrafada que acaba de recibir.

—Mire —responde al cabo—, entre el Lombardi policía y el intelectual, me quedo con el primero.

—Yo también —asume él de buen humor—, pero mejor nos dejamos de cuchicheos, que estamos llamando demasiado la atención.

Guardan la compostura durante el resto del funeral. Una vez el oficiante anuncia el final de la ceremonia, Lombardi tira de la manga de Quirós para que lo acompañe a ocupar la salida de la iglesia antes de que empiece el desfile de asistentes.

En la misma puerta se organizan heterogéneos corrillos de uniformes militares, sotanas, trajes de espiguilla y jactanciosos sombreros de señora. El capitán general regatea hábilmente a todos los grupos despidiéndose con la mano, y en un abrir y cerrar de ojos desaparece en el interior de un coche con la bandera bicolor en el morro.

Lombardi aguarda a que Hilario Gascones se libre de una corte de admiradores para, acompañado por otro sacerdote, joven y callado con pinta de secretario, dirigirse a un vehículo que lo espera a pocos metros. Lo aborda y, en pocas palabras, se presenta como investigador de la muerte de Varela.

—Dios lo bendiga e ilumine para encontrar al culpable de esta horrible desgracia.

El policía no consigue averiguar si el sacerdote se encomienda al cielo cuando le habla o si la elevación de sus ojos se debe a la diferencia de estatura, porque el bonete que culmina la consagrada cabeza apenas le llega a su laico esternón.

—Gracias, padre. No esperaba verlo a usted por aquí.

—Es lo menos, ya que no puedo estar en su despedida. Damián era paisano, y amigo desde hace años.

—Me gustaría hablar tranquilamente con usted sobre este asunto. ¿Tendría unos minutos para mí?

—¿Ahora? —duda—. No parecen lugar ni momento adecuados.

—Por supuesto, padre —corrobora Lombardi—. Mejor en privado.

—Pues no sé, esta semana con las fiestas tengo poco hueco.

—Cuando a usted le venga bien.

—Mire, pásese el día de Navidad por la residencia. ¿Sabe dónde está?

—Claro —miente el policía.

—A media tarde. Puede que le toque esperar un rato, pero encontraremos el modo de hablar. Aunque no sé en que pueda yo ayudarlo, la verdad.

—Muy amable, y felices Pascuas.

—Felices también para ti, hijo.

Tras la despedida, Lombardi se vuelve hacia su compañera con un guiño triunfal. Hay que esperar tres días, pero ya tiene a tiro al antiguo director de la academia.

—¿Qué le ha parecido? —se interesa ella.

—Un bizcocho borracho con doble cubierta de miel.

—¿Cómo?

—Empalagoso —concreta el policía—. Y lo dice alguien que disfruta con el dulce. ¿Le apetece que piquemos algo antes de nuestras visitas vespertinas?

—De acuerdo, a ver si así come usted algún día en condiciones. ¿Dónde?

—Vamos a la Gran Vía —sugiere él—. Hace mucho que no paseo por allí.

—Acabamos de cruzarla para llegar aquí.

—Ya lo sé, mujer, pero íbamos concentrados en gasógenos y asesinos.

—Y ahora se llama avenida de José Antonio. Recuérdelo, que no está bien visto usar su antiguo nombre —le advierte Quirós.

—Durante la guerra se llamó avenida de la CNT, y luego de Rusia, o en plan burlón, por los bombardeos, la avenida de los Obuses; pero la gente seguía hablando de la Gran Vía. Y la plaza de la República nunca dejó de ser plaza de Oriente para todos. La memoria colectiva no se borra con propaganda.

Como puede comprobar el policía por los alrededores, no solo está proscrito el nombre popular de la más famosa arteria de la ciudad. Algunos establecimientos han adaptado su denominación a los nuevos tiempos, sustituyendo extranjerismos o lisonjeando al Régimen, y así el cine Madrid-París exhibe ahora el pomposo título de Imperial. Un imperio de viudas, huérfanos, mendigos y ruinas, concluye Lombardi.

Varias manzanas más adelante se topan con una aglomeración callejera desusada. Hombres y mujeres gritan alborozados entre espumosos vasos y más de uno danza sobre la nieve con grave riesgo para su salud. Otros, presumiblemente periodistas, inmortalizan con sus cámaras el bullicio.

—Nunca había visto tanta euforia a la puerta de una librería.

—Es por el sorteo de Navidad —aclara ella—. También despachan lotería. Mire, allí está el número. —En una pizarrita colgada en la puerta del establecimiento alguien ha escrito: *1.516. Segundo premio. Aquí*—. Pues con el segundo habrán pillado un buen pico; no me extraña su alegría.

—Eso es lo que nos falta, Quirós: una pizarra. Con ellas, los esquemas ofrecen luz, soluciones inesperadas.

—¿Usted la usaba? Quiero decir antes, cuando...

—Por supuesto, y con tizas de colores —bromea él.

—A ver si mañana puedo llevarme una de la Brigada. Allí están muertas de risa.

—Estaría bien.

Poco más abajo, a unos pasos de la juerga, un mendigo observa la escena. Es un hombre todavía joven, aunque avejentado por la miseria, tocado con una raída boina, calzado con alpargatas y que se protege del frío con una manta; bajo ella, como una gallina clueca, arropa a dos chiquillos de corta edad. En su gesto se adivina una vaga esperanza de obtener algunas migajas del reparto con que la diosa Fortuna ha bendecido a aquella gente.

Deciden cruzar a la acera opuesta hasta llegar a un restaurante de la calle del Clavel, casi enfrente del local tocado por la suerte. A Quirós le parece un poco caro, y a Lombardi también, pero él insiste en invitarla.

—No veo mejor forma de gastar el dinero que llevo en el bolsillo.

—Pues no debería, que no están los tiempos para despilfarros —lo amonesta ella mientras un par de camareros les buscan acomodo—. Y menos usted, en su situación.

—Espero que todavía me quede alguna reserva en el banco después de que el Nuevo Estado haya metido mano en la cuenta. Además, en Cuelgamuros solo gasto en tabaco.

—¿Allí estaba?

—Allí me tenían, perforando la montaña como un miserable

topo. Y allí volveré, supongo, tarde o temprano, para cumplir el resto de mis doce años.

El camarero se planta ante ellos a tomar nota. Lombardi elige para él lo más barato que puede encontrar en la carta y Quirós pide exactamente lo mismo.

—¿Doce años? —exclama ella cuando quedan a solas—. ¿Qué hizo para merecer esa condena?

—Los jueces militares no son tan liberales como usted, ni consideran respetables todas las ideas. Militaba en Izquierda Republicana y era policía, como antes lo había sido con el rey en el poder. En mi expediente figuran varias detenciones de delincuentes con graves delitos de sangre, de toda ralea e ideología; me imagino que el hecho de que algunos de ellos fueran falangistas tuvo algo que ver en el ánimo del tribunal. No me diga que su jefe Figar no le ha puesto al tanto de mis peculiaridades.

—Pues no, ni palabra. Tampoco es raro, porque antes de que usted llegara yo ni siquiera existía para él.

—¿Siendo ambos de Falange?

—Eso no significa nada. Todavía hay clases.

Atacan la sopa con apetito, respetando ambos el bollito de pan blanco para disfrutarlo con el segundo plato.

—¿Ha participado en algún interrogatorio? —se interesa el policía entre cucharada y cucharada.

—Nunca.

—Tampoco es que la gestión de esta tarde vaya a ser un interrogatorio propiamente dicho. No tenga miedo a preguntar, por rara o desconsiderada que se le antoje la duda que le venga a la cabeza. Naturalmente, no vamos a tratar con sospechosos, sino con familiares de una víctima; pero debemos ser tan estrictos como si no existieran esos lazos.

—Lo intentaré.

—Cuanto más exhaustiva sea la ficha, mejor. Haga un boceto lo más ajustado posible de la personalidad de Figueroa: historial, inquietudes, capacidades o carencias, amigos, posibles enemigos,

131

tanto en la familia como en el barrio o el seminario. Muéstreles la foto de Varela, a ver si lo conocen.

Quirós escucha con devoción los consejos de su jefe; en un momento saca un bloc de su bolso y toma notas, interrumpidas por la llegada de las albóndigas.

—Cualquiera sabe lo que llevan —dice ella al catarlas—. Te dan gato por liebre en cuanto te descuidas.

—Este sitio parece fiable —objeta Lombardi—. Y están buenas.

—Por la salsa y las patatas, pero de ternera tienen poco o nada.

—Ya se ve que no ha pasado usted mucha hambre. De la cárcel ni le hablo, pero aquí, en la guerra, se comía cualquier cosa sin hacerle ascos a si era burro o gato.

—Lo sé. Mis padres la sufrieron, y dicen que no ha mejorado mucho el abastecimiento. Si tienes dinero es distinto, claro, pero me imagino que algo parecido sucedía entonces, ¿no?

—Supongo —concede él—. Yo no me movía en esos círculos.

—Disculpe la interrupción. ¿Algún consejo más para mi debut?

—Pues sí, hablando de comer: no se deje comer el terreno. Usted es la autoridad, quien lleva la voz cantante. Lo que no significa ausencia de compasión hacia quien tiene enfrente. Y sea cauta en sus conclusiones.

—¿En qué sentido?

—Le contaré uno de mis primeros casos, recién ingresado en la policía. Se había cometido un hurto en una tienda del barrio de Tetuán. El dueño acababa de incorporar como mancebo durante las mañanas a un chico paralítico que se desplazaba en silla de ruedas y se manejaba por allí con bastante soltura. Durante su interrogatorio me llamó la atención un reborde de barro en la parte baja de sus zapatos. Hice creer que se me había caído el lápiz para poder agacharme y comprobar así que eran suelas desgastadas, algo más que sospechoso en quien no podía andar.

—Muy astuto —apunta ella.

—Sí, estaba seguro de que había dado con el culpable, o al menos con un simulador, un falso tullido. Quería pillarlo y lo se-

guí disimuladamente cuando salió a mediodía. Vivía en una cha-
bola a las afueras de la barriada, un lugar mísero, rodeado de ratas
y basura. Dejé pasar unos minutos y entré, porque la puerta, una
plancha de hojalata, ni siquiera tenía cierre. Para mi sorpresa, el
chico seguía en su silla, y otro más joven se estaba calzando sus
zapatos. La madre, viuda, me explicó que solo tenían ese par, y que
sus hijos lo compartían para acudir presentables a sus respectivos
trabajos.

—Pobre gente.

—Una cura de humildad, Quirós. A menudo, las cosas no son
lo que aparentan. Eso se aprende con la experiencia, aunque estoy
convencido de que el instinto femenino será una baza a su favor.

—Dios le oiga. Paso luego por la oficina, y ya me dirá qué tal
lo he hecho.

—Nada de oficinas. Después se marcha usted a casa. Mañana
me da el informe, a menos que descubra algo importante. Y si así
fuera, me lo puede contar por teléfono.

Con un par de flanes cierran el festín antes de dirigirse a sus
respectivos destinos. Lombardi decide caminar; se ha quedado sin
paraguas, pero el cielo empieza a abrirse y la nieve del suelo se convierte poco a poco en una mezcla de hielo y barrillo sucio.

La casa paterna de Eliseo Merino se levanta al comienzo de la
calle Segovia, frente a la angosta calleja escalonada del pasaje del
Obispo que conduce al palacio arzobispal y a la basílica pontificia
de San Miguel, y cerca de la casa del Milagro que Ignacio Mora le
había mostrado la víspera.

Es un viejo edificio de ladrillo de dos alturas y estrecha fachada
que durante la guerra estuvo ocupado por varias familias huidas de
los frentes de batalla. El portal da acceso a un patio sin luces y empedrado con cantos rodados que se antoja excesivo para el tamaño
del inmueble, quizá porque ha formado parte de un paso de ca-
rruajes, reducido después por una presumible remodelación. A la

izquierda hay una puerta entornada que durante la visita de Lombardi en el treinta y ocho estaba cerrada a cal y canto, y a la derecha la escalera de acceso a los pisos superiores.

El policía se dispone a afrontar los peldaños cuando escucha una voz a su espalda:

—¿Qué se le ofrece? —Un hombre le habla desde la puerta, ahora abierta de par en par.

—Busco a don Joaquín Merino. No sé si seguirá viviendo en el principal.

—Servidor. Dígame usted.

El padre de Eliseo Merino es un anciano flaco con greñas canosas, rostro casi cadavérico y mentón adornado con una desaliñada perilla. Viste un raído guardapolvo gris, de cuyo bolsillo superior saca unas gafas que se calza mientras se le aproxima el visitante. Lombardi aprecia un ligero temblor en su mano, síntoma de vejez o de alguna enfermedad nerviosa.

—Me gustaría hablar con usted, señor Merino —dice, exhibiendo su credencial.

—Vamos adentro.

Sigue los pasos del anciano más allá de la puerta. Es una tienda de antigüedades, pobremente iluminada por un escaparate abierto a un entrante de la calle Segovia que resulta invisible desde la fachada principal del edificio.

Merino enciende una araña eléctrica que cuelga del techo e invita al policía a tomar asiento ante una mesa camilla con faldones sobre la que hay una taza vacía y una pequeña pila de libros. Lombardi curiosea de soslayo algún título de sus cantos: además de la Biblia, un volumen de las *Obras completas* de Ramón Nocedal, fundador en el xix del Partido Integrista, y *El liberalismo es pecado* de Félix Sardá y Salvany; este autor no le suena en absoluto, pero el título lo dice todo.

—Aproveche, que hay brasero.

—No le diré que no —acepta el policía—, porque hace un frío que pela.

—Aquí paso las horas, esperando a clientes que raramente llegan. Usted dirá.

—Siento no ser aficionado a las antigüedades, aunque mi visita está motivada por un hecho más o menos antiguo. Investigo la muerte de su hijo.

—¿De Eliseo?

—Claro. ¿Tiene alguno más?

—Lo tuve, pero murió de niño, hace más de veinte años.

—Lo siento, desconocía ese detalle.

—Daniel se llamaba. Un accidente.

—Y luego perdió a Eliseo, en el treinta y ocho.

—Así fue —confirma don Joaquín con gesto de resignación—. Y yo estaba tan lejos que ni siquiera pude darle cristiana sepultura hasta mi vuelta.

—Imagino lo duro que tuvo que ser. Vine a esta casa al día siguiente de su muerte. Estaba ocupada por refugiados.

—Por delincuentes, quiere usted decir —precisa el anciano.

—Eran familias necesitadas de hogar. Durante la guerra se ocuparon muchos pisos abandonados en la ciudad.

—Eran canalla roja, vándalos que lo destrozaron todo. Quemaron la mayoría de los muebles y cuanto pudieron hallar. Lo raro es que no ardiera el edificio.

Lombardi recuerda el frío de aquellos inviernos: si los ocupantes encontraron madera a mano no resulta nada exagerado el testimonio del propietario. Pero es preferible pasar página y no mentar la soga en casa del ahorcado.

—Pues bien, le informaba de que investigamos las circunstancias del asesinato de Eliseo.

—Dice que vino a casa al día siguiente. ¿Usted era policía entonces?

—Efectivamente, de la Criminal.

—¿Y sigue en su puesto?

—Hay muchos que siguen, que seguimos —se escabulle Lombardi.

—Entonces, vio su cadáver. Lo apalearon, me dijeron, y lo tiraron al río.

—Así fue. —El policía deduce que su informante fue alguien con la suficiente sensatez como para ahorrarle innecesarios detalles escabrosos a un padre destrozado—. ¿Cuándo se enteró usted?

—Al volver a Madrid acabada la guerra. Fui a interesarme al seminario y allí me dieron la noticia. En el juzgado me indicaron dónde estaba enterrado.

—Usted desapareció de Madrid en los primeros días. ¿Cómo es que Eliseo no lo acompañó?

—Sí, me largué en cuanto supe que había caído el cuartel de la Montaña. Pintaban muy mal las cosas para la gente de orden. Pero Eliseo no quería separarse de los suyos. Prefirió el martirio.

—Los suyos eran usted y su familia.

—No tenía más familia que yo —puntualiza el anticuario—. Y él ya era casi sacerdote.

—Pensé que con su edad ya lo sería. Lo tenía por profesor del seminario.

—Aún no había cantado misa, pero la familia terrenal quedaba en segundo plano. Y no lo digo como reproche, sino como muestra de su fe.

—La madre de Eliseo, ¿murió hace mucho?

Joaquín Merino hace una mueca y aprieta los párpados con fuerza, como si la pregunta lo hubiera golpeado físicamente. Una vez recuperado, comienza una narración deshilachada sobre la mujer por la que se ha interesado el policía. En resumen, se había casado con ella en 1908; un año después nació Eliseo y tres años más tarde Daniel. Pero era una mujer rara y rebelde, inclinada a modernidades (—Ya sabe, ese veneno que nos trajo la aberración del voto femenino.), a la que resultaba imposible meter en cintura. Poco después de que el pequeño hubiera cumplido los dos años, ella se escapó con un político francés al que había conocido en un acto sufragista, y desde París le envió una carta llena de insultos y reproches. Desde entonces, ni una palabra.

—Así que no sé si ha muerto o sigue viva —concluye un relato cargado de desprecio en el que Lombardi no puede atisbar el menor rastro de dolor—. Yo me considero viudo desde entonces.

—Y se hizo cargo de sus hijos sin otra ayuda.

—Para casi todo hay solución. Por suerte, nunca me ha faltado el dinero, y las criadas pueden ocuparse de la casa tan bien o mejor que una esposa. Soy de los que creen que los varones tienen que ser educados por su padre y que la influencia femenina los malea.

Un hombre chapado a la antigua, de profundas convicciones religiosas y con escaso aprecio por las mujeres. Territorios, concluye Lombardi, en los que no merece la pena entrar.

—En esas circunstancias —argumenta—, la muerte del pequeño tuvo que ser terrible para usted.

—El vacío que nos dejó el pobre Daniel no se llenó nunca, ni en mí, ni en esta casa, ni en Eliseo. Creo que ese dolor fue uno de los motivos que lo llevaron al seminario en cuanto tuvo edad para ingresar, como si el sacerdocio fuera un paliativo, una respuesta al absurdo de aquella muerte.

—¿Es que lo hizo en contra de su criterio?

—No, ni mucho menos. Eduqué a ambos hijos en el seno de la única religión verdadera. Lo que quiero decir es que la muerte de su hermano aceleró probablemente una decisión que tarde o temprano habría tomado.

—Dígame, señor Merino, ¿cuándo vio por última vez a Eliseo?

—Pues no sabría decirle —duda don Joaquín—. Vivía encerrado en el seminario y pasábamos mucho tiempo sin noticias el uno del otro.

—¿Conocía usted a alguno de sus compañeros?

—No, la verdad.

—¿Le habló él alguna vez de dificultades? —aprieta el policía—. ¿De alguien que lo quisiera mal?

—¡Quién lo iba a querer mal! Aparte de los rojos, claro, ese enjambre de indeseables que lo asesinaron.

Lombardi duda si decirlo, pero está obligado a ello si no quiere convertir el interrogatorio en una pantomima inútil.

—Tenemos motivos para pensar —comenta con calma— que su asesinato no fue obra de un grupo anticlerical.

—¿Pretende robar a mi hijo la palma del martirio? —brama Merino con un puñetazo sobre la mesa—. ¿Insinúa que no lo mataron por ser sacerdote, o casi sacerdote?

—En absoluto, y no vuelva a levantarme la voz, por favor.

El anciano afloja su actitud, se mesa con furia los cabellos y deja que su cuerpo se venza sobre el respaldo de la silla.

—Disculpe —farfulla—. La herida sigue abierta.

—Es lógico. Pero debe entender que los certificados de santidad no corresponden a la policía. Yo solo busco al asesino de su hijo, al verdadero asesino.

—¿Y qué sabe usted que yo no sepa?

—Que Eliseo, probablemente, murió a manos de un solo hombre. Si este lo hizo porque era sacerdote o por cualquier otro motivo no lo sabremos hasta dar con él. Por eso es tan importante que me cuente cuanto recuerde de sus relaciones. ¿Sabe dónde estuvo escondido durante la guerra?

—Poco puedo ayudarlo en eso. Desde que ingresó en el seminario, a los diez años, nuestro contacto fue cada vez menos frecuente. Ya le digo que apenas nos veíamos. Supongo que se ocultaría en alguna casa de confianza para él.

—¿Guarda usted alguna foto suya? Me sería muy útil.

—Lo siento, tal vez alguna de niño, pero tendría que rebuscar en casa.

—¿Ni siquiera una foto? —se asombra el policía—. ¿Es que se llevaba mal con él?

—¿Yo? ¡Qué cosas dice! Nadie podía llevarse mal con Eliseo. Era un bendito. Su único afán era convertirse en sacerdote y a ello dedicaba todo su tiempo. Yo respetaba la distancia que su dedicación nos exigía y aceptaba el sacrificio de cederle a Dios su posesión absoluta. Estoy seguro que, de seguir vivo, habría acabado ingresando en un convento.

Lombardi sabe cuándo una fuente está seca. Y aunque la devoción de Joaquín Merino por la memoria de su hijo resulta un tanto teatral, tal vez idealizada por la larga separación y por su dramática y definitiva ausencia, no parece probable obtener de él pistas relacionadas con el caso.

—¿Vive usted solo, y además atiende el negocio? —cambia de tema, con expresión admirativa.

Don Joaquín explica que una asistenta interna se encarga de la casa. Para el negocio tiene un ayudante, un restaurador que trabaja en la segunda planta.

—Hasta hace poco hacía yo mismo las restauraciones, pero mi vista ya no es la que era y no quiero vender chapuzas —se lamenta.

—Así que no pudieron conocer a Eliseo.

—Para nada. Los contraté a los dos al reabrir la tienda tras la guerra.

—Lástima. Pensé que podrían ayudarme. Dice usted que la segunda planta es un taller. Desde la calle parece una vivienda normal.

—Y lo es. Pero la usamos de taller de restauración y almacén de objetos grandes. Los más pequeños que no están en la exposición los guardo allí, detrás de aquella puerta que puede ver al fondo. ¿Quiere echar un vistazo? Hay piezas valiosas.

—No es necesario, gracias. ¿Desde cuándo vive aquí?

—Toda la vida. Aquí nací, en una casa noble renacentista, o en un trozo de ella. Perteneció al duque de Osuna y lindaba a sus espaldas con la casona de los condes de Maceda, una manzana completa.

—La de la torre que se abre a la calle del Nuncio —asiente el policía—. Fue hospital de sangre durante la guerra.

—Eso me han dicho. A finales de siglo se hicieron muros y divisiones, y mi padre, que trabajaba para el duque antes de que este muriera arruinado, pudo quedarse con esta parte del edificio. Él empezó el negocio y yo, hijo único, heredé sus aficiones.

—¿Su padre también tenía un taller en la segunda planta?

—Hubo un tiempo en que estuvo realquilada, pero cuando los inquilinos se fueron, quedó como almacén. Yo la recuerdo así desde pequeño.

—Gracias, don Joaquín, creo que ya he molestado bastante. Solo una cosa más: ¿conoce usted a este hombre? —El policía le muestra la foto de Damián Varela.

Merino la toma en sus manos temblonas, se ajusta las gafas y enciende una lamparita de pie que hay junto a la mesa.

—Sí, es el padre Varela. Claro que lo conozco.

—¿Desde cuándo?

—Hace un año, o poco más. Suele pasar por aquí de tarde en tarde, y a veces se lleva algo.

Parece evidente que el anciano no se ha enterado de la muerte del capellán. Tal vez evita las esquelas, o no compra periódicos, o se conforma con las densas lecturas que hay sobre su mesa. Una ventaja sobre su interlocutor que Lombardi decide aprovechar.

—¿Compra antigüedades?

—Sí, sobre todo objetos religiosos.

—Así, a simple vista, no parecen baratos.

—Todo lo auténtico es caro —sentencia el anciano como si recitase una máxima inamovible—. Pero el padre Varela trabaja para el Servicio de Defensa del Patrimonio, que cuenta con fondos.

—De los que se beneficia usted como vendedor —puntualiza Lombardi.

—Yo pago mi buen dinero e intento sacarle rédito; no hay delito en ello. Y hoy día es fácil comprar, porque la gente está necesitada y se desprende de cualquier cosa que no se pueda comer. Vender es mucho más difícil. Hay pocos clientes como el padre Varela.

—¿Cuándo vino por última vez?

—A ver… —El anticuario duda unos segundos—. Hoy es lunes, ¿no? A primeros de la semana pasada.

—¿Compró algo?

—No. Estaba interesado en algunas piezas y quedó en pasarse el viernes, pero no ha vuelto a dar señales de vida.

Ni las dará, piensa Lombardi, extrañado de aquella coincidencia, convencido de que la probabilidad de que ese establecimiento guarde relación con dos de los cuatro cadáveres no puede ser un hecho casual.

—¿Podría mostrarme esas piezas por las que tenía interés?

—Me va a perdonar, pero eso es privado. Como los médicos, también en este gremio existe el secreto profesional. Es una garantía de seriedad.

—Comprendo. Por lo que veo, algunos objetos tienen tamaño y peso considerables. Imagino que no se llevaría sus compras cargadas al hombro.

—Claro que no. En esos casos suele venir acompañado por un motocarro o una camioneta.

—¿De Patrimonio?

—No me he fijado, la verdad. Creo que tiene un nombre pintado en el toldo, puede que sea una empresa de portes que trabaje para ese organismo.

—¿Damián Varela conocía a su hijo?

El anciano alza las cejas, sorprendido.

—No. O eso supongo —masculla—. Y no entiendo qué relación pueda tener con el motivo de su visita, con la muerte de Eliseo.

—Eso corre de mi cuenta. ¿Está seguro de que el padre Varela no ha tenido nada que ver con el seminario?

—Y cómo voy a estarlo. Mi relación con él se limita a asuntos profesionales, nunca hemos hablado de otra cosa, aparte de generalidades. Sé que escapó de Madrid, como lo hice yo. Cosas que se comentan de pasada, pero poco más. En ningún momento se me ha ocurrido preguntarle, ni siquiera mencionar mi desgracia.

—Pensé que, al ser también sacerdote, podrían haberse sincerado.

—Mis cosas son mías.

—Pues eso es todo, señor Merino. Le agradezco su tiempo y su amabilidad.

Lombardi se despide. El anfitrión lo acompaña hasta la puerta de la tienda e inicia con él los primeros pasos por el portal.

—No hace falta que se moleste —dice el policía—. Vuelva a su brasero, que aquí hay corriente.

—Gracias, y por favor no olvide tenerme al tanto de lo que averigüen sobre la muerte de Eliseo.

—Así lo haré, descuide. Una pregunta más: ¿cómo murió su hijo Daniel?

—Cayó por esas escaleras. —El anciano señala con la mirada la entrada de la zona residencial—. El pobre se rompió el cuello. Ya ve: eso ha sido mi vida familiar, una permanente mala suerte.

Hay gente que nace con estrella y otra estrellada, cavila Lombardi camino de casa mientras las sombras de la noche caen sobre la ciudad. Aunque nunca ha creído del todo en los dichos populares, y respecto a Joaquín Merino existen elementos suficientes para pensar en la capacidad humana para labrarse un futuro al margen del determinismo. Porque si ese hombre no fuera un cavernícola ultramontano, tal vez su esposa no lo habría abandonado. Una mujer burguesa, a menos que sea una auténtica casquivana, no deja atrás a su prole si no está realmente desesperada. De no haber desaparecido ella de casa, el pequeño Daniel, bajo sus cuidados directos, quizá seguiría vivo. Y puede que tampoco se hubiera producido el notorio alejamiento familiar de su hijo mayor; lo de su asesinato ya es otra cosa, porque seguramente ninguna madre habría podido evitarlo.

El policía busca la protección de cornisas y marquesinas para evitar la mansa y helada llovizna. Camina maquinalmente, como la bestia de carga que conoce de memoria el atajo de vuelta. Tiene ocupada la cabeza en asuntos más importantes que el nuevo nombre de las calles, el mohíno deambular de transeúntes o los faroles fundidos. Por ejemplo, la relación de Damián Varela con el padre de Eliseo Merino. Puede ser circunstancial, desde luego, porque la vida a veces teje los destinos con escaso gusto, pero resulta más que chocante. Como choca el hecho de que Varela compatibilizase su puesto de capellán en Capitanía General con otro en el Servicio de Defensa del Patrimonio y manejara por ello cantidades de dinero nada desdeñables. Recuerda las doce mil pesetas que, según Lazar, llevaba consigo en el momento de su asesinato, y al pensar en el nazi no puede evitar la imagen de su peculiar despacho, decorado con piezas dignas de un museo. Había entrado en aquella tienda de la calle Segovia siguiendo el rastro de Eliseo Merino y, sin esperarlo, se ha encontrado con el de Varela: un interesante cruce de caminos.

Una vez en casa, colgado el húmedo abrigo, Lombardi deposita los zapatos junto a una estufa casi extinta que se ve obligado a resucitar. El combustible del cajón ha menguado notablemente, pero el simple hecho de pensar en pasarse por la carbonería para reponerlo le provoca una descomunal pereza.

Mañana, se dice, será otro día. Y se tumba en el sofá.

Las tres horas dormidas en el sofá antes de aterrizar definitivamente en la cama permiten a Lombardi madrugar por primera vez desde que ha recobrado la libertad. Aguarda, no obstante, hasta una hora prudencial para llamar a Balbino Ulloa a su despacho de la Dirección General de Seguridad. El secretario no parece de buen humor. Seguramente la úlcera de su conciencia le ha dado mala noche.

—Buenos días. Ayer no llamaste —le reprocha.

—¿Figura en nuestro acuerdo que deba llamarlo a diario?

—No estaría mal.

—Hombre, si le apetece que hablemos del tiempo —ironiza Lombardi.

—Algo tendrás para mí, ¿no?

—Poca cosa.

—¿Ninguna pista fiable sobre Varela?

—Necesito que confirme si pertenecía al Servicio de Defensa del Patrimonio, como empleado fijo o colaborador. Supongo que una llamada suya a la dirección de ese organismo nos ahorrará un montón de trámites.

—Cuenta con ello. ¿Nada más?

—Por la vía forense no hay dónde hincarle el diente.

—*Quiscumque tactus vestigia legat* —objeta Ulloa.

—Ya, el principio de intercambio de Locard. Un latinajo precioso, pero no hay vestigios en la escena y no tenemos acceso a los que se pueda haber llevado consigo el asesino en su contacto, así que solo nos queda la esperanza de posibles testigos circunstanciales. Las fiestas se alían en contra, y quien no está fuera de Madrid anda muy ocupado. He convenido una cita con el de Mediator Dei, pasado mañana por la tarde. Ayer hablamos con las familias de dos de las víctimas, pero no aportan nada, de momento. A ver si la del tercero, el de Zamora, nos dice algo, aunque lo dudo.

—Esto va demasiado lento, Carlos.

—¿Lento? ¿Y qué esperaba, trabajando además en estas condiciones? Si al menos tuviera otro apoyo, otro agente, podríamos acelerar las diligencias.

—Un poco difícil me parece; no vayas a pensar que el personal está mano sobre mano.

—De alguno podrá prescindir, digo yo.

—No sé, Carlos. Dudo que te guste la compañía de los que hay en la Brigada. Y también quiero ser sincero contigo: la gente no quiere trabajar a las órdenes de un rojo.

—¡Qué rojo ni qué niño muerto! —protesta Lombardi—. Pues que les den morcilla a esa panda de fachas. ¿Es que no queda nadie del viejo grupo de Homicidios?

—Pocos. Aguirre, por ejemplo.

—¿El que estaba en la calle Víctor Hugo? Ese era un pelma.

—También sigue Munilla, pero estará de baja. Le operaron de una hernia hace unos días.

—Como para patearse Madrid. Joder, necesito alguien en

quien confiar. La chica pone interés, pero está verde. Y hay que atender de vez en cuando este teléfono por si hay llamadas de los contactos. En caso contrario los perdemos, tiramos por la borda buena parte del trabajo. —El timbre de la puerta frena en seco sus demandas—. Espere, que debe de ser ella.

Alicia Quirós carga con una pizarra. Metro por metro y medio, calcula el policía, suficiente para ocultar casi por completo la figura de la agente, de modo que tiene la impresión de recibir en su casa a un encerado negro con tacones. La libera del peso antes de regresar al teléfono.

—Le dejo, que es la agente Quirós y tenemos trabajo. Espero su confirmación sobre Varela, y piense en alguien más que nos eche una mano en esto.

—¿Pidiendo refuerzos? —bromea ella cuando su jefe ha colgado.

—Falta hacen. Ya veo que se ha tomado en serio lo de la pizarra.

—Por supuesto, ¿dónde la ponemos?

—Ahí donde está, en el sillón. Ya le buscaremos sitio. ¿Cómo ha venido cargada con ella?

—En un taxi.

—Pase el gasto y que se lo paguen.

—Lo pasaré. También he traído unas tizas, pero no había de colores.

—Nos conformaremos con el blanco y negro —acepta él de buen humor.

—Y aquí tiene el informe sobre Damián Varela elaborado en la Brigada. Échele un vistazo por si es capaz de ver algo donde yo no he visto nada.

Es un folio mecanografiado con un currículo superficial del capellán. Nacido en 1901 en el pueblo oscense de Maltillos, había cursado la carrera sacerdotal en el seminario de Zaragoza. Tras ejercer de coadjutor en un par de parroquias de la provincia, se trasladó a Madrid en 1933, donde quedó adscrito a la parroquia de

San Pedro el Viejo hasta 1936. Huido de la ciudad, se sumó como capellán castrense a las fuerzas del general Yagüe hasta el final de la contienda. Asignado a Capitanía General en junio de 1939. Toda su familia seguía viviendo en Maltillos. Nada sobre su posible relación con Patrimonio.

—Vaya con Damián Varela —comenta Lombardi—. Así que estuvo repartiendo extremaunciones con el Carnicero de Badajoz y sus tropas africanas.

—Es demasiado temprano para discutir de política, ¿no le parece?

—Poco tiene de política la masacre de cuatro mil prisioneros, reconocida por él mismo a la prensa internacional.

—¿Es que en su bando no hubo barbaridades?

—Por supuesto. Muchas, demasiadas. Pero ustedes combatían contra demonios ateos en defensa de la civilización cristiana. Una cruzada, decía su propaganda. De un demonio ateo se puede esperar cualquier cosa, pero un catolicísimo ejército debería haber dado un ejemplo muy distinto. ¿No cree?

—Propaganda y barbarie hubo en ambas partes —admite ella—. Vamos a dejar este asunto.

—Sí, dejemos a Yagüe y a sus indefensas víctimas. Por cierto, ¿qué es de su puñetera vida? Oí que lo habían nombrado ministro del Aire.

—Creo que está confinado en San Leonardo, su pueblo soriano.

—¡Coño! Perdón —se excusa de inmediato—. ¿Y a qué se debe su mal aterrizaje?

—Cualquiera sabe. Desde luego, no se lleva bien con el Caudillo. Parece que tramaba un complot falangista.

—Pero falangista, ¿de los que usted llama originales o de los de aluvión?

—Dicen que apoyó a Manuel Hedilla, el sucesor de José Antonio, cuando este se enfrentó a Franco por el decreto de unificación que creó el Movimiento. Hubo algún cadáver como resultado de aquellas peleas, Hedilla acabó condenado a dos penas de muerte y

Yagüe lo defendió públicamente. Al final, a Hedilla le conmutaron las penas por prisión y ahora está desterrado en Canarias.

—Conoce usted bien los entresijos de nuestros prohombres.

—Aparte de lo de Yagüe —pregunta Quirós para liquidar el asunto—, ¿le sugiere algo ese informe?

—Sí. Que lo ha hecho un chupatintas, no un policía. Habrá que ir a San Pedro el Viejo a ver qué nos cuentan de aquellos tres años de Varela.

—Bueno, por lo menos hay una buena noticia. La sangre que me dio en aquel pañuelo es humana y del mismo tipo que la del portal, así que parece lógico pensar que pertenece a la misma víctima. Aunque supongo que eso ya lo sabía.

—Lo sospechaba, pero las sospechas, hasta que se confirman, no dejan de ser conjeturas. Acuérdese del pobre lisiado de Tetuán.

Quirós le devuelve su pañuelo, limpio y planchado. Antes de que pueda darle las gracias, suena el teléfono y el policía corre a descolgarlo, convencido de que se trata de Ulloa.

—Dígame.

—Soy el comercial, señor Lombardi.

La voz suena distorsionada por un murmullo de fondo, probablemente conversaciones de un establecimiento público.

—¿Qué comercial?

—El de los siete jorobados. Solo quería informarle de que ninguno de los clientes que nos interesan paga a tocateja. Otros abonan por ellos el material. El resumen está a su disposición.

Los labios de Lombardi esbozan una sonrisa. Desde luego, Ignacio Mora tiene talento.

—Muy agudo, amigo.

—No olvide que tiene usted una entrevista pendiente. Llame a casa y le doy los datos.

—Así lo haré. Gracias, y ya nos veremos.

—A juzgar por su cara son buenas noticias —apunta Quirós cuando su jefe da por concluida la conversación.

—Según se mire. De momento significa el abandono de una

pista falsa. Y ya que estamos con el teléfono, voy a despertar a alguien en busca de otra mucho más sólida.

Lombardi marca el número de doña Patro. Al cabo de tres timbrazos responde una vocecita casi infantil.

—Buenos días —saluda él con tono amable—. Doña Patro, por favor.

—Lo siento, la señora no está.

—Claro que está. Dormida, pero está. Dígale que es la policía.

Se hace un silencio en el auricular. Lombardi se imagina a la asistenta, o lo que sea aquella muchachita que le había servido un café café durante su visita, correteando asustada desde el salón al dormitorio principal para comunicar el urgente mensaje. Al poco, una voz ronca toma la iniciativa.

—¿Quién es?

—¿Doña Patro?

—Al aparato, dígame.

—Soy Carlos Lombardi. Siento haberla despertado, pero han pasado tres días y sigo sin noticias suyas.

—¿Qué Lombardi dice? ¿Pero no era la policía?

—Eso es, el policía que quería hablar con Fátima. No lo habrá olvidado.

—¡Ah, sí! Perdone, es que todavía estoy medio dormida.

—¿Qué pasa con Fátima?

—No está en Madrid.

—A ver si voy a tener que mandarle un par de guardias.

—No sea malpensado, hombre. En estas fechas muchas de las chicas pasan las fiestas con su familia. Solo puedo contar con las madrileñas, y no siempre.

—¿De dónde es Fátima?

—Creo que es extremeña, no estoy segura.

—Páseme su número de teléfono en Madrid.

—Eso no lo puedo hacer.

—Doña Patro, que me voy de la lengua.

—Será capaz.

148

—Por supuesto que lo soy. Y ya sabe las consecuencias: una bonita historia de Navidad en su portal.

Gruñidos y maldiciones apagadas se escuchan al otro lado de la línea. Luego, un vacío hasta que se define de nuevo la llegada de la madama, quien, todavía rezongando, dicta al policía el número solicitado.

—Gracias. Y ya puede fregar bajo el felpudo y limpiar su Sagrado Corazón. Felices Pascuas.

Lombardi marca el número apuntado para confirmar que no le han mentido. Una mujer, que se identifica como dueña de la pensión donde vive Fátima, corrobora el viaje de esta a su pueblo natal. El policía deja su número de teléfono e insiste en la necesidad de hablar con ella en cuanto vuelva.

—Me admira su seguridad —comenta Quirós—. Dudo que yo pueda conseguirla.

—El cincuenta por ciento es seguridad. La otra mitad, pose. Y la pose se adquiere con la experiencia. Creo que no se lo había comentado, pero Fátima es la prostituta con quien Damián Varela se entretuvo el pasado jueves. ¿Qué cuenta la prensa?

La agente le extiende su *ABC*.

—¿Cómo es que compra un periódico monárquico y no uno falangista?

—Me pone de mala uva leer el *Arriba* —asevera ella—. Una sarta de eslóganes para esconder la traición. Y no crea que existen los periódicos monárquicos. Todos son franquistas.

Lombardi solo presta atención a una noticia destacada: Hitler ha depuesto al mariscal Von Brauchitsch como jefe supremo del ejército del Reich y asumido personalmente el mando militar. Lo que cualquiera con dos dedos de frente vería como claras desavenencias en la cúpula nazi lo interpreta el diario como síntoma de una inminente ofensiva en el frente ruso. La sombra de Lazar es muy alargada.

—Bueno, cuénteme cómo le fue con los Figueroa; supongo que nada importante si no me llamó anoche.

La agente corrobora esa impresión negativa. La familia Figueroa estaba de vacaciones fuera de Madrid cuando se produjo la sublevación militar y su hijo Juan Manuel quedó aislado en la ciudad. De tarde en tarde les llegaban noticias de que estaba bien, hasta que, pocas fechas antes de regresar, se enteraron de la desgracia.

—Dolor multiplicado —concluye—, al saber que había muerto a tan pocas horas de la liberación.

—De la ocupación, quiere decir —matiza Lombardi.

—Es usted insufrible —protesta ella, haciendo gala de una severidad inédita hasta ese momento—. Le guste o no, métase en la cabeza que su tiempo ha pasado y que ahora se habla de otra forma. Le conviene acostumbrarse si no quiere tener problemas.

—Pues usted no se ahorra críticas, precisamente.

—Porque me tira de la lengua. —Su rostro tenso se ha teñido de rubor—. Pero ahí afuera, en el mundo real, hablo como hablan todos. Y estoy de acuerdo en buena parte con ese lenguaje. Debería aceptarlo, o por lo menos hacer oídos sordos a lo que le ofende. Sus sarcasmos están cargados de rencor.

—Motivos tengo, ¿no cree?

—Lo que tiene son todas las papeletas para ser la primera víctima de ese odio. Además, si me discute cada frase, cada palabra, poco vamos a avanzar.

—En eso tiene razón. —Lombardi acepta la reprimenda con gesto resignado—. Perdone si la convierto a veces en muro de mis protestas y lamentaciones. Siga, por favor.

Quirós se toma unos segundos de respiro para recobrar la calma.

—El chico era un dechado de virtudes —dice por fin—; hijo ejemplar y estudiante modelo, tanto en el colegio del Pilar como después en el seminario: ese tipo de personas que se ganan el afecto de todos. Pero qué van a decir unos padres en sus circunstancias.

—¿Era hijo único?

—El menor de tres. La mayor se casó con un médico austriaco antes de la guerra y vive fuera desde entonces; vino para el definitivo entierro de Juan Manuel. El mediano estudiaba en los Estados

Unidos y regresó con sus padres a La Coruña hasta el final de la guerra; ahora está allí de nuevo.

—¿Conocían a Damián Varela?

—No.

—¿Y saben dónde pasó el muchacho el asedio a Madrid?

—En casa de una amiga de la familia —contesta ella de inmediato, como si se enfrentara a un examen.

—Pues habrá que hacerle una visita a esa señora, a ver qué nos cuenta.

—Eso hice después de hablar con los Figueroa.

—Felicidades por su iniciativa, Quirós. ¿Algo interesante?

—La mujer es una viuda ya mayor que vive lejos del domicilio de los Figueroa, en el barrio de Argüelles. Recibió al muchacho con los brazos abiertos y lo mantuvo a salvo. Según ella, Juan Manuel estuvo mucho tiempo sin salir de casa por miedo a las detenciones y paseos. Después, cuando las cosas se calmaron un poco, solía salir un par de veces a la semana para ir a misa. Había pisos más o menos seguros donde se celebraban.

—Claro que los había. En el despacho del embajador, diputado y exministro socialista Fernando de los Ríos, sin ir más lejos, vivía nada menos que el vicario García Lahiguera; todo un lujo que no se podía permitir el clero llano. En el treinta y ocho teníamos localizados más de sesenta domicilios con altares clandestinos.

—¿Y los respetaron? —pregunta extrañada.

—Por supuesto. Tras la furia de los primeros meses, las salvajadas desaparecieron casi por completo. Cuando encontramos el cadáver de Merino en el Manzanares estuve tentado de visitar alguno de esos pisos en busca de información; no lo hice por no remover al avispero. ¿Qué más le contó la viuda? ¿Conocía a alguien relacionado con el chico?

—En lo personal, la misma versión que la familia: un joven encantador. Ningún dato sobre contactos. Y, por supuesto, no conoce a Damián Varela.

—¿Ella no lo acompañaba a las misas clandestinas?

—Pasó la guerra muerta de miedo, dice. Solo pisaba la calle lo imprescindible para hacer la compra. Lo más curioso es lo que cuenta sobre el último día. La víspera, Figueroa había asistido a una de esas misas y volvió a casa muy nervioso, atemorizado. La tarde de su muerte se despidió, porque dijo que quería cruzar el frente y pasarse al otro lado. Ella intentó disuadirlo con el argumento de que la guerra estaba a punto de acabar y corría un riesgo innecesario. Y él contestó que precisamente por eso, porque el final estaba cerca, el riesgo era mayor, y que aquel ya no era un refugio seguro y no quería poner en peligro a su protectora.

—Algo sucedió en esa misa, o en torno a ella, para que reaccionara de forma tan poco razonable. Es una pista importante, Quirós. Buen trabajo.

—Débil —se lamenta ella—. Si al menos supiéramos dónde se celebraban esas misas.

—Es de suponer que el muchacho elegiría el lugar más próximo a su refugio para exponerse lo menos posible. Espero que no hayan destruido los archivos de la antigua Dirección General de Seguridad.

—Esperemos que no. ¿Y su visita al padre de Merino?

Lombardi resume a grandes rasgos su impresión acerca de un hombre difícil con graves problemas familiares que habían afectado a la relación con su propio hijo. Ningún avance respecto a la muerte de Eliseo Merino, aunque toda una sorpresa la aparición en escena de Damián Varela.

—Ese capellán guarda más secretos que una caja fuerte —corrobora Quirós.

—Habría que visitar algunas tiendas de antigüedades para ver si también lo conocen.

—Antigüedades, misas clandestinas, San Pedro el Viejo… Son muchos frentes.

—Demasiados para dos. ¿Ve cómo necesitamos ayuda? Usted, por ejemplo, tiene que quedarse ahora, pendiente de la llamada de Ulloa. Yo voy a salir un momento y después nos repartimos las visitas.

—Como diga. ¡Ah!, conseguí una foto del chico, tomada tres años antes de su muerte. Tenía veintiuno entonces.

Lombardi echa un vistazo a la imagen que le muestra Quirós. Es un plano medio de Figueroa vestido con sotana. Oscuro pelo lacio, cara redonda y, tras unas gafas, ojos apacibles, un aire de infantil candidez en la mirada.

—Enhorabuena —dice el policía—. Es nuestra primera víctima con cara de vivo, aparte de Varela.

—Tampoco le había comentado que los Figueroa encajaron muy mal la idea de que su hijo podría no haber muerto tal y como ellos imaginan.

—¿Conocían todos los detalles?

—Afortunadamente para ellos, solo la fecha y el lugar, pero dan por cierto que fue linchado por una horda comunista.

—Somos incómodos, Quirós —sentencia él desde la puerta—. Nos ven como si quisiéramos robarles a sus mártires.

Desde un bar de su misma calle, Lombardi llama a casa de Ignacio Mora. El periodista confirma lo que acaba de anticiparle en clave, que de las catorce parroquias encuestadas nueve disfrutan de la subvención alemana, aunque ninguna recibe dinero en efectivo. Todos los gastos corren a cuenta de las supuestas empresas patrocinadoras. El joven redondea su valioso informe con una cita para el día siguiente: su vecino exseminarista asume de buen grado la propuesta de entrevistarse con un policía.

De vuelta al salón de casa, el policía se topa de frente con la pizarra colgada en la pared. Hay cuatro monigotes pintados y junto a ellos una serie de anotaciones y flechas.

—Bonito esquema, Quirós —celebra satisfecho—. Los árboles y el bosque.

—He intentado destacar similitudes y diferencias. A ver qué le parece.

—Luego lo vemos. ¿Llamó Ulloa?

—Sí. Que no hay más agentes disponibles.

—¡Será calzonazos! —masculla Lombardi—. Disculpe que hable así de su superior, pero no merece otro calificativo.

—También es superior suyo.

—Lo fue, y además amigo. Por eso me considero autorizado a llamarlo así. ¿Algo sobre Varela?

—Que no tenía relación alguna con el Servicio de Defensa del Patrimonio.

—Fantástico. Eso significa que actuaba por su cuenta.

—Y que nos toca patear tiendas de antigüedades —añade ella.

—Teníamos que hacerlo de todos modos. Si Varela las frecuentaba, su contacto con el padre de Eliseo Merino deja de ser llamativo para convertirse en circunstancial.

—¿Por dónde empezamos?

—Por hacer una lista, pero necesitamos una guía de teléfonos. La invito a un chato en la tasca de enfrente.

Quirós, ante una taza de manzanilla, y Lombardi, frente al anunciado vaso de tinto, se reparten cuantos establecimientos pueden hallar en el listín telefónico.

—Para usted los de más allá de la avenida del Generalísimo, y para mí los de este lado —dice él, y baja luego la voz para matizar—: Y no se admire de que llame así a la Castellana. Estamos en público y he decidido seguir su consejo.

—No podía ser de otro modo —acepta ella con una sonrisa—. Es usted inteligente; un poco cargante a veces, pero inteligente.

Durante el resto de la mañana, bajo un viento helado que azota las calles, el policía visita cuatro establecimientos. Y dos más por la tarde, después de apurar un bocadillo y una caña de cerveza en un bar que le cae al paso. En casi todos conocen a Varela, y en alguno de ellos ha adquirido piezas de distinto valor durante los últimos dos años; no siempre utilizaba el subterfugio del Patrimonio, pero todos coinciden en que el capellán manejaba dinero.

Ya con las últimas luces de la tarde, se decide a pasar por la parroquia de San Pedro el Viejo, una de las iglesias más añejas de la ciudad, en el meollo de la antigua morería. Su alta torre mudéjar forma parte del paisaje desde tiempos medievales y se levanta a pocas manzanas de la antigua academia de Mediator Dei. Desde aquella iglesia, próxima también al domicilio de los Merino, hay apenas un paseo hasta el seminario, y poco más hasta la estación Imperial. El hecho de que Damián Varela haya pasado allí los tres años previos a la guerra adquiere particular importancia. El rastro del capellán ha entrado de lleno en el triángulo de los primeros asesinatos, y el lugar de su muerte se define cada vez más como accesorio. Lombardi está convencido de que en el barrio que ahora pisa se reúnen todos los elementos necesarios para resolver el caso. Lo complicado es asociarlos y encontrar su origen.

La fachada del templo está tapizada de agujeros de metralla. Como lo están los edificios colindantes, alguno con sus muros reventados y los escombros hacinados en la calle. En el interior de la iglesia, vacía y penumbrosa, huele a incienso, humedad y cera derretida. Improvisados andamios en las capillas laterales y en el altar mayor sugieren una extraña sensación de orfandad entre esqueletos.

Los tres sacerdotes de plantilla, incluido el párroco, se han incorporado a sus puestos tras la guerra, pero dicen conocer a Varela. Al parecer, el capellán seguía sentimentalmente vinculado a la parroquia y los visitaba de tarde en tarde, interesándose por las labores de restauración. La noticia de su asesinato no ha llegado hasta allí, y Lombardi, ante la necesidad de hacer preguntas, no puede sustraerse al papel de mensajero funerario. Ninguno de estos testigos aporta nada.

Queda entre aquellas paredes, sin embargo, alguien que se relacionó con Damián Varela durante su servicio pastoral. El sacristán es un sujeto encorvado cercano a los setenta años, aunque se mueve con agilidad impropia de su edad y de su apariencia física, y muestra, además de su boca desdentada, una lucidez mental que no parece dañada por la caída de las hojas del calendario. Bajo la luz temblona de una batería de cirios, el policía ha de soportar un largo exordio respecto a las penurias padecidas por el templo durante la guerra y el desmantelamiento de sus obras de arte. Buena parte de ellas se han recuperado, en especial la talla de Jesús el Pobre, a quien sus cofrades ya han sacado en procesión durante la última Semana Santa.

—Las de san Pablo y san Andrés siguen perdidas —añora el anciano con un profundo lamento—. El padre Varela, que en paz descanse, se ha desvivido por encontrarlas, pero es de suponer que ya no existan.

—¿Es que estaba interesado en el arte?

—Sabía muchísimo de arte sacro. Pero en este caso lo hacía por fidelidad a los años que pasó aquí. Esas imágenes también tenían sus devotos.

—¿Son las únicas que les faltan por recuperar?

—También hay un retablo y un par de pinturas que no aparecen, pero aquellas eran especiales.

—Tengo la impresión de que el aprecio que guarda usted por el difunto padre Varela es anterior a sus afanes por restaurar las posesiones de la iglesia. ¿Cómo era él cuando estuvo destinado aquí?

—Muy majo, un hombre alegre y dispuesto. Con una fe a prueba de bomba.

—¿En qué consistía su trabajo en la parroquia?

—Como el de cualquier coadjutor. Liturgia, sacramentos, visitas a los enfermos, reuniones parroquiales.

—¿Vivía aquí mismo?

—Sí. El párroco y sus coadjutores tienen habitación en un edificio de aquí al lado. En aquella época algunos tenían su propia casa, pero él siempre vivió aquí.

—¿Se llevaba bien con sus compañeros?

El sacristán le devuelve una mirada de perplejidad.

—Cómo se iba a llevar un hombre de Dios con otros como él —responde, casi ofendido—. Pues muy bien.

—Los hombres de Dios no dejan de ser hombres —apunta Lombardi en tono de complicidad—. Y los hombres solemos ser

picajosos, egoístas, maniáticos. Ya sabe, cada cual con sus peca-
dillos.

—El padre Varela era un hombre íntegro, de los pies a la cabeza —replica, contundente, el sacristán.

Incluida la entrepierna, se dice el policía. Aunque una guerra
puede hacer cualquier cosa con un hombre cabal, y tal vez su afición por el puterío había germinado durante su convivencia con las
tropas de Yagüe. El móvil de su asesinato, sin embargo, es claramente anterior a ese período.

—No lo dudo —acepta Lombardi—, pero a lo mejor recuerda
usted si tuvo algún problema en sus relaciones, si pudo ganarse
enemigos.

—Ay, qué cosas tiene, señor policía. Si busca al asesino del
padre Varela, no lo encontrará entre sus compañeros. Se llevaban
bien, y por lo que sé, algunos ni siquiera sobrevivieron a la guerra.

—Lo lamento. Pero puede que esos enemigos fueran ajenos a
San Pedro el Viejo.

—Claro, los anticlericales. Ahora se esconden bajo las piedras,
pero entonces los había a cientos. Por suerte, nosotros no sufrimos
sus desmanes hasta que empezó la guerra.

—¿Sabe usted si el padre Varela pertenecía a alguna organización religiosa, cultural, política o de cualquier otra naturaleza?

—No me suena que tuviera esas aficiones.

—¿Alguna actividad fuera de la parroquia?

—Eso sí —corrobora el anciano—. En sus horas libres daba
clases de religión y catequesis en algunos colegios, sobre todo en los
barrios pobres. Y visitaba hospitales, claro.

—Loable dedicación. Parece que era un hombre dinámico,
más allá de sus obligaciones pastorales. ¿También daba clases en el
seminario?

—¿El seminario? Creo que no, porque él había estudiado para
sacerdote en Aragón, me parece. Él era de allí.

—¿Recuerda que tuviera alguna relación con seminaristas o
profesores de esa institución?

El viejo parece rebuscar en los entresijos de su memoria, pero sin resultado.

—Pues no, la verdad.

—¿Cuándo se fue de Madrid?

—En los primeros días del Alzamiento, como los otros sacerdotes. A uno lo pillaron y lo metieron en una checa. Apareció muerto en la Almudena a los pocos días.

—¿Y usted, también se marchó?

—¿Yo? —Al sacristán se le escapa una espontánea carcajada—. ¿Adónde iba a ir un viejo? Vivo en el barrio, y aquí hay buena gente. Aparte de los obuses que me tiraban, nunca tuve problemas. Mala hierba nunca muere.

Otra fuente agotada, concluye Lombardi mientras deja atrás la arcaica iglesia. Una fuente sin agua, además, porque el testimonio del sacristán solo corrobora la afición de Varela por el arte sacro. También él está agotado después de patearse media ciudad. Son casi las ocho, pero decide cubrir a pie la distancia hasta casa, porque la estación de metro más cercana le cae a medio camino y la salida en la de Antón Martín le obligará a remontar la cuesta de la calle Atocha.

Media hora más tarde, con los pies doloridos, afronta la esquina de la calle Cañizares decidido a tirarse en el sofá en cuanto lo tenga a tiro. Lo que no espera es encontrarse a Alicia Quirós junto al portal, encogida de frío.

—Llevo casi dos horas de plantón —dice, quejumbrosa.

—Lo siento. Pensé que se habría ido a casa después de las diligencias. ¿Es que ha averiguado algo importante?

—Han detenido al asesino de Varela.

Lombardi responde con una mueca de incredulidad.

—¿Y cómo lo sabe usted?

—Llamo un par de veces al día a la Brigada, por si hubiera novedades. El señor Ulloa quiere que asista usted al interrogatorio.

***

158

Los sótanos de la Dirección General de Seguridad son un mundo inaccesible, una panza tenebrosa donde el Régimen macera, rumia y regurgita como polvo triturado cualquier atisbo de disidencia. Mientras la Puerta del Sol pretende mostrar la cara más o menos vital de una ciudad superviviente, bajo sus pies, en el subsuelo de la antigua casa de Correos, se pudren cuerpos y almas entre el yugo de la desesperación y las flechas de la tortura. Una gran checa para derrotar doblemente a los derrotados y a quienes no se resignan aún al papel de vencidos.

Una gran checa oficial, sin necesidad alguna de subterfugios, le parece a Carlos Lombardi mientras avanza por un pasillo angosto, sucio y hediondo tachonado de puertas de hierro clausuradas con cerrojo. Los pasos resuenan allí con eco siniestro. Mira de soslayo a Quirós: la tensión de su rostro demuestra que la joven está impresionada, pero mantiene el tipo tras el policía armado que abre la marcha hasta su destino.

Llegados a la celda, la cosa es distinta y Quirós no puede evitar un estremecimiento ante lo que tienen enfrente. Luciano Figar y otros dos individuos rodean una silla, y lo que hay sentado en ella dista mucho de lo que podría considerarse un ser humano. Su cara es pulpa sangrienta, los ojos han desaparecido entre la hinchazón y su torso desnudo muestra docenas de pequeñas laceraciones, redondas como picotazos de cigarrillo. Las camisas de los matones lucen salpicaduras de sangre.

—Ya era hora, ¿no? —berrea el inspector jefe como saludo.

—Se supone que yo tenía que estar presente en el interrogatorio —le reprocha Lombardi.

—Se supone, pero no aparecías por ninguna parte y había que domar un poco al potro.

—Yo habría preferido hacerlo de otra forma.

—¿Cómo? ¿Aplicándole la ley de fugas como hacíais con los falangistas? Es todo tuyo, aunque ya ha cantado suficiente.

A un gesto de Figar, uno de sus hombres vierte parte de un cubo de agua sobre la cabeza del detenido, que reacciona con un sobresalto y un respingo sobre la silla. Lombardi se aproxima a él y observa que tiene las muñecas maniatadas a la espalda.

—Quítenle las esposas.

Los agentes interrogan al inspector jefe con la mirada.

—No pensarán que pueda ser peligroso en su estado —insiste Lombardi.

Figar acepta a regañadientes. Una vez libres, los brazos del preso caen a ambos lados de la silla, inertes como los de un muñeco de trapo.

—¿Cómo se llama usted? —pregunta Lombardi sin alzar la voz, intentando conseguir cierta cercanía con el interrogado.

—César, ya saben que me llamo César... —musita a través de la estrecha rendija de sus labios hinchados. Añade un apellido ininteligible.

—Dígame, César. ¿Mató usted a Damián Varela?

—Eso dicen.

—Más agua —grita Figar, y un nuevo chapuzón inunda el rostro del preso, que abre la boca para evitar la sensación de ahogo. Le faltan varios dientes.

—¿Por qué lo mató?

—No sé, para robarle. No me acuerdo bien. Había bebido.

—¿Cuándo lo mató, antes o después de cortarle los genitales?

El detenido duda. Su cabeza se balancea y una de sus manos se iza hasta posarse en su regazo.

—Antes... creo. Es lo más lógico. O después, no me acuerdo.

—O sea, que primero lo degolló y finalmente le cortó los genitales.

—Sí, ya se lo he dicho.

—¿Cuánto dinero le robó?

—No sé, unas veinte pesetas.

—¿Y dejó la cartera en el suelo o volvió a ponerla en la chaqueta?

—No me acuerdo —farfulla entre espumarajos rojizos—. De eso no me acuerdo. Estaba un poco borracho.

—A ver si se acuerda de esto, César: las marcas de sangre que hizo en el portal, ¿fueron antes o después de robarle?

—¿Marcas? —El detenido se yergue ligeramente sobre la silla y recupera la movilidad de los brazos; Lombardi supone que se ha alterado ante una pregunta que no tiene nada que ver con las que lo han acosado bajo tortura. De repente, parece haber recobrado cierta lucidez ante el cariz que toma el interrogatorio. Su aspecto sigue siendo lastimoso, pero al menos intenta reaccionar, y tanto su cuerpo como su mente han entrado en estado de alerta—. No lo sé, antes de robarle, supongo.

—¿Cuántas hizo?

—No lo recuerdo bien. Hay muchas cosas que no recuerdo.

—¿Por qué las hizo, César?

—Yo no las hice a propósito. Salpicaría, digo yo.

—Y solo salpicó en el portal, claro.

—Digo yo.

—¿Qué hacía usted esa noche en la calle Magallanes?

—Ya se lo he dicho, estuve en casa de doña Patro. Ella les dirá que no miento.

—¿A qué hora terminó en esa casa?

—A eso de las diez y media, o un poco más tarde.

—Entonces, al salir, lo vio pasar ante el portal y lo atacó, ¿no es así?

—Sí, le pegué una cuchillada y lo llevé adentro para que no me vieran.

—¿Cuántas cuchilladas?

—Pues una, o dos. No me acuerdo —solloza con la cabeza gacha—, le juro que no me acuerdo de lo que pasó.

—¿Qué hizo con el arma?

—Supongo que la dejé allí, o la tiraría en algún sitio.

—¿Y los guantes?

—Yo no uso guantes.

—¿Dónde pasó usted la guerra, César?

—¡Qué coño de guerra! —brama Figar, que se ha mantenido

161

en silencio ante lo que considera un ridículo interrogatorio—. ¡La Cruzada!

—¿Dónde hizo usted la Cruzada? —acepta Lombardi sin inmutarse.

—¡En el glorioso ejército del sur, con Queipo de Llano! —grita el preso en un repentino ataque de orgullo y toses que salpica de sangre un metro a la redonda—. El Alzamiento me pilló en Sevilla y allí me alisté voluntario.

—Me alegro por usted, César. Y de que ya pueda decir más de seis palabras seguidas. ¿Estuvo en Madrid en algún momento entre julio del treinta y seis y abril del treinta y nueve?

—Y cómo iba a estar, si la tenían los rojos. Ya le he dicho que hice la Cruzada con Queipo, desde el primer día hasta el último.

Lombardi da por concluida la cruenta parodia, toma a Quirós del brazo y se dispone a visitar a Ulloa, tal y como este ha ordenado hacer tras el interrogatorio.

—Márchese y descanse, que ha sido un día largo —recomienda a la joven al llegar a la planta baja—. ¿Se encuentra bien?

Ella está más pálida que de costumbre, pero responde con ademán espartano.

—Perfectamente. Esperaré a ver qué resulta de todo esto.

—No es necesario. Ya ha demostrado su temple asistiendo a este espectáculo sin que le tiemblen las piernas. La llamaré por teléfono cuando vuelva a casa. Palabra.

—Como usted diga —acepta ella, y Lombardi encara la escalera al segundo piso. Solo entonces, a solas frente a aquel despreciable escenario, se permite soltar un juramento que sorprende a quienes aún pululan por la planta noble.

Balbino Ulloa sale a recibirlo a la puerta del despacho en cuanto el guardia de uniforme gris anuncia su llegada.

—¿Qué me dices, Carlos?

—Nada de nada. Ese Figar es un sádico descerebrado.

—Bueno, ahora nos contarás. El director general quiere vernos.

—¿A mí?

—A nosotros —puntualiza Ulloa al tiempo que lo invita a seguir sus pasos a lo largo del corredor.

—¿Es el militar que firma mi carné, un tal Caballero?

—Teniente coronel Gerardo Caballero Olabezar. Protagonista del Alzamiento en Oviedo y luego en la defensa de la ciudad, donde fue herido y perdió el ojo izquierdo. Lo hirieron de nuevo en la batalla del Ebro. Era gobernador civil de Guipúzcoa cuando lo nombraron para este puesto el mayo pasado y fue el encargado de recibir a Himmler en la frontera. Es un héroe de guerra, con la medalla militar individual.

—¡Qué importante! —se burla Lombardi de tan inflamada exposición.

—Lo es. Y espero, por tu bien, que sepas comportarte y contengas tu maldita lengua.

—Por supuesto, no tengo intención de ofender a su ilustre valedor. ¿De qué lo conoce?

—Es primo de mi mujer.

—¡Acabáramos! Todo queda en familia.

El despacho del alto cargo es una copia del de Ulloa en cuanto a patriótica decoración, aunque mucho más grande y dotado de un lujoso tresillo y nutrido mobiliario de madera noble. Desde sus tres ventanales abalconados quedan casi al alcance de la mano las farolas en torno al elipsoide central de la Puerta del Sol: sus luces reflejadas en los desgastados raíles del tranvía se tiñen de colores según los guiños de los semáforos. En los edificios de enfrente, al otro lado de la plaza y bajo los carteles de *Anís de las Cadenas*, *Calzados La Imperial* o *Instituto Reus*, grupos de gente desfilan ante los escaparates iluminados.

El tal Caballero es de estatura y complexión medias, tirando a bajito, y ronda los cincuenta. Sobre un rostro plácido adornado con bigote se ajusta con fijador un cabello negro de incipientes entradas. Aunque la boina roja reposa en una esquina de la mesa, viste de falangista de los pies a la cabeza: azul mahón y grueso cinturón negro, con su brillante medalla prendida a la altura de la escápula izquierda. Escruta a sus visitantes con ojos pequeños, aunque nada hace sospechar que uno de ellos sea artificial. Parece poca cosa, pero controla, además de la Brigada Criminal, todo el aparato represor de la dictadura fascista.

El director general hace gala de una tibia proximidad y los invita a ocupar el tresillo, pero a Lombardi le incomoda tener que estrechar su mano.

—Balbino habla maravillas de usted —afirma Caballero como saludo, para matizar de inmediato—: Aunque Balbino es demasiado condescendiente con todo el mundo. Espero no tener que arrepentirme de la confianza que ambos le dedicamos.

El policía no tiene ocasión de responder. Su incomodidad se ve acentuada por la inmediata irrupción brazo en alto de Luciano Figar y su marcial grito falangista. Una vez acomodados los tres en torno al sofá de Caballero, este da por abierta la reunión con una pregunta directa.

—¿Tenemos al que mató al cura, o no?

—Ese pobre hombre no tiene nada que ver con el asesinato de Damián Varela —contesta Lombardi sin dudar.

—Ha cantado —alega Figar con parecida firmeza.

—Con la somanta que ha recibido confesaría el asesinato de su propia madre aunque estuviera viva.

—Hay testigos que lo han visto en el lugar a la hora en que se cometió el crimen —porfía el inspector jefe.

—¿Qué testigos? —se interesa Caballero.

—El sereno. Y un par de vecinos del barrio.

—¿También vieron a la víctima cuando aún vivía? —pregunta Lombardi.

—Eso no importa. Lo que vale es que el asesino estaba en el lugar de los hechos a la hora en que se cometió el crimen. Y si además confiesa, no hay dudas.

—El crimen se cometió poco después de las nueve y cuarto de la noche —puntualiza Lombardi—. Y el detenido estuvo por allí más de una hora después.

—La muerte se produjo entre las nueve y las once, según los forenses —replica Figar—. ¿De dónde sacas tanta exactitud?

—De la investigación, naturalmente. Ese hombre bajaba de una casa de citas. Lo más curioso es que ninguno de esos testigos que usted dice tener haya visto al cura a esa misma hora. Y no podían verlo porque ya estaba muerto.

La reunión parece haberse convertido en un cara a cara entre dos duelistas, con Ulloa y Caballero como meros testigos del lance. Testigos cuya presencia ayuda al menos a mantener las formas entre los contendientes.

—Ese fulano es carbonero —añade Figar—, y había rastros de hollín en el portal. Son de sus zapatos.

—En la misma puerta del portal, según su informe; como podrían haberse encontrado, de haberlos buscado, en las escaleras. El rastro puede pertenecer tanto a él como al carbonero que abastece la finca. ¿Se ha confirmado cuándo fue la última entrega? ¿Y cuándo fregaron la escalera por última vez? Aun en el caso de pertenecer al calzado del detenido, es una prueba circunstancial, porque tampoco había rastro de hollín en el cadáver ni a su alrededor. Ni sus huellas en el propio cadáver.

—Usaría guantes.

—Sí, probablemente el asesino los usó, pero eso no prueba que ese hombre fuera el autor. Si la víctima paseaba y fue acuchillada en la entrada del portal, habrían quedado allí al menos unas gotas de sangre, un rastro hasta donde quedó abandonada. Pero no había sangre en la puerta; solo al fondo, tras el ascensor, bajo el hueco de las escaleras. Porque la muerte se produjo allí, de una sola cuchillada.

—Pudo haberlo conducido con engaño hasta el interior.

—Eso, con miguitas de pan —se burla Lombardi. Figar no debe de entender el sarcasmo, pero los labios de Caballero se pliegan en una ligerísima sonrisa—. Solo había sangre en torno al cuerpo y en el sombrero, aparte de las manchas, nada casuales, en la pared. Bueno, y en algún sitio más, donde no se buscó.

—Déjate de adivinanzas, rojeras —salta iracundo su oponente.

—Y usted de provocaciones inútiles, Figar —le reprocha con calma el director general—. Explíquese, Lombardi.

—La investigación no llegó más arriba del piso principal.

—Y allí no habían escuchado el menor ruido —se justifica el inspector jefe—. Si los más cercanos al crimen no se enteraron de nada en plena noche, ¿cómo lo iban a oír en los pisos superiores?

—En el segundo también había restos de sangre. Pertenecen al fallecido.

—¿Cómo lo sabe usted? —interviene por vez primera Balbino Ulloa. Lombardi se sorprende de que no lo tutee; al parecer, la presencia de su jefe directo le exige ciertas formalidades.

—Como lo habría sabido cualquiera que se hubiese molestado en subir.

—¿Pretendes decir que el crimen se cometió en el segundo piso y lo bajaron al portal sin dejar huellas de sangre en la escalera? No me hagas reír —se burla Figar, para quien el tuteo entre adultos no es otra cosa que despectiva superioridad.

—No. El crimen fue abajo, pero después del ensañamiento con el cadáver, el asesino se molestó en indicarnos algo. Por ejemplo, que la víctima había salido de la misma casa de citas que el detenido.

—Tú estás mal de la cabeza. ¿Qué pintaba un capellán en un sitio como ese?

—Le creía más avispado, Figar. No me diga que se traga eso del voto de castidad del clero. No son tan raros los hijos de papas, obispos y sacerdotes. De toda la vida los curas, al menos algunos, han follado. —Lombardi repasa de reojo los rostros de los espectadores: el de Ulloa ha enrojecido ligeramente; en el de Caballero no se mueve un solo músculo y parece de piedra—. Y siguen follando. Clandestinamente, claro está. En este caso, qué mayor clandestinidad que vestirse de paisano. ¿Nadie se ha preguntado por qué no llevaba sotana nuestra pobre víctima si sencillamente paseaba por la calle? Pues porque es un uniforme poco apropiado para un lupanar. ¿Y por qué tenía los cojones en la boca?

Luciano Figar mira perplejo a los presentes antes de responder.

—Joder, yo qué sé. Hay gente muy retorcida.

Sí, como los moros que os ayudaron a ganar la guerra, cavila Lombardi. Vuestros fieles aliados hacían eso mismo con cientos de cadáveres, quién sabe si con prisioneros heridos. Pero no, lo del capellán no tiene nada que ver con aquella chusma africana.

—El asesino sabía dónde había pasado Varela parte de la noche y quiso que todo el mundo se enterase señalando el lugar con su sangre —explica el policía con paciencia de docente—. Bueno, que nos enterásemos nosotros al menos.

—Todas esas figuraciones habrá que confirmarlas —objeta el inspector jefe.

—Ya están confirmadas. Doña Patro, la manceba, reconoció a Varela como cliente ocasional. Y afirma que dejó su casa hacia las nueve y cuarto. Lo esperaban en el portal. Estoy pendiente de hablar con la prostituta que lo atendió, pero no volverá a Madrid hasta después de las fiestas.

—Y qué va a contar esa: ¿si el cura la tenía corta o larga?

—No es un detalle que me interese, Figar. Pero puede contar otros.

—Por lo que me ha comentado Ulloa —interviene Caballero para frenar el rifirrafe verbal—, este asesinato guarda ciertas similitudes con algunos que usted investigó sin éxito. ¿Se mantiene en la idea de que el autor pueda ser el mismo?

—Sí, señor. Cada vez estoy más convencido. Y no tiene nada que ver con el hombre que está en los calabozos.

—Sería bueno que usted repasara también aquellos casos, Figar —sugiere el director general.

—A sus órdenes, mi teniente coronel. Oye, rojeras, ¿la agente Quirós está enterada de todo lo que has contado?

Un timbre de alarma suena en la cabeza de Lombardi. La pregunta, unida al desarrollo de la conversación, significa que Alicia

Quirós no es una confidente de su inspector jefe, que ella se le ha mantenido leal y con la boca cerrada. Tiene que protegerla de la segura represalia de aquel tiparraco.

—Solo de lo imprescindible —asegura—. Ella actúa de secretaria, tal y como usted me sugirió. No me gusta compartir conjeturas con mis subordinados hasta que están plenamente confirmadas. Y como no tengo máquina de escribir, difícilmente puedo dictarle nada.

—¿No dispone de máquina? Habría que arreglar eso, Ulloa —ordena Caballero.

—Me encargo.

—Bien. Ahora me toca pensar de qué manera contamos en El Pardo que el muerto era un cura putañero.

—¿El Pardo? —se extraña Lombardi.

—Claro —confirma Caballero—. El obispo marea al Caudillo, él al ministro, y este a nosotros.

Lombardi sonríe para sí. Por poderosa que sea la insistencia de la Iglesia en resolver el caso, más influyente ante el dictador le parece la preocupación de *herr* Lazar por recuperar su dinero. Además, cuando los jerarcas eclesiásticos se enteren de las ocultas aficiones de su pupilo, estarán más interesados en que todo permanezca bajo el sagrado manto del secreto y aflojarán las presiones.

—Tampoco es algo que me corresponda, pero yo que usted les pasaría un informe sobre las andanzas de nuestro capellán —sugiere—. Añada la declaración de doña Patro que yo redactaré con la máquina que el señor Ulloa va a facilitarme y verá como aflojan. Si además deja caer la sospecha de que el asesinato podría tener relación directa con la escasa santidad del interfecto, el obispo dejará de mostrar tanto interés.

Figar guarda silencio y contempla a Lombardi con mirada de raposa, valorando quizá si la propuesta no será una maquiavélica trampa tendida por un enemigo declarado.

—No es mala idea —acepta el director general con aparente desgana.

—Y pongan en la calle al detenido, que no tiene más culpa que haber echado un polvo en lugar y momento equivocados. —Aparte de haber servido a las órdenes de un criminal como Queipo, le habría gustado añadir, pero ese matiz lo deja para mejor ocasión.

—Sigan buscando a ese bicho —ordena Caballero, y con un gesto de la cabeza les indica la puerta—. Usted quédese, Figar, que hay otros asuntos importantes.

Ulloa aguarda a estar de nuevo en el pasillo para mostrar su satisfacción con unas tímidas palmadas en la espalda de Lombardi.

—Enhorabuena, Carlos. Creo que te lo has ganado.

—Y usted ha salvado el culo. Por cierto, necesito consultar los archivos de la antigua Dirección General de Seguridad. Aquellos informes sobre el culto clandestino durante la guerra, ¿recuerda? Espero que no los hayan quemado.

—Seguro que no. Te gestionaré un permiso. Oye, todo eso de la casa de citas, no me habías contado nada.

—Pensaba hacerlo en un informe más detallado cuando tuviera máquina de escribir —ironiza—. La cagada de Figar me ha obligado a adelantar acontecimientos.

—Tampoco él sabía nada. Lo has dejado en ridículo sin necesidad.

—Ese no necesita ayuda alguna para hacer el ridículo. Y yo trabajo así: yo me lo guiso y yo me lo como. Lo sabe desde hace muchos años. Si no le interesa, devuélvame a la jaula.

Lombardi no se detiene a comprobar el efecto de su fanfarronada. Deja a Ulloa a la puerta de su despacho y encara los peldaños que le permitan alejarse de aquel cúmulo de aire viciado. Sentada en uno de los bancos del vestíbulo se encuentra a Quirós.

—¿Todavía por aquí?

—Quería saber lo que han decidido.

—No ha perdido su destino, si es lo que le preocupa. La investigación sigue adelante.

—Me refería a ese hombre de la celda.

—Pues eso, que es inocente. Bastaban cinco minutos de charla con él para saberlo, y sin tocarle un pelo. Figar está que echa las muelas, así que tenga mucho cuidado con él. Oficialmente, usted es mi secretaria, se limita a cumplir mis órdenes y apenas sabe cuatro datos superficiales sobre el caso.

—Gracias por el aviso —acepta ella con una sonrisa—. Y en cuanto a la investigación, le informo de que Damián Varela era bastante conocido entre los anticuarios que he visitado hoy y dedicaba sumas importantes a sus compras. Pero nada interesante aparte de eso: son muy reservados con su clientela. También he estado pensando en lo que dijo de reforzar el equipo.

—Desengáñese. Ulloa no va a mover un dedo por nosotros.

Siguen charlando al respecto hasta la parada del tranvía. Tienen que tomar la misma línea, pero en direcciones opuestas.

—Conozco a alguien que nos puede ayudar —explica por fin la agente.

—¿Un policía?

—Fue guardia de asalto en Madrid.

—¿Y sigue libre?

—Lo juzgaron, pero está libre. Sin trabajo, claro.

—Olvídelo; si pertenece a la legión de los malditos vencidos, estará fichado.

—Como lo está usted —apunta Quirós—, y por aquí anda.

—Veremos por cuánto tiempo. Ahí viene su tranvía.

—Mañana le cuento más.

—Mañana es Nochebuena, y además tengo una entrevista. Descanse y disfrute por una vez de dos días seguidos.

—Vale —acepta ella desde el estribo—, pero llámeme y seguimos hablando.

De vuelta a casa, Lombardi se ve obligado a localizar al sereno por las calles adyacentes para que le abra el portal. Es un tipo nuevo, ante el que tiene que identificarse como inquilino; es de suponer que quien atendía el servicio hasta el final de la guerra, un gallego de buena pasta con quien daba gusto charlar, ha sido represaliado. O anda ya criando malvas, el buen hombre.

A los pies de la puerta de casa, sobre el astroso felpudo, el policía descubre una pequeña cesta navideña adornada con cintitas rojas y verdes. Contiene varias latas de conserva, media docena de naranjas, una bolsa de peladillas, otra de polvorones y dos tabletas de turrón. Dentro de un sobre con su nombre y dirección hay una tarjeta, y en ella una anotación manuscrita con estilográfica: *Frohe Weihnachten! E.B.* Quiere imaginar que le desean feliz Navidad, pero el águila con la cruz gamada impresa en el ángulo superior izquierdo sobre el título *DEUTSCHE BOTSCHAFT IN SPANIEN* solo consigue revolverle las tripas.

MARTIRIO

Miércoles, 24 de diciembre de 1941

El café Comercial, en la glorieta de Bilbao, ha resistido con dignidad los mordiscos de la guerra. Esta mañana está concurrido, pero Mora ocupa la barra frente a la entrada y alza la mano para llamar su atención en cuanto Lombardi franquea la acristalada puerta giratoria. Lo acompaña un joven que no debe de haber cumplido los treinta.

Sebastián Henares tiene un rostro bondadoso orlado por grandes orejas, y una pizca de malicia en la mirada que le confiere aires de chico avispado. Viste jersey de punto y pantalón de pana bajo una raída gabardina, y en torno a su cuello delgado, casi de pollo, se enreda de forma irregular una vieja bufanda. Tras las presentaciones, el periodista se despide con una advertencia al policía:

—Cuidado con lo que dice, que esto está lleno de colegas del *Arriba*, y no me gustaría que la competencia se enterara del asunto antes que yo.

—Descuide, que por lo que a mí respecta, usted tiene todo el derecho a la primicia. Ya hablaremos.

Henares cojea de la pierna izquierda, pero llega sin dificultades hasta una mesa apartada al fondo del local, lejos del abejorreo de los clientes y de los ventanales que iluminan medio café con la grisácea luz de la calle.

—Aquí dan un buen chocolate con picatostes —sugiere el joven mientras se acomodan. Lombardi capta la indirecta y solicita dos raciones al camarero. Cuando las tazas humeantes y el platillo de pan frito quedan frente a ellos sobre la superficie de mármol veteado, el policía entra en materia.

—Dice el señor Mora que estuvo usted en el seminario.

—Siete años nada menos —concreta el maestro, con su taza entre las manos a modo de calefactor—. Del veintiocho al treinta y cinco.

—¿Y cómo fue eso de querer hacerse cura?

—Mi padre era muy religioso, pero también éramos pobres como ratas, y vio que la única oportunidad de darme una formación era el seminario. Antes de morirse, me hizo jurar que ingresaría. Yo no lo veía mal: era un idealista, pensaba que podría ayudar a la sociedad con un púlpito a mi disposición donde predicar un mundo más justo, y sin trabas familiares por eso del celibato.

Lombardi le ofrece un cigarro mientras aguarda a que se enfríe un poco la loza de su taza. Henares lo acepta de buena gana.

—Y cumplió su juramento.

—Lo cumplí —asiente el joven con la primera fumarada—. Aunque fue una faena, ¿sabe? Tenía trece años y ese verano me había enamorado por primera vez, así que significó un verdadero sacrificio para mí.

—Que no acabó bien.

—Porque no podía acabar bien. Desde el principio fue un despropósito. Algunas normas me sacaban de quicio. Los más pequeños dormían en salas como las de los hospitales, de unas veinte camas y bajo la vigilancia de un alumno de los cursos superiores. Los demás teníamos habitación propia, pero sin pestillo. Cualquiera podía entrar sin llamar cuando le viniera en gana. Me exasperaba esa ausencia de privacidad. Tanto que decidí ponerle fin. Un día enrollé un cable en el pomo de la puerta y lo conecté a un enchufe. Puede imaginarse el grito que pegó mi prefecto cuando recibió la descarga. Ese fue mi primer castigo a las pocas semanas de llegar.

—Deduzco que tuvo varios.

—Cada dos por tres. —Henares riega su taza de picatostes y los sumerge con la cucharilla—. Excepto en la capilla, fumaba en todas partes y cuando me apetecía, a pesar de las prohibiciones. No podía con el griego, suspenso tras suspenso, y en latín tampoco era bueno. Además, lo que allí se respiraba tenía poco que ver con mis ideales. Había gente formidable, sana y sensible, por supuesto, pero también mucho cabeza de chorlito, y cazurros de los que poco se podía sacar, así que, en el treinta y cinco, decidí que no pintaba nada entre aquellas paredes. Fue un alivio para mí, y un día de fiesta para ellos.

—A pesar del juramento a su padre.

—Le juré que ingresaría en el seminario, no que me haría cura.

Lombardi cata el chocolate. Entra como una llamarada en la garganta, pero templa el cuerpo al instante.

—¿Pasó la guerra en Madrid?

—No. En mi barrio todos conocían mi pasado de seminarista y más de un fanático me habría paseado con gusto, así que decidí no arriesgarme y tomé las de Villadiego en cuanto pude. Me alisté en Sanidad con los nacionales. Con eso de que era medio cura no me forzaron a combatir, pero una granada perdida me destrozó el pie. Acabada la guerra, como la herida me libraba de cumplir el servicio militar, me hice maestro. Bueno, todavía no he acabado los estudios, pero a los caballeros mutilados nos facilitan trabajar.

—Espero que le vaya mejor su nueva experiencia en las aulas —bromea el policía—. En fin, ya sabrá que durante la guerra varios curas y seminaristas fueron asesinados. En la mayoría de los casos está claro que se trató de represalias ideológicas, aunque hay otros cuyo móvil es confuso. Estamos investigándolos y tengo pendiente una entrevista con el rector, pero hasta pasadas las fiestas no me será posible.

—¿Con el abuelo? —Sebastián Henares se cree obligado a explicarse ante el gesto de extrañeza de su contertulio—. Sí, García Tuñón. Lo llamábamos así porque llevaba la tira de años en el puesto. Y ahí sigue después de tanto bombardeo. Pero desengáñese: el rector no se enteraba de la misa la media. Apenas lo veíamos en la capilla o presidiendo en el salón de actos algunas celebraciones. Si quiere saber algo sobre los seminaristas debería hablar con los rectores y padres espirituales.

—O con usted, por ejemplo.

—Si puedo ayudar, cuente con ello. Pero ya le adelanto que no he mantenido contacto con aquella gente desde que me fui.

—¿Conoció a Nemesio Millán Suárez?

—¿Murió Millán?

—Al principio de la guerra.

—Lo siento. Era de un curso por debajo del mío, de los filósofos.

—¿Filósofos?

Lombardi aguarda paciente a que Henares liquide los restos de chocolate con la cucharilla. Debe de pasar más hambre que él mismo en Santa Rita.

—Es que allí nos dividían, según la edad y los estudios, en tres categorías —aclara al cabo—. Los más pequeños eran los latinos. Hasta los dieciocho o diecinueve, los filósofos, y los cursos superiores eran los teólogos.

—Usted se marchó antes de entrar en los teólogos.

—Sí. El de filósofo a teólogo es un paso importante. Y decidí no darlo.

—¿Qué recuerda de Millán?

—Poca cosa, excepto que era un chaval de pueblo escasamente espabilado. En alguna ocasión coincidimos como refitoleros, los cocinillas encargados de servir en el comedor. Nos tocaba hacerlo por turno, varias semanas durante el curso. El caso es que Millán solía guardarse panecillos y frutas pequeñas bajo la sotana.

—Actividad poco edificante para un aprendiz de clérigo.

—Chiquilladas —puntualiza Henares—. Él se tenía por un ladrón de guante blanco, aunque muchos estábamos al tanto de sus hazañas. Al principio creíamos que los alimentos eran para él, porque la verdad es que pasábamos gazuza, pero luego los vendía. Tenía una especie de red de mercado negro con otro compañero de curso, un tal Aguilera. Imagine los céntimos que podría sacar, el pobre.

—Para sus gastos, supongo.

—¿Gastos? —ríe el joven—. No teníamos gastos, a menos que quisieras comprarte un libro, y no recuerdo a Millán como especialmente aficionado a la lectura. Solo salíamos a pasear los domingos por la Casa de Campo, y allí no hay dónde gastar. Tampoco era fumador, por lo que recuerdo.

—Los dedicaría a obras de caridad. Tengo entendido que visitaban pobres, y hospitales.

—Sí, y algunos daban catequesis, en el propio seminario o en el barrio. Pero eran días excepcionales. El encierro era total. Ni siquiera los residentes en Madrid podíamos salir libremente, y los domingos había horario para recibir visita de la familia.

—Peor que un cuartel.

—Y con férrea disciplina —confirma Henares—. En pie a la seis de la mañana, y con el estómago vacío a la capilla. Media hora de oración, luego misa y después a hacerte la cama. No probabas bocado hasta las ocho y pico.

—Vida dura. Supongo que habría tensiones, rivalidades, manías.

—Por supuesto que las había, como en cualquier grupo humano que se ve obligado a convivir tan estrechamente. Pero todo era soterrado. Los afectos, las risas, los llantos, los odios, todo subterráneo. Yo no tuve amigos allí: con mi historial era peligroso acercarse mucho a mí, estaba mal visto. Había grupillos más o menos afines, claro, pero, salvo festividades especiales, el ambiente era de silencio y recogimiento, poco favorable al compadreo. Solo se podía charlar con cierta libertad en el patio, durante los recreos.

—¿Recuerda que alguien pudiera desearle algún mal a Millán?

El maestro aplasta la colilla de su cigarro contra el fondo del cenicero. El de Lombardi se ha apagado, huérfano de labios y chupadas, apoyado en el borde, mientras su dueño toma notas.

—En absoluto. Éramos chavales en crecimiento. Podías cabrearte con uno que te había machacado el tobillo jugando al fútbol, pero se pasaba pronto. El perdón cristiano era un concepto que lo sobrevolaba todo, te lo metían con calzador. No sé si ellos mismos creían en esa virtud que predicaban, pero era una forma de mantener la paz y el orden.

—¿Conoció a Eliseo Merino Abad?

—¿Eliseo? Por supuesto. Era un chico raro. Bueno, qué voy a decir yo de rarezas después de lo que le he contado sobre mí. Pero este era un raro distinto, de esos que, en cuanto lo ves, piensas que acabará en un altar.

—Y ese camino lleva, como mártir.

—Pobre hombre. Pues eso era: un santurrón, estudioso y tímido. Cuando dejé el seminario él era subdiácono, creo, y trabajaba en la biblioteca. Ya tenía edad suficiente para haberse ordenado, pero no debía de tenerlo claro. O a lo mejor quienes no lo tenían claro eran los superiores y le aconsejaban esperar.

Lombardi apura su taza y ofrece al maestro los pocos picatostes sobrantes. Desaparecen del plato en un abrir y cerrar de ojos.

—¿Lo trató personalmente?

—Poco, la verdad. En mi año de crisis, quiero decir de crisis más profunda, porque la crisis empezó en cuanto entré en el seminario, me refugiaba en la biblioteca. Yo tenía diecisiete o dieciocho, y me entró un ansia feroz por los libros. Se los pedías a Eliseo y él te los traía a la mesa. No era hombre de muchas palabras, más bien de ninguna, así que si no abrías tú la conversación, te ibas de allí sin haber conocido cómo era su voz.

—Sin amistades allí dentro, entonces.

—Me extraña que las tuviera —juzga el exseminarista—. Todos sus compañeros de curso habían cantado misa ya. Debía de rondar los treinta años.

—Veintiséis en el treinta y cinco, cuando usted abandonó. Y, en su opinión, ¿por qué no se había ordenado?

—Ni idea. Parecía un hombre inteligente, pero creo que se infravaloraba, como si no se considerase merecedor del sacerdocio. Las dudas son frecuentes allí, sobre todo cuando te acercas al momento decisivo. Aunque ya le digo que igual eran los superiores quienes le habían aconsejado paciencia. Eliseo no pertenecía a este mundo, y estar en las nubes no era una acreditación muy recomendable. Eso sí, el trabajo de bibliotecario le venía al pelo.

Un hombre aislado del mundo, incluida su propia familia, reflexiona Lombardi. La imagen que describe Sebastián Henares no dista mucho de la que él se ha formado tras la entrevista con el padre de la víctima.

—Otro nombre: Juan Manuel Figueroa Muñoz.

—Sí, ese era de mi curso. No sabía que hubiera muerto. Un chico de familia bien, del barrio de Salamanca. Nunca entendí cómo alguien de su categoría, con la vida resuelta, podía decidir encerrar allí su juventud.

—La vocación, señor Henares. Hay quien se mete a cura por necesidad, o por error. Otros lo hacen por vocación, supongo.

—Bueno —acepta—, yo también la tenía, a mi modo.

—¿Cómo era Figueroa?

—Aplicado, amable; más que amable, servicial. Fue fámulo del prefecto durante varios cursos.

—¿Ser fámulo es lo que me imagino?

—Criado, sirviente. Estaba a su disposición para los recados, le llevaba la merienda a su cuarto; en fin, cualquier cosa que necesitase el prefecto, allí estaba el fámulo.

—No sabía que existiera esa función. Y me cuesta imaginar a un señorito en semejante papel.

—Pues muchos casi se pegaban para conseguirlo. Había una larga lista de voluntarios. Tenga en cuenta que era una forma de estar cerca del poder.

El policía prende de nuevo su cigarrillo y deposita sobre el cenicero una hebra que se le ha pegado en la lengua.

—Visto así, no me extraña la demanda. Supongo que Figueroa tendría sus enemigos, si el puesto era tan envidiado —sugiere.

—Hombre, no sé si se les podría llamar enemigos. Que era objeto de envidias, seguro, pero ya le digo que raramente se expresaban los sentimientos, y ahora mismo no podría recordar una situación concreta ni un nombre que pudiera asociar a un conflicto en ese sentido.

—Ya. Y por el contrario, si poseía esa capacidad de influencia, también tendría muchos amigos. La gente buscaría su complicidad.

—Sí, así sucedía. Pero ya le digo que era un chico de naturaleza afable y no necesitaba de favoritismos para llevarse bien con todos.

Lombardi rememora el rostro de Figueroa en la foto que Quirós ha obtenido de su familia. La descripción del maestro, esa naturaleza afable que menciona, se ajusta en cierto modo a los rasgos de su fisonomía.

—¿Conoció algún caso de expulsión?

—Si no me expulsaron a mí… —ironiza Henares—. No, que yo sepa.

—O algún conflicto que se saliera de lo normal.

—No recuerdo. Si lo hubo, no transcendió y fue resuelto en silencio, como se hacían allí las cosas.

—Por lo que puede recordar, ¿hay algo en común, algo que una a esos tres nombres de los que hemos hablado?

Sebastián Henares desvía la mirada y pliega los labios. Lombardi no consigue averiguar si es una especie de sonrisa o una mueca acentuada por la mancha de chocolate en sus comisuras.

—El seminario —dice el joven tras una pausa reflexiva—. Ya sé que es una perogrullada, pero no se me ocurre lo que pudieran tener en común al margen de eso.

—Actividades comunes, por ejemplo.

—En el caso de Merino, ninguna, créame. Era un ratón de biblioteca que ni siquiera participaba en los paseos dominicales. Entre Millán y Figueroa, quién sabe. Había más de un año de diferencia entre ellos, y sus compañeros eran distintos. Los únicos momentos de actividad común serían fuera del seminario, con las catequesis y las visitas a los hospitales. Porque tampoco recuerdo que estuvieran en el coro, el único sitio donde se juntaban chicos de diferentes edades. ¡Ah! Ahora que lo menciono, Eliseo sí que era aficionado a la música, y no se perdía ni un ensayo de la Schola Cantorum. Era de las pocas veces que se lo veía fuera de la biblioteca. Pero es que eran muy buenos.

Lombardi puede corroborarlo. Cuando estaba casado, y a instancias de Begoña, había asistido a un par de conciertos de aquel coro, y escuchar en sus voces el *Popule meus*, una pieza corta del maestro Victoria, fue una experiencia anímica difícil de explicar con palabras.

—Eso tengo entendido —asiente sin más.

—Era una delicia oírlos. Para mí significaba una evasión de aquel encierro. Recuerdo una vez, en mi primer año allí, que nos llevaron a la colegiata a escucharlos bajo la dirección de su fundador, un claretiano vasco que se llamaba Luis Iruarrizaga. El pobre hombre murió un mes después, y no tenía ni cuarenta años, así que aquel concierto resultó ser histórico. También actuaron ante Alfonso XIII.

Sebastián Henares parece embelesado con sus recuerdos musicales. Pero el policía está obligado a reconducirlo hacia asuntos más prosaicos.

—¿Dónde y cuándo solían dar sus catequesis?

—Por lo general, los domingos por la mañana. En la misma capilla del seminario o en las iglesias del barrio y sus alrededores, como San Francisco, San Andrés, San Pedro el Viejo. Algunos la daban también los jueves en colegios, aprovechando las tardes libres de los chicos.

—¿Y quién elegía los catequistas?

—El padre espiritual. Iba un titular, o varios si había más de

181

un grupo de catecúmenos, y un suplente de un curso inferior, que actuaba de ayudante y de paso aprendía.

—Eso permite pensar que Figueroa y Millán pudieron haber coincidido en esas expediciones apostólicas.

—Como ayudantes, tal vez —acepta Henares—. Todavía eran jóvenes para ser titulares.

—Así sería en el treinta y cinco, cuando usted se marchó, pero un año después Figueroa ya tendría veinte o veintiuno.

—No sé adónde quiere usted llegar, pero sí, a esa edad Figueroa ya sería teólogo y estaba en condiciones de ser titular.

—Pues quiero llegar a algún sitio que me ofrezca un poco de luz sobre sus muertes, y para eso debo investigar todas las opciones posibles. Como no encuentro móviles para su asesinato dentro del seminario, tengo que buscarlos fuera, en sus contadas actividades externas. ¿Quién era el padre espiritual de esos chicos?

—Depende. Cada curso tenía uno distinto. El de Millán no lo recuerdo, pero Figueroa y yo teníamos el mismo.

—Espero que todavía esté vivo.

—Claro que está vivo. Supongo que en el treinta y seis seguiría siendo don Hilario.

—¿Gascones?

—El mismo —confirma Henares—. ¿Lo conoce?

—Por referencias.

—Llegó al seminario un par de años antes de irme yo. Desde entonces ha hecho buena carrera.

—Eso he oído. —Lombardi apaga su cigarrillo a medio consumir. Los ojos del maestro parecen reprocharle tamaño desperdicio—. ¿Cómo era don Hilario?

—Pues como todos allí dentro —asegura Henares sin entusiasmo—. Tampoco es que yo tuviera una especial relación con él, ni mucho menos. Para entonces ya había decidido mi marcha, y él parecía respetarlo. Guardábamos las distancias.

—Antes de la guerra dirigía una academia privada cerca del seminario. ¿Oyó hablar de ella?

—No tengo ni idea.

—¿Cree que Figueroa y Millán pudieron haber dado catequesis en ese centro?

—Tampoco lo sé. Ya le digo que yo no participaba en absoluto de esas actividades. Pero don Hilario seguro que lo sabe.

—Tengo pendiente una entrevista con él. ¿Y qué me puede decir del padre Damián Varela?

—No me suena —dice el joven con una mueca de extrañeza—. ¿De qué curso era?

—Bastante mayor que usted. Más de diez años. Pudo haber sido profesor.

—Pues no lo creo. Algunos profesores vivían allí, en el seminario. Otros eran externos, pero ese nombre no me dice nada.

—Quizás estuvo allí con alguna otra función.

—¿Distinta al profesorado? —Henares niega con la cabeza—. No había otros curas, excepto los tres de administración y secretaría, dependientes del ecónomo. Y ninguno se llamaba así. El portero era laico, las cocinas estaban atendidas por monjas, las señoras de la limpieza venían de fuera, como los obreros necesarios para las reparaciones. No recuerdo a ningún Damián Varela durante el tiempo que estuve en el seminario.

Lombardi le muestra la foto del capellán.

—Este es Damián Varela.

—El caso es que su cara me resulta vagamente familiar —duda el maestro—. No sé de qué, pero desde luego no del seminario.

—Fue coadjutor en San Pedro el Viejo.

—Nunca estuve en esa iglesia, así que no pude conocerlo allí. ¿Tiene algo que ver con la muerte de mis antiguos compañeros?

—Puede que sí, puede que no. Gracias por su paciencia, señor Henares. Si casualmente recordase algo que tenga interés para la investigación, por favor, póngase en contacto conmigo.

—Así lo haré.

—Por curiosidad personal, ¿recuperó usted aquel amor de los trece?

—¡Nooo! —replica el joven con una estruendosa risotada—. Por suerte, se casó con otro. Aquella niña delicada que me sorbía el seso se convirtió con los años en una beatona insoportable.

El trato con el sector bancario nunca ha sido un plato de gusto para Lombardi. En su opinión, ese mundo es una cueva de ladrones, un monumento a la usura y la explotación. Tras el levantamiento militar y el apoyo prestado a este por los grandes poderes económicos, su ojeriza se convirtió en fobia. La fobia está a punto de derivar en un estallido de indignación al comprobar el estado de su cuenta corriente. Sus ingresos desde la fecha en que el Frente Popular ganó las elecciones se han reducido a cero. El tipo de la ventanilla quiere explicárselo con sesudos argumentos sobre la ilegalidad de la vieja moneda, las leyes sobre los capitales en zona roja y la devaluación de la peseta. Pero lo cierto es que, tras semejante filibusterismo financiero, sus modestos ahorros se han reducido a menos de la décima parte. Para ir tirando durante mes y pico.

Intenta quitarse la rabia con una humilde ración de patatas guisadas en la barra de un bar. Y derivando sus pensamientos hacia lo inmediato, hacia los primeros elementos originales que ha logrado reunir desde que cuatro días antes iniciara la investigación. Porque el retrato ofrecido por Sebastián Henares respecto a las tres primeras víctimas, como observador independiente, tiene un gran valor documental. Aun dentro de la pobreza de su testimonio en cuanto a posibles motivaciones criminales, el joven maestro le ha revelado detalles cotidianos que complementan los escasos testimonios familiares y permiten hacerse una idea de sus personalidades más allá de los fríos informes forenses.

Nemesio Millán era un paletillo vivales, aunque poco objetivo respecto a sus propias cualidades; Eliseo Merino, un ensimismado, sin muchas ganas de abandonar la concha protectora del seminario, y Juan Manuel Figueroa, un buen compañero, abierto a la amistad y al servicio de los demás. ¿Qué pueden tener en común

184

tres jóvenes en apariencia tan distintos? ¿Y qué les une a Damián Varela? La torre mudéjar de San Pedro el Viejo tiene que saberlo. Aquella iglesia parece un nexo posible, tal vez probable, entre dos de ellos y el capellán asesinado. Pero sus muros, al menos de momento, siguen callados.

Lombardi toma el tranvía hasta la calle López de Hoyos. Alicia Quirós puede ser una joven novata, pero no se arruga y posee la terquedad propia de un buen policía. Su llamada a primera hora para pedirle que se viera con aquel hombre (—Y no tema, que es de su cuerda.), su tenaz insistencia, solo podía zanjarse con una respuesta afirmativa y, aunque sin demasiada convicción, le había prometido hacerlo.

López de Hoyos divide en dos mitades el barrio de La Prosperidad, el límite de Madrid por el nordeste. Salvo una pequeña actividad industrial, más allá de La Prospe, como la llaman sus vecinos, se abre un territorio vacío, matizado por esporádicos campos de cultivo, rebaños de ovejas y casuchas desperdigadas. Se considera un barrio poco recomendable, pues, excepto en las zonas urbanizadas en torno a su vía central, acoge un buen número de infraviviendas e inmigrantes de baja extracción social, con los consiguientes problemas de delincuencia. Un nido de anarquistas, lo llamaba Ulloa durante la guerra, y no le faltaba razón; como tampoco les faltaba a esas gentes al haber elegido tan radical militancia.

La estrecha acera de la calle Mantuano lo conduce hasta la dirección indicada por Quirós. Es una casa con corredor, con un patio interior que da acceso a las viviendas del bajo y una escalera para las del primero. En el centro del patio se abre un sumidero rodeado de humedades, y en torno a él, con pretensiones de jardín, se agrupan varias macetas consumidas por el invierno. De las ocho puertas que puede contar el policía, la de Andrés Torralba es la del fondo, a la izquierda del patio.

Le abre un hombre de edad y estatura parejas a la suya. Es bien parecido, rubio y de clarísimos ojos azules. Una sonrosada cicatriz recorre su mejilla derecha de arriba abajo, como un zarpazo. Ni siquiera le permite presentarse.

—¿El señor Lombardi? —Estrecha su mano al tiempo que el policía asiente con la cabeza—. Espere un momento, por favor.

Torralba desaparece en el interior de su casa para regresar al cabo de unos segundos, embutido en un abrigo azul oscuro que a Lombardi le resulta familiar. Desprovisto de la doble botonadura metálica y con ciertas modificaciones estructurales ejecutadas por una hábil costurera, el gabán de la extinta Guardia de Asalto se ha convertido en una prenda de uso civil.

—Vamos a dar un paseo.

El hombre cierra la puerta tras él y avanza por el patio hacia el portal. Camina erguido, los hombros rectos, con cierta marcialidad. El policía sigue sus pasos un tanto sorprendido por el recibimiento.

—Disculpe que no le haya ofrecido mi casa —aclara Torralba sin detenerse, con un inconfundible acento andaluz—, pero mi mujer no soporta oír hablar de la guerra, se pone enferma.

—No venía a hablar de eso, precisamente.

—¿Usted cree que podemos hablar de nosotros sin mencionar la guerra?

Está en lo cierto. Ningún español puede extirpar de su biografía aquel maldito episodio; difícilmente un hombre de su edad sería capaz de explicarse a sí mismo al margen de la pasada barbarie y de la pesadilla presente.

—Alicia Quirós me dijo que vendría esta tarde —añade, calle Mantuano arriba—, y me puso en antecedentes sobre usted. Poca cosa, pero suficiente. Supongo que, como policía y como persona, tiene derecho a conocer los míos.

—Ayudaría bastante, la verdad.

Durante el paseo sin rumbo fijo, Andrés Torralba hace una rápida semblanza de su vida. A media voz, como es costumbre últimamente cuando se conversa en la calle, y abortando las frases al menor atisbo de presencia de terceras personas. En aquel barrio, como en el resto de Madrid, el empedrado tiene ojos y las paredes oyen.

Andrés es natural de Peñarroya, donde se casó con Lola, que le ha dado un par de hijos, chico y chica. Allí trabajaba de profesor, sin título, enseñando las cuatro reglas a los hijos de los mineros que no podían ir a la escuela. Cuando se produjo el levantamiento militar decidió dejar sus tierras cordobesas y se trasladó a Madrid, hasta esa misma casa de Mantuano para compartirla con otro matrimonio conocido que la tenía alquilada. Afiliado a la UGT, ingresó por oposición en la Guardia de Asalto y fue destinado a servicios de vigilancia en embajadas, colas de abastecimiento y centros oficiales. Su nuevo estatus le daba derecho a una vivienda propia, y le concedieron una cuarta planta con desván en la calle López de Hoyos que había sido requisada tras la huida de Madrid de sus propietarios, una familia derechista que tenía un negocio de ferretería en la misma calle. Al cabo de un par de días de estar viviendo allí, decidió echar un vistazo al desván, que olía a mil demonios y estaba lleno de trastos y muebles desvencijados. Para su sorpresa, en uno de los armarios se encontró una pareja de personas mayores. Ella estaba casi inconsciente entre un montón de ropa vieja; él, muy debilitado, sujetaba una pistola en su mano temblorosa.

—Imagínese el papelón —apunta Torralba—. Llevaban allí más de un mes, y aunque habían escondido agua y alimentos, ya no les quedaba nada que echarse a la boca. Hacían sus necesidades en un rincón, que cubrían de ropa para intentar disimular la peste.

—Me lo imagino. Lo extraño es que no dieran con ellos cuando requisaron el piso.

—Al pasar tantos días con la tienda cerrada y sin señales de vida en la vivienda, debieron de pensar que se habían ido con los fascistas, como habían hecho sus hijos. Lo mismo ni miraron arriba.

—¿Y la pistola? —inquiere Lombardi.

—El hombre, a sus sesenta y tantos años y en esas condiciones, no tenía fuerzas ni para sujetarla. El caso es que nos dieron pena y no los denunciamos. Costó revivirlos, sobre todo a la señora, pero, mal que bien, tiraron adelante. Y así pasaron el resto de la guerra, sin moverse del desván y comiendo de lo que compartíamos con ellos. Como guardia, recibía abastecimiento extra y eso nos permitió sacar adelante a los hijos y a los abuelos, como mi Lola y yo los llamábamos.

—Empiezo a hacerme una idea de quién se trataba. Supongo que eran los señores Quirós, ¿no?

—Buen disparo —sonríe Torralba—. ¿Ya se lo había contado la señorita Alicia?

—Solo sabía que sus padres eran de La Prospe y que habían pasado la guerra escondidos.

—Pues gracias a eso sigo vivo. Cuando acabó la guerra volvimos a Mantuano, pero enseguida me detuvieron. Estuve casi dos años entre rejas hasta que salió el juicio. Un tormento, sobre todo pensando en la mujer y los niños. Pero qué le voy a contar a usted de eso.

—Al fin y al cabo, yo no tengo cargas familiares. Siempre es un consuelo.

—Yo tuve suerte, la verdad. Los abuelos se portaron bien: a veces me mandaban una cesta de comida a la cárcel y a los míos también los ayudaron. Testificaron a mi favor, y como don Julio Quirós es camisa vieja de los falangistas, me pusieron en la calle; eso sí, fichado. Y con estos antecedentes, ni Dios me da trabajo. Recadero ocasional, vigilante nocturno en alguna obra en el mejor de los casos. Llevo nueve meses mordiéndome las uñas. Gracias a que Lola friega pisos y cose, que si no, nos moríamos de hambre.

—Yo no puedo ofrecerle un trabajo remunerado, Torralba.

—Pero sí sacarme de esta pasividad que me consume. Necesito sentirme útil de nuevo, aunque sea gratis.

—No va a ser fácil, pero lo intentaré.

—Se lo agradezco. ¿Sabe? No dejo de pensar en la gente que ahora mismo estará viviendo una situación parecida a la de los Quirós, escondidos para no ser cazados por los fascistas, aunque sin esperanza alguna en el final de una guerra, en un cambio de horizonte que los salve.

—Un modo distinto de condena —subraya Lombardi—. Encerrados con miedo a cada ruido, a cada voz desconocida, a cada luz inesperada. Puede que estén cerca de los suyos, pero muertos en vida. ¿Qué le pasó en la cara?

Torralba suspira, como si la pregunta hubiera entrado en terreno resbaladizo. Sin embargo, la respuesta no es la de alguien que quiere ocultar algo oscuro del pasado, y la afronta con simpática locuacidad.

—Fue en un bombardeo —cuenta—. Un proyectil cayó en un edificio cerca de donde yo estaba de servicio. Corrí a ver si podía ayudar en algo. Casi todos los vecinos habían salido por su propio pie, pero en el principal quedaba una señora atrapada entre las llamas y no había rastro de bomberos por allí. Me gritaban todos que no subiera, pero subí. Nunca había pasado tanto miedo. Todo era humo, cenizas, ascuas volando como moscas por todas partes. Y en medio de un rectángulo de fuego, la señora pegando gritos. Algo dentro de mí me decía lo mismo que la gente de la calle, que me marchara pitando.

—Pero otra voz le ordenaba lo contrario —interrumpe Lombardi—. Eso se llama valentía, amigo.

—O inconsciencia. El caso es que apreté el culo y tiré adelante. Cuando conseguí agarrar a la mujer se oyó un crujido. Yo pensé que eran mis dientes, porque tenía la mandíbula encajada de tanta tensión, pero era una viga del techo que se desplomó a nuestros pies. Un trozo debió de pegarme en la cara, y ni siquiera lo noté en aquel momento. Cuando puse a la señora de patitas en la calle, en lugar de darme las gracias, me gritaba que subiera a por Jorge.

—¿Otro vecino?

—¡Qué coño vecino! ¡Un loro! Le dije que verdes las habían segado, y que subiera ella a por su pajarraco si tanto lo quería.

Lombardi celebra la historia con una carcajada.

—Sí, ríase, pero pasé una temporada que parecía una momia

egipcia con tanto vendaje —asegura Torralba—. Lo más curioso del episodio es que aquella señora, al parecer, era la madre de José María Gil Robles; ya sabe: el jefazo de las derechas que apoyaba a los de Franco. Y quienes me desanimaban a subir lo hacían precisamente por eso, porque decían que no merecía la pena arriesgar la vida de un guardia de asalto para salvar a una fascista.

—Pues tuvo usted bemoles.

—Los que no tuvieron los Gil Robles para testificar a mi favor en el juicio. ¿Se presentó usted? Pues ellos lo mismo. A lo mejor es que no me perdonan lo del loro asado. El tribunal militar consideró que jugarme la vida por aquella señora no podía considerarse mérito. Había sido un simple acto humanitario. Si no es por los Quirós, ahora no estaríamos hablando.

Charlan sentados sobre una pila de tuberías cubiertas de óxido, en un descampado al final de la calle. Lombardi está entusiasmado con la personalidad de aquel hombre, capaz de bromear sobre su dura experiencia mientras vive una situación dramática. Tal y como le ha sugerido Quirós, sería un buen compañero, aunque presentarle a Ulloa la candidatura de otro rojo lo iba a descomponer con toda seguridad.

—¿Tiene un pitillo?

El policía comparte su cajetilla y ambos disfrutan en silencio de las primeras caladas.

—Amo este barrio que me acogió —dice Torralba con la mirada perdida a través del humo—. Pero cada día llevo peor lo de vivir aquí. Y no es por la casa, que, aunque pequeña, ya no tenemos que compartir con nadie.

—¿Malos vecinos?

—Son buena gente, en general. Todos, menos aquellos.

Torralba señala con disimulo más allá del solar, hacia un conjunto de modernos edificios, sobre cuya entrada principal cuelgan las banderas oficiales del Movimiento: en el centro la bicolor con el águila, a su derecha la falangista y a su izquierda la blanca con la cruz de San Andrés en nombre del tradicionalismo requeté.

190

—Eso era el colegio Nicolás Salmerón —explica con un hilo de nostalgia en la voz—, la primera escuela pública del barrio, levantada por la República hace menos de diez años; un ejemplo educativo para toda la ciudad. Los fascistas han expulsado a sus alumnos para convertirla en la pomposa Academia Nacional de Mandos José Antonio, donde forman a sus futuros oficiales.

—No se queme la sangre, Torralba. Si ha bajado a Madrid, habrá visto que muchas cosas han cambiado a peor.

—Seguro, pero usted no tiene que sufrir como yo cada mañana el puñetero *Cara al sol* cantado a voz en grito desde aquella azotea.

Lombardi repasa el esquema de la pizarra, en el que tan solo tiene que introducir una modificación. Quirós ha escrito *seminarista* junto al monigote que representa a Eliseo Merino. El policía borra esa palabra para sustituirla por *subdiácono*. Un matiz que tal vez no significa nada, aunque la mejor investigación puede irse al traste por detalles sin importancia; el resto del trabajo es impecable, con las fotos de Varela y Figueroa pegadas con esparadrapo en sus respetivos espacios. La chica tiene talento, y una mente sintética que para sí querrían agentes veteranos.

En la cocina humea una fuente de arroz con boniatos. El bacalao se desala en una cazuela colmada de agua, a la espera del rebozado antes de sumarse a una sartén en el fogón y completar la cena; tan buena o tan mala como la de cualquier Nochebuena, salvo las pasadas entre rejas, desde que adquirió la condición de divorciado. Tampoco le importa mucho. Siempre voluntario para cubrir turnos incómodos, Lombardi era el hombre más aplaudido de la Brigada cuando llegaban estos días. El último intento de rescate de esa soledad, el que protagonizó Balbino Ulloa durante la Navidad del treinta y ocho, había salido finalmente rana, así que más vale solo que mal acompañado, se repite un año más.

Suena el timbre de la entrada. El reloj de pulsera marca casi las diez y media, hora más que intempestiva para una visita. El policía va en busca de la sobaquera que cuelga de una silla en el salón y desenfunda la Star. Sin dar la luz del vestíbulo, libera el seguro de la pistola y se asoma a la mirilla para descubrir boquiabierto un rostro conocido. Asegura de nuevo el arma, la encaja en el cinto tras sus riñones, enciende la luz y descorre el pestillo.

La mujer viste un espectacular abrigo de pieles: de zorro, de nutria o de cualquier animalejo carísimo; Lombardi no es experto en semejantes precios.

—Qué sorpresa, señorita… Erika. Disculpe, pero no he sido capaz de retener su apellido. El alemán se me resiste.

—Baumgaertner —completa ella—. Y soy suiza, no alemana.

—Así que usted mandó la cesta: E.B., Erika Baum…

—…gaertner. Sí, yo se la mandé, pero estaba incompleta. —Erika descubre sus manos, ocultas hasta entonces bajo el abrigo, para mostrar una botella que pone en las de Lombardi: champán francés—. Pensé que no le gustaría pasar solo una noche como esta.

Aún desconcertado, la invita a entrar. La mujer, con soltura, se desprende de su abrigo y lo arroja sobre el sofá mientras Lombardi rebusca en el mueble bar. Las copas acumulan tanto polvo que ellas mismas deben de dudar sobre su transparencia. La limpieza organizada por Quirós no ha llegado al interior de la mayoría de los muebles.

—Hace un poco de frío —se queja ella, frotándose los brazos. Su vestido azul turquesa de dos piezas y sus zapatos de tacón de idéntico color resaltan la hermosa figura que el policía había descubierto en el despacho de la embajada alemana.

—Vamos a la cocina, que tengo encendido el fogón.

Lombardi friega un par de copas en el grifo de la pila.

—¿Mejor aquí? —se interesa por ella.

—Mucho mejor, gracias.

—Habla muy bien mi idioma.

—Eso espero, porque me crie en Sevilla.

—¿Y qué hacía una suiza en Sevilla? —pregunta mientras seca las copas.

—Mi padre tiene una empresa de exportaciones y lleva allí más de treinta años. Así que podríamos decir que soy casi tan española como suiza.

—¿Y qué hace una suiza sevillana al servicio del Reich?

—El señor Lazar tampoco es alemán, y ahí lo tiene.

Una inteligente forma de eludir la respuesta, admite el policía.

—Sí, parece que el poder hace extraños compañeros de viaje —sentencia Lombardi—, aunque confieso que es mucho más agradable tratar con usted que con él.

—Será porque solo le ofreció oporto. El champán acerca más a las personas.

—Si usted lo dice, será verdad.

Lombardi abre la botella y llena de espuma ambas copas.

—Felices Pascuas —brinda ella con un leve choque de cristales.

—Lo mismo digo.

De unos treinta años, Erika tiene el cabello trigueño peinado a la moda, la nariz recta y proporcionada, pestañas y cejas mimadas por la esteticista, los labios finos, aunque sensuales, pintados de rojo sangre, y grandes ojos grises. Más allá del placer estético o erótico que ofrezcan sus cuerpos, Lombardi siente especial fascinación por los ojos femeninos: para él son la puerta de acceso hacia sus más íntimos secretos, y los de aquella mujer parecen toda una invitación a entrar con su evidente coqueteo. Recuerda el contacto de su mano en el despacho de Lazar y el cosquilleo sensual que lo había acompañado durante largo rato tras su despedida. Incómodo con sus sensaciones, rellena las copas.

—Debería corresponder con algo —dice, en un intento de desviar sus pensamientos—, por lo menos para no beber a palo seco.

—Ni siquiera ha estrenado la cesta —aprecia ella, con un fingido mohín de disgusto, al verla arrumbada en un rincón de la cocina.

El policía está a punto de responder que no piensa tocar alimentos avalados por la cruz gamada, pero le parece una ofensa innecesaria.

—Pensaba tomar una naranja de postre —se escabulle—. ¿Le apetece compartir mi cena?

—No, gracias.

—¿Le gusta el bacalao?

—No.

—¿Las sardinas en conserva?

—Tampoco.

Erika acompaña cada negativa con un acercamiento de su cuerpo. A tan corta distancia, el suave perfume de su cuello adquiere efectos afrodisíacos. Sus alientos están a punto de colisionar.

—¿El sexo? —sugiere él, sosteniéndole la mirada.

—Depende del compañero de degustación.

Ella desliza lentamente sus manos en torno a la cintura de Lombardi, y en un movimiento rápido e inesperado se apodera de la pistola. El policía se tensa, sobresaltado al ver que el arma apunta a su ombligo.

—¿Es aficionada a estos juegos como aperitivo? —pregunta, simulando una seguridad que no tiene.

Erika deposita lentamente la pistola sobre la mesa.

—Nos iba a molestar un poco, ¿no cree? —responde, nariz contra nariz, desabrochándole la hebilla del cinturón.

Lombardi la estrecha con ansia, sube su falda hasta la cintura y la iza en el aire hasta sentarla en el cálido poyete de azulejos junto al fogón. Su excitación se agiganta al contacto con las medias de seda, con el roce de lencería fina. Los zapatos acaban en el suelo en las primeras embestidas. Ni siquiera desnuda su cuerpo. Le basta con el espacio conquistado por sus dedos entre las bragas para penetrarla con ímpetu furioso. Ni una palabra entre ambos hasta que él se corre y acaban los jadeos.

—Parece usted de las fuerzas de choque —dice ella, acariciándole el pelo con ternura. Y para evitar que lo interprete como reproche, añade—: Pero ya supongo que debe de llevar tiempo sin practicar.

Erika desciende de su improvisado trono entre los silenciosos manoseos de Lombardi, se calza y recupera su copa y la botella de champán.

—¿No hay una cama en esta casa? Pues vamos —ordena, y el policía, copa en mano, sigue sus pasos obediente y encantado.

Frente al dormitorio, sin embargo, una luz de alarma se enciende en Lombardi. No quiere llevar a una nazi al mismo lecho que compartió con Irene. Sería como manchar su memoria, enlodar su recuerdo con el aroma y el sudor de sus asesinos. Mejor al dormitorio de invitados, su largo exilio nocturno previo al divorcio.

Erika sabe cómo hacer disfrutar a un hombre, y las horas siguientes sirven para demostrarlo. Entre juegos eróticos que recorren el amplio abanico que separa la extrema dulzura de la fiereza y charlas sobre nimias anécdotas infantiles, se agota la botella y dan las dos de la madrugada.

—A pesar del frío que hace aquí, ha sido una preciosa Nochebuena —asegura ella—. Llámeme si le apetece repetirla fuera de fecha. —Dicho esto, abandona la protección de la cama y comienza a vestirse a toda prisa.

—¿Se va a marchar a estas horas? Quédese hasta mañana.

—Tengo al chófer esperando.

Lombardi se cubre con la manta y va a observar entre las láminas de la persiana. Descubre uno de aquellos Mercedes, parecido al que lo llevó a la embajada, aparcado frente a su ventana, casi tragado por la bruma. Y tampoco lleva gasógeno. Los alemanes parecen disponer de cuanto desean mientras los demás tienen que apretarse el cinto hasta el ahogo.

—Así que estaba trabajando —dice, molesto.

—Siempre a las órdenes del señor Lazar, ya sabe.

—¿Él la envió para que se acostara conmigo?

—Vamos, no se infravalore; usted me gusta. Conocer de cerca a un poli rojo me resultó tan excitante que estaba deseando recuperar aquella sensación. Nuestra noche ha sido solo nuestra. No es bueno mezclar trabajo con placer.

—Pues de momento se ha limitado al disfrute, que yo sepa.

—¿Podría traerme el abrigo, por favor?

Lombardi sale del dormitorio refunfuñando. De vuelta, coloca las pieles sobre los hombros de Erika, que se arregla el pelo frente al espejo. Ella le acaricia el mentón.

—Podía haberle dado el mensaje del señor Lazar hace tres horas, y adiós —argumenta con un brillo cálido en las pupilas—. Pero no me negará que ha sido mucho más agradable así. Y vístase, hombre, que se va a quedar como un témpano. Lo espero en el salón.

El ejercicio de vestirse le sirve de terapia acelerada. Ha reaccionado como un imbécil, casi como un novio engañado, un macho herido en su orgullo. Como si a ella se le pudiera exigir fidelidad. Y qué más da el verdadero motivo de su visita. Visto con ecuanimidad, ha disfrutado de un fantástico regalo navideño con una mujer de bandera, así que solo un millón de gracias deberían salir de su boca. Desde luego, ni la más mínima censura. Cuando vuelve al salón, una sonrisa le ilumina la cara.

—Disculpe mi actitud de hace un momento —ruega, tomándola de las manos—. No tengo ningún derecho a criticarla. Todo lo contrario, porque ha sido una noche deliciosa.

—Para mí también, ya se lo he dicho.

—Pasado el placer, vayamos entonces al deber. ¿Qué recado guarda para mí? Siéntese, por favor.

—Que no, que me tengo que ir. Solo quería explicarle que el señor Lazar no le contó toda la verdad.

—Eso ya lo sé —dice el policía—. ¿Por qué intentó engañarme?

Lombardi se sienta en el sofá y de nuevo invita a Erika a acompañarlo. Ella accede a regañadientes.

—Quería comprobar sus habilidades y hasta qué punto podía fiarse de usted. Ahora ha decidido sincerarse. El dinero que llevaba el padre Varela era para adquirir una obra de arte.

—¿Qué tipo de obra?

—Una pequeña talla, una virgen románica, supuestamente de gran valor. Hoy en día, los precios de venta de joyas artísticas son interesantes para quien disponga de recursos.

—Y ustedes, que disponen de ellos, se aprovechan de las obligadas ventas por necesidad —le reprocha el policía—. Como las hienas con los despojos, si me permite el símil.

—Parece usted un poco tarugo —protesta ella—. Es una forma de proteger el patrimonio. El Estado no tiene posibilidades de hacerlo, y el señor Lazar cuida de esos tesoros como si fueran los hijos que no tiene.

—Qué paternal, el buen señor Lazar. Ya sé que lo de las hojas parroquiales era un camelo, y me ha hecho perder el tiempo con esa pista falsa.

—Y él sabe que usted lo sabe. Por cierto, no le ha gustado nada que mezcle a un jovencito, a un civil, en sus asuntos.

Por lo visto, nada se escapa en Madrid a los ojos y oídos de Lazar. Seguramente algún chivatazo de los propios párrocos encuestados. Lombardi decide que aquella inesperada conversación es una oportunidad propicia para tirar de la lengua a una secretaria tan cercana al todopoderoso diplomático nazi.

—No dispongo de medios suficientes —se justifica—. Lo de ese chico fue circunstancial; me aproveché de que es periodista y ni siquiera está al tanto de lo que nos ocupa.

—Lo que nos ocupa, ¿es eso? —Erika señala la pizarra—. Veo que tiene apuntado ahí el nombre de Damián Varela. ¿Y los otros tres?

—Nada que ver unos con otros —se escabulle Lombardi—. Son ejercicios teóricos de investigación forense. Hipótesis sobre distintos casos. ¿Dónde pensaba Varela conseguir esa talla?

—Eso no lo sabemos. Él encontraba, informaba, pagaba y servía. Por obvios motivos de seguridad, no compartía otros detalles.

—Pero utilizaba una empresa de portes que necesariamente tenía que llegar hasta la embajada para hacer la entrega. ¿Cuál era?

—Utilizaba varias, y no creo que eso sea significativo. Pero la virgen románica parece una buena pista, ¿no?

—Parece.

—Pues sígala, y que tenga suerte. El señor Lazar está más interesado, si cabe, en encontrar esa talla que al asesino del padre Varela. Y su interés se suele traducir en suculentos ingresos para quien cumple.

—Siempre el maldito dinero.

—No me diga que no le gusta. —Ella acaricia las pieles que cubren su cuerpo con un movimiento sensual—. Lazar lo tiene y sabe premiar a quien se lo gana.

—¡Lazar, Lazar! —ruge Lombardi—. Está usted hecha a su imagen y semejanza. ¿Qué tiene con él? ¿Es su amante?

—Me ofende usted. —Erika intenta levantarse, pero él la sujeta del brazo—. No soy una puta.

—Ni yo he dicho que lo sea. Me ha hecho pasar una feliz Nochebuena sin cobrarme un céntimo; a menos que se lo quiera cobrar de otra forma.

—¿Qué insinúa?

—Que Lazar no compartiría sus tejemanejes con una funcionaria de tercera categoría, a menos que mantenga con ella una estrecha relación. Y si me asegura que entre ustedes no hay intimidades, solo me queda una respuesta.

—¿Cuál?

—Que es usted una agente nazi —dice, como si lanzara un cuchillo.

Erika vence la cabeza. Mira a sus pies mientras sus hombros se agitan, arriba y abajo, en un movimiento acelerado, absurdo. Solo cuando ella vuelve a alzar la cara, Lombardi se da cuenta de que intentaba ocultar una carcajada.

—¿Le excita pensar que se ha follado a una agente nazi? —pregunta entre risitas entrecortadas—. Bueno, primero habría que decidir quién se ha follado a quién, pero es un buen apunte para su currículo. Va a presumir lo suyo cuando vuelva a Cuelgamuros.

Lombardi está perplejo, sin respuesta ante semejante avalancha de burlas.

—Sepa —agrega ella, recuperada la seriedad— que soy graduada en Arte Medieval por la Universidad de Berlín. Mi papel en la embajada no es solo auxiliar al departamento de prensa en ese aspecto, sino todo aquello que tenga que ver con la recuperación del tesoro artístico español. Además, colaboro gustosa con el Servicio de Defensa del Patrimonio.

—Pero es tan nazi como Lazar —objeta el policía, despojado de otros argumentos.

—Por supuesto, eso es lo que nos une, el nacionalsocialismo. Mi fidelidad y mis relaciones con el señor Lazar son exclusivamente ideológicas. Lo digo por si es usted celoso —apunta con una sonrisita cáustica.

—Dirá lo que quiera, pero en la embajada actuaba de secretaria: nos sirvió el vino, y aquellos aperitivos.

—Que usted, soberbio donde los haya, ni siquiera cató. Como la cesta.

—Déjese de agravios. No cuadra una graduada universitaria en el papel de sirvienta.

—Claro que cuadra. Era nuestro primer contacto, que pretendía ser amable. ¿Por qué piensa que nos presentó luego? ¿Por qué iba a enviar Lazar a una simple secretaria a este cubículo helado que tiene por casa? Ni soy secretaria, ni soy espía —afirma Erika, enérgica—. Soy una funcionaria del Reich especializada en arte medieval español. Ni más ni menos.

—Mis disculpas, entonces —masculla Lombardi, decidido a corregir el patinazo—. No pretendía ofenderla.

—Aceptadas. Tengo prisa, ¿más preguntas?

—Claro que sí, unas cuantas. ¿Usted trataba también con Varela, o lo hacía solo Lazar?

—Ambos tratábamos con Varela.

—Podía haberlo dicho antes —protesta el policía—. Me habría venido bien conocer sus andanzas como intermediaria.

—Pues lo digo ahora, y también que su asesinato ha pasado a segundo plano. Aunque no renunciamos a resolverlo y recuperar el dinero que llevaba, lo que de verdad nos interesa es saber dónde está esa talla.

—En ese caso, tenemos intereses distintos. Yo solo quiero atrapar al fulano que lo mató.

—Dudo que ese camino lo conduzca hasta la talla —objeta Erika.

—Me importa un rábano si consiguen o no su virgen románica. Además, ¿por qué están tan seguros de que el asesino no tenía relación alguna con esa obra de arte?

—¿Cómo vamos a estarlo? Pero coincidirá conmigo en que resultaría un tanto chocante, dadas las circunstancias de la muerte de Varela.

—¿A qué circunstancias se refiere?

—Por favor, no intente hacerse el tonto, que resulta patético. Sé cuándo me acuesto con un hombre inteligente, y usted no tiene nada de lelo. Conocemos al dedillo el dónde y el cómo sobre Damián Varela. Y aunque no fuera así, basta con echar un vistazo a su pizarrita de hipótesis forenses para enterarse de todos los detalles.

Lombardi se siente humillado. Ha permitido que ella campara a sus anchas por el salón mientras él se vestía. Es lo malo de tener la oficina en casa, que difícilmente puede compaginarse intimidad con secreto profesional. Carece de sentido pedirle a la tierra que se lo trague, pero lo haría con gusto: él intentando sonsacarla mientras ella parece dueña de la situación. Es necesario, se dice, lanzar bombas de humo, jugar al despiste con aquella gente si quiere conocer hasta qué punto lo controlan o conserva aún cierta libertad de movimientos.

—Pero no he venido a fisgar su trabajo, si es lo que piensa de mí. —Las palabras de Erika pretenden ser tranquilizadoras—. Como comprenderá, tenemos magnífica relación con la policía española; su instructor es Paul Winzer, adjunto de Himmler, y con algunos amigos cuenta entre sus filas. Conocemos hasta el mínimo detalle de la muerte de Varela.

—¿Por el informe de Luciano Figar?

—Entienda que no estoy autorizada a dar nombres.

—Lo entiendo. Y ustedes piensan que las circunstancias del asesinato excluyen la posibilidad de que su autor esté relacionado con la compra de esa talla medieval. Yo no lo descartaría —apunta Lombardi aparentando convicción.

—¿Quiere decir que alguien que conociera esa operación pudo haber asesinado a Varela para robarle?

—¿Por qué no? O el mismo vendedor para conservar la talla y no perder el beneficio —elucubra para reforzar su tesis imposible.

—¿Y por qué iba a organizar ese desagradable espectáculo si solo quería el dinero?

—Maniobras de distracción, como hacen los generales en el frente. Aparatoso bombardeo para confundir al enemigo cuando el objetivo es otro.

—Tampoco voy a negar esa posibilidad —admite Erika tras una breve reflexión—. Usted es el profesional y sabrá lo que se hace.

La respuesta es una buena noticia. Parece claro que no disponen de todos los datos. No tienen ni idea de los otros tres casos, a pesar de lo que ella haya visto en la pizarra y de que el propio Lombardi los mencionó de pasada en su conversación con Lazar. Otra cosa es lo que tarden en estar informados, una vez Figar los estudie por orden del director general y los asocie con el capellán. Pero los asesinatos de seminaristas no pueden tener el menor interés para ellos; lo que buscan es esa talla, así que, salvo en lo referente a Varela, tiene campo libre y probablemente lo dejarán en paz.

—Si es cierto que colabora con Patrimonio —sugiere el policía—, usted misma puede encargarse de esas gestiones en las tiendas de antigüedades para dar con lo que tanto les interesa.

—Suponiendo que esté en una tienda y no en un domicilio particular —puntualiza ella—. Naturalmente, investigamos por nuestra cuenta, pero no podemos significarnos de forma tan descarada.

—Claro, hay que guardar las apariencias —ironiza Lombardi.

—En algunas cosas sí. Ni debemos buscar vírgenes ni detener asesinos, aunque conociéramos su identidad y paradero. Eso es cosa suya. —Erika se incorpora, dispuesta a irse—. Me pondré en contacto si hay novedades. Espero lo mismo de usted.

La acompaña hasta la puerta. Ya en el umbral, ella le ofrece la mano como despedida.

—¿Ve como era mejor empezar en la cama? —dice sonriente sin soltarle la mano—. Con esa cara agria que se le ha quedado ni la Dietrich se atrevería a seducirlo. Me gusta usted, aunque a veces parezca vivir en otro mundo.

Lo besa en los labios y corre escaleras abajo con un repiqueteo de tacones. Él, aún confuso, acude al balcón. La ve salir, cruzar la calzada y entrar en el coche.

Las luces de los faros abren jirones en el muro de niebla, pero antes de que la negra masa que los proyecta desaparezca en dirección a la calle Atocha, Lombardi se dirige a la cocina. Necesita comer algo, aunque solo sea una naranja de estraperlo pagada con sucio dinero nazi.

La media mañana lo sorprende en su verdadera cama con un azul brillante enmarcado en los cristales, como un niño que abre los ojos después del día de Reyes con el dulce recuerdo de los regalos de la víspera. Una vez convencido de que lo de la noche anterior no ha sido un sueño, da buena cuenta del arroz con boniato que sigue intacto en la cocina. Frío, pero sabroso.

En el diálogo que mantiene consigo mismo, Lombardi se resiste a llamarla Erika, a utilizar su nombre de pila como referencia: demasiado cercano y afectuoso para su gusto. Recordarla como la *nazi* le parece duro, más por él que por ella, pues haber compartido piel, susurros, placeres y fluidos corporales con una adoradora del

Führer es como aceptar un baldón en su historial democrático. Llamarla la *alemana* no resulta del todo exacto, y la *suiza* suena descaradamente a pastelería. Su apellido sigue siendo un embrollo impronunciable; recuerda que tiene algunas erres y una ene, pero solo está seguro del principio, así que llamarla señorita Baum parece una buena elección. Claro que la señorita Baum resulta ser tan nacionalsocialista como Erika, la *alemana* o la *suiza*. Pero, al fin y al cabo, nazis, marxistas y demócratas disfrutan del sexo de modo similar, y el hecho de encamarse con ella no tiene por qué significar renuncia ideológica alguna.

Calmada su conciencia, llama a casa de Balbino Ulloa para felicitarle las Pascuas. Como excusa, naturalmente. Lo pilla de casualidad, dispuesto a salir.

—Tengo un candidato para asistente —le suelta tras los saludos iniciales.

—¿Y no podrías llamar esta tarde? Mi familia está en la puerta del ascensor y me esperan para ir a misa.

—Vale, ya lo hablamos esta noche, que por la tarde voy a ver al de Mediator Dei a su residencia. De momento, apunte este nombre: Andrés Torralba Santos, por si quiere pedir referencias.

—¿Policía?

—Fue guardia de asalto en Madrid, pero está libre sin cargos.

—¿Te has vuelto loco?

—Para nada. Es el hombre perfecto, con experiencia y redaños. Feliz Navidad.

El limpio día de Navidad hace honor al dicho sobre el aire de Madrid, tan sutil que mata a un hombre y no apaga un candil. Sin rastro de nubes en el cielo, la brisa de la sierra corta la carne como una navaja barbera. Luce un sol de perros, de los que parecen proyectar agujas de hielo en vez de energía calórica. Lombardi elige un paseo que le permita refugiarse de tanto en tanto en las esquinas, a través de calles perpendiculares a la dirección del viento. Aun así, invisibles remolinos de frío parecen perseguirlo, burlándose de sus precauciones.

Como si llegara cabalgando a lomos de esas ráfagas heladas, la señorita Baum regresa a su cabeza. Desde luego, es una mujer sorprendente; no solo por su belleza y sus habilidades amatorias, sino por su inteligencia, claridad mental e iniciativa. Por lo que Lombardi sabe del abyecto pensamiento nazi, ella no cuadra en absoluto con el modelo maternal y procreativo con que los ideólogos del Reich adornan sus arios ideales femeninos. También patrocinan otro, oficioso, aunque no menos extendido que el anterior, y que se ajusta exactamente a la idea del descanso del guerrero; pero eso es entrar en territorios cercanos a la prostitución de Estado, y tampoco ella parece encuadrarse ahí. O tal vez sea que él no quiere verla entre este colectivo, porque en ese caso es probable que su acercamiento responda a algún oscuro propósito. Pero no, la señorita Baum se parece más al modelo de mujer liberal propio de las democracias avanzadas, aquella que aspira a manejar personalmente su destino al margen de dimes y diretes, lo más lejos posible de las zarpas masculinas. Un derecho que reclaman los movimientos feministas durante los últimos decenios. Ella busca placer donde y cuando le apetece, y sin dar explicaciones a nadie, como vienen haciendo los hombres desde tiempos inmemoriales. En fin, tampoco es que Lombardi se considere un experto en mujeres nazis o liberales; ni siquiera en mujeres. Al margen de dónde pueda ser clasificada ella, lo de la noche previa había estado genial y punto. Para qué darle más vueltas.

Lo que sí viene rondándole es la conversación mantenida tras la cama. En su afán por averiguar lo que la señorita Baum pudiera conocer de su investigación, y alentado por los nuevos datos aportados por ella, había sugerido una hipótesis absurda que, con el paso de las horas, no lo parece tanto. Esa supuesta relación del asesino con la talla románica tal vez no sea tan descabellada después de todo. Si consigue relacionar a esa virgen con alguna de las tres víctimas de la guerra, se establecerá un vínculo claro entre ellas y Damián Varela. Al fin y al cabo, todavía no ha obtenido el menor indicio sobre el móvil de los crímenes. ¿Por qué no va a ser esa imagen el motivo de tanta muerte? La siniestra presentación de los asesinatos puede ser simplemente el montaje escénico de la obra, fuegos de artificio para ocultar una verdad mucho más pedestre. A falta de móvil, no es inteligente rechazar el primero que asoma, por improbable que pueda parecer.

Una nueva visita a San Pedro el Viejo se hace imprescindible, y allí una detenida charla con su sacristán confirmará si esa talla figura entre las obras desaparecidas y no recuperadas. El día de Navidad, sin embargo, no parece el más indicado para esas gestiones, porque el templo estará hasta los topes gracias al milagroso proceso de reconversión religiosa patrocinado por los amos del país. Y además, ha decidido tomarse la mañana libre a la espera de su cita vespertina con Hilario Gascones.

Enfrascado en tales reflexiones, sus pasos lo llevan hasta el arranque de la calle de la Montera. Frente a él se eleva la decrépita iglesia de San Luis Obispo, incendiada antes de la guerra y sin apariencia alguna de arreglo o demolición; su pórtico barroco, casi intacto entre los ennegrecidos muros, contempla con indiferencia los poéticos nuevos amaneceres predicados por los vencedores. Poco más allá se abre la plaza del Carmen. Su mercado, destruido por los bombardeos, sigue en ruinas, apenas una traza a ras de tierra de hierros retorcidos y cimientos al aire. En su entorno, no obstante, ha crecido un improvisado mercadillo navideño. No puede compararse con el de la plaza Mayor, pero también tiene su encanto.

Lombardi pasea entre los toldos agitados por el viento, fisgando despreocupado en los tenderetes, hasta llegar a uno con figurillas para los belenes. Las hay modestas, de simple barro cocido y cuatro trazos a pincel para resaltar los detalles imprescindibles. Otras, reservadas a hogares más pudientes, son un espectáculo de color, mimadas por el artesano hasta conseguir verdaderas obras de arte popular. Toma entre las manos un rey mago para observarlo de cerca. Azules, rojos y dorados conforman una figura preciosista en torno a una barba negra que casi parece auténtica; hasta el

205

camello presenta cuidadosos detalles que le dan cierta apariencia de vida.

—Resulta chocante ver a un rey en manos republicanas.

La frase, entre susurros, proviene de un desconocido con sombrero que se ha colocado a su derecha, casi codo con codo, y aparenta ojear los objetos de la exposición. Ni siquiera lo mira.

—¿Nos conocemos?

—¿Le gustaría hablar del padre Varela? —responde el sujeto, con el mismo tono de voz y todavía ensimismado en las figurillas navideñas.

—Por supuesto. ¿Aquí?

El hombre se gira hacia él y se quita el sombrero unos segundos, a modo de saludo. Lombardi le calcula unos cincuenta. Extremadamente pálido y de ojos claros, peina a raya un cabello canoso que en su día pudo ser tan rojizo como el que pervive en sus cejas. Viste con corrección, aunque sin excesos, y tanto sus modales como su forma de expresarse destilan cierto aire frailuno.

—No es buena idea —rechaza el desconocido—. El viento lleva las palabras adonde no debe. ¿Aceptaría una invitación a comer?

Tanto la invitación como la charla sobre el peculiar capellán parecen, por sí mismos, argumentos más que interesantes. Unidos, resultan irrebatibles.

—Eso nunca se rechaza, amigo. ¿Adónde quiere llevarme?

—A un lugar tranquilo donde hacen un cocido soberbio.

El desconocido se expresa en correctísimo español a pesar de que sus rasgos físicos y sus modales sugieren otra cultura. Anglosajón, deduce el policía, que decide seguirle el juego.

—¿Con su chorizo y su tocino como mandan los cánones?

—Y con relleno.

—Hace mucho que no lo cato.

—Pues no lo hay mejor que el que ponen en Lhardy. Lo tenemos aquí al lado, sígame.

Le sorprende la propuesta. Lombardi solo ha estado una vez en

Lhardy, cuando llevó a Begoña durante su primer año de casados. Un restaurante demasiado ostentoso para su gusto y excesivamente caro para su bolsillo. Centro de reunión de la aristocracia y la alta burguesía en los últimos cien años, reservado testigo de amoríos reales y de conspiraciones políticas, había echado el cierre durante la guerra, y el policía lo recuerda con algún que otro desperfecto por los bombardeos.

Lombardi devuelve el rey mago a su puesto en el batallón de figurillas y acompasa sus pasos a los del extranjero. El tipo camina sin prisas hacia la carrera de San Jerónimo, como haría cualquier paseante en día de fiesta. Parece haberse vuelto mudo de repente, como si ignorase deliberadamente que va acompañado.

—Supongo que ya conoce mi nombre —apunta el policía—, pero a mí no me vendría mal saber quién es mi cofrade en esta procesión del silencio.

—Puede llamarme Allen. Y ya tendremos tiempo de hablar. Hasta entonces, es preferible tener la boca cerrada.

Por su calculada afectación, el tal Allen le evoca lejanamente a alguno de los periodistas yanquis que trató durante la guerra, todos alojados en las proximidades del edificio de Telefónica, su único contacto con el mundo exterior. Aunque aquellos fulanos estaban borrachos a partir del mediodía y este aparenta modos más bien conventuales. Definitivamente, es británico, y poco o nada tiene que ver con el periodismo.

La fachada de caoba de Lhardy parece recién restaurada, y la pastelería de la planta baja muestra la misma recargada decoración que antes de la guerra, incluido el samovar de plata que preside el espacio; la vasija, en lugar del tradicional té, solía contener caldito caliente, innovación unánimemente elogiada por su clientela.

Allen intercambia unas palabras con un elegante *maître* que los acompaña al primer piso, el mismo donde Lombardi había comido con su mujer ocho años atrás; pero en lugar de dirigirlos al amplio salón, que está de bote en bote, los conduce a otro más pequeño, con media docena de mesas vacías.

—El salón japonés —dice el extranjero.

Es fácil adivinar el nombre ateniéndose a la decoración: la lámpara central, el papel pintado de las paredes y los cuatro detalles ornamentales de estas, todos de inconfundible estilo nipón. El resto del mobiliario, tapizado en rojo, y la cubertería de plata pertenecen al modelo que parece ser uniforme en el local. A pesar de las dos ventanas que iluminan la sala, todas las luces eléctricas están encendidas: la lámpara japonesa, otras dos que la escoltan en el techo y varios apliques en los muros. Un exceso en tiempos de penuria que sin duda se verá reflejado en la cuenta.

Lombardi elige una mesa junto a la ventana. A través de sus visillos se vislumbra el calmoso deambular de los transeúntes por la acera de enfrente.

—¿Estamos bien aquí, o está reservada? —pregunta antes de sentarse.

—Siéntese donde guste. Todas son para nosotros.

—¿Ha reservado el salón completo? —se extraña el policía—. Le habrá salido por un pico.

—Es el único modo de charlar tranquilos.

Allen hace una seña al *maître*, que aguarda discretamente cerca de la puerta. Un par de camareros disponen una mesita auxiliar que en pocos minutos queda ocupada por cazuelas plateadas de diversos tamaños, una cesta de pan blanco y una bandeja con cazo, cucharón y espumadera. Uno de ellos sirve la humeante sopa a los comensales, en tanto el otro escancia vino tinto en sus copas. Cumplido el protocolo, los camareros desaparecen y el *maître* deja sobre la mesa auxiliar una campanilla (—Úsenla si me necesitan. Buen provecho.) antes de seguir sus pasos y cerrar la puerta.

Lombardi inspecciona la botella: reserva de Marqués de Riscal, un rioja de primera. Concluido su examen, repara en que el extranjero le muestra la cubierta de un pasaporte británico; lo abre luego por su página principal para dejar a la vista su foto mientras oculta con la mano el resto de sus datos personales.

—Sí que se le parece —admite el policía con la primera cucharada. Es una sopa intensa, que resume todo el poder concentrado por la cocción de una panoplia de sabrosos componentes—. Lo que no comprendo es que me haya traído a comer a territorio enemigo.

Allen lo mira perplejo y Lombardi se ve obligado a explicar el sentido de su ironía.

—Que haya elegido este salón. ¿No están los británicos en guerra con los japoneses?

—Disculpe, no le había entendido —se excusa el extranjero con una media sonrisa—. Llevo veinte años en este país, pero todavía me cuesta captar su sentido del humor.

—Como a mí me cuesta entender su secretismo. Pero tampoco es que quiera meterle prisa, ¿eh? Con estas cazuelas por delante, tiempo tendrá para sincerarse.

—No sé si sabe que este salón ha presenciado muchas intrigas políticas.

—¿Es que vamos a hablar de intrigas? —exclama Lombardi con una teatral cara de sorpresa.

—Depende de hasta dónde nos lleve la conversación. Ya sé que investiga el asesinato del padre Varela.

—¿Todavía queda alguien en Madrid que no lo sepa?

—Y también sé que es usted un demócrata, un disidente condenado por el Régimen. Un preso político, sin delitos de sangre a sus espaldas. Espero que su libertad no sea el precio de una renuncia a sus principios.

—¿Me está llamando chaquetero?

—Lejos de mi intención, aunque resulta llamativo que le hayan asignado este caso.

—Es que está usted equivocado. No soy un disidente: el Régimen es el disidente con la legalidad republicana. Y me han elegido porque sus polis están demasiado ocupados persiguiendo rojos. Andan un poco escasos de personal.

Allen encaja el sarcasmo con un gesto de aceptación.

—Este es el motivo por el que me he atrevido a abordarlo —dice—. No se me habría ocurrido hacerlo de ser usted un policía, digamos, normal.

—Es la primera vez que le saco beneficio a ser un demócrata, porque esta sopa está de sobresaliente. ¿Usted no come?

—Celebro que le guste. Por mí no se preocupe, que soy de naturaleza inapetente. Yo conocía al padre Varela.

—¿Ah, sí? ¿Desde cuándo, y hasta qué punto?

—Coincidimos alguna vez antes de la guerra, pero nuestra relación se estrechó después. Colaborábamos en los mismos objetivos.

—¿De qué tipo?

—Damián Varela era, por así decirlo, un agente británico.

A Lombardi se le atragantan los fideos y se ve obligado a aliviar el percance con un buen trago de rioja.

—Supongo —apunta entre carraspeos— que ahora va a decirme que usted también lo es.

—En cierto modo.

—Y lo confiesa así, sin tapujos. Menudo espía está usted hecho.

El británico deja escapar una risita que hace juego con su mirada zorruna.

—Porque confío en usted, señor Lombardi. Y tampoco me preocupa demasiado. En Madrid nos conocemos todos, y la policía franquista tiene la lupa sobre cada miembro de nuestra oficina diplomática. Para ellos, todos somos espías.

—Así que es diplomático. Pues mire, señor Allen, o como quiera que se llame, no tengo el menor interés en intrigas políticas. Y este salón no me anima a otra cosa que a dar cuenta del cocido al que generosamente me ha invitado. Investigo un asesinato y sanseacabó.

—Lo sé, lo sé. Pero es que el asesinato, me temo, está relacionado con la actividad del padre Varela.

—¿Y cuál era esa actividad?

—Debo explicarle que la embajada alemana en Madrid se está convirtiendo, con el plácet o la negligencia del Gobierno español, en un almacén de obras de arte que probablemente desaparecerán de España tarde o temprano, del mismo modo que ya ha sucedido en algunos territorios ocupados por el Reich.

El discurso suena familiar, pero sus piezas no encajan exactamente con el de Lazar y la señorita Baum. El policía decide hacerse de nuevas y atacar la primera bandeja, la que contiene los garbanzos y las verduras. Allen acepta en su plato unas pocas judías verdes y una brizna de repollo; él se sirve una nutrida y variada ración, que riega con aceite y vinagre.

—¿Y qué pintaba ahí Varela? —dice con fingido interés al concluir los aderezos.

—El padre Varela se encargaba de comprar para los nazis.

—¿Era agente doble? —pregunta Lombardi con la boca llena.

—No, él no era nazi. Solo actuaba de intermediario entre la embajada y el mercado de antigüedades, tan depauperado como el resto de los mercados españoles. Se pueden encontrar verdaderas gangas a precios irrisorios.

—¿Le parece poca prueba de su colaboración con los alemanes?

—El del padre Varela no es el único caso, hay más intermediarios. Su actividad le permitía elaborar un registro de material que ponía a nuestra disposición. Ese era su verdadero objetivo: informar con el máximo detalle del expolio que se está produciendo.

—Y cree que ese fue el motivo de su muerte, que los nazis descubrieron su juego y lo liquidaron.

Allen observa su plato con gesto de desgana, como si tuviera delante una caja de serrín. Juguetea con el tenedor entre las pizcas de verdura, y el policía concluye que aquel fulano no sabe lo que es pasar hambre.

—Solo son sospechas, naturalmente —aclara el británico—. Carecemos de datos que las confirmen; no tenemos acceso a la investigación, por eso hablo con usted.

—No había ninguna cruz gamada en el cadáver de Damián Varela, se lo aseguro.

—Ya imagino, pero no me parece digno bromear con su recuerdo.

—Tampoco tenía esa intención —se excusa Lombardi—. Lamento que se haya tomado así lo que era un simple resumen de los hechos. Nada lleva a pensar que los alemanes sean los autores. Dígame, señor Allen: ¿hasta qué punto conocía usted a Varela en su vida personal? ¿Está seguro de que no hacía doble juego?

—Completamente.

—¿Qué me puede decir de los años previos a la guerra, cuando estaba en San Pedro el Viejo?

—Fue cuando lo conocí. Solo charlamos tres o cuatro veces, y ya me pareció un hombre de profunda fe, digno de total confianza.

—De fe católica —matiza el policía—. Usted será anglicano, imagino.

—Soy de origen irlandés, y allí llevamos el catolicismo en las venas.

—Ya. ¿Sabe que Varela hizo la guerra como capellán con el general Yagüe? No creo que nadie lo obligara a elegir ese destino. Yagüe es falangista, y los falangistas son uña y carne con los nazis. Para mí, que se la estaba metiendo doblada a ustedes.

—Varela no comulgaba con los falangistas. Menos aún con el paganismo nazi. Era un sacerdote católico de ideas monárquicas. Tras la guerra nos lo ha demostrado con sobrada suficiencia. ¿Encontraron su cartera?

—Sí, con sus documentos personales —admite Lombardi—. ¿Qué interés tiene esa cartera para usted?

—¿Seguro que no había nada más?

—¿Debería llevar algo especial?

—Dinero, por supuesto. Esa misma tarde tenía que pasar por la embajada alemana a recoger la suma destinada a una adquisición.

—¿Qué iba a comprar, y dónde?

—Pasaba sus informes después de cada operación, pero en este caso no tuvo oportunidad. Me hago las mismas preguntas que usted.

Allen aguarda paciente a que el policía rellene su copa y deguste el nuevo trago.

—Dígame —pregunta Lombardi, mientras colma de garbanzos la cuchara—. ¿Era frecuente que nuestro capellán vistiera de paisano? Porque iba de paisano cuando lo mataron.

—Cuando visitaba la embajada alemana, sí. Por discreción.

—Ya. ¿Y cómo se desplazaba por Madrid en estos casos?

—Supongo que lo haría en taxi. Con lo que llevaba encima no creo que se arriesgara a usar el transporte público.

—Deduzco que ustedes no le prestaban apoyo en estas ocasiones.

—Ni en estas ni en ninguna, salvo alguna pequeña aportación económica cuando se hacía necesaria. Comprenda que no podemos exponernos a un escándalo que ponga en peligro nuestra posición. Varela actuaba siempre solo.

El policía hace un alto en el banquete y saca su cajetilla de Ideales. Ofrece un cigarrillo al diplomático, que este rechaza con gesto cortés. Ni come, ni bebe, ni fuma, se dice Lombardi: seguro que tampoco folla.

—¿Conoce usted las circunstancias de su muerte?

—Someramente —asegura el británico, que soporta imperturbable la bocanada de humo que le llega de enfrente—. Sabemos que hubo cierto ensañamiento. Lo que apoya la idea de que fueron los nazis. O los falangistas.

—¿Cuándo lo vio por última vez?

—La víspera de su muerte. Por eso conocía sus planes.

—Me temo que no los conocía del todo.

—¿Qué quiere decir?

—El padre Varela fue asesinado a las puertas de un burdel.

—Resulta triste un final así para un sacerdote —admite Allen con un rictus de pesadumbre—. Quizás el vendedor lo había citado por allí.

—Descartado.

—O lo llevaron con engaños.

—Sí, con el engaño de un coño calentito —ironiza el policía—. Varela era cliente de ese establecimiento.

El diplomático está petrificado. Intenta digerir una noticia atrancada en la garganta, y se santigua para ayudarse.

—Eso es imposible —reacciona por fin.

—Por imposible que le parezca, es la realidad, créame. Y si su agente llevaba encima una suma importante, como usted sospecha, era un irresponsable. A menos que la hubiera dejado previamente en lugar seguro. ¿Se le ocurre dónde?

—No tengo la menor idea. —Allen parece abrumado y balbucea—. Lo que me cuenta complica aún más las cosas.

—¿A quién se las complica, a ustedes o a la investigación? —El policía ataca la tercera perola para servirse morcillo, tocino, chorizo, gallina y un buen trozo de relleno.

—Déjeme que le ponga al tanto de ciertos pormenores que probablemente no hayan llegado hasta su aislamiento carcelario. España está en vísperas de un golpe de Estado.

—Nada nuevo. Por desgracia, es el deporte nacional. ¡Vaya, hombre, no es tocino fresco! —se lamenta—. Me encanta untarlo en pan. Sí, perdone, me hablaba de un golpe de Estado.

—El enfrentamiento entre militares y falangistas está a punto de estallar. Habrá oído hablar de Serrano Suñer.

—Claro, el cuñado de Franco.

—El Cuñadísimo, o el Rasputín de El Pardo, lo llaman. Él maneja todos los hilos en torno al Caudillo para desesperación de los generales. En mayo hubo una remodelación gubernamental provocada por este enfrentamiento. Serrano perdió la cartera de Gobernación, el control de la prensa y numerosos gobiernos civiles en provecho de los militares, pero se fortaleció como ministro de Exteriores, ganó poder en el partido único y colocó a nuevos ministros falangistas.

Una crisis, reflexiona Lombardi entre envites al plato, que ha llevado al teniente coronel Caballero hasta la DGS, y con él a Balbino Ulloa. Una crisis que lo ha beneficiado; aunque su verdadero benefactor indirecto es el asesino de Damián Varela.

—Pero todo ha ido a peor desde entonces —prosigue Allen—. Los falangistas empujan cada vez más para que España se una al Eje, y los generales se niegan a entrar en la guerra. Tanto unos como otros, en sus planes más extremos, están dispuestos a acabar con Franco si significa un obstáculo para sus propósitos. Ya hay una junta de generales que trabaja en ese sentido. Su objetivo es devolver la monarquía a España en la figura de don Juan de Borbón, o al menos una regencia hasta que Europa recupere la paz.

—Y supongo que esta es la baza que juegan ustedes. Su dinerito les estará costando; no creo que los golpistas del treinta y seis se vendan baratos.

—Defendemos los intereses británicos, eso es todo. El precio es lo de menos. Hay que evitar a toda costa que España entre en guerra. La verdad es que Hitler nos hizo un gran favor este verano. Con sus divisiones en los Pirineos tras la capitulación francesa, nos temíamos que atacaría Gibraltar y otras posiciones británicas en el norte de África para ahogarnos en el Mediterráneo. Pero emprendió la campaña del Este y seguimos vivos en el Estrecho. Siempre y cuando Franco se mantenga al margen, lo que no es nada seguro.

—Este relleno está buenísimo. Aunque el de mi madre era mejor: su huevo, su ajito, su perejil; a veces le ponía una pizca de azafrán. ¿Lo ha probado usted con azafrán?

—No señor —replica Allen, entre confuso e irritado—. No me gusta el ajo.

—¿Sabe qué le digo? Que son ustedes unos ingenuos. ¿Cuánto tiempo cree que tardarán los nazis en entrar en España si sus generalitos quitan de en medio a su principal valedor? Francia cayó en un abrir y cerrar de ojos. Con la ayuda de los falangistas, en una semana tendrían el país en sus manos.

—No le falta razón, por eso es aconsejable actuar de forma más discreta, lejos de propuestas extremas. Por una parte, se hace precisa la insistencia de los generales ante el Caudillo sobre un cambio de rumbo.

—Dudo mucho que tengan lo que hay que tener para decirle eso a la cara.

—Pues se equivoca. Ya lo están haciendo, tanto a título particular como en las reuniones de la cúpula del Ejército. Por ejemplo, Kindelán, el gobernador de Cataluña, ha presentado un contundente informe contra la represión, criticando las condiciones de las cárceles y de los batallones de castigo. Y las casi mil ejecuciones que ha habido este año.

Lombardi deja los cubiertos sobre el plato, apoya los codos en la mesa y durante unos segundos clava sus ojos en los del británico antes de responderle:

—Kindelán tenía el mando de la aviación fascista durante la guerra, incluidas la Aviación Legionaria italiana y la Legión Cóndor alemana. Es el máximo responsable de los bombardeos sobre Madrid, Guernica, Barcelona y otras muchas ciudades, de la masacre de cinco mil civiles malagueños que huían a pie tras la caída de su ciudad, de muchos otros que escapaban a Francia durante la retirada, de centenares de niños asesinados impunemente en sus escuelas. Tiene miles de cadáveres a sus espaldas. Es sorprendente cómo el dinero británico pretende cambiar la imagen de los verdugos de su propio pueblo. Conspiradores ayer, conspiradores hoy. Todo por un puto rey sin corona que lame las botas del dictador.

—Su juicio me parece un tanto tendencioso —objeta el diplomático entre parpadeos—. Kindelán se preocupa, como otros generales, por el desorden, la miseria y la injusticia que sufre el país. Una guerra es una guerra, señor Lombardi. Podría hablarle del sufrimiento de Londres y otros lugares de mi país.

—No diré que me alegra la muerte de inocentes —replica el policía, de nuevo centrado en el cocido—, pero merecido se lo tienen. Si en su momento nos hubieran ayudado a frenarlos, ahora no serían tan fuertes.

—Gran Bretaña tenía que cumplir con el pacto de no intervención —alega Allen como quien recita un eslogan.

—Cuando se juega un partido, ambos equipos deben hacerlo con el mismo reglamento. Alemanes e italianos impusieron el suyo desde el primer día de la sublevación militar. Y ustedes, como Francia y los Estados Unidos, querían jugar con otras reglas. Miraron hacia otro lado y nos dejaron solos.

—Mi país fue escrupuloso con la legalidad internacional —insiste el británico. En sus ojos se adivina incomodidad, pero la sujeta hábilmente con actitud flemática.

—No me venga con monsergas. La no intervención fue un invento del duque de Alba, embajador de Franco, en complicidad con ustedes, los británicos, que deseaban la derrota de la República. Si hasta le suministraban combustible al ejército fascista.

—Había cierto miedo a que un país vecino se convirtiera en una segunda Rusia, no se lo voy a negar. Pero lo del combustible es absolutamente falso. Fue la petrolera norteamericana Texaco la que anuló los suministros a la República y los puso a disposición de Franco.

—Británicos y americanos, primos hermanos —canturrea el policía—. Ahora, después del ataque japonés, ya son hermanos del todo, ¿no? Ustedes preferían apoyar un gobierno férreo, aunque atufara a fascismo, que a una banda de desarrapados que reclamaba justicia social. Son unos puñeteros clasistas, aparte de que siempre han deseado una España desangrada antes que próspera.

—Esta discusión no nos conduce a ninguna parte.

—Es verdad. Me está amargando la comida.

—Intentaba hablarle de Serrano Suñer.

—Pues siga intentándolo. Yo, de momento, le voy a hincar el diente a las natillas, con su permiso. Porque tampoco le gustarán las natillas con canela, claro.

Allen respira hondo. Está a punto de perder la paciencia, y conseguir eso con un diplomático británico le parece a Lombardi el colmo del éxito.

—Le decía que, además de la insistencia de los generales ante el Caudillo…

—Supongo que no va facilitarme la identidad de esos conspiradores —lo interrumpe el policía—. Por hacerme una idea del percal con el que tratan, más que nada.

—La postura del general Kindelán a favor de los aliados es pública y notoria. Y no la esconde. Hace unos días, nuestro embajador lo acompañó como invitado en su palco del Liceo, para cólera de alemanes y falangistas. Pero del resto, como comprenderá, no voy a revelarle nada, aparte de que son personajes de primer orden en el Ejército.

—Me lo temía —acepta Lombardi—. Vayamos con Serrano.

—Él es el objetivo a batir si queremos debilitar la posición falangista en el Gobierno y garantizar que se mantenga la no beligerancia. Tarea más que complicada teniendo en cuenta la relación familiar que lo une a Franco, amén de que es su mano derecha desde el principio de la guerra, el artífice legal e ideológico del Nuevo Estado y el promotor de la División Azul que lucha junto a Hitler en Rusia.

—Hueso duro, sí.

—Pero con su talón de Aquiles. Al parecer, mantiene relaciones indecorosas con cierta señora de la alta sociedad madrileña, casada y con hijos.

—¿Y qué mandamás no lo hace? —impugna el policía—. No es algo que vaya a escandalizar a nadie, se lo aseguro.

—Uno de sus refranes dice que ojos que no ven, corazón que no siente. No sé si es exactamente así, pero ese es el sentido. Admito que rumores y habladurías no mueven sillones, pero las imágenes ya son otra cosa. Parece que hay fotos, pruebas tangibles de ese adulterio. ¿Se imagina el poder que tendrían?

—Sus valientes y sacrificados generales se ahorrarían alguna que otra cagalera si esas pruebas llegasen a manos de Franco.

—Mejor a las de su esposa —matiza el diplomático con un guiño malicioso—. Al fin y al cabo, la más agraviada por esas relaciones adúlteras es su hermana, y la noticia tendría efectos más contundentes por esa vía que si fueran directamente al Caudillo. Es notoria la influencia que doña Carmen Polo ejerce sobre su marido, y no creo que este se resista a su petición de castigo por el ultraje. El poder de Serrano se esfumaría de inmediato.

—Un chantaje bien tramado: si no lo agarras por el cuello, hazlo por la bragueta. ¿Dónde están esas fotos?

—Ese es el problema. Me temo que las guardaba el padre Varela.

—No me joda —gruñe Lombardi.

—Él era el único que tenía contacto con el dueño de esos negativos.

—Pensé que se dedicaba a sus negocios artísticos.

—Su puesto en Capitanía General era una buena fuente de información para nosotros. Hacía también otros trabajos, y eso lo llevó casualmente hasta el fotógrafo. Al parecer, este le pedía mucho dinero, y no estaba del todo seguro de querer desprenderse del material. Tras semanas de tira y afloja, el propietario accedió a cambio de una sabrosa cuenta en un banco suizo que hubimos de asumir. Varela había convenido una nueva cita para recoger los negativos el mismo jueves que murió. Desconozco si ese encuentro se produjo, aunque es de suponer que sí. ¿Entiende nuestra preocupación por su asesinato?

—Lo que no entiendo es cómo no se encargaron ustedes directamente de ese contacto.

—Desde que empezó la guerra contra Alemania, hay una orden de la embajada a todos nuestros agentes para que se abstengan de cualquier operación que pueda comprometer nuestras relaciones con España. En ese aspecto estamos en franca desventaja, porque el Reich tiene a su disposición todo el aparato del Estado. Ya le digo que el objetivo de nuestra diplomacia es mantener el *statu quo* de su país por encima de cualquier otro interés. Solo podemos actuar a través de algunos españoles libres de toda sospecha, como el padre Varela.

—Esa cuenta tendrá un titular —apunta el policía—. Encuéntrelo y sabrá qué ha sucedido con los negativos.

—Claro que lo tiene: la abrimos nosotros. Pero comprenderá que es una labor bastante compleja, porque puede estar a nombre de una tercera persona, y aunque diéramos con él, podría negarlo todo. No hay nada que hacer hasta que el implicado intente activar la cuenta. De momento no lo ha hecho, y nos tememos que para él sea una inversión a largo plazo.

—Sería lo más inteligente por su parte. Bueno, es de suponer que si Varela había conseguido esos negativos no los iba a llevar consigo en su visita a la embajada alemana. ¿O sí?

—No lo creo —considera el británico—. Lo sensato habría sido recogerlos después.

Lombardi sabe que el capellán viajó en taxi directamente desde la embajada hasta la calle Magallanes sin paradas intermedias, así que, o bien llevaba esos negativos encima cuando recibió el dinero de Lazar, o no los tenía cuando fue asesinado.

—¿Sensato? —se carcajea—. ¿Y se fue de putas con el dinero alemán y su plan pulverizador de Serrano en la cartera? Menudo descerebrado.

—Si sucedió como usted se teme, esas fotos pueden haber caído en manos indebidas, y en vez de servirnos de presión ante Franco, ser utilizadas para forzar la posición belicista de su cuñado. Un desastre.

—Tendría gracia que sus libras esterlinas favorecieran los intereses del Reich —admite el policía.

—Por eso sospechamos que su asesinato sea obra de nuestros enemigos. Usted es la persona que necesitamos, señor Lombardi. Ayúdenos en esto, y le aseguro que no se arrepentirá.

—Señor Allen: el salón japonés ha hecho honor a su fama de cubículo de intrigantes, como el cocido de Lhardy a la suya de excepcional. Pero no soy uno de sus generalitos sobornables. Solo un insignificante policía republicano que busca a un asesino.

—¿Cómo puede decir eso? —replica el diplomático, sin poder

disimular su indignación—. ¿Cómo puede negarnos apoyo en sus circunstancias? Usted es una víctima del fascismo. Luchó contra ellos; si no con las armas, sí desde su posición ideológica.

—Y usted a favor de ellos, por acción u omisión. Arrégleselas ahora con sus problemas. No se lo tome como reproche, porque no es nada personal; simplemente, me acojo a su sacrosanto principio de no intervención.

La idea de enfrentarse a una buena caminata tras viajar en metro hasta Cuatro Caminos se le antoja más que incómoda después del atracón, así que el policía se apoltrona en un bar de la glorieta para hacer tiempo y finalmente toma un taxi hasta su destino. Bajo el crepúsculo, la Ciudad Universitaria parece querer abandonar su aspecto de ruina: entre las cicatrices de la artillería, los incontables orificios de proyectiles y la sucia huella de los incendios provocados por el frente de batalla, se observan avanzadas obras de reconstrucción en unos cuantos edificios; otros, todavía inacabados antes de la guerra, así siguen, como mustios bastidores sobre un fondo pardo.

La residencia de Mediator Dei, por el contario, es un bloque completamente nuevo, de cinco plantas. Su fachada, enfoscada de un blanco resplandeciente, contrasta con el lejano paisaje a sus espaldas, dominado por las nevadas cumbres de Guadarrama, cobrizas ya por el ocaso y con cúmulos de nubes en su lomo como amenaza de futuras lluvias.

El viento gélido libera a Lombardi de la modorra que lo ha acompañado durante el viaje. Acelera el paso hasta la puerta acristalada, que exhibe en el frontis de su porche un rótulo dorado con el nombre de la institución. El calorcillo del recibidor anuncia un magnífico sistema de calefacción, único lujo a la vista en un lugar que parece decorado con criterios de austeridad. Tras identificarse ante un fornido paisano acuartelado tras un mostrador, es conducido a una sala, tan sobria como el resto de lo visto e iluminada por una lánguida lamparita de pie. Los butacones, no obstante, resultan suficientemente cómodos para afrontar cualquier espera.

La conversación con el diplomático, o lo que fuera el tal Allen, sigue borbollando en su cabeza, como lo ha hecho durante la sobremesa y en el posterior trayecto en taxi, a pesar de los tres cuartos de botella trasegados y la soporífera digestión. Que Damián Varela era un pájaro de cuidado está fuera de toda duda, pero ni británicos ni alemanes tienen la menor idea de por dónde van los tiros. Él tampoco, desde luego, aunque la hipótesis de las antigüedades, en la que ambos rivales coinciden, puede tener fundamento. Lo de las fotos carece de conexión, temporal y personal, con las otras víctimas, y que las llevara consigo Varela cuando murió, tal y como sospecha el diplomático, es un elemento meramente casual. Esos supuestos negativos aportan más ruido que claridad al proceso, y no pintan absolutamente nada en su investigación.

Cuarenta minutos de antesala deben de parecerle tiempo adecuado a don Hilario Gascones para dejarse ver. Un joven cura de sotana bailarina invita al policía a acompañarlo hasta la primera planta, donde se ubica el despacho de su jefe. Tan monacal como el resto, de sus paredes cuelgan un crucifijo y un par de pequeñas estampas piadosas. Tiene un ventanal que mira al norte, espolvoreado de lucecitas, lejanas brasas eléctricas en el invisible horizonte de los valles.

El sacerdote lo recibe con un fofo apretón de manos y le sugiere elegir sitio en un tresillo rinconero, frente a una mesa baja donde hay dispuestas dos tazas, una jarra cafetera, otra de leche y un azucarero.

—Gracias —acepta Lombardi, en tanto don Hilario hace los honores—. Por recibirme, y por el café.

—Es lo menos para con un representante de la autoridad. ¿Lo quiere con leche?

—Mejor solo, gracias.

—¿No toma azúcar?

—A montones, en cuanto puedo. Soy muy goloso, pero el café me gusta tal y como es.

—¿Y cómo va esa investigación?

—Lenta —confiesa el policía—, pero esto es como levantar una casa: hay que ir ladrillo a ladrillo. Por cierto, menudo edificio tienen ustedes. Les habrá salido por un riñón.

—Dios proveerá lo que os falta —contesta el sacerdote, alzando la mirada en busca del techo—. Lo dicen bien clarito las Sagradas Escrituras.

—Es una buena frase, pero me parece más poética la de los pajaritos. ¿Cómo era?

—Mirad las aves del cielo —recita Gascones con voz alegre—, que no siembran, ni siegan, ni recolectan, y vuestro Padre celestial las alimenta. ¿No sois vosotros mucho mejores que ellas?

—Esa era, sí señor. Por seguir con las alegorías, ¿quién alimenta a sus pajarillos? Si no es indiscreción.

—Claro que no, hijo. Hay muchos hombres de fe que asumen la labor de Dios y nos proveen de lo necesario. Nada seríamos sin ellos.

El sacerdote se expresa con la solidez de quien domina el cotarro; campechano y risueño, sus sonrosados mofletes bajo las gafas parecen moverse de forma ensayada, al compás de un guion escrito para vendedores de felicidad.

—Pero para levantar esto no basta con el cepillo de una iglesia —insiste el policía—. Y discúlpeme si le parezco demasiado directo.

—No me gustan los sepulcros blanqueados. Prefiero a los hombres directos: pueden esconder otros pecados, pero no el de la hipocresía. ¿Quiere conocer la residencia?

Malditas las ganas que tiene Lombardi de recorrer cinco pisos, pero acepta por no desairar a su anfitrión. En la primera planta hay veinticuatro habitaciones, repartidas entre las fachadas norte y sur, exactamente las mismas, según explica Gascones, que en los pisos superiores. Por si su palabra no fuera suficiente, quiere demostrarlo conduciéndolo por cada uno de los restantes con el notorio orgullo de quien se tiene por fundador de una magna obra; por fortuna, hay ascensor. Casi un centenar de alojamientos para estudiantes, profesores universitarios y sacerdotes, la flor y nata, dice, de una juventud dedicada a defender la fe católica en un mundo amenazado por el materialismo marxista. Muchos creyentes, de forma desinteresada (—También del extranjero, donde, a Dios gracias, crecemos día a día.), aportan los medios materiales necesarios para llevar adelante su sacrosanta tarea. Tras casi una hora de lento recorrido y una letanía de píos discursos, la visita concluye por fin en la planta baja, dedicada a despachos y salas de reunión, y a una espaciosa capilla donde el único lujo visible es un Cristo crucificado sobre el altar que Lombardi quiere atribuir a algún autor barroco de renombre.

—Es impresionante —admite el policía de vuelta al despacho—. Ha levantado usted un pequeño seminario.

—Bueno, no es lo mismo, porque aquí hay muchos seglares. Pero sí que se parece un poco en cuanto a sus objetivos, que no son otros que formar hombres para la fe católica. Dios me indicó el camino y yo me limito a seguirlo. Soy su humilde mediador, tal y como reza el nombre de mi institución.

—¿No hay mujeres en la residencia?

Don Hilario frunce el ceño, como si se le escapara el sentido de la pregunta.

—Qué cosas se le ocurren —comenta al fin con aire jocoso—. Nuestro Señor solo eligió hombres, por algo sería. Cíteme una sola mujer en la lista de apóstoles o cabezas de la Iglesia original.

—No sé... La Virgen María, ¿no? Sin ella no habría sido posible lo demás.

—Como habrá observado, ya hay una imagen de Nuestra Señora en todos los pisos de esta residencia. Mire, cada uno debe buscar su camino de santidad en el puesto que Dios le otorgue. Aquí formamos hombres despiertos y militantes, y contamos para ello con eruditos y magníficos profesionales, pero el papel de la mujer en la sociedad nacional-católica no es precisamente ese. Ellas no necesitan sabiduría, basta con que sean discretas y obedientes, como lo fue María: esas son sus virtudes específicas, y en ese cometido deben perseverar como senda de perfección. De igual modo que los seglares solo pueden aspirar a ser discípulos de un sacerdote, la mujer debe seguir la estela marcada por el varón; y darle hijos, si esa es la voluntad celestial.

Al policía le pitan los oídos ante semejante sarta de sandeces en boca de alguien con estudios. En realidad, no difieren mucho de los mensajes lanzados por la mayoría del clero hispano desde sus púlpitos y confesionarios, pero Gascones lo dice de forma tan clara y sin tapujos que convierte el cinismo en algo parecido a la sinceridad. Aunque no ha llegado hasta aquel despacho para discutir sobre rancias ideologías y, roto el interminable hielo de las presentaciones, ya es momento de entrar en materia.

—Usted dio clases en el seminario de Madrid, ¿no?

—Durante tres cursos, antes de la guerra.

—¿Allí conoció al padre Varela? —Y agrega, como a rastras, la frase esperable en aquel recinto—: Que en paz descanse.

—No. Damián, a quien Dios tenga en su Gloria, no tenía nada que ver con el seminario. Lo conocí por aquella época, y aunque yo le sacaba más de diez años, congeniamos pronto; ya le dije que éramos paisanos. Él era entonces coadjutor de la parroquia de San Pedro el Viejo, y me ayudaba en la academia.

El corazón de Lombardi bailotea de alegría: por fin un contacto de Damián Varela con el escenario de uno de los crímenes.

—¿La de la calle Las Aguas?

—Esa misma. Fue el precedente de esta residencia. Un proyecto mucho más modesto, desde luego, en un local alquilado y sin posibilidad de internos. También teníamos universitarios, pero era más generalista, con alumnos de colegios y sobre todo chicos de los barrios marginados que no tenían acceso a otras formas de educación. Un divino batiburrillo, como lo llamaba yo entonces, sin imaginar todavía lo que el Señor me tenía destinado. ¿Le apetece más café, una copita de anís, o un coñac?

Lombardi preferiría seguir tirando de un hilo que promete,

pero, por mantener la imagen de buen invitado, acepta una copa de coñac. Don Hilario se llega hasta la puerta e intercambia unas palabras con alguien que debe de esperar al otro lado, probablemente el mismo curita que lo ha acompañado hasta el despacho. Por un instante, el policía tiene la impresión de hallarse en el centro de mando de Balbino Ulloa, con su guarda custodio pegado a la entrada: distintos símbolos y uniformes, aunque similar función.

—¿Cuál era el papel del padre Varela en la academia? —pregunta una vez el sacerdote vuelve a apoltronarse en su asiento.

—Mis obligaciones en el seminario no me permitían dedicarle el tiempo preciso —explica este con un punto de pesar, como si pidiera disculpas a su pasado—. Damián me ayudaba en la supervisión de los programas de estudio, matrículas y relación con el profesorado, y se encargaba directamente de las clases de religión y catequesis, amén de los cursillos de formación cristiana para adultos.

—Dicho en lenguaje coloquial, era su mano derecha allí. —Gascones aprueba la definición con un parpadeo—. ¿También pertenecía a su congregación?

—Coincidíamos en nuestra visión de la Cristiandad, pero no se animaba a integrarse en Mediator Dei. De haberme concedido el Señor unos meses más, estoy seguro de que lo habría ganado para la causa.

—Y últimamente, después de la guerra, ¿seguían manteniendo ustedes relación?

—Poca, la verdad —reconoce el sacerdote tras un suspiro—. Él, con su destino en Capitanía, disponía de cierta libertad, pero yo siempre estoy ocupado, consagro cada minuto de mi vida a esta misión. Cuando queríamos vernos, se pasaba por aquí.

—Pues le agradezco de nuevo que haya robado a su magno proyecto un poco de ese tiempo para recibirme. ¿Cuándo fue su última visita?

—Hace meses, en verano. Participó en uno de los retiros espirituales que celebramos aquí cada trimestre, así que tuvo que ser a primeros de julio.

El cura joven irrumpe en el despacho tras un par de golpecitos en la puerta que su superior no se molesta en contestar. Trae un platillo, y sobre él, una solitaria copa de coñac que repiquetea sobre la loza, a punto de derramar parte de su contenido.

—Disfrútelo —dice Gascones una vez su asistente consigue colocar el plato sobre la mesa y da media vuelta hacia su invisible garita—. Yo no me llevo bien con el alcohol. Cosas del hígado.

—A su salud, entonces —brinda el policía, aunque apenas moja los labios en el licor—. Respecto al padre Varela, por lo que sé, le tenía cierta afición al arte sacro.

—Era un buen experto, sí. El Cristo que ha podido ver usted en la capilla es responsabilidad suya. Quiero decir que él nos ayudó a adquirirlo, convencido de que es una obra del maestro Carmona, o al menos de su escuela castellana.

—Supongo que esa afición le venía de lejos. ¿Sabe si actuaba como asesor con alguna institución o a título privado, o si lo había hecho antes de la guerra?

—Puede ser, a título personal, como hizo conmigo —admite don Hilario—; pero nunca mencionó relaciones institucionales, ni antes ni después de la Cruzada.

—Tal vez en algún momento pudo usted percibir algo anómalo, algo que hiciera sospechar que él se sintiera amenazado, que tuviese enemigos.

—¿Ahora? No lo creo. Damián seguía tan alegre y dicharachero como siempre. Cosa distinta fue durante la dominación roja, porque en aquel entonces todos estábamos amenazados.

—En cuanto a este último detalle, ¿escaparon juntos de Madrid?

—Cada cual lo hizo como pudo. A mí, el Alzamiento me pilló en el seminario, y me salvé por los pelos, a Dios gracias. El mismo dieciocho de julio. Estábamos acabando de comer cuando el portero vino a avisarnos de que una turba comunista intentaba forzar la entrada del edificio. Imagínese el susto. Vestidos de paisano, escapamos por una puerta trasera, la que usaba el cuidador de la huerta. Tras muchas peripecias, pude llegar a Francia, y desde allí a territorio nacional. Damián, por lo que me contó, también las pasó canutas hasta pasarse a nuestras líneas.

A pesar de lo dramático de los hechos, el tono de Gascones al recordarlos tiene algo de tragicómico, como si haber superado aquella prueba significara una anécdota para contar a unos nietos que probablemente nunca tendrá.

—¿Cuánta gente había en el seminario en aquel momento?

—Afortunadamente, pocos. Yo creo que unas treinta o cuarenta personas. Ya estábamos de vacaciones y la mayoría de los alumnos y profesores se habían ido a sus casas. Solo quedábamos algunos para asistir a un retiro espiritual con el que se daba por cerrado el curso, aparte de los internos sin familia, que al día siguiente iban a marcharse al seminario de Rozas de Puerto Real para pasar el verano.

—¿Recuerda si Juan Manuel Figueroa se encontraba entre ellos?

—Sí que estaba. Figueroa, pobre chico, uno de tantos asesinados. —Se santigua, alzando los ojos al cielo en gesto de plegaria—. La dolorida tierra de España está llena de cruces, de víctimas inmoladas por la barbarie soviética. La suya es una de ellas.

Lombardi tiene que morderse la lengua para no replicar. Cierto es lo de esas víctimas, pero también las hay, y no en menor número, sin cruces sobre la tierra que cubre sus cadáveres, sin señal alguna acerca de su paradero.

—Un alumno extraordinario, créame —abunda Gascones—. Habría sido un gran sacerdote, y estoy seguro de que hoy estaría conmigo en Mediator Dei.

—Seguro. Fámulo del prefecto, un chico dispuesto al servicio. ¿Sabe si tenía enemigos que desearan hacerle daño?

—Nadie podría desearle mal a ese muchacho. ¿Por qué lo sospecha?

El policía ignora la pregunta.

—Usted lo conocía bien, supongo —sugiere—. Era su padre espiritual.

Las cejas de don Hilario se elevan sobre la montura de las gafas en un gesto de perplejidad que dura hasta que puede articular una respuesta.

—Veo que está bien informado sobre mí. ¿No seré sospechoso del asesinato del pobre Damián? —inquiere en tono bromista.

—Claro que no, padre. Mi interés está en Figueroa, no en usted.

—¿Y qué tiene que ver ese pobre chico con lo que le ha traído hasta aquí?

—Las relaciones que pudiera haber tenido con el padre Varela. ¿Se conocían?

—Juan Manuel nos echaba una mano en la academia con las catequesis. Nunca los vi juntos, pero supongo que se conocerían, claro que sí.

Un paso más, se dice Lombardi con alborozo contenido. Unidos, al fin, una víctima y el escenario de su asesinato. Y con Varela de por medio. Tiene que seguir apretando.

—¿Nemesio Millán también se encontraba en el seminario aquel día?

—Ahora mismo no me dice nada ese nombre —responde Gascones. La tensión de sus músculos faciales y los dedos crispados en el brazo del sillón revelan, sin embargo, que su actitud campechana se ha transfigurado repentinamente en defensiva.

—¿Y el de Eliseo Merino? Puede que también estuviera allí, que pensara pasar las vacaciones en Rozas, porque con su padre ni siquiera se hablaba.

—Acierta usted —acepta el cura con un sutil gesto de alivio que contagia paulatinamente al resto de su cuerpo—. Merino escapó con los demás. Y, efectivamente, veraneaba en Rozas.

—¿También conocía él al padre Varela?

—Dudo que lo conociese. Merino era un joven retraído, apocado, sin valor para dar el paso al sacerdocio y que apenas salía del seminario. De sus preguntas deduzco que intenta establecer una relación entre Damián y esos jóvenes asesinados.

229

—¿Cómo sabe que Nemesio Millán fue asesinado si no le dice nada su nombre?

—Porque yo también saco mis conclusiones —responde; ya no hay mofletes sonrientes en su cara, sino un rictus de fastidio—, y no me gusta nada lo que me estoy imaginando.

Lombardi, ahora sí, se agasaja con un largo trago de coñac.

—Me encantaría escuchar sus conclusiones, si no es molestia —dice, encendiendo un pitillo que amortigüe el rastro del licor, aunque tras la primera calada queda sobre el cenicero.

—Creo que intenta asociar la desgraciada muerte del pobre Damián con las de aquellos seminaristas —refunfuña el sacerdote—. Desconozco los motivos que lo llevan a pensar así, pero es una idea que resulta inconcebible.

—En una investigación criminal no podemos descartar ninguna hipótesis, por inconcebible que parezca a simple vista. Y hay numerosos elementos comunes en los cuatro asesinatos.

—¿Está insinuando que el crimen de Damián tiene relación con el de aquellos mártires? —inquiere un desconcertado don Hilario—. ¿Que también él ha sido asesinado por los comunistas?

—Dígame, padre —dice Lombardi muy templado, casi silabeando cada palabra—: a la luz de los hechos conocidos, ¿consideraría un mártir al padre Varela?

—Pues no. A menos que usted tenga datos para sostener lo contrario, sabemos que murió en un vulgar atraco a manos de un delincuente común. Canónica y teológicamente hablando, no podría ser tenido por un mártir.

—Ahí le ha dado. Lo mismo sucede con los otros tres casos.

—¡Pero qué barbaridad! —exclama Gascones—. Esos muchachos murieron por Dios y por España a manos de la ralea marxista. Los mataron por ser casi sacerdotes.

—Tan mártires, entonces, como los curas fusilados sin juicio previo por las fuerzas nacionales durante la guerra.

—En absoluto se pueden comparar. —Don Hilario se pone en pie, encendido de ira, y comienza a lanzar zancadas sin rumbo fijo por el despacho; cortas, porque sus piernas no dan para más, pero enérgicas—. Esos que dice fueron ejecutados por separatistas o por rojos, no por defender la fe católica. ¿De qué logia sale usted con semejante discurso?

Lombardi es consciente de que su puntualización ha traspasado el límite de la pesquisa policial para entrar en un debate ideológico que cierra a cal y canto esa fuente informativa. Pero ese cura se lo ha puesto a huevo, y el cuerpo le pide desenmascarar su impostura maniquea.

—La verdad, padre —responde con deliberada serenidad—, me sorprende esa reacción en alguien que dice odiar los sepulcros blanqueados de la hipocresía. Su argumento puede llevarnos a la conclusión de que los sacerdotes asesinados en Madrid no lo fueron por defender la fe católica, sino por apoyar a los sublevados.

—¡No hemos hecho una Cruzada contra el comunismo criminal y derrotado al mayor enemigo de la civilización cristiana para escuchar su retahíla de irreverencias! ¡Que tenga uno que oír semejante insulto en la festividad del nacimiento del Señor!

—Puede escuchar lo que guste, pero le aseguro que aquellos chicos no fueron asesinados por una horda de bárbaros, sino por el mismo individuo que mató al padre Varela. Y hasta que lo detengamos nadie garantiza que no vaya a seguir matando.

Gascones frena en seco su trotecillo y se queda mirando al policía con ojos desorbitados, como si no asimilara su última frase.

—Sí, no me mire de ese modo —le espeta Lombardi—. Hablamos de un maldito criminal cuyo móvil desconocemos. Así que, en vez de ponerse tan furioso, debería ayudarnos a localizarlo, porque me huelo que sabe usted bastante más de lo que cuenta.

—¡Márchese de aquí inmediatamente! ¡Ahora mismo! —Los gritos han animado a entrar al curita guardián, que asiste atónito a la escena—. Y sepa que sus jefes conocerán de mi boca el peligro que tienen entre sus filas.

El policía apura la copa de coñac y recupera su cigarrillo, dispuesto a tomar el camino de salida. Antes de abandonar el despacho, riega de ceniza la austera guarida del ególatra; aunque ningún testigo presencial podría asegurar que lo haya hecho a propósito.

Bajo la marquesina de la puerta acristalada, Lombardi se enfrenta a la calle con una tiritona. El viento de la sierra ulula por los descampados circundantes, y un vacío tachonado por la tenebrosa y lejana silueta de las ruinas del hospital Clínico lo separa de la ciudad. Sin rastro alguno de tranvías por los alrededores, toca caminata rápida hasta la Moncloa.

Cuando abandona la protección del porche, una voz grita su nombre. Proviene de un coche aparcado a poca distancia de la puerta, junto a los tísicos plátanos destinados a sombrear algún día los márgenes de la incipiente avenida. El vehículo arranca para detenerse a su lado, y el rostro de Balbino Ulloa asoma por la ventanilla.

—Sube —ordena el secretario, y el policía obedece con gusto hasta acomodarse en el inesperado transporte.

Como en los taxis, una mampara de cristal separa al conductor de los asientos traseros. Ulloa la cierra cuando el coche vuelve a arrancar, un gesto que anuncia conversación reservada.

—¿Qué te traes con don Bernardo? —pregunta con cara de pocos amigos.

—Se llama Hilario, no Bernardo. Ya le dije que vendría a verlo.

—Claro, por eso estoy aquí desde hace más de dos horas, en vez de cenar con la familia como Dios manda, maldita sea. Te hablo del inglés.

—¡Ah, el británico! Dijo que se llamaba Allen.

—Pues se llama Bernard. Bernard Malley —puntualiza Ulloa de mala gana—. Aunque todos lo conocemos por don Bernardo, y a él no le molesta que lo llamen así.

—Me gusta más Allen.

—Menos guasa, Carlos, que esto es muy serio.

—¿Prefiere que me cabree por enterarme de que me siguen?

—replica Lombardi con firmeza—. ¿O es al tal Malley a quien vigilan?

—Eso no es asunto tuyo —zanja el secretario—. ¿Por qué te has reunido con él?

—A ver, si un fulano te invita a comer en Lhardy para hablar de Damián Varela, no te vas a negar, digo yo. A menos que me tome usted por un irresponsable o un redomado idiota.

—¿Fue cosa suya? Malley es un agente inglés.

—Claro, él me abordó —explica el policía—. Como comprenderá, no estoy al tanto del vecindario de Madrid últimamente. Sí que dijo que es empleado de la embajada británica, pero ya estábamos casi en los postres y no era cuestión de dejar a medias las natillas.

—Menudo empleado. Lleva años maquinando, desde antes de la guerra.

El coche atraviesa la plaza de la Moncloa para tomar la calle Princesa. A la derecha, el lugar que durante medio siglo ha ocupado la cárcel Modelo está a punto de convertirse en un enorme descampado: del gigantesco complejo apenas quedan varios montones de escombros iluminados por diminutos puntos de luz para evitar accidentes. En la acera opuesta, a pesar de los desastres de la guerra, el rostro sigue siendo familiar, con el restaurante El Laurel de Baco y la fábrica de perfumes Gal recuperados de nuevo para la vida cotidiana entre los bloques de viviendas.

—¿Por qué han tirado la Modelo?

—Dicen que estaba hecha una ruina de los cañonazos. He oído que quieren construir un edificio para el Ministerio del Aire. Y no te escabullas, que he venido para hablar de Malley, no para hacer de guía turístico.

—El fulano habla buen español.

—Porque lleva por aquí la tira de años. Es medio cura, o eso dicen. Cuando el Alzamiento, se unió a los agentes ingleses en Burgos. Volvió a Madrid después de la victoria y desde entonces trabaja en la embajada.

Vaya con el demócrata, se dice Lombardi. Así que había estado con los generalotes desde el principio. Por eso se lleva tan bien con ellos. De haberlo sabido en su momento, le habría hecho comerse con ajo picado sus ínfulas de neutralidad.

—Si es tan adicto al Régimen —objeta el policía—, no veo dónde está el problema.

—Parece mentira, Carlos. No sé si es que quieres hacerte el tonto o hay que explicártelo todo. Ahora están en guerra contra Alemania, y tenemos que atar en corto a los enemigos del Reich. Ingleses y norteamericanos son hostiles a España, y si no nos invaden es porque no se atreven.

—Ese don Bernardo no parecía tan hostil, la verdad. Tenía sus buenos ramalazos fascistas. Si usted me hubiera dicho que es un agente nazi, no me habría extrañado en absoluto.

—Pues ándate con ojo, que es un bicho de cuidado —advierte Ulloa—. ¿Qué te contó de Varela?

—Vaguedades. Lo conocía de antes de la guerra, pero estaba más interesado en enterarse de lo que yo sabía del asunto que de cualquier otra cosa.

—Ya te lo decía yo. ¿Y qué interés tiene un agente británico en la muerte del capellán?

—Tampoco es que me lo haya reconocido así de claro —divaga Lombardi—, pero me da la impresión de que andan un poco nerviosos, como asustados.

—No me torees, Carlos. ¿Qué relación guarda una cosa con la otra?

—Tanto alemanes como británicos tienen interés en ciertas piezas del tesoro artístico español que han quedado, digamos, un poco traspapeladas con motivo de la guerra. El asunto debe de mover su buen dinero, y Varela podría haber actuado de intermediario. Don Bernardo quiere colgar a los nazis la responsabilidad de su eliminación.

—Pero tú y yo sabemos que eso es imposible, que el asesino actúa desde hace más de cinco años. Aunque —reflexiona el secretario— la gestión que me pediste ante Patrimonio es anterior a tu entrevista con Malley. ¿Es que ya sospechabas que haya algo de cierto en esa pista?

—Puede que Varela se dedicara a esos trapicheos en sus ratos libres, no estoy seguro, pero esas actividades no tienen nada que ver con su muerte, y buscar en esa dirección sería una pérdida de tiempo. El móvil, como usted dice, es anterior a la guerra. Y hace un rato acabo de atar, con el célebre don Hilario, ciertos cabos de aquella época, una posible conexión del capellán con alguno de los seminaristas asesinados. Todavía es un rastro débil, pero antes de entrar en esa residencia no tenía ninguno.

—Así que tu entrevista ha sido provechosa.

—Sí, pero ha costado lo suyo —acepta Lombardi—. Tenía usted toda la razón cuando me habló de ese fulano. Es un saco de vanidad, un fanático iluminado. Y me da que sabe más de lo que cuenta. Por cierto, que recibirá usted una protesta de su parte dirigida contra mí; a menos que sea un bocazas, que todo puede ser.

—¿Protesta? —El rostro de Ulloa palidece—. ¿Qué has hecho, Carlos?

—Nada. Le irrita escuchar la verdad, cualquier cosa que no se acomode a su raquítica visión del mundo. Por supuesto, no puede aceptar otra autoría de los primeros asesinatos que las turbas rojas sedientas de sangre.

—Eso no debería extrañarte. Ya te advertí de que tuvieras cuidado al tratar a ciertas jerarquías.

—Ese individuo es un cura del montón, aunque sea la cabeza de una secta que parece resucitada del siglo dieciocho.

—¡Te equivocas, coño! —ruge el secretario—. Le tiene sorbido el seso a media oligarquía y a unos cuantos obispos y militares. Y esa gente se codea con el Caudillo.

—Usted me ha pedido que investigue, y eso hago. Si de paso se rompe algún delicado jarroncito chino del Régimen, no es culpa mía.

—Pero para investigar no hay necesidad de ir dando codazos a diestro y siniestro. No tengo tiempo ni ganas de ir barriendo los trozos de jarroncito que destrozas. Solo te pido un poco de discreción, porque si ese cura formaliza su queja, nos van a abrasar.

—Bueno, seguro que usted sabe cómo amansarlos, porque nunca le ha faltado mano izquierda —concluye Lombardi—. Y siento que haya tenido que dejar a la familia en una fecha como esta por culpa de mis malas compañías. Ya ve que no hay de qué preocuparse.

—Lo que tienes que hacer es pillar a ese cabrón, Carlos.

El policía agradece el servicio a domicilio y se apea del coche. Pero Ulloa requiere de nuevo su atención en cuanto pone pie a tierra.

—Te he traído lo que pediste. —El secretario señala el asiento libre junto al conductor, donde hay una máquina de escribir, un paquete de folios y otro de papel carbón—. El informe completo sobre Varela para el director general, mejor mañana que pasado.

Lombardi carga escaleras arriba con el pesado regalo. En un par de horas estará liquidado el maldito parte; al fin y al cabo, si alguna ventaja tiene la ausencia de vecinos es que nadie va a protestar por su ruidoso tecleo a esas horas de la noche. Al entrar en casa, pisa involuntariamente un sobre que alguien ha deslizado bajo la puerta; se deshace de la carga en la mesa del salón antes de recogerlo. Escrito a máquina en papel de la embajada alemana, hay un mensaje: *Asesino de Varela en calle Mesón de Paredes, 65. 3.º Izda. Vive solo. Suerte. E.B.*

Los árboles parecen osamentas congeladas por la escarcha, por una niebla tan densa que se filtra entre la ropa y empapa la piel. Los faroles, apenas débiles luciérnagas ahogadas por la bruma, confieren a la calle una luminiscencia fantasmagórica, y las ventanas apagadas refuerzan la sensación de vagar por un mundo sin vida. Mientras sus pasos resuenan en ese vacío, Lombardi concluye que solo un escritor con perversa imaginación elegiría una noche así para enfrentarse a un asesino.

Le ha costado decidirse. La nota de la señorita Baum era sumamente explícita, pero demasiadas dudas bullían en su cabeza como para lanzarse por su cuenta a semejante aventura. Balbino Ulloa le ha advertido sobre la obligación de informar de sus movimientos a su jefe inmediato, el fascista Figar. Y no hay momento más decisivo en una investigación criminal que la detención del presunto culpable, de modo que tiene que renunciar a hacerlo solo. Por otra parte, además de pasarse el resto de la noche mordiéndose las uñas, esperar hasta la mañana siguiente para organizar una coordinada operación supone un gesto burocrático que no está dispuesto a asumir: el más novato de los policías sabe que las horas nocturnas son las mejores para practicar una detención, porque hasta el delincuente más prevenido está obligado a dormir. Finalmente, ha optado por una solución intermedia: reconocer el terreno antes de dar el siguiente paso.

El domicilio señalado por el chivatazo pertenece al corazón de Lavapiés, y Lombardi vive en el límite norteño del barrio, así que decide acercarse caminando. No ha recorrido esas calles en los últimos tres años, pero ni la bruma ni la ausencia de luz diurna consiguen escamotear a la vista el destrozo y el abandono al que la guerra las ha condenado. Los símbolos falangistas y la silueta del dictador pintados en los muros añaden un apunte tétrico a la evidente decadencia física.

Se detiene unos minutos en la plaza para contemplar un paisaje que el velo neblinoso convierte casi en desconocido: ante él se abre la boca del metro, refugio vecinal en los bombardeos aéreos, y al fondo se deja intuir la fachada del cine Olimpia, escenario de multitudinarios mítines izquierdistas durante el asedio. Frente a esa visión de espacios tan difusos como mudos, Lombardi tiene el doloroso sentimiento de hallarse en un lugar extraño, ajeno a su vida, en un Lavapiés que perteneciera a una dimensión desconocida o a una época distinta a la suya. Tal vez es él quien no pertenece a este tiempo, desde luego no a este mundo.

El edificio de Mesón de Paredes es un bloque de tres pisos,

abierto por su fachada septentrional a una plazoleta delimitada por una gran corrala y los números precedentes de la misma calle. En el centro de la explanada sobresale una farola de hierro forjado con cuatro brazos laterales, aunque solo el central está encendido. El policía recuerda el lugar como asentamiento habitual de un mercadillo popular, pero en ese momento el pálido brillo del adoquinado sugiere más bien un atávico escenario de ejecuciones.

Para poder observar sin ser visto, Lombardi busca protección en la acera de enfrente, tras la esquina de las antiguas Escuelas Pías de San Fernando. El enorme complejo había sido arrasado por las milicias anarquistas en las primeras horas de la sublevación militar, después de que un grupo de falangistas ametrallara a varios transeúntes desde una de sus ventanas. Las dos torres de la fachada y la cúpula octogonal de la iglesia se derrumbaron como consecuencia del fuego, y nada hace suponer que haya planes inmediatos de restauración. El policía se instala bajo el reloj de su fachada lateral, un enorme disco blanco con números romanos, varado poco después de las doce menos cuarto de algún día indeterminado.

Desde allí puede comprobar que las ventanas de la tercera planta están tan apagadas como las del resto del edificio y de los colindantes, sin rastro alguno de actividad. El asesino tiene que estar dormido, si es que su conciencia se lo permite. La única salida es el portal, a menos que los dos comercios laterales tengan acceso interior; aun así, a esas horas, con sus cierres echados, no parecen permitir la posibilidad de escabullirse. El fulano está en una ratonera y no es cuestión de desaprovechar la oportunidad.

En su deambular por los alrededores, Lombardi se ha cruzado un par de veces con el sereno sin intercambiar con él sino un silencioso gesto de saludo. Ahora, sin duda con la mosca tras la oreja, el funcionario municipal decide entablar conversación con un desconocido que enciende un pitillo tras otro apostado en la oscuridad. Es un hombre maduro y fornido, con el acento propio de las tierras asturianas o gallegas, y que, a pesar de sus evidentes sospechas, lo aborda con exquisita educación. El policía se identifica de inmediato para tranquilizarlo y lo pone al corriente de sus intenciones.

—¿Y va a subir a detenerlo? Cuente conmigo —dice, decidido.

—Primero hay que asegurarse de que no puede escapar. ¿Conoce usted la distribución de esos pisos?

—Es mi primer año de servicio y solo he subido una vez, hace unos días, a pedir el aguinaldo. Pero no son grandes, no. El que usted dice es más pequeño todavía, como el otro del tercero. Una sola habitación, además de la cocina. El retrete común lo separa del vecino.

—¿Estaba ocupado cuando subió a por el aguinaldo?

—No, señor. Y si lo estaba no me abrieron.

—O sea, que no conoce a su inquilino.

—Solo me suenan algunos vecinos, pero ese no —se lamenta el sereno—. ¿Cómo es?

—Sé tanto como usted. Tengo que dar aviso a la Brigada para que manden apoyo. ¿Hay algún teléfono público por aquí?

—A estas horas ya no queda nada abierto. Como no vaya a la casa de socorro de la calle de la Encomienda.

—No está lejos. ¿Le importaría quedarse aquí mientras tanto? No creo que salga nadie, pero en caso de que suceda limítese a observar a distancia —advierte el policía—. El tipo tiene malas pulgas.

—Siempre a sus órdenes. Aquí lo espero.

Lombardi acelera el paso calle arriba para llegar cuanto antes y recuperar la aterida musculatura. La casa de socorro queda a unas bocacalles de distancia, y al cabo de quince minutos ya marca el número de Alicia Quirós. Mientras lo hace, imagina el susto que se va a llevar al oír el teléfono a esas horas, pero si de verdad aspira a ser policía, tiene que acostumbrarse a ese tipo de sobresaltos nocturnos. Además, quiere hacerla partícipe activa del éxito de la operación, y ella es su único contacto con Figar.

Tras varios timbrazos responde una somnolienta voz femenina, y un murmullo masculino de fondo culminado por un exabrupto hace suponer al policía que Quirós no duerme sola. Se excusa por la intempestiva irrupción en su intimidad antes de explicar a grandes rasgos el asunto y ordenarle que avise al inspector jefe y que ella misma se presente de inmediato. La voz de la agente cobra una repentina viveza al recibir la noticia y, a pesar de no tenerla delante, Lombardi sabe que sonríe.

De regreso a su esquina, el sereno informa de que no hay novedades y quedan ambos a la espera de refuerzos.

—¿Un trago? —dice aquel, extendiéndole una petaca que guardaba en el bolsillo del gabán—. Viene bien si hay que estar parado en una nochecita como esta.

Lombardi acepta con gusto. El aguardiente entra como un relámpago incandescente que reaviva cada célula.

—Es bueno —valora el policía.

—Casero, me lo hacen allá en el pueblo, en Coaña.

El asturiano se explaya sobre las virtudes naturales del licor, después respecto a las bondades de su tierra y finalmente sobre la dureza de la vida en la capital, adonde ha llegado un par de años atrás con mujer y tres hijos a su cargo, decidido a convertir en urbano un futuro rural que los habría matado de hambre. El policía escucha su interminable facundia con toda la cortesía posible, pero su cabeza está en otra parte, en la tercera planta del edificio que tienen enfrente. Intenta imaginarse cómo será aquel hombre, de qué forma reaccionará ante el riesgo de ser atrapado, cuáles deben ser los pasos necesarios, y en qué orden, para entrar en el piso con las mayores garantías de éxito. En el proceso se mezclan imágenes de las barbaridades cometidas por el asesino y mil preguntas sobre sus motivaciones y las desconocidas circunstancias de los hechos; aunque todas, o buena parte de esas dudas quedarán pronto resueltas con la detención y el posterior interrogatorio.

También, a modo de fugaz especulación, piensa Lombardi en el futuro que le aguarda a partir de esa noche. Una larga temporada en Cuelgamuros, probablemente, o tal vez un indulto que lo convertirá en un paria sin empleo como Andrés Torralba. Resulta más que chocante, concluye, tener en tus propias manos el cierre de un proceso con tan incierto resultado. De repente, se descubre dando saltitos para entrar en calor, rechaza el nuevo trago que le ofrece el vigilante y mira su reloj por enésima vez. Son más de las dos y media, y por mucho gasógeno que utilice la policía del Régimen, ya han tenido tiempo de sobra para llegar.

—Voy a subir —anuncia decidido.

—¿Sin refuerzos? —se extraña el sereno—. Bueno, no importa, yo lo acompaño. Malos seríamos si entre los dos no cogemos a ese individuo.

—No creo que tarden en llegar, pero hay que aprovechar el sueño profundo. ¿Tiene usted pistola?

—Todavía no me la han facilitado. En el Ayuntamiento dicen que para después de Reyes. Pero me basta y me sobra con el chuzo —asegura el asturiano exhibiendo el pincho que adorna su garrote.

—¿Una linterna? Prefiero no encender la luz de la escalera.

—Aquí la llevo.

—Préstemela. ¿Y esposas?

—También las tengo, pero vaya un poli que está usted hecho. Por lo menos llevará arma.

Lombardi desenfunda la Star y el sereno parece conformarse. Abandonan a paso vivo la protección del muro y se plantan ante la entrada. El funcionario rebusca en su manojo de llaves y franquea la puerta. Un repulsivo olor a repollo podrido impregna el aire del portal.

—Yo subo y usted se queda aquí, por si no soy capaz de sujetarlo arriba —susurra el policía.

—¿Y no es mejor que vayamos los dos?

—Vigile el portal, y que no salga nadie —reitera Lombardi.

Por fortuna, las escaleras son de mampostería y el ruido de las pisadas controlable. Con ayuda de la linterna y la respiración contenida, Lombardi cubre lentamente los peldaños mientras la memoria reproduce por su cuenta su primera experiencia peligrosa en la profesión. Casi acababa de ingresar cuando sucedió: había pasado una noche fatal, con una colitis que lo obligaba a ir al retrete cada dos por tres, no había pegado ojo y apenas podía sostenerse en pie. Aun así, se presentó en la Brigada para solicitar la baja médica, pero, antes de que pudiera abrir la boca, lo movilizaron para participar en una redada en el barrio de Ventas contra delincuentes armados. Alegar su indisposición habría significado pasar por cobarde, así que tuvo que hacer de tripas corazón y asistir a su primera refriega seria en condiciones más que lamentables. Durante unos años después de aquello, y con su salud intacta, se había sentido casi invulnerable ante cualquier operación por peligrosa que fuera. Pero esta que ahora emprende es más que peligrosa, y la experiencia le ha enseñado que no es ni mucho menos sobrehumano.

Cuando llega al tercero, ya tiene decidido cómo actuar. Desde luego, nada parecido a una visita versallesca. Con sus antecedentes, aquel tipo lo puede degollar o descerrajarle media docena de tiros si le da oportunidad. En sus tiempos, con una legislación garantista, forzar un domicilio podía conllevar alguna consecuencia correccional, pero la policía franquista actúa con total impunidad y nadie le va a reprochar los modales si consigue la detención de un asesino. «Va por usted, señorita Baum», se dice antes de patear el cerrojo de la puerta.

Al crujido sigue la confusión. La linterna revela una figura enfrente, junto a la ventana, que de inmediato se escabulle para escapar del haz de luz.

—¡Policía! —grita al tiempo que tantea la pared en busca de un interruptor—. ¡Estás detenido!

Cuando consigue encender ya es tarde. Un golpe formidable en el antebrazo lo priva de la pistola, que se desliza por el suelo de baldosas con un susurro ronco. Entre la ceguera momentánea del dolor, comprueba que su enemigo, un hombre joven de recia constitución, blande una banqueta. Lombardi se arroja sobre él para evitar una nueva descarga y aquel se aferra a su cuello por detrás.

—No tienes salida —mascula entre ahogos el policía, temiendo que de un momento a otro recibirá una cuchillada—. La casa está tomada. Entrégate.

La luz de la escalera se ha encendido y se escucha un golpeteo acelerado en los peldaños. El joven, sin soltar su presa, da unos pasos hacia la pistola, que ha quedado frenada por la pared al pie de la ventana. Lombardi se resiste cuanto puede, convencido de que si su rival se apodera de ella, le volará la tapa de los sesos y acribillará al pobre sereno que acude en su ayuda.

Pero el tipo no se agacha a por el arma. Un violento tirón estrella a ambos contra la ventana. Entre el ruido de cristales rotos y madera astillada, Lombardi siente que una boca descomunal lo absorbe, y en décimas de segundo, aún con la presión de aquel brazo en torno al cuello, su cuerpo se estrella sobre la acera. Con sabor a sangre en los labios, sin entender el origen de las sombras que lo envuelven, cree distinguir entre la bruma los rostros de Alicia Quirós y Luciano Figar junto a otros que no le dicen nada en absoluto.

Un techo blanco, iluminado por la aureola perlada de una ventana. Esa es la primera imagen que los ojos de Lombardi transmiten a su confuso cerebro. Después, poco a poco, percibe que el mismo color se extiende por los baldosines de las paredes, y al intentar recorrer con la vista el resto de la habitación es consciente del daño sufrido por su cuerpo. Le duele todo, especialmente la cabeza, y cualquier movimiento significa una tortura. Uno de sus brazos está conectado a una bolsa de suero. Con la mano opuesta consigue alcanzar el apósito que le cubre buena parte de la frente e inspeccionar al tacto las zonas más lastimadas, y el hecho de constatar el dolor en cada una de ellas le proporciona al menos la seguridad de no estar muerto.

Tan pronto abre los ojos como se sume en un incómodo sopor, acosado por pesadillas en las que se repite la angustiosa sensación de caer al vacío; generalmente acompañado en su viaje, unas veces por aquel joven desconocido, otras por personajes que tampoco le resultan familiares. Todas acaban en un brusco despertar antes de que haya llegado al suelo, como si inconscientemente se negase a revivir la escena del impacto.

Susurrantes figuras masculinas con bata blanca y femeninas con hábitos monjiles aparecen de tarde en tarde y fugazmente para desaparecer de nuevo. Ha perdido la noción del tiempo, y en ello, aparte de la conmoción, algo debe de influir el medicamento que de vez en cuando le inyectan. El único reloj fiable es la unidad que forman el techo y las paredes, cuyo color cambia gradualmente en cada uno de los despertares: lo que antes era brillo se convierte en mate para adquirir luego el tono amarillento de la luz eléctrica y más tarde sumergirse en el negro de la noche, una larguísima oscuridad.

Con la nueva luz se siente un poco más vivo, aunque las primeras palabras resuenan en sus oídos como timbales. Un médico, escoltado por una monja, ha entrado en la habitación, y su amable saludo le parece a Lombardi casi un alarido. El doctor le aplica un tensiómetro y le palpa la frente durante unos instantes para comprobar su temperatura.

—Solo febrícula y tensión controlada —sentencia—. Es usted un hombre de suerte, amigo. No tiene nada roto; solo contusiones, magulladuras y esa brecha en la frente que hemos cerrado con ocho puntos. Apunte en el calendario la fecha de ayer como su segundo nacimiento.

Lombardi responde con un torpe parpadeo.

—Mantener el suero hasta mediodía y Sedol cada seis horas —dicta el doctor a la monja—. Y ya puede recibir visitas.

La pareja desaparece por la puerta, y otra la sustituye pocos minutos después. La jeta de Figar asoma primero, y detrás, a prudencial distancia, entra Quirós. Aquel toma asiento en una butaquita que hay junto a la cabecera; ella, con cara de asistir a un funeral, en una silla que arrima a los pies de la cama.

—No te quejarás, ¿eh? —comenta el inspector jefe a modo de saludo, y la tufarada a vino agrio que sale de su boca está a punto de provocar náuseas en el paciente—. Habitación privada, como los señoritos.

—¿Está vivo? —consigue articular Lombardi.

—¿El tipo al que quisiste detener? Joder, qué raro eres. Acabas de resucitar y lo único que te interesa es ese fulano. Pues no señor, murió: lo aplastaste contra el empedrado como a una cucaracha. No está mal a cambio de un zurcido y un par de chichones. Buen servicio.

—Buen fracaso —musita él—. Tenía que cogerlo vivo.

—Tranquilo, que no hay mejor anarquista que un anarquista muerto.

—¿De qué narices habla?

—Aquel fulano formaba parte de un grupo terrorista.

—¿El asesino de Varela era un terrorista? —farfulla Lombardi, desconcertado.

Figar suelta una carcajada que suena ofensiva en aquella paz hospitalaria.

—Pero qué pardillo eres. No tenía nada que ver con el capellán.

Perplejo, Lombardi mira a Quirós. Su demanda de auxilio se estrella, sin embargo, en un muro de silencio, porque ella retira la vista para posarla en el suelo.

—Ay, rojeras —se burla Figar—, si no te hubieses jodido a la alemana.

—¿Y usted qué sabrá de...?

—Cuatro horas en tu casa. Demasiado tiempo para una simple cháchara de Nochebuena. Seguro que no jugabas al parchís con esa zorra. Ya te advertí de que no te iba a quitar ojo.

—¿Tiene un micrófono en mi salón?

—No, hombre, eso sería demasiado caro y tú no mereces ese gasto. Solo había que pensar un poco después de tu paso por la embajada alemana y la cesta que recibiste. ¿Por qué iba a visitar una agente nazi a un poli rojo sino para interesarse por lo que está investigando? ¿Y qué mejor forma de soltarle la lengua que llevárselo a la cama? Los alemanes saben mucho de nosotros, pero también nosotros de ellos. Lanzamos el anzuelo con las mismas iniciales que firmaban la felicitación navideña y picaste como un besugo.

—¿Por qué ha hecho eso?

—Ya has visto que el tipo era peligroso, y no quería arriesgar a mis hombres. Si había bajas, mejor la tuya. Tú te divertiste con Caballero y Ulloa poniéndome en ridículo por mi detenido. Jugabas con ventaja, ocultabas información, y eso está muy feo. Arrieritos somos. Ya me contarás con más detalle el interés de los alemanes en Varela.

Lombardi está avergonzado. Ha hecho el ridículo. Lo han engañado como a un crío. Nada puede alegar, salvo llamar miserable a quien tiene enfrente; pero verbalizar su ira solo incrementará la sensación de triunfo de quien, como Figar, carece de valores morales. Raras veces en la vida ha sentido odio, excepto el dirigido a los malhechores que desencadenaron la guerra civil, aunque ese es un odio sistémico e intelectual, y el que ahora sufre por culpa de aquel canalla es bien concreto, de los que corroen el alma y animan a cometer barbaridades.

—Reconozco que le pusiste huevos —elogia el inspector jefe—. Él con una nueve corto y tú desarmado. ¿O me equivoco y era al revés? —ironiza ahora—. No, imposible: tú no estás autorizado a llevar armas.

Luciano Figar se incorpora, dispuesto a finiquitar su visita triunfal.

—Disfruta mientras puedas, que los demás tenemos trabajo —dice como despedida—. Y no te quejes, que encima te he hecho quedar como un héroe.

Alicia Quirós, obediente, sigue los pasos de su superior. Lombardi la detiene en la puerta con su quejumbrosa voz.

—Quirós.

—Dígame.

—Quédese, por favor.

La agente da media vuelta y ocupa el asiento de cabecera.

—¿Cómo se encuentra? —se interesa ella.

—Aquí, celebrando mi primera semana de libertad —intenta bromear el herido, revitalizado por la rabia contenida—. ¿Qué día es hoy?

246

—Domingo. Lleva hospitalizado casi treinta horas.

—Pues vaya manera de celebrarlo. ¿La ha presionado Figar?

—Nada importante, no se preocupe. Lo que siento es no haber podido echarle una mano.

—Si por usted fuera, lo habría conseguido. Él la retuvo, ¿verdad?

Quirós vuelve a replegar la mirada, como si le avergonzara reconocer los hechos.

—Cuando lo llamé, siguiendo sus órdenes —explica al fin—, él me citó en la Puerta del Sol y llegamos enseguida a Lavapiés, pero nos obligó a quedarnos en el coche. Uno de sus hombres lo vigilaba a usted y avisó cuando entró en el portal con el sereno. Solo entonces nos dejó acercarnos.

—Son de la Brigada Política, supongo.

—No los conozco. Desde luego, no me suenan de la Criminal.

—Me la ha jugado bien ese hijo de perra —se lamenta Lombardi con un rictus de dolor que nada tiene que ver con su estado físico.

—Nos la ha jugado a ambos. Tampoco yo sospechaba nada de sus planes.

—¿Cómo iba a sospecharlo usted? Yo soy el burlado.

—Bueno, ahora lo único que debe preocuparle es ponerse bien.

El policía intenta incorporarse para apoyar la espalda sobre el cabecero, y ella dobla la almohada para ayudarlo. Ahora sí que duele.

—Es como si lo tuviera todo descolocado por dentro —resopla al recostarse.

—Ya imagino. No debería hacer esfuerzos.

—El cuerpo puede recuperarse más o menos pronto, pero la culpa por haber provocado la muerte de un hombre es más difícil de curar.

—Supongo que es un riesgo que debe asumir todo policía.

—¿El de ser engañado o el de matar?

—No se torture, que usted solo iba a detenerlo —quiere tran-

247

quilizarlo ella—. A veces, las cosas se tuercen. Mejor así que si hubiera sucedido al revés. Personalmente, prefiero visitarlo en el hospital que en una capilla ardiente.

—Gracias por lo que me toca. ¿Sabe quién era aquel muchacho?

—Lo mismo que usted acaba de escuchar. Ya le dije que Figar no me dirige la palabra, salvo para dar órdenes.

—Bueno, Quirós —apunta él con un quejido apenas dominado—, hay que seguir trabajando.

A intervalos, con largas pausas para recuperar aliento, Lombardi pormenoriza a su compañera los siguientes pasos de la investigación. Tiene que pedirle permiso a Ulloa para encontrar en la DGS los archivos sobre altares clandestinos, localizar los más próximos al refugio de Figueroa y averiguar cuanto pueda sobre los contactos del seminarista. Si aún le quedase tiempo, deberá acercarse a San Pedro el Viejo para saludar de su parte al sacristán y preguntarle si entre los bienes no recuperados de la parroquia figura la pequeña talla de una virgen románica, y si los nombres de los seminaristas asesinados le dicen algo.

—Me encargaré de todo —asume la agente—. Usted descanse.

—Qué remedio.

Queda a solas con su furia, rumiando entre ensueños una explosiva mezcla de rencor, sentimiento de culpa y autocrítica. Por mucho que lo irrite, está obligado a admitir que el cabrón de Figar tiene razón, que ha picado como un simplón, que su confianza en la señorita Baum lo ha conducido de cabeza a la trampa. Sería injusto culparla a ella, que probablemente ni se ha enterado de lo sucedido. Solo su propia necedad es culpable, por no haber analizado los elementos que podían delatar la falsedad del sobre bajo la puerta. Ella había escrito de su puño y letra la felicitación navideña; las señas del supuesto asesino estaban, sin embargo, escritas a máquina, sin una rúbrica personal que las certificara: un documento demasiado frío y burocrático para atribuírselo a quien ha compartido con él cama y confidencias; detalles que, ciertamente, no obligan a una mujer a mostrarse cercana, aunque tampoco tan distante.

Es fácil juzgar a toro pasado, pero un policía con experiencia debería haber certificado la autenticidad de aquel texto antes de actuar, por mucho que el chivatazo le hubiera quemado en las manos durante largas horas. En él, por el contrario, había primado la urgencia del neófito, el ansia por la resolución de un caso que podría conllevar algo parecido al premio de un indulto. Flaqueza humana, tal vez, pero imperdonable, porque para un criminalista la mejor recompensa es el trabajo bien concluido. Necesita recuperar su capacidad de juicio más allá de los afanes de libertad, si libertad puede llamarse al hecho de no vivir entre rejas. Tiene que recobrar la entereza de un investigador despreocupado por el futuro inmediato; asumir de nuevo que los pasos seguros, por lentos que sean, aproximan el objetivo en vez de alejarlo. La pesadilla de las últimas horas, la muerte de aquel muchacho, la cama del hospital: nada de todo eso le habría sucedido al Carlos Lombardi anterior al treinta y nueve. Y es a aquel inspector a quien Ulloa ha pedido ayuda, no a un novato engatusado con promesas.

Por la luz de la ventana, calcula que es casi mediodía cuando Balbino Ulloa se presenta en la habitación. Llega acelerado, repartiendo disculpas por no haber podido acudir antes a causa de sus urgentes ocupaciones en la Puerta del Sol. Se sienta junto a la cabecera y le toma una mano entre las suyas en una muestra de afecto que parece sincera; su gesto apenas dura unos segundos, de modo que ni siquiera le permite al paciente expresar su rechazo a tan estrecho contacto.

—¿Cómo estás, Carlos?

—Fatal.

—No me extraña. Menos mal que caíste encima del otro. Los médicos dicen que eso te ha salvado, pero un golpe así debe de doler lo suyo.

—Lo que más duele es saber que me han utilizado para acabar con un pobre chico —le reprocha sin contemplaciones.

—Tú no lo mataste, Carlos.

—Lo sé —admite con una mueca sombría—. Él se quiso matar al saberse acorralado, y de paso llevarme por delante. Cualquier cosa antes que ser detenido. Pero estaba desarmado, ¿sabe?, y le bastó con una simple banqueta para dejarme fuera de combate.

—Pues eso, que no fue culpa tuya. Y nada de pobre chico. Ese tipo acababa de llegar de Portugal para preparar un atentado contra el Caudillo.

—Si ese era su objetivo, lo lamento todavía más.

—Vamos, hombre, no seas bruto —le regaña Ulloa—. Y no te reconcomas, porque, de no haber muerto, le esperaba el garrote o el paredón.

—O la gloria, si hubiera tenido éxito —discrepa Lombardi—. Pero no me cuadran esos planes en un hombre desarmado.

—Era la avanzadilla de un comando, y mejor habría sido esperar un poco para detener también a sus cómplices. Pero, muerto el perro, se acabó la rabia. Los mandamases están contentos contigo, y eso beneficia a tu causa.

—Me importa un bledo mi causa, como usted la llama. Trasládele a Figar el mérito, y de paso el de haber abortado la operación completa.

—Deberías haberme avisado a mí del chivatazo —dice el secretario con tonillo de paternal amonestación—. Yo estaba al tanto de ese piso y nos habríamos evitado este disgusto.

—¿Después de echarme una bronca por estropearle la Navidad?

—Es mi trabajo. Ya ves que no paro ni los domingos.

—Me limité a seguir sus órdenes sobre jerarquías —refunfuña el policía—, pero no podía imaginar que Figar fuera tan mal bicho.

—Entiendo y comparto tu cabreo. Ya ha recibido un toque por parte del director general. Lo que te ha hecho es una marranada —subraya Ulloa.

—Qué se va a esperar de un cerdo. No sé cómo lo tienen ahí.

—Es un hombre difícil, y someterlo a disciplina resulta más

complicado de lo que parece, porque tiene muchas agarraderas. Su padre es uno de los principales terratenientes de Castilla y Extremadura, mandamás del Sindicato de Cereales —cuchichea, como si revelara un secreto inconfesable—. Amasa trigo en sus silos y juega con la subida de los precios.

—Un delincuente, vamos. ¿Y ese es su apoyo?

—Hay más de dos y de tres como él, pero el Régimen los necesita, de momento.

—El Régimen los favorece, quiere decir.

—Venga, Carlos, que no he venido a discutir de política. Solo quería comprobar personalmente que estás bien, aunque estoy informado desde el primer momento y ayer no me dejaron verte. Te he traído el informe sobre Nemesio Millán de la Guardia Civil de Toro, y el del juez militar sobre las víctimas del seminario. —Ulloa deposita una carpeta sobre la mesilla—. Pero déjalos ahí hasta que te recuperes un poco, ¿me lo prometes?

—Hágame un resumen.

—Es difícil resumir la nada —avanza el secretario—. Excepto que el chico llevaba un par de años un tanto desprendido de la familia. Los visitaba en verano, pero apenas una semana. El resto de las vacaciones las pasaba en el seminario de Rozas de Puerto Real. Por lo demás, las generalidades esperables por parte de las autoridades y el párroco: buen chaval, de fe inquebrantable y patriotismo demostrado. Un joven ejemplar.

—¿Y el del juez?

—Una relación de víctimas, y las circunstancias de sus asesinatos. Ya te dije en qué consistía.

—¿Todavía no ha llegado la lista de personal que pedí al seminario hace una semana?

—Son malas fechas, ya sabes, con tanta fiesta en medio. Pero ahora olvídate de todo y descansa. He conocido a la agente Quirós, y creo que cuentas con una colaboradora muy capaz. Ya anda fisgando por los archivos. A ver si tiene suerte.

—¿Qué hay de Andrés Torralba?

—No sé, dame tiempo a ver si encuentro la forma.

—Tiempo es lo que nos falta —protesta Lombardi—. Y Quirós no puede llevar sola el asunto.

—Lo sé, lo sé. Ten paciencia. De momento, recupérate bien y no pienses en nada más. —Ulloa le dedica unas palmaditas en la mano—. Aquí estás en la gloria, hombre. Afuera hace un frío que pela, ¿sabes? Llevamos todo el día bajo cero. Bueno, yo tengo que volver al despacho. Hay un guardia en la puerta, por si necesitas algo de mí o localizar a Quirós.

—¿Estoy bajo vigilancia?

—Bajo protección, hombre, no seas tan suspicaz.

Un par de monjas irrumpen en la habitación y echan a Ulloa sin miramientos con la excusa de que ha terminado el horario de visitas matutinas. Entre ambas se encargan de desconectar a Lombardi del cordón umbilical que lo une a la bolsa de suero y adecentan por encima las ropas de la cama. Mientras una de ellas saca una segunda almohada de un pequeño armario para acomodar mejor la espalda del paciente, la otra sale de la habitación y reaparece de inmediato con la bandeja del almuerzo.

—¿Puede comer solo, o le ayudo? —lo interroga con frialdad militar.

El policía observa el menú: una taza de consomé y una tortilla a la francesa. Mal tendría que estar para no arreglárselas con una dieta tan blanda.

—Gracias, yo me las apaño.

—¿Cómo van los dolores?

—Los dolores van bien. El que va peor soy yo con ellos encima.

—No estará usted tan mal cuando hace chistes. Pues hala, en cuanto coma le pongo el Sedol, y verá cómo mejora.

—Oiga, hermana, ¿qué tiene esa inyección, que me deja medio idiota?

—Morfina y escopolamina, entre otros componentes —apunta la segunda, que parece más ilustrada y se ha mantenido al margen de la conversación.

—¿Morfina? —gruñe Lombardi—. No quiero que vuelvan a ponerme esa mierda. Y perdón por la palabra.

—Eso dígaselo al médico, que nosotras cumplimos órdenes —se excusa la instruida—. Pero no se asuste, porque son dosis muy bajas.

—He conocido morfinómanos que empezaron con mucho menos. ¿No tienen otros calmantes?

—El Pantopón, o el Eucodal, pero también llevan opiáceos y no son tan efectivos.

—Pues tráigame un Okal y sanseacabó.

—En su estado, ese comprimido es como un vaso de agua —alega la de la bandeja con una sonrisa indulgente—. Ni siquiera es seguro que quite los dolores de cabeza.

—A mí sí que me los quita. Okal o nada, ustedes verán.

Las monjas desaparecen de la habitación entre tímidos bufidos, renegando a media voz del testarudo que les ha tocado en suerte. A duras penas, Lombardi da cuenta de la comida, aunque el brazo derecho, hinchado y enrojecido por el banquetazo, solo funciona a costa de provocar lágrimas de dolor. Reconfortado por un estómago feliz, y no sin esfuerzo, consigue depositar la bandeja sobre la mesilla y se deja ir en brazos de una siesta.

A media tarde, la cara de un policía armado asoma tras la hoja entreabierta de la puerta; en la penumbra del ocaso apenas se distingue el perfil de su gorra sobre una sombra redondeada. Con timidez, sin atreverse a franquear aquel límite, chista para llamar la atención del paciente.

—Señor Lombardi —farfulla—, un joven quiere verlo. Dice que se llama Mora y que es su amigo. ¿Da usted su permiso?

—Que entre —acepta él, sorprendido por la inesperada visita—. Y encienda usted la luz, por favor.

Ignacio Mora avanza unos pasos dubitativos en dirección a la cama. En la expresión de su rostro se adivina cierto estupor ante lo que contempla. Lombardi deduce que debe de presentar un aspecto bastante lamentable si provoca semejante sobresalto a un redactor de sucesos. El periodista se arrima a los pies de la cama, y el policía lo invita a ocupar el asiento junto a la cabecera.

—¿Está usted bien? Porque parece que lo hubiera arrollado un tranvía.

—Más o menos. ¿Asusta verme?

—Un poco, la verdad, con ese vendaje ensangrentado en la frente y el ojo a la funerala —admite Mora con rostro circunspecto.

—Solo son unos cuantos puntos. ¿Cómo por aquí?

—Llevaba un par de días llamándolo a casa, pero no había manera. Ayer leí en la agencia lo del policía herido y me dio el pálpito de que podría ser usted.

—¿Han distribuido la noticia? —pregunta, incrédulo, Lombardi.

—Y tanto. Hoy sale usted en todos los periódicos. Bueno, no su nombre, ni el del terrorista, pero cuentan la historia. Muy épica. El delincuente muerto y el policía herido de consideración. Un héroe nacional.

—Exageraciones interesadas. Y podía haber sido cualquiera, ¿por qué yo?

—Por supuesto —acepta el periodista—, pero ya le digo que me extrañaba que no contestara el teléfono, así que decidí seguir la pista de la ambulancia que recogió al poli herido, que me trajo hasta aquí. En recepción pregunté por la habitación de don Carlos Lombardi, y sonó la flauta.

—Tiene usted intuición, Mora. Sería un buen detective. —El joven se sonroja por el elogio—. Hágame un favor: mire en el cajón de la mesilla, a ver si han dejado ahí mi reloj.

Efectivamente, allí está su reloj de pulsera, que parece haberse convertido en un trasto inútil. El cristal cuarteado impide comprobar si las manecillas se mueven o no y, aplicado a la oreja, no da síntoma alguno de tictac. Aun así, el policía se lo abrocha a la muñeca.

—¿Está mi tabaco?

—Solo la cartera, el pañuelo y unas llaves.

—Mire en el armario. Tiene que estar en mi americana.

—No creo que les guste mucho que fume usted en la cama —objeta el periodista, aunque cumple la petición.

—Mejor me sentará un pitillo que la basura que me han metido.

Lombardi prende el cigarro y se apodera de un vaso como cenicero.

—¿Y cómo fue? —se interesa Mora una vez reacomodado—. La nota que pasamos en Cifra era lacónica, y ningún periódico ofrece muchos detalles.

—Porque carecen de importancia.

—No sea modesto, hombre. Ya me contará más tranquilamente cómo ha cerrado el caso; para mi libro, por supuesto —matiza—. Así que el asesino de los curas resultó ser un terrorista.

—Nada tiene que ver con los curas. En el fondo, todo esto es una lamentable equivocación. Nuestro hombre sigue vivo.

—¿De verdad? Ya me extrañaba a mí —reflexiona Mora—. Por lo que he podido averiguar de los viejos asesinatos, no encaja como autor la figura de un terrorista.

—¿Y qué es lo que ha averiguado, y cómo?

—Hombre, no era difícil. El señor Henares, mi vecino, me facilitó los nombres en los que usted estaba interesado. Después, con mis contactos, he podido conocer las circunstancias de sus muertes. Terribles todas, por cierto.

El policía se deshace del pitillo con gesto de asco. En el desorden interno de sus vísceras no parece quedar hueco para el humo.

—Serán contactos judiciales, o forenses —puntualiza entre toses—, porque aquellos casos no se divulgaron.

—Pues sí, forenses. Creo que ya hay suficiente confianza entre nosotros para confesarle que cuento con una buena fuente en el depósito de Santa Isabel, la misma que me advirtió sobre el asesinato del padre Varela.

—En el Instituto Forense, nada menos. Pues ándese con ojo,

Mora, que puede buscarle la ruina a esa fuente por revelar datos sin autorización judicial.

—Descuide, que nadie se va a enterar —dice el joven con un gesto que pretende ser tranquilizador—. Si se publicara algo, tal vez, pero solo lo quiero para mis notas. Las llevo muy avanzadas, aunque todavía me falta contrastar con usted algunos matices, y su opinión sobre el caso más llamativo.

—¿Cuál es, a su parecer?

—El del río, por supuesto. Los demás parecen casi un calco, pero da la impresión de que en esa víctima el criminal quiso mostrar algo distinto. Puede que la odiase más que a las otras, porque se ensañó de lo lindo con ella.

—Puede ser, pero hasta que lo detengamos y nos lo confirme personalmente, solo es una conjetura.

—Reconocerá que el ácido no es un arma frecuente en nuestra historia criminal —argumenta el periodista con la solidez de un experto.

—Y sigue sin serlo. Si ha estudiado bien esos informes, sabrá que la víctima fue desnucada. El ácido y las mutilaciones son posteriores a la muerte.

—Desde luego, pero yo me pregunto: si el objetivo era matarlas, ¿por qué, una vez conseguido, se entretiene con esos macabros detalles secundarios? Ninguno de los asesinos múltiples, como Romasanta y el Sacamantecas, hizo cosas parecidas. Bueno, tal vez Romasanta sí.

—Tampoco ellos mataban curas —objeta Lombardi—. ¿No le parece esa otra diferencia fundamental? Hay un hilo conductor en este asunto que se remonta casi seis años atrás, un plan preconcebido que no existía en aquellos otros, que asesinaban por impulsos irracionales. Y no digo que este sea racional, ni mucho menos, pero tampoco elige al azar sus objetivos.

—Puede que quiera castigar la vida poco ejemplar de sus víctimas. En el caso Varela parece clarísimo. —El joven enreda los dedos en su flequillo rebelde, gesto anunciador de que está a punto de exponer una duda que le ronda la cabeza—. Pero ¿y si esos detalles macabros buscaran ocultar pistas o confundir la investigación? El fulano parece listo.

Lombardi sonríe al recordar que él mismo ha utilizado ese argumento para desviar la atención de la señorita Baum. Fuegos de artificio, los había llamado.

—No se puede descartar, pero de momento nada indica que así sea.

—O sea, que en lugar de preocuparnos de cómo los mata, hay que preguntarse por qué.

—Ya le dije que si supiéramos el motivo tendríamos casi resuelto el caso. Y me va a perdonar, Mora, pero llevo un día loco de visitas y me estalla la cabeza.

—Claro, claro, disculpe. Soy un pesado. —El periodista se pone en pie—. Solo quería localizarlo para comentarle algo que Henares había olvidado en su conversación y que puede ser importante. Dice que recuerda a Damián Varela como amigo de Hilario Gascones, el fundador de Mediator Dei, no sé si lo conoce.

—Lo conozco, y ya sabía de su relación.

—Ah, vaya. Pues dice haberlos visto juntos en algún concierto de la Schola Cantorum, y que de eso le sonaba su cara.

Tenía seis años cuando Carlos Lombardi vio su primer cadáver. Iba de la mano de su madre, y al doblar una esquina se toparon con un accidente que acababa de producirse a pocos metros: un tranvía había atropellado a una mujer. El cuerpo yacía bajo las ruedas metálicas del transporte, junto al contenido desperdigado de un capazo de la compra. Verduras y hortalizas se mezclaban con sesos y carne picada. Su madre casi lo arrastró para regresar a la calle por la que habían llegado y apartarlo cuanto antes del pavoroso espectáculo. Carlos se resistía, no quería irse, pero no tanto por contravenir el sensato propósito de su madre ni por oscuros o morbosos motivos, sino por un impulso de insatisfecha curiosidad.

A pesar de sus deseos, nunca llegó a saber si lo que había visto durante unos segundos pertenecía a un cuerpo triturado o a lo que aquella pobre mujer acababa de adquirir en la carnicería. Una duda que lo acompaña desde entonces. La misma duda que, como policía, se le presenta ante cualquier caso: discernir lo cierto de la apariencia.

Hoy ha soñado esa escena de forma reiterada, con matices aportados por el estado onírico que simplemente adornaban los hechos, aunque siempre con la decepcionante conclusión de no poder alcanzar la verdad. También ha soñado con el seminario, con una de esas orlas en las que aparece el busto de todos los alumnos; en este caso no se trataba de un curso concreto, sino de un colectivo elaborado de forma caprichosa por su inconsciente. En ella, junto a otros muchos rostros desconocidos, figuraban el capellán Varela y los tres seminaristas asesinados. Todas las imágenes mostraban absoluta naturalidad, aunque la de Eliseo Merino era una figura sin rostro, como si en la orla se hubiese fijado un borroso negativo fotográfico en lugar del correspondiente positivo. En un momento determinado, los duendes del sueño convertían la orla en una imagen en negativo: las luces eran ahora negras sombras, y los rostros, una masa brillante sin matices. El de Merino, sin embargo, seguía siendo una silueta informe, sin variación alguna respecto a la primera.

Una vez despierto, todavía con su reciente sabor en la memoria, Lombardi reflexiona sobre ambos sueños. El primero parece claro y muestra la expresión más implacable de la impotencia. El segundo, sin embargo, revela tal vez el hecho real de que no existen fotos de Merino, y que su única imagen conocida es la forense, con el terrible efecto del salfumán sobre su cuerpo: un forzado y lúgubre negativo de la realidad. Tiene que ir al seminario y conseguir una foto del subdiácono para eliminar las tinieblas que envuelven su verdadero semblante.

Las reflexiones duran poco, justo hasta que entra en la habitación la monja del turno de noche, dispuesta a despedirse de él con la consabida friega de linimento que ha sustituido a la odiosa inyección de morfina. Su gigantesca cofia blanca agita el aire como un molino, tiene unos brazos que envidiaría Primo Carnera y un bigote que haría palidecer al del coronel Casado. Concluida la sesión de tortura, Lombardi se enfrenta a la visita del médico.

—¿Cuánto tiempo me van a tener aquí?

—Según evolucione. De momento no hay síntomas preocupantes y hay que ser optimistas. Quizás un par de días más, pero no se haga ilusiones, que la sensación de paliza le va a durar todavía una temporada. Sobre todo, después de renunciar al Sedol.

—La morfina, cuanto más lejos, mejor.

—Pues si piensa quitarse los dolores con Okal, ya se puede armar de paciencia. Y el linimento alivia, pero no hace milagros.

Tras el desayuno, un café con leche y una barrita de plan blanco untada con mantequilla, Lombardi se diagnostica una decidida mejoría. El brazo derecho y la frente siguen dándole guerra, pero puede moverse con mayor soltura sin que los ayes traspasen más allá de la línea de sus dientes.

Se hace con la carpeta que Ulloa ha dejado la víspera en la mesilla. El informe sobre Millán es, en efecto, decepcionante, aunque aporta una foto del chico cercana a la fecha de su asesinato. Es una cara insulsa de ojos pequeños, con una nariz un tanto picuda que destaca en un conjunto dominado por una mata de oscuro y lacio cabello. Curioso, piensa Lombardi, porque la noche previa tampoco conocía el rostro de Millán y, sin embargo, se ha revelado durante el sueño como una imagen normal; ni siquiera recuerda si se parecía o no a la verdadera foto, pero los sueños nunca son literales, y a menudo se sabe quién es quién aunque se presente con fisonomía muy distinta a la real.

El segundo informe está avalado por el Ministerio de Justicia. Es una relación de seminaristas asesinados en Madrid durante la guerra, con pormenorizados relatos de dónde y cuándo fueron detenidos y el lugar y la fecha de su ejecución. En algún caso, este último detalle es todavía una incógnita: no se volvió a saber de él tras su detención y se desconoce el paradero de su presunto cadáver.

Aquellos testimonios son todo un alegato contra la «dominación roja», tal y como en el texto se denomina la etapa de gobierno del Frente Popular. Entre los fusilados, por ejemplo, figuran también un par de familiares de los seminaristas, uno de ellos sacerdote. Se contabilizan, como probadas, ejecuciones en Fuencarral, Torrejón de Ardoz, Paracuellos, La China, La Almudena y Alcalá de Henares. Algunos de ellos habían pasado previamente por la cárcel o una checa. La culpabilidad de las detenciones corresponde a milicianos sin especificar, comunistas y libertarios; no hay nombres al respecto.

En la relación figuran una docena de seminaristas, entre ellos los conocidos Millán, Figueroa y Merino, y algún profesor. Se incluyen también dos nombres, bajo la denominación común de «desaparecidos», de quienes no hay noticias sobre su posible detención o muerte. El primero es un alumno de doce años, Mario Daroca, y el segundo, Longinos Aguilera, de veinte cuando empezó la guerra. Este último llama la atención de Lombardi: Sebastián Henares le había hablado de un tal Aguilera como cómplice de los ingenuos trapicheos de Nemesio Millán. Probablemente, por la coincidencia de edades, se trata del mismo alumno, y no deja de ser curioso que ambos aparezcan de nuevo unidos en aquella desgraciada lista.

También resulta llamativo que los dos desaparecidos sean antiguos hospicianos. Tanto Aguilera como Daroca habían salido de la inclusa de la calle del Carmen para ingresar en el seminario: el mayor en 1930 y el pequeño cuatro años después.

Las órdenes de búsqueda de ambos desaparecidos tienen fecha de junio del treinta y nueve, de modo que no merece la pena insistir con ello en la Brigada, pero Lombardi conoce a alguien en la cárcel que podría proporcionarle información. Recuerda que en uno de los paseos por el patio, Matacuras quiso compartir con él y con otros reclusos el origen de semejante mote. Había pasado su infancia en el hospicio del Carmen, y entre los frailes que estaban a cargo del mismo destacaba uno que gozaba haciendo sufrir a los chicos y manoseaba a cuantos podía. Al intentarlo con él, Juan Mata abrió la navaja que llevaba en el bolsillo y de una cuchillada rajó de arriba abajo la sotana del fulano, dejándolo en paños menores con el consiguiente escándalo y posterior castigo. Tenía doce años, y desde entonces, jugando con su apellido, lo llamaban Matacuras, aunque él aseguraba que nunca había hecho méritos para ese título. Decía Mata que solo hay dos tipos de personas: las que se aprovechan de los demás, y los demás. Y que mientras estos no se opongan activamente, las sanguijuelas seguirán vistiéndose de banderas e ideologías para justificar la sangre que impunemente chupan. Los tenía bien puestos. Dirigente de la FAI durante la guerra, le habían caído dos condenas a muerte. Algunas se cumplían al día siguiente de la sentencia; otras, muchos meses después. Cuando Lombardi salió de Santa Rita con destino a Cuelgamuros, Matacuras todavía respiraba; con dificultades por la tisis, pero respiraba.

En las fechas en que Mata abandonó el hospicio a la obligada edad de catorce años, el futuro seminarista debería tener diez u once, pero es probable que lo hubiera conocido. Tal vez habían coincidido después, en los años previos a la guerra o durante la misma. Su testimonio podría ser importante para rastrear los pasos del desaparecido Aguilera y, tal vez, los de su asesinado amigo Millán.

Lombardi se incorpora acompañado por un crujido general de sus articulaciones que se confunde con el de los muelles del somier. Se felicita al confirmar que puede sujetarse en pie, que los dolores le permiten al menos avanzar por la habitación hasta el armario. Con la calma del actor que se acicala en su camerino para salir a escena, se viste un traje y un gabán manchados de barro y sangre seca que nadie se ha molestado en cepillar. Más difícil es anudarse los zapatos, pero una vez alcanzado el objetivo, recoge sus cosas del cajón de la mesilla, toma la carpeta de los informes y dice adiós a su residencia de las últimas sesenta horas.

En el pasillo, el guardia se cuadra al verlo y le dedica un saludo militar con cara de estupor.

—Pero ¿adónde va usted, hombre?

—Tengo que ver a Ulloa.

—Si quiere hablar con el señor secretario, lo llamamos desde aquel teléfono, pero no puede irse hasta que le den el alta.

—Claro que puedo. Renqueante, pero puedo. ¿No lo ve?

Al debate se suman un par de monjas que pretenden disuadirlo. Por un momento, Lombardi teme que lo hagan por la fuerza, porque, en su estado, dos religiosas y un policía armado serían demasiada oposición. Sin embargo, todo se reduce a un revoloteo de argumentos sobre la inconveniencia para su salud de semejante fuga. Mientras tanto, el guardia ha corrido al teléfono; desde el pasillo no pueden entenderse sus palabras, pero gesticula aparatosamente con quienquiera que sea su interlocutor al otro lado de la línea. Al cabo regresa más calmado.

—El señor Ulloa lo espera en su despacho.

—¿Tienen coche abajo?

—Iremos en taxi.

Una de las monjas le entrega como despedida un frasco de linimento con el consejo de ponérselo tres veces al día en las zonas doloridas.

—Y vuelva dentro de dos semanas a quitarse los puntos —se oye la voz imperturbable del médico desde uno de los despachos.

Media hora después, la entrada de la pareja en la sede de la Dirección General de Seguridad hace suponer la conducción de un delincuente herido, sucio y maloliente. Nada de particular si el paseo lleva hacia los calabozos, pero el espantado personal de la planta noble gira la cabeza a su paso, como si el policía armado fuera un irresponsable por no llevar esposado a tan peligroso individuo.

—¿Pero qué haces aquí, Carlos? —lo saluda Balbino Ulloa—. Podíamos haber hablado por teléfono si tanta prisa te corre.

—Allí me aburro, y hay mucho por hacer.

Lombardi se sienta extenuado en la primera silla que se encuentra, le explica su lectura del informe del Ministerio de Justicia y la necesidad de que le gestione cuanto antes una visita a Juan Mata en Santa Rita. Ulloa descuelga el teléfono para pedir comunicación con el director de la cárcel y aguarda respuesta.

—Eres un cabezota y tienes una pinta desastrosa —dice, tapando el micrófono con la mano libre—. Ahora mismo te van a llevar a casa para adecentarte un poco. —El secretario libera repentinamente el aparato—. ¡Arriba España, director! Te molesto para que autorices una visita. Sí, es para Juan Mata. Uno de nuestros hombres pasará a interrogarlo esta misma mañana.

Ulloa escucha atentamente la respuesta. Su rostro cambia de expresión hasta volverse ceniciento. Da las gracias secamente y cuelga el teléfono.

—Sentencia cumplida —comunica con un hilo de voz, utilizando el titular habitual en la prensa—. Lo siento, Carlos.

—¡Hijos de puta! —aúlla Lombardi con rabia—. ¿Cuántas vidas más necesitan para saciar su odio?

—Cálmate, hombre. Parece que tenía dos penas de muerte pendientes y lo ejecutaron hace diez días. ¿Era importante para la investigación?

—¿Eso es lo único que le importa, la maldita investigación? Era importante para mucha gente, supongo. Para mí, por ejemplo, lo fue antes de enfrentarme a este asqueroso campo de concentración que están ustedes construyendo.

—Vamos, vete a casa y descansa. No sirve de nada lamentarse, y menos en tu estado.

Lombardi aprieta los dientes para taponar la presumible invasión de lágrimas que le anuncian sus ojos. Apenas conocía a aquel hombre; ni siquiera compartía con él sus métodos, aunque sí sus ideales más profundos, pero unos meses en prisión bastaron para tejer un extraño afecto entre ambos que en la mayoría de las relaciones no aparecía tras años de convivencia. Sí, se repite el policía, de nada vale lamentarse, hay que seguir: los muertos te matan o te empujan hacia delante; todo depende de las ganas que te queden de seguir vivo. Y él nunca las ha perdido, ni siquiera en los momentos más desesperantes de la derrota.

—¿Qué hay de Torralba? —espeta con rudeza para apartar la pena.

—Ese hombre ingresó por oposición en la Guardia de Asalto. No puede alegarse que fuera una recluta forzada, y eso lo complica.

—Hizo lo mismo que usted, velar por el futuro de su familia. Pero lo que en don Balbino Ulloa es un acto digno que le vale un cargo, en Torralba se convierte en ominoso.

—Así están las cosas, Carlos. —El secretario se encoge de hombros—. Yo no dicto las normas.

—Mire, estoy hasta los huevos de usted y de su moral acomodaticia. O me proporciona apoyo de inmediato o renuncio ahora mismo. Me voy a casa. —Lombardi se incorpora con una mueca de dolor—. Allí me tiene para lo que decida.

—No digas barbaridades. ¿Vas a echarlo todo a perder cuando los vientos te son favorables? —Ulloa cabecea reflexivo hasta dar con lo que parece ser una solución—. Lo único que puedo hacer es facilitarle un documento provisional de investigador privado, sin vinculación orgánica con la Brigada. Tú asumes la responsabilidad sobre él en todos los sentidos, incluido el económico.

—¿El económico, dice? Me han esquilmado en el banco y ni siquiera tengo sueldo.

Ulloa desliza un sobre hasta el borde de la mesa frente al policía, que fisga su contenido, un taco de billetes de cincuenta y veinticinco.

—Setecientas pesetas —resume el secretario—. Disponemos de fondos para casos extraordinarios, como el tuyo, pero no puedo poner la mano en el fuego por ese hombre. Mientras dure la investigación, eres responsable de cuanto él haga o diga, y de su eventual manutención.

El policía se deja caer en la silla con gesto de agotamiento.

—Supongo que esa acreditación como investigador no dará derecho a un arma, claro.

—Debería solicitar un permiso, y dudo mucho que se lo concedan.

—¿Y mi pistola?

—En el atestado figura como perteneciente al terrorista. Olvídate de ella. Ya te dije que no puedes llevarla.

Lombardi maldice entre dientes, pero sabe la inutilidad de una protesta y guarda para sí la irritación que le produce trabajar desarmado.

—Me temo que, al menos hoy, voy a necesitar un coche para moverme.

—Hoy te quedas en casa tranquilamente —aconseja Ulloa—. Mañana, si estás mejor, Dios dirá.

—Imposible. Tengo que ir al seminario y hacer un par de gestiones más.

—De acuerdo —acepta el secretario con gesto resignado—, cuenta con el que ahora te va a llevar. Ya doy orden de que el chófer quede a tu disposición durante el resto del día. Pero no hagas barbaridades, que te conozco. ¿Satisfecho?

—Algo más que hace cinco minutos —admite él de mala gana—, aunque no es para lanzar las campanas al vuelo. ¿Cuándo puede empezar Torralba?

—Que venga a verme.

La ducha ha convertido el apósito en un pegote tan incómodo y chorreante que Lombardi decide eliminarlo a base de tirones para despegar el esparadrapo. Ahora, frente al espejo, contempla su ojo amoratado y la ceja tumefacta, recorrida por una especie de cremallera de hilos negros decorada con pequeños nudos irregulares. Su aspecto es más que patético, pero el autor del zurcido parece haber actuado a conciencia, y al menos no sangra.

Aún en batín, enciende la estufa con los últimos restos de combustible que puede hallar en el cajón. Añade después al esquema de Quirós en la pizarra la foto de Nemesio Millán, corroborando que solo falta la de Eliseo Merino para completar el fúnebre cuarteto.

Tumbado en el sofá, intenta convencerse de la necesidad de actuar, pero el médico estaba en lo cierto y el dolor generalizado se impone tozudamente a su voluntad. Aunque no solo se trata de flaqueza física. La noticia de la muerte de Matacuras, sumada a la que su alocada intervención provocó en Mesón de Paredes, actúan como una pesada losa en el ánimo, un lastre difícil de apartar del pensamiento. Por distraerse, se sienta ante la máquina de escribir: el informe para Caballero sigue esperando, y tal vez enfrascado en esa actividad logre despejar la mente. Enseguida comprueba que no puede hacerlo solo, porque teclear con la mano derecha es un suplicio, y cada letra impresa en el papel significa un mordisco en el antebrazo. Tendrá que dictárselo a Quirós.

La impotencia le agria el humor, y por si fuera poco se está quedando helado. Y más que se va a quedar si no afronta pronto las necesidades domésticas que viene posponiendo. Ha llegado la hora de bajar a la carbonería. Al fin y al cabo, queda a un par de manzanas de distancia, y el paseo hasta allí puede servirle para comprobar el límite de sus fuerzas.

Se dirige al dormitorio, dispuesto a vestirse, cuando el timbre de la puerta lo obliga a cambiar de dirección. Abre sin mayores prevenciones para recibir una sorpresa, por fin una buena noticia entre tanta desdicha: Ramona, la madre de Irene, está frente a él.

Lombardi descubre en los ojos de su vecina un tránsito del júbilo a la preocupación que dura décimas de segundo: de la alegría por verlo vivo a la alarma provocada por su aspecto. Sin reparar en detalles secundarios, se funden en un espontáneo abrazo. Jamás han estado tan próximos, pues a pesar del afecto mutuo que se profesan, siempre han sido don Carlos y doña Ramona el uno para el otro, con la respetuosa distancia que imponen la edad y las convenciones sociales.

Entre un intercambio de frases aceleradas por la emoción, Lombardi la invita a pasar, y el gesto de Ramona se tuerce al descubrir la ropa manchada del policía tirada por el suelo.

—¿Se encuentra usted bien?

—Sí, mujer. He tenido un accidente sin importancia. Acabo de llegar a casa desde el hospital.

—¡Bendito sea Dios! —exclama ella con los ojos húmedos—. Pensé que lo habían fusilado.

Lombardi le explica su periplo carcelario de los últimos años, y sin entrar en pormenores, las excepcionales circunstancias que pocos días antes lo han puesto en la calle.

—Al no verlos por aquí —comenta como colofón—, imaginé que se habían ido ustedes de Madrid. ¿Cómo están todos?

—Los que se marcharon son los del tercero, pero nosotros no. Fuimos unos días al pueblo a pasar las fiestas con la familia. Volvimos ayer, y al escuchar esta mañana la ducha y la máquina de escribir, quise saber quién andaba trasteando en una casa vacía.

—¿Pero están bien? ¿Abelardo y los chicos?

—Mi marido, en el penal de Ocaña —aclara Ramona con infinita pena en el rostro.

—¿Preso?

—Ya ve usted, como si fuera un criminal; él, que nunca se metió en líos ni dijo una palabra más alta que otra. Por pertenecer a una organización que estaba contra Franco, dicen.

—Como tantos otros —masculla el policía—. Pero tenga esperanza, doña Ramona, que puede haber algún indulto —aventura por consolarla—. Decían durante la guerra que el Partido Sindicalista se llevaba bien con la Falange. Fuera o no cierta la acusación, puede que a sus afiliados se los trate con menos dureza que a los demás.

—Pues ya me extraña, porque al pobre aún le quedan cuatro años de cárcel, además de lo que lleva encima.

Cinco menos que a él, calcula Lombardi, aunque Abelardo tiene una familia, y esos cuatro años los van a padecer cada uno de sus miembros, así que bien pueden ser considerados otros doce. Una condena multiplicada, inhumana, injusta.

—¿Y usted, y los chicos?

—Tirando a duras penas. El pequeño sigue con sus estudios, de momento. Pero Paquito los ha dejado, y ni siquiera trabaja. Vaguea con gente rara y me temo que se me vaya a malear. Esto es casi peor que en la guerra, don Carlos, porque los chicos del barrio no tienen esperanzas y buscan el dinero donde no deben.

—Por lo que he oído, no es fácil encontrar trabajo. Confíe en él.

—¿Cómo voy a confiar? —A Ramona se le llevan los demonios al hablar de su hijo mayor—. Me busco la vida como puedo para darlos de comer. Fíjese que un par de veces a la semana me paso por el matadero y vengo cargada como una burra con dos cubos de sangre. La cocino y la vendo en el mercado para sacar unas pesetas. Pero tengo que ir sola, porque al niño le da vergüenza hacer eso, como si fuera un señorito. Y digo yo que con dieciocho ya tiene edad de dar un poco el callo en lo que sea, aunque no le guste. Ay, don Carlos, desde los quince le falta la autoridad de su padre, y a mí me toma por el pito de un sereno. La guerra nos ha destrozado, y la paz nos da la puntilla.

—Dígale usted que pase a verme, a ver si me entero de sus andanzas. Ya verá que no es tan grave.

—Muchas gracias, don Carlos. La verdad es que aquí no hay futuro para nosotros. En cuanto el pequeño acabe el curso nos vamos al pueblo. Allí por lo menos tenemos cuatro tierras y un par de huertas, y con la ayuda de la familia muy mal se tendría que dar para no comer. Y así, de paso, estamos más cerca de Abelardo.

—Puede ser una solución —aprueba el policía—. Madrid se ha convertido en tierra enemiga.

—No le molesto más con mis problemas, que lo he pillado casi en pijama. Mientras usted se viste, subo a por una cosa. Pero no cierre la puerta, que enseguida bajo. ¡No sabe usted la alegría que tengo de verlo bien!

Lombardi obedece de buen grado. La vitalidad que derrocha la madre de Irene, a pesar del infortunio, resulta contagiosa. Al recordar a su hija, un velo de nostalgia nubla momentáneamente su optimismo, pero no está dispuesto a que el pasado borre la sonrisa del presente y rechaza los malos pensamientos: aquella chiquilla ha de ser para él una memoria dulce, no un amargo resentimiento.

Cuando regresa al salón, Ramona ya ha vuelto. Dotada de escoba, cubo y bayetas, se dispone a arreglar cuanto desaguisado doméstico encuentre a su paso. Como en los viejos tiempos.

—¿Pero qué hace, mujer?

—Tiene la casa hecha un desastre.

—No, por favor, no se moleste. Además, ya ve que esto es casi una oficina, una sucursal de la Brigada.

—Tranquilo, que no voy a tocar nada que no deba. Mire, ese sobre que hay en la mesa es para usted.

—¿Qué es?

—Pues una carta, ¿no? Llegó hace mucho, en el verano del treinta y nueve. El cartero preguntó por usted. Le dije que andaba de viaje y que yo se la entregaría a la vuelta. Me alegro de que por fin la tenga en sus manos.

—Qué raro —reflexiona Lombardi en voz alta al revisar el remite, unas siglas junto a una dirección de Nueva York—. No conozco a nadie en los Estados Unidos.

—Pues ábrala, hombre, y entérese de una vez, que lleva dos años y pico esperando.

El policía se recuesta en el sofá antes de rasgar cuidadosamente el sobre. Ramona frota con un cepillo de raíces las manchas de barro y sangre de su abrigo, pero tanto ella como su actividad dejan de tener interés para él cuando comprueba que la carta, fechada el 28 de mayo de 1939, está firmada por Leocadio Lobo, el cura con quien se había entrevistado en busca de ayuda tras los dos primeros asesinatos.

Estimado señor Lombardi:

Espero que al recibo de la presente esté usted bien de salud. Yo bien, a Dios gracias, aunque con los achaques que a cierta edad nos regala el Señor para recordarnos que no somos inmortales y que nos espera al final del camino, acompañado de su infinita Misericordia. Bendito sea.

A Él ruego, mientras escribo esta carta, que su destinatario haya podido evitar en sus carnes lo más agudo del drama que sufre el pueblo español. Conozco, desde mi exilio, el dolor de nuestra gente. Atribuyen a Voltaire la sentencia de que quien se venga después de la victoria es indigno de vencer, así que el dictador suma a la indecencia de su rebelión contra el pueblo la de su venganza tras el triunfo por las armas.

Sé que allí se ha impuesto una estricta censura epistolar. De ahí mi intento de sortearla escribiendo en inglés algunas palabras de su dirección, como Spain, y con un remite que, además de las siglas que lo encabezan, podría corresponder perfectamente a cualquier ciudadano estadounidense. Ojalá que mi ingenua treta permita que estas líneas lleguen a usted.

La rendición me sorprendió en los Estados Unidos, donde ahora me encuentro. Como antes hiciera en la Europa democrática, quise que este gran país conociese de primera mano la verdad de lo que acontecía en España, y recabar de paso cuanta ayuda me fuera posible a favor de la causa republicana. Han sido más de veinte conferencias en sus principales ciudades a lo largo de dos meses, que concluyeron a finales de abril, cuando la triste derrota era ya un hecho consumado.

Le diré que mi derrota ha sido doble, pues he sido suspendido a divinis, lo que en su lenguaje laico se traduce por ser apartado del ejercicio de mis funciones sacerdotales. El obispo de Madrid, don Leopoldo Eijo Garay, justifica esta decisión por lo que considera mi escandalosa actuación pública en defensa de los enemigos de la Iglesia y de la Patria, y por excitar el odio de la plebe —cito textualmente— contra la Jerarquía y los heroicos salvadores de España. El señor obispo, advertido de la inminente insurrección militar, había fijado en Vigo su residencia, y desde allí dictó la referida sanción a finales de 1936. Lo más paradójico, por no emplear otro

270

calificativo, es que esa suspensión no solo se me ocultara, sino que los vicarios generales en Madrid del señor obispo, don Heriberto Prieto y don José María García Lahiguera, conocedores sin duda de la misma, me encargasen durante los años de asedio a la ciudad la consagración de templos o capillas y numerosos actos litúrgicos y sacramentales, vedados a quienes sufren la referida inhabilitación. Misterios de la condición humana.

Pero no le escribo, señor Lombardi, para hablarle de mis íntimos pesares, puesto que bastantes tendrá usted encima si es que ha podido sobrevivir a la venganza. Dejé Madrid un par de meses después de nuestra entrevista sin haber podido satisfacerlo en mi promesa, a pesar de que hice gestiones para ello. Gracias a la tarjeta de visita que me entregó, y en la confianza de que no haya cambiado de domicilio, tal vez hoy pueda aportar algo de luz por vía epistolar a sus investigaciones, si es que a estas alturas sirve para algo.

Hablamos en la citada ocasión de la apariencia ritual de aquellos dos asesinatos. Rechacé con energía la posibilidad de que tuvieran algo que ver con la liturgia cristiana. Y me mantengo firme en esa negativa, aunque tal vez guarden relación con bárbaros ritos precristianos que Nuestro Señor Jesucristo abolió con su Nuevo Testamento.

En varios versículos de Levítico 14 se dictan normas para purificar una casa infectada de lepra. Entre otros detalles, aconseja actuar con dos pájaros: uno ha de degollarse, y con el otro, mojado en la sangre del primero, se rociará la casa siete veces.

En Deuteronomio 21 se establece un ritual para los asesinatos impunes. Se conducirá, dice, a una becerra hasta el borde de una corriente de agua continua donde no se haya arado ni sembrado, y allí se le romperá la nuca.

Un par de capítulos más adelante, el propio Deuteronomio sentencia con crueldad: «No entrará en la congregación de Dios el que tenga magullados los testículos, o amputado su miembro viril. No entrará el bastardo en la congregación de Dios. Ni aún en la *décima generación entrará en la congregación de Dios». Para mejor compresión de esta norma, le diré que negar la entrada en la congregación de Dios equivale a ser expulsado de la colectividad religiosa, como si a un católico se le prohibiera entrar en la iglesia y se le negara* de facto *su pertenencia a la comunidad que en ella se reúne. Una especie de excomunión.*

Se trata de prácticas o creencias que repugnan al sentido común civilizado, pero admitidas como ley divina durante siglos por una cultura en la que maduró la semilla de la nuestra. En mi opinión, resultan llamativas sus similitudes con los casos que usted investigaba. Puede consultar, si tiene ocasión de ello, los referidos textos para ampliar detalles.

Respecto al rostro abrasado de una de las víctimas, tan solo he podido hallar una referencia bíblica que se le aproxime, si bien lejanamente. Se trata del capítulo 13 de Isaías, que anuncia la inminente llegada del día de Yahvé y, entre otros horrores, vaticina que cada cual se asombrará al mirar a sus compañeros y descubrir sus rostros abrasados. El rostro, para la cultura hebraica, equivale al alma, así que el profeta nos habla de almas pecadoras condenadas al infierno.

De ser más o menos certeras las elucubraciones que acabo de exponerle, el asesino que busca debería ser un hombre relativamente culto y conocedor del Antiguo Testamento; aunque, francamente, de lecturas muy mal digeridas. Alguien, además, que se cree con la potestad de ser juez y verdugo al mismo tiempo. Y al escribir esta última frase no puedo evitar que varios nombres de nuestra reciente y dolorosa historia acudan a mi pensamiento, aunque no vengan al caso que a usted le ocupa.

En fin, señor Lombardi, le deseo el mayor éxito en sus propósitos, y ruego al Señor que lo ampare con su divina protección en los azarosos tiempos que nos toca vivir. Reciba de mi parte un fraternal abrazo.

Leocadio Lobo, presbítero.

Alicia Quirós llega antes de las once. Ramona le abre la puerta y, tras las presentaciones, en un aparte a salvo de los oídos de la vecina, la agente se encara con Lombardi.

—¿Es que se ha vuelto loco? ¿Cómo se le ocurre marcharse del hospital en su estado?

—Estoy perfectamente —fanfarronea él—. Tanto que ahora mismo me voy al seminario. ¿Le apetece acompañarme? Tenemos abajo un coche prestado por el generoso señor secretario.

—¿Que si me apetece? Pero qué terco es usted. ¿No será que necesita ayuda para moverse?

—Bueno, tampoco me vendría mal —asume el policía—, pero es que, además, hay mucho de qué hablar. Tiene que contarme sus gestiones de estos días, y yo un par de ideas que me rondan la cabeza. Y, antes de que lo olvide, póngase en contacto con Andrés Torralba y dígale que vaya a ver a Ulloa.

—¿Ha aceptado? —La noticia cambia la ceñuda expresión de Quirós por una sonrisa de oreja a oreja.

—Una chapuza de acuerdo, pero algo es algo.

—Avisaré a mis padres, porque Torralba no tiene teléfono.

Mientras Quirós acude presurosa en busca del aparato, el policía se llega hasta la cocina, donde su vecina se empeña en sacar brillo a los azulejos.

—Doña Ramona, deje usted todo esto, que tenemos que marcharnos.

—La casa necesita un buen repaso, la estufa y el fogón están sin combustible y las provisiones en las últimas. No puede usted vivir así. Déjeme que me encargue de todo eso, como antaño.

Lombardi sabe que la disposición de la mujer es desinteresada, un rasgo más de su generosa y vital personalidad. La idea de restablecer su antiguo acuerdo resulta, sin embargo, un tanto aventurada por la precariedad de su propia situación. Pero ella necesita sacar adelante una familia, y él acaba de recibir un imprevisto ingreso.

—Me parece buena idea —acepta, entregándole un par de billetes de cincuenta—. Ocúpese de todo y quédese con las vueltas.

—¡Ah, no, no! Yo se lo hago con mucho gusto.

—Ya lo sé, y se lo agradezco de corazón. No sé por cuánto tiempo, pero de momento puedo pagar por su trabajo. Y llévese a casa esa cesta navideña, que se va a morir de asco en el rincón. A los chicos les gustará, seguro.

—Pero si usted es un goloso, don Carlos, que lo sé yo.

—El médico me ha prohibido el dulce y todo lo que hay ahí —asegura muy serio, en un intento de aparentar credibilidad.

—¿También las naranjas? —pregunta ella, recelosa.

—Eso no, pero ya me he comido media docena. Las que quedan, para ustedes, para que celebren nuestro reencuentro. Bueno, nos vamos, que hay faena. Le dejo la llave y ya me la devuelve luego.

Lombardi baja las escaleras apoyado en la barandilla y en el brazo de Quirós. De ser necesario, podría hacerlo por su cuenta, se repite una y otra vez, pero sin duda la ayuda recibida facilita las cosas. Se acomodan en los asientos traseros del coche, conducido por un policía armado silente y discreto que mantiene cerrado el cristal de separación de ambos espacios.

—¿Algo interesante en sus últimas gestiones? —pregunta en cuanto arranca el vehículo.

—Poca cosa —anuncia la agente, que se apoya en una mueca de frustración—. El sacristán de San Pedro el Viejo no tiene la menor idea de esa talla románica, ni le suenan los nombres de los seminaristas.

—¿Pudo dar con alguno de los altares clandestinos?

—Visité los tres más cercanos al refugio de Figueroa. El chico frecuentaba uno a pocas manzanas, en la calle Tutor. He hablado con gente que lo conoció, incluidos los propietarios de la casa y el cura que oficiaba, y todos coinciden en su diagnóstico: un joven asustadizo que llegaba solo y se marchaba solo. Naturalmente, además de oír misa en grupos reducidos, los asistentes comentaban a menudo la situación general de la guerra y compartían algunos asuntos personales, pero Figueroa se limitaba a la liturgia y nunca aceptó una relación más estrecha con ellos. Probablemente se sentía inseguro en un barrio ajeno y ante desconocidos.

—O sea, que el contacto con el asesino tuvo que producirse en la calle, como sospechábamos.

—Es de suponer, pero eso no ayuda mucho —concluye Quirós su informe—. ¿Y ese par de ideas tan importantes que tenía que comunicarme?

—¿Dispone usted de una Biblia?

Ella lo mira confusa antes de responder.

—En casa de mis padres hay una, pero ¿para qué la necesita?

—En el seminario tiene que haber algún ejemplar, digo yo. Y no me mire con cara de pasmo: he reflexionado sobre lo que comentó respecto a la saña de nuestro asesino, aquello que dijo del macabro juego simbólico.

—Y ha llegado a alguna conclusión interesante, supongo.

—Sí, aunque debo reconocer que no es mérito mío. Un cura me abrió los ojos.

Sin citar nombres ni detalles innecesarios, Lombardi refiere a su compañera el contenido esencial de la carta de Lobo. No ha memorizado los libros y versículos correspondientes, anotados en un papel aparte que lleva en el bolsillo, pero las escenas son nítidas e inolvidables.

—Parece una descripción casi exacta de los hechos —se admira ella.

—Así es. Tenemos tres lugares infectos, apestados. Por orden cronológico: el seminario, la academia Mediator Dei y la casa de citas de la calle Magallanes. Purificados todos con siete manchas de sangre.

—De ser humano, no de pájaro —matiza Quirós.

—Claro, porque hablamos de un criminal y no de un simple fanático religioso. Queda por saber cuál es la naturaleza de esa corrupción.

—Desde un punto de vista moral, la de la calle Magallanes es evidente: la prostitución. Así que la de los otros dos edificios tendría que ser la misma.

—No le falta lógica —acepta Lombardi—, pero se me hace un poco cuesta arriba aceptarlo sin pruebas más sólidas. Puede que una academia dedique sus ratos nocturnos a ese menester, pero ¿acaso concibe la idea de un lupanar clandestino en el seminario?

—Por supuesto que no, aunque hay muchas formas de prostituirse.

—Aceptado, Quirós. Y esas son las incógnitas que debemos despejar. Vamos con el Manzanares, que también se las trae. En vez del cadáver de una becerra tenemos el de Merino. En ambos casos, desnucados junto a una corriente de agua en una orilla yerma. Y todo, para reparar un crimen impune. Parece que ahí asoma un móvil concreto, ¿no?

—¿La venganza por un asesinato?

—En el que supuestamente estarían implicadas, en mayor o menor medida, cada una de las víctimas —abunda él.

—Puede que sí en el caso de Merino, que personifica al animal sacrificado. Pero las demás víctimas ya están asociadas a otra culpa, como acabamos de ver. Quizás el móvil es distinto para cada caso.

—Tiene razón —recula Lombardi—. Una muestra más de cómo el entusiasmo al descubrir un poco de luz puede llevarnos a presunciones equivocadas. Sin embargo, todas las víctimas fueron mutiladas del mismo modo.

—Según esos textos que dice, para ser apartadas del pueblo de Dios, si lo traducimos al lenguaje actual. Una condena eterna que no define la naturaleza de su culpa. Lo que se sale de norma es lo de Varela, ese detalle de su paquete genital en la boca. ¿Cómo lo explica su cura inspirador?

—No lo explica; Varela aún tenía el paquete genital en su sitio cuando ese cura me confió sus impresiones. Pero tal vez se trata solo de un matiz dentro de tanta carnicería, como la guinda de la tarta.

—Pues vaya guinda.

—Centrémonos entonces en la tarta —sugiere él—. A tenor de lo que acabamos de comentar, imaginemos candidatos para el papel de asesino.

—Podría ser judío.

—No me sea usted nazi, Quirós. ¿Por qué judío?

—Parece que conoce bien las costumbres hebreas.

—Por lo que tengo visto y lo que me enseñaron de pequeño, para un católico el Antiguo Testamento es tan válido como el Nuevo, y a menudo más importante. En las biblias figuran ambos, y el segundo carece de fundamento sin el primero.

—Pues yo no lo descartaría tan a la ligera —porfía ella.

—De acuerdo, aceptado el judío. Más candidatos.

—No se me ocurren más, pero está claro que conoce la Biblia.

—¿Y quién conoce la Biblia tan bien como un judío?

—¿Un cura? —duda Quirós—. No estará pensando que un sacerdote sea capaz de semejantes barbaridades.

—¿Y por qué no? También se escandalizó usted cuando le conté las andanzas de Varela en casa de doña Patro. Cierto que no es lo mismo echar una cana al aire de vez en cuando que ir por la vida repartiendo cuchilladas, pero no podemos descartar *a priori* que se trate de alguien estrechamente relacionado con la Iglesia.

—Estaría loco.

—Es evidente que no anda bien de la cabeza. Pero ¿acaso el sacerdocio exime de la locura o del crimen? La historia dice lo contrario. No hay que remontarse al Renacimiento ni creo que sea necesario citar la Inquisición. Podemos hablar del convento de San Antonio Abad, en Llerena, donde tres frailes asesinaron en el XVIII a sus dos priores.

—Es la primera vez que oigo semejante historia.

—Pues documéntese, Quirós, que nunca viene mal —aconseja Lombardi—. Sigamos: algún que otro personaje de las guerras carlistas fue asesinado por sacerdotes; el cura Martín Merino apuñaló a Isabel II, y su colega Cayetano Galeote liquidó a su obispo. ¿Necesita más ejemplos?

—Me habla de hechos antiguos —objeta ella—. El mundo ha cambiado mucho desde entonces.

—No tan antiguos. El último es de hace cincuenta años. ¿Los prefiere más recientes? Usted pasó la guerra con los sublevados, así que no puede resultarle extraña la figura del cura con pistola al cinto denunciando a sus feligreses descarriados, o disparándoles directamente. Tampoco la de tantos otros que se sumaban gustosos a las patrullas represivas con la excusa de confesar a sus víctimas. Este detalle es lo único que los diferencia de los paseos que hubo en este lado: que aquí no había bendición vaticana.

La agente frunce el ceño.

—No voy a entrar en otra discusión política con usted.

—¿Política? Lo siento, Quirós. No estaba en mi ánimo ofenderla. Tan solo exponía casos que demuestran que un tonsurado puede ser tan loco y tan asesino como cualquiera. Lo único que necesita es una excusa que aplaque su conciencia. Pero tiene razón: dejémonos de debates y vamos a ver qué podemos encontrar ahí dentro.

Llevan un rato detenidos en la calle San Buenaventura, frente a la entrada principal del seminario. Al apearse, ella ofrece el brazo a su jefe, pero este lo rechaza en un gesto de autosuficiencia que quiere parecer cortés. Lombardi anda despacio, pero erguido, y al llegar al pórtico indica el lugar donde se encontró el cadáver de Millán en el treinta y seis.

—Aquí empezó todo —musita el policía—. A veces me parece que fue ayer, y otras que sucedió hace media vida.

Quirós echa un vistazo curioso al pasar, pero nada distingue aquel rincón del resto de la fachada. Por su aspecto actual, nadie podría imaginar que aquellos ladrillos hayan presenciado un rito tan cruel como el sufrido por el pobre seminarista. Tal vez ha pasado media vida, como dice Lombardi, porque en aquellas fechas ella no había cumplido los veinte, y de entonces acá ha corrido más sangre que en un siglo entero.

Con las vacaciones, el edificio está prácticamente vacío. Tras identificarse la pareja en secretaría, el policía se interesa por la lista de personal solicitada nueve días antes como elemento indispensable de la investigación que llevan a cabo. El cura encargado, distinto al de aquella fecha, desconoce por completo las vicisitudes de ese trámite y tiene que consultarlo con alguien más informado en lugar distinto que la oficina. Cuando al cabo regresa, sonriente por el deber cumplido, dice que el documento ha sido remitido por correo a la Dirección General de Seguridad la semana anterior.

—¡Pero leche! —protesta Lombardi—. Si en media hora se planta uno en la Puerta del Sol desde aquí, ¿y se les ocurre mandarlo por correo? Con un telefonazo me habría acercado personalmente a por ello. Vaya ganas de marear la perdiz.

—En estas fechas, ya se sabe —alega el clérigo, un tanto retraído por la bronca de un agente de la autoridad tan malcarado—. Pero seguro que está a punto de llegar.

—¿Y no guardan una copia?

—Pues no, lo siento. Se envió el original.

—Paciencia, entonces. ¡Qué remedio! —refunfuña el policía—. Otra cosa, y a la vista de cómo funcionan por aquí, lo necesito ahora. La foto de uno de los alumnos asesinados. Se llamaba Eliseo Merino, creo que era subdiácono, y durante el curso del Alzamiento trabajaba en la biblioteca. Seguro que tienen ustedes alguna.

Cuando el cura los deja a solas para ir a investigar el encargo, Quirós, que se ha mantenido en segundo plano, dedica unos insonoros aplausos a su jefe.

—¿Ha visto qué rápido aprendo? —responde este—: Alzamiento y no sublevación. A este paso le voy a pedir una insignia de la Falange para pincharla en mi corbata.

—No lo verán mis ojos.

—Y no porque vaya a quedarse ciega, precisamente. No lo tome como desconsideración hacia usted, pero yo me voy a sentar hasta que vuelva ese inútil.

—Siéntese sin problemas, so cabezota, que está usted baldado y tiene un aspecto lamentable. Aunque no por eso pierde su genio.

Lombardi recibe la crítica con una sonrisa. Posado sobre una incómoda silla, quiere, no obstante, refutar las palabras de su compañera.

—¿Cree que debería tratar con más delicadeza a ese chupatintas por el hecho de que lleva sotana? Recuérdelo, Quirós: mitad pose, mitad convicción. Y no confunda pose con mala uva.

El chupatintas regresa con varios documentos. Desplegados sobre el mostrador, hay tres orlas bastante deterioradas correspondientes a distintos cursos a los que Merino perteneció, y un par de fichas personales, una general del seminario y otra como miembro de la biblioteca. La foto de esta última es la más reciente y de mayor tamaño, y es la elegida por Lombardi.

—Pero no puedo entregársela —se resiste el cura—. Tenga en cuenta que la mayoría de estos documentos han sido recuperados con mucho esfuerzo tras el expolio de la guerra y no podemos permitirnos perderlos de nuevo.

—Tiene fácil solución: me la llevo, hacemos una copia y le devuelvo el original. Personalmente, sin correo que valga —matiza con un punto de acidez—. Si se queda más tranquilo, le firmo algún recibo. Tenga en cuenta que es importante para la investigación sobre el asesinato de este pobre chico. Ni siquiera conocíamos su cara.

Tras un largo tira y afloja, el clérigo acepta por fin la propuesta del policía con el compromiso de reintegrar la foto en el plazo de dos días.

—Era guapo —comenta Quirós al verla.

Lo era, confirma Lombardi. Pelo ondulado, tirando a rubio, claros y grandes ojos enmarcados por gafas de suave montura, nariz recta, mandíbula redondeada y labios carnosos. No se parece a su padre. Tal vez a su madre prófuga. Por fin han completado el cuarteto de rostros.

—¿Podría usted venderme una Biblia?

—¿Una Biblia? —repite el cura, sorprendido por la petición del policía—. Pues el caso es que ahora, con las vacaciones, tenemos cerrada la tienda, pero si no es urgente, en cualquier librería puede encontrar una.

—Gracias por su colaboración —dice Lombardi como despedida—; ahora voy a enseñarle el sitio a la señorita.

—Disculpe, pero está casi todo cerrado —objeta el eclesiástico.

—¿También la capilla, y el patio?

—Bueno, eso no está cerrado, claro. Pero es que las mujeres no están autorizadas a entrar en las zonas de estudiantes.

—Pero hombre, si los chicos están de vacaciones —alega él con un retintín de súplica—. No hay almas cándidas a las que un cuerpo femenino pueda inducir malos pensamientos.

—Lo siento, pero está prohibido.

—Vale. En ese caso, olvide lo dicho, que voy a empezar de nuevo con la despedida. —El tono humorístico del policía vira hacia la dureza—: Gracias por su colaboración; ahora estos dos agentes de la Criminal van a echar un vistazo por aquí. ¿Entendido?

El clérigo se ruboriza, da media vuelta y se enfrasca en los papeles de su mesa.

—¿Ve como es un gilí? —comenta Lombardi mientras la pareja se adentra en el edificio.

—El pobre hombre se limita a cumplir órdenes. ¿Por qué se ha empeñado en entrar?

—Porque tengo la sospecha de que entre estas paredes está el origen de todo. Así que huela, mire, descubra e imagine. Al fin y al cabo, fue la residencia de tres de nuestras víctimas. Y algo de ellas debe de quedar en el ambiente.

A medida que avanzan hacia el interior, crece la penumbra. La luz eléctrica está desconectada, y de los ventanales del fondo apenas llega un difuso resplandor. En aquel silencio, los muros devuelven el eco de sus pisadas y el sonido de la voz parece casi sacrílego.

—Eso huele un poco a metafísico —arguye Quirós—. Me temo que cualquier rastro que pudiera existir habrá desaparecido ya. Cinco años y una guerra son un foso demasiado profundo.

—¿Metafísico, dice? Puede ser. Cuando vine en el treinta y seis, por lo del cadáver de Millán, esto era un auténtico destrozo. Pasé varias veces por aquí en los meses posteriores. A medida que el frente se acercaba a Madrid, lo convirtieron en cuartel y depósito de municiones, pero, incluso en esas circunstancias, conseguía imaginarme al pobre chico por estos pasillos.

—No está mal sumergirse en los escenarios, pero dudo que aporten nada a estas alturas.

—El pasado no se esfuma así como así. Siempre queda algo; el problema es que no somos capaces de descubrirlo. ¿Qué son los testigos sino vestigios de ese pasado con posibilidad de expresarse? Pues también los hay que no saben hablar, pero cuentan cosas. La verdad es que aquí no se ve un pimiento. Vamos al patio.

Quirós simula un silbido de sorpresa ante la gran extensión de tierra que se abre frente a sus ojos.

—¡Madre mía! No imaginaba que esto fuera tan grande. Ya tienen sitio para correr.

Lombardi coincide en que llamarlo patio es un menosprecio. Se trata de una verdadera finca, dividida en dos niveles separados por un talud y limitada mucho más abajo por una valla semioculta por una larga fila de chopos. El cercado se extiende hasta la derecha, para separar el territorio del alto de las Vistillas. Allí hay una puerta, y junto a ella un huerto y una pequeña caseta. Dos hombres trajinan en los alrededores con sus aperos. Durante la última visita del policía, nueve días antes, aquel lugar estaba tan vacío como el resto de la finca.

Lombardi inicia el descenso de las escaleras que conducen al primer nivel.

—Vamos a echar un vistazo a esa huerta.

—¿Puede usted solo?

—Sí, Quirós. Le estoy agradecido por su interés, pero deje de tratarme como a un inválido.

—Allá se las apañe —replica ella, y taconea ligera escaleras abajo.

Al policía le hace gracia el teatral desplante. La verdad es que se siente mucho mejor, no porque hayan cesado los dolores, sino porque la carta de Leocadio Lobo ha actuado en su ánimo como un faro en noche cerrada y permite afrontar la investigación con mucho más optimismo.

La pareja que trabaja en el huerto, un adulto y un adolescente, detiene su quehacer para observar la llegada de los extraños. Lombardi supone que la presencia de una mujer laica en aquella zona tiene que ser todo un acontecimiento para ellos.

—Buenos días —saluda—. ¿Qué plantamos por aquí?

—Espinacas —responde el mayor de ellos, un cincuentón de rostro cetrino y arrugado.

—Yo pensaba que el invierno era tiempo de descanso para el campo.

—Siempre hay faena. Todavía tenemos que repartir estiércol y podar un poco los frutales. ¿Qué los trae a ustedes por este andurrial?

El policía enseña su acreditación y la agente hace lo propio con su placa.

—¡Arrea! —exclama el hombre—. ¿Ha pasado algo ahí dentro?

—Todo está bien, no se preocupe. Solo investigamos cosas de la guerra.

—Cosas feas, entonces.

—Feísimas —redunda Lombardi—. ¿Lleva usted mucho tiempo a cargo de la huerta?

—Casi veinte años, desde antes de que me naciera este —señala al muchacho—, que acaba de cumplir los catorce. Menos en la guerra, claro, porque se cerró el seminario.

—O sea, que conoce todas estas piedras como si fueran de la familia. Y habrá visto generaciones enteras de seminaristas retozar por la finca en los recreos.

—Ya le digo.

—Y un montón de cosas que habrán llamado su atención, supongo.

—¿Qué cosas dice? —pregunta extrañado el huertano.

—Discusiones, peleas, en fin, cosas que se salgan de lo corriente —lo provoca el policía.

—¿Peleas entre los seminaristas? No me haga reír.

—Son gente ejemplar, claro.

—Ya me dirá qué clase de curas iban a salir si no —redunda el labriego con un apunte de carcajada.

—Todo normal, entonces. En todos estos años, ¿tampoco ha oído sobre problemas ahí dentro?

—Yo solo entro a las cocinas, lo demás ni lo conozco. Mi sitio es este, y bastante tengo con sacarlo adelante.

—¿No recuerda ningún momento de tensión? —insiste Lombardi.

—Pues no señor, y vaya preguntas raras que hace.

—¿Ni siquiera durante el Alzamiento?

—¡Ah, bueno! Eso es otra cosa. Creí que me preguntaba usted por los tiempos normales. Ese día sí que lo pasamos mal, porque casi nos escabechan.

—Cuéntenos usted cómo sucedió.

—Pues nada, que estábamos de medio siesta a la sombra de la caseta después del almuerzo. Los dos, porque mi hijo también estaba. Y en eso que aparece un montón de gente de paisano por aquella misma puerta por donde han venido ustedes, corriendo hacia aquí. Yo me asusté, hasta que vi que eran profesores y seminaristas sin sotana, cosa rara porque siempre la llevan puesta. Y también salieron unas monjas por aquella puerta de las cocinas, todas sin hábito. Me dijeron que me fuera pitando, porque iban a quemar el seminario. Todos se escaparon por esta otra puerta de ahí detrás. Y eso mismo hicimos nosotros, y no paramos de correr hasta Carabanchel, donde vivíamos por aquel entonces. ¿Verdad que sí, hijo?

El chico asiente con un tímido cabeceo. Se ha desentendido de la conversación y juguetea con su azada en la tierra.

—¿Usted conocía a esa gente que escapó? —se interesa el policía—. Quiero decir si sabía sus nombres o mantenía relación con alguno de ellos.

—Yo solo me trataba con el padre ecónomo y con las cocinas. A alguno de ellos lo conocía de vista, pero poco más.

—¿Y tú cómo viviste aquello, chaval? —interviene Quirós de improviso—. Solo tenías ocho o nueve años.

—Nueve ya cumplidos —asegura el padre—. Pues con mucho miedo, cómo lo iba a vivir.

—He preguntado a su hijo —lo corta ella—. Cuando tenga una pregunta para usted, se lo haré saber.

Aprende rápido esta chica, se dice Lombardi, satisfecho del auxilio de su compañera cuando el interrogatorio estaba en punto muerto.

—Dime —continúa ella con el muchacho tras una torpe disculpa del padre—. ¿Qué pensaste que estaba pasando?

—Me asustó, pero no me pilló de sorpresa.

—¿Por qué? No me digas que esperabas que asaltaran el seminario.

—Eso no —farfulla el chico—, pero me barruntaba que algo iba a pasar, porque era un día un poco raro.

—¿Por qué te parecía raro?

—Pues porque antes del almuerzo había visto a un grupo enterrando algo cerca de la valla. Pensé que serían tesoros, porque en aquellos días todo el mundo decía que los curas estaban escondiendo sus dineros por miedo a que la gente se los quitara para repartírselos.

Los policías se intercambian miradas cómplices mientras el padre abronca a su hijo:

—¡Pero qué novelero eres! ¡Qué tesoros ni qué ocho cuartos! ¡Tú qué ibas a ver si eras un mocoso! ¿Y qué van a pensar los curas de nosotros oyéndote esas cosas? No se muerde la mano que te da de comer.

—Que sí, padre, que lo vi con estos mismos ojos, aunque usted no se lo crea. Por eso pensé que algo debían de temerse desde por la mañana, y cuando luego llegaron todos corriendo, me dije: toma, ahí tienes el porqué.

Quirós corta de raíz la discusión paternofilial con una nueva pregunta para el muchacho.

—Dices que viste a un grupo. ¿Cuántos eran?

—Pues tres o cuatro; no estoy seguro, porque estaban lejos.

—¿Eran seminaristas o profesores?

—Yo qué sé —refunfuña el chico—. Todos iban con sotana.

—¿Y en todo este tiempo desde entonces no has tenido curiosidad por saber lo que habían enterrado? ¿Nunca te has acercado hasta allí?

—Pues no, porque desde aquel día no pudimos volver hasta después de tres años, y pensé que para entonces ya lo habrían recuperado. Y además, si me pillan fisgando lejos de la huerta, lo mismo despiden a mi padre.

—¿Recuerdas dónde fue?

—Por aquella zona, más o menos entre aquellos tres chopos que están más juntos.

—Habrá que echar un vistazo al sitio —comenta Lombardi.

—Chencho puede ayudarnos —apunta Quirós.

—¿Quién es Chencho?

—Un compañero del grupo de identificación.

Chencho hocica a Lombardi en cuanto los presentan. La humedad de su morro en la mano le produce un efecto automático. Imágenes del pasado desfilan por su mente como una película de cine, aunque a mayor velocidad. Y la primera, de niño, cuando todavía era Carlitos y sufrió el ataque de un chucho en la calle; nada grave, apenas un rasguño en la muñeca, pero desde aquel día anida en su interior, si no miedo, sí una clara antipatía y no poca prevención hacia lo que algunos consideran el mejor amigo del hombre.

—Tranquilo, que es muy dócil —asegura Quirós con unas caricias en el lomo del animal al observar el nerviosismo del policía.

Chencho es un labrador negro de pelo brillante y bien cuidado, sujeto con correa por un miembro del servicio de identificación. Media docena de agentes, cargados con un par de bolsas de herramientas, se han presentado en el patio media hora después de que su compañera reclamase telefónicamente su presencia; entre ellos, su jefe, el inspector Durán, un hombre dinámico con camisa falangista que debe de andar por la mitad de la treintena. Tras las presentaciones de rigor, liberan al perro de su atadura y siguen su correteo zigzagueante a lo largo de la valla.

—Estaba deseando conocerlo, Lombardi —comenta Durán—. Alicia dice que la trata usted como a una reina. No me la mal acostumbre.

—Me parece que, en el caso del señor Lombardi, no es un símil acertado —refuta ella con ironía.

—Tiene razón —sonríe el inspector—. Tampoco vaya a pensar que nos gusta la monarquía: los reyes, cuanto más lejos, mejor. Dejémoslo en primera dama.

—Exagera —niega el aludido con el mismo tono distendido en que parece desarrollarse el encuentro—. La exijo como al que más. Y vale mucho.

—Claro que lo vale —abunda Durán—. Llegará lejos, si no se malea.

—¿Y por qué iba a malearme? —protesta ella con un mohín.

—La vida es puñetera —replica el inspector con un teatral suspiro y la mirada perdida en el horizonte—. Miren: parece que Chencho ha encontrado algo.

Efectivamente, el perro olisquea moviéndose en círculos cada vez más estrechos. El lugar elegido no dista mucho de los tres chopos desnudos que ha señalado el hijo del huertano. El animal se detiene de repente y queda sentado sobre una superficie terrosa cubierta de maleza que en nada se distingue de sus alrededores.

—A cavar, chicos —ordena Durán.

Tras premiarlo con un par de terrones de azúcar, el agente a cargo del perro lo sujeta de nuevo a la correa y se lo lleva a pasear por la finca. El resto, bajo el control directo de su jefe, se dedica con pequeñas palas a una lenta labor de erosión del lugar elegido por Chencho, tan minuciosa y delicada que parecen un equipo de ensimismados arqueólogos.

—Gracias por el capote —dice Quirós a Lombardi—. Pero se ha excedido en los elogios.

—Ni un pelo, créame. No sé lo que encontraremos ahí, pero el mérito será suyo. ¿Cómo se le ocurrió tirar de la lengua al hijo mientras yo me encabezonaba con el padre?

—El chaval se puso nervioso cuando usted preguntó por lo sucedido aquel día —explica ella sin darle importancia—. Hasta entonces había estado pendiente de la conversación sin perder detalle. Pero cuando el huertano contaba su experiencia de los hechos, empezó a frotarse las manos, y luego a juguetear sin sentido con la azada entre los surcos, como si aquello no fuera con él y pretendiera evadirse. Imaginé que sabía algo más de lo que contaba su padre.

—Y vaya si lo sabía.

—Pero no se haga ilusiones. Puede que el chico esté en lo cierto y aquella gente estuviera escondiendo objetos sacros por precaución. Si fuera eso, lo lógico es que ya no quede nada.

—Eso significaría que se temían el asalto. Una deducción que puede explicarse en la mente de un niño, pero he hablado con algún testigo de aquellos hechos, y le aseguro que no podían ni imaginar lo que se les vino encima. Además, no conozco perros que detecten metales, y ese chucho parecía muy seguro.

—En eso tiene razón.

—¡Rediós, lo que hay aquí! —oyen gritar a Durán.

Se acercan al agujero, de poco más de medio metro de profundidad. Entre la tierra removida se distingue una estructura ósea, perteneciente a un pie de pequeño tamaño.

—Traed los trastos, que hay tomate —ordena el jefe. Dos de los agentes abandonan el lugar para dirigirse a la camioneta en que han llegado, aparcada a la puerta del huerto, en tanto la pareja restante prosigue la exploración de los restos, ahora con esmero acentuado y brocha en mano en lugar de pala.

—¿Permite usted que los ayude? —consulta ella a Lombardi.

—Naturalmente. Son sus compañeros, y dos mirando somos multitud.

La agente pasa al lado opuesto del hoyo, toma un pequeño cedazo de la bolsa y se pone manos a la obra, cribando la tierra que los otros retiran.

—Parece un niño —valora Lombardi a medida que se desvela el resto de la pierna.

—O una mujer —apunta Durán—. Ya veremos cuando quede al aire.

Los agentes regresan al cabo, dotados de una cámara con trípode y un aparatoso maletín de inspecciones oculares, exactamente el mismo modelo, observa Lombardi, que el que usaban sus antiguos compañeros. El Nuevo Estado ha cambiado las caras, pero el material sigue siendo el mismo.

Al poco rato, una de las caras más detestables de ese Nuevo Estado, Luciano Figar, aparece en escena, acompañado por una pareja de tipos tan chulescos como él. Sin saludar siquiera, se aproxima al hoyo para lanzar su diagnóstico:

—Otra fechoría de los rojos. No me extrañaría que haya más cadáveres enterrados por aquí.

—¿Rojos con sotana? —objeta Lombardi.

—¡Coño, el resucitado! Y por lo que veo sigues con tu obsesión anticlerical, con esa manía de echar mierda sobre víctimas consagradas. ¿De qué sotanas hablas?

—No lo digo yo. Hay testigos de que este enterramiento lo hizo gente del seminario. Y si no me cree, pregúntele a aquel chaval.

Figar contempla a la lejana pareja de huertanos con expresión recelosa. Desafiante, a un palmo de la nariz de Lombardi y de forma que solo este pueda escucharlo, suelta su amenaza:

—Escúchame bien, imbécil, por si el primer aviso no te ha

llegado claro. Esto es cosa mía. Tú, calladito y sin meter baza donde no te llaman, que bastante me has tocado los cojones. Porque si te haces el sordo a mi advertencia, ni Ulloa ni la madre que te parió te van a librar de seguir los pasos de ese montón de huesos.

Lombardi aprieta la mandíbula mientras el inspector jefe se dirige hacia la huerta seguido de su silenciosa escolta de matones. Descompuesto por la impotencia, decide, sin embargo, centrarse en los avances de la exhumación. Los ojos de Quirós lo escrutan, interrogantes, pero él se limita a encoger los hombros, un gesto que pretende restar importancia al desabrido encuentro.

Entre los *flashes* de la cámara y algún que otro murmullo de los presentes, aparece una segunda pierna, y después unos restos de tela, probablemente pertenecientes a un pantalón. Lombardi adivina un brillo entre los pliegues del tejido, que en principio atribuye al fogonazo de la cámara. Pero no: es un reflejo directo de la luz solar. Sin pensárselo dos veces, se acuclilla sobre el hoyo y se lanza sobre el objeto, simulando una caída.

—¡Pero qué hace, hombre! —le grita Durán.

—¿Se encuentra mal? —dice Quirós, alarmada.

—Perdonen por el resbalón —se excusa él, reincorporándose—. Es que se me ha caído la cajetilla.

—Váyase a fumar a otro sitio, coño —ordena el primero—, que nos va a joder el escenario.

Lombardi se retira unos pasos y enciende un pitillo para reforzar la coartada. Quirós se ha desentendido momentáneamente del trabajo para interesarse por su estado.

—¿Seguro que se siente bien? ¿Por qué no descansa un rato?

—Ha sido un bajón, no se alarme. Es que me fallan un poco las piernas. Mejor me voy a casa.

—Es lo más sensato. Descanse, y no se preocupe de todo esto, que yo me encargo de tenerlo al tanto. Los datos definitivos aún tardarán, porque el juez tiene que autorizar el levantamiento de los restos y luego queda el estudio forense, pero seguro que para esta tarde ya podemos hacernos una idea bastante aproximada.

—No me falte, que también tengo que dictarle un informe para el director general.

—Allí estaré, cuente conmigo. ¿Quiere que lo acompañe hasta el coche?

Él rechaza amablemente la ayuda, se despide a distancia de Durán y su grupo y va a sentarse en las escaleras de acceso al edificio. Desde allí observa la escena que se desarrolla en la huerta: el chaval no debe de estar pasándolo bien con el estrecho interrogatorio al que parece someterlo la policía política, y Lombardi lamenta haber sido el causante indirecto de tan mal trago. Rebusca en el bolsillo hasta dar con el objeto que ha sustraído del inesperado enterramiento. Es una preciosa figurilla de plata, un soldadito pulido y brillante. Demasiado pequeña para conservar huellas dactilares, pero suficientemente original como para ser considerada punto de partida de una investigación. Un rastro que ha escamoteado a Luciano Figar y ahora le pertenece en exclusiva. Porque aquel fascista está muy equivocado si piensa que sus amenazas lo van a frenar.

La agotadora mañana desemboca en una involuntaria siesta en el sofá tras comprobar que Ramona tiene ordenada y caliente la casa, repuestas las provisiones y preparado un sencillo almuerzo que a Lombardi le sabe a gloria bendita. Por fin, con ella cerca, todo alrededor emana un agradable aroma a hogar, como si aquel espacio hubiera recuperado la normalidad perdida. El reparador descanso concluye sin embargo de forma abrupta al escuchar el timbrazo de Quirós en la puerta, y recibe a la agente todavía desperezándose.

—Ya veo que ha colocado la foto de Merino en la pizarra —hace notar ella al entrar en el salón—. ¿Y las otras dos?

—De los seminaristas desaparecidos, Daroca y Aguilera. Las pedí antes de irme, con el mismo compromiso de devolverlas en un par de días, así que no olvide llevárselas luego para hacer las copias.

Aguilera era compañero de curso de Millán, y el pequeño formaba parte del coro. También he comprado una Biblia y repasado esos versículos. Su contexto y otros detalles no tienen nada que ver con los de los asesinatos, aunque en su descripción se parecen a ellos como dos gotas de agua. Ahí la tiene por si quiere ojearla. Pero antes, por favor, novedades.

—A falta del informe forense, el cadáver pertenece a un niño, de entre diez y trece años. Por el estado de los restos en un suelo arenoso y seco como aquel, el enterramiento se produjo hace unos cinco o seis, de modo que concuerda con la versión del hijo del huertano.

—¿Causa de la muerte?

—En apariencia, un fuerte golpe, o varios. Rotura de cráneo, de vértebras y posiblemente también de algunas extremidades.

—¿Otro caso Merino?

—Para eso deberían haberlo golpeado muchas veces. Más bien sugiere el resultado de una caída desde considerable altura.

—Pobre chico. —Lombardi se acaricia inconscientemente la frente herida, para constatar una vez más que ha tenido mucha suerte—. ¿Algún otro detalle?

Quirós revisa las anotaciones de su libreta.

—Restos de una camisa y un pantalón corto, aunque ni rastro de calcetines o calzado —agrega—. En el bolsillo del pantalón había un billete de cincuenta pesetas, de una edición dedicada al pintor Eduardo Rosales con su obra *La muerte de Lucrecia* en su reverso. Está emitido en abril del treinta y uno, días después de proclamarse la República.

—¿Solo llevaba eso?

—No es poco dinero para un seminarista de esa edad. Porque supongo que sería un seminarista.

—Quiero decir si no había calderilla, alguna moneda.

—Solo el billete.

—Números redondos, entonces —concluye Lombardi—. Puede que fueran sus ahorros para las vacaciones en Rozas de Puerto

Real, aunque me extraña. Habrá que confirmar de quién se trata y averiguar la identidad de sus enterradores.

—Ya está Figar con todo eso.

—¿Por fin ha aceptado que no fueron los rojos?

—A la fuerza ahorcan.

—Le ocupará una buena temporada —anuncia el policía con aire satisfecho—. Si quiere hacerlo medianamente bien, tendrá que interrogar al casi medio centenar de personas que había en el seminario el día del asalto. A ver si así nos deja en paz. Nosotros llevamos cierta ventaja, porque sospecho que el cuerpo es de ese chaval de la foto, Mario Daroca, el menor de los dos que figuran como desaparecidos en la lista del juez militar.

—¿En serio quiere que nos retiremos de ese aspecto de la investigación? —pregunta ella, incrédula.

—Mire, Quirós, el inspector jefe me ha dejado claro esta mañana que debo apartarme de su camino si es que tengo algún aprecio por mi vida. Y, como da la causalidad de que sí, de que realmente la aprecio, dejémoslo que se crea en la buena dirección y centrémonos en lo que ya sabemos.

—Ya veo que Figar no cede, lo siento. Pero no imagino por dónde quiere avanzar si obviamos esos interrogatorios. ¿Qué es lo que sabemos en cuanto al cadáver se refiere?

—Que murió en el seminario y que varias personas estaban interesadas en que no se descubriera lo sucedido. Probablemente, porque fue asesinado.

—Pudo ser un accidente.

—De ser así, ¿por qué ocultar su muerte y esconder el cadáver? —rechaza Lombardi—. Quizás he empleado una terminología inadecuada y se trata solo de un homicidio; pero, desde luego, había gente interesada en echar tierra encima del asunto, y nunca mejor dicho.

—Y sospecha que nuestros seminaristas posteriormente asesinados tuvieron algo que ver.

—De no existir esa vinculación, habría que pensar que el seminario era poco menos que un nido de fechorías con varios focos independientes. Me resisto a creerlo así, y de momento debemos trabajar con la hipótesis de que son asuntos relacionados. Al fin y al cabo, a Merino lo mataron como desagravio de un crimen impune, si aceptamos la tesis simbólica. Siguiendo esta conjetura, podemos deducir que él fue el responsable de la muerte de ese alumno.

—Una conjetura detrás de otra —objeta ella—, porque ni siquiera sabemos a qué identidad corresponden los restos. Y los peritos forenses no van a aclarar este extremo.

—Me atengo a la lógica. Horas antes del asalto, en el seminario solo quedaban algunos alumnos y profesores, pendientes de iniciar, ese mismo día, sus vacaciones veraniegas. Entre ellos Daroca, y no creo que hubiera muchos más de su edad. Tras la huida y los crueles años de guerra, nadie conoce su paradero a pesar de que hay órdenes de búsqueda desde el treinta y nueve. Era huérfano y no tenía adónde ir. De seguir vivo, lo más natural es que hubiera regresado al centro para proseguir sus estudios, como la mayoría de los supervivientes. Si no lo ha hecho es porque está muerto y enterrado, y desde hoy sabemos dónde.

Quirós repasa la foto de Daroca; de pésima calidad, representa el rostro de un niño rubiales al que solo habría que añadir unos rizos para que se pareciera a los angelitos mofletudos que pintaban los barrocos.

—De acuerdo, aceptemos como hipótesis que se trata de Daroca —asume la agente—, y que Merino pudo haber provocado su muerte. ¿Quiénes lo ayudaron a enterrarlo, y por qué?

—Probablemente Millán y Figueroa, puede que alguien más. Tal vez para ahorrarle el mal trago a un compañero. Y por ese motivo, también lo pagaron con su vida.

—Eso es mucho especular mientras no haya pruebas más concretas. ¿Y qué pinta Damián Varela en esta historia? ¿Y la academia de Mercator… digo Mediator Dei?

—Ahí me ha pillado, Quirós, porque se me rompe el hilo argumental. Esa conexión es lo que tenemos que investigar. Pero déjeme hasta mañana para decidir nuestro siguiente paso, porque he echado un anzuelo y necesito esperar a ver si pican. De momento, vamos con ese informe, que lleva mucho retraso.

La agente se sienta ante la máquina e introduce un folio en el carro.

—Use un papel de calco y le mandamos el duplicado a Ulloa, que se pondrá contento. Señor director general etcétera, etcétera...

El policía dicta los pormenores de su entrevista con doña Patro, forzando la imagen de crápula del capellán, tal y como ha convenido con Caballero. Mientras narra, aprovecha para untarse el moratón del brazo maltrecho con linimento, un desagradable ejercicio que le hace soltar bufidos entre frase y frase.

—¿Duele? —se interesa ella.

—Molesta.

—Ay madre, si es que todos los hombres son iguales.

Lombardi detiene la friega y el dictado, sorprendido por el comentario.

—¿Qué pretende insinuar con ese topicazo? —pregunta.

—Pues que a todos se les caza por la bragueta. Si no se hubiera complicado con esa alemana, ahora estaría usted tan ricamente, sin tanto padecimiento.

—Recibo su comentario como síntoma de confianza —apunta el policía con medida calma—. Pero no se confunda, Quirós, que de lo único que me arrepiento es de ser un imbécil y de haber causado la muerte de un hombre. De nada más. Y, la verdad, con esa misma confianza le diré que no la imaginaba a usted tan mojigata. Seguro que está afiliada a las Siervas de María o a una de esas piadosas congregaciones.

—Tampoco me malinterprete. Ya es usted mayorcito para encamarse con quien le venga en gana, pero no deja de llamar la atención que alguien tan hostil hacia quienes no comulgan con sus ideas se acueste con la primera pelandusca nazi que se le pone a tiro.

—Las cosas vinieron rodadas. Y el sexo no tiene nada que ver con ideologías.

—Claro, claro —se burla ella—. Seguro que lo hizo con los ojos cerrados y la nariz tapada, no te digo.

—Es usted una caradura, Quirós —responde el policía con tono socarrón—. ¿Cómo tiene la desfachatez de criticarme por echar una cana al aire cuando usted mantiene relaciones con un hombre casado?

Ella se queda mirándolo, boquiabierta. Un repentino sonrojo ha trepado hasta sus mejillas para teñir de vida su habitual palidez. Lombardi concluye que un poco de rubor le sienta bien y la hace más bonita, más femenina.

—Sí, mujer, no me finja extrañeza —abunda él—. Estaba con usted la noche que la llamé desde Lavapiés.

—Vale —acepta tras unos segundos de confusión—. No niego que podía estar con un hombre. Pero ¿por qué tendría que ser casado?

—El inspector Durán lleva anillo.

—¿Durán? —farfulla ella.

—Era él. Además de que se refiere a usted con su nombre de pila y la trata con especial deferencia, reconocí su voz esta mañana. Y su juramento al descubrir el cadáver es inconfundible, el mismo que soltó por haberlo despertado.

—¡Será bocazas! —maldice Quirós entre dientes—. Pues sí, era Durán —admite, por fin—, pero no es exactamente lo que usted piensa. No se lleva con su mujer. Viven casi separados desde hace años. Conserva el anillo para cubrir las apariencias.

—Pues ese «casi» se arregla con un buen divorcio. De modo que mi tesis del hombre casado sigue siendo válida.

—¿Divorcio? ¿En qué mundo vive usted? El divorcio ya no existe en nuestra legislación. Y los que hubo durante la República valen tan poco que pueden ser declarados nulos. Basta con que lo solicite uno de los afectados.

—¿Qué tonterías dice?

—Nada de tonterías, conozco más de un caso —se reafirma la agente—. Él o ella reclaman, el juez acepta el recurso y rehace el matrimonio. Cosa distinta es rehacer la convivencia.

—¿Y si alguno de ellos se ha vuelto a casar? O los dos.

—Se declara disuelta esta segunda unión.

—No es posible —objeta Lombardi—. ¿Aunque haya hijos? ¿En qué situación dejan a los niños?

—Desconozco esos detalles, pero supongo que no saldrán muy bien parados.

—¡Qué barbaridad! Es infame que el Estado manipule hasta ese punto la vida privada de las personas.

—Aparte de otras consecuencias —apunta ella—, supongo que para los implicados será como reavivar un infierno.

—Ya imagino. Se me ponen los pelos de punta solo de pensar que mi exmujer podría hacer una cosa así.

—¿Tan mal les fue?

Begoña forma parte de lo que el cínico Balbino Ulloa llama cosillas del pasado, pero la pregunta de Quirós refresca en Lombardi el recuerdo de esa frustrada parte de su biografía, como horas antes lo había evocado el lametazo de Chencho en el patio del seminario. Porque el recuerdo de Begoña también tiene que ver con los perros. Muchos años después del mordisco que había sufrido en su infancia, en el verano del treinta y dos, disfrutaba de sus vacaciones veraniegas en la costa vizcaína. Estaba tumbado al sol en la playa cuando un peludo y ridículo can empezó a cubrirlo de tierra escarbando junto a su cabeza. A la sorpresa del hecho se unió su aversión, aunque el propósito de emprenderla a patadas con el intruso quedó truncado por la súbita aparición de su dueña.

La dueña era Begoña, que excusó con candor la travesura de su mascota. Él aceptó de buen grado las disculpas de aquella bonita joven, y de ese imprevisto encuentro nació una atracción mutua, hasta tal punto consolidada que un año después estaban casados. Tras una semana de luna miel en Mallorca, de vuelta a Madrid con su joven esposa y, por supuesto, con su inseparable mascota, comenzaron los primeros roces. Ella lo llamaba Puck, como un duendeci-llo de *Sueño de una noche de verano*, pero él se negaba a concederle nombre propio a un bicho tan insoportable y lo llamaba simplemen-te perro.

Antes de cumplirse el mes de su regreso a Madrid, se había trasladado a dormir al cuarto de invitados. No porque Begoña re-sultase poco interesante como compañera de juegos maritales, todo lo contrario; sino porque la sempiterna presencia del chucho sobre la cama lo descomponía. Y como a ella le daba una pena infinita que el animal durmiera sobre la alfombra (—Pobrecito, si no mo-lesta nada.), decidió exiliarse él.

En realidad, lo del perro había sido un elemento anecdótico, apenas un síntoma que anunciaba una amplia incompatibilidad de gustos, ideales y caracteres. Por su profesión, él no podía dedicarle todo el tiempo que ella le exigía, y Begoña añoraba cada vez más a su familia, su ambiente. Para mayor sorpresa, tal vez como compen-sación de ausencias, su jovencísima esposa se le reveló como devota de sotanas y sacristías y, aunque él no interfería en sus creencias, se le hacía más que incómodo recibir en una casa poco acostumbrada a las visitas toda una ristra de beatas y meapilas. Casi sin darse cuen-ta, las expectativas habían degenerado en frustración, y las frustra-ciones se materializaban en reproches.

Sin dramas ni aspavientos, convencidos ambos de que se ha-bían equivocado uniendo sus vidas, y antes de que se cumplieran dos años de la boda, acordaron un divorcio favorecido por la ausen-cia de hijos, de modo que, a primeros del treinta y cinco, Begoña regresó al abrigo de la familia en su tierra natal y Lombardi volvió a tomar posesión de su rutinaria soledad. Nunca se ha arrepentido de aquella decisión, aunque, con la distancia que impone el paso del tiempo, reconoce que quizá podría haber puesto más de su parte para compensar la inmadurez que ella había aportado como dote a su convivencia.

Y ahora, Quirós quiere saber si tan mal les había ido.

—Pues no, la verdad es que no fue ningún infierno —asegura

el policía sin entrar en matices—. Nos separaron chiquilladas y todavía le guardo cariño, aunque no he vuelto a saber de su vida. Pero ella estaría mal de la cabeza si pretendiera recuperar aquel matrimonio.

—En eso coincido con usted.

—¿Tan insufrible le parezco?

—Me parece admirable como policía y como jefe, pero como marido lo sospecho insoportable.

Lombardi evita entrar al trapo para centrarse en el problema ajeno:

—Entonces, si no hay posibilidades de divorcio, ¿que solución tiene lo suyo con Durán?

—Bueno, vivo el día a día y no me lo planteo de momento. Nuestra relación es ocasional y demasiado reciente. La única salida para él sería la nulidad eclesiástica, y su mujer es demasiado católica como para escuchar siquiera esa palabra. El tiempo dirá.

—Pues tiempo es lo que nos falta. Acabemos de una vez ese maldito informe.

La pareja se concentra en el trabajo, y en unos minutos queda concluido un documento de dos folios. Lombardi lo firma sin detenerse siquiera a repasarlo.

—Lléveselo usted a Ulloa, si me hace el favor. Pero hágalo mañana, antes de reunirse con sus compañeros del servicio de identificación. Ahora váyase a descansar, que llevamos un día movidito.

Las primeras pesquisas de Ignacio Mora han resultado decepcionantes. Tras visitar varias joyerías en su barrio y luego en el centro de la ciudad, aquella figurita sigue siendo una incógnita. El propietario de una platería de la calle Alcalá ha contribuido al menos a despejar algunas incógnitas:

—No son nada corrientes este tipo de representaciones en plata. Parecidas solo conozco las del Estudio de Fortificación de Felipe V, una maqueta que incluye tres mil quinientas piezas, aunque de tamaño inferior, menos de la mitad que esta. Puede usted verlas en el museo del Ejército. O eso supongo, porque allí estaban antes de la guerra.

—Pero dice que no tienen nada que ver con esta.

—Nada en absoluto, ni en autoría ni en antigüedad. Además, esta marca que lleva bajo la base no pertenece al punzón de ningún platero reconocido. Pregunte en una tienda de juguetes, de soldaditos de plomo, a ver si hay suerte. Vaya usted a Palomeque, en la calle Arenal, donde los fabrican.

El periodista está dispuesto a satisfacer en lo posible la petición de Lombardi. Petición tan extraña como la de la encuesta en las parroquias, aunque esta tiene un aroma a investigación mucho menos abstracto que aquella. Ha recibido la figurilla en una cita apresurada tras un telefonazo del policía. Como en el caso precedente, sin más explicaciones complementarias y con la advertencia de que no se desprenda de ella bajo ningún concepto, pues se trata de una prueba clave para la resolución de un asesinato. Toda una muestra de confianza que no puede defraudar.

A media tarde, con el delicado tacto de aquella prueba en el bolsillo y la emoción de participar tan directamente en un caso que puede engrosar su proyecto literario, Mora se presenta en Palomeque. La tienda tiene entrada por Arenal y hace esquina con la calle de las Hileras, con cuatro escaparates que ofrecen un generoso muestrario de imaginería, arte sacro y artículos religiosos. En el rincón de uno de ellos, y en llamativo contraste con el resto de los productos, se despliega en formación un regimiento de las guerras napoleónicas, un alarde artístico y cromático que haría las delicias de cualquier coleccionista.

El joven agradece que el comercio esté vacío en ese momento. Conocer el valor probatorio del muñequito añade a sus actos un plus de responsabilidad y la exigencia de máxima reserva en sus indagaciones. En el mostrador hay un solo dependiente, un cincuentón atento que frustra sus deseos de revisar el catálogo.

—Ya no hay catálogo. Solo nos quedan esos del escaparate.

—Me han dicho que ustedes los fabrican.

—Y así fue hasta el treinta y seis —admite el hombre con gesto de pesadumbre—. Pero la guerra acabó con nuestros soldaditos de plomo. Ya ve usted qué paradoja.

El dependiente le explica las vicisitudes de una empresa que se había convertido en envidia del sector desde que don Pedro Palomeque, hijo del dueño, decidió volcar su frustrada vocación militar en el mundo de la miniatura, a principios de los años veinte. El referido don Pedro había fundado una fábrica en el pueblo de Leganés, donde el plomo se transformaba en arte y color para admiración de propios y extraños. La tienda, que nunca había renunciado a su carácter original de objetos religiosos, cada vez ofrecía más espacio al exitoso negocio de los soldaditos, y sus escaparates concitaron durante años la curiosidad pública por sus preciosistas representaciones de acontecimientos históricos, como el abrazo de Vergara o el sitio de Zaragoza. Años de vacas gordas, que le habían valido a Palomeque premios en todo tipo de certámenes y exposiciones.

Durante la reciente guerra, sin embargo, la fábrica había sido requisada por los regulares africanos en su aproximación a Madrid, y el material destinado al arte fue fundido para convertirlo en munición.

—Todo se perdió: materia prima, figuras, instrumentos, troqueles. Todo. Don Pedro, el pobre, quedó tan afectado que no ha querido saber nada más del asunto. Al menos hasta hoy, y me temo que su decepción va para largo. Una verdadera pena.

—Estremece un poco pensar que algunas de aquellas figuritas destinadas al placer visual pueden haber acabado matando a gente —reflexiona Mora en voz alta.

—Pues no le digo yo que no.

—¿Hay otras industrias que se dediquen a fabricar soldaditos?

—En Madrid, no. Aparte de don Pedro, los fabricantes más afamados están en Barcelona. Alguno hay también en Valencia, pero poca cosa. Es un negocio poco desarrollado.

—¿Le suena de algo este? —dice Mora mostrándole la pieza que guardaba en el bolsillo— ¿Sabe dónde podrían haberlo fabricado?

—¡Qué maravilla! —exclama aquel al recibirlo en sus manos—. ¡Un húsar de Ontoria!

—Perdone, pero no entiendo mucho de asuntos militares.

—Un escuadrón carlista de hace unos cien años. Como ve, lleva boina en vez de gorro, y está parcialmente cubierto por una pelliza de piel de lobo. Es una obra preciosa, aunque no del todo realista. Tiene algunas variaciones, como este trazado del pecho con la calavera y las tibias cruzadas, emblema que ellos solían llevar en la banderola de su lanza. Pero, claro, este ni siquiera tiene armas y lo habrán hecho así para facilitar su identificación. ¿De dónde lo ha sacado?

—Era de mi padre —miente el periodista—. Lo que me gustaría saber es quién lo fabricó.

—No es fácil ver estas figuras en plata y, naturalmente, sin pintura. Su tamaño también es algo más pequeño de lo corriente. Seguro que está hecha por encargo o pertenece a una serie limitada. Deje que la vea mejor. —El dependiente revisa con una lupa la superficie de la figurilla.

—Creo que tiene una marca en su base —apunta Mora.

—Efectivamente. ¿Ve este círculo inscrito en un triángulo? Es de Ropero, un artesano abulense. —El dependiente toma un san Cristóbal de bronce de una de las estanterías, lo pone bocabajo y muestra al cliente un símbolo similar al de la figurita de plata—. Ropero trabaja artesanía religiosa; es la primera vez que veo un soldadito con su firma.

—No habrán cerrado también por la guerra.

—Claro que no. Siguen atendiendo pedidos.

—¿Tiene su dirección?

—Espere, que le paso su catálogo.

El periodista anota cuidadosamente los datos que aparecen en el folleto, con letra clara y degustando la sensación de felicidad que comporta haber cumplido el objetivo. Luego, desde un bar próximo a Palomeque, marca el teléfono de Lombardi.

El Brillante parece un buen lugar para la cita: al policía le cae cerca de casa y al periodista no demasiado lejos de la agencia, adonde tiene que incorporarse un par de horas después. Cuando el joven llega al local, Lombardi está dando buena cuenta de un bocadillo de calamares. Mora se suma al menú por si no llega a tiempo de cenar con su madre.

—Me ha costado horas y muchas visitas, pero ya tengo lo que me pidió. Aunque sigo sin entender por qué me ha encargado a mí esta investigación.

La respuesta resulta obvia para el policía: no quiere mezclar a Alicia Quirós con una prueba pericial robada. Pero ese no es un asunto para compartir, y hay otra explicación más evidente.

—Porque estoy baldado, Mora.

No solo baldado, piensa el periodista. El aspecto macilento de Lombardi y el costurón de su frente sugieren una verdadera alma en pena.

—Comprendo que usted no esté para caminatas, pero ¿es que no hay más agentes en la Criminal? Con media docena de ellos podía haberlo resuelto en una hora.

—Digamos que no cuento con demasiado apoyo —argumenta Lombardi—. Y eso le beneficia a usted, porque le permite participar directamente en la investigación de unos hechos que piensa escribir.

—No, si no me quejo. Pero no deja de ser raro que se dediquen tan pocos medios al caso que nos ocupa.

—Es que la poli es rara de cojones, amigo. —Lombardi extiende su mano abierta. Mora capta el mensaje y deposita en ella la figurita de plata.

—Es un húsar de Ontoria, y lo hicieron en Ávila —informa mientras el policía pone a buen recaudo el soldadito.

—¿En Ávila?

—En los talleres Ropero, según el signo impreso en su base. Aquí tiene apuntada su dirección y el teléfono. —El joven le entrega la nota manuscrita—. Parece que se trata de una edición limitada, probablemente un encargo.

—Pues ya va siendo hora de conocer esa ciudad.

—¿Ávila? —se alarma Ulloa—. ¿Y qué demonios se te ha perdido por allí?

Convencido de que su demanda iba a chirriar en los oídos del secretario, a Lombardi no le sorprende esa objeción; tan solo le faltaba conocer de qué forma sería expresada. Ha madrugado para presentarse en la antesala de Balbino Ulloa antes de que este llegue a su despacho de la Puerta del Sol y se enfrasque en su burocracia cotidiana. No es un asunto que pueda tratarse por teléfono; necesita exponerlo frente a frente, mirarlo a los ojos y convencerlo de la necesidad de ese viaje. Ahora, como en un *déjà vu*, el secretario ofrece exactamente el mismo rostro de receloso asombro que el policía ha imaginado en sus elucubraciones nocturnas. Por supuesto, también tiene preparada la respuesta.

—Es una pista fiable sobre el cadáver del seminario, y, por lo tanto, sobre los otros asesinatos.

—¿Estás seguro de que guardan relación entre ellos?

—Hay elementos comunes —asegura Lombardi.

—Podemos resolverlo por teléfono, o encargárselo a nuestra gente en Ávila. ¿De qué se trata?

—Usted sabe que no trabajo así. No me fío de intermediarios en los interrogatorios decisivos, y coincidirá conmigo en que el teléfono no es un medio apropiado en este caso.

—¿Tan importante es? —insiste Ulloa en sus dudas—. Podrías ser un poco más explícito.

—Se trata de una prueba material hallada en el enterramiento del seminario que puede conducirnos a posibles testigos.

—No he visto pruebas materiales de ese tipo en el informe preliminar, a menos que te refieras al billete que había en el bolsillo del pantalón del pobre chico.

—Figar desconoce su existencia, así que no puede aparecer en el informe.

—¿Insinúas que has ocultado pruebas?

—Todo lo contrario —argumenta Lombardi con forzado gesto de inocencia—: he conseguido una posible pista. Que otros la conozcan o no, me trae al fresco.

—Quedamos en que trabajarías en equipo, y esto no favorece precisamente ese objetivo.

—Dígale eso mismo al inspector jefe —replica el policía—. Ayer me amenazó de muerte si no me aparto del caso. ¿Lo hizo obedeciendo sus órdenes?

—¡Qué barbaridades dices! Cómo voy a estar de acuerdo.

—Pues entonces dejemos a Figar con su rastro y a mí con el mío, a ver quién sigue el bueno. Y para eso tengo que ir a Ávila, así que necesito un salvoconducto.

—Es un asunto delicado, Carlos. —Ulloa se frota el mentón—. Una cosa es que te muevas por Madrid y otra lo que propones. No olvides que estás, por así decirlo, en libertad condicional.

—Pero si cae a poco más de cien kilómetros. ¿Piensa que voy a escaparme? ¿Adónde? Francia es territorio nazi, y sería como saltar de la sartén para caer al fuego. ¿A Inglaterra, con el canal infestado de submarinos alemanes? A lo mejor sospecha que puedo sumarme a la guerrilla que resiste en las montañas. Por desgracia, soy demasiado urbanita para eso.

—Ya veo que has valorado bien todas tus posibilidades. La verdad es que si lo intentaras no podría reprochártelo. Yo hice lo mismo en su momento.

A Lombardi le sorprende la repentina sinceridad del secretario. Aunque el hecho de que entienda sus motivos para fugarse no lo va a mantener de brazos cruzados en caso de hacerlo. Está seguro de que de inmediato enviaría tras él a sus matones de la policía política, a la Guardia Civil y a cuantos camisas azules pudiera reclutar. No es lo mismo expresar pensamientos íntimos en privado que cerrar los ojos y jugarse el puesto. Ulloa no está hecho de esa pasta, y su frase es poco más que un brindis al sol en honor de una amistad perdida, una frase que no merece el mínimo comentario por su parte.

—Ese viaje es imprescindible para la investigación —recalca.

—¿Por qué no te acompaña Quirós?

—¿Y así me vigila de cerca, ¿no? Bastante tiene ella con lo del seminario. Hay que dejarla trabajar en paz. Además, solo serán unas horas: viajo de mañana, y por la noche estoy de vuelta.

—Suponiendo que lo resuelvas en un día y no tengas que pasar la Nochevieja allí.

—¿Y qué más da dónde la pase? Aunque, ya que lo comenta, puede ser una buena idea: dicen que es un sitio tranquilo.

—La verdad es que casi te envidio —cabecea el secretario—. A mí me espera un coñazo de compromiso esa noche. Caballero ha convocado a todos los altos cargos en su despacho para asistir a las campanadas y celebrar juntos el Año Nuevo. Cumbre policíaca en vez de estar en casa tomando las uvas en familia.

—Es lo que tiene pertenecer a las élites —se burla Lombardi.

—Pero en tu estado ese viaje será una paliza, hombre.

—Deje de poner pegas. ¿Está dispuesto a llegar hasta el final de esta investigación o no?

—Por supuesto. Para eso te hemos sacado.

—¿Caiga quien caiga?

—Si se demuestra, caiga quien caiga. Aunque lo pongas en duda, sigo siendo un policía —afirma el secretario con semblante circunspecto.

—También es un político, y me temo que esta faceta es más útil para usted. Tenga en cuenta que puede haber pringada gente notable.

—¿A qué gente te refieres?

—No deja usted de machacarme con lo importante que es la Iglesia. El cadáver de un niño en el seminario ya parece escándalo suficiente, aunque no he visto una palabra en la prensa.

—Ni la verás, pero dime: ¿qué tiene que ver todo eso con nuestro caso?

—Ya digo que, por lo que me barrunto, está ligado a los otros asesinatos.

—Las corazonadas no bastan, Carlos. Supongo que dispones de pruebas para asociarlos. No quiero que distraigas tus esfuerzos ni nuestro presupuesto en un asunto que nada tenga que ver con el que te ocupa.

—Uno de los seminaristas, Eliseo Merino, acabó con la vida de ese niño, y Millán y Figueroa lo ayudaron a enterrarlo. Después, los tres pagaron esos actos con su vida. ¿Es argumento suficiente?

—Sí, y muy bueno para una novela —acepta Ulloa—. Para convertirse en hechos demostrables hace falta un poquito más, ¿no crees?

—Es lo que pretendo conseguir. Para confirmarlo necesito ir allí.

—¿Cuál es esa pista tan fiable que te exige viajar?

—Una figurita que había en el bolsillo del cadáver —admite Lombardi de mala gana.

—¿En el bolsillo? No sé cómo te las habrás apañado para hacerlo, pero sabes que al escamoteárselo al informe pericial te has cargado una evidencia, que lo has anulado como prueba judicial.

—Me interesa más como pista que como prueba. Si consigo saber a quién pertenecía, habrá hilo del que tirar. Se fabricó en Ávila.

—Y necesitas ir en persona precisamente para ocultar tu fechoría, para que nadie más conozca la existencia de ese objeto. Joder, Carlos, quién te ha visto y quién te ve. ¿No habría sido más fácil seguir el protocolo? Ahora mismo podríamos tener ya esa información que tanto necesitas.

—La tendría Figar, no yo. Y eso suponiendo que le hubiera dado la importancia que merece.

—¡Y dale con Figar! —protesta el secretario—. Esto no es una competición para ver quién de los dos mea más largo.

—Tiene razón: esto es una guerra para ver quién de los dos sobrevive. Él cuenta con la fuerza, yo solo dispongo de mi instinto.

Usted decide si puedo actuar, ya que no en igualdad, sí al menos con libertad de movimientos.

Ulloa se toma unos segundos de reflexión, como si en su cabeza pelearan una decisión y la opuesta. Lombardi supone que un hombre calculador como él estará valorando hasta qué punto expone su credibilidad como converso al Régimen si autoriza semejante movilidad a un preso del que responde personalmente.

—Vale —dice al cabo—, cuenta con un salvoconducto de tres días. Haré que te lo sellen antes de irte. Y espero que te vaya bien, porque...

—Porque se juega el pan de su mujer y sus hijos. Sí, eso ya me lo sé.

—Veo que lo entiendes. Y esto llegó ayer. —El secretario le extiende una carpetilla—. Es la lista del personal del seminario que habías pedido.

—Ya era hora, coño.

—A ver si sirve para algo. Por cierto, ya tienes disponible a tu Torralba con un carné válido para seis meses. Espero que sea tan listo como buen mozo y no meta la pata.

Con sensación de triunfo y el salvoconducto en el bolsillo, el policía se toma con calma el camino de vuelta. Puede andar sin demasiadas molestias; despacio, pero al menos puede. El antebrazo sigue dándole guerra, aunque saber que su curación es cuestión de tiempo lo ayuda a ignorar en lo posible su existencia. Los repentinos dolores de cabeza se van al cabo del rato y, por si fuera poco, el color morado en torno a su ojo muta ya hacia un interesante amarillo verdoso. Desayuna en un bar de la plaza de Santa Ana mientras echa un primer vistazo a la documentación remitida por el seminario. Con sus nombres y apellidos, a los poco más de doscientos alumnos y una treintena de profesores hay que sumar otra persona a cargo de la portería, media docena de monjas responsables de la cocina y el huertano. Las monjas no le parecen decisivas, pero el interrogatorio al huertano ha proporcionado frutos inesperados, y tal vez el portero pueda abrir nuevas vías de investigación.

Al afrontar la esquina de la calle Cañizares, Lombardi se siente dominado por algo parecido a la euforia. Un análisis objetivo concluiría que se trata de una sensación sin fundamento, porque en realidad no ha obtenido hasta ahora resultado práctico alguno, pero la carta del padre Lobo leída la víspera ha abierto en él todo un abanico de sugerencias, como si una venda se hubiera desprendido de sus ojos. Simbolismos, nombres y motivaciones se conforman ahora como elementos más o menos sólidos de un rompecabezas, y el trabajo consiste en encajarlos adecuadamente. Un gran avance, porque veinticuatro horas antes esas piezas no tenían ni forma ni color, eran poco más que un montón de confusos datos.

Frente al portal, un trapero hace notar a gritos su presencia. Sin demasiado éxito, al parecer, entre un vecindario poco dispuesto a deshacerse de ropa vieja, porque vieja es la que usan a diario y escasas las posibilidades de renovar su indumentaria. El burro uncido al carro mordisquea en el fondo de la cebadera, indiferente a los problemas del negocio de su amo, mientras un grupo de curiosos contempla la cacharrería del vehículo: loza, barro o estaño en forma de ollas, botijos o sartenes; moneda de cambio de las eventuales transacciones.

—Buenos días, don Carlos.

El policía se vuelve hacia la voz que lo ha saludado. Es un joven moreno, delgaducho y espigado, que aguarda su reacción con notorio apocamiento.

—¡Paquito! —se sorprende Lombardi, un tanto turbado al descubrir en aquellos ojos una copia fiel de los de su fallecida hermana—. Bueno, mejor te llamo Paco, que ya eres un hombre.

—Mi madre me dijo que quería verme —explica el chico con timidez—, pero no contestaban en su casa.

—Es que hoy me dio por madrugar. Vamos arriba.

El chaval se acomoda al calmoso paso del policía sobre los escalones, sin abrir la boca hasta que llegan a la primera planta. Solo allí, frente a la puerta, se atreve a preguntar por el estado de salud de su vecino, que despacha el asunto con cuatro medias verdades.

—Pasa, y no te extrañes de lo que veas, que mi casa es ahora como una oficina de la Brigada de Investigación Criminal.

—¿Para qué quería usted verme?

—Pues para saludarte, hombre, después de tanto tiempo. Me ha dicho tu madre que andas zanganeando por ahí, sin oficio ni beneficio. —Lombardi aborta la titubeante protesta del muchacho con una oferta—: Y había pensado si me podrías hacer de secretario.

—¿Yo?

—Claro. No te puedo pagar mucho, pero tampoco es que te vayas a herniar. Solo tienes que atender el teléfono y coger los recados cuando yo no esté en casa. Tendrás mucho tiempo libre, así que bájate los libros y aprovecha.

—Y para qué voy a estudiar.

—Para terminar el bachillerato, porque es una lástima que lo abandones a falta de un curso. ¿No tienes nada pensado para el futuro?

—Mi futuro está en el pueblo —rezonga el chico—, picando terrones y cuidando ovejas hasta que me llamen a la mili. Ya lo ha decidido mi madre.

—No seas injusto. Ella cree que allí, al menos, podréis comer. Pero si tú encuentras un trabajo aquí, a lo mejor das esquinazo a ese campesino que imaginas.

—Aquí no hay trabajo —replica Paquito de mala uva—. Madrid está hecho una mierda, pero no sirve de nada tener mano de obra barata si faltan ladrillos y cemento.

—¿Piensas trabajar de albañil?

—¿Y de qué, si no? Si al menos tuviera un poco de dinero, el estraperlo nos sacaría de apuros. Hay quien gana mucho con ese trapicheo, diez veces lo invertido.

—Ya, hasta que te cazan. Ni se te ocurra, Paco —lo amonesta Lombardi—. El estraperlo es un negocio para gente gorda, que puede hacerlo impunemente a gran escala, pero los muertos de hambre como nosotros lo pagan caro. Supongo que habrá otras alternativas. A ti, ¿qué es lo que te gustaría hacer?

—Bueno, conozco a alguna gente de teatro. En la Comedia están poniendo una de Jardiel Poncela y me llevo bien con uno de los actores de reparto, un chico joven que es un hacha.

—Vaya, esa es la gente rara a la que tanto teme tu madre. ¿Quieres ser actor?

—¡Qué va! —rechaza el chaval con una sonrisa triste—. Yo no sirvo para eso. Ese amigo me está buscando algo, a ver si puedo entrar como asistente de tramoyista o algo parecido. Se llama Fernando Fernández, aunque de nombre artístico se ha cortado el apellido y se hace llamar Fernán, Fernán Gómez. A lo mejor ha oído sobre él.

—Hace siglos que no voy al teatro. ¿Y es fiable? Quiero decir si es un tipo serio.

Paquito reprime un gesto de fastidio ante la duda expresada por el policía, como si dudar de su amigo significara poner en tela de juicio su propia palabra.

—Por supuesto que lo es —asegura sin titubeos—. Tiene veinte años y es argentino.

Conocer la nacionalidad del personaje en cuestión provoca en Lombardi una injustificada aunque inmediata simpatía, y se promete ir a la Comedia en cuanto tenga ocasión.

—Aunque nació en Lima —puntualiza el muchacho—. Ha llevado una vida un poco ajetreada, pero es muy serio en lo suyo, y si dice que te ayuda, lo hace. Que lo consiga o no ya es otra cosa. Yo no tengo un céntimo y él me invita cada dos por tres al teatro y a tomar algo después de la función, así que por falta de generosidad no va a ser.

—Pues mira, no me parece mala idea, pero mientras sale o no sale ese proyecto, te bajas aquí con tus libros y me atiendes el teléfono. Espero que no te asuste el mundo criminal.

El timbre de la puerta malogra la respuesta de Paquito. El policía acude a abrir y se encuentra ante el umbral a la señorita Baum, tan deslumbrante como de costumbre.

—*Mein Gott!!* —exclama ella al enfrentarse al rostro de Lombardi—. ¿Qué le ha pasado?

—Nada grave. Una inocentada de sus conmilitones hispanos. Pase, por favor.

—Le mandaré hoy mismo un médico de la embajada.

—Gracias, pero sé morirme solo.

—Le traía noticias, aunque ya veo que tiene visita —comenta al reparar en el joven sentado en el sofá.

—Es Paco, un vecino. Vayamos adentro, si le parece.

—No, si yo ya me iba —dice el muchacho.

—Espérame ahí, que no tardo.

Lombardi conduce a Erika a su dormitorio, sin poder sustraerse al recuerdo de que, pocos días antes, la habitación contigua había sido escenario de un encuentro mucho más apasionado.

—¿De verdad que está bien? —se interesa ella, escrutando la herida con la mirada—. A mí no me lo parece.

—Estaba mucho mejor en Nochebuena, para qué nos vamos a engañar. ¿A qué debo el placer de su visita? Imagino que alguna nueva intriga de Lazar. ¿O es que tienen noticias de su virgen románica?

—Nada de intrigas ni de vírgenes. No se va a creer lo que le traigo.

Erika saca de su bolso un sobre de color amarillo y de doble tamaño que los de correo normal. Sujeto de una esquina con sus dedos enguantados, lo alza frente a los ojos del policía como si se tratase de un bicho infecto que quisiera mantener alejado de la nariz. Lombardi dibuja un gesto de sorpresa al leer la dirección escrita en el anverso, bajo el sello.

—Dirigido a Damián Varela en la embajada alemana. ¿Qué significa eso?

—Y con doce mil pesetas dentro. Los mismos billetes que Lazar había entregado al capellán para adquirir la talla.

—¿Quiere decir que el asesino ha remitido el botín de su robo a la embajada?

—Sí, en sobre distinto, pero ahora bien cerrado y a nombre de Varela, seguramente porque desconoce su origen exacto.

—Supongo que el sobre original estaría manchado de sangre. —De repente, Lombardi rememora las especulaciones de Bernard Malley sobre los supuestos negativos de Serrano Suñer, y la posibilidad de que el capellán los llevase encima en el momento de su asesinato—. ¿Es lo único que había dentro? —inquiere, aparentando indiferencia.

—¿Le parece poco?

—Quiero decir si incluía algún documento, alguna nota. ¿Usted asistió personalmente a su apertura?

—Sí, el señor Lazar me llamó cuando llegó a sus manos. Lo abrió delante de mí. Y, la verdad, no me imagino a un asesino mandando notas de disculpa.

—Tiene usted razón. Y suelte usted ese sobre, que no la va a morder.

—Es por si tiene huellas.

—Y claro que las tendrá —confirma el policía con una sonrisa benevolente—, las de cien manos distintas si se ha enviado por correo, además de las que lo habrán sobado en la embajada. Pero dudo mucho que guarde las que de verdad nos interesan.

—¿No le parece raro? —Erika deposita el envoltorio sobre la colcha y dedica a Lombardi una mirada de extrañeza.

—Mucho —corrobora él—. Nos enfrentamos a un criminal honrado, o bien a un nazi que no quiere perjudicar al patrimonio del Führer.

—Déjese de bromas, que bastante nos ha perjudicado al interferir en la compra. Pero debo admitir que resulta desconcertante.

—¿Qué opina su jefe al respecto?

—Lo mismo que yo. ¿Puede investigar el itinerario de esa carta?

—Desde luego, hasta el mismísimo buzón donde fue depositada, pero no pensará que nuestro hombre haya utilizado el de la calle donde vive. Me encargaré de las huellas y del recorrido; será trabajo inútil, pero lo haremos. ¿Algo más?

—Nada más, excepto pedirle que se cuide, porque parece usted recién salido de la tumba. Me quedaría más tranquila si aceptase que lo viera nuestro médico.

—Se lo agradezco sinceramente, pero no es necesario.

Lombardi acompaña a Erika hasta la puerta. Antes de despedirse, la mujer recorre la herida del policía con un delicado roce. Al final va a resultar que se ha encariñado de verdad, se dice el policía con un posillo de vanagloria mientras la ve perderse en las escaleras.

—¿Y esa gachí? —lo interroga Paquito cuando quedan de nuevo a solas.

—Una conocida de la embajada alemana.

—Pues está como un tren —resopla el muchacho—. Por un revolcón con ella firmaba ahora mismo el carné del partido nazi.

—No bromees con esas cosas, Paco. Sería como venderle tu alma al diablo.

—¿Lo del revolcón o lo del carné?

—Lo del carné, por supuesto —guiña el policía—. El revolcón puede ser hasta saludable.

—Bueno, siempre se puede romper luego el carné, pero que te quiten lo bailado. ¿Recibe a muchas de ese estilo? Porque si es así, me apunto ahora mismo a hacerle de secretario.

Como respuesta, Lombardi extiende al chico un billete de veinticinco pesetas.

—De momento, invita a unas cervezas a tu amigo el actor. Y compra algo para la Nochevieja, que le hará ilusión a tu madre.

Quirós llama en la sobremesa, sin novedades aún respecto a la investigación forense, que quedará concluida previsiblemente a lo largo de la jornada. Sin entrar en detalles, Lombardi le anuncia su ausencia durante todo el día siguiente.

—Pero he contratado a un secretario para que atienda el teléfono —agrega.

—Está usted rumboso, por lo que parece.

—Para nada. Sigo tan tieso como cuando salí de Cuelgamuros. Es el hijo mayor de doña Ramona, la vecina de arriba. Nos sirve de ayuda cuando no estemos en la oficina, y de paso lo aparto un poco del zanganeo callejero.

—Solidaridad vecinal, entonces.

—Llámelo como quiera, pero nos vendrá bien. Usted queda al mando mañana. Andrés Torralba ya está operativo, así que póngalo al tanto de todo.

—Lo sé, acaba de telefonearme.

—Les dejo el informe del personal del seminario, que por fin llegó. Intenten localizar al portero para interrogarlo en su momento.

—Nos pondremos con ello enseguida —asume la agente.

—¿Cuándo tienen prevista la inhumación de los restos?

—Pues mañana mismo, si hoy concluyen su trabajo los forenses.

—Me gustaría asistir, pero va a ser imposible. Vaya usted con Torralba y no pierdan detalle, por si estuviera presente alguien interesante.

—Allí estaremos, descuide. Supongo que su ausencia está más que justificada y que no servirá de mucho preguntarle dónde piensa pasar el día y por qué motivo. Aunque si es por asuntos personales, haga como que no ha oído nada de lo que acabo de decir.

—No es nada personal, Quirós. Sigo una pista, pero cuanto menos sepa usted al respecto, mejor. De momento, no le conviene verse mezclada en ello.

—¿Es que no confía en mí?

—Claro que sí, mujer, pero lo hago por su bien —asegura Lombardi—. Ya hablaremos más adelante, y en persona.

—Ya —comenta ella con sequedad—. Los asuntos turbios y el teléfono no se llevan.

—Hablando de asuntos turbios, en la mesilla de mi dormitorio le dejo un sobre. Habría que hacer un estudio dactiloscópico a ver qué encontramos, aunque me temo que no sirva de mucho. Que insistan en el interior, por si además de huellas contuviera restos de algún tipo.

—¿De qué se trata?

—No sea impaciente, ya lo comprobará usted misma. Si le parece, nos vemos el día uno por la tarde.

—De acuerdo.

Lombardi cierra la conversación convencido de que Quirós no ha encajado bien el secretismo de su viaje, porque a partir de ahí ha cambiado de forma significativa el tono distendido de la conversación. En fin, ya lo arreglarán cara a cara, se dice, que es como se entiende la gente.

De momento hay cosas por hacer y, tras los nuevos datos, una llamada a la residencia Mediator Dei se hace imprescindible. Sin embargo, tal y como Lombardi se temía, Hilario Gascones se niega a ponerse al aparato y utiliza a su curita de confianza como pantalla.

—El padre Gascones no tiene nada que hablar con usted.

—Pues me temo que tendrá que hacerlo tarde o temprano. Supongo que ya está al tanto del hallazgo del seminario.

—Sí. Probablemente un asesinato más de los rojos durante la ocupación del centro. El padre ya ha atendido a la policía en ese sentido.

—¿Ah, sí?

—Esta misma mañana lo han visitado unos inspectores y le tomaron declaración. Por lo tanto, no hay más que hablar.

El abrupto corte de teléfono parece señal suficiente como para olvidarse del maldito aparato. Tras avisar a Paquito de su salida, el policía se dirige calle Atocha abajo hasta el hospital Provincial, donde sus nulas esperanzas de encontrar a Bartolomé Llopis se ven corroboradas. El doctor ha dejado de trabajar allí tras la guerra. Las explicaciones sobre su ausencia son tan ambiguas y esquivas que Lombardi lo imagina víctima de una purga, como tantos otros republicanos. Al menos confirma que sigue vivo y en libertad, y gracias al furtivo chivatazo de una enfermera, averigua dónde encontrarlo.

En la sala ponen *Escuadrilla*, una película de estreno. Llopis resulta casi irreconocible bajo su uniforme de acomodador. No solo por la extravagante chaquetilla, sino por su extrema delgadez. De ojos pacíficos, frente abierta y bigote bajo una nariz sólida y contundente, sus gafas parecen ser el único elemento físico que no ha sufrido merma desde que Lombardi y él se encontraron tres años antes.

El psiquiatra extiende la mano en un gesto mecánico para solicitar la entrada, y el policía se ve obligado a recordarle su nombre, porque tampoco su aspecto actual debe de concitar demasiados parecidos. Al reconocerlo, Llopis lo recibe con afectuosa sorpresa, pero el momento no es propicio para mantener una conversación y sugiere a Lombardi que se instale en el patio de butacas hasta que concluya su turno de trabajo, cuando acabe la película.

La cinta es una mezcla de amores cruzados, compañerismo, gallardía, fervor patriótico y fe religiosa. Héroes fascistas frente a rojos despiadados disputándose los cielos y la tierra de una España destrozada. Un efectivo y sentimentaloide ejercicio de propaganda protagonizado por un tal Alfredo Mayo, al parecer, galán de moda del Régimen. Concluida la película, Lombardi se reúne en el vestíbulo con el acomodador, ya de paisano.

—¿Qué es lo que rociaba usted por la sala? —inquiere el policía antes de que hayan salido a la calle—. Huele bien.

—¿El ozonopino? —El psiquiatra sonríe—. La verdad es que es lo único de cuanto hago aquí que guarda alguna relación con mi profesión de médico. Es un desinfectante. Se concentra tanta miseria y enfermedad en Madrid que las autoridades han dispuesto su uso en los lugares públicos cerrados como medida profiláctica. Positivo, aunque insuficiente.

—Sí, la miseria salta a la vista en cuanto uno se aleja un poco del centro.

—Tampoco los barrios acomodados están libres de peligro —susurra Llopis—. Toda la ciudad es un verdadero foco de tuberculosis, tifus, sarna y tiña. Los niños mueren a cientos. ¿Sabe que desde que acabó la guerra ha habido casi setenta mil muertos por enfermedad? Prácticamente la misma cifra que hubo por esa causa durante el asedio.

Frente a frente, en la mesa de un café próximo al cine, ambos se confiesan sus respectivos infortunios. A Llopis lo han expulsado de su trabajo y prohibido el ejercicio de la medicina por pertenecer a Izquierda Republicana y a la Agrupación de Médicos Liberales. Por si fuera poca culpa, fue nombrado por los rojos médico jefe de sala del hospital Provincial y capitán del ejército. Los cuatro cargos son, según los fascistas, motivo suficiente para destrozar una prometedora carrera. Ahora, el hombre intenta sacar adelante a su familia con esporádicos empleos, como el de acomodador o el de telegrafista, oficio este que no le es del todo extraño, ya que lo había ejercido antes de acabar sus estudios de medicina. El psiquiatra, sin embargo, muestra una envidiable firmeza de ánimo ante la adversidad.

—Como tantos otros, intento sobrevivir —asegura—, y en los ratos libres sigo trabajando con la esperanza de que algún día cambien las cosas y se puedan publicar todos mis estudios.

—Sobre la influencia del hambre en los trastornos psíquicos, por lo que recuerdo.

—Sí, buena memoria. Sobre la pelagra y la psicosis. Ya publiqué algo al respecto el año pasado. Lamentablemente, Madrid fue un verdadero laboratorio práctico durante el asedio, y sería una lástima que se perdieran los resultados de esa investigación. Incluso ahora se podrían ampliar los datos, porque la desnutrición sigue siendo asunto gravísimo; pero ya no tengo acceso a los pacientes. El resto de mis proyectos ahí siguen por ahora, en el dique seco.

—Tal vez en el extranjero valoren mejor su esfuerzo —lo anima el policía.

—Francamente, aquí no tengo muchas esperanzas —admite

Llopis con gesto de resignación—. Hoy solo interesan los psicólogos filonazis, empeñados en vendernos como enfermedad el marxismo, la homosexualidad o cualquier elemento que signifique ruptura con un determinado orden político y moral. Pero su caso sí que es llamativo, querido amigo. Resulta que ha obtenido la libertad gracias a aquel asesino que le quitaba el sueño.

—Libertad provisional, no nos engañemos. Y sigue quitándome el sueño, al menos de forma metafórica.

Lombardi pormenoriza los resultados de sus pesquisas, incluidos los dos últimos casos que Llopis desconoce, sin ahorrarse las interpretaciones simbólicas de Leocadio Lobo.

—En su opinión de experto —inquiere a modo de conclusión—, ¿qué calificación patológica merece un asesino que se desenvuelve diariamente como una persona normal, socialmente integrada? No me refiero a una persona normal que de repente se convierte en asesino circunstancial, sino a alguien normal que asesina, vuelve a la normalidad y vuelve a asesinar, y así sucesivamente. No sé si me explico. Es lo que llamamos asesinos múltiples. Supongo que conoce los casos de Díaz de Garayo y Romasanta, en el siglo pasado.

—Perfectamente. Antes quiero advertirle de que no creo demasiado en la tradicional clasificación psiquiátrica de las patologías. En mi opinión, hay una psicosis única, con multitud de manifestaciones en función de las peculiaridades del mal sufrido por el sujeto. Algo así como elementos preexistentes que solo se ponen de manifiesto cuando salta la chispa. El cerebro reacciona de la misma forma ante agresiones similares y cada cuadro psicótico sería un grado diferente de un mismo trastorno. ¿Me sigue?

—Con dificultad —reconoce Lombardi—, pero parece interesante.

—Veámoslo de otro modo. Habla usted de una persona normal. Lo que llamamos normal es, en realidad, un complejo emocional asociado a nuestras creencias colectivas: adhesión a lo que consideramos bueno y hostilidad hacia lo opuesto. Por otra parte está el mundo subjetivo, individual, más emocional si cabe que el anterior. En realidad, ese primer mundo que llamamos normal no es otra cosa que lo que tienen en común el inmenso número de los mundos subjetivos e individuales.

—Ya. Quiere decir que la objetividad, la normalidad es una entelequia, una convención.

—Es una coincidencia de subjetividades, un concepto estadístico que nos viene bien para convivir en sociedad —abunda el psiquiatra—. Y esa es la idea que usted expresa cuando dice que alguien se porta de manera normal. Sin embargo, puede perfectamente guardar un daño en su interior, en ese mundo subjetivo, que lo empuja a actuar en función de las circunstancias. Así lo hacían tanto Romasanta como el Sacamantecas, cada uno con sus peculiaridades. Efectivamente, su hombre puede llevar una existencia acorde con el mundo común y, sin embargo, actuar puntualmente como le dicta su subjetividad, como un asesino.

—Ese punto de locura que, según dicen, todos escondemos —apunta el policía.

—Claro, se trata de ese mundo propio que poco o nada tiene que ver con el común. Habitualmente, se traduce en ideales, anhelos o imágenes íntimas, no compartidas. Pero a veces entra en violenta colisión con lo que llamamos mundo real y empuja a actuar contra la norma. Por lo que recuerdo haber leído, Díaz de Garayo, el Sacamantecas, unía la violación de sus víctimas al asesinato, y Romasanta creía ser un hombre lobo y las mataba con sus propias manos y a dentelladas. Una misma pulsión criminal con manifestaciones distintas.

—Curiosamente, ambos comenzaron sus fechorías al quedarse viudos.

—Lo que no significa que ese fuera el detonante de su patología —puntualiza el doctor.

—Ellos mataban mujeres y niños; el que yo persigo solo mata curas —señala el policía, y de inmediato se pregunta si no habrá que atribuirle también el cadáver hallado en el seminario; al fin y al cabo, un pequeño aprendiz de cura—. Y además, a diferencia de aquellos, con total ausencia de impulsividad. No elige víctimas al azar, sino que parece seguir un plan preconcebido. ¿Elimina eso la posibilidad de la demencia?

Llopis se lo piensa antes de responder. Ha consumido su infusión y juguetea con el dedo en el borde de la taza como un funámbulo sobre el alambre.

—El fanatismo es una forma intelectualizada de delirio, que a veces se convierte en colectiva —expone al cabo—. Basta con mirar lo que está sucediendo en Europa para corroborarlo. Y por lo que cuenta, se las ve usted con un fanático, ilustrado e inteligente. El ritualismo exhibido y el distinto trato a sus víctimas hace pensar en un patrón modificado en función de la propia víctima, lo que demuestra un cierto orden mental. Si a eso añadimos el hecho de que existe relación entre todas ellas, podemos concluir que no se trata exactamente de una pulsión repentina, sino de actos planificados.

—Una venganza.

—Eso parece sugerir. Y la pregunta de si el vengador es o no una figura patológica tampoco es muy útil para un policía. Tal vez sí para un juez o un psiquiatra, pero dudo de que a usted le aporte nada en su investigación.

—La venganza exige una ofensa, y conocer la ofensa ya es una buena pista —argumenta Lombardi—. Por supuesto, la pregunta es por qué. Cuál es la chispa que dispara la locura en ese cerebro presuntamente normal.

—Elementos preexistentes, ya le digo. Pero aventurar cuáles son esos elementos sin conocer a fondo el caso sería una especulación presuntuosa por mi parte.

—Comprendo. ¿Sabe que el tipo devolvió el dinero que había robado a su última víctima?

—Puede que en el fondo de su corazón se sienta un hombre honorable —apunta Llopis.

—¿Y que sea ese mismo sentimiento de honorabilidad el que lo empuje al crimen? —aventura Lombardi—. Venganza y honor suelen ir asociados.

—Sí, por desgracia es una constante histórica en nuestro país, pero su hombre no tiene por qué encajar necesariamente en ese modelo. Tampoco olvide que es inteligente, y no debe descartar que tanto ese gesto como otros detalles de su ensañamiento sean cortinas de humo.

—Que juegue al despiste, quiere decir.

—Al engaño, sí. En fin, yo no soy policía, pero dicen que todo delincuente deja pistas de su delito. Es de suponer que también puede dejar pistas falsas.

Bartolomé Llopis acaba de exponer el mismo argumento que Ignacio Mora en el hospital, similar al que él había utilizado ante la señorita Baum. Por supuesto que no puede ignorarse la posibilidad de fuegos de artificio, aunque todo parece coherente, en especial tras las sugerencias simbólicas del padre Lobo.

Se despiden con un afectuoso abrazo, deseándose la mejor de las suertes en el mundo hostil que les toca vivir, un mundo sobre el que ahora se cierne una noche ventosa y fría.

Lombardi toma un taxi hasta la calle Ayala. El vehículo se detiene ante el número cinco y el policía cruza decidido el ancho portalón hasta la puerta acristalada de la agencia Cifra, dejando a su espalda la escalinata que conduce a Efe. En contraste con la visita diurna que ha hecho días atrás, el edificio no revela vigilancia especial a esas horas, de modo que recorre el largo y estrecho pasillo que conduce a la redacción sin encontrarse con nadie. Solo dos personas ocupan el espacio interior: Mora frente a una máquina de escribir y un individuo cercano a la jubilación enfrascado en la lectura del diario *Pueblo*, el vespertino portavoz de los sindicatos franquistas. Ambas cabezas se giran en su busca cuando entra anunciándose con un educado saludo. Mora se alza de la silla y sin palabras solicita permiso a su jefe para atender la visita. Este se encoge de hombros y sigue a lo suyo.

—¿Qué le trae por aquí? —pregunta el joven en cuanto quedan a solas en el pasillo—. Pero mejor me lo cuenta en el vestíbulo, que estas paredes oyen.

—Solo quería saber si pertenece usted a la Asociación de la Prensa.

—Claro, como la mayoría de los periodistas, pero para confirmarlo bastaba con un telefonazo. Lo conozco lo suficiente como para saber que algo se trae entre manos. ¿Tiene que ver con el artesano de Ávila?

—No, mañana viajo allí, pero antes quería dejar resuelto otro asuntillo con usted. He leído que el próximo fin de semana se celebran en Carabanchel Alto unos ejercicios espirituales para periodistas, organizados por el obispado y la propia asociación, y me gustaría que se inscribiera para participar en ellos.

Mora responde con un gesto de incredulidad.

—Se celebran durante el día y no hay que pernoctar allí —aclara el policía—, de modo que no interfieren en su turno de trabajo.

—Desde que lo conocí en el portal de la calle Magallanes no ha dejado usted de pedirme cosas raras, pero esta las supera a todas. Soy de todo menos un piadoso periodista. ¿Qué pinto yo en un sitio como ese si ni siquiera sé rezar el credo?

—Pero sí sabe quién es Hilario Gascones.

—Claro, el fundador de Mediator Dei.

—Pues él dirigirá la sesión de clausura, la víspera de Reyes. Y me gustaría que se las apañase usted para hacerle un par de preguntas en privado.

—¿Y quién mejor que un policía para hacérselas? —pregunta Mora, receloso.

—A mí no me puede ver ni en pintura —confiesa Lombardi—. Y como no se trata de un interrogatorio oficial, necesito que alguien las haga en mi nombre. ¿Quién mejor que un periodista en unos ejercicios espirituales para periodistas? Además, tiene la ventaja de pillarlo desprevenido. Su reacción es tan importante como su respuesta.

—¿Qué pregunta es esa?

—Tiene relación con el soldadito de plata. Resulta que esa pieza la encontré en un enterramiento descubierto en el seminario, el cadáver de un niño.

—¡Ostras! Y yo sin enterarme.

—Puede que los restos pertenezcan a un seminarista llamado Mario Daroca, desaparecido desde el comienzo de la guerra. Pues bien, Hilario Gascones era entonces profesor y padre espiritual en el centro, y me gustaría conocer su reacción cuando alguien le pregunte si Daroca tenía alguna relación con su amigo, el difunto padre Varela. Y si cree que los restos hallados pertenecen al propio Daroca.

—¿Sospecha que está todo relacionado? —Un brillo de interés titila en las pupilas de Ignacio Mora—. Eso sí que sería un bombazo.

—Desde luego que sí. Y tiene usted suficiente imaginación y cara dura como para hacer esas preguntas sin aparentar segundas intenciones.

—Ya, pero igual se cabrea y me busca la ruina. Por lo que sé, es un tío con mucha mano.

—Claro que hay riesgos, tampoco voy a engañarlo. Por eso quiero que se lo piense bien antes de tomar una decisión, aunque no queda mucho tiempo para pensárselo si esos ejercicios empiezan dentro de tres días. Hasta ahora me ha ayudado desinteresadamente en cuanto le he pedido, y créame que se lo agradezco. Así que, si se niega, no tendré nada que reprocharle.

—Hombre, yo también me he beneficiado de esta colaboración.

—Por su manuscrito, dice. Puede ser, aunque le aseguro que mi beneficio es superior. Mire, ya puestos, le voy a ser completamente sincero, porque creo que se lo merece.

Lombardi refiere al joven su situación personal. De principio a fin, sin obviar detalles que puedan resultar embarazosos para uno u otro. Mora escucha atónito sin interrumpir.

—Así que no sé lo que va a ser de mí en un futuro próximo —dice el policía como colofón a su relato—, pero usted al menos tendrá la oportunidad de escribir sobre lo que ha vivido directamente, no por boca de ganso como hacen otros.

—Ahora me explico su precariedad y otras muchas cosas que me sonaban raras en usted.

—En cuanto a rarezas, admito que no sería justo culpar de todas ellas al Glorioso Movimiento Nacional —ironiza Lombardi.

—Bueno, digo yo que nadie puede amonestarme por colaborar con un policía amparado por la Dirección General de Seguridad. En el peor de los casos, puedo alegar que desconocía sus antecedentes. Cuente conmigo para esos ejercicios espirituales; si es que quedan plazas libres, porque últimamente, al menos de puertas afuera, aquí todo el mundo parece competir en santidad con el vecino.

CUMPLIMIENTO

Miércoles, 31 de diciembre de 1941

El autobús llega a Ávila con solo media hora de retraso sobre el horario previsto. La nevada sierra de Gredos ofrece un paisaje espectacular en la lejanía más allá de las murallas, pero Lombardi solo está interesado en ese perímetro sitiado por la piedra que, según el dicho popular, reúne el mayor número de edificios religiosos por metro cuadrado de España, y al mismo tiempo es corazón de la provincia con el más elevado índice de analfabetismo de toda Castilla. Su destino, sin embargo, aunque muy próximo al recinto amurallado, se sitúa extramuros.

La plaza del Mercado Grande presenta una apabullante exhibición de iconografía fascista. Imágenes de Franco con casco militar y de Primo de Rivera, yugos y flechas, víctores de gran tamaño, banderas bicolores, nazis y de los partidos sublevados contra la República ocupan espacios preferentes, incluso en el obelisco del monumento a santa Teresa que domina el centro del foro y en los muros románicos de la iglesia de San Pedro. Para completar el cuadro, y entre nombres más autóctonos, los soportales en torno a la plaza albergan comercios de evidente simpatía germánica, como la cafetería El oro del Rhin o la joyería Káiser. No en vano, la ciudad ha sido una de las primeras capitales sublevadas en el treinta y seis y sede de uno de los principales aeródromos de la Legión Cóndor, amén de convertirse en punto clave de la ofensiva contra Madrid y centro de propaganda de los sediciosos. Si el tufo fascista de la capital resulta insoportable, aquel rincón de la pequeña ciudad donde acaba de aterrizar se le antoja a Lombardi una miniatura del Tercer Reich.

La tienda de Ropero se encuentra entre los arcos, bajo un rancio cartelón violáceo con letras doradas que en mejores días pudo sugerir la vestimenta de los penitentes de Semana Santa. Tal y como le había adelantado Ignacio Mora, se trata de un comercio de objetos sacros, y así se muestra hacia el exterior mediante un polvoriento escaparate donde, sin aparente orden ni concierto, se acumulan imágenes de santos y vírgenes, rosarios, crucifijos, casullas y un busto en escayola y varias postales coloreadas del papa Pío XII.

Pobremente iluminado, el interior no gana en organización a la muestra acristalada que se ofrece a la calle. La luz más potente se cierne sobre el mostrador, donde un jovencito sigue ensimismado en la lectura a pesar de que la campanilla de la puerta ha avisado de la entrada del policía. Por fin, el dependiente alza la vista para farfullar un apático saludo. Lombardi coloca el húsar ante sus narices, sobre el ejemplar abierto de *Roberto Alcázar, el intrépido aventurero español* cuyas viñetas concitan el interés del chico.

—Quiero saber quién encargó este trabajo.

El empleado contempla receloso al visitante, preguntándose quién será ese desconocido desagradable y con pinta de malhechor que ha frustrado su aventura en las páginas del tebeo.

—Aquí no se hacen soldaditos de plomo —replica tajante el muchacho, con ínfulas de superioridad.

El policía voltea la figurita para mostrarle la señal de su base. Apenas se ve nada en aquella penumbra.

—Es de plata, no de plomo —puntualiza—. Y tiene la marca de Ropero.

—Pues no puedo ayudarlo.

—Seguro que va a hacer usted un esfuerzo. —Lombardi coloca su acreditación sobre las aventuras de Roberto Alcázar y el rostro del joven se descompone; traga saliva y tartamudea la respuesta.

—A lo mejor mi padre sabe algo.

—Pues dígale que venga, si es tan amable.

—Está en el taller.

—¿Y por dónde cae ese taller?

—En Villacastín. Aquí solo tenemos tienda.

—Ya podían señalar ese detalle en sus catálogos, coño. Vengo desde Madrid y acabo de pasar por allí. De haberlo sabido, me habría ahorrado parte del viaje. ¿Hay algún transporte público que pueda llevarme?

—Creo que no, pero mi padre suele venir a la hora de comer —aclara el dependiente, ahora mucho más solícito—. Si no le importa esperar.

—¡Qué remedio! ¿Puede hablar con él por teléfono?

—Sí, señor.

—Pues llámelo para decirle que pasaré luego, no sea que hoy, precisamente, cambie sus costumbres.

Lombardi sale a la luz del día, amortiguada por un manto de nubes que agrisa los edificios. Hace frío, pero pasea sin prisas frente a los escaparates de los soportales hasta toparse con uno que le obliga a detenerse. En el cartel pone La Pajarita y sus vitrinas muestran una oferta irrechazable para cualquier goloso recalcitrante. Entra decidido a saciar su capricho y al poco sale con un cucurucho de papel de estraza que esconde media docena de yemas de santa Teresa.

Devora los dulces mientras callejea. Los dos torreones de la puerta del Alcázar y su barbacana almenada le dan la bienvenida al interior de la ciudad. Necesita pocos minutos para concluir que Ávila, en contra de sus prejuicios iniciales, es un lugar hermoso, de románticos e históricos rincones, afeado, sin embargo, por la pobreza y por una propaganda política que ni siquiera respeta los edificios más señeros. Al parecer, mendigos y tullidos no son patrimonio exclusivo de Madrid, aunque en aquellas calles, sobre cualquier otra cosa, destacan sotanas y hábitos monjiles.

Tras el periplo, un tanto baldado por la caminata, Lombardi

vuelve a cruzar la plaza del Mercado Grande y busca refugio en un llamado Café de la Amistad, que está casi vacío. Es un local espacioso y de aspecto distinguido, con dos pisos y ventanales a la calle, y en cuyo espejo tras la barra alguien ha rotulado con harina *Feliz Año 1942*. Se apoltrona en una mesa junto a la ventana, a la espera de un camarero.

Quien llega, sin embargo, es un personaje en quien ni siquiera ha reparado al entrar. Le faltan ambas piernas y se desplaza sobre un tablero con ruedas, impulsándose sobre el suelo con las manos, cubiertas por improvisados guanteletes de lana. El hombre lo interroga educadamente al llegar a su mesa.

—¿Limpia?

Lombardi contempla al lisiado con compasión. Bajo la raída boina se adivinan los antiguos aunque devastadores efectos de la tiña. Debe de tener edad parecida a la suya, pero aquel rostro lívido y mal afeitado aparenta diez o quince años más. Por ayudarlo más que por aliviar su propio desaliño, el policía acepta la oferta y el hombre despliega ante sus pies la caja de limpiabotas que carga en su patético vehículo. Parece hábil en su oficio, y especialmente comunicativo, porque, apenas atacado el primer zapato, comienza su interrogatorio.

—¿Para muchos días por aquí?

—Hoy mismo vuelvo a Madrid, si puedo.

—Pues tendría que esperar al viernes, que es el día de mercado y merece la pena verse.

El hombre se recrea en las virtudes de tal fecha. La plaza, cuenta, se llena de puestos, ganado, carros y gente de campo. Caras quemadas por el sol y manos encallecidas. Todo se pone de bote en bote.

—Buen día para usted, ¿no? —sugiere amablemente el policía.

—No vaya a creer. Los paisanos están reñidos con el betún, y este local es demasiado elegante para ellos. Algún que otro comprador de la ciudad cae, pero poca cosa. Lo decía por usted, porque para un madrileño tiene que resultar cosa curiosa.

Un camarero llega por fin a la mesa. Lombardi pide un café con leche e invita al limpiabotas a tomarse algo a su cargo.

—Un chato para mí, Mariano —anuncia sin mirar al mozo—. Y muchas gracias, señor.

—No las merece. Lo que de verdad me resulta curioso es la cantidad de nombres alemanes que se reúnen en un espacio tan pequeño. Supongo que antes de la guerra no era así.

—¡Quiá! —rechaza tajante el limpiabotas—. Ni guerra ni cosa que se le parezca. Esos carteles tienen cincuenta años o más. Desde chico los recuerdo así, y no cambiaron ni cuando mandaban los rojos, así que ya ve. Al que abrió esa cafetería le debía de gustar ese músico alemán de las óperas.

—Wagner.

—Ese mismo. Y el de la joyería es porque su fundador se apellidaba Káiser, y así se apellidan sus herederos, claro.

—Nada que ver con el Reich, entonces.

—Nada de nada, y me hace gracia lo que dice, porque cuando estuvieron aquí los aviadores alemanes preguntaban lo mismito que usted.

Una pareja de guardias entra en el local. El policía los ha visto llegar desde los soportales, decididos, como si conocieran bien el destino final de sus pasos. Tras un glacial saludo a quienes se acodan en la barra, se encaminan directamente a la mesa. La gorra del sargento, excesivamente ladeada, le confiere un aire chulesco, y en ese mismo tono se dirige a Lombardi sin preámbulos de cortesía.

—Documentación —exige.

El policía muestra su cédula de identidad y el salvoconducto.

—¿Es que no confían en la Guardia Civil? —dice Lombardi—. Ya me han identificado en el fielato antes de entrar en la ciudad.

El sargento le dedica una mirada de perdonavidas, pero no contesta. Tras un detallado vistazo a los papeles, le devuelve la documentación.

—¿Para qué ha venido a Ávila?

Lombardi empieza a hartarse de la prepotencia de aquel mastuerzo con uniforme. Como respuesta, muestra su acreditación de criminalista de la DGS. Aguarda a que el suboficial la tenga en su mano y se le desencaje la cara para dar explicaciones:

—Lo que yo haga en Ávila le importa a usted un bledo, ¿entendido?

El sargento se cuadra con un saludo militar. Su compañero, por simpatía con su jefe, hace lo propio.

—Perdone por la molestia.

—Perdonado. Y cálcese bien la gorra, joder, que parece usted un pregonero municipal.

El interpelado obedece sin rechistar. Con un nuevo taconeo, la pareja abandona el local para perderse a paso rápido entre los soportales. Lombardi degusta su café y celebra el éxito. Definitivamente, doblegar la jactancia de los vencedores le proporciona un placer que no puede expresarse con palabras.

—Vaya representantes de la autoridad —reflexiona en voz alta—. ¿Siempre son tan insolentes con los forasteros?

El limpiabotas, que ha asistido atónito a la escena, se encoge de hombros y sigue a lo suyo.

Cuando el policía entra por segunda vez en Ropero, al menos dos cosas han cambiado en Ávila: él es un tipo con zapatos relucientes y en la tienda no queda rastro del lector de tebeos. Tras el mostrador se aposenta ahora un sesentón bajito y con gafas que acude a su encuentro en cuanto lo ve entrar. También tuerce un poco la cara al reparar en el aspecto de Lombardi, pero, en contraste con el trato recibido por el primer dependiente, este le dedica una sumisa reverencia.

—Pascual Ropero, para servirle. Disculpe usted si mi hijo no ha sabido atenderlo adecuadamente. Los chicos de hoy, ya se sabe. Al mayor lo perdí en la guerra y el segundo me ayuda en el taller, pero este vive en Babia. A ver si en la mili me lo enderezan. Me dijo que busca usted información sobre una pieza.

El policía pasa por alto tan vertiginosa biografía familiar y entrega el húsar a su interlocutor, que ni siquiera necesita acercarse a la mortecina bombilla para corroborar la autoría de la figurita.

—Claro que es nuestro —asegura con una sonrisa de oreja a oreja—. Por aquel entonces todavía vivía mi padre. Yo debía de tener poco más de treinta, y me acuerdo bien de aquel encargo porque ya trabajaba en el taller.

—¿Podría aquilatar un poco más esos recuerdos hasta dar con la persona que les hizo el pedido?

—Desde luego, si me acompaña a la oficina.

Ropero corre un pestillo para bloquear la puerta de entrada e invita al policía a seguir sus pasos. Tras una cortina en la pared del fondo, e iluminada por la tibia luz de una bombilla, hay una pequeña habitación con un escritorio y varios muebles. Por allí rebusca el hombre durante unos minutos hasta dar con un par de libros de lomos agrietados que coloca sobre la mesa después de encender una lámpara de brazo flexible que mejora la visibilidad.

—Tome asiento, por favor, que me llevará un ratito.

—¿Tienen aquí toda la historia del negocio?

—Desde que lo fundó mi abuelo a mediados del siglo pasado. Cada trabajo, cada venta, aquí quedan escritos.

El policía elogia el orden empresarial con un gesto admirativo y guarda silencio para no molestar la investigación que ha iniciado el fabricante. Este pasa las hojas con rapidez tras veloces ojeos, como quien busca un color cálido entre tonalidades grises.

—¡Aquí está! —exclama por fin con un gritito que suena infantil—. Junio de mil novecientos quince. Un ajedrez para don Serafín Salvaterra.

Lombardi anota el nombre.

—¿Un ajedrez, dice?

—Sí, esta pieza es un peón de las blancas. Las negras eran de bronce.

—¿Ningún detalle más sobre ese hombre?

—Era un caballero de Madrid, de unos cincuenta y muchos

años, yo creo que un poco aristócrata. Un señor muy distinguido, en todo caso. Él mismo nos trajo el diseño, y nos obligó a romper los moldes cuando vino a recoger el trabajo.

—¿Y eso?

—Para garantizarse la exclusividad. Como en las ediciones limitadas, supongo. En este caso, limitadísima —matiza con un apunte de risita—. Quien paga manda, ya sabe, y él pagó bien.

—¿Disponen de otros datos al respecto? Su dirección en Madrid, por ejemplo.

—Aquí no figura, y le aseguro que mi padre era la mar de minucioso con estos detalles. Por lo que recuerdo, el caballero pagó por adelantado y el presupuesto no era precisamente barato, así que no había peligro de que desapareciera o nos hiciese la faena de dejarnos con el material y el gasto correspondiente.

—Sí, supongo que eso hacía innecesaria mayor escrupulosidad sobre su localización —reconoce Lombardi—. Aunque no deja de ser sorprendente que, siendo de Madrid, eligiera el taller de una ciudad de quince mil habitantes. Tal vez tenía alguna vinculación con Ávila.

—Eso lo dice usted porque no está al tanto del mercado de artesanía sacra. Mi abuelo ya despachaba material a Madrid en sus tiempos, y allí somos de sobra conocidos.

—Efectivamente, soy lego en estos asuntos. Disculpe si lo ha ofendido mi ignorancia.

—No hay por qué. Recuerdo que Salvaterra elogiaba mucho nuestros trabajos, y probablemente esa devoción fue el motivo para hacernos un encargo tan particular. La verdad es que nunca volvió, y desde luego no era hombre conocido en Ávila.

—Pues muy agradecido, señor Ropero —dice el policía incorporándose.

—Espero haberlo ayudado.

—Desde luego que sí.

—Me alegro de haber colaborado con la policía. Y si no es indiscreción —agrega tímidamente Ropero al abrirle la puerta de la calle—, ¿cómo es que ha llegado esa figurita a manos de la Brigada Criminal después de tanto tiempo?

—Claro que es indiscreción, pero le diré una cosa: eso mismo me gustaría saber a mí.

En un extremo de la plaza, cerca de la iglesia de San Pedro, hay una oficina de Correos y Telégrafos, y hacia ella se encamina Lombardi nada más salir de la tienda. Tras solicitar conferencia con el número de su propia casa, aguarda la presumible larga espera en el banco del vestíbulo habilitado para clientes, enfrascado en reflexiones poco optimistas. Porque no parece fácil seguir el rastro de un individuo casi treinta años después, y nada garantiza que esa figurita de plata haya permanecido en su poder a lo largo de tanto tiempo. Si, además, formaba parte de un ajedrez, cada pieza puede haber seguido su propia trayectoria y multiplicarse así las posibilidades de búsqueda.

Todavía rumia el pesimismo cuando la operadora lo llama a ocupar una de las cabinas y la voz de Paquito al otro lado de la línea le arranca una sonrisa. Al menos, el chico se ha tomado en serio su acuerdo.

—¿Algo nuevo, Paco?

—Pues sí. A media mañana le llamó una de sus señoritas.

—¿De qué señoritas hablas?

—Fátima dijo que se llama, y que usted la quería ver.

—¡Hombre! Pues sí, llevo días intentando hablar con ella. ¿Y qué contó?

—Ha dejado un número de teléfono de un pueblo de Badajoz, y dijo que estará localizable ahí hasta media tarde, para lo que necesite.

El policía anota los datos.

—Gracias, Paco. Da gusto recibir buenas noticias. Luego nos vemos, aunque llegaré de anochecida, así que no me esperes en casa.

—Muy bien. Pero no cuelgue, que aquí están dos de sus compañeros, y ella quiere hablar con usted.

Tras una breve pausa, se escucha la voz de Quirós.

—¿Qué tal su escapada?

—Relativamente bien —admite Lombardi—. He conseguido añadir un nombre a nuestra lista, aunque me temo que no va a ser fácil su rastreo. ¿Le suena de algo el apellido Salvaterra?

—De nada —contesta ella secamente. La frialdad de su voz demuestra que el enfado no ha desaparecido.

—¿Han estado en el entierro del niño?

—Allí estuvimos, sí. Un acto bastante triste, la verdad. Solo hubo tres curas, en representación del seminario, aparte de los funcionarios. Ni un alma en los alrededores. Le dejo aquí el resultado de las pruebas forenses, que confirman las primeras impresiones. Varón de entre diez y doce años, de un metro veinticinco de estatura y unos treinta kilos de peso.

—Un chico poco desarrollado para doce años.

—Pero normal si tenía diez —replica ella—. Múltiples fracturas, aunque solo mortal la del cráneo, cuya causa probable es la precipitación desde una altura no menor a los quince metros.

—El seminario tiene seis pisos en la fachada que da al patio.

—Y hablando del seminario, nada que hacer respecto al portero. El de ahora es nuevo, porque el antiguo falleció durante la guerra.

—Buen trabajo, Quirós —intenta animarla Lombardi—. Nos vemos mañana por la tarde, y que tenga feliz entrada y salida de año. Y los mismos deseos de mi parte para Torralba.

—Gracias, pero, antes de despedirse, ¿podría explicarme de dónde ha salido ese sobre que ha dejado en la mesilla?

La voz de la agente se ha endurecido. Su pregunta suena gélida en el auricular, y no es efecto de la distorsión acústica de la conferencia.

—¿La carta al capellán? Bueno, va dirigida a él, pero como habrá leído, enviada a la embajada alemana.

—¿Otra vez su amiguita nazi? —pregunta ella, con un sonsonete de burla—. ¿Es que no escarmienta?

—No es lo que se piensa. Esa mujer es una buena fuente de

información. Gracias a ella sabemos que ese sobre contenía el dinero que le robaron a Varela.

—¡Qué dice! ¿De qué dinero habla?

—Con lo de mi accidente no había tenido ocasión de mencionarle este asunto —alega Lombardi a modo de disculpa—. Al parecer, Varela llevaba encima una suma facilitada por los alemanes y destinada a adquirir esa virgen cuyo rastro investigamos.

—No me había hablado de eso. ¿Desde cuándo lo sabe?

—Tampoco le dé demasiada importancia, porque es una pista que no tiene nada que ver con los casos anteriores y nos aleja de la buena senda. Pero sí que parece que nos enfrentamos a un personaje un tanto extravagante, capaz de asesinar con saña y al mismo tiempo devolver lo que no le pertenece.

—No me lo creo —protesta la agente—. ¿Confía de verdad en esa mujer?

—Y por qué no iba a hacerlo. Hasta ahora me ha ofrecido pistas más o menos sólidas.

—Me huele a trampa.

—Está tan interesada como nosotros en encontrar al asesino de Varela —asegura el policía con firmeza, en un intento de resultar convincente—. Por motivos distintos, pero lo está. Ya le contaré con más detalle.

—Tratándose de ella, mejor se ahorra los detalles.

—Pero, Quirós, ¿a qué viene esa inquina?

—Allá usted. Es el jefe y lleva los asuntos como le parece. Pero a mí me huele mal. Feliz Año Nuevo.

Quirós ha colgado sin más. Lombardi, perplejo por su actitud, concluye que no es tan sencillo como había pensado lo de trabajar con mujeres. Al menos en el caso presente, sus reacciones resultan más complejas de lo esperable. Piensa si serán celos; profesionales, por supuesto, porque atribuir a su compañera cualquier inclinación hacia él y que su ojeriza hacia la señorita Baum tenga relación con ese sentimiento es poco imaginable. No, seguramente está dolida por sus variados secretismos, y desde luego tampoco va a reaccionar de buen humor cuando le cuente que ha birlado aquella prueba delante de sus propias narices. Él tiene sus peculiares formas de actuar, arraigadas durante años, y no está dispuesto a renunciar a ellas. Pero, sin duda, Quirós se siente al margen, demasiado al margen, y está ofendida por eso. Se promete a sí mismo arreglarlo cuanto antes, porque cualquier brecha en un equipo de investigación, mucho más en uno tan frágil como el suyo, puede resultar un desastre.

Con esa decisión llama al número facilitado por Fátima, y tras otro buen rato de espera, averigua que la prostituta tiene una voz agradable y que regresará a Madrid el sábado. Acuerda con ella una cita para la hora del aperitivo del día siguiente a su llegada.

Madrid se prepara para despedir el año: con alegría en unos y el alma descosida en otros, aunque hasta el más desgraciado confía en que ese trivial salto en el calendario traiga un cambio a mejor en su vida miserable. Como en los días señalados de la semana precedente, las luces de la ciudad brillan de forma anómala, ignorantes de las restricciones eléctricas impuestas por la carestía. Hasta el taxista que ha llevado a Lombardi a casa parece tener el rostro iluminado cuando al despedirse le desea un feliz Año Nuevo.

El policía sube cansinamente las escaleras. Está deseando llegar al dormitorio y lanzarse sobre la cama sin más miramientos. Recuerda, sin embargo, que la llave está en poder de Paquito. Sin demasiada confianza en que el joven se encuentre dentro a esas horas, pulsa el timbre un par de veces hasta aceptar resignado que aún le queda otro tramo de peldaños por delante. Se dispone a afrontarlos cuando ve llegar a Ramona en dirección contraria.

—Ya bajo yo, don Carlos, que he oído el timbre.

—Pues se lo agradezco, porque vengo hecho migas. Vamos a tener que hacer algo con este trajín. Podría usted encargar una copia y así guardamos una en cada casa.

—Es una muestra de confianza por su parte —dice la mujer entregándole la llave—. Por mi parte ningún problema, al contrario.

338

Lombardi abre, enciende la luz y se quita el abrigo para colgarlo en el perchero. La vecina sigue en la puerta.

—Gracias por lo que ha hecho por mi Paquito —dice al cabo con timidez.

—No hay por qué darlas, mujer, que no he hecho nada del otro jueves. Confíe en él, porque es un buen chico. Solo está desconcertado y dolido con el mundo, como lo estamos muchos.

—Pues yo le estoy más que agradecida, y quería preguntarle si le gustaría cenar hoy con nosotros.

—El caso es que, más que cenar, lo que necesito es tumbarme —se sincera el policía—. Sepa que no me debe nada y que le quedo muy reconocido por la invitación.

—Vamos, don Carlos —porfía ella—, que la cena es modesta, pero no es más que una excusa. No querrá pasar usted solo una noche como esta. Los chicos están encantados de que cene con nosotros.

La invitación es todo un compromiso para Lombardi: el cuerpo le exige descanso, pero no quiere desairar la generosidad de sus vecinos.

—Si ni siquiera tengo algo para contribuir —alega como justificación—. O eso creo, porque la compra la hace usted.

—¿Y qué más da? ¿Sabe que Paquito ha traído dos botellas de sidra? —apunta con orgullo de madre.

—De acuerdo —acepta por fin, resignado—. ¿A qué hora es la cena? —Mira maquinalmente su reloj de pulsera; aún no ha asumido que lleva una ruina en la muñeca.

—Dentro de una hora, más o menos. Así tiene usted tiempo de descansar un poco.

—Vale, pues luego subo.

Una hora de descanso para él es como una cucharadita de agua para un hambriento. Tendrá que aguantar hasta las campanadas, pero en cuanto suenen las doce, a la piltra de cabeza, se jura el policía. De momento, acomodado en el sofá, se deja llevar por la modorra.

Lo despierta el timbre. Paquito se ha aferrado a él como una lapa, advertido por su madre del riesgo de encontrarlo dormido.

—Venga, que la mesa está servida —lo urge con desenfado en cuanto abre la puerta.

Aún aturdido, intentando asearse un poco el cabello con las manos y recuperar su versión de hombre despabilado, Lombardi sigue los pasos de su vecino por la escalera.

—Muy simpáticos sus compañeros —comenta el joven—. No sabía yo que hubiera mujeres en la poli, y menos en asuntos criminales.

—Y no las hay, Paco. Quirós es una secretaria del grupo de identificación. Aunque, si me dejan, pienso hacer de ella una buena policía.

—Y ese Torralba es un cachondo. Le sale la gracia por las orejas.

—¿Ah, sí? La verdad es que no lo he tratado mucho, pero yo lo tenía por un tipo serio. Bueno, algo de retranca sí que tiene —admite al recordar su relato sobre el loro bombardeado.

El salón está vestido de domingo; de humilde domingo, pero así son las festividades entre la mayoría de la gente del barrio. Una fuente con ensaladilla rusa cubierta de mahonesa y otra con filetes empanados dominan la mesa. Cuatro cubiertos con sus correspondientes vasos, un cestillo de pan moreno y una frasca de vino tinto completan con una jarra de agua el acogedor paisaje. Pero lo que atrapa la mirada del policía está en el aparador. Allí, entre otras fotografías familiares, hay una de Irene, tomada probablemente en fecha no lejana a la de su muerte. En su estado de somnolencia, aquella inesperada visión lo paraliza, y durante unos segundos no puede, no quiere apartar la vista del bonito rostro enmarcado. Ramona, que parece darse cuenta de su confusión, llena los vasos y alza el suyo.

—Por los ausentes —dice.

El brindis funciona como un sortilegio. Azorado, Lombardi toma su vaso y quiere deshacer el entuerto en que involuntariamente se ha metido. ¿Acaso sospecha o sabe Ramona la relación que su hija y él habían tenido? ¿O tan solo es el efecto de su propia turbación?

—Por Abelardo y por Irene —concreta el policía—. Y por todos ustedes, a ver si este año que llega vuelven a tener al padre en casa.

La cena transcurre con apetito y buen humor. El hijo pequeño sigue encerrado en su educada timidez, pero tanto Ramona como Paquito parecen haber enterrado el hacha de guerra y hacen gala de desparpajo con divertidos recuerdos y anécdotas. La esperanza y las ganas de vivir se imponen, al menos por esa noche, a la pena y el drama.

Sin embargo, no hay ocasión de abrir las botellas de sidra de Paquito. A eso de las once y media, unos timbrazos en el primer piso sorprenden a los comensales. El policía baja hasta su casa, seguido por un séquito de alarmados vecinos. Frente a la puerta hay dos miembros de la Policía Armada.

—¿Sabe usted dónde para Carlos Lombardi? —pregunta uno de ellos al verlo aparecer por la escalera.

—Yo soy Lombardi.

—Pues tiene que acompañarnos a la Dirección General de Seguridad.

—¿Ahora? Estoy cenando arriba con unos amigos.

—Eso nos gustaría a nosotros, poder cenar con la familia, pero aquí nos tiene.

—Pues suban ustedes y tomen una copita —tercia Ramona desde su puesto de observación entre peldaños—. Se pueden marchar después de las campanadas.

—Gracias, señora, pero no podemos beber de servicio —se lamenta el segundo guardia.

—Don Balbino Ulloa quiere verlo urgentemente, y no creo que le guste esperar hasta el año que viene —insiste el primero con tonillo socarrón.

Lombardi acata la orden con un gesto de fastidio, pasa a casa a

341

por el abrigo y se despide de sus vecinos. En la calle aguarda un vehículo oficial que en pocos minutos se planta en la Puerta del Sol. La plaza está llena de gente bulliciosa dispuesta al festejo, pero el coche aprovecha un pasillo de seguridad en torno al edifico para llegar hasta su entrada principal sin dificultades. El policía sube hasta el despacho de Ulloa, donde un ujier lo hace esperar ante la puerta.

—El señor secretario está reunido con el director general. Ya le aviso yo de que ha llegado.

Al poco, Ulloa sale del despacho principal. Camina a paso rápido y cabizbajo.

—Pasa, Carlos —dice secamente, franqueándole la entrada y cerrando la puerta tras ellos—. Perdona que no te ofrezca asiento, pero tengo que volver con Caballero.

—¿Y esa cara? ¿Tan mal les va la fiesta?

—Menuda fiesta. Han matado a Gascones.

—¿Qué?

—Al de Mediator Dei.

—Ya sé quién dice —contesta Lombardi, conmocionado por la noticia—, pero ¿cómo ha sido?

—En un tren. Viajaba a Zaragoza para asistir a la conmemoración de la venida de la Virgen del Pilar.

—¿Y?

—Lo apuñalaron en el retrete.

—¿Apuñalado o degollado?

—Ambas cosas, según parece.

—Joder —maldice el policía—. ¿No hay testigos? ¿Han investigado a los pasajeros?

—Sin testigos. En una fecha como hoy había poca gente en el tren, y menos en primera clase. Viajaba con su secretario, solos los dos en el departamento. Gascones dijo que iba al retrete, y al pasar un tiempo sin saber de él, su asistente lo buscó y se encontró con la tostada. Todavía siguen interrogando a la gente, pero lo más probable es que el asesino saltara del tren.

Suenan los avisos de que las campanadas son inminentes. La primera de ellas se recibe con una algarabía en la plaza amortiguada por el espesor de los muros.

—¿Hay rastros?

—Parece que sí, pero el informe que nos ha llegado es todavía provisional.

—¿Dónde sucedió?

—Entre Torrejón y Alcalá, alrededor de las ocho y media. Ya se ha ordenado el rastreo de la vía, pero hasta que amanezca no hay mucho que hacer. El convoy está retenido en Guadalajara y su juez de guardia se ha encargado del levantamiento del cadáver.

—Debería ir allí.

—No, Carlos. Olvídate de este asunto.

—¿Por qué? Los detalles del crimen suenan a música conocida, y la víctima es cercana a los hechos que nos tocan. Para mí que ha sido nuestro hombre.

—Ya, pero se lo van a encargar a Homicidios y a la Guardia Civil, al alimón. Gascones era lo suficientemente importante que me huelo que hasta el Ejército va a meter la nariz en esto. Si se trata del mismo fulano, ha llevado las cosas demasiado lejos. Tanto Caballero como el ministro están que bufan, y más que van a estarlo si no hay resultados pronto.

—¿Significa que me retiran del caso?

—No exactamente. Nadie ha mencionado nada al respecto, porque de momento eres el único que asocia esta muerte con las anteriores. Tú sigue con tus planes. Solo quería informarte cuanto antes.

—Tendré acceso al menos a esa investigación.

—El mismo que tenga yo. Te mantendré al tanto de lo que vaya llegando. Por cierto, ¿qué tal tu viaje? ¿Sirvió de algo?

—Solo he conseguido un nombre, Serafín Salvaterra. ¿Le suena?

—Así, en frío, no.

—Pues habrá que buscarlo, aunque me temo que ya haya muerto.

Con la última campanada el griterío se convierte en un murmullo continuado. Ha nacido 1942 y un nuevo cadáver se suma a la trágica lista inaugurada el día en que comenzó la guerra.

La ciudad se despereza de largas horas de farra mientras los servicios de limpieza del ayuntamiento, con medida parsimonia, intentan adecentar un poco las calles salpicadas de papeles grasientos y variados desperdicios. Descansado y complacido al comprobar que sus malestares físicos remiten día a día, Lombardi se decide a disfrutar del aire libre hasta su reunión vespertina, en unas horas nubosas y desapacibles que no invitan al paseo, como lo demuestra la escasa presencia de tráfico y gentes a pesar de ser hora cercana al almuerzo.

Ante un corto de cerveza repasa sin mucho entusiasmo la prensa del día, disponible para los clientes de la cafetería donde decide repostar. Filipinas está a punto de caer en manos japonesas, aunque el lugar destacado lo ocupa la proclama de Hitler ante el nuevo año, reproducida textualmente hasta su punto final. Con su delirante oratoria, el Führer brama contra la conjura capitalista-bolchevique, encarnada en la alianza del bolchevismo judío con Churchill y Roosevelt, para anunciar su pronta derrota bajo la imparable fuerza del nacionalsocialismo.

Llama la atención una crítica cinematográfica en páginas destacadas, cuando lo habitual es relegarla a los espacios destinados a la cartelera. Algo debe de tener esa película titulada *Raza* para concitar tantos elogios antes de su estreno, piensa Lombardi. Valores eternos, patriotismo, espiritualidad y educación de las masas son términos comunes en cada uno de los críticos firmantes de la prensa matutina. Ante semejantes descripciones, el policía cree estar viendo de nuevo aquella media hora larga de *Escuadrilla* que tuvo que soportar mientras esperaba a Llopis. La misma monserga ideológica. Tal vez la explicación de tanto bombo está en las notas complementarias, porque la película ha sido bendecida con un pase privado para Franco y el cuerpo diplomático adicto al Régimen.

Desde la víspera, la noticia de la muerte de Gascones le ronda la cabeza, aunque ni mucho menos le ha robado el sueño. Los hechos, por más que inesperados, vienen a corroborar su impresión acerca de aquel cura tras su visita a la residencia universitaria. El fundador de Mediator Dei callaba más de lo que contaba, y su desaparición impide definitivamente la posibilidad de conocerlo. Rememora aquella fecha, abierta por el encuentro con el taimado don Bernardo y culminada con el desdichado episodio de la calle Mesón de Paredes. Se pregunta si el anglo-irlandés habrá recibido también, como los alemanes, su parte del botín, si es que Varela lo llevaba encima cuando murió.

Busca en la guía telefónica el número de la embajada británica. Sin muchas esperanzas de éxito en un festivo tan señalado, recibe la confirmación de que *mister* Malley disfruta de merecido asueto. La telefonista, no obstante, sugiere un lugar donde podría encontrarlo a esas horas.

Embassy hace chaflán con el paseo de la Castellana y la calle Ayala, y se había inaugurado en los primeros meses de la República con fama de local novedoso. Sobre su puerta sigue aquel disparatado rótulo en letras minúsculas que parece escrito por un beodo tembloroso: la primera letra bocabajo, y la «a» invertida respecto a su eje vertical. Aire moderno y transgresor para un salón de té clasista y caro.

La sala está muy concurrida de gente elegante, la mayoría de paisano, aunque entre la alpaca y la seda de las mesas se distingue algún que otro uniforme. Un pianista interpreta algo que suena a *jazz*, con nula atención por parte de una clientela más centrada en la cháchara y en las copas de champán que en las supuestas infusiones. La entrada de Lombardi en el local provoca similar interés que las teclas del piano.

Tras una ojeada, el policía descubre a Malley en un grupo junto a la barra. Se aproxima tranquilamente hasta una posición donde el británico pueda descubrirlo por sí mismo. Cuando esto sucede, el diplomático tiene que fijarse varias veces en él hasta convencerse de que no es un engaño de sus ojos. Con una copa en la mano, abandona a sus acompañantes para cubrir la distancia que los separa.

—Pensé que usted no bebía —lo recibe Lombardi.

—Y no bebo. Solo brindo por el nuevo año. ¿Ha tenido un accidente?

—Más o menos. Nada grave.

—Me alegro de que esté sano. Sospecho que soy el motivo de su presencia en este local. ¿Me equivoco?

—Sospecha bien —corrobora el policía—. Llamé a su embajada y me dijeron que tal vez se encontrase usted aquí.

—Conocen mis costumbres. Y soy cliente incondicional del Embassy.

—Ya imagino que no es usted de los que frecuentan las tascas del populacho.

El británico esquiva el sarcasmo.

—¿Permite que lo invite? —dice—. Mire, esta copa está sin estrenar.

Lombardi la acepta en su mano para catarla con un trago corto.

—Champán francés —valora—. Y bien fresquito. Gracias.

—Si no es francés no es *champagne*. Vamos a un sitio menos ruidoso.

Malley lo conduce a un pequeño reservado de diseño victoriano, donde la música y el murmullo se perciben como un rumor soportable. Allí comparten un estrecho sofá en forma de ese, del tipo «confidente», en el que Lombardi se siente como encerrado en un confesionario.

—Francamente, su visita es de las cosas que menos podría esperarme —se sincera el diplomático—. ¿Cuál es el motivo?

—Mi buen corazón.

—No dudo que lo tenga, pero si es tan amable de ser un poco más claro.

—Mire, señor Allen… ¿O prefiere que lo llame don Bernardo?

¿Tal vez Malley? Ya que estamos tan próximos el uno del otro, al menos que haya confianza.

—Lláмеme como guste —acepta en buen tono el británico—. El nombre no cambia la cara.

—Pues bien, señor Malley, usted tuvo la amabilidad de invitarme, aunque fuera con segundas intenciones.

—Nada me debe. Me considero pagado con nuestra larga charla.

—Con nuestra discusión, quiere decir —puntualiza Lombardi—. En fin, como no me considero un hombre desagradecido, y a pesar de las muchas diferencias que nos separan, creo que sería injusto dejarlos a ustedes en inferioridad de condiciones respecto a los nazis.

—¿Qué tipo de inferioridad? —se extraña el diplomático.

—Informativa. Sepa que la embajada alemana ha recibido de forma anónima la suma que robaron al padre Varela tras su asesinato.

—¿Cómo es posible?

—Quizás el asesino tuvo problemas de conciencia ante ese dineral —comenta, burlón, el policía—. Pero solo recibieron el dinero. Ningún negativo fotográfico.

Malley suspira de alivio.

—¿Está seguro?

—Todo lo que uno puede estarlo tratándose de nazis. ¿No habrán recibido también ustedes un regalo parecido?

—No, por desgracia. Ya le dije que el único contacto con el fotógrafo era el difunto padre Varela. Pero, por lo que me cuenta, el asesino debería conocer el origen de esa suma y, por lo tanto, las actividades del capellán.

—Es evidente. Y si ha remitido nada más que dinero, solo hay dos posibilidades: o Varela no llevaba encima esos negativos, o los tiene el asesino y sabe que no pertenecen a los alemanes.

—Recemos porque sea la primera —suspira de nuevo Malley. Con tanto suspiro y en aquel escenario, Lombardi tiene la sensación de participar en una representación teatral de *La dama de las camelias*—. Mejor perdidos que en manos equivocadas.

—Rece usted si quiere, que a mí ni me va ni me viene. Yo me limito a contarle lo que hay. A lo mejor he hecho el tonto, pero me parecía justo equilibrar la balanza. Y por mal que me caigan ustedes, peor me caen los nazis.

—Muchas gracias, señor Lombardi. Ya sabía que podíamos contar con usted.

—Tampoco se haga ilusiones —ataja el policía—, que aquí termina mi colaboración. Además, su compañía no me resulta nada saludable.

—¿Por qué? ¿Acaso va a culparme de sus heridas?

—No exactamente, aunque podría pensarlo si fuera supersticioso, porque me sucedió pocas horas después de conocerlo a usted. Lo digo porque entre esos jaraneros de ahí afuera he visto uniformes alemanes.

—El Embassy es un establecimiento público. No digo que confraternicemos con ellos, pero la proximidad de ambas embajadas nos reúne a veces en el mismo espacio.

—Pues allí donde hay nazis y aliados juntos, seguramente haya un par de polis franquistas que le irán con el cuento de nuestra charla a quien no debería enterarse.

—¿Cree que esta visita puede tener consecuencias negativas para usted?

—Seguro, pero asumo el riesgo. Gracias por el trago, señor Malley.

Lombardi escapa de su mullida jaula y ofrece su mano al británico.

—¿Nunca ha pensado en escapar? —dice el diplomático al estrechársela.

—Marcharme de España, quiere decir.

—Claro. Es usted un prisionero, ¿no?

Sí, eso es en realidad, reflexiona el policía, un prisionero de guerra, porque los delitos por los que ha sido condenado son una farsa judicial para justificar la venganza sobre los vencidos. Claro que ha pensado en escapar; cada día desde aquel encuentro nocturno con los falangistas frente al puente de Toledo. Pero que ese deseo se convierta en realidad es tan utópico que la pregunta de Bernard Malley suena a broma de mal gusto.

—Me está tomando el pelo.

—En absoluto, señor Lombardi. Es difícil, pero no imposible. Yo podría ayudarlo.

—¿De qué manera?

El diplomático respira profundamente y se toma unos segundos antes de responder.

—Aquí mismo —susurra—, en el sótano bajo el suelo que pisamos, hay una docena de refugiados esperando salir del país. La mayoría son europeos huidos de los nazis, pero también hay algún que otro español.

—No me diga que esta empresa se dedica a organizar fugas.

—Hay otros que se encargan de eso, pero créame que este bonito salón de té no es solo lo que parece.

—Es usted poco discreto —lo regaña el policía—. Podría irme de la lengua.

—Sé en quién puedo confiar. Y aunque sea tan reacio a trabajar para nosotros, se merece al menos la libertad. Piénselo.

—No puedo —rechaza Lombardi—. Todavía tengo un asunto pendiente aquí.

—Claro, su asesino. En fin, si alguna vez cambia de opinión, ya sabe dónde encontrarme.

—Me lo pensaré. En cualquier caso, gracias por la oferta.

La idea de la fuga calienta la cabeza de Lombardi hasta llegar a casa. Por una parte, la oportunidad de recobrar la libertad le acelera el pulso. Por otra, se pregunta adónde ir de hacerse realidad. Por supuesto, Europa está descartada; América es la única opción sensata. Se ve en Buenos Aires, su ciudad natal y sin embargo desconocida, fantaseando con la posibilidad de rastrear allí las huellas de su ignorado padre, si es que aún vive.

Sí, Argentina parece un buen destino, pero de momento se conforma con llamar al despacho de Ulloa en busca de novedades. Una voz funcionarial le informa de que el señor secretario se ha ido a descansar de madrugada después de trabajar toda la noche. Aunque está tentado de hacerlo, le parece una faena innecesaria llamarlo a su casa tras tan intensa celebración de Nochevieja.

Sobre los reunidos planea una tensión sorda. Alicia Quirós está sentada en el sofá, frente a la pizarra. Andrés Torralba ocupa el sillón. Carlos Lombardi deambula de un lado al otro del salón en un cansino viaje de ida y vuelta, como el tigre en su jaula de la Casa de Fieras.

—En primer lugar —dice el policía—, quiero disculparme con usted, Quirós. Es posible que no haya sido lo suficientemente ágil a la hora de tenerla al día. No es que quiera usarlo como excusa, pero esta ha sido mi forma de trabajar durante quince años, por lo general con buenos resultados. Admita al menos la dificultad de cambiar los hábitos de la noche a la mañana.

Lombardi observa a Torralba de reojo. El novato del grupo escucha paciente, jugueteando con un lápiz sobre una hoja de papel en blanco, a la espera de enterarse de algo que merezca la pena ser anotado.

—Es cierto —prosigue— que guardé para mí algunas de las actividades del capellán, referidas a su labor de intermediario entre la embajada alemana y el mercado negro de las antigüedades. Aunque sin propósito alguno de no compartir esa información con usted. Si actué de tal modo es porque estoy convencido de que esa historia no tiene nada que ver con el objeto de nuestra investigación, y que tan solo contribuiría a dispersar esfuerzos. Tras mi accidente, otros asuntos más inmediatos han tenido ocupada mi cabeza y aquello pasó a segundo plano.

—Pero usted me hizo seguir la pista de esa pieza románica en San Pedro el Viejo —alega ella en la pausa del policía para tomar aire.

—Si no hubiera estado retenido en el hospital, nunca le habría hecho semejante encargo. Tenía la intención de ocuparme personalmente de ello, aunque sin demasiadas esperanzas de éxito. Lo que resulta bien cierto es el interés de la embajada alemana en el asesinato de Varela, tanto por conocer el paradero de su inversión como el de esa talla que el capellán iba a adquirir en su nombre. Interés bastante incómodo para mí, y traducido en presiones que tampoco he querido compartir con usted por no preocuparla ni distraerla de lo verdaderamente importante.

—¿Está hablando de presiones... físicas, táctiles? —ironiza la agente.

—No bromee con este asunto, Quirós. ¿Ha oído hablar de Lazar, ese tipo de la embajada alemana?

—Por encima. Dicen que es mal enemigo.

—Pues lo tengo pegado al cogote desde que salí de Cuelgamuros. Y su odiada señorita Baum es una funcionaria, una experta en arte que colabora en esas actividades. Sí, ya sé que esa pareja puede ser probablemente la doble cara de un mismo mal: la simpática y la perversa; pero no me tenga por bisoño. El hecho de que me haya acostado con ella no me ha sorbido el seso ni anula mi capacidad de juicio.

Torralba, que asiste atento a la disertación, reacciona con una divertida mueca de sorpresa a la última confidencia. Lombardi pasa por alto el gesto para no romper su meditado discurso.

—Así que entiendo sus prevenciones respecto a los alemanes, Quirós, porque las comparto con usted. Pero es un asunto secundario del que, sin embargo, debemos aprovecharnos hasta donde nos sea posible. Y ese sobre que dejé en mi mesilla podría ser una pista. Yo no lo creo así, pero nunca hay que desdeñar las puertas que se nos abren. ¿Queda claro?

La agente asiente con un cabeceo.

—¿Y usted, Torralba? ¿Se entera de algo?

—Más o menos —asume este—. Parece interesante.

—Pues bien, Quirós, todavía me queda una mentirijilla más, y como no me apetece que mañana o pasado me la eche usted en cara toda enfurruñada, vamos allá.

Lombardi muestra a sus compañeros el húsar de plata.

—Bonito de verdad —aprueba Torralba.

—Estaba entre los restos del pantalón del niño del seminario —confiesa el policía.

—¿Y cómo es que lo tiene usted? —se extraña la agente—. No me diga que…

—Sí, me lo llevé cuando caí al hoyo.

—¡Será caradura! —bufa Quirós—. ¿Por qué robó esa prueba?

—Para ocultársela a Figar. ¿Sabe usted quién es Figar, amigo Torralba? —El exguardia arruga los hombros—. Bueno, ya tendrá tiempo de saberlo y maldecir su sombra. Lo que nos importa, más allá de protocolos y de lo bien o mal que actué como ratero, es que esa figurita mandó fabricarla en Ávila un tal Serafín Salvaterra, allá por mil novecientos quince, y forma parte de un ajedrez de edición exclusiva. La pregunta es: ¿qué pintaba en el bolsillo de ese pobre niño en el treinta y seis?

—Es lo que nos toca averiguar —completa ella.

—Por supuesto. Si le parece, Quirós, mañana se pasa usted por el Registro Mercantil a ver qué puede averiguar del tal Salvaterra. Y usted, Torralba, haga lo propio en el Registro de la Propiedad, a ver si, entre una cosa y otra, podemos formarnos una idea de quién era tan notable caballero. Yo fisgaré en los archivos policiales por si hubiera algo.

Lombardi, por fin, toma asiento en el sofá, junto a la agente, y señala la pizarra con su índice.

—Me temo que hay que añadir una nueva foto a nuestra lista.

—¿Ha habido otro asesinato? —se alarma ella—. Imposible. No han avisado al grupo de identificación. Esta mañana he estado con el inspector Durán y tiene el día libre.

—Lógico, porque no ha sido en Madrid, y es de suponer que la noticia se guarde todavía como secreto de Estado. Anoche mataron a Hilario Gascones en un tren que iba a Zaragoza. Imagino que los

trabajos de identificación corren a cargo de la gente de Guadalajara.

—¿Gascones, el de Mediator Dei?

—¿Quién es? —se interesa Torralba.

—El fundador de una secta católica —aclara Lombardi—.
Una especie de profeta de pacotilla.

—Ya, de pacotilla, pero seguro que le hacen un funeral regio en
Los Jerónimos —profetiza por su parte Quirós—. En fin, que Dios
lo tenga en su Gloria, aunque no entiendo por qué hay que añadirlo
a nuestra colección.

—Primero, por las características del crimen. Todavía es pronto para asegurarlo, pero parece que tiene elementos comunes con
nuestros casos. Y, segundo, porque Gascones había mantenido relación más o menos estrecha con cada una de nuestras víctimas,
según pude confirmar cuando lo visité en su residencia universitaria.

—Pues bien callado que se lo tenía —le reprocha Quirós.

—¿Tampoco le había comentado eso? —responde azorado el
policía—. Tenga en cuenta que fue pocas horas antes de mi caída,
y no estaba yo para mucha charla después del batacazo. En todo
caso, solo conseguí algunos apuntes. Por ejemplo, que Varela y
Figueroa coincidieron en la academia de la calle Las Aguas y que
Gascones se puso nervioso al escuchar alguno de los nombres que
figuran ahí.

—¿Y le parece poco? Podía, al menos, haber completado el esquema de la pizarra con esos datos.

—Vale, Quirós, lo siento. Lo siento y le propongo un armisticio, a ver si así conseguimos avanzar, porque los acontecimientos
van más rápido que nosotros. Por si fuera poco, no podemos meter
las narices en la investigación de este último crimen.

—¿Quién la llevará?

—Homicidios y Guardia Civil de forma conjunta, según parece. Ulloa ha prometido tenerme al día. Usted esté al tanto de los
datos que puedan llegar al grupo de identificación.

—Se lo diré al inspector Durán, cuente con su apoyo. ¿Sabe dónde van a hacer la autopsia?

—En Guadalajara, supongo.

—Lo mismo lo traen a Madrid —aventura ella.

—Si es así, habrá que moverse rápido para no quedarnos fuera. De momento, vamos a centrarnos en nuestros casos conocidos. ¿Qué tenemos de nuevo?

—En resumen, nada —asevera la agente—. Cuatro asesinatos, o cinco si está usted en lo cierto con lo de Gascones. Vinculaciones etéreas entre las víctimas, pero ausencia total de pruebas que conduzcan al autor.

—La veo un poco pesimista, Quirós. Las vinculaciones entre ellos no son tan etéreas como dice, ni mucho menos. Por si fuera poco, tenemos el enterramiento del seminario.

—Que usted atribuye, sin prueba alguna, a nuestras víctimas.

—Admito que es una intuición, pero cargada de sentido, ¿no? Todos ellos, hasta Gascones, están relacionados entre sí. Nos falta determinar las relaciones de Mario Daroca con el padre Varela, y en este objetivo debemos centrarnos ahora. Puede que la investigación sobre Salvaterra ofrezca alguna pista.

—El capellán no tenía vínculos con el seminario.

—Pero sí con Figueroa, seminarista al fin y al cabo, a través de la academia. Y muy estrechos con Gascones. Además, un pajarito me dijo una vez que ambos curas solían asistir juntos a los conciertos de la Schola Cantorum. Mario Daroca formaba parte de ese coro.

—Usted y sus misteriosos pajaritos. Suponiendo que los restos del seminario pertenezcan a Daroca.

—Me jugaría una mano a que es así.

—No está usted en condiciones de jugar mucho con su cuerpo —bromea Quirós, y Lombardi se felicita de que por fin haya pasado la tormenta.

La agente se pone en pie para colocarse ante la pizarra. Parece una maestra dispuesta a examinar a sus dos alumnos.

—Cada vez que miro este esquema, me parece ver un grupo de pompas de jabón —dice, señalando el croquis del encerado—. Intentamos atraparlas, pero se escapan, o explotan cuando intentamos tocarlas. Escenarios, circunstancias, informes forenses, biografías, supuestos móviles: todo esto es un montón de intuiciones que se quedan en eso. Necesitamos un elemento sólido para que este dibujo cobre vida. Y no lo tenemos.

—Muy ilustrativo —alaba Lombardi, satisfecho al comprobar que la decisión policial de su pupila progresa día a día—. Y sumamente acertado. Pero le aseguro que ese elemento que echa en falta tiene que estar ahí. Solo hay que dar con él. ¿Qué propone?

—Volver al principio, empezar desde cero. Porque algo no encaja.

—Si no encaja es porque seguramente nos faltan piezas —explica el policía—. Y lo de empezar de cero es más o menos imposible, porque nuestras mentes ya están contaminadas por la experiencia subjetiva de todos estos casos. Lo cual no impide que revisemos cada uno de los datos de principio a fin.

—Todos ellos están muertos, según usted; todos menos uno, del que no sabemos nada.

—¿Se refiere a Aguilera? Puede que esté tan muerto como los otros —aventura Lombardi.

—Desaparecido solo significa que se desconoce su paradero —matiza ella—. Mientras no se confirme su muerte o dispongamos de otro candidato, es un buen perfil para nuestro asesino, ¿no? Está relacionado con la mayoría de las víctimas y, como seminarista, se le supone ilustrado en textos religiosos.

—Claro que es un buen candidato, no vaya a creer que lo he pasado por alto, pero llevan buscándolo más de dos años y no han dado con él. Y no por falta de interés, supongo, porque los jueces militares se tomarán en serio los asuntos de la Iglesia.

—No sé si lo sabe —comenta la agente—, pero los archivos del palacio de Justicia tienen cientos de fichas de cadáveres sin identificar hallados en Madrid durante la guerra. Algunas incluyen foto, pero, desde luego, todas reflejan hasta el más mínimo detalle del fallecido. Y Aguilera no debe de figurar entre ellos, si es que la orden de búsqueda sigue vigente.

Lombardi ya ha visto algo parecido en la prensa bajo el titular de *Causa General*, eufemismo que esconde la persecución sistemática de los vencidos. Como en una macabra sección de anuncios por palabras, se ofrece a los lectores una minuciosa relación de los casos sin resolver —*Cadáver 250: Hombre de unos 55 años, estatura 1.500, complexión regular, pelo negro, calvo, con bigote, americana y pantalón gris oscuro, camisa a rayas rosas y blancas, jersey de lana blanco, calzoncillos blancos y cortos con las iniciales NG (o MG), faja de goma con dos hebillas, calcetines marrón y botas negras, con cordones. Hallado el 7 de octubre de 1936*—, con la esperanza de encontrar entre la ciudadanía testimonios que ayuden a su identificación.

—Lo cual no significa que siga vivo —objeta el policía—. Además, el hecho de que fuera inclusero hasta los catorce elimina relaciones familiares que pudieran orientarnos.

—Eso que usted plantea como pega para la investigación es precisamente su gran ventaja. Un hombre sin raíces, que puede moverse en el anonimato: es perfecto.

—No tan anónimo —refuta él—. Su foto estará en todas las comisarías y cuartelillos de la Guardia Civil.

—Ya, pero cada una de nuestras sospechas y elucubraciones sobre el posible móvil encajan como un guante en alguien que aparentemente ha desaparecido del mundo.

—Estoy de acuerdo, Quirós. Aunque confieso mi impotencia para seguir ese rastro.

—Si me permiten meter cuchara...

—Por supuesto, Torralba —lo anima Lombardi—, para eso está usted aquí.

—Pasé la guerra vigilando edificios —dice con su gracejo cordobés—. Y como lo hacía en el barrio de Salamanca, donde raramente caían bombas, solía ser un trabajo aburridísimo, así que me las ingeniaba para entretenerme con las cosas más increíbles. Contaba los botones de la señora que cruzaba la calle, memorizaba el número de ventanas del bloque de enfrente, las matrículas de los coches que pasaban o los gorriones que se posaban en la acera. En fin, una tontuna para matar tantas horas de bostezo. El caso es que me quedó la costumbre de fijarme mucho en las cosas más ridículas. Y ayer, cuando me empapaba de todos esos documentos para ponerme al día, vi un detalle al que llevo dando vueltas. Aunque a lo mejor es una bobada, ya les digo.

—A veces, las bobadas abren los ojos a los bobos —apunta Lombardi de buen humor—. Deje de darle vueltas y dispare.

—Fue al estudiar el informe sobre al asesinato del río.

—El de Merino —subraya Quirós.

—Ese mismo. Perdonen, pero aún no me he aprendido todos esos nombres y apellidos. El caso es que en las fotos del escenario no figuran sus gafas, y tampoco se mencionan en el propio informe. Sí que aparecen, sin embargo, tanto en las fotos como en el documento correspondiente, en el caso de Figueroa.

Lombardi y Quirós intercambian miradas interrogativas. El policía va a por los informes, apilados sobre la mesa, y repasa los citados por Torralba. Observa después la colección de fotos de la pizarra.

—Pues es verdad —dice asombrado—. Y no habíamos caído en ello porque, hasta que conseguimos la foto de Merino hace un par de días, desconocíamos que usara gafas y, por lo tanto, no podíamos echarlas en falta en los informes periciales. Es lo que le decía de las mentes contaminadas, Quirós: no se nos ocurrió pensar que esa foto alteraba lo ya sabido. Nuestro amigo ha descubierto la anomalía porque leyó por primera vez los informes con el verdadero rostro de Merino enfrente. Eso es puntería. Enhorabuena, Torralba.

—Sí que es raro que no aparezcan en el escenario. ¿Y si las gafas se disolvieron con el ácido? —especula Quirós.

—De ser así —refuta Lombardi—, el forense habría descu-

357

bierto restos entre el material orgánico, y tampoco creo que el cristal desaparezca tan fácilmente.

—Tiene razón. Además, basta con imaginarse la escena para saber que la víctima no conservaría las gafas en su sitio tras recibir un impacto tan brutal en la nuca. Habrían quedado tiradas en el suelo.

—Pudo llevárselas el asesino, por algún motivo —discurre Torralba—. A lo mejor también él las necesitaba. Aquí, en el treinta y ocho no todo el mundo podía permitirse gastos como ese, a menos que uno fuera cegato perdido y no hubiese más remedio que aflojar el bolsillo.

—Dígame, Quirós —inquiere Lombardi—, ¿cuántos años pueden mantenerse las huellas dactilares en el papel?

—Depende de las condiciones de conservación. Es una superficie bastante fiable, pero la humedad la deteriora pronto.

—Pues vamos a comprobarlo. Cambio de planes. Yo me encargo mañana del Registro Mercantil y usted se encierra en el grupo de identificación con las cédulas personales de Millán, Merino y Figueroa, a ver qué encontramos en ellas. Supongo que seguirán en el almacén con el resto de sus cosas.

—Seguro. Son pruebas de casos sin resolver. ¿Qué se le pasa por la cabeza?

—De momento, nada más que una pompa de jabón, Quirós. Hasta que usted la convierta en un objeto bien sólido.

Tras la despedida de sus compañeros, Lombardi insiste con Ulloa. De nuevo al pie del cañón en su despacho, el secretario tiene la voz ronca, como quien acaba de levantarse de la cama. Aunque está bien despierto y maneja los datos con fluidez.

—Está claro que el fulano se tiró del tren después de apuñalar a Gascones, porque la puerta del vagón estaba abierta. Además, se ha encontrado un cuchillo cerca de la vía, a un par de kilómetros de Torrejón. Hay que confirmar que la sangre es de la víctima, pero tiene toda la pinta. Sigue la batida a lo largo del recorrido.

Poco más. El interrogatorio a los viajeros no aporta datos interesantes, ni siquiera los del vagón en que viajaba Gascones. Los guardias del convoy tampoco observaron nada que les llamase la atención. El asesino debió de actuar rápido y saltar, según Ulloa, aunque a Lombardi le parece una conclusión demasiado precipitada.

—A lo mejor continuó en el tren —sugiere.

—¿Empapado de sangre? Porque con esa carnicería no pudo salir limpio.

—Depende. Suele actuar con guantes. Imagínelo vestido con un mono grueso, o algo parecido, que protege su ropa de las manchas. Debe llevar también una bolsa con calzado limpio. Después de la fechoría, lo arroja todo al exterior, deja la puerta abierta para despistar y sigue tan campante en su asiento.

—¿Y se arriesga a un cara a cara con la policía? Para eso debería tener una sangre fría descomunal.

Por supuesto que la tiene, se dice Lombardi. Lo ha demostrado con la escenografía desplegada con Varela en la calle Magallanes. Y, de ser el autor de la muerte de Gascones, confirma además una osadía creciente, con golpes cada vez más arriesgados. Pero Ulloa le ha prohibido participar, y tanto da que el asesino haya elegido uno u otro modo de escabullirse. Allá ellos con su forma de llevar la investigación. Él solo necesita datos y revisar cuanto antes las fotos del escenario. El secretario le promete una lista de los interrogados en el tren (—Aunque ya te advierto que son ciento y pico.) y cuanto material del grupo de información llegue a sus manos.

—¿Qué dice la autopsia?

—Ahora estarán con ella. Han traído el cadáver a Madrid. Mañana tiene que estar lista porque los de Mediator Dei pretenden montar la capilla ardiente a partir de mediodía en la residencia de la Universitaria. El entierro es el domingo en Zaragoza, y el lunes habrá funeral solemne en Los Jerónimos, y como va a estar la flor y nata del Régimen, más trabajo de orden público. En fin, un buen fregado, Carlos, no tengo tiempo ni de ir a cenar a casa.

Así que funeral en Los Jerónimos: Lombardi se felicita por el buen olfato de Quirós antes de despedirse de Ulloa. Tiene que hacer otra llamada, pero en este caso desde un teléfono público. Se embute en el abrigo para sumergirse en la noche y elige un bar distinto a los que suele utilizar en casos similares. Marca el número de Cifra, confiando en que Ignacio Mora haya empezado ya su turno en la agencia.

—¿Puede usted hablar con libertad?

—Sin problemas —asegura el periodista—. Mi jefe acaba de empezar su ronda alcohólica por los bares del barrio y estoy solo en la redacción.

—Quería avisarle de que suspenda sus ejercicios espirituales.

—Ya me he enterado de lo de Gascones, y además no quedaban plazas libres.

—¿Han dado la noticia?

—Esta tarde llegó una nota del Ministerio de la Gobernación que se ha distribuido —confirma Mora—. Mañana estará en todos los periódicos.

—¿Qué dice esa nota? —pregunta Lombardi, roído por la curiosidad.

—Es muy escueta. En resumen, que el cura se sintió indispuesto cuando viajaba a Zaragoza para asistir a unos actos sobre la Virgen del Pilar. Camino de un hospital de Guadalajara, sufrió un fallo cardíaco. Parece que el hombre no andaba bien del corazón.

—Ningún corazón anda bien después de varias cuchilladas.

—No me diga. ¿Lo mataron?

—En el retrete del tren.

—¡Arrea! ¿Y cómo ha sido?

—No tengo acceso a esa investigación —se lamenta el policía—. Ni siquiera dispongo de fotos o detalles complementarios.

—Pero usted sospecha que sea el mismo asesino que persigue. ¿Me equivoco?

—Estoy casi convencido de ello, aunque con las manos vacías siempre queda la duda. Por eso lo he llamado.

—¿A mí? —se sorprende el joven—. ¿Y qué puedo hacer yo?

—Han traído el cadáver a Madrid para la autopsia. Y usted dijo tener una buena fuente en el depósito de Santa Isabel.

—Entendido —acepta sin dudar el periodista—. Haré lo que pueda.

—Ya le advertí del riesgo de sacar ilegalmente ese tipo de información. Ahora, a pesar de lo que acabo de pedirle, le recuerdo lo mismo. Tenga cuidado.

—¿Le parece bien mañana a las nueve y media donde la última vez?

—Allí estaré.

La mañana resplandece tras los cristales del balcón, aunque la brisa que agita los toldos de los comercios aconseja abrigarse. Lombardi se dispone a salir de casa para avisar a Paquito de su marcha cuando suena el teléfono. Es Andrés Torralba, que, por el barullo de fondo, llama desde algún bar.

—Buenos días, jefe. —Su voz suena extrañamente seria—. Le llamo para decirle que la señorita Alicia se retrasará hoy.

—No la esperaba por aquí. Hoy se encarga de las identificaciones dactilares, ¿recuerda?

—Bueno, es que ha habido un imprevisto. Su hermano ha fallecido.

Lombardi queda mudo ante la noticia. El hermano de Quirós es apenas un comentario de pasada en una de sus primeras conversaciones. Sabe de su existencia y poco más. Ni siquiera su nombre.

—Vaya, lo siento —consigue balbucir—. ¿Ha sido repentino, o estaba enfermo?

—Ha caído en Rusia. Estaba con la División Azul. Esta mañana se lo han comunicado a los padres.

—Joder, qué faena. ¿Qué edad tenía?

—Veinticuatro o veinticinco, uno menos que la señorita Alicia.

Imagínese cómo está la familia. Me gustaría acompañarlos un rato, ya sabe usted que los aprecio.

—Por supuesto, Torralba. Tómese el tiempo que necesite. Y presente mis condolencias a la señorita Quirós, por favor.

—Gracias, luego me paso por el Registro de la Propiedad.

La noticia descompone al policía. De camino hacia El Brillante, reflexiona sobre el verdadero significado de su malestar. A diario ve en la prensa la lista de caídos en el frente ruso y las patrióticas necrológicas dedicadas a los más notables de ellos. Ni siquiera se detiene a leerlas más allá de algún titular, porque considera que cada baja sufrida por el fascismo en los frentes de batalla es una buena noticia para el mundo civilizado. Se niega a considerar la naturaleza de seres humanos de aquellos nombres anónimos para verlos simplemente como tropa enemiga. Le avergüenza, como demócrata y como español, que miles de sus compatriotas se hayan unido a la locura de Hitler tras vivir en carne propia los horrores de una larguísima y cruenta guerra. Todos ellos han apostado a caballo vencedor creyendo que iban poco menos que a un viaje de placer, y ahora, cuando la cuesta parece empinarse en contra de las ambiciones nazis, están atrapados entre el hielo y las bombas soviéticas. Merecidas se tienen cuantas desgracias puedan sufrir a consecuencia de su fanatismo.

Sin embargo, la noticia sobre aquel chico desconocido le ha revuelto el cuerpo. No por la pérdida sufrida por la División Azul, sino porque ha dañado gravemente a su compañera. La muerte funciona a menudo como una piedra en el estanque cuyo impacto lleva las ondas hasta lugares que se creen a salvo de toda conmoción. Y él se siente alcanzado de lleno por ese inesperado oleaje.

Llega tarde al lugar de la cita, pero allí está todavía Ignacio Mora, ocupando una de las mesas apartadas de la barra. Encarga un café con leche y se une al periodista.

—Vaya cara que trae usted —lo saluda el joven—. ¿Ha dormido mal?

—Una mala noticia de última hora —se excusa el policía—. ¿Tanto se me nota?

—El cardenal marchito de su ojo parece haberse apoderado de toda la cara. Está usted verdoso como un cadáver, y disculpe las comparaciones.

—Cosas personales, no le demos más importancia. ¿Ha conseguido algo?

—Todo.

—Pues no se haga el remolón y suelte por esa boca —lo anima Lombardi.

El periodista se toma una pausa, un ademán teatral para realzar el valor de lo que va a revelar.

—Dos cuchilladas —cuenta, por fin—, una en el costado derecho y otra en la espalda, esta última mortal de necesidad, al parecer. Y, por si fuera poco, degollado.

—O sea, que lo atacó por detrás cuando entraba en el retrete —opina el policía.

—Eso es; incluso el tajo del cuello se hizo por la espalda.

—Probablemente el pobre cura no tuvo oportunidad de saber quién lo mataba. ¿No hubo mutilaciones?

—El cadáver tiene los huevos en su sitio —apunta Mora—, si es eso lo que pregunta.

—Ese detalle lo diferencia bastante de los casos anteriores —reflexiona Lombardi un tanto confuso—. Tal vez la precipitación le impidió cumplir con sus ritos habituales.

—No del todo, porque le cortaron las orejas.

—¿En serio?

—Las dos.

—¿Por qué las orejas? —se pregunta en voz alta el policía.

—Quién sabe. A lo mejor el asesino pensaba que había pecado con ellas. Igual que los otros con sus respectivas mutilaciones.

—¿Y cómo se peca con las orejas, amigo Mora?

—No sé, pero me suena que en el Evangelio hay alguna diatriba contra los duros de oído —explica el periodista—. Y, aun a riesgo de que me acuse de humor negro, se me ocurre una referencia literaria, esa frase de hacer oídos sordos. En ciertas circunstancias podría ser pecado, ¿no?

—Un poquito cogido por los pelos me parece, pero habrá que tenerlo en cuenta. Ya veo que se ha hecho su propia composición de lugar sobre la personalidad del asesino.

—Superficial todavía, pero no me importa, porque creo que al final me animaré con una novela. Es una buena forma de contarlo, ¿no cree?

—¿Una novela? —pregunta Lombardi con escepticismo—. Me parece un plan demasiado sedentario para usted. ¿Dónde queda ese brioso periodista indagador dispuesto a dar carnaza a un público ávido de sangre?

—Hay tiempo para todo, y no es un proyecto reñido con aquella crónica de sucesos que le dije. Esta noche he escrito el comienzo. ¿Le gustaría verlo?

Lombardi dedica a Mora un gesto de aceptación. El periodista hurga en el bolsillo interior de su chaqueta hasta dar con un folio doblado que despliega sobre la mesa para presentar ante los ojos del policía un texto escrito a máquina:

> *La foto mostraba al hombre tendido sobre un charco oscuro y un sombrero al fondo. La segunda detallaba el cuello ensangrentado de la víctima y un profundo corte. Una tercera revelaba en primer plano el rostro del cadáver y la macabra protuberancia carnosa que sobresalía de su boca.*
>
> *El resto de las fotos no necesitaba verlas. Dejó caer el lote sobre la mesa y descolgó el teléfono.*

—No está mal esta descripción del caso Varela —aprueba Lombardi—, pero aún le queda muchísimo por conocer.

—Y más por escribir, ya lo sé. Con su ayuda, todo se andará.

—No confíe mucho en mi contribución. Por lo que veo, piensa escribirla en tiempo pasado.

—Es lo habitual en nuestra narrativa.

—Puede ser, ya le dije que no soy un experto en novelas. Pero los hechos están sucediendo ahora mismo, ¿no? En este caso, el presente me suena más directo, más real, más sincero. Y si esta historia exige algo es sinceridad. ¿No cree?

El rastro de Serafín Salvaterra es un galimatías, aunque por fortuna puntualmente anotado en el Registro Mercantil. Tras muchas horas de sondeo entre legajos y documentos oficiales, Lombardi consigue hacerse una idea aproximada de las actividades del extraño caballero.

Salvaterra, al parecer, ha sido todo un potentado. A su nombre figuran, desde primeros de siglo, empresas constructoras, minas, redes de transporte y acciones de un par de compañías de ferrocarril, amén de numerosas participaciones en sectores menos pujantes. A partir de 1918, sin embargo, aquel emporio económico se desvanece casi de la noche a la mañana. En menos de un año, sus títulos pasan a propiedad de otros individuos o sociedades, tantos que su relación se asemeja a una selva de nombres.

Seguir la pista de cada una de esas ramificaciones hasta la actualidad se le antoja a Lombardi tarea imposible, a menos que se dedique a ese objetivo toda una brigada durante varios días. Anotada la extensa lista, decide ampliar la búsqueda en la dirección fiscal de Salvaterra, un palacete en la acera noble del paseo de la Castellana. El edificio pertenece ahora a una corporación bancaria, de modo que cualquier vestigio del antiguo propietario ha desaparecido del mapa.

Cuando a la caída de la tarde el policía regresa a casa, carga con más preguntas que respuestas; desde luego, muchas más que las que tenía antes de salir, porque ha ido a buscar un nombre y ahora lleva cien en el bolsillo.

Le sorprende que no sea Paquito quien le abra la puerta.

—¿Qué hace usted aquí, Quirós?

—Estaba Paco —explica ella, entregándole una llave—, pero al llegar yo, subió a su casa. Me dijo que ya han hecho copia y se la quedan ellos.

La joven tiene los ojos enrojecidos. Todavía oculta en ellos un mar de lágrimas. Lombardi se aproxima a ella para retirar delicadamente con sus pulgares esa humedad. Se abrazan.

—Lo siento —musita el policía—, y se lo digo de corazón. Pero debería estar con sus padres.

Ella se desprende lentamente del abrazo y niega con la cabeza.

—¿Y encerrarme en casa con ellos hasta que llegue el cuerpo de mi hermano y podamos darle tierra? Puede tardar días, y sería insoportable. Necesito que me dé el aire, moverme, pensar en otras cosas.

—Busque a Durán —sugiere él.

—Ya he visto a Durán. Y está en marcha el estudio de la huellas.

—No me refería a eso, mujer.

—Ya lo sé —acepta ella con una sonrisa triste—, y se lo agradezco. Lo dice para ayudarme, pero la mejor ayuda es permitirme seguir trabajando.

Lombardi carraspea para ahuyentar la emoción que tiene enganchada en la garganta.

—De acuerdo, no seré yo quien se lo niegue. Vamos a ello. —El policía cuelga el abrigo y pasan al salón—. Dice que ya está en marcha la investigación de las cédulas personales de las tres primeras víctimas. ¿Cuándo cree que estará disponible?

—Tardará al menos un par de días.

—No olviden hacer un estudio comparativo con cada una de las huellas contenidas en los informes.

—Pocas había —alega Quirós.

—Ya lo sé, pero las que más nos interesan son las de los propios cadáveres, y esas están bien claras en sus respectivas fichas. Por cierto, ¿sabe que a Gascones le cortaron las orejas? —Lombardi se contiene. No parece momento apropiado para semejantes detalles e intenta disculparse—. Aunque no creo que le haga a usted ningún bien hablar de todo esto ahora.

—Lo que no me hace ningún bien es su instinto protector —responde ella con dulzura, aunque no carente de firmeza—. Tal vez sería una conversación poco delicada en un día como hoy si trabajásemos en una tienda o una oficina, pero hablar de cadáveres es nuestro oficio. ¿Por qué cree que le hicieron eso?

El policía está pasmado con el temple que demuestra Quirós. Puede que solo sea un escudo, una pose para expulsar el dolor que lleva dentro, pero, aunque así fuera, no va a ser él quien lo quiebre, así que decide actuar con su franqueza habitual.

—Ni idea. Si, como todo parece indicar, ha sido nuestro hombre, hay que admitir un cambio en su *modus operandi*; no tanto en su forma de matar, sino en el maldito juego simbólico que se trae con sus víctimas.

—Quizá se quedó a medias.

—También podría ser. El retrete de un tren no parece lugar muy apropiado para andar con gollerías.

—Y se conformó con las orejas, claro. ¿Cómo se ha enterado de ese detalle si todavía no ha visto los informes del grupo de identificación?

—Por la autopsia —dice Lombardi tras unos segundos de duda.

—Pero si todavía no ha concluido.

—Claro que sí. Esta misma tarde han instalado la capilla ardiente de Gascones.

—Vamos, jefe, no me vuelva a las andadas —lo amonesta Quirós con benevolencia—. Hace una hora y pico que llamó el señor Ulloa para contarle que el homenaje público se retrasa hasta mañana porque aún no está terminada la autopsia. Y para anunciarle que le mandaba a casa la documentación del escenario del tren. Ahí la tiene, por cierto.

—¿Ah, sí? —el policía recuerda que Mora le había ofrecido los datos esenciales, aunque en ningún momento dejase claro que fueran resultados definitivos—. Bueno, entonces estoy mal informado.

—No respecto a las orejas.

—Compréndalo, Quirós. No puedo poner en peligro a mis soplones. Es una norma escrita a fuego en el decálogo de todo policía. A ver qué dicen esos informes.

Lombardi se escabulle en busca de las fotos. Las primeras muestran el cuerpo de Gascones apoyado parcialmente sobre la taza, con la cabeza colgando a un lado de esta y las gafas en el suelo, casi invisibles en el charco de sangre. Nada garantiza que sea su posición original, porque el traqueteo del tren puede haber desplazado el cadáver durante las horas transcurridas entre el momento del asesinato y las tomas de la cámara. En todo caso, resultan imágenes especialmente aparatosas por el extravagante marco. El policía se pregunta qué relato escribiría Mora con semejante escenario; tal vez su pasión por el amarillismo lo animase a cambiar el comienzo de su pretendida novela. El resto de las imágenes son detalles de la espalda herida o, ya con el cadáver de frente, del cuello y el rostro mutilado, además de varias instantáneas de cada uno de los rincones del retrete hasta completar una idea general del mismo y de las zonas próximas del pasillo. Un buen trabajo, en definitiva. Como buenos parecen los informes periciales y la reconstrucción teórica del crimen, aunque sin ofrecer ninguna pista concreta más allá de atribuírselo a un varón diestro de un metro sesenta y cinco o setenta de estatura, lo que viene a confirmar la sospecha de Lombardi de que se trata del asesino que buscan.

—Supongo que ya los ha leído, Quirós —comenta al concluir—. Coincidirá conmigo en que se trata de nuestro hombre.

—Eso parece. También está la lista de los pasajeros interrogados. Son muchísimos.

—Para muchísimos la que traigo yo del Registro Mercantil. —El policía saca del bolsillo dos cuartillas repletas de anotaciones que pone en manos de Quirós—. Todo el día para averiguar que Serafín Salvaterra era un hombre adinerado desaparecido del mundo pocos años después de encargar su ajedrez. Ahí están todos sus herederos; si no carnales, sí económicos. Confieso mi impotencia ante semejante panorama. A lo mejor a usted le dice algo.

La agente revisa las notas mientras Lombardi la observa. A veces, un gesto de su cara delata algún tipo de hallazgo, pero se mantiene muda hasta el final de su inspección.

—Varios de estos nombres son de empresas que todavía funcionan —afirma.

—Sí, algunas de ellas me suenan de antes de la guerra, pero más allá no llego.

—Pues habrá que empezar por esas.

Suena el timbre y Quirós se muestra más ágil para levantarse y llegar a la puerta. Regresa al salón acompañada de Andrés Torralba.

—Hombre, Torralba, ya no contaba con usted a estas horas.

—Y porque me han echado del Registro de la Propiedad. Si no cierran, ahí sigo como un ratón de biblioteca. Menudo lío, oiga.

—Ya imagino —corrobora Lombardi—. Si las propiedades inmobiliarias de Salvaterra se parecen a las empresariales, habrá sudado usted tinta para seguir el rastro.

—Casi cuarenta edificios tenía el buen señor en Madrid y alrededores. Pero los vendió todos casi de golpe.

—En mil novecientos dieciocho.

—¿Cómo lo sabe?

—Hizo lo mismo con todo. Su rastro desaparece a partir de esa fecha.

—Pues eso, que sus inmuebles pasaron a ser propiedad de un par de docenas de individuos o sociedades. Aquí los tengo —dice, rebuscando en la chaqueta.

—Súmelos a mis notas, a ver si entre los tres encontramos algo.

—La verdad es que he tenido mucha suerte —comenta Torralba, exhibiendo sus cuartillas a modo de bandera—. A lo mejor es casualidad, pero uno de estos inmuebles figura en las carpetas que tenemos ahí, las de los asesinatos. El de la calle Las Aguas, con su bajo y su principal, perteneció al señor Salvaterra.

—¿El de la academia?

—Sí, señor. Y también tengo el nombre del comprador, un tal Ramón Batista, que adquirió en el mismo lote un par de pisos más y un almacén.

Lombardi y Quirós se miran sorprendidos. Ella suma una sonrisa a la sorpresa:

—Ramón Batista estuvo en el funeral de Damián Varela —asegura—. Es propietario de Construcciones Imperio.

—¿Está segura?

—Por supuesto. Me dijo usted que memorizase bien los nombres de los empresarios presentes. Ramón Batista es uno de ellos.

—Buena memoria. ¿Qué edad tiene ese hombre?

—Unos cincuenta, o poco más.

—O sea —calcula a bulto Lombardi—, que hizo esa compra cuando aún no había cumplido los treinta.

—No le extrañe, porque viene de familia con recursos —aclara ella—. Entre él y las empresas de sus hermanos controlan las obras de medio Madrid y otras muchas del país, sobre todo en Andalucía. Si se fija un poco por la calle, verá unos cuantos carteles de Construcciones Imperio.

—Vaya —reflexiona el policía gratamente sorprendido—, no deja de ser llamativo este vínculo de nuestro capellán con Salvaterra, por indirecto que sea. Mañana intentaré hablar con ese Batista.

—¿Y nosotros? —se interesa la agente.

—Si consigo acceso a ese hombre no quiero que lo viva como un interrogatorio, así que mejor una sola persona que un grupo. Seguimos en contacto por teléfono, por si fueran necesarios. Usted, Quirós, tómeselo con calma. Descanse, que le vendrá bien.

—Ya le he dicho que necesito trabajar.

—Pues apriétele las clavijas a Durán para que tenga cuanto antes el informe sobre las huellas. Y, ya que insiste, puede buscar con Torralba más coincidencias en esas notas, e investigar un poco más a fondo el historial de nuestro Batista. Pero dedique a sus padres la atención que necesitan en estos momentos.

—No los tengo abandonados, si es lo que insinúa —replica ella con respeto—. De momento, voy a pasar la noche con ellos.

Torralba, que ha asistido en silencio al debate, se ofrece a acompañarla hasta López de Hoyos. Lombardi los despide en la puerta, aunque antes de que el cordobés salga, le entrega con disimulo un fajo de billetes. Este reacciona con extrañeza.

—Son trescientas pesetas —aclara el policía—. No es mucho, pero supongo que a su familia le vendrán bien.

—Me dijo usted que no sería un trabajo remunerado.

—Tampoco le garantizo que haya más pagos en adelante, pero mientras pueda hacerlo cuente con ello. Y no le haga ascos, que este dinero son migajas del que le han robado a usted y a otros muchos como nosotros. Bien está que vuelva a sus manos, aunque sea con cuentagotas.

—Pues muchísimas gracias, jefe —acepta estrechándole la mano con afecto—. Mi Lola va a llorar de alegría.

—Buena falta hacen las lágrimas de alegría en estos tiempos. Cómprele un regalo de Reyes, y otro a los pequeños.

Como cada mañana en las últimas jornadas, Lombardi cumplimenta el protocolo antes de salir de casa con una llamada a Balbino Ulloa en busca de novedades. El secretario confirma el hallazgo de objetos posiblemente relacionados con el asesinato de Hilario Gascones: un mono, un par de guantes y calzado, todo con rastros de sangre. También una bolsa, como el policía había aventurado. La distribución de los elementos, desperdigados más o menos cerca de la vía a lo largo de un kilómetro y medio a partir del hallazgo del cuchillo, indica que el asesino se desprendió de ellos de forma sucesiva y en sentido contrario a la marcha del convoy.

—Eso es que saltó del vagón —apostilla Lombardi—. A estas alturas ya estará en Madrid.

—Parece evidente —admite Ulloa de mala gana—. Los perros perdieron el rastro en los arrabales de Torrejón de Ardoz, cerca de la estación. A ver si esos objetos nos cuentan algo, aunque seguirles la pista va a ser engorroso, porque es material bastante desgastado.

—Probablemente de los años de la guerra. Y me temo que será difícil encontrar huellas. ¿Cómo va Figar con lo del seminario?

—Poca cosa de momento, aparte de confirmar que Mario Daroca se encontraba en el centro en la fecha del asalto, aunque nadie recuerda con precisión si formaba parte de los huidos. Desde luego, ni la menor idea del enterramiento, mucho menos de sus autores.

—Era de suponer.

—No quiero presionarte, Carlos, pero tienes que espabilar —dice Ulloa; en su tono, lejos de autoritarismo, se adivina amigable confidencia—. Caballero está pensando en retirarte su confianza en vista de que no progresas. Lo de Gascones ha colmado el vaso. Y como no tiene un pelo de tonto, se huele que es el mismo autor.

—Pues que me deje meter la nariz hasta el fondo.

—Tu intervención sería complicada de explicar en el ministerio, y más arriba. De momento quiere que lo del tren lleve su propio ritmo, a la espera de lo que tú puedas complementar. Pero acelera, por favor, que se acaba el tiempo.

—¿Cuánto tiempo he tenido para progresar, como usted dice? —protesta el policía—. ¿Doce, trece días? Y con palos en la ruedas, cuando no amenazas de muerte. Demasiado hemos hecho en esas condiciones.

—Lo sé, no vayas a creer que no valoro tu esfuerzo. ¿Tienes al menos algo concreto que pueda presentarle a Caballero?

—Un análisis dactiloscópico sobre el material hallado en los primeros cadáveres, del que dispondremos en un par de días.

—Ese trabajo ya se hizo en su momento —refunfuña el secretario—. Está en los informes periciales, y a estas alturas no creo que sea un material muy útil. Si le voy con eso a Caballero nos empapela por marear la perdiz.

—Los informes pueden contener errores; en todo caso, fueron incompletos. Y ahora mismo intento localizar a alguien que podría estar relacionado con la figurita que encontré en el seminario. Un tal Ramón Batista, propietario de Construcciones Imperio.

—¿Batista, dices? ¿Qué tiene que ver él con todo esto?

—Es lo que pretendo saber. Antes de la guerra, era el dueño del edificio de la calle Las Aguas donde estaba la academia Mediator Dei.

—Vaya, pues no parece mala pista —admite el secretario—. Pero ojito, que es gente importante. Guante de seda con él, ya sabes.

—¿Lo conoce?

—De oídas, naturalmente. Es ingeniero de caminos o arquitecto, no estoy seguro, pero en todo caso un magnate de la construcción muy bien relacionado con Falange. Fue comandante de ingenieros en la guerra.

—Con los facciosos, claro.

—Con los nacionales, Carlos, con los nacionales. A ver si te lo metes de una puñetera vez en la cabeza, especialmente cuando uses el teléfono.

—Ya. Pues hablaré con él, a ver qué cuenta ese... nacional.

La dirección de la empresa constructora figura en la guía telefónica del bar. Con ella en el bolsillo, Lombardi toma calle Atocha abajo en busca de la estación de Antón Martín. Antes de que pueda alcanzar la boca de metro, un coche se detiene a su izquierda al ralentí, y la cara de la señorita Baum asoma por la ventanilla trasera.

—¿Puedo llevarlo a algún sitio? —pregunta, apoyada en su resplandeciente sonrisa.

—Pensaba ir en metro —contesta él sobreponiéndose a la sorpresa—, pero ya que se ofrece, vamos a la calle Sagasta. ¿Sabe por dónde cae? Con que me dejen en la glorieta de Bilbao me vale.

El policía se acomoda junto a ella. Erika da una orden en alemán a su chófer antes de cerrar la mampara de cristal que los separa de los asientos delanteros. El tipo, de aspecto tan poco tranquilizador como los matones que lo llevaron a la embajada alemana, acelera en dirección a la glorieta de Atocha.

—¿A qué debo el honor? —se interesa Lombardi—. Porque no me irá a decir que pasaba por casualidad por un barrio tan poco elegante.

—El señor Lazar está preocupado.

—¿Después de recuperar su dinero? Ese hombre es un inconformista.

—En ese sentido, seguimos como al principio. ¿Algo nuevo sobre esa talla románica? Recuerde que hay en juego una buena recompensa.

—Pues no. Y bien que lo siento, no crea. Pero tranquilice a Lazar, que todo llegará.

—En realidad, por lo que a usted respecta no podemos decir que esa sea su principal inquietud.

—¿Y cuál es?

—El señor Lazar está muy preocupado por sus relaciones.

—¿Mis relaciones? No me diga que le contó usted lo bien que lo pasamos en Nochebuena —bromea el policía.

—No sea vanidoso, que le hablo de otra cosa. ¿Qué maquina con Bernard Malley?

Lombardi consigue superar la primera alarma y pone cara de ignorante, dispuesto a negarlo todo.

—¿Quién es ese señor?

—Vamos, si estuvo anteayer con él en Embassy. Y se encerraron, solitos como dos amantes.

—¿Por qué dice lo de solitos y amantes con ese retintín?

—Malley es homosexual, ¿no lo sabía?

—Bueno, un poco particular sí que parece —admite el policía—, pero no creo que sea homosexual; en todo caso asexuado. Y tampoco se llama Malley.

—¿Ah, no? ¿Y cómo se llama?

—Allen. Ese señor que dice se llama Allen y es joyero —improvisa—. Le pedí asesoramiento sobre unas alhajas descubiertas en la investigación sobre Varela.

—¡También joyas! —exclama ella fingiendo sorpresa—. Vaya

actividad la de ese sacerdote. Me pregunto de dónde sacaba tiempo para decir misa. ¿Y ha tenido suerte en sus gestiones?

—Por desgracia solo son bisutería —rechaza él, apoyado en una mueca displicente—. Y no creo que su pista nos lleve a ninguna parte.

—¡Qué lástima! Y yo que lo tenía a usted por un hombre inteligente, señor Lombardi. Podría inventarse historias un poco más creíbles.

—Le aseguro que es verdad. ¿Por qué iba a engañarla?

Erika calla durante un rato para fijar la vista en los edificios en torno a la plaza de Colón. Los mira, pero no los ve. El rostro pétreo del descubridor resulta más expresivo sobre su pedestal que el hierático perfil de aquella mujer, centrada repentinamente en sus pensamientos.

—No perdamos el tiempo con este aburrido tira y afloja —dice al cabo, una vez el coche enfila la calle Génova—. Sabe perfectamente que Malley es un agente británico, un enemigo de Alemania y de España que no estaría vivo sin el amparo diplomático. Amparo ante la muerte que usted no tiene, por cierto.

Lombardi recibe la última consideración con inquietud, porque suena claramente a amenaza.

—Yo no tengo más enemigos que mi mala suerte —replica.

—Pues hasta ahora parece que no es del todo mala; aunque no se fíe, que en estos tiempos la suerte cambia de un segundo a otro.

—A eso me refería, precisamente. Fíjese, señorita Baum, que encuentro a una mujer que me gusta y ella pasa de los mimos a la intimidación en un abrir y cerrar de ojos.

—Baumgaertner —puntualiza ella con pedagógica paciencia—. No me convierta en lo que no soy.

—¿Y qué es usted realmente? Pensé que se dedicaba al mundo del arte.

Ella le toma una mano entre las suyas. A través del guante se adivina aquella piel que lo ha encandilado desde el primer día. Pero Lombardi no está para coqueteos. Ahora mismo tiene la impresión de hallarse frente a una mantis, uno de esos insectos cuyas hembras devoran a sus parejas sexuales después de disfrutarlas. Aun así, no puede evitar cierta excitación al recordarla sentada sobre el poyete de la cocina, con el frufrú de sus medias en los baldosines.

—Y así es —confirma Erika—, pero no me gustaría que se metiese en problemas por su mala cabeza.

—Si es por eso, pierda cuidado, aunque le agradezco mucho su interés.

—¿De qué habla con Malley? ¿Acaso Varela se relacionaba con los británicos?

El policía esquiva la primera pregunta. Por suerte, hay una segunda a la que agarrarse.

—No tengo la menor idea —contesta—, aunque lo dudo. Por lo que llevo averiguado de él, era un nacionalsindicalista convencido, de los de brazo en alto.

—Eso parecía, pero no se fíe de las apariencias, como no debe fiarse de su joyero asexuado. En Madrid todo se sabe, y las malas compañías contribuyen a ensuciar cualquier currículo, en su caso ya bastante negro con sus antecedentes.

—Lo tendré en cuenta, y le agradezco el consejo.

—No olvide que una palabra del señor Lazar al ministro de la Gobernación lo devolvería a usted a la cárcel. O a un lugar peor.

Lombardi traga saliva.

—¿Se refiere a una cuneta?

La señorita Baum lo mira con ojos golosos, pero no contesta a su pregunta.

—Creo que hemos llegado —dice en cambio—. ¿Le parece bien aquí?

—Sí, perfecto, muchas gracias —acepta el policía sin reparar siquiera dónde está; en ese momento se apearía sin dudarlo aunque lo hubieran dejado en Albacete.

Se estrechan la mano como despedida. Ella lo retiene durante unos segundos.

—Si se porta bien —anuncia con un guiño pícaro—, uno de estos días le haré una visita no profesional.

—Le prometo que seré un buen chico. El premio merece la pena.

Aún con el corazón acelerado, Lombardi intenta orientarse. Los números pares de la calle Sagasta quedan en la acera de enfrente, donde el cartel de Construcciones Imperio ocupa el espacio de tres balcones. Cruza la calzada madurando una decisión: sus relaciones con unos y otros, británicos y alemanes, tienen que terminar. Con los primeros, por supuesto, al menos hasta que sopese la oferta de fuga de Malley. No va a ser tan sencillo en el segundo caso, porque son los nazis, dominadores absolutos del cotarro, quienes llevan la iniciativa. Pero se han terminado los devaneos con la señorita Baum. Aquella mujer no es trigo limpio, tal y como sospecha Quirós. Una cosa es fornicar con una rival ideológica y otra muy distinta hacerlo con quien te amenaza de muerte de forma tan descarada. Siente la garra nazi cerrarse en torno a su cuello, y él, maldita sea, sigue desarmado.

El señor Batista está a pie de obra, le informan en las oficinas, y la obra es nada menos que el viaducto. Hasta allí se llega Lombardi y pregunta por él en una de las casetas provisionales, donde un par de empleados revisan planos de delineante y cuadran cifras. Uno de ellos le indica la ubicación de su jefe, entre un grupo de obreros que intenta encajar bloques de granito en el lateral de la vía.

El policía se dirige hacia la cara oeste. A sus pies, la calle Segovia escapa hacia el río, y más allá se define un paisaje que, en las horas crepusculares, se convierte en una de las vistas más hermosas de la ciudad. Ni siquiera durante la guerra, transformado ese lejano escenario en frente de batalla, había perdido un ápice de su belleza, y a pesar del peligro que suponía transitarlo, Lombardi se apostaba a veces en la baranda del viaducto para dejar ir hacia aquel horizonte el peso y los pesares de la jornada.

Moreno con hilos de plata en las sienes, de nariz recta, casi griega, sus cejas sugieren dos acentos circunflejos escritos sobre unos ojos claros. Ramón Batista es un tipo elegante, con abrigo negro de piel, pulquérrimo terno gris y un pañuelo de seda azul en el bolsillo frontal de la americana. Sobre su corbata negra destaca un alfiler de plata con el yugo y las flechas. Más que un director de obra parece un dandi dispuesto a irse de farra que responde a la identificación de Lombardi con exquisita cordialidad.

—Esperaba encontrarlo tras la mesa de un despacho —se sincera el policía.

—Pues aquí me paso los días desde hace meses. Quieren inaugurar la obra el veintiocho de marzo para conmemorar el tercer aniversario de la entrada de nuestras tropas en la ciudad, y vamos sin resuello. Si uno no está encima, esto se relaja. Por lo menos, ya no se cae. Hemos terminado con la cimentación y apenas nos quedan los remates: aceras, farolas y barandilla. ¿Ha visto qué paisaje? Mire, acérquese.

En ese tramo, como en la mayoría del recorrido, la valla todavía no se ha instalado, y los brillantes zapatos del empresario casi rozan el borde del abismo. Lombardi rechaza la oferta con un gesto. Todavía sueña algunas noches con aquella ventana de Mesón de Paredes.

—¿Tiene vértigo? —pregunta Batista—. Una pena, porque desde aquí se siente uno como un pájaro.

—Simple prevención.

—¿En qué puedo ayudarlo?

—Investigo el asesinato de don Damián, del padre Varela.

—Hay que ser un malnacido para asesinar a un cura por cuatro perras. A ver si pillan pronto a ese desalmado y le dan garrote. Y en la plaza Mayor, como se hacía antes. Falta mano dura y escarmiento público, ¿no le parece? Porque me da que usted es de los míos, un policía con los bemoles bien puestos. Seguro que esa cara que le han dejado le costó vida y media a su rival.

—Más o menos —acepta Lombardi con resignación ante el

personaje que le ha tocado en suerte. No ha errado ni un milímetro en sus valoraciones apriorísticas con Ulloa. Parece ser un verdadero mostrenco, pero el secretario le ha rogado guante de seda, y mientras pueda sujetarse la lengua hará lo posible por satisfacer su petición—. Usted conocía al padre Varela, ¿no? Me parece haberlo visto en su funeral.

—Pues claro que conocía a Damián. Desde hace años. Un hombre digno, en todos los sentidos, un español de verdad, de los que se visten por los pies.

—¿Cómo estableció relación con él?

Batista inicia unos pasos hacia el centro de la vía, por donde circula una hilera irregular de peatones. El policía se suma con el alivio de alejarse de la sima.

—Debió de ser en el treinta y tres o el treinta y cuatro —rememora el constructor—. Él daba clases en una academia. Resulta que yo tenía entonces un pequeño piso encima de ese centro, y de esa coincidencia casual nació una buena relación.

—Tan estrecha que se refiere a él con su nombre de pila.

—Hicimos buenas migas, sí. Eran tiempos de solidaridad frente a la amenaza marxista, ya sabe.

—Hablaba usted de la academia Mediator Dei, en la calle Las Aguas.

—Exactamente. Veo que ha estudiado bien la biografía de Damián.

—No lo bastante como para dar con su asesino.

—¿Quiere decir que su muerte puede tener relación con esa biografía, con su pasado? —se interesa Batista—. ¿Sospecha que no fue casual?

—No hay que descartar ninguna posibilidad. Se refería usted a esa academia como si le fuese ajena, pero creo que también era de su propiedad.

—La academia no, aunque sí el local —admite el empresario—. Se lo tenía alquilado a un cura un poco peculiar. Bueno, lo de alquilado es un decir, porque raramente pagaba las mensualidades.

—A don Hilario Gascones —completa Lombardi—. Sabrá que, por desgracia, falleció hace un par de días.

—Lo he leído, sí. En fin, siempre me pareció un poco lunático, pero que Dios lo tenga en su Gloria.

El policía no se sorprende de semejante valoración. Si el constructor pertenece o simpatiza con Falange como ha anunciado Ulloa y da a entender el alfiler de su corbata, no resulta nada extraña; aunque en la virulencia de sus calificativos subyace algo más, algún tipo de inquina personal.

—Si tenía tan pobre concepto de él, y además resultó ser un moroso, ¿por qué le cedió el local?

—De los impagos me enteré después, claro; pero me hacía gracia su inocencia, ese afán misionero que tenía y su concepto de la caridad, un tanto paleto. Ya sabe, de esos que creen que se consigue algo llevando al seno de la Santa Madre Iglesia a los hijos de los menesterosos.

—O sea, que si no lo echó a la calle fue precisamente por caridad —comenta Lombardi con un punto de ironía.

—Algo paradójico, ¿no? —Batista suelta una carcajada—. Uno también tiene su corazoncito, incluso ante individuos como ese. En fin, con el paso de los años nos enseñó su verdadera cara.

—¿Cuál es esa cara?

—La de un embaucador. No me diga que no conoce el tingladillo que se ha montado a la sombra del Régimen.

—Sí, parece que prosperó con su congregación.

—Secta, amigo: Mediator Dei es una puñetera secta —puntualiza Batista con firmeza—. Llamemos a las cosas por su nombre.

—Lo decía porque está reconocida por la Iglesia, pero supongo que discutir sobre teología o derecho canónico es una pérdida de tiempo para un criminalista y un prestigioso empresario, ¿no le parece?

—Tiene toda la razón —asume de buen grado el prestigioso empresario—. Hablemos de algo interesante. ¿Le apetece un aperitivo? Hay un par de tascas en la calle Bailén que merecen la pena.

—Preferiría seguir paseando, si no le importa. Además, no debo beber de servicio. —El constructor acepta la negativa sin insistir—. ¿Volvió usted a coincidir con Gascones después del cierre de la academia?

—Un par de veces, y no por gusto, en actos de compromiso. Pero no crea que el hecho de nadar en la opulencia lo animó a pagarme sus deudas. Se hizo el longuis, como de costumbre.

—Pues sí que tenía que ser agarrado el buen hombre —comenta el policía por seguir la corriente de su interlocutor—. Volvamos a sus propiedades de la calle Las Aguas, si le parece. ¿Qué puede contarme de Serafín Salvaterra?

—¿Salvaterra? ¡La Madre de Dios! ¿Y qué pinta aquí la prehistoria?

—Usted le compró esa finca en el dieciocho; formaba parte de un lote con otros inmuebles.

—Sí, cuando se arruinó —confirma Batista—. Anda que no ha llovido desde entonces. Salvaterra era un jugador empedernido, y no me refiero solo a su afición por casinos y timbas privadas. Jugaba con sus negocios y su patrimonio. Durante la Gran Guerra apostó a caballo perdedor, y apostó muy fuerte, tanto que, tras la derrota de Alemania, se quedó con una mano delante y otra detrás. Creo que se fue a México con su familia después de venderlo todo a precios de ganga, y supongo que a estas alturas allí estará enterrado. Al menos por aquí no se volvió a saber de él. Pero me desconcierta usted, señor Lombardi. ¿Qué tiene que ver aquel viejo crápula con Damián?

Sin decir palabra, el policía coloca ante los ojos de Batista el húsar de plata. El constructor, que inicialmente recibe la imagen boquiabierto, reacciona con un gesto de curiosidad que muta lentamente en alegre sonrisa.

—¿Dónde lo ha encontrado? —pregunta perplejo—. Creí que se había perdido todo en Las Aguas.

—¿Allí estaba el ajedrez, en su piso de Las Aguas?

—Desde que me lo vendió Salvaterra. La compra incluía mobiliario y decoración. Me extrañó que lo dejara, porque debía de tenerle aprecio. Las figuras simulaban dos regimientos de las guerras carlistas, y en uno de ellos, al parecer, había servido su abuelo, o bisabuelo.

—¿En los húsares de Ontoria? Representan a las blancas y son de plata. Es de suponer que elegiría las piezas más valiosas en su honor.

Batista saca una pitillera de oro y ofrece un cigarro al policía. Es rubio americano, con filtro, un capricho al alcance de pocos fumadores. El encendedor tiene incrustada una piedrecita verde que no sugiere precisamente culo de botella.

—Sabe usted de ese ajedrez tanto o más que yo —responde el constructor—. Efectivamente, las negras eran de bronce.

—Hablé con el fabricante. Era un modelo exclusivo para Salvaterra.

—¿Sabe si se han salvado más piezas?

—Es posible —especula Lombardi—. De momento, la que me interesa es esta, así que vamos a repasar un poco el pasado, si le parece.

—Lo que usted diga. Me acaba de alegrar el día, aunque imagino que no la ha traído para devolvérmela.

—Me gustaría hacerlo, señor Batista, pero forma parte de una investigación. Tal vez cuando el caso se resuelva pueda usted reclamarla.

—No dude que lo haré —asegura—. Es una vista preciosa, ¿verdad? Con tanto por reconstruir.

Batista se ha detenido para contemplar el paisaje de la cara este, sin duda con ojos de empresario. Tienen a sus pies el tramo ascendente de la calle Segovia, un tajo abierto en la densidad urbana que desaparece tras la plaza de la Cruz Verde, una invisible línea quebrada en torno a la cual se arracima ese territorio antiguo al que la imaginación de Ignacio Mora atribuye propiedades más o menos mágicas. Entre otras cúpulas y remates de edificios religiosos, se distingue con claridad la torre de San Pedro el Viejo, y a la izquierda, ya a nivel del viaducto, el palacete de Capitanía. Un perímetro testigo, en mayor o menor medida, de las andanzas de Damián Varela. El constructor reanuda el paseo y Lombardi el interrogatorio.

—Supongo que escapó de Madrid en las primeras fechas de la… del Alzamiento.

—El veinte de julio. Todavía se escuchaban los cañonazos contra el Cuartel de la Montaña.

—Hasta entonces, usted había ocupado su piso de Las Aguas.

—No, no. Yo no vivía allí, sino en la calle Goya —aclara Batista—, en el mismo domicilio de siempre, donde vivo ahora. Por aquel piso solo pasaba de vez en cuando.

—¿Y cuándo fue la última vez que lo visitó antes de dejar la ciudad?

—Pues ahora mismo no lo recuerdo exactamente, la verdad, pero pocos días antes.

—¿Tenía acceso el padre Varela a su piso?

El constructor dedica al policía una mueca de extrañeza.

—Si se refiere a si tenía llave del mismo, por supuesto que no —asegura.

—¿Y don Hilario?

—Ese apenas aparecía por la academia —apunta con inflexión desdeñosa—. Debía de pasarse el día de cháchara con Dios, ya sabe, organizando su farsa.

—O sea, que Varela no podía conocer el ajedrez de Salvaterra.

—Sí, probablemente lo había visto, porque estaba en una mesita del salón. El hecho de que no tuviese llave no significa que no me visitara. Ya le digo que yo no frecuentaba mucho la calle Las Aguas, pero a veces, cuando iba por allí, invitaba a merendar a profesores o alumnos. Y a Damián entre ellos, por supuesto. Pero me tiene usted sobre ascuas, ¿acaso tenía él ese peón?

—No, ni mucho menos. ¿Sufrió algún robo en esa casa?

—¿Se refiere a un asalto, una violación de domicilio? Nunca hubo ningún incidente de ese tipo.

—¿Y en ningún momento echó en falta alguna pieza? —insiste Lombardi—. Supongo que su ausencia habría llamado su atención.

—Claro que la habría echado de menos, pero no fue así. La verdad, me está usted volviendo un poco tarumba con tanta pregunta rara.

—Lo siento, señor Batista. Solo me quedan un par de ellas y dejo de interrumpirlo en su trabajo. ¿Le dice a usted algo el nombre de Mario Daroca?

—Nada en absoluto. ¿Quién es?

El policía saca de su cartera la foto del niño y obra del mismo modo que lo había hecho con el peón de ajedrez. El gesto de Batista al contemplarla es, sin embargo, muy distinto al provocado por la figurita de plata. Del entrecejo fruncido pasa a una especie de introspección, como si no pudiera retirar la mirada de aquel rostro de papel. Después, sus pupilas se dilatan durante una fracción de segundo antes de responder.

—Esta cara no me dice nada.

Lombardi está casi convencido de que el empresario miente, y decide forzar el interrogatorio en busca de contradicciones:

—El peón estaba en el bolsillo del pantalón de ese niño. Del cadáver de ese niño, más exactamente.

—Vaya. —El gesto de Batista se ha ensombrecido al escuchar la noticia, pero reacciona con aplomo—. Pues no me lo explico, aunque a lo mejor sucedió cuando la casa quedó vacía. Cualquiera pudo robar esa pieza, o lo que le viniera en gana. Ya sabe usted los desaguisados que hicieron los rojos con los domicilios abandonados. Y, por si fuera poco, le cayó un obús encima. Cuando volví a Madrid era un escombro.

—Ni rojos, ni obuses —niega el policía—. Mario Daroca murió en la mañana del dieciocho de julio, así que esa figurita tuvo que llegar a él cuando usted todavía estaba en Madrid. ¿Seguro que no puede aclararme esta extraña circunstancia?

—Pues no sé —duda Batista—. A lo mejor tiene usted razón, y alguien la cogió sin que me diese cuenta.

—Y se la dio al niño.

—Eso podría explicarlo —admite el constructor.

—Porque pensar que fuera el propio Mario Daroca quien se la robó no tiene mucho sentido, ¿verdad? De haber participado en una de sus meriendas, su cara no le resultaría tan desconocida.

—No pensará que me acuerdo de todos mis invitados.

—Es natural, señor Batista. Y menos después de tanto tiempo. Gracias por su atención.

De igual modo que la mano siente calor al acercarse al fuego, Lombardi percibe en su cuerpo el hormigueo característico de los momentos clave de una investigación. Puede equivocarse, desde luego, pero la experiencia le dice que Ramón Batista no ha dicho la verdad sobre Mario Daroca. Tal vez tampoco respecto a otras cosas, pero no le cabe la menor duda de que la foto del niño lo ha alterado. Puede que no conozca su nombre, tal y como afirma, pero la cara no le es del todo extraña. Acaba de confirmar, porque ya no es una mera sospecha, que todos los nombres están relacionados. Millán, Merino, Figueroa, Varela, Gascones y Batista tienen puntos en común. Hasta el pequeño Daroca, a través del peón de su bolsillo, apunta con su dedo acusador a la calle Las Aguas.

El éxito suele despertarle hambre, y la conversación mantenida con el constructor, aun sin lanzar las campanas al vuelo, puede ser calificada de exitosa. A pesar de que su cartera mengua día a día, el policía se cree con derecho a concederse el capricho de una buena pitanza. Se acomoda en uno de los bares de la plaza de la Ópera, frente al lugar que en su día ocupaba la estatua de Isabel II, víctima del vandalismo iconoclasta de los primeros meses de la República.

Antes de dar recompensa a su estómago, llama a casa. Escuchar la voz de Paquito al otro lado de la línea le provoca una paternal complacencia, como si hubiera devuelto a la buena senda a una oveja descarriada.

—¿Estudias, Paco?

—Aquí ando con Descartes, a ver si consigo entender esa frase absurda sobre el pensar y el existir. Qué simplón era el jodido, ¿no?

—Tan simple como una suma, si lo comparas con la maraña mental de los escolásticos. No olvides que era matemático. ¿Ha habido algo?

—Pues sí, don Carlos, hablando de escolásticos, lo llamó un cura.

—¿Un cura?

—Un tal padre Acevedo, que quería hablar con usted. Me dejó un número de teléfono para que lo llame.

Lombardi anota los datos en una servilleta de papel.

—Y hace un ratito que acaba de llegar su compañero —concluye el joven su informe—, así que yo abandono el barco. Se lo paso.

—Vale, pero sigue con Descartes en tu casa.

El buen consejo debe de llegar tarde, porque Andrés Torralba ha tomado el relevo al auricular.

—Aquí ando con todos estos papeles —comenta con un resoplido—, a ver si encuentro alguna coincidencia entre ellos. La señorita Alicia me dijo que se queda en casa hoy. Su madre no se encuentra bien y ha decidido acompañarla. A no ser que haya una urgencia, claro.

—Ya le dije ayer que cuidara de sus padres, pero es terca como una mula. Pasaré después por ahí; no hace falta que me espere.

Intrigado por la identidad del cura en cuestión, marca el número facilitado por Paquito. Descuelga un telefonista que, tras una breve pausa, le pasa con el sacerdote. La voz que le habla tiene algo de familiar; Lombardi tarda un par de frases en darse cuenta de que es la misma que le había mandado a freír espárragos cuando quiso hablar con Gascones. El número es el de la residencia Mediator Dei, y el tal padre Acevedo, el curita secretario, que dice querer hablar con él en privado. El policía se ofrece a acercarse por la tarde a la residencia, pero Acevedo prefiere encontrarse en un lugar discreto (—Aquí, con él de cuerpo presente, no me parece adecuado.), y le sugiere la iglesia de San Nicolás. El templo no cae lejos de donde se encuentra, y Lombardi fija una hora que al menos le permita disfrutar de la comida y de una tranquila sobremesa.

Enseguida se arrepiente de haber retrasado tanto la cita. Tras el primer plato, una vez el estómago parece calmado, la espera se le hace insufrible. Por su cabeza pasan, sin transición, el inquietante encuentro con la señorita Baum, el disimulo de Batista frente a la foto de Daroca y una insaciable curiosidad por el interés que el secretario de Hilario Gascones pueda tener en su persona. Aun así, soporta estoicamente, sentado ante café y copa, hasta la hora convenida.

La plaza de San Nicolás no es tal, sino un ensanchamiento anómalo de la calle Juan de Herrera. La iglesia que le da nombre es considerada como la más antigua de la ciudad. Su torre mudéjar está rematada por un chapitel herreriano, pero dicen que los madrileños del siglo XII vieron alzarse aquellos ladrillos sobre sus cabezas.

El interior es bastante más pequeño de lo que uno podría imaginarse al contemplar el edificio desde la calle. A esas horas está casi vacío, con unas pocas mujeres enlutadas ocupando los reclinatorios de los bancos delanteros, y una corriente de aire helado que recorre la nave. Lombardi elige sitio en un lateral, algo más resguardado del inclemente frío, aunque también allí su respiración se convierte en vaho en cuanto escapa de la nariz.

El cura aparece al poco. Sin ruido, con pasos medidos, haciendo uso de cuantas genuflexiones y signos exige la presencia de un creyente en lugar sagrado, va a unirse al policía. Pero, en lugar de sentarse, se arrodilla en el reclinatorio y sumerge su rostro en el piadoso cuenco que forman sus manos entrelazadas. Tras su oración, se santigua y ocupa el banco junto a Lombardi. Inicialmente, a una respetuosa distancia, aunque al comprobar que sus susurros se pierden en el éter, decide acercarse un poco más.

—Don Hilario le era muy devoto a esa virgen —dice, señalando con su vista una hornacina sobre el altar—. Veníamos a menudo a rezarla.

—Disculpe, pero no entiendo mucho de imaginería.

—Es la Dolorosa. Seguro que ha intercedido por su alma.

—Ya. Acepto su comentario como prefacio para romper el hielo, y nunca mejor dicho, porque ya podía haber elegido otra iglesia un poco más templada. Aunque espero que no me haya citado aquí para hablarme de los gustos espirituales del padre Gascones.

—No, claro que no. Lo he llamado para cumplir su voluntad.

—¿Quiere decir que él le pidió que hablase conmigo?

—Sí, hace unos días.

—Eso me parece mucho más interesante —reconoce el policía—. ¿Por qué motivo le hizo ese encargo?

—Desde que usted estuvo en la residencia el día de Navidad, don Hilario parecía otra persona. Estaba nervioso, irritable, ensimismado a veces. No era él. Después, al enterarse por los inspectores que nos visitaron del triste hallazgo en el seminario, empeoró su ánimo.

—¿Diría usted que tenía miedo, que se temía algún percance?

—A la vista de lo sucedido, supongo que esa era la causa, pero yo no podía ni imaginar que fuera miedo. ¿A qué iba a temer un hombre de Dios? —El curita tiene los ojos húmedos, apenas puede contener las lágrimas al hablar. Su fidelidad a Gascones parece situarse más allá de lo meramente funcionarial, y Lombardi concluye que apreciaba realmente a su superior.

—A la muerte, padre Acevedo. Todos la tememos, de una forma u otra, aunque intentemos pasar el trago con mitologías, creencias y demás zarandajas. Y don Hilario no dejaba de ser un hombre por muchas virtudes que atesorase.

—Don Hilario era un ferviente católico —protesta el joven sacerdote—. Y un católico no teme a la muerte de la forma que usted dice.

—Cada cual elige la fábula que le satisface, para vivir y para morir. Pero eso no viene al caso. Supongo que habrá pasado usted un calvario desde lo que sucedió en el tren. ¿Ha contado todo esto a la policía en sus declaraciones?

—Claro que no. Él me pidió que hablara con usted, solo con usted.

—¿Por qué le pidió eso?

—Espero que él mismo se lo aclare. —Acevedo saca un sobrecito del bolsillo de su abrigo y se lo ofrece a Lombardi—. Me confió esta carta con la promesa de que se la entregaría a usted si el Señor decidía llamarlo prematuramente.

Dicho esto, con el policía boquiabierto por la sorpresa, el joven sacerdote se incorpora, dispuesto a marcharse. Aquel lo sujeta por la manga.

—No, por favor, quédese. Puede que, después de leerlo, todavía tengamos algo de qué hablar.

Lombardi rasga el sobre sin mucha delicadeza. Contiene una cuartilla escrita a mano, presuntamente del puño y letra de Gascones, que apenas puede leerse en aquella media luz:

Señor Lombardi:

Confieso que me asustaron sus palabras, esa convicción suya de que el asesino de Damián podría seguir matando, y que además sus manos estaban manchadas con la sangre de aquellos seminaristas.

Engañar a la muerte es tan inútil como engañarse a sí mismo, y si usted está leyendo estas líneas es que ya se consumaron mis horas sobre esta tierra, de modo que de nada sirve seguir refugiado en la mentira.

Me tenía por hombre íntegro, consagrado a Dios y a su divina misión. Pero aquella gloriosa fecha que cambió los destinos de España significó todo lo contrario para el mío, porque la vergüenza me impidió confesar mi pecado de silencio ante los hombres. Por vergüenza callé, y por no poner en peligro la magna obra encomendada por el Señor. Bien saben los Cielos que mi carne ha pagado esa cobardía con dolorosísimas penitencias, pero no basta.

Le dije que aborrecía los sepulcros blanqueados. En realidad, era un reproche contra mí mismo. Usted, a pesar de nuestras pro-

fundas diferencias, no es un hipócrita, como yo lo he sido en los
últimos años. Usted canta sus verdades a la cara, y justo es que
conozca plenamente esta verdad que ya casi toca con los dedos.

No seré yo quien se la revele, pues merece usted una voz más
digna y clara que la mía. Hable con el doctor Espigares, médico del
seminario hasta nuestro Glorioso Alzamiento. Me consta que aún
vive, a pesar de su avanzada edad.

Gracias. Que Dios lo bendiga, y a mí me perdone.

Hilario Gascones, presbítero.

Al policía le cuesta recobrarse de la conmoción provocada por la lectura. Aquello parece una confesión en toda regla, aunque tan confusa que ni siquiera menciona la causa del pecado. Pecado de silencio, sí, pero respecto a qué. Las orejas cortadas, piensa, los oídos sordos que comentaba Mora. Vergüenza, orejas inútiles, cobardía. Un batiburrillo de imágenes se le apelmazan, exigiendo cada una atención prioritaria respecto a las demás. Necesita leerlo con más calma, analizarlo frase a frase. De repente, cae en que no está solo. El padre Acevedo aguarda a su lado, tan mudo como las imágenes del templo, pero sin perder detalle de su reacción, interrogándolo con la mirada.

—¿Quién podía querer mal a un hombre santo como don Hilario? —pregunta.

—Nadie es inocente, amigo; ni siquiera los santos. Solo los niños lo son, mientras los dejen.

—¿Pero no lo dice ahí?

—Desde luego que no. Si el padre Gascones hubiese conocido, o al menos sospechado el nombre de su posible asesino, es de imaginar que lo habría revelado para evitar el ataque. ¿Sabe usted cuándo escribió esta nota?

—Me la entregó el día treinta, la víspera de su muerte, pero no sé cuándo la escribió.

—Dice usted que cambió notablemente tras mi visita el día de

Navidad. ¿Sabe si desde entonces mantuvo alguna entrevista, alguna conversación especial, algo que se saliera de lo común en su rutina diaria?

—No, señor. Don Hilario era muy metódico, y lo fue hasta su último día.

—Imagino que, como secretario, controlaba usted cada detalle —insiste Lombardi—. ¿Notó algo llamativo en él durante el frustrado viaje a Zaragoza?

—Parecía un poco más animado. El simple hecho de ir a su patria chica siempre lo ponía contento. Mucho más para honrar a la Virgen del Pilar.

—¿En ningún momento lo notó receloso o huidizo ante alguna presencia en el tren?

—No, en ningún momento. Y luego, todo sucedió demasiado rápido. Debieron de pasar cinco o seis minutos desde que salió del departamento hasta que fui a buscarlo. Pero de eso ya he hablado durante horas en Guadalajara. Así que, por favor, no me someta usted a la misma tortura. Puede leerlo en los informes que, imagino, habrán cumplimentado sus compañeros.

—Tiene razón, disculpe mi falta de tacto —se excusa el policía—. En fin, si se me ocurre alguna pregunta más, supongo que estará disponible.

—El domingo lo despedimos en Zaragoza. Excepto ese día, puede llamarme cuando guste.

—Pues muchas gracias, padre, y acepte mis condolencias en un momento tan difícil para usted.

Salen juntos a la calle y se estrechan la mano bajo la luz del atardecer. Antes de que cada cual emprenda su camino, el curita verbaliza la pregunta que, sin duda, lleva días haciéndose.

—¿Qué cuenta don Hilario en esa carta?

—Divagaciones, amigo, especulaciones sobre la vida y la muerte. —Lombardi siente una repentina piedad por el doliente joven—. Aparte de hablar muy bien de usted.

—¿Es cierto eso?

—Desde luego. ¿Por qué iba a inventarme una cosa así?

En el tranvía, Lombardi relee varias veces la breve misiva de Gascones. Refleja miedo, evidente temor a sufrir el mismo final que Varela y los seminaristas. Temor nacido durante la entrevista que ambos habían mantenido, y acentuado, según su secretario, al conocer el hallazgo del cadáver de Daroca. El motivo de ese miedo es un viejo pecado sin fecha, aunque sus alusiones patrióticas señalan el dieciocho de julio del treinta y seis, el día en que, con toda probabilidad, falleció el niño. Por si fuera poco, menciona, como testigo acreditado de lo que el propio cura calla, a un médico que atendía en el seminario hasta el comienzo de la guerra. A pesar de sus deliberadas elipsis, aquellos párrafos contienen revelaciones de peso.

Al entrar en casa, Lombardi se sorprende de ver encendida la luz del salón. Sentado ante la mesa está Andrés Torralba, concentrado sobre un abanico de cuartillas y mordisqueando el extremo de un lápiz.

—¿Todavía por aquí?

—Si es que estos papeles son para volverse loco.

—Pues olvídelos para siempre —ordena el policía—, porque ya no son necesarios.

—O sea, que he perdido la tarde.

—Al contrario, hemos ganado el día entero.

—Parece contento.

—Mucho —confirma Lombardi—; hoy hemos dado un par de pasos importantes. Y, aunque me sabe mal estropearle la mañana del domingo, usted podría dar el siguiente.

El lugar elegido por Fátima para la cita es convecino de la Dirección General de Seguridad, separado de ella tan solo por la calle Carretas. El Antiguo Café de Levante ha sobrevivido con buena salud al asedio, y su fachada de tres piezas en madera barnizada a conciencia parece anunciar al viandante que sigue siendo uno de los locales con más solera de la plaza. Se trata de un rincón un tanto selecto, así que la prostituta parece tener buen gusto y, por su ubicación, escaso temor a la cercanía policial.

La chica ocupa una mesa apartada al fondo del local, pero a Lombardi no le resulta difícil identificarla por las señas que ella le adelantó por teléfono. Fátima toma un vermú y el policía pide lo mismo al camarero. Es muy joven. Y bonita, con grandes ojos oscuros, el pelo corto, a lo *garçon*, un jersey negro de cuello vuelto y falda gris. No por falta de respeto, sino por la edad de su interlocutora, Lombardi la tutea desde su primera frase.

—¿Sabes que llevo quince días buscándote?

—Ya me han dicho en la pensión —asiente ella con un mohín en los labios—, y doña Patro me ha contado lo de ese hombre. No sabía nada, porque me marché de Madrid a la mañana siguiente.

—¿Dónde has parado este tiempo?

—Siempre en Zafra, desde donde hablé con usted. Me gusta pasar estas fiestas con la familia, porque son las únicas vacaciones que me tomo. Pero aquí me tiene de vuelta al tajo, que el dinero no cae de las nubes.

—¿Qué edad tienes?

—Veintitrés.

—Ya, por supuesto, mayoría de edad recién cumplidita, ¿verdad? —ironiza el policía—. Pero si ni siquiera llegas a los veinte.

—¡Qué galante! ¿Tan joven le parezco?

—¿Cuánto llevas en ésto? —se interesa Lombardi, ignorando una interpelación cargada de descaro.

—Vine a Madrid hace un par de años; a servir, como tantas otras. Y, como tantas otras, me metí en esto, como usted lo llama.

—¿Por qué?

—Vaya pregunta. Porque hay que comer, y fregando suelos no se come, aparte de que tienes a los machos de la casa rondándote a todas horas como verracos en celo. Tarde o temprano, cedes o te fuerzan. Y si hay que ceder que sea cobrando, digo yo. Pero no le busque tres pies al gato conmigo, que cumplo con mis tasas y tengo al día mi cartilla sanitaria.

—¿Todavía existe esa cartilla?

—¿Qué clase de polizonte es usted? —se extraña la joven—. Claro que existe.

—Pensaba que la Iglesia y el Nuevo Estado habrían acabado con las buenas costumbres en el gremio.

—Pues no, todavía nos respetan. A ver lo que dura.

—Cualquiera sabe.

—¿Seguro que es usted poli? —pregunta Fátima, escamada por la ignorancia mostrada por su interlocutor—. ¿O es de los que viven en la inopia?

Lombardi le muestra su credencial. La chica repasa con la mirada cada uno de los detalles, tanto que al policía le da la impresión de que no sabe leer; pero está equivocado.

—Suena muy importante eso de criminalista —valora tras su inspección—, pero una chapa tras la solapa impone mucho más.

—Es posible. ¿Sabías que tu don Ángel era sacerdote y se llamaba Damián Varela?

—Su nombre me traía al fresco. Lo otro lo suponía, porque apestaba a incienso y llevaba ese trasquilón en la coronilla.

—La tonsura.

—Como se llame —acepta ella con un gesto despectivo—. Ya le digo que me lo imaginaba aunque nunca lo dijo. En cueros, todos los hombres son iguales, y como no llevaba sotana.

—¿Cómo era? ¿De qué hablaba?

—Hay tipos que hablan más y otros menos, cada uno es como es.

—Sí, les suele pasar lo mismo a las mujeres —replica el policía.

—Anda, si nos ha salido resabiado.

—Déjate de guasas, guapa. Siempre se ocupaba contigo, y el trato frecuente lleva a la confidencia. Algo vería en ti que no veía en las demás.

—Sería amor, no te digo.

—La última que te paso —advierte Lombardi forzando un gesto agrio—. Me parece que no te das cuenta del lío en que estás metida.

—¿Qué lío? —Fátima se encoge de hombros—. Si yo no he hecho nada.

—No todos en la Brigada están de acuerdo con eso. Hay quien piensa que puedes estar conchabada con el que se cargó al cura.

—¿Por qué motivo iba a desearle algún mal a un buen cliente?

—Para repartiros el dinero que tu cómplice le robó.

—¡Venga ya! Ni que el fiambre fuera un estraperlista. Gano diez veces más en una tarde que lo que un cura pueda llevar en el bolsillo.

Lombardi asume que ese camino no lleva a ninguna parte. Tampoco la chica es de las que se arrugan ante el paripé de una falsa acusación.

—A lo mejor mis compañeros están equivocados y, tal y como yo creo, no tienes nada que ver con su muerte —acepta en tono amable—, pero a mí me da que no podías tragar a ese cura.

—Pues me lo tragaba unas cuantas veces en cada cita.

—No lo dudo —suscribe el policía, sin poder evitar una sonrisa ante la pícara respuesta—. Pero te caía mal, ¿a que sí?

—¿Por qué me iba a caer mal un tipo que pagaba bien?

—Porque la hipocresía no suele ser simpática.

Los ojos de Fátima se abren como platos. Perpleja, parece no haber entendido el argumento de su interrogador.

—¿Hipocresía? —pregunta—. No sea pelma. ¿De qué hipocresía habla?

—La de un hombre que aparenta santidad, y sin embargo hace lo que hace.

—¡Anda la órdiga! —exclama con una risilla—. ¿Y qué me dice de los casados? Conozco a unos cuantos.

—Esos no han hecho voto de castidad como tu cura.

—Claro que sí. Excluyendo a su mujer, han jurado tanta castidad como la que pueda jurar el papa. Y ahí los tiene de cama en cama. ¿Es usted de esos?

—Visto así, no te falta razón —tiene que admitir Lombardi, obviando la pregunta.

—Me parto con esa moralina que se gastan algunos.

—Veo que te resistes a hablar de tu Ángel.

—No me resisto —asegura ella con gesto desabrido—. Es que no me gustan los discursos de predicadores como el que usted se trae. ¿No será también cura?

—Te aseguro que no te he citado para juzgarte —se justifica el policía—. Además, empiezas a caerme simpática.

—Claro, ahora le toca poner la cara buena. Como si no conociera el percal. Y después, como soy tan simpática, me exigirá un alivio. Y como es poli, gratis. Una jodienda rápida en los lavabos.

Lombardi encaja el reproche sin alterarse. Es preferible abordar la resistencia de la chica con buen talante.

—No te equivoques conmigo, Fátima —replica—. ¿Ves este remiendo en mi frente?

—Feísimo. ¿Un botellazo de su mujer?

—La consecuencia de mi última jodienda gratis. Y no quiero repetir.

La joven suelta una carcajada que hace girar algunas cabezas en las mesas más próximas.

—Yo no tengo chulo, si es lo que le preocupa —aclara—. Soy libre de elegir cuándo y con quién.

—En absoluto me preocupa cómo organizas tu vida. Solo quiero que me hables de ese hombre.

—No doy detalles sobre mis clientes.

—Comprendo que quieras mantener la reserva, pero en este caso no creo que el cliente vaya a enfadarse por ello.

—Cualquiera sabe, tratándose de un cura. Lo mismo tenía un pacto con el diablo y me hace la vida imposible. Lagarto, lagarto —canturrea cruzando los dedos.

—Así que me has salido supersticiosa. —Lombardi le dedica una franca sonrisa para demostrar que va en son de paz—. Te diré lo que vamos a hacer. Yo te hago una pregunta y tú me la contestas con una sola palabra.

—¿Es un juego? —pregunta ella con un guiño, divertida por la propuesta.

—Ya lo verás cuando acabemos.

—Pues empiece.

—Vamos allá. Tu cura, ¿era dulce?

—No precisamente.

—Hablador.

—Poco.

—Brusco.

—A veces.

—Dominante.

—Siempre.

—Raro.

—Mucho.

—¿Te pegaba?

Fátima duda antes de contestar.

—No exactamente —puntualiza.

—¿Te forzaba a hacer cosas que no querías?

—No exactamente.

—O que no te gustaban.

—Más o menos.

—Por lo que dices, era un cabrón, Fátima. No sé por qué tienes tanto reparo en hablar de él.

—Muchos clientes son así. ¿O acaso piensa que una puta cobra para disfrutar? ¿Ya se ha acabado el juego?

—No —resopla el policía—, pero preferiría resolver esta conversación de otro modo.

—Venga, valiente, adivine. Pero sea más concreto.

—A ver... ¿Te obligaba a tener sexo oral?

—Claro.

—Y... ¿anal?

—También.

Los ojos de la joven se clavan en los suyos con cada una de las respuestas. De hecho, ni siquiera los retira mientras él formula sus preguntas. Parecen carbones encendidos escrutando su interior. Lombardi tiene la sospecha de que ella se está excitando con el interrogatorio, y él mismo empieza a sentirse incómodo al entrar en territorios tan íntimos.

—Te ataba.

—No.

—¿Tenía alguna perversión especial?

—¿Qué entiende usted por perversión?

—Cosas que se salen de lo normal.

—Otra vez el moralista —ríe ella—. Explíqueme qué es lo normal en este asunto.

—Me entiendes perfectamente.

—Vaya al grano y a lo mejor lo entiendo.

—No sé... ¿Te obligaba a disfrazarte?

—En cierto modo.

—¿De monja?

—No me joda, ja, ja, ja.

La carcajada de Fátima funciona como un directo al mentón. Lombardi comprende de inmediato que su contumacia es un grotesco intento de violentar la voluntad de una mujer dispuesta a proteger su vida privada. Una mujer que ni siquiera es sospechosa del caso que está investigando.

—¡Ya está bien! —alza la voz con un palmetazo en la mesa que sobresalta a su interlocutora—. Supongo que tienes razón, que ni siquiera un policía tiene derecho a meter las narices en esas intimidades. Solo esperaba tu ayuda para resolver un asesinato. Siento que hayamos llegado a esta ridícula situación.

Lombardi llama al camarero. Mientras abona la cuenta observa de reojo que el rostro de Fátima ha perdido un poco de su frescura y la espontánea sonrisa que lo define.

—Mucho gusto, y mucha suerte. —El policía tiende la mano para despedirse, pero ella la deja flotar en el aire. Le sostiene la mirada unos segundos antes de hablar.

—Ese cura era un cabrón, está usted en lo cierto —confiesa—. Y me caía fatal.

—¿Por qué, Fátima?

—Una se acostumbra a casi todo. Tipos habladores, callados, violentos, mimosos, bocazas, tímidos. Algunos te piden cosas raras y, si no es muy horrible para ti, los complaces, que para eso pagan. Tampoco vaya a creer que existen los clientes buenos. Todos buscan lo mismo y creen que, en el fondo, te están haciendo un favor y que disfrutas como ellos. Pero ese miserable era distinto.

La joven apura el vermú que queda en su vaso, apenas agua coloreada entre los restos de hielo. Lombardi respeta la pausa.

—Y no es porque me diera por culo —prosigue—. A otros también les gusta, pero saben que están follando a una mujer y se complacen en ello. Este no; este me obligaba a quitarme la pintura de los ojos y el carmín de los labios. Nada de perfume, y tenía que ponerme una faja para esconder las tetas. ¡Como si me hiciera falta! —La joven fija las manos en sus pechos y los amasa suavemente de arriba abajo—. Si casi no tengo. ¿No cree usted?

—A mí me gustan.

—Pues a él no —abunda ella—. Y mi coño tampoco está mal, pero el muy cerdo hacía como si no lo tuviera. Para él solo existían mamadas y culo.

—Todo eso, unido a tu pelo corto...

—¿Comprende por qué lo odiaba? Nunca me consideró una mujer. Hasta me decía que yo era su niñito cuando se corría.

—Claro que te comprendo, Fátima —asiente Lombardi, reflexivo, aún aturdido por la revelación—. Y también por qué no querías hablar de ello. Supongo que es humillante para cualquier mujer, más para una chica atractiva.

—¿Cree que lo soy?

—Desde el momento en que te vi.

—Ya. ¿Sabe lo que pensaba ese cura de mierda de las mujeres? —La voz de la joven ha perdido lozanía y suena quejumbrosa—. Que somos poco menos que felpudos donde limpiarse la suela de los zapatos. Contaba cosas horribles de lo que había visto hacer a los moros con las prisioneras durante la guerra, y presumía de haber dado el tiro de gracia a más de veinte fusiladas. Y te lo decía como quien cuenta un chiste.

—En resumen, un grandísimo hijo de puta que disfrutaba con el dolor ajeno —sentencia el policía conteniendo la furia—. ¿Hablaba de otras personas?

—No, que yo recuerde. Una vez me preguntó si podíamos quedar en otro sitio, con otra gente. Le dije que nones, que solo trabajaba en esa casa.

—¿Nunca mencionó nombres, ni lugares? Haz memoria, por favor.

—Solo esa vez, y de forma poco clara. Bastante tenía yo con aguantarlo como para meterme en otros líos parecidos. Me dijo que ganaría el doble o más, pero me cerré en banda y no volvió a insistir.

—¿Cuándo y cómo lo conociste?

—Hace un año, más o menos —calcula Fátima—. Él me buscó a través de doña Patro. Parece que otro cliente le había hablado de mí.

—¿Con las mismas aficiones que Varela?

—No creo. El resto de los hombres que recibo buscan mujeres, no críos.

—¿Quién es ese cliente?

—No me dijo su nombre. Y, como comprenderá, tampoco le iba a hacer ascos a una publicidad anónima.

—Al menos, sabemos que tiene relación con doña Patro —se felicita Lombardi—. Porque no trabajas fuera de esa casa, ¿no?

—Solo allí. Me da seguridad. Es un sitio limpio y tranquilo. Las hay que lo hacen en descampados, callejones o pensiones de mala muerte, pero yo, mientras pueda, solo con doña Patro.

—Haces bien. ¿Podrías facilitarme una lista de tus visitantes desde que empezaste hasta que apareció Varela?

—Por supuesto que no. Aunque tuviera memoria suficiente para eso, que no la tengo.

—Lo imaginaba. —El policía no insiste. Puede conseguir esa relación, de ser necesaria, en el dietario de la madama.

—No se lo tome a mal.

—Claro que no, Fátima. Sé que la discreción forma parte de tu oficio y ya me has ayudado bastante. Muchas gracias.

—De nada. ¿Y sabe lo que le digo? Que me alegro de lo que le han hecho a ese miserable.

—Bueno, ya pasó —quiere consolarla Lombardi—. Al menos, no tendrás que volver a sufrirlo.

—Sí que es un alivio, no crea. Y además, ahora me podré dejar crecer el pelo.

—Ni se te ocurra. Te queda muy bien así.

—¡Qué gusto de hombre! Se está ganado usted esa visita rápida a los lavabos.

El policía recibe con una sonrisa la descarada insinuación.

—Mejor otro día, guapa. Cuando me quiten los puntos.

El policía regresa a casa con un sabor agridulce: profundamente asqueado frente al verdadero rostro de Damián Varela, y al tiempo optimista, porque las revelaciones de Fátima abren un inesperado ventanuco de luz sobre otros aspectos oscuros del caso. Lástima de puñeteras vacaciones, se repite una y otra vez: de haber conocido todos esos detalles en su momento, el curso de la investigación habría llevado por otros derroteros y ahorrado unos cuantos palos de ciego. El capellán se ha convertido, si no lo era ya, en figura clave del asunto.

Torralba lo espera en la calle, paseando por los alrededores del portal en la zona más soleada de la acera, con las manos en los bolsillos del abrigo y las solapas alzadas.

—¿Cómo le ha ido? —se interesa Lombardi.

—Creo que bien. ¿Y a usted?

—Muy bien, la verdad. Solo me duele no haber tenido este interrogatorio hace un par de semanas. Cuénteme.

—Ya sé dónde encontrar al doctor Espigares.

—Magnífico, Torralba. ¿Le apetece un chato?

Acodados en la barra de la tasca frente al portal, el exguardia de asalto refiere el resultado de su pesquisas matutinas.

—Ese hombre prestó asistencia sanitaria al seminario durante casi doce años —explica—; al parecer, de forma gratuita. Pero después de la guerra no se le ha vuelto a ver por allí. Sí que me indicaron la dirección de su consulta y domicilio, en la calle Bailén, cerca de la plaza de Oriente.

—Buen sitio.

—Y buena clientela, sí señor. El caso es que me acerqué a preguntar, y tampoco vive allí. El piso sigue ocupado por una hija suya, pero el doctor se trasladó a una casa en el barrio de Ventas, donde, al parecer, sigue atendiendo enfermos.

—Vaya cambio.

—Eso me parece a mí.

—Solo es un pálpito —apunta Lombardi—, pero me da la impresión de que ese hombre puede contar cosas interesantes. Esta tarde le haré una visita.

—¿Puedo ir con usted?

—¿Va a echar a perder del todo su domingo?

—Hace mucho que mis domingos se diferencian poco de los días corrientes —se lamenta Torralba—. Es lo que tiene estar sin trabajo.

—Pues encantado de que me acompañe. Lo invito a comer por aquí y luego nos vamos a ver a Espigares.

Tras el almuerzo, la pareja se llega hasta la Puerta del Sol para tomar el metro. Siete paradas hasta la estación de Ventas, donde los convoyes dan media vuelta para reiniciar su trayecto de la línea dos en dirección a Cuatro Caminos. La salida de la calle Alcalá se abre frente a la plaza de toros, pero la dirección obtenida por Torralba obliga a caminar todavía un buen trecho.

Cruzan el puente sobre el arroyo Abroñigal, una corriente que se une al Manzanares a la altura de Vallecas. Es un cauce pobre, tan pobre que permanece seco durante buena parte del año; aunque excepcionalmente, en épocas lluviosas, se rebela contra su naturaleza para anegar cuantos edificios, por lo general humildes construcciones, se alzan en sus márgenes. Después de estas crecidas, el barro acumulado se apelmaza hasta obstruir los ojos de piedra del puente, y durante muchos meses permite el tránsito hasta la avenida de Aragón sin necesidad de pasarela.

Al otro lado del puente, en las antaño llamadas Ventas del Espíritu Santo, vive el doctor Espigares; en una calle lateral, camino obligado hacia el cementerio del Este, que en primavera y el día de difuntos cubre sus terrosas aceras de carromatos y puestos de flores. El edificio es un bloque de tres plantas, no muy antiguo, rodeado de casuchas bajas y chabolas; extraña elección para vivir, piensa Lombardi, la de un hombre que ha disfrutado del noble entorno del palacio real.

Una placa de bronce en la puerta del principal indica el nombre, aunque no el oficio del doctor. La señora que abre les propone volver al día siguiente, porque don Eusebio no pasa consulta los domingos, pero la credencial del policía vence de inmediato sus reparos y conduce a la pareja hasta una sala de espera. El doctor se presenta allí a los pocos minutos. Es un hombre mayor, por encima de los setenta, que cojea ligeramente a pesar del alza de cuatro dedos en su zapato derecho con que intenta compensar un probable defecto de nacimiento. Por lo demás, parece saludable y despierto.

—Discúlpenos por molestarlo en su día de descanso —se excusa Lombardi como preámbulo a las presentaciones.

—Pasen ustedes, y explíquenme qué interés puedo tener yo para la Brigada Criminal.

Espigares les franquea la puerta de un pequeño gabinete que

nada tiene que ver con una consulta médica. Una mesa camilla con brasero, cuatro sillas y una pared llena de libros son todo su mobiliario. Un crucifijo en la pared, su única decoración. Por la ventana se adivinan, todavía lejanas, las tapias del cementerio.

—¿Problemas con alguno de mis pacientes? —dice cuando sus visitantes se han acomodado—. Tengan en cuenta que este es un barrio humilde; más que humilde, dejado de la mano de Dios. La mayoría de ellos son analfabetos y sin trabajo, pasan días sin probar bocado ni poder alimentar a sus familias. Pero no son mala gente, y el hecho de que tenga que zurcir de vez en cuando algún que otro navajazo no significa que sean criminales. Por cierto, ¿me permite echar un vistazo a esos puntos?

El policía acepta con un fruncido de hombros. El doctor toquetea su remiendo y le palpa con delicadeza el arco superciliar.

—Cicatrizan bien, pero no tarde mucho en quitárselos o le quedará una marca poco graciosa.

—Gracias por el consejo —acepta Lombardi—, y tranquilícese, que nuestra visita no tiene nada que ver con su actividad actual, sino con los días previos a la guerra. Usted tenía entonces una boyante consulta y atendía, además, las necesidades médicas del seminario. Una situación, dicho sea de paso, radicalmente distinta a la que vive hoy.

—Pasé en Madrid toda la guerra, asistí a los heridos del frente y a los civiles en los bombardeos —responde Espigares con voz serena—. Les parecerá pueril, pero aquello cambió mi forma de ver el mundo y la vida. Hasta entonces yo estaba cómodamente instalado entre mi clientela de clase media alta y, efectivamente, cuidaba del seminario. Aquellos años de sangre y horror me enseñaron, sin embargo, a ver dónde se me necesita realmente. Aquí soy más útil que entre sotanas y trajes elegantes. Sirvo mejor a Cristo velando por estas pobres gentes que atendiendo a sus funcionarios oficiales y a familias adineradas. No será por mucho tiempo, porque la salud ya flaquea, pero nunca es tarde para cambiar, ¿no creen?

El anciano expresa con pasmosa lucidez sus sentimientos.

Y parece valiente; desde luego hay que serlo para afrontar un giro tan radical en la última etapa de la vida.

—Un coraje que le honra, doctor —elogia Lombardi.

—Mis hijos opinan lo contrario —apunta este con buen humor—. Cuando hace dos años decidí mudarme aquí, casi me meten en un manicomio. ¿Tienen ustedes hijos?

El policía niega, Torralba asiente. Espigares se dirige a este último.

—Pues nunca olvide lo que le dice Jesús a Pedro en el evangelio de Juan: «De joven te vistes y andas por donde quieres; pero cuando seas viejo otro te vestirá, y te llevará adonde no quieras».

—Pero usted todavía no es viejo, doctor —objeta el cordobés—. Hasta entonces, que les den morcilla a sus hijos.

Espigares recibe la broma con un carcajeo.

—Hablando de morcilla —apunta—, ¿puedo ofrecerles una taza de achicoria? Creo que incluso me quedan unas pastas revenidas que me trajo mi hija en su última visita, hace varios siglos.

—No se moleste —contesta el policía—. Entremos en materia, si no le importa.

—Claro, supongo que no han venido para que les cuente mi vida.

—En cierto modo sí. Nos interesa especialmente su actividad en el seminario. ¿Cuánto tiempo solía pasar allí?

—Solo el imprescindible, cuando había alguna necesidad seria. Para las cosas sin demasiada importancia se las arreglaban los seminaristas encargados de la enfermería.

—¿Hubo algo llamativo en las fechas en torno al dieciocho de julio? Sabrá que ese día asaltaron el seminario.

El médico mira a Lombardi, que dirige el interrogatorio, y luego a su compañero, que escucha atento y toma notas. Repite su repaso visual varias veces antes de decidirse a hablar.

—Aunque les confieso mi sorpresa por su interés, ya imagino por dónde van ustedes. Sí, atendí a un alumno en aquella fecha. Un niño de unos diez u once años.

—¿Recuerda su nombre?

—Lo siento, pero mi memoria flaquea y ahora mismo no recuerdo ese detalle.

—¿Podría ser Mario Daroca?

—Sí, ahora que lo dice podría ser Mario. Lo llamé por su nombre mientras lo atendía para darle confianza. Pero no me pregunte por el apellido.

—¿De qué lo atendió? ¿Y sobre qué hora?

—Me llamaron de urgencia poco después de las nueve de la mañana, así que hacia las diez más o menos. El enfermo estaba en cama, febril, bajo una crisis nerviosa. Le suministré un sedante hasta poder trasladarlo a un hospital.

—¿Tan grave estaba? ¿Qué tenía?

—Desgarro anal —responde Espigares sin inmutarse.

—¿Cómo?

—Lo que oye. Al chiquito lo habían forzado.

—Joder… Perdón. ¿Le contó cómo había sucedido?

—Vagamente. Parece que varios compañeros lo llevaron a un lugar próximo al seminario…

—¿La academia Mediator Dei? —interrumpe el policía.

—Esa misma.

—¿Dijo quién había sido?

—Pues mire, el pobre niño repetía varios nombres como una letanía. Su mente estaba muy confusa, y esa confusión se trasladaba al relato. Ahora mismo no podría acordarme.

—¿Millán, Figueroa…? —sugiere Lombardi.

—Sí, puede ser Millán, y Aguilera también lo recuerdo.

Así que Longinos Aguilera también estaba en el ajo, se dice el policía. Un presunto desaparecido que acaba de convertirse en firme candidato para el papel de cuarto implicado en el enterramiento de Daroca.

—¿Mencionó a Varela? El padre Damián Varela trabajaba en esa academia.

—No me suena ese nombre.

—¿Y Ramón Batista?

—Tampoco, lo siento.

—¿Y no informó a nadie de lo sucedido?

—Por supuesto, a don Hilario Gascones, profesor y padre espiritual en el seminario y director además de la academia donde supuestamente se habían producido los hechos.

—¿Cuál fue su reacción?

—Estaba desolado, como pueden ustedes comprender. Dijo que él tomaría cartas en el asunto y que me encargase del traslado del chico al hospital lo antes posible.

—Supongo que no hubo ocasión para ese traslado.

—Hice las gestiones para su ingreso —confirma Espigares con un cabeceo pesaroso—, pero el seminario fue evacuado poco después de mediodía, y esa tragedia frustró los planes.

—Así que no sabe lo que fue de aquel niño.

—Pues no, como desconozco el paradero de otros muchos desde entonces. Pasó lo que pasó, y aquel episodio, para bien o para mal, quedó en el olvido. Una guerra lo tapa casi todo. ¿Es eso lo que están investigando?

—No exactamente. ¿Volvió usted a ver a Gascones?

—Nunca después de aquello —rechaza el médico—. Pero él les confirmará punto por punto mi versión.

—Ya lo ha hecho, poco antes de fallecer. Por eso hemos venido a hablar con usted.

—¿Murió don Hilario?

—Hace unos días. No parece muy al tanto de lo que sucede fuera de su barrio.

—Que el Señor lo acoja en su Gloria —musita Espigares mirando al crucifijo—. En fin, entonces ya les habrá contado él las consecuencias que pudo haber tenido aquel triste episodio.

—¿No se interesó después de la guerra por lo sucedido?

—Desde entonces no volví al seminario; y no porque lo evitase, sino porque mi vida, como ya les he dicho, estaba en otro sitio. Además, comprenda que para un católico no es plato de gusto remover basura, levantar los faldones de la Iglesia para mostrar las vergüenzas de sus servidores. Son ellos quienes deben asumir sus propios pecados, actuar contra las ovejas negras que pueda haber en su rebaño. Y el padre Gascones se comprometió a intervenir.

—Eso era más que un pecado, doctor —interviene Torralba por primera vez—. Fue un delito. ¿Tampoco se le ocurrió denunciarlo?

—Por desgracia, no es el único caso de ese tipo que he atendido a lo largo de mi carrera, y todos los denuncié; a pesar, dicho sea de paso, de la escasa sensibilización social, incluso policial, que existe al respecto. Todos. Pero este era distinto.

—¿Porque implicaba a la Iglesia? —pregunta Lombardi, que apenas puede contener su malestar—. ¿Y qué fuero divino le permite cerrar los ojos ante esa atrocidad?

—No fue por eso, señores. Claro que se me pasó la idea por la cabeza, pero tal y como se pusieron las cosas desde ese mismo día, con la abierta persecución anticlerical, me pareció que sería como echar leña al fuego innecesariamente, dar una justificación suplementaria a quienes buscaban el exterminio de la Iglesia. Una vez terminada la guerra, ¿para qué remover el pasado? ¿A quién iba a ayudar? Quién sabe lo que habrá sido de la víctima y de los culpables. Puede que la mayoría de ellos sean hoy dignos sacerdotes, todos con su sucio pecado a cuestas.

—El pecado de silencio también puede ser delito, doctor —sentencia el policía—. Por encubrimiento o complicidad. Pero no hemos venido a culparle de nada, así que recapitulemos, si le parece, antes de despedirnos. Mario Daroca es agredido sexualmente en la academia Mediator Dei. Culpables: Millán, Figueroa, Merino y Aguilera…

—Un momento —lo interrumpe el médico—, no hagamos pagar a justos por pecadores. Fue Merino, el bibliotecario, quien me llamó para atender a aquel niño. Y quien me insistió después en que denunciara el hecho ante Gascones.

—¿Está seguro?

—Pues claro, hombre. A estas alturas, a menos que lo mataran en la guerra, ya debe de ser sacerdote, porque en aquel entonces creo que casi lo era.

Lombardi observa dubitativo al doctor.

—Hablen con él, si no creen lo que les digo —se reafirma este.

—Le creemos, señor Espigares —mascula, meditabundo, el policía—. Por difícil que resulte, tenemos que creerlo.

Se despiden sin más peguntas y en silencio se alejan del barrio, cada cual con su digestión particular de lo escuchado. Solo cuando dejan atrás el puente, Torralba se atreve por fin a abrir la boca.

—¿Cree usted que dice la verdad respecto a Merino? Porque si es así, la cosa se complica.

—¿Qué motivos puede tener para mentirnos en eso, después de aceptar sin ambages su responsabilidad en el caso? No parece ser de los que se esconden.

—Pues sí, da la impresión de tenerlos bien puestos —corrobora el exguardia—. ¿Por qué no le ha contado usted las consecuencias de su silencio? Si hubiera denunciado los hechos en su momento, esta historia sería muy distinta.

—Me habría facilitado bastante las cosas después del primer asesinato, es cierto. Con la denuncia en comisaría y esa lista de nombres, podíamos habernos ahorrado varios muertos. O tal vez no, quién sabe. Pero echarle en cara lo sucedido resultaría cruel, ¿no le parece? Un viejo que cree enderezada su vida en la dirección correcta, y que de repente se descubre culpable indirecto de tanta sangre. No sé, pero eso podría llevárselo por delante. Y ya tenemos bastantes cadáveres encima.

Mientras expone sus razones para proteger al doctor Espigares de la verdad, Lombardi piensa en Hilario Gascones. No quiere exculparlo de lo que él mismo se culpabilizaba, pero tal vez no había tenido oportunidad de actuar correctamente, o aplazó tanto el delicado momento de enfrentarse a los hechos que los acontecimientos exteriores se impusieron sobre cualquier decisión. Una cobardía, en definitiva, generadora de impunidad y crimen.

—Silencio sobre silencio, entonces —filosofa Torralba—. Sí, a veces es mejor callar.

—Aunque no es nuestro caso, porque tenemos mucho de qué hablar. Mañana a primera hora nos vemos en la oficina. Llamaré a Quirós, pero quizá siga en casa de sus padres. ¿Le importaría facilitarme su número?

Se separan frente a la plaza de toros, donde Torralba debe tomar el tranvía hasta López de Hoyos. Lombardi se pierde bajo tierra hasta que el transbordo correspondiente lo hace emerger en Antón Martín. Durante el viaje, el hormigueo de su cuerpo se ha intensificado.

Amanece con niebla. Lombardi madruga lo suficiente como para verla alzarse a medida que el sol tiñe el cielo de una claridad nacarada. La imagen se le antoja un avance, una metáfora de lo que espera de aquel día. La noche previa ha convocado a Quirós a una reunión que supone decisiva, un encuentro que puede levantar el velo de ignorancia que hasta ese momento envuelve el caso que los ha traído de cabeza. La agente dudó inicialmente ante la convocatoria (—Mañana traen a mi hermano.), pero el anuncio de que sus pompas de jabón empezaban a adquirir solidez terminó con sus prevenciones, convencida de poder compatibilizar tan antagónicas urgencias.

Ella es la primera en llegar, con una carpeta bajo el brazo y la fatiga del dolor impresa en la cara.

—El informe dactiloscópico —dice como saludo, poniéndolo en manos de Lombardi—. Acabo de recogerlo.

—Pues sí que ha madrugado usted.

—En realidad, me lo ha traído Durán hasta la esquina de su calle.

—Buen tipo parece ese inspector. ¿Qué tal de ánimos?

—Imagine, con el día que me espera —comenta entre suspiros—. A las tres llega mi hermano, y desde la estación del Norte, al cementerio.

—Ya le dije que se olvidara de la reunión, que Torralba y yo nos apañábamos.

—¿Y perderme el desenlace? Ni lo piense. Me ponen al tanto y voy a recoger a mis padres. Hay tiempo.

—Me temo que para el desenlace quedan algunos flecos, pero al menos espero que cuando salga de aquí su ánimo policíaco haya crecido. Ojalá pudiera hacer lo mismo con el personal. ¿Le apetece un tazón de leche con achicoria?

—No me vendría mal —reconoce la agente—, porque vengo un poco destemplada.

—Pues siéntese, que voy a calentarla, y de paso le echo un vistazo a estos informes.

Torralba llega entretanto y se suma al desayuno colectivo. Entre trago y trago de leche malteada, Lombardi inicia su exposición sobre los nuevos datos.

—Ayer por la mañana interrogué a la prostituta habitual de Damián Varela, con la que había estado poco antes de morir. Y agárrense, que su testimonio no tiene desperdicio; aunque a usted, Torralba, supongo que no le pillará tan de sorpresa.

Ante una audiencia que pasa de la incredulidad inicial a la conmoción, el policía relata sin omitir detalle las perversiones sexuales del capellán, aderezadas además con los elementos que demuestran su cruel misoginia.

—Es vomitivo —enjuicia Quirós, desencajada—. Y más tratándose de un sacerdote. Mal está que yo lo diga, pero a cada cerdo le llega su San Martín.

—Coincido con usted, aunque nuestra obligación es cazar al matarife —puntualiza Lombardi—. Y hoy estamos más cerca de ese objetivo.

—¿Cree que la muerte de ese puerco tiene que ver con su depravación? —pregunta ella.

—Un poco de paciencia, Quirós. Paso a paso. Por la tarde, tras el interrogatorio a la muchacha, visitamos al doctor Eusebio Espigares, médico del seminario hasta el comienzo de la guerra. Y nos contó una historia sumamente interesante. Por favor, Torralba, póngala usted al tanto, pero ahórrese de momento la sorpresa final para no condicionar sus deducciones.

Andrés Torralba refiere con sorprendente exactitud, incluidas anécdotas y frases textuales, las explicaciones del médico.

—Así que tenía usted razón, y el cadáver del seminario pertenecía a Daroca —concluye ella tras sopesar la información.

—Creo que va usted demasiado rápido, Quirós. De lo que nos acaba de contar Torralba no se infiere ni mucho menos eso: su narración concluye cuando el doctor abandona el centro. Lo que sucedió entre ese momento y el asalto al seminario forma parte de nuestras deducciones a raíz de la declaración del hijo del huertano.

La agente acepta el frenazo impuesto por su jefe.

—Quedémonos entonces —propone ella— en los hechos comprobados: la agresión sexual en la academia Mediator Dei, los presuntos culpables, y el conocedor del delito, Hilario Gascones. Todos ellos, finalmente, víctimas de nuestro matarife.

—Ese es el punto donde estamos, exactamente —aprueba el policía.

—Pero, por más que me duela admitirlo —arguye la agente—, seguimos sin prueba alguna de la vinculación de Varela con esos hechos. La mención de la academia no es suficiente, y el niño ni siquiera citó su nombre.

—Por supuesto, pero hay que tener en cuenta su estado nervioso. Aunque, al introducir este matiz, también me estoy adelantando yo. Déjenme primero que les cuente mi encuentro con Ramón Batista, el exitoso constructor. Lo resumiré en dos o tres datos: Varela y él eran íntimos; el ajedrez al que pertenecía nuestra pieza de plata era de su propiedad, y estaba en su piso de la calle Las Aguas, donde de vez en cuando invitaba a merendar a profesores y alumnos de la academia. Dice no haber conocido a Daroca, aunque en mi opinión miente, y no sabe dar explicaciones a la presencia del peón en poder del niño.

—De lo que cabe deducir, según usted —añade Quirós—,

que Mario Daroca estuvo en ese piso conducido por otros seminaristas, donde fue forzado, posiblemente con la participación o la aquiescencia de Varela y Batista, y desde allí llegó con esa figurita en el bolsillo.

—Y con un billete de cincuenta pesetas —agrega Lombardi—. No creo que ni uno ni otro fueran fruto de un robo.

—¿Un pago, un soborno por su silencio? —sugiere Torralba.

—Todo eso, de momento, son hipótesis —cuestiona la agente—. Como la presunta participación de Varela y Batista. El niño no los acusó.

—Ahí viene lo de su estado nervioso que antes comentaba. Probablemente ni siquiera los conocía, mucho menos sus nombres. A la hora de denunciar a los culpables, citó a los que le eran familiares. El asesinato de Varela parece prueba suficiente de su complicidad, porque todos los participantes han caído.

—No sería extraño que el capellán estuviera implicado, conociendo su perversión —razona Torralba—. Pero si todo lo que usted dice es cierto, ese constructor tiene también los días contados. ¿No convendría avisarlo del peligro que corre?

Lombardi y Quirós cabecean en silencio.

—Iré a verlo en cuanto pueda —anuncia el policía—. Para detenerlo, si conseguimos pruebas suficientes.

—La verdad es que esto aclara bastante el panorama —admite Quirós—, pero ¿cómo se explica la muerte del niño?

—Todavía hay puntos oscuros, y el único que puede sacarnos de dudas es el asesino. A ver si averiguamos quién es. ¿Sabe usted, Quirós, quién llamó al doctor Espigares para que atendiese a Daroca y lo conminó después a denunciarlo ante Gascones? Nada menos que Eliseo Merino.

—¿Merino? Eso no tiene sentido. Si el móvil de los crímenes es una venganza por lo sucedido al niño, ¿por qué iban a matar a su protector?

—Buena pregunta.

Lombardi hace una pausa valorativa, se levanta del asiento y se coloca junto a la colección de fotos y garabatos de la pizarra, como Quirós había hecho días antes para verbalizar su impotencia.

—Analicemos en primer lugar el resultado del estudio que usted acaba de traer, las huellas de cada una de las cédulas personales —dice el policía—. Se supone que un documento de ese tipo debe contener las del titular; tal vez alguna más: la del funcionario que lo expide, la del guardia o el miliciano que te identifica por la calle; pero desde luego las del propietario. Pues bien, las de Millán y Figueroa —señala las fotos de ambos— cumplen con esta lógica. No así la de Merino, que, como las otras, contiene varios vestigios, pero ninguno que se corresponda con las huellas dactilares del cadáver hallado en el río. ¿Extraño, no? Pero hay más.

Quirós y Torralba escuchan atentos, sin atreverse a interrumpir la disertación de su jefe.

—Si a eso sumamos el hecho de que no se encontraron las gafas de la víctima, de que la cabeza del cadáver estaba destruida por el ácido y de que Eliseo Merino no participó en la brutal agresión contra Daroca, ¿cuál es la hipótesis más razonable?

—Que el muerto del río no era Merino —responden casi al unísono sus compañeros.

—Efectivamente —aprueba Lombardi—. Lo más probable es que fuera Aguilera, aunque no estamos en condiciones de demostrarlo. El asesino es exquisito evitando huellas propias, pero desastrado a la hora de crearlas cuando resultan imprescindibles, así que cambió su cédula de identidad con la del cadáver sin mayores prevenciones.

—Y se dio por seguro que la documentación personal era correcta, como lo era la de Millán y luego la de Figueroa —comenta Torralba.

—Sobreentendidos peligrosos. Rascamos en los rincones más recónditos y no vemos lo que hay delante de las narices. Buscamos respuestas distintas a las que no nos satisfacen, en lugar de hacernos preguntas diferentes. Entono el *mea culpa* por la parte que me toca.

—Los árboles y el bosque —puntualiza Quirós con una sonrisa.

—Así es, aunque el asesino cometió además el error de no dejar sus gafas en el escenario, probablemente porque las necesitaba.

—Y la abrasión de la cabeza no es un rito macabro entre otros muchos —agrega la agente—, sino un intento de despiste, un cambalache que ha tenido éxito hasta hoy.

—Todo eso era lo que no encajaba, Quirós. Hasta que el buen ojo de Torralba nos descubrió el pastel.

—Eliseo Merino quiso que lo creyeran muerto —reflexiona ella—, para seguir matando desde esa impunidad. Pues habrá que felicitarse, porque ya conocemos al culpable de tanta sangre. ¿Y ahora?

—Ahora, Torralba y yo vamos a hacer una visita a don Joaquín Merino, a ver qué se cuenta. Usted atienda sus obligaciones, que tiene por delante un día duro. La mantendremos informada.

Lo importante, ha advertido Lombardi a su compañero tras ponerlo en antecedentes, no es tanto lo que Joaquín Merino pueda contarles, sino fijarse en cualquier cosa que llame la atención. No van a practicar un registro, sino a reconocer el terreno.

—¿Piensa que Eliseo Merino puede esconderse ahí dentro? —pregunta Torralba ante el vetusto edificio de la calle Segovia.

—Por algún sitio hay que empezar, y la casa paterna suele ser territorio amigo. Tampoco es tan descabellado: usted tuvo escondidos a los Quirós toda la guerra sin que nadie los descubriera.

Torralba acepta con un balanceo de cabeza que no significa ni sí ni no y sigue los pasos de su jefe a través del portalón. Lombardi asoma la cabeza por la entrada entreabierta de la tienda. El propietario, que hojea un libro al abrigo del brasero, se levanta al percatarse de la visita.

—Buenos días, don Joaquín —saluda el policía.

—¡Hombre! ¿Qué lo trae por aquí?, señor…

—Lombardi, de la Criminal, ¿recuerda?

—Claro, disculpe mi mala memoria.

—Le presento a un colega, Andrés Torralba.

—Para servirlo —dice Merino.

—El caso es que pasábamos por aquí cerca, y como el otro día se ofreció a enseñarme sus talleres y Torralba es aficionado a las antigüedades, lo he convencido para visitarlo, si no es molestia para usted.

—Ya ven que estoy ocupadísimo, con el local lleno de clientes —ironiza el anticuario—. Ninguna molestia, hombre, será un placer. Si les parece, empezamos por la segunda planta, donde están las piezas más grandes.

Merino apaga la lámpara de mesa y cierra con llave la puerta de la tienda. Los tres afrontan los peldaños de acceso a las viviendas.

—¿Tienen alguna novedad sobre lo de mi hijo?

—Nada nuevo, don Joaquín, lo siento. Ya le dije que le informaría de cualquier avance en la investigación.

A media escalera, Lombardi observa que su compañero se ha rezagado, absorto en algún punto de la pared, invisible para el policía.

—¿Contando arañas, Torralba? —lo llama—. Vamos, hombre, que nos quedan dos pisos por delante.

En cuatro zancadas, el remolón se pone de nuevo a la altura de los dos hombres.

—¿No tienen ustedes ascensor? —pregunta a Merino.

—En una casa tan vieja no es fácil hacerle hueco. Ya me he resignado a subir a pata.

—¿Tampoco montacargas? —reitera Torralba—. Si tienen que trasladar objetos grandes desde el segundo hasta la tienda, será una paliza.

—Y que lo diga. Menos mal que tengo ayuda. Miren, esta es mi casa —comenta el anticuario al pasar ante la única puerta de la planta principal—, y la suya para lo que se les ofrezca. Y dígame, señor Torralba, ¿en qué tipo de antigüedades está interesado?

El cordobés maldice entre dientes la presentación que le ha hecho su jefe y sale del paso como puede.

—En todas. Cuanto más viejas, mejor.

La puerta de la segunda planta tiene cerradura y una manija, aunque sin el pestillo echado porque Joaquín Merino la abre desde el exterior sin necesidad de llave. Con una voz al entrar avisa a su ayudante de que tienen visita. El restaurador es un hombre cercano al medio siglo, vivaz y atento, que regresa a su trabajo en cuanto estrecha la mano de los recién llegados. Merino ejerce de cicerone por cada una de las habitaciones, repletas de objetos dispares: imágenes de madera o escayola, retablos, cabeceros de cama, cuadros de distinto tamaño, sillas tapizadas, relojes de mesa y de pared se reparten sin aparente orden por los pasillos y en cada una de las piezas. Solo el retrete, por razones obvias, se libra de la aglomerada presencia de tanto cachivache.

Concluyen la visita en el salón, un espacio grande e iluminado por una ventana abalconada donde los trastos viejos parecen respetar la presencia de otros competidores por el mismo territorio. Botes de pintura y disolvente, cajas de herramientas y útiles diversos más o menos ordenados se distribuyen en torno a la mesa del restaurador, y una estufa rinconera disimula al menos la temperatura gélida del resto del piso.

El hombre está empeñado en decapar la pata de una silla decorada con arabescos que mantiene sujeta en un cepo metálico. Lo hace mediante una varilla con punta de algodón como único instrumento, y tiene la nariz casi pegada a la madera. Torralba parece realmente interesado en esa labor y se aproxima cuanto puede a la mesa de trabajo.

—¿Y no se deja ahí las pestañas? —pregunta.

—Veo perfectamente, pero mejor si no me quita usted la luz —responde en buen tono el restaurador.

—Perdone, soy un torpe. —El exguardia se retira al lado opuesto de la ventana—. Aun así, un foco lo ayudaría, ¿no? En fin, como yo no veo tres en un burro.

—Prefiero la luz natural. Cuando empieza a caer la tarde, ya es otra cosa. Mientras haya sol, hay que aprovecharlo.

—Pero hacer eso a mano debe de ser lentísimo —añade Torralba, y Lombardi piensa que su compañero se ha tomado realmen-

417

te en serio el papel que le ha asignado—. Con un pequeño torno eléctrico se ahorraría usted muchas horas de trabajo.

—Destrozaría la pieza —interviene el anticuario, escandalizado—. Aquí no valen modernidades. Todo es a base de paciencia. Buen pulso y mucha paciencia. Vamos al taller de la tienda, si les parece.

Dejan al restaurador con su pata de silla y van en busca de la planta baja. Al llegar al principal, sin embargo, Torralba hace una insólita petición a Merino.

—¿Sería tan amable de darme un vaso de agua?

—Faltaría más. Pasen a casa, por favor.

El anticuario llama a la asistenta al franquear la puerta con su llave. La señora acude presurosa, dispuesta a satisfacer la petición de la visita.

—Ahora mismito se lo traigo.

—No se moleste. La acompaño a la cocina y le ahorro a usted el paseo.

Lombardi está un tanto confuso con la hiperactividad de su compañero, ese compadreo con cada uno de los habitantes del edificio. Sin embargo, Torralba ha demostrado olfato y merece un voto de confianza. Aprovecha la pausa en el recorrido para averiguar un detalle que ha quedado en el aire.

—¿No tienen ustedes desván?

—Pues no, señor —informa don Joaquín—. Y mejor así, porque seguro que también estaría lleno de material. ¿Qué le ha parecido lo que hay arriba?

—Interesante, pero ya le dije que no entiendo de estas cosas. ¿De verdad le saca usted rendimiento económico a un trabajo tan pesado?

—Eso intento, aunque no vaya a creer que todas las piezas requieren una restauración tan minuciosa. Apañados iríamos. Oiga, ese compañero suyo, ¿de verdad es aficionado a las antigüedades?

—Y mucho. ¿Por qué lo dice?

—Porque, en confianza, parece bastante lego en la materia.

—Aficionado no significa experto, señor Merino.

El lego se une por fin a la expedición. Ha tenido tiempo de beberse litro y medio de agua. Lombardi imagina que habrá intentado sonsacar a la criada lejos de los oídos del propietario. Cada vez está más contento de haberlo rescatado, siquiera por un tiempo, de su injusto desahucio social.

En la tienda se repite el ceremonial. El policía ruega a Merino un poco más de luz para poder contemplar en condiciones una exposición más bien penumbrosa. El anticuario, un tanto a regañadientes, ilumina el local con tres lámparas que deben de valer su peso en oro. Don Joaquín elogia los objetos, pero sus visitantes, especialmente Torralba, están más interesados en descubrir cualquier anomalía ajena a ellos. Este último llega incluso a levantar los faldones de la mesa camilla mientras el anfitrión explica a Lombardi las características de una tabla barroca.

Llega por fin la joya de la corona, la trastienda donde Merino, durante la anterior visita del policía, había dicho guardar sus piezas más valiosas. Es un espacio más reducido que el abierto al público, con precaria iluminación y dividido claramente en dos partes. La inmediata a la puerta reúne una colección de piezas muy antiguas, especialmente retablos e imágenes sagradas, en algún caso admirables a primera vista. En la del fondo hay una mesa, más pequeña que la de la segunda planta, con similares instrumentos y materiales para la restauración.

Una de las imágenes atrapa la curiosidad de Lombardi. A pesar de su escaso tamaño, poco más de un palmo de altura, destaca sobre las otras por la belleza de su colorido. Es una virgen sedente con un niño sobre sus piernas, aunque más que niño parece un abuelo. El artista no era un dechado de virtudes técnicas en cuanto a la fisonomía humana, pero ha vertido todas sus cualidades en el manto azul que cubre la figura femenina para convertir el conjunto en un regalo para la vista.

—¿Puedo? —consulta a Merino antes de tocarla.

—Claro, cójala.

La talla es tan ligera que parece de corcho, pero ese detalle no resta un ápice a su hermosura. No es extraño que Lazar la desee, aunque tal vez ni siquiera la conozca.

—¿Esta virgen es la que quería comprar el padre Varela? —pregunta para confirmar su sospecha.

Merino lo mira perplejo, pero se sobrepone para echar mano de su manual del buen anticuario.

—Ya le dije que no puedo hablar sobre los intereses de mis clientes.

—Varela murió, así que ya no es cliente, y usted no está obligado por la confidencialidad.

—¿Murió el padre Varela?

—Sí, hace unos días. Fue él quien me habló de esta talla.

—Lo lamento —reflexiona don Joaquín—. Parecía un buen hombre.

—Lo parecía, dice usted bien. ¿Y en qué se diferencia esta virgen de las otras que tiene alrededor?

—En que es auténtica.

—¿Es que la otras no lo son?

—Es auténticamente románica, de finales del siglo XII —explica el anticuario—. Las otras son mucho más tardías, simples remedos estilísticos.

—¿Por eso vale doce mil pesetas?

—¿Eso le dijo don Damián?

—Eso mismo, sí.

—Yo le había pedido diez mil.

El policía no se sorprende en absoluto. El capellán pederasta tenía, además de sucia, alma de comisionista. Cobraba por sus trabajos de intermediación, como un estraperlista cualquiera. Lombardi pagaría por ver la cara de Lazar al enterarse de que Varela le chupaba la sangre. Seguro que con los británicos hacía otro tanto.

—Puede ser que yo lo entendiera mal. —El policía devuelve la talla al hueco vacío—. ¿Tiene más ofertas por ella? Espere, no me diga más: confidencialidad absoluta.

Salvo por el sorprendente hallazgo de la pieza románica, Lombardi sale bastante decepcionado de la visita. Torralba, por el contrario, tiene una opinión bien distinta, que expresa en cuanto se alejan unos pasos del edificio.

—Yo creo que esa casa tiene gato encerrado.

—¿Y en qué se basa para pensar así?

—En fin, a lo mejor se ha alarmado usted con la cantidad de tonterías que me ha escuchado —se excusa—. Habrá pensado cualquier cosa, pero todo tenía su sentido. Yo se lo explico, y usted dirá si llega a la misma conclusión o solo son imaginaciones mías.

—Estoy deseando oírlo, Torralba.

—Bueno, se habrá fijado usted en que el señor Merino es reacio a usar la electricidad. Todo lo tiene en penumbras y solo enciende la luz si es estrictamente necesario.

—Sí, debe de pertenecer a la cofradía del puño cerrado —comenta el policía con un punto de humor.

—Seguramente es un poco agarrado, aunque la verdad es que no está la vida para dispendios. El caso es que, cuando llegamos, Merino apagó la luz de su mesita antes de cerrar la tienda; allí se ve muy mal y es lógico que la tuviera encendida para leer. Cuando entramos en la escalera, la que lleva a los pisos, me llamó la atención que el contador de la luz estuviera funcionando, lo que no deja de ser extraño a estas horas de la mañana.

—Así que no eran arañas lo que miraba en la pared.

—Claro que no, observaba el contador. Pero tenía que comprobar si había una razón para esa rareza. Parece claro que el restaurador no usa luz ni aparatos eléctricos a estas horas. Y todas las habitaciones de la segunda planta, si recuerda, estaban apagadas cuando llegamos.

—Sí, Merino encendió la luz de las que no tenían ventana.

—Para apagarla de nuevo en cuanto salíamos de ellas.

El policía elogia la sagacidad de su compañero y su habilidad para atar cabos; pericia que alcanza la categoría de arte con la treta de pedir un vaso de agua ante la puerta del domicilio del anticuario.

—Como comprenderá, no tenía sed —explica Torralba—. Ese

capricho, y mi gentileza al acompañar a la asistenta hasta la cocina, me permitieron saber algunas cosas más. Elogié lo calentita que la señora tenía la casa y pude saber que usan gas y carbón para la calefacción y para cocinar. Nada de electricidad. La mujer no ha salido de la cocina desde que llegó esta mañana, y allí tiene un buen ventanal, así que a estas horas no necesita iluminación complementaria.

—En resumen —completa Lombardi—: ni la vivienda ni el taller consumían electricidad.

—Tampoco tienen ascensor. En tales circunstancias, el contador debería estar detenido, ¿no? Pues seguía funcionando cuando bajamos.

—Y tanto la tienda como la trastienda estaban apagadas.

—La única explicación era que el anticuario usara un brasero eléctrico en su mesa camilla. Pero tampoco, porque es de picón.

—Ya lo vi fisgando bajo las faldas —se ríe el policía—. Su conclusión, como la mía después de escucharlo, es que ese consumo eléctrico tiene que producirse en algún lugar de la casa. Tiene usted un ojo envidiable, Torralba.

—Pero no la imaginación suficiente como para saber dónde se produce ese consumo.

—Hay otro elemento, tal vez circunstancial, que refuerza la sospecha —añade Lombardi—. Los dos talleres guardan disolventes y productos químicos como para abrasar, no solo una cabeza, sino un cuerpo entero.

—Para mí, que el asesino está ahí dentro.

—Habrá que buscarlo de otro modo. ¿Va a ir al entierro?

—Claro —confirma Torralba—, es lo menos.

—Pues allí nos vemos esta tarde.

Lombardi regresa a casa exultante, seguro de que el desenlace está próximo. Las calles han adquirido un aire festivo por la inminencia del día de Reyes. Improvisados puestos callejeros levantados con cajones y tablas se adueñan de las aceras. En ellos, o en simples mantas sobre el suelo, se abigarran, todos de humilde factura, caballitos de cartón, muñecas, trenecitos de madera, collares o máscaras de guiñol en una mezcolanza de colores y formas que rememora el pueril placer de la sorpresa tras una noche inquieta. El policía se felicita porque, entre tanta desventura, todavía queden seres humanos dispuestos a creer en la inocencia: es un pensamiento fugaz, que dura hasta que la imagen de Mario Daroca se interpone, como un espectro, frente a cualquier sugerencia de felicidad infantil. Decidido a conjurar cuanto antes la incógnita que gravita sobre el niño del seminario, llama a Balbino Ulloa desde el primer bar con teléfono que encuentra.

—Ya tenemos un nombre, señor secretario —anuncia con cierto orgullo en la voz—. Eliseo Merino.

—¿Merino no es una de las víctimas?

—Eso quiso hacernos creer, pero el cadáver del río corresponde, casi con toda seguridad, a otro seminarista, un tal Aguilera que figura entre los desaparecidos durante la guerra.

—¿Estás seguro?

—Ya sabe que nunca se puede decir que este cura no es mi padre, pero casi al cien por cien.

—¡Bravo, Carlos! —Lombardi se imagina a Ulloa saltando de alegría en su cubículo oficial—. Ahora mismo se lo digo a Caballero.

—¡Eh, pare, pare! Mejor si le da la noticia de que lo hemos detenido, ¿no? Creo que lo tenemos localizado, pero habrá que hacer un registro para confirmarlo.

—Sin problema. Pásate por aquí después de comer, me cuentas con más detalle y organizamos esa operación. No te haces idea de la alegría que me has dado, Carlos.

—El caso es que esta tarde entierran al hermano de Quirós, y me gustaría acompañarla.

—Ya me he enterado de la desgracia. —La voz del secretario suena más opaca que segundos antes—. Tengo que llamarla para darle el pésame.

—¿Y por qué no lo hace personalmente en el cementerio? —sugiere el policía—. Sería un buen gesto por su parte, que ella agradecerá. Y así aprovechamos para hablar del asunto.

Un bosque de brazos alzados impide ver la ceremonia de inhumación. Lombardi y Torralba, apostados a distancia, contemplan la escena desde un senderillo de tierra entre las lápidas. El policía tiene la sensación de estar sumergido en un sueño, más bien una pesadilla que sin duda comparte el antiguo guardia de asalto. Por otra parte, está sorprendido de sí mismo, al descubrir lo que es capaz de hacer por una compañera, porque semejante despliegue fascista le resulta repulsivo; un malestar que crece cuando del bosque brotan los gritos de rigor y las primeras estrofas del *Cara al sol*.

Por si fuera poca la incomodidad, por el pasillo principal llega la señorita Baum. El sonido de sus tacones sobre la gravilla sugiere el tamborileo que en tiempos pretéritos acompañaba a los ajusticiados.

—Aléjese unos metros, Torralba —recomienda Lombardi a su compañero—, que se acerca borrasca y no quiero que se moje.

Cuando llega a su altura, la mujer se agarra con naturalidad al brazo del policía.

—Es reconfortante —dice— verlo en un acto así, honrando la memoria de los caídos alemanes.

—Ese chico era español.

—Murió con el uniforme de la Wehrmacht. Un soldado del Reich, en cualquier caso.

—Ya. Está usted en todos los guisos —le reprocha Lombardi en tono amigable—. No me quita ojo.

—Admito que no es un escenario muy alegre para un encuentro, pero el señor Lazar quiere verlo.

—Ahora no tengo tiempo para él.

—¿Prefiere que le mande a sus hombres de la Gestapo? Yo soy mucho más dulce como compañía, ya lo sabe.

—No parece el momento más adecuado para requiebros.

—Pues no me conoce enfadada —advierte ella con un mohín de labios.

—Me la imagino. ¿Para qué quiere verme Lazar?

—No le convenció demasiado la explicación sobre su amigo inglés.

—Y quiere apretarme las tuercas, claro. ¿Por qué les interesa tanto ese chiquilicuatre?

—Últimamente suceden cosas raras con algunos presos; extranjeros internos en campos españoles, especialmente. Entre ellos parece aumentar el peligro de tisis, y estos casos se trasladan a Madrid para ser atendidos. El médico, español por cierto, trabaja también para la embajada británica, pero debe de ser un incompetente, porque no se cansa de firmar partes de defunción.

El relato de la señorita Baum tiene peligrosas similitudes con las operaciones de fuga reveladas por Malley. Los detalles secundarios parecen un tanto incoherentes y deshilachados, pero está claro que los alemanes siguen esa pista, y además quieren implicarlo en ella.

—Ese embrollo que me cuenta —replica Lombardi— no parece relacionado con la prensa o con el arte.

—El señor Lazar atiende también otros asuntos.

—¿Y qué pinta Allen en todo esto?

—Eso es lo que quiere saber el señor Lazar. Tal vez usted pueda ayudarnos a resolver el misterio gracias a su amistad con el presunto joyero. Su apoyo influiría muy favorablemente en nuestra opinión con respecto a usted.

—Limpiaría mi currículo, quiere decir, ese que ahora está tan sucio —ironiza él.

—Tanto que hasta podría obtener la libertad. El señor Lazar…

—Sí —la interrumpe el policía—, ya sé lo importante que es su señor Lazar y la mano que tiene con los mandamases del Nuevo Estado, pero creo que se equivocan con ese británico. Y aunque estuvieran en lo cierto, yo no tengo posibilidad alguna de congeniar con ese hombre, porque tampoco somos amigos, como usted sugiere.

—Es homosexual.

—¿Eso lo hace más accesible?

—Y usted un hombre resultón.

—Lo que me faltaba por oír —masculla Lombardi, ahogando el berrido que le pide el cuerpo—. ¿Pretende que yo aplique con él la misma estrategia que usted utilizó conmigo?

—Me acosté con usted por placer, se lo he dicho muchas veces —le reprocha ella con una afabilidad que no parece impostada—. Mi decisión no formaba parte de ninguna estrategia. Cosa distinta es lo que suceda fuera de la cama, y en este aspecto le aseguro que no me brinda muchas satisfacciones.

—Pues no cuenten conmigo para semejante despropósito —replica, tajante, el policía—. Aunque Allen fuera homosexual, a mí me gustan solo las mujeres. Y me trae al fresco si tiene relación o no con tuberculosos.

—Me temo que el señor Lazar no va a recibir bien su negativa.

—Es usted como el martillo en el yunque, señorita Baum.

—Todo sería más fácil si estuviéramos del mismo lado de la trinchera. Y puede llamarme Erika.

Jamás en la trinchera de los nazis, se jura Lombardi; aunque le cueste la vida. Y ese precisamente va a ser el precio a pagar si no anda listo. Ya que no hay forma de quitárselos de encima, tiene que negociar, ganar tiempo.

—De acuerdo, Erika —acepta—. ¿Por qué no volvemos al principio?

—¿Se refiere a nosotros, a usted y a mí?

—No exactamente, aunque tampoco sería mala idea. Le hablo de la tarde que nos conocimos, cuando sus matones de la Gestapo me llevaron a la embajada. A pesar de los subterfugios iniciales, Lazar deseaba dos cosas: recuperar su dinero y localizar la talla. El primer objetivo está cumplido, aunque yo no haya tenido mérito alguno en ello.

—Pero no el segundo —puntualiza la señorita Baum.

—Le diré algo que puede cambiar el humor de su jefe. Y el

suyo, si es que de verdad le interesa el arte. Creo que he localizado a su ansiada virgen.

—¿Dónde?

—Necesito un par de días para confirmarlo, pero le aseguro que será usted la primera en enterarse.

—No me estará dando largas, porque si es así tendré que enfadarme mucho.

—Es cierto, no sea tan escéptica —intenta convencerla el policía—. Pero lo sabrán a cambio de dejarme en paz de una puñetera vez. Lazar debe aceptar que he cumplido y que nuestro acuerdo queda zanjado. Se acabaron los Allen y cualquier otra idea descabellada.

—Dos días —reflexiona ella—. No parece un plazo demasiado largo para tan sabroso premio. El señor Lazar es paciente cuando el resultado merece la pena.

—¿Y usted?

—Soportaré la espera. El viernes por la tarde paso por su casa.

—¿Esa visita privada que me prometió?

—Qué mejor modo de celebrarlo.

Lombardi observa la retirada estratégica del enemigo. La estupenda hembra concita miradas de reojo en cuantos hombres deja atrás camino del coche que la espera aparcado en la calzada. Pocos de ellos imaginan que se les cae la baba ante un garrafón de cianuro envuelto en precioso papel de plata.

Entretanto, el acto fúnebre ha concluido. Una larga cola desfila ante los familiares del difunto, dispuestos a soportar a pie firme el insufrible protocolo de los pésames. Torralba se une al policía para acercarse a los dolientes sin hacer el menor comentario sobre la inesperada y espectacular visita. Lombardi, sin embargo, se siente obligado a ofrecer alguna explicación.

—Por una vez, y sin que sirva de precedente, no se fíe de sus ojos, Torralba. Solo es una pelandusca nazi —resume, apoyado en la descripción de Quirós.

Tras una larga espera, el policía puede por fin estrechar la mano de los deudos y presentarles sus condolencias. En el caso de

Alicia Quirós habría preferido abrazarla y plantarle un par de besos, pero este gesto, que puede parecer tan natural entre dos mujeres en un acto así, se consideraría una falta social imperdonable para un hombre sin vinculación familiar con la afectada. Ella, de riguroso luto, tiene los ojos hinchados y enrojecidos por el llanto y asiste como ausente a la silenciosa procesión, pero antes de despedirlo le dedica un susurro que suena a mujer viva.

—Esta noche hablamos.

Balbino Ulloa lo llama a un aparte entre las tumbas. Figar está con él, y al verlo, Lombardi piensa que no puede existir un lugar más apropiado para un carroñero.

Torralba aguarda el desenlace del encuentro en segundo plano, convencido de que su reciente y provisional carné de investigador no le otorga derecho a tratarse con tan altas jerarquías policiales. Pero Lombardi lo invita a sumarse, como parte decisiva de la investigación, sin aparentes reparos por parte del resto de los reunidos. Entre ambos explican las líneas maestras de sus pesquisas, su convicción de que Eliseo Merino es el hombre que buscan y los detalles que hacen pensar que se oculta en el hogar paterno.

—Prepare un registro para mañana, Figar —ordena Ulloa—. Con gente de Homicidios; solo de Homicidios, ¿está claro? Háganlo a conciencia, pero con cuidado, que no van a una pocilga y podrían dañar valiosas antigüedades.

El día de Reyes amanece muy ventoso. Los nubarrones parecen tener prisa por alejarse de Madrid, pero otros igualmente turbios ocupan de inmediato su lugar en el cielo para huir de allí tan veloces como los anteriores. Es un mal día para llevar sombrero, como pueden atestiguar Figar y alguno de los cuatro inspectores elegidos por este; los dos policías armados que completan el operativo mantienen la gorra sobre su cabeza gracias al barboquejo bien ajustado bajo el mentón.

La tienda está cerrada por la festividad. Al afrontar los primeros peldaños del edificio, Torralba hace notar la anomalía observada la víspera.

—¿Lo ven? —dice ante el contador—. Sigue funcionando, con el negocio y los talleres cerrados.

Quirós asiente con un gesto admirativo hacia la perspicacia de su compañero. Figar lo hace con un gruñido y encabeza la marcha del grupo hacia la vivienda del principal. Cuando la asistenta abre la puerta, el inspector jefe la aparta a un lado y pregunta por el propietario. El vestíbulo se llena de policías antes de que Joaquín Merino, en batín y azorado por la inesperada invasión de su casa, dé señales de vida.

Luciano Figar extiende una orden de registro ante las narices del anticuario. Lombardi se sorprende: la policía franquista no necesita subterfugios legales para detener, allanar domicilios o actuar como le venga en gana y bajo cualquier excusa; pero, al parecer, Ulloa se ha cuidado de hacer las cosas bien.

—¿Por qué? —balbucea el anticuario—. Todo lo que hay aquí es legal, fruto de un trabajo honrado.

—¿Dónde lo tiene? —demanda Figar.

—¿Qué es lo que buscan?

—A quién va a ser, a su hijo.

—Mi hijo está muerto —asegura Merino, mirando a Lombardi desconcertado—. El señor sabe que lo mataron en la guerra.

—Si nos lo dice por las buenas, se va a ahorrar unos cuantos problemas —lo aprieta Figar—. Allá usted.

—Pero esto no tiene sentido.

—Necesitamos registrar el piso de arriba, la tienda y la trastienda. Si nos facilita las cosas, bien. En caso contrario, forzaremos las puertas.

El anciano, temblequeando, saca del bolsillo de su batín un manojo de llaves que entrega al inspector jefe.

—Por favor —suplica—, tengan cuidado, no vayan a hacerme un estropicio irreparable.

Figar organiza a sus hombres. Destina a dos inspectores a la vivienda, a los otros dos al segundo piso con la llave correspondiente, y ordena a Lombardi, Quirós y Torralba que, con el resto del ramillete, vayan echando un vistazo a la tienda. Los dos uniformados quedan a cargo de la custodia del propietario y su asistenta.

—Pueden estar en la cocina, o en el salón, donde gusten —advierte a la aterrorizada pareja—. Pero quietecitos y sin dar problemas, si no quieren que me los lleve a comisaría.

Una vez abajo, Lombardi enciende todas las luces que puede hallar, mientras Torralba abre los postigos del escaparate. Quirós parece un tanto despistada ante el novedoso escenario, sin saber por dónde empezar.

—Primero las paredes —le aconseja el policía—, y los muebles que puedan contener un doble fondo. Usted, Torralba, a su aire, como buen perdiguero.

Tras media hora de búsqueda sin resultados, aparece el inspector jefe por la tienda. Al parecer, supervisa el trabajo de cada uno de los grupos.

—¿Nada? —pregunta Figar.

—De momento nada —confirma Lombardi—. ¿Y por ahí arriba?

—Solo basura vieja. ¿Habéis mirado en la trastienda?

—Todavía no hemos llegado allí.

—Dame las llaves.

Figar abre la puerta de la pieza aneja. Lombardi y Quirós se suman a él mientras Torralba sigue husmeando por la tienda. Sin apertura al exterior, y dotado tan solo de un par de bombillas, la iluminación del lugar es muy pobre, tal y como Lombardi ha comprobado la víspera. Tantean los muros con los nudillos en busca de un doble fondo en las paredes, fisgan en viejos baúles y revisan armarios sin el menor resultado.

—Aquí hay algo —avisa Quirós de repente, con un punto de excitación.

La agente se refiere a un cable que recorre, a lo largo del suelo en su confluencia con una de las paredes, buena parte de la sala. Casi oculto por una cómoda, desciende desde el interruptor y su trazado no tiene relación con las bombillas del techo. Tampoco su color, porque este es negro, o al menos ha sido pintado de oscuro. Termina su recorrido en la base de un armario situado en el muro del fondo, tras la mesa del taller, un mueble con celosía de madera en su cara frontal y baldas vacías. El cable, sin embargo, continúa por su interior hasta perderse en un agujero a ras de suelo practicado en la pared.

Lombardi comprueba que las baldas tampoco son lo que cabe esperar, pues en vez de fijarse con cuñas a los laterales del armario, forman una unidad, una estructura que puede moverse como una puerta gracias a unas bisagras verticales. La verdadera puerta está detrás.

—Aquí está ese hijo de puta —masculla Figar—. A ver si el viejo nos ha dado todas las llaves.

Las posibilidades de acierto son elevadas, porque solo una de las del manojo falta por usar. El pestillo gira con un gruñido y deja ver una luz mortecina. Figar traspasa la puerta, y Lombardi tras él, para encontrarse un nuevo muro enfrente, a un par de pasos de la puerta.

El inspector jefe baja a toda prisa por unos toscos escalones excavados en la piedra a la derecha del descansillo que ocupan. Antes de que Lombardi consiga llegar al final de esa rampa, se apaga la luz.

—No, Figar. Espere, no vaya solo —susurra envuelto en aquella oscuridad, tanteando el muro a izquierda y derecha para cubrir los últimos peldaños.

Una levísima fosforescencia rojiza confiere al lugar cierto ambiente infernal. Hay un ruido de muebles derribados, de pasos presurosos y tropezones. Suenan como en una caverna. La silueta de Quirós se recorta arriba, un contraluz en el quicio de la puerta.

—¡Busquen una luz, maldita sea! —grita Lombardi desesperado, impotente.

Retumba un disparo y las paredes devuelven su eco como una ráfaga ensordecedora. El fogonazo ofrece al policía una visión de décimas de segundo: una silla tumbada entre objetos indescifrables, las espirales de una pequeña resistencia eléctrica encendida, y más allá la sombra de Figar deslizándose agachada ante lo que parece ser el final del muro.

—¡Párate ahí, cabrón —oye maldecir al inspector jefe—, que te voy a dar de hostias!

Torralba y Quirós bajan por la escalera con una vela encendida, y su temblón resplandor confirma a Lombardi que Figar ha continuado su persecución a través de un portillo abierto en la pared.

—Busquen un interruptor —ordena, tomando la vela en sus manos.

Corre hasta la abertura, donde una corriente de aire helado lo obliga a proteger la llama.

—Sujétela aquí, hasta que Torralba encuentre la luz —pide a Quirós, que se aposta en la entrada mientras el policía se interna en el túnel.

La angostura no permite caminar erguido, aunque pocos metros más adelante, tras un recodo, el techo se eleva un par de palmos. La supuesta ventaja se convierte, sin embargo, en dificultad añadida, porque la oscuridad allí es completa. Lombardi tropieza con algo, cae a un suelo invisible, y enseguida identifica como un cuerpo humano el motivo de su traspié. Percibe en sus manos un líquido pegajoso, espeso, caliente. También tiene húmedo el pantalón. Una luz lo deslumbra, una linterna frente a sus ojos. No puede ver más allá, pero el aro luminoso revela un brillo metálico inconfundible cerca de su cuello, la hoja de un cuchillo ensangrentado. Intenta incorporarse, dispuesto a defender su vida.

—Déjenme en paz —dice una voz que suena cruda como la muerte—. No tengo nada contra ustedes.

El foco cambia de dirección. Lombardi tantea por el suelo en busca de la pistola de Figar, pero cuando consigue hallarla es demasiado tarde. Solo se oye ya un lejano rumor de pasos en la oscuridad.

—¡Quirós! —grita lo más fuerte que puede a través del túnel—. ¡Llamen a una ambulancia, deprisa!

Cuando el policía reaparece por el portillo, el lugar está iluminado; por una única bombilla, pero suficiente. A la reunión del sótano se han sumado también los cuatro inspectores, alertados por el disparo e inquietos ahora al ver las manchas de sangre en las manos y la ropa de Lombardi. Lo rodean todos para enterarse de lo sucedido.

—¿Está usted bien? —se interesa la agente.

—Cálmense, que yo estoy bien, pero Merino ha escapado. Llévense detenidos al propietario y a la asistenta —ordena a los inspectores—. Y busquen al restaurador para hacer lo propio con él.

Los de Homicidios se intercambian miradas interrogantes, dudando si deben obedecer a un desconocido.

—¿Prefieren que se lo ordene el secretario del director general, o a lo mejor les gusta más el propio Caballero? —los apremia Lombardi.

—¿Y el señor Figar? —pregunta uno de ellos.

—El inspector jefe está gravemente herido, por desgracia. Y no creo que convenga tocarlo sin el permiso de un médico. Venga, muévanse, que ya nos encargamos los demás hasta que llegue la ambulancia.

Una vez a solas con sus dos compañeros, Lombardi se sienta en la única silla para hacer un repaso visual del lugar. El sótano está adaptado para vivir en él, al menos para llevar una vida miserable. Tiene una bombilla y un enchufe con un remedo de calefacción, una modesta resistencia eléctrica que a duras penas podrá combatir las corrientes que llegan desde el túnel. Aun así, la temperatura del subsuelo es notablemente más agradable que la del exterior. Hay una taza de retrete a la vista, junto a un fregadero de piedra con grifo y un jergón con ropa arrugada y un par de almohadas. Sobre la mesa, un plato de aluminio con desperdicios. Se levanta para fisgar en un armario desvencijado, que apenas se puede cerrar. El espejo de cuerpo entero está roto y le faltan varios trozos, y en su interior se reúnen, en perchas o cajones, ropa diversa y varios pares de zapatos, todo muy usado.

Un tablón clavado en la pared pretende ejercer de librería, con varias obras de contenido religioso. El policía registra los primeros tomos sin resultado, hasta que bajo uno de ellos descubre una pequeña libreta con anotaciones manuscritas, un texto minúsculo y apretado que llama su atención. La guarda antes de proseguir el examen de los libros sin resultado alguno.

—Habrá que llamar a sus compañeros de identificación —dice a Quirós, que explora, como Torralba, los cajones y recovecos del armario.

—Ya he llamado, después de pedir la ambulancia. ¿No convendría rescatar a Figar?

—El acceso es muy complicado sin luz. Me temo que no hay nada que podamos hacer, salvo arrastrarlo hasta aquí de mala manera; y si todavía está vivo no es lo mejor para él. Pero, en fin, ya nos dirán los médicos.

—Si tuviéramos cable —sugiere Torralba—, podría hacer una conexión desde el enchufe y llevar hasta allí una bombilla.

—Pues búsquelo, hombre.

—A lo mejor tienen en la casa —apunta, y desaparece escaleras arriba.

—En fin —concluye Lombardi, cariacontecido—, yo voy a comunicarle a Ulloa nuestro fiasco.

—Hay teléfono en la tienda, junto a la mesa camilla —informa Quirós—. Y no se lo tome así, que ha sido un éxito. Tanto la investigación como el registro. Nadie podía imaginar que Merino contaba con una salida de emergencia.

—Una operación con bajas y con el culpable en libertad no puede llamarse precisamente éxito.

Lombardi se sienta ante la mesa, la del brasero de picón, donde Joaquín Merino había representado su farsa tiempo atrás. Marca el número del secretario con sensación de fracaso, y con ese ánimo asume los hechos. Ulloa, aun dentro de la contrariedad, opina como Quirós (—Ya lo pillaremos, Carlos. Lo más importante era conocer su identidad.), y anuncia el envío de una dotación de agentes y perros para registrar el túnel.

Mientras habla con Ulloa llega la ambulancia, y al poco pasa Torralba con sus cables, demasiado cortos, en su opinión. Tras colgar, Lombardi enciende la lamparita de mesa y se dispone a averiguar el contenido de la libreta. Está enfrascado en su difícil lectura cuando llega el inspector Durán con su gente de identificación. Se limita a señalarles el camino y sigue leyendo. La camilla con el cuerpo de Figar cruza la tienda en dirección a la calle poco antes de que cierre la libreta, pero ni siquiera gira la cabeza para saber si llevan un herido o un cadáver.

Descompuesto por la lectura, regresa al cubículo de Merino. Al pasar por la trastienda, sin embargo, una decisión lo frena ante la virgen azul. Cuando está seguro de que nadie lo ve, la guarda sin dificultades en el bolsillo del abrigo.

Una hora después de descubierta su entrada, el sótano es testigo de un tráfico desusado. Inspectores, guardias y perros se han sumado, para desesperación de Durán, a los agentes de identificación. Lombardi y sus dos compañeros poco pueden hacer allí salvo molestar.

Por Figar nada se pudo hacer. La brutal cuchillada le había atravesado el corazón y probablemente ya estaba muerto cuando Lombardi tropezó con su cuerpo. El policía, a pesar de sus sospechas de que algo así había sucedido, se siente aliviado al confirmar que no ha fallecido desangrado por falta de atención. Resultan chocantes, piensa, las paradojas del destino: él ha dirigido la investigación y descubierto el paradero de Merino; él parecía, por lo tanto, destinado a enfrentarse al peligroso matarife. Sin embargo, las ansias de gloria de Luciano Figar, su temeridad, tan propia de la viril y celtibérica chulería falangista, lo han salvado. Quien estuvo a punto de causarle la muerte en Mesón de Paredes ha recibido el tajo que, según toda lógica, debía corresponderle a él. No se alegra de que aquel hombre haya perdido la vida, pero, desde luego, no va a llorar su pérdida. Pronto lo ensalzarán públicamente como el héroe caído en combate, el inteligente detective que descubrió al repugnante asesino de curas. Epitafios para una tumba que Lombardi le regala con gusto.

Los interrogatorios del restaurador y de la asistenta resultan inútiles. Aterrorizados ante la acusación de encubrimiento de un huido de la justicia, uno y otra juran y perjuran entre lágrimas desconocer la existencia de un hijo que su jefe daba por muerto durante la guerra. Parecen decir la verdad, porque nadie en su sano juicio se arriesga al garrote, el paredón o largos años de cárcel por proteger a alguien con quien no mantiene vinculación personal o ideológica alguna. Ni siquiera un sueldo es soborno suficiente.

El interrogatorio de Joaquín Merino, por el contrario, se antoja decisivo. Lo protagoniza Lombardi, con la presencia silente de Balbino Ulloa, sus dos compañeros y un veterano comisario de la Criminal. Enfrentados ambos protagonistas en lados opuestos de una mesa, un foco ante la cara del anticuario le impide ver más allá de la silueta del policía que lo interroga.

Don Joaquín está en el límite del desmayo. Todavía en bata, el temblor de sus manos se ha acentuado hasta el punto de que los dedos provocan una suerte de tamborileo irregular en la superficie de la mesa. Y no es por el frío, porque el sudor de la frente rebasa sus cejas y de tanto en tanto gruesos goterones caen sobre la madera o se deslizan por los cristales de sus gafas.

De habérselo encontrado en la calle, Lombardi se habría compadecido de un hombre así, tan hundido y castigado. Sin embargo, no siente la menor piedad por él. Ni siquiera cuando el detenido, con voz temblona, ruega comprensión para un padre cuyo único delito es haber protegido y cuidado a su hijo después de creerlo muerto durante la guerra.

—Un sentimiento natural, don Joaquín. ¿Cómo fue su reencuentro?

—Poco después de volver yo a Madrid —moquea entre lágrimas y parpadeos—. Un día se presentó en la tienda. Imagine mi alegría al verlo vivo.

—¿Le molesta la luz? —pregunta el policía, y sin esperar respuesta desvía ligeramente el foco de los ojos del anticuario—. Me hablaba de lo contento que se puso al comprobar que Eliseo estaba vivo.

—Mi alegría se convirtió en preocupación cuando me dijo que necesitaba esconderse. Tenía mucho miedo.

—¿De qué tenía miedo?

—Decía que durante la guerra se había visto obligado a hacer cosas horribles, a denunciar a algunos de sus compañeros para salvar la vida. Y que si lo encontraban los nacionales se lo harían pagar.

—Así que admite que protegió usted a alguien perseguido por posibles delitos.

—¿Y no lo habría hecho usted con su propio hijo?

—Desconozco lo que yo haría con el mío —se evade Lombardi—, pero el suyo hizo mucho más de lo que le contó. Durante y después de la guerra. Lleva cinco asesinatos a sus espaldas. Seis, si contamos al policía que ha matado hoy.

Merino cabecea, negando las acusaciones.

—Eliseo no puede haber hecho esas monstruosidades —dice casi en susurros, como si intentara convencerse a sí mismo—. Lo eduqué para seguir fielmente las enseñanzas de la Santa Madre Iglesia, y ya era casi cura.

—Los planes se tuercen a veces por los motivos más inesperados, don Joaquín. Su hijo está enfermo, ha enloquecido, y usted mismo podría contarse, tarde o temprano, entre sus víctimas.

—¡Qué barbaridades dice! —grita el anciano—. Es un hombre de Dios.

—Hace unos días —recuerda Lombardi con tono calmado, aunque firme— le aconsejé que no me levantara la voz. Hoy se lo ordeno, así que si vuelve a hacerlo lo encierro hasta que se case el papa.

—Discúlpeme —solloza Merino—, es que estoy desesperado, no entiendo qué es lo que pasa, por qué me dice usted esas cosas de mi hijo.

—Créame que tiene usted suerte de seguir vivo. Pero vamos a lo que interesa. ¿Dónde había pasado Eliseo la guerra?

—No me lo dijo, pero sí sé que los últimos meses estuvo en el sótano. Por eso supo que yo había vuelto.

—Parece que su afición por el subsuelo le viene de lejos, ¿no? —sugiere el policía.

—De pequeño tenía la costumbre de bajar al sótano y perderse por el túnel. Yo lo castigaba, pero era desobediente.

—¿Desobediente en general o solo respecto al sótano?

—No en general, no; él era muy buen estudiante —asegura el detenido; en su voz se adivina algo parecido al orgullo—. A los nueve años se sabía casi de memoria el Pentateuco.

—Disculpe mi ignorancia, ¿qué es el Pentateuco?

—Los cinco primeros libros del Antiguo Testamento.

—El Levítico y... —Lombardi hace memoria; esos nombres son condenadamente complicados para un profano—... ¿El Levítico y el Deuteronomio están entre esos cinco?

—Son el tercero y el quinto de ellos.

—Un gran esfuerzo para un niño de esa edad. Supongo que usted tuvo algo que ver, ¿no?

—Lo eduqué en la rectitud —asiente con orgullo—. Mejor los textos sagrados que perder el tiempo con lecturas vanas.

—Por supuesto, qué mejor que eso si ya lo tenía destinado al sacerdocio.

—No concibo mejor destino para un hijo que consagrarlo a Dios.

—Imagino unos cuantos destinos tan buenos como ese —ironiza Lombardi—. Como imagino que, cuando Eliseo era pequeño, no había luz en el sótano, ¿verdad?

—Pues no; la instalé yo mismo con su ayuda después de la guerra.

—Igual que la manivela interior de la puerta.

—Antes, si echabas la llave, no se podía abrir desde dentro —explica el anticuario—. La manivela la puse hace muchos años, por el peligro de quedarme encerrado en un descuido.

—Pero seguramente lo hizo después de que Eliseo ingresara en el seminario, cuando él ya no vivía en casa —insiste el policía—. Hasta entonces, no podía abrirse desde dentro.

—Sí, señor, dos o tres años después de que él se fuera. Pero no sé qué relación pueda tener con todo lo demás.

—Eso déjelo de mi cuenta. El caso es que, con esa manivela, Eliseo tenía acceso a la tienda desde su escondrijo.

—Sí, pero nunca lo hacía, para que no lo vieran y por no comprometerme.

—¿Significa que su asistenta y el restaurador desconocían su presencia en la casa?

—Absolutamente —confirma Merino—. Lo contrario suponía poner en riesgo a mi hijo.

Lombardi repasa las notas de una cuartilla que ha dispuesto ante él. Se rasca la cabeza y enciende un pitillo. El humo, potenciado por el haz de luz, envuelve al anticuario para convertirlo durante unos instantes en un dibujo difuminado sobre fondo negro que evoca alguna de las telas almacenadas en sus talleres.

—Por lo que cuenta —prosigue el policía—, durante los últimos casi tres años Eliseo y usted coincidían nada más que en el sótano.

—No, yo nunca he entrado allí desde que él se instaló.

—¿Quiere decir que no ha vuelto a ver a su hijo desde entonces?

—No sé lo que hacía ni lo que tenía allí —asegura el detenido con voz lastimera—. Ni siquiera lo veía cuando le llevaba alimentos. Llamaba cuatro veces para que él supiera que no había peligro; luego abría, colocaba el plato o lo que fuera en el descansillo tras la puerta y recogía lo que él hubiera dejado para mí. Siempre me devolvía cubiertos limpios.

—Muy aseado. O sea, que no tiene la menor idea de sus andanzas.

—Le juro que no sé nada.

—Pero dígame: si Eliseo no salía por la tienda, ¿cómo lo hacía?

El anticuario se encoge de hombros.

—Supongo —responde— que por el mismo sitio que, según ustedes, ha usado para escapar.

—¿Por el portillo? ¿Adónde lleva ese túnel?

—A muchos lugares. El barrio está lleno de túneles. Tenga en cuenta que estamos rodeados de edificios antiguos. Están los palacios del conde de Puñonrostro, el del conde O'Relly, las casas de Juan Vargas y de Cisneros, el convento de las Carboneras. Todos esos, y otros muchos en ruinas o abandonados, tienen acceso a corredores subterráneos; algunos cegados, pero otros se conectan con las alcantarillas.

Por un momento, mientras escucha a Merino, Lombardi cree estar ante Ignacio Mora y sus fantasiosas especulaciones respecto a la vieja ciudad y aquella novela sobre los siete jorobados. Paradójicamente, los hechos ofrecen un escenario real para la que el joven periodista pretende escribir, si es que asume el riesgo de ser acusado de plagio.

—¿Usted le enseñó esos corredores?

—Ni mucho menos, ni siquiera los conozco bien —rechaza el anticuario con la poca energía que le queda—. Cuando él era pequeño le hablaba de ellos, como un cuento de brujas, para inculcarle respeto al peligro que suponía adentrarse por ahí.

—¿Respeto o miedo?

—Llámelo como quiera.

—Prefiero llamarlo miedo —apunta el policía—. Pero, dígame: cuando Eliseo sale al exterior, y teniendo en cuenta que se sabe perseguido, es de suponer que no usará su nombre, ni su vieja documentación.

Merino vence la mirada sobre sus manos, que se agitan casi en espasmos. Se puede escuchar su resuello, fruto de la lucha que se libra en su interior.

—No sé si entiende el problema en que está metido, don Joaquín —porfía Lombardi—. Hasta ahora podría ser considerado encubridor involuntario de graves delitos, pero una vez conocida la verdad, su negativa a colaborar en la búsqueda de un asesino lo convierte a usted en cómplice.

—Bueno —carraspea—, hoy día no es difícil, si se tienen medios, conseguir una nueva identidad. —Todavía titubea unos segundos antes de continuar—. Pagué a una pobre mujer para que me vendiera los documentos de su hijo. Era mutilado de guerra y había fallecido pocas semanas antes.

—¿Cómo se llama ahora Eliseo?

—Paulino Corcuera —dice con voz derrotada—. Así se llamaba aquel muchacho.

—Bien, don Joaquín, tranquilo, que ya vamos a acabar. Dígame, por favor, ¿dónde enterró usted el cadáver de su esposa?

El anticuario queda petrificado, con los ojos casi fuera de sus órbitas. Mira aturdido a Lombardi, y luego a su alrededor, como si aquella pregunta hubiese sido lanzada contra alguien ajeno a él que se ocultara en la oscuridad circundante.

—¿Qué... —musita por fin—... qué está insinuando?

—No insinúo nada. Afirmo que ella no escapó a París, que no abandonó a sus hijos. Usted la mató, tal vez involuntariamente, y se deshizo del cadáver en algún lugar del subsuelo. Vamos a encontrarlo, desde luego, pero estoy seguro de que el juez será más comprensivo si nos ahorra ese trabajo.

Merino enmudece. El temblor de sus manos se ha extendido en forma de tiritona al resto del cuerpo. Suda a chorros y gime hacia dentro.

—Han pasado tantos años que lo mismo ya ni se acuerda —concluye el policía—. Seguro que el calabozo le refresca la memoria.

El irreductible silencio del anticuario pone fin al interrogatorio. Una pareja de guardias se lo lleva y se encienden las luces. El cuarteto de espectadores rodea a Lombardi, que sigue sentado ante la mesa, tal vez a la espera de una respuesta suspendida en aquel aire viciado.

—Buscábamos a un asesino y ha encontrado dos —valora Balbino Ulloa con el tratamiento de usted que siempre utiliza en público—. Enhorabuena, señor Lombardi.

—Confieso que nos tenía usted bastante despistados con tantas preguntas sobre el sótano y los libros sagrados —apunta el comisario.

—Necesitaba confirmar algunos datos —dice el policía, incorporándose.

—¿Y lo ha conseguido?

—De principio a fin.

—Ya me contará en detalle —añade el secretario.

—Por supuesto. Mañana le escribiré un informe completo.

—Pues venga, todos a casa —ordena Ulloa—, que se han ganado ustedes un buen descanso.

Lombardi camina lentamente hacia la salida, como si llevara suelas de plomo en los zapatos. Sus compañeros lo siguen a distancia, hasta que Quirós acompasa su paso al del policía.

—¿Se encuentra bien?

—Esa pregunta debería hacérsela yo, porque lleva unos días más que complicados, y hoy ni siquiera me he interesado por usted.

—Yo estoy bien, no se preocupe —asegura ella—. El duelo llevará su tiempo, pero ya ha pasado lo peor. Usted, sin embargo, parece muy afectado. No lo esperaba de un policía experto.

—A veces, las convicciones se tambalean, Quirós. Uno cree saber dónde está, y de repente se descubre muy lejos, dándole vueltas al lugar que ocupa, a lo que representa.

—Me temo que el Lombardi filósofo se impone una vez más al policía. Se expresa usted con metáforas un poco oscuras, al menos para mí.

—Y qué puede expresar un investigador represaliado aparte de su obsesión por la verdad. Lo malo es que la verdad no siempre es simple y, como en este caso, te fuerza a replantearte tus principios, tus simpatías apriorísticas. Pero no le demos más importancia. Váyanse los dos a descansar.

—Mañana en su casa —da por sentado Torralba.

—No —rechaza Lombardi—. Usted ni siquiera ha podido pasar con sus hijos el día de Reyes. Disfrútelo mañana. Los tres necesitamos descanso, y la captura de Merino ya no es cosa nuestra.

El policía recorre el pasillo hasta llegar a la redacción. Como se esperaba, Ignacio Mora es el único habitante nocturno de la sala, un náufrago entre máquinas de escribir. Teclea una de ellas con energía, probablemente un nuevo capítulo de su novela.

—Le traigo un regalo de Reyes —anuncia desde la puerta.

Lombardi saca la pequeña talla de su abrigo y la coloca sobre la mesa del periodista.

—Es preciosa. Pero, a juzgar por su aspecto —valora Mora, señalando las manchas en la ropa del inesperado visitante—, no le ha salido barata.

El policía obvia el comentario.

—Me gustaría confiarle esta imagen —dice—, si es que la acepta después de contarle lo que significa.

—Soy todo oídos.

—De nuestras conversaciones he podido deducir que, como yo, no les tiene mucha simpatía a los nazis.

Mora asiente con un cabeceo silencioso.

—Ellos están interesados en esta valiosa talla —prosigue Lombardi—, como lo están en todo el patrimonio artístico español con que puedan arramplar. Y mi intención, al menos en este caso, es que no llegue a sus manos.

—Muy patriótico.

—Hoy día, el patriotismo se identifica con besarles los pies a esa banda criminal con uniforme, así que no me parece un calificativo actualizado. En todo caso, y en mis circunstancias, no tengo a nadie de confianza a quien recurrir, salvo usted. Mi casa no es segura, y no quiero endosar a otra gente cercana una pieza robada.

—¿Robada? —se admira el joven—. Y me lo dice así, tan campante.

—Llámela requisada para evitar el expolio, si eso lo tranquiliza. Pero déjeme explicarle que Damián Varela trabajaba para los alemanes, y tenía apalabrada la compra de esta talla para ellos.

—¿El capellán? Eso sí que es interesante, una nueva trama en el caso. No me lo había contado.

—Hay muchas cosas que no le he contado, Mora. Lo cierto es que los nazis saben que investigo el asesinato de Varela y, con mi historial, no me dejan ni a sol ni a sombra. Por salir del paso, he tenido que pactar con ellos y prometido revelarles el paradero de esta obra de arte. Como comprenderá, no pienso hacerlo.

—Pues no creo que les haga mucha gracia —advierte el periodista.

—No tienen por qué saberlo. En la tienda donde se encontraba hay media docena de tallas similares, aunque mucho menos valiosas. Y además, me temo que ese comercio va a estar clausurado una buena temporada, de modo que les resultará complicado averiguar la verdad, al menos durante un tiempo.

—Si eso lo ayuda a usted, y además deja a los alemanes con un palmo de narices, me la quedo encantado —asegura con determinación el joven.

—Muchas gracias, Mora. Guárdela bien en casa —aconseja Lombardi—. Si en algún momento se viera en problemas por su culpa, puede revelar mi nombre, decir simplemente que se la regalé; yo me responsabilizo. Además, le servirá de recuerdo, tal vez de inspiración para escribir su novela.

—En eso andaba ahora, intentando hincarle el diente a los crímenes de la guerra.

—Espero no torcer su trama si le digo que ya tenemos al asesino.

—Podía haber empezado por ahí —exclama Mora con un bote en la silla—. ¿Lo han cazado?

—Todavía no, pero ya conocemos su identidad: Eliseo Merino.

—Espere… ¿Ese no era el muerto del río?

—Eso quiso hacernos creer, pero es el culpable. Se ocultaba en casa de su padre, precisamente el propietario de la tienda de antigüedades donde estaba esta talla.

—A ver, a ver —dice el periodista, impaciente—, explíquemelo bien, que esta historia se complica.

—En otra ocasión, Mora. Ahora necesito descansar, si no le importa.

—Espero ansioso esa oportunidad. De momento, mis felicitaciones, señor Lombardi.

—También para usted, amigo. —El policía le estrecha la mano con afecto—. Ha puesto mucho de su parte en esta investigación.

Es una noche de pesadillas, protagonizadas por un cuchillo ensangrentado que se acerca y se aleja, una voz perdonavidas y un viejo iracundo que le llama mentiroso. Los tres personajes, juntos o por separado, se las arreglan para arrancar del sueño al policía con súbitos y sobresaltados despertares. El rostro de Mario Daroca preside cada uno de estos lances, como un mudo observador que aguardara un desenlace; y para mayor surrealismo, un agudo sonido de campanillas contribuye a revestir de nerviosa urgencia lo que deberían ser horas de reposo.

Lombardi se levanta con la sensación de estar más agotado que cuando se acostó. Se adecenta, sin embargo, a toda prisa y se pone ropa limpia, aunque su aspecto exterior sigue siendo tan inquietante como la víspera, porque en las mangas y en el faldón de su único abrigo permanece el sello, seco y endurecido, de la sangre de Figar. Encaja la pistola del fallecido en el cinturón y, sin desayunar, sale de casa para enfrentarse a una mañana plomiza y extremadamente fría.

Apenas ha dejado atrás el portal cuando escucha una voz a su espalda que lo llama. La agente Quirós sale de la tasca de enfrente y corre hacia él por la calzada.

—¿Qué hace usted aquí? Les dije que descansaran hoy.

—Del mismo modo que descansa usted, ¿no? —replica ella, desafiante—. Empiezo a conocerlo lo suficiente como para saber que el señor Lombardi no deja un círculo sin cerrar. Supongo que va a ver a Batista.

—Esa es mi intención —acepta el policía con la sonrisa del niño cazado en una mentirijilla.

—Pues eso no me lo pierdo. Además, tiene un montón de cosas que contarme, ¿no le parece?

—¿Por qué lo cree así?

—Parte de su interrogatorio a Merino no tenía ni pies ni cabeza —argumenta la agente—. Y lo de su mujer no puede ser una simple deducción de lo que vimos en el sótano.

—Sí, Quirós, tengo muchas cosas que contar. Espero que me ayude con el informe.

—Con mucho gusto, aunque su brazo ya está en condiciones de escribir. Se metió en ese túnel sin la menor queja.

—Estoy mucho mejor, sí, aunque prefiero dictar. Pero vamos, que no hay quien aguante parado con este frío.

De camino hacia el viaducto, la pareja descubre una ciudad desolada: árboles desgajados, cornisas arrancadas, tejados y chimeneas por los suelos, faroles vencidos sobre las aceras, quioscos desvencijados con las tripas al aire. Tropillas de empleados municipales intentan poner orden en aquellos desastres ante grupos de curiosos.

—¿Me he perdido algo, Quirós? —dice Lombardi, asombrado ante semejante espectáculo.

—Anoche hubo un verdadero huracán sobre Madrid, y ya es raro que no se enterase porque a ratos las ventanas parecían a punto de reventar. Y por lo que cuenta la prensa no somos los peor parados. Varias ciudades están incomunicadas por la nieve, algunos trenes fueron sepultados durante horas y los lobos bajaron al llano en muchos lugares del norte.

—Ni que fuera el Apocalipsis. Ahora que lo dice, me he pasado la noche oyendo a los bomberos, pero pensaba que eran mis pesadillas.

—Pues no eran solo suyas. Parece que la mayor parte de España está congelada desde ayer por la tarde. Aquí nos tocó vendaval nocturno.

Al girar hacia el viaducto desde la calle Mayor se pueden comprobar los efectos de la furia del viento en las casetas de la obra; la que no está vencida, ha perdido la techumbre o alguna de sus paredes laterales. Cuadrillas de obreros intentan devolverlas a su estado original, mientras el resto sigue con la instalación de las aceras. Algunos transeúntes se detienen brevemente a presenciar las labores antes de seguir su camino apresurado, temerosos de un cielo oscuro y amenazante de agua, tal vez de un nuevo huracán que en aquellas alturas sin protección podría resultar poco agradable.

A Ramón Batista no parece importarle si caen o no chuzos de punta, y cuida de su obra como en la visita previa de Lombardi, vestido de fiesta y arengando a sus hombres ante las losas graníticas (—Venga, coño, empuja fuerte, que no encaja.) con la energía de los viejos generales en la batalla. El constructor se sorprende de la visita, y especialmente de la presencia de Quirós.

—¿Esta vez se trae secretaria? —saluda con aires de superioridad. Su predisposición al diálogo ha desaparecido—. Me va a disculpar, pero hoy no estoy de humor para adivinanzas.

—Hoy no habrá adivinanzas, señor Batista —contesta el policía—. Solo vengo a contarle una historia.

—Pues cuente, aunque no garantizo hacerle mucho caso, porque ya ve cómo andamos. ¿Es romántica, bélica, de aventuras?

—Seguro que le va a interesar. Es la historia de un delito, una historia sórdida y repugnante.

—Qué podemos esperar, tratándose de un poli.

—Sucede en vísperas de una fecha histórica, el dieciocho de julio.

—La del Glorioso Alzamiento —subraya el constructor con fingido beneplácito—. Buen principio.

—Hay una academia, y sobre ella, un piso. No es un piso cualquiera, porque allí, un sacerdote y un empresario invitan a algunos alumnos a merendar, seguramente chocolate. ¿Era chocolate, señor Batista, lo que ofrecía usted a sus pequeños invitados?

—¿Qué importa eso? Siga con la historia, que parece interesante.

—Sigo, sigo. Resulta que esa pareja miserable, el cura y el empresario, abusan sexualmente de los niños. ¿Qué le parece?

—¿Qué me parece el qué? ¿Ahí acaba la historia?

—Le preguntaba su opinión sobre la conducta moral de esos dos fulanos.

—Depende. Los gustos sexuales de cada cual son muy particulares. Hay quien se enamora de su perro o le gustan las ovejas. ¿A mí qué me cuenta? Los niños son dulces, y si aceptan de buen grado un rato de placer, ¿por qué negárselo?

—Es usted un miserable —interviene Quirós, con el rostro encendido de furia.

Antes de que Batista pueda replicar, Lombardi matiza.

—Lo que quería decir la señorita es que la dulzura de los niños no es para uso sexual de los adultos. Se llama abuso, corrupción de menores, y está calificado como delito. Y si le parece, termino la historia.

El constructor, lejos de desentenderse de las palabras de Lombardi, escucha con el rostro un tanto desencajado.

—El diecisiete de julio —prosigue el policía ante el silencio de Batista—, uno de esos niños visita engañado el piso referido; durante la merienda, alaba la belleza de un ajedrez, y el propietario de este, para ganarse su confianza, le regala un bonito peón de plata. Cuando la droga disuelta en el chocolate empieza a hacer efecto, la rastrera pareja inicia su acoso; ante la oposición del niño, el empresario intenta sobornarlo con un billete de cincuenta pesetas que, sin embargo, tampoco consigue reducir su voluntad. Finalmente, el niño es salvajemente forzado. De toda la historia solo me queda una duda.

—¿Cuál? —dice Batista con los ojos inyectados de furia.

—Si lo violó usted, si fue Varela o lo hicieron ambos.

—Su historia es una sarta de mentiras.

—En lenguaje policial se llaman hipótesis.

—Pues toda hipótesis necesita pruebas —replica desdeñoso el constructor.

—¿Sabe que ese niño, Mario Daroca, murió al día siguiente?

—¿También va a culparme de eso?

—Puede que un juez solo lo vea culpable indirecto, pero quiero que esa muerte quede sobre su conciencia, si es que le queda un ápice de ella.

—Déjeme en paz —ruge el acusado—, y váyase a la mierda con su moralina.

—Claro que lo dejo, pero sepa que voy a buscarle las cosquillas, Batista. Como una mosca cojonera hasta que pague por lo que hizo.

Lombardi y Quirós dan media vuelta para desandar sus pasos en el viaducto. El policía está muy tenso, sujetando a duras penas la indignación que lo domina.

—No va a ser fácil encerrarlo —apunta la agente—. Solo tenemos pruebas circunstanciales.

—El doctor Espigares declarará si se lo pido.

—Ese hombre puede dar el nombre de los tres seminaristas, pero están muertos. Más allá de esa historia que usted ha elucubrado no hay ninguna prueba de que Batista y Varela participaran en aquel delito. Tampoco sabemos exactamente las circunstancias de la muerte de Daroca.

—El asesino las conoce.

—Ya, pero antes habrá que cogerlo —matiza ella—. Y hablando del asesino, ¿no deberíamos avisar a ese puerco del peligro que corre?

—¿Sabe lo que le digo, Quirós?, y disculpe el exabrupto —bracea con furia el policía—: que se joda, que bien merecido se lo tendría. —En el fragor de su enfado, Lombardi arrolla a un peatón que llega en sentido contrario—. ¡Perdón, lo siento! —dice, y multiplica sus disculpas al comprobar que el hombre se ayuda de una muleta para caminar. El afectado responde con un bufido y sigue su camino.

—¡Es Merino! —dice la agente unos pasos más adelante.

—¡Qué cosas dice! ¿Dónde está Merino?

—El cojo, el de la muleta —aclara Quirós, que ya corre hacia el hombre.

Desconcertado, todavía incrédulo, Lombardi tarda en reaccionar, pero se lanza tras su compañera. La ve alcanzar al sospechoso, y cómo este, desprovisto de su apoyo, forcejea para zafarse de ella. El policía está a un par de metros de la pelea cuando el hombre lanza a la agente lejos de sí con un violento empujón; llega a tiempo de agarrarla justo al borde del vacío.

—No me haga esto, Quirós —la amonesta con un abrazo y un resoplido de alivio—. Ya sabe lo que le pasó a Figar por actuar solo.

Lombardi se incorpora pistola en mano para enfrentarse a una escena delicada. Eliseo Merino tiene apresado por detrás a Ramón Batista, lo sujeta con el brazo por el cuello y lo amenaza con un cuchillo. El rostro de Merino, a pesar de la boina que cubre su cabeza, no es muy distinto al de la foto, guapito y con aquellas mismas gafas que no se atrevió a abandonar a orillas del Manzanares. El policía se reprocha su ineptitud: no lo ha identificado ni a dos palmos de sus narices; de haberlo hecho, y dotado de un arma, habría evitado lo que ahora mismo parece una situación límite.

—Ayúdeme —suplica Batista, pero el captor lo conmina a guardar silencio estrechando la presión de la hoja bajo su oreja.

Los transeúntes se arremolinan a una distancia prudencial para no perderse detalle, y a ellos se unen poco a poco los obreros. Nadie se atreve a intervenir; todos son mudos y sorprendidos espectadores.

—Suéltelo, Merino —ordena Lombardi.

—No dispare —aconseja Quirós a su espalda—. Podría darle a Batista. Y si falla puede ser peor.

—Lo va a matar igualmente. Mi única intención es atraparlo.

El policía sigue avanzando. Lo separan unos pasos del asesino y su presa, que retroceden hacia el límite del viaducto a medida que aquel se les acerca.

—No tiene por qué hacerlo, Eliseo —dice Lombardi aparentando calma al tiempo que guarda la pistola—. Esa víbora merece castigo, y créame que lo tendrá, pero no añada más sangre a sus manos. Usted es casi sacerdote.

—Por eso obedezco a Dios —responde con una voz metálica, monocorde—. ¿Qué han hecho con mi padre?

—Está bien, no se preocupe por él. Lo hemos detenido por la muerte de su madre.

Al instante de decirlo, Lombardi sabe que es la peor noticia que podía haber salido de su boca. Merino esboza una mueca, una sonrisa excéntrica, y alza al cielo sus ojos desorbitados.

—Todo está cumplido entonces —musita, antes de gritar con un alarido inhumano—: *Consummatum est!!*

El cuchillo dibuja una fina raya roja en el cuello de Batista. De inmediato, asesino y víctima desaparecen en el vacío, arrancando un gruñido horrorizado en la masa de mirones.

Lombardi avanza un paso, sin atreverse a más. La agente llega a su altura, silenciosa, masticando como él el sabor de la frustración.

—Parece que no tengo suerte con los tullidos, Quirós —se lamenta el policía, cabizbajo, con un punto de amarga ironía en sus palabras—. Sospecho de los auténticos y dejo escapar a los falsos.

Ella se aferra con fuerza a su brazo y Lombardi siente una repentina seguridad, la necesaria para aproximarse hasta el abismo aun a costa de un estremecimiento. Aquel horizonte desde donde antaño llegaban los obuses fascistas parece una argamasa de nubes negras. Inopinadamente, se abre un rasguño en el cielo y un rayo de sol inunda la calle Segovia. A sus pies, en torno a los dos cuerpos reventados veinte metros más abajo, se concentran lentamente los curiosos; el policía cree descubrir entre ellos una figura menuda, un cabello rubio, una voz blanquísima que entona algo parecido al *Popule meus*. Jamás ha creído en señales celestiales, tal vez todo sea efecto de su pésima noche, pero en ese momento sabe que, por fin, el círculo queda cerrado.

CONFESIÓN

Don Leocadio Lobo
George Washington Hotel
Lexington Ave. & 23rd St.
New York City

Estimado amigo:
Utilizo la preciosa ayuda de la embajada británica para enviar esta carta. Espero, de este modo, soslayar la censura postal decretada en España y que así pueda llegar a sus manos sin estorbos.

La suya, aunque con más de dos años de retraso, me llenó de alegría en lo personal y me ofreció luz en lo profesional, porque me enseñó a mirar los hechos con ojos diferentes. Nada más que gratitud puedo expresarle, tanto por sus buenos deseos como por la inestimable ayuda prestada.

Desconozco si tendré ocasión de dirigirme a usted de nuevo. Por eso no quiero dejar de informarle sobre aquella investigación en la que tantas molestias se tomó para ayudarme. Sinceramente, y en resumidas cuentas, he fracasado. El asesino cumplió sus planes hasta el final.

Sería demasiado prolijo entrar en pormenores, aunque pro-

meto hacerlo si tengo oportunidad. En definitiva, todo se reduce a un antiguo duelo nunca resuelto, al que vino a sumarse otro, nuevo y terrible. Un ejemplo de cómo los acontecimientos externos intervienen en la mente humana, de cómo la maldad, unida a la hipocresía, puede crear monstruos allí donde vemos seres humanos normales. Nada mejor que la voz de ese hombre para que se haga usted idea del doloroso asunto, de modo que le remito un extracto de sus confesiones íntimas vertidas en una libreta a lo largo de los últimos años.

Lamento la venganza que se cierne sobre usted. Yo también estoy suspendido de mis funciones, por explicarlo de un modo parecido, y pendiente de una pena de prisión. Es difícil expresar con calma lo que sufre nuestra tierra. Miedo, miseria, cárcel, enfermedad, humillación, amenaza y permanente sospecha son palabras vacías hasta que uno las lee en los ojos de nuestra gente, grabadas a fuego en sus cuerpos. Supongo que usted encontrará consuelo a tanto dolor más allá de las estrellas, pero yo, como fiel descreído, me limito a preguntarme si existe algún rincón en el alma humana donde puedan convivir el dolor y la esperanza, la ansiedad y la alegría; si tengo derecho a creer en la vida cuando mis vecinos visten de luto y aquello que consideraba mi país ha sido asesinado. Quiero responderme que sí, que aunque nos hayan robado todo, si renunciamos también a la dicha de estar vivos, a la confianza, por pobre que sea, en una futura libertad, la derrota será definitiva. Y me repito cada día que aún nos queda mucho por vivir. Esa es hoy mi única fe.

Con mis mejores deseos y un solidario abrazo,
Carlos Lombardi.

Yo amaba a Mario.

Sí, padre, Mario era un ángel, y yo lo amaba. No he conocido sobre la tierra un espíritu más puro, una expresión más exacta de la bondad divina que ese niño. Lo dotó el Creador de una voz celestial y de un corazón tan inmaculado que arrobaron mi alma desde el primer día que lo vi. Pero la buena semilla no prospera entre cardos y dura roca, y la maldad humana me lo arrebató finalmente sin permitirme siquiera la mínima protesta. Debo reprocharme la ausencia de valor para haber defendido su vida con uñas y dientes. Como me faltó valor en ocasiones previas.

No es casual que de inmediato, tras su muerte, se desatara la locura, como si la sangre del justo reclamara satisfacción. De igual modo que tras el sacrificio del Señor en la Cruz se abrieron los cielos y la tierra y las tinieblas se adueñaron del mundo, enloquecieron los hombres después del martirio de Mario, y durante años se arrancaron las entrañas los unos a los otros.

He pasado mucho miedo, pero en los momentos más difíciles, madre estaba conmigo. Escuchaba el murmullo dulce de su voz y sentía las caricias de sus dedos en mi piel, sobre mi áspero cabello. Ella me aconsejaba, siempre a mi lado, como lo estará hasta el final de mis días.

Sí, padre, ella ha estado conmigo todo este tiempo. Recuerdo las palizas que recibía de su parte, aunque no los motivos, porque yo era demasiado pequeño para comprender, y poco podía hacer salvo interponerme entre ambos y cargar luego con el castigo correspondiente. Me decía usted que rezase, que pidiera perdón a Dios por ser tan malo, y me encerraba en el sótano; a veces durante unas horas, en ocasiones un par de días, sin alimentos, entre tinieblas. Contravenir su autoridad me obligaba a vivir como un topo. Y aprendí a hacerlo. Se tiembla de pánico hasta que aprendes, pero una vez conseguido te sabes con un poder casi sobrenatural de supervivencia.

Usted mató a madre. No me atrevo a decir que fuera un acto premeditado, pero su muerte fue sin duda la consecuencia de su santa ira, de esa convicción de que su palabra es casi precepto divino, y que oponerse a ella significa pena de infierno. Después inventó una vergonzosa historia para justificar su ausencia, pero yo vi cómo arrastraba su cuerpo hasta el sótano. No he podido averiguar dónde lo escondió, pero allí está, y he convivido desde entonces con su presencia. Ella me ha consolado en el horror, aconsejado en la duda y dirigido mis pasos en busca de justicia.

Cuando madre desapareció de nuestras vidas, su furia paterna se hizo diaria, y al no tenerla a ella para descargarla, Daniel y yo nos convertimos en objeto directo de sus arrebatos. Y yo tuve que seguir llorando, ahora también por mi pobre hermano. Usted lo mató con su rabioso empujón por las escaleras. No digo que quisiera hacerlo, pero así sucedió. Tampoco digo que sea usted un asesino, pero sin duda así lo juzga aquel niño que un día fui, un niño que se juró hacerle pagar sus crímenes cuando tuviera fuerzas para ello.

Pero le hablaba a usted de Mario, mi mártir. Él hizo tambalearse mi fe, no en Dios Todopoderoso sino en la solidez de mi futuro ministerio. No es sucio amar como yo lo amaba, pues mis sentimientos carecían de cualquier componente material; aunque algo de pecaminoso percibía en esa turbia pasión que me dominaba, algo que se interponía con la imagen de presbítero dedicado a Dios en cuerpo y alma que había forjado a lo largo de los años. Por eso frené mis pasos tras el subdiaconado, porque no quería convertirme en una mentira para el Señor y para mí mismo.

La última participación de Mario con la Schola Cantorum

había sido en el mes de mayo, con motivo del día de la Escuela Católica. Aún resuenan en mis oídos el *Regina Coeli* y el *Popule meus* interpretados por su blanquísima voz. Por desgracia, no era simplemente musical la pasión que imperaba en aquel auditorio, porque mientras la mayoría de los espíritus se elevaban a los cielos merced a los divinos acordes, la serpiente se retorcía en su asiento concibiendo obscenos planes contra mi secreto amado.

El día 18 de julio, una pequeña minoría de alumnos y profesores aguardábamos el momento para iniciar nuestras vacaciones en el seminario de Rozas de Puerto Real. Mario y yo, entre ellos. Esperaba con ansia ese retiro, con la esperanza de que el verano en su compañía desvelase alguna de mis profundas dudas sobre el presente y el futuro.

Mario, sin embargo, no se presentó en el desayuno, y su ausencia me alarmó. No lo veía desde la víspera, cuando salió a visitar enfermos en compañía de otros seminaristas. Temiendo que se hallase indispuesto, acudí al dormitorio. Y allí estaba, envuelto entre sábanas, febril y angustiado. Balbuceando de dolor y de vergüenza, entre sollozos, el pobre me contó lo sucedido, con nombres y apellidos. Corrí a la enfermería para llamar por teléfono al doctor. Poco después, el médico confirmaba sus lesiones y una grave crisis nerviosa. Recomendó dejarlo descansar durante unas horas para que hiciera efecto el calmante que le había inyectado y me expuso la conveniencia de trasladarlo después a un hospital para ser debidamente atendido de sus lesiones. Convino una nueva visita a primera hora de la tarde para encargarse de estos pormenores. Mario se había sincerado también con el médico, y este decidió denunciar los hechos al padre espiritual del mayor de los implicados. Lo hizo en privado ante don Hilario Gascones, quien se comprometió a tomar cartas en el asunto.

Pasé el resto de la mañana encerrado en mi cuarto, llagado por el dolor, desesperado de impotencia, interrogando despiadadamente a Dios sobre semejante carcoma en el alma de sus elegidos. Porque si la sal de la tierra pierde su esencia solo merece ser arrojada al suelo para ser pisoteada por los hombres. Y nada más que eso se merecían Millán, Aguilera y Figueroa por su infame acto: ser pisoteados; y multiplicado castigo merecían sus cómplices.

Ni siquiera probé bocado durante la comida. La vista me saltaba sin control desde los impávidos rostros de los criminales al del padre Gascones, de semblante natural y rutinario, como si aquel sangriento día tuviera el mismo valor que cualquier otro. Enseguida llegó la alarma y todo el mundo corrió a ponerse a salvo de una multitud vociferante que pretendía asaltar el edificio. Desesperado, acudí en busca de Mario, pero no estaba en su cama. Grité por los pasillos, corrí enloquecido sin resultado alguno hasta que el temor por mi propia vida me hizo abandonar el lugar junto a otros compañeros y profesores.

No conseguí quitarme el peso de la culpa hasta que pude averiguar que mi gesto de seguir la búsqueda habría sido inútil. Porque mi amado Mario había muerto esa misma mañana. Tan extrañados como yo por su ausencia, y un par de horas después de la visita del doctor, los tres miserables fueron a su cuarto para conminarlo a guardar silencio bajo amenazas. Horrorizado, fuera de sí, Mario huyó de ellos escaleras arriba, un piso tras otro hasta que no quedaron peldaños. En la última planta, y cuando Aguilera, el más veloz, estaba a punto de atraparlo, mi desesperado ángel se encaramó a una ventana como única salida. Las garras del perseguidor apenas consiguieron rasgar su camisa cuando el cuerpo cayó al vacío para estrellarse en el patio. Los infames, sobrecogidos por las consecuencias de su perversión, se las arreglaron para enterrar a escondidas el cadáver del mártir en algún lugar de la finca.

Cuanto conozco de la magnitud de este pecado que me corroe el alma no es por ciencia infusa, sino por las revelaciones de Millán, una rata asquerosa indigna del sacerdocio y del simple hecho de respirar. Tras la huida, nos dispersamos por pisos conocidos y en casas de compañeros. Tardé dos días en localizar a Nemesio; como todos, estaba muerto de miedo, pero conseguí convencerlo de que el vicerrector me había encomendado recuperar de la capilla cuantos objetos sagrados pudiera para evitar su profanación; y que no corríamos peligro, pues tras el asalto el edificio había sido abandonado. Vestidos con el mono habitual de los milicianos, nos llegamos esa noche hasta el seminario sin demasiadas complicaciones.

Resulta sorprendente hasta qué punto el miedo a morir favorece el sacramento de la confesión. Al menos, en el caso de Millán. De su boca supe el pecaminoso entramado que existía en torno a la academia Mediator Dei, donde Damián Varela, coadjutor de San Pedro el Viejo y jefe de estudios del citado centro, abusaba sexualmente de algunos niños que acudían a las clases. Varela tenía un cómplice, propietario del piso principal sobre la academia, escenario de la infamia. Las víctimas eran invitadas a merendar con esta serpiente, que los obsequiaba con un chocolate con bollos previamente adulterado con una droga destinada a relajar cualquier defensa ante la agresión y difuminar después sus recuerdos. Por lo general, los niños pertenecían a clases bajas y eran recompensados después con algunas monedas o pequeños regalos para garantizarse el silencio. Los tres seminaristas se encargaban de proporcionarles víctimas suplementarias, extrañas a la academia; lo hacían por dinero, o a cambio de participar de vez en cuando en tan obsceno festín.

La sierpe se encaprichó de Mario cuando asistió al concierto del mes de mayo, y a través de Varela insistió con Figueroa y sus cómplices para llevarlo de visita a la academia. Solo el cura y el reptil habían estado esa tarde con Mario encerrados en el principal, y según Millán ninguno de los seminaristas podía sospechar que se hubiera consumado una agresión semejante, pues lo corriente durante tan repulsivos conciliábulos eran juegos sexuales sin excesiva violencia física y con penetraciones limitadas a la boca. La serpiente o el cura Varela, tal vez ambos, habían roto esa tarde con Mario una regla no escrita.

Millán olía a mierda cuando lo degollé. No merecía otro final. Castré su cadáver y rocié con su sangre las paredes de un edificio manchado por el triple pecado de lujuria, avaricia y crimen. Como hacían los antiguos, porque este asunto está en manos de un dios antiguo y justiciero. Y quien quiera entender que entienda, pero la sangre del mártir no puede quedar impune.

Desde la muerte de Millán me encerré en el subsuelo. Ya sabe, padre, que la oscuridad no me asusta. Aunque a veces desearía cortarme las venas para expulsar el veneno que llevo dentro. Me educó usted para ser bueno, pero era difícil conseguirlo en una familia tan especial, donde la bondad y la violencia aparentaban ser una misma cosa. Desde niño luché por parecerme a los demás, y usted me demostraba a diario que no podía serlo. Cuando conseguí escapar al seminario concebí la ilusión de que la distancia y el tiempo harían decrecer su pestífera presencia, que algún día incluso desaparecería por completo. Guardaba la íntima esperanza de no tener que enfrentarme a aquel doloroso juramento infantil. Pero el destino teje extrañas redes y me devuelve al origen. Es tiempo de siega, hora de separar el trigo de la cizaña.

Aguilera merecía distinto trato que Millán. Llevaba semanas localizado. Yo me agazapaba en las cloacas; él, en casa de unos amigos. No fue difícil hacerse el encontradizo, y me bastó media hora para convencerlo de que se sumase a mis planes de pasarme al otro lado del frente. Conocía, le dije, un vado en el Manzanares, un punto ciego para las defensas que nos permitiría ponernos a salvo en pocos minutos. Lo cité una noche sin luna y me encargué de dejarlo todo bien preparado la víspera en unas ruinas próximas a la orilla. No se esperaba el golpe. Sonó seco y lúgubre y cayó realmente como una becerra, a plomo y sin un quejido, gustoso de cumplir el rito al pie de la letra. Arrojé con desprecio sus criadillas cercenadas sobre la arena, para que Longinos Aguilera, el homicida, tampoco fuera contado entre los miembros del pueblo de Dios.

Era el momento de que Eliseo Merino desapareciese de la faz de la tierra. Intercambié con el cadáver nuestras cédulas de identidad y rocié su cabeza con ácido para evitar cualquier identificación. No fue difícil obtener el líquido corrosivo en nuestro almacén de la planta baja, padre. Usted había cerrado la tienda a cal y canto antes de escapar, y yo, desde el sótano, campaba a mis anchas por los tenebrosos espacios familiares.

Ya soy un muerto. Un muerto que se mueve bajo tierra, o en la noche, que es territorio parecido. Porque la noche es mi más sincero cómplice a la hora de enfrentarme al mundo exterior, y en su compañía nunca me siento solo. En su seno camino con firmeza, ella me ampara y me da fuerzas para cumplir con mi designio. En la noche, el pasado es un borrón oscuro donde solo distingo unos nombres esculpidos con letras de sangre; todos ellos mártires: madre, Daniel, Mario. Ella pronuncia mi nombre, y yo me pongo en marcha. Todavía quedan alimañas. A veces, cuando llega el momento, ni siquiera soy consciente de lo que hago. Me muevo como un autómata al servicio de alguien más poderoso, como un borracho que se abre camino entre fantasmas y esfinges. Una parte de mi mente quiere frenar mis pasos inseguros y perpetuarse en esa serena embriaguez, pero el tiempo no se detiene y el repentino brillo de la verdad me basta para saber que es preciso actuar.

He aprendido a alimentarme con lo mínimo, a esconderme o mentir si olfateo el peligro, a dormir con la beatitud de un niño bajo el ronco murmullo de las bombas, a cargar con el sucio pecado de otros hasta el momento de la justicia. He visto el rostro oculto de Némesis, cuyos labios me han revelado que

461

no hay diferencia alguna entre la venganza humana y la justicia divina, porque ambas se resumen en un mismo desenlace. Es tiempo de siega.

A los ojos de Dios, Juan Manuel Figueroa era el principal responsable del martirio de mi Mario. Aquel jovencito de aires candorosos era el enlace entre el seminario y la corrupción que gravitaba sobre la academia. Tras meses de búsqueda, supe que vivía escondido lejos de su domicilio familiar, con la costumbre de asistir a las celebraciones eucarísticas que de forma clandestina se celebraban en algunos pisos de las proximidades. Saberlo me escandalizó sobremanera. ¿Sería capaz de comulgar sin haber confesado su horrible culpa?

Forcé un encuentro callejero con él tras una de esas misas. Se sorprendió mucho al verme, como si se enfrentara a un aparecido. «Oí que te habían asesinado», me dijo. «Pues ya ves que no, gracias a Dios», repuse, «pero si no ando listo, hoy lo harán. Sé de buena tinta que esta noche va a haber una redada de los anarquistas». «Pero si dicen que la guerra está a punto de acabar», alegó muy confuso, y me ocupé de acrecentar su desconcierto: «Por eso precisamente; quieren matar a cuantos sacerdotes puedan antes de escapar de Madrid. He citado a varios compañeros a las nueve y media en un lugar seguro. ¿Conoces la vieja academia Mediator Dei?». Asintió sin palabras. «Por favor, no dejes de venir si mañana quieres seguir vivo», concluí antes de irme a paso rápido y dejarlo en la acera con la palabra en la boca y un montón de dudas en la cabeza.

Y claro que se presentó, con más miedo que vergüenza. Antes de ejecutar la justicia le hice saber por qué iba a morir. Ni siquiera gimió, como si aceptara de buen grado el castigo por su gravísimo pecado. Repetí el ritual del seminario en las escaleras que unían la academia con la planta principal, para que quien quiera oír, que oiga.

La paz no es tiempo propicio para los muertos. Los que estaban se han marchado y regresan los que huyeron. Pero los muertos no pertenecemos a ninguno de los dos rebaños. De ahí su sorpresa, padre, cuando me presenté ante usted. Quiso abrazarme, pero siempre he repudiado su contacto, y a los cadáveres es mejor dejarlos en su sitio. Usted de eso sabe bastante. Debo admitir que se ha portado correctamente, que me ha buscado una nueva identidad, que guarda silencio y me proporciona alimento, que no pregunta. Supongo que me da por perdido, como hijo y como ser vivo. Bien está por ahora, mientras queden cabos sueltos entre nosotros ante Dios y ante los hombres.

Vivir, para un muerto, no crea excesivas necesidades personales. Rezo, medito, descanso, escribo, leo, salgo a la luz, observo y sigo rastros. Los muertos somos pacientes. La paciencia es una virtud admirable, y el Señor, como al santo Job, suele premiarla. No conocía personalmente a Damián Varela hasta que se presentó en la tienda para buscar antigüedades. Mis intentos de localizarlo mediante visitas a San Pedro el Viejo habían sido baldíos, pero estaba escrito que no debía buscarlo, sino que el Cielo habría de traerlo hasta mí. Una muestra más de que mis propósitos son acordes con su sagrada Voluntad.

Esa primera vez, al escuchar el nombre de Varela en su boca, padre, para dirigirse a él, y observado a través de la celosía que une mi madriguera con el almacén, aquel hombre me provocó tal repulsión que estuve a punto del vómito. Lo imaginaba en la sacristía, dispuesto a revestirse de las prendas sagradas para la liturgia diaria, y recitando la oración obligada al ponerse el cíngulo: «Cíñeme, señor, con el cíngulo de la pureza y extingue en mis miembros la tentación de la sensualidad, para que permanezca en mí la virtud de la continencia y la castidad». Solo un hipócrita como él podía llegar al sacrílego extremo de pronunciar esa frase. Sin duda la omitía, callaba para no provocar la ira divina, un silencio que habría de extenderse a tantas y tantas oraciones que convertían su ministerio en una burda farsa, una diabólica tragicomedia.

Tuve meses para familiarizarme con su cara, para seguir sus pasos, para conocer sus lugares de referencia, para recabar información suficiente sobre sus hábitos y sus vicios. Si salía de casa vestido de paisano y con sombrero es que tramaba algo sucio, por ejemplo, una visita al burdel. Aquella tarde, mi taxi siguió al suyo hasta la embajada alemana, otro de los lugares que le exigían prescindir del sagrado hábito. Sabía perfectamente que había ido a recoger fondos para adquirir una talla de nuestro almacén con la que parecía estar obsesionado, operación que había repetido en ocasiones precedentes para comprar distintas piezas en varias tiendas o domicilios particulares. No obstante, un nuevo taxi lo llevó a un destino que nada tenía que ver con la compra, sino con la sucia llamada de la carne.

Aguardé tras el hueco del ascensor a que saciara sus bajos instintos. No más de media hora, como de costumbre. Cuando regresó al portal, el frío de la hoja en su cuello lo condujo mansamente al interior, lejos de miradas indiscretas. El muy necio pensaba que pretendía robarle y me entregó un sobre que llevaba encima. Pero no soy ningún ladrón, y el dinero regresará a sus legítimos propietarios. No deseaba sus billetes, solo su vida. «Le traigo recuerdos de Mario Daroca», susurré a su oído. Era demasiado cínico o tenía pésima memoria, porque se limitó a resoplar como un cerdo, de modo que lo degollé sin miramientos, como lo haría un matarife en la matanza. Purifiqué el lugar con sus infectos atributos y le encajé en la boca ese mismo apéndice que había profanado el inocente cuerpo de mi Mario. Que su retorcido espectro arda para siempre en el infierno.

Lo de don Hilario ha costado un poco más, porque era hombre seguido por multitudes. Se creía con la virtud de los profetas, casi como un nuevo Mesías. Pero no era más que uno de esos que miran y no ven, escuchan y no oyen ni comprenden, un hipócrita cobarde cuya sola palabra podía haber evitado la tragedia final del pobre niño. Prefirió ser un Pilato y encogerse de hombros ante la sangre del mártir, un Caifás convencido de que bien vale la vida de un justo a cambio de la honra de toda una Iglesia, de una sola sotana. No fue premeditado, pero el Señor elige por mí con infinita pericia el momento y el lugar, y tras largos seguimientos hizo expirar al encubridor en un retrete. Escenario perfecto para quienes viven en la inmundicia de la simulación. Su cadáver, aún caliente, recibió castigo de malhechores, de modo que su triste espíritu ya no volverá a escuchar los lamentos de los mártires, y quienes lo contemplen en el infierno conocerán el grave delito que arrastra.

Las fatigas son precio barato a cambio de la justicia, tributo que pago con humilde satisfacción. A veces resulta difícil apartar su recuerdo de los sueños. Aparecen como cuervos planeando en torno a un campanario, carroñeros con los rostros de Figueroa, Millán, Aguilera, Varela y el propio Gascones. A veces se suma a ellos su propio rostro, padre, y en ese momento sé que es un sueño falso, porque usted todavía revolotea en el mundo de los vivos. A menudo me pregunto por cuánto tiempo, aunque no merece la pena entablar esta batalla, al menos hasta que la serpiente se sume a la bandada y quede cumplida la voluntad de Dios. Conozco sus pasos y la tengo tan cerca que su fétido hedor me ha rozado la carne más de una vez. Basta con que recupere un poco el aliento para culminar el implacable tiempo de la siega.

Y después de eso, padre, usted y yo hablaremos, como habla el segador con la cizaña.

OSCUROS RETRATOS DE OSCUROS
PERSONAJES

NOTA DEL AUTOR

El término «oscuro» es suficientemente equívoco como para merecer una explicación. Más si lo aplicamos a personajes. Mucho más si se trata de personajes históricos, reales.

En algunos casos define una actividad poco clara, torva, en gran medida clandestina. Referido a otros significa que el vértigo de la historia los sumió en una suerte de opacidad cercana al olvido.

Solo los dos primeros personajes que aquí se reseñan pertenecen al primer grupo, aunque los cuatro pueden ser incluidos con todo derecho en el segundo.

JOSEF HANS LAZAR (1895-1961)

Periodista austriaco nacido en Constantinopla, Lazar es una de las figuras más seductoras que pueda encontrar el investigador a la hora de estudiar la influencia nazi en España. Aunque no hay pruebas irrefutables de ello, por su aspecto físico, radicalmente opuesto al prototipo ario, muchos lo consideraban de raza hebrea, y diversos testimonios aseguran que algún que otro judío protegido suyo trabajaba en la embajada alemana en Madrid. Hay quien afirma que se maquillaba para ocultar, siquiera ligeramente, el color tostado de su cutis.

Semejante contradicción, de ser cierta, quedaba sobradamente compensada por su fidelidad al Reich, demostrada ya con el apoyo público a la anexión de Austria desde sus tribunas periodísticas de Viena, y muy especialmente con su eficacia como agregado de prensa de la legación nazi en la capital española. Éxito potenciado por su dominio del castellano tras larga convivencia con las fuerzas sublevadas contra la República, y por la protección personal del todopoderoso Joseph Goebbels.

Lazar, a través de sobornos o amenazas, a menudo sin necesidad de ellas por la clara inclinación de la prensa española hacia la demencia del Führer, orientaba titulares y contenidos y, merced a la censura previa impuesta por el franquismo, bloqueaba o neutralizaba con propaganda cualquier mensaje contrario a los intereses alemanes. Su influencia no se limitaba a la prensa tradicional, y extendía su alargada sombra a hojas parroquiales, revistas juveniles o boletines informativos gratuitos que, repartidos por miles de comercios, contribuían a que una sola voz, la del Reich, se escuchara en la España de posguerra.

Considerado como el hombre mejor informado del país, Lazar actuaba con la exquisitez de un veterano relaciones públicas ante quien se inclinaban las clases adineradas y la vieja aristocracia. Vestía con tanto amaneramiento que alguien llegó a calificarlo de personaje de opereta. Casado con la rumana baronesa de Petrino, su domicilio era a menudo escenario de bacanales y comilonas que duraban hasta altas horas de la madrugada a base de los más exquisitos manjares traídos especialmente desde Francia y Alemania. Obscenas exhibiciones frente al hambre mortal que reinaba a su alrededor, pero que contribuían a amaestrar estómagos y conciencias de políticos y periodistas locales.

Adicto a la morfina como consecuencia de una herida recibida en la Primera Guerra, y más allá de sus manejos políticos, Lazar era un apasionado del arte, aunque está por determinar si su entusiasmo era espiritual o meramente mercantilista. El hecho es que acumulaba en casa y en su despacho de la embajada una ingente cantidad de obras de origen incierto. Obras que, tras la derrota alemana, fueron a parar a destinos desconocidos, porque cuando los aliados ejercieron su derecho de ocupación de la embajada nazi en Madrid no quedaba rastro de ellas. Y su solicitud de registrar los domicilios de sus funcionarios se topó con la burocracia franquista, nada proclive a perjudicar a quienes habían sido fieles amigos; mucho menos a Lazar, un condecorado por Franco como caballero de la Orden Imperial del Yugo y las Flechas. Cuando al fin los aliados pudieron entrar en casa del diplomático, estaba tan vacía como la embajada.

Como sus obras de arte, Lazar se zafó de sus perseguidores. Con la ayuda de las cloacas del Régimen, y tras peripecias propias de una película de espías, salió de España para, tras alguna escala provisional, fijar finalmente su residencia en Viena, donde vivió sin problemas hasta su muerte. Todavía desde allí intentaba influir en la opinión pública, tal y como muestra un artículo publicado en el *Hamburger Anseiger* (Ver *ABC* 27/01/1954) en el que elogiaba el reciente pacto firmado entre los EE.UU. y España, a la que consideraba como la nación del anticomunismo más seguro y probado de Europa. Ya no podía hacer gala pública de su derrotado y perseguido nazismo, pero sí de una de las patas que sustentaban su credo, y que ahora, en plena Guerra Fría, rubricaba toda la Europa occidental.

WILLIAM BERNARD MALLEY (1889-1966)

De origen angloirlandés, Bernard Malley es un personaje tan ambiguo y velado que ni siquiera las fuentes históricas coinciden en sus versiones respecto a él. Dicen que se expresaba en castellano con tal perfección que nadie lo creía extranjero a menos que él lo confesara. No en vano llevaba en España desde 1920, dedicado a la enseñanza y a impartir conferencias sobre asuntos eclesiásticos en los más diversos foros.

La sublevación militar de 1936 lo sorprendió en El Escorial como huésped de la comunidad agustiniana del monasterio. Buscó refugio en la embajada de su país en Madrid antes de pasarse a la zona sublevada y ponerse a disposición del enlace británico en Burgos. Allí comenzó su vida como agente, aunque sin renunciar del todo a su vocación hispanista, fruto de la cual es su traducción al inglés de *El Estado Nuevo* de Víctor Pradera, ideólogo y político carlista, publicada en Londres en 1939 con prólogo de Juan de Borbón.

Su carrera diplomática comienza en el Madrid de la posguerra, ya incorporado oficialmente a la embajada británica. Al margen de la media docena de cargos que se le atribuyen, lo cierto es que Malley estuvo en casi todos los guisos cocinados en España por la inteligencia británica durante la contienda mundial; a veces solo, a menudo a las órdenes de Tom Ferrier Burns, primer secretario, y tan católico conservador como él. *Burns y su segundo, Malley, son de primerísima clase*, reconocía el embajador Samuel Hoare en una carta a sus superiores en septiembre de 1941.

Don Bernardo, como era conocido en Madrid, fue organizador y responsable directo de dos operaciones de largo alcance. La primera, de propaganda religiosa. Gracias a sus numerosos contactos con el mundo eclesiástico, intentó contrarrestar la influencia nazi trabajándose especialmente las congregaciones religiosas dedicadas a la educación de las clases medias. La segunda fue el Servicio Médico de la embajada, un ambicioso proyecto de apoyo a un país devastado por la tuberculosis, la difteria y el tifus. Toda una red de clínicas, médicos y enfermeras se convirtieron en destinatarios de medicinas que llegaban por valija diplomática. Un efectivo medio de propaganda frente a la inoperancia oficial, que al tiempo contribuía a paliar siquiera levemente los efectos de la miseria y el hambre.

Este servicio servía también de cobertura para la fuga de prisioneros, mediante falsos pronósticos de gravedad que permitían el traslado del supuesto enfermo a clínicas afines y, desde allí, a Portugal. En esta red, centrada en el Embassy, algo tuvo que ver también Alan Hillgarth, agregado naval de la embajada que, durante su etapa como cónsul en Palma de Mallorca, había urdido con Juan March el alquiler del Dragon Rapide que llevó a Franco desde Canarias a Marruecos.

Merced a su dominio del castellano, Malley fue el mediador obligado en las relaciones del embajador británico con Serrano Suñer, como lo fue con los generales monárquicos que maquinaban un golpe contra Falange y que finalmente se quedó en palabrería.

Homosexual reprimido para unos, célibe contumaz para otros, Bernard Malley adoptó a dos huérfanos de la guerra civil, lo que unido a otros méritos le valió en 1941, a propuesta de la Sección Femenina, su ingreso en la Orden Civil de Beneficencia. Dos veces condecorado por la reina de Inglaterra, don Bernardo vivió en España plenamente integrado, como demuestran los ecos de sociedad: el *ABC* del 10 de enero de 1956 lo cita como consejero de la embajada y testigo de una boda de la alta sociedad apadrinada por Juan de Borbón y esposa. También recogió la prensa el anuncio de su funeral en Madrid.

Las presuntas fotos del adulterio de Serrano Suñer son, naturalmente, un recurso novelesco imputable en exclusiva a la imaginación del autor. Sin embargo, conviene echar un vistazo a la cronología. Ocho meses después de la entrevista de Malley con Carlos Lombardi, de la relación entre Serrano y María Sonsoles de Icaza nació una hija, Carmen Díez de Rivera. Fue el 29 de agosto de 1942; cinco días más tarde, Serrano era fulminado hasta tal punto que desapareció para siempre de la vida política española. Aunque su estrella ya era declinante, los historiadores explican como causa de su defenestración la rivalidad entre falangistas y militares requetés que desembocó en los sangrientos sucesos de Begoña el 16 de agosto. Conocida es la pachorra que se gastaba el inquilino de El Pardo, y bien puede ser que tardase veinte días en decidir la liquidación de su cuñado, pero no es aventurado pensar que la reciente noticia de su ilegal paternidad también le calentara un poco los oídos a través de su señora.

Leocadio José Lobo Canónigo (1887-1959)

Con la perspectiva de los años, podría afirmarse que Lobo fue un sacerdote adelantado a su tiempo. De bajísima extracción social y el mayor de diecisiete hermanos nacidos en el pueblo madrileño de Batres, su vida es la prueba de que al menos una pequeña minoría del clero español se opuso con firmeza a la sublevación militar de 1936.

Brillante orador, defendía la liturgia en lengua vernácula frente al latín, treinta y cinco años antes de que lo decidiera el Concilio Vaticano II. Su apuesta por las clases menesterosas, por los obreros frente al capital, lo señalan como precursor de una Teología de la Liberación enunciada cuatro décadas después.

Leal a la República, partidario incondicional de las reformas emprendidas por el Frente Popular, incluido el Estado aconfesional, se convierte durante el asedio, si no en el único cura que pisa sus calles sin temor, sí en el más afamado de Madrid. Desprovisto de sotana, con un traje negro —de alpaca, especifica Arturo Barea en sus memorias de *La llama*—, el conocido como padre Lobo es símbolo de resistencia, en plazas y trincheras, frente a una cúpula eclesial y una mayoría de sus funcionarios que bendice a los sublevados.

En mítines y charlas activa su defensa de la legalidad republicana y la denuncia de quienes pretenden identificar el catolicismo con la violencia, el fascismo y las tropas musulmanas. Reconoce brutalidades en ambos bandos, aunque responsabiliza de ello a quienes han desencadenado la guerra «con la turbia complicidad de despóticas tiranías». Con este objetivo pronuncia conferencias en Bruselas, Ámsterdam, Londres y París, y condena los bombardeos sobre

Madrid en un manifiesto firmado por sacerdotes —el gaditano Gallegos Rocafull y el segoviano García Gallego, entre otros— y políticos o escritores católicos como Ángel Ossorio, Claudio Sánchez Albornoz, José Bergamín o José María Semprún.

A través de los medios de comunicación, Lobo responde con firmeza al apoyo mostrado a los franquistas por el cardenal Gomá y a la, en su opinión, simplista visión martirial de sacerdotes y religiosos, asesinados, según él, por confundir política y religión y apoyar a las organizaciones que pretendían acabar con la República. La radio y la prensa se convierten en medios habituales para defender sus tesis, y organiza actos culturales y litúrgicos con la colaboración de organizaciones tan dispares como la CNT y el PCE.

Su trabajo en defensa de los intereses culturales y de la Iglesia también es encomiable. En los primeros días de la guerra impide que se quemen el palacio episcopal y la capilla del Obispo de la plaza de la Paja, y salva de la destrucción joyas y piezas de arte. Posteriormente, como delegado de la Junta de Protección del Tesoro Artístico, recoge archivos parroquiales y objetos religiosos en varias provincias.

Uno de sus empeños es devolver el culto público a los católicos, formalmente prohibido aunque él mismo celebra misa con cierta frecuencia en los templos no profanados. Para ello trabaja estrechamente con Manuel de Irujo, dirigente del PNV y ministro sin cartera. Los intentos de convencer a sus clandestinos colegas resultan, sin embargo, inútiles, porque ninguno está dispuesto a enfrentarse a su jerarquía, cómodamente instalada en territorio franquista.

Lobo llega a los Estados Unidos a primeros de marzo de 1939 para dar un amplio ciclo de conferencias en defensa de una República a punto de expirar. Y allí se entera por terceras personas de la peor noticia de su vida, de que es víctima de una torticera maniobra del obispo de Madrid, Leopoldo Eijo Garay.

Desde su refugio en Vigo, Eijo lo ha suspendido *a divinis* y privado de su puesto en la parroquia de San Ginés. La decisión es del 5 de diciembre de 1936, pero nadie le ha informado, y los sucesivos vicarios del obispo en Madrid han actuado durante más de dos años como si nada, encomendándole todo tipo de labores litúrgicas, celebraciones eucarísticas, sacramentales o la consagración de templos y capillas. En el colmo de la hipocresía, el propio Heriberto Prieto, vicario de Eijo en las Navidades de 1938, le había comunicado que tanto él como el obispo le guardaban profundo afecto y le pedían que siguiera defendiendo los intereses de la religión dentro de la República, ayudando a los sacerdotes y salvando el tesoro artístico y religioso de la Iglesia.

Víctima de esta venganza siciliana, Lobo se ve exiliado en medio de un idioma extraño, privado de cualquier medio de subsistencia y apartado de la Iglesia. Clases, colaboraciones en prensa hispana y otros trabajillos proporcionados por amigos republicanos le permiten subsistir hasta que encuentra un puesto en la Metro Goldwyn Mayer como editor de español.

Tras numerosas intermediaciones y no pocos tiras y aflojas, a finales de 1947 le levantan la pena de suspensión y Leocadio Lobo vuelve a celebrar misa en una iglesia neoyorquina. A partir de ahí se dedica exclusivamente a sus labores sacerdotales entre la comunidad puertorriqueña, aunque sin olvidar a sus amigos e ideales republicanos. Un cáncer se lo llevó, y está enterrado en el cementerio de St. John, en el barrio de Brooklyn.

BARTOLOMÉ LLOPIS LLORET (1905-1966)

Nacido en la localidad alicantina de Villajoyosa, Llopis es una de las figuras más relevantes, aunque injustamente desconocida, del panorama psiquiátrico español del siglo XX. Por fortuna, cincuenta años después de su muerte, sus originales aportaciones teóricas empiezan a ser valoradas internacionalmente.

A los veinte años, como funcionario del cuerpo de Telégrafos, se traslada a Madrid, en cuya universidad estudia la carrera de Medicina. Ya durante sus últimos cursos trabaja en el Servicio de Psiquiatría del hospital Provincial, bajo la tutela de Gonzalo Rodríguez Lafora, prestigioso neuropsiquiatra descubridor en 1911 de la llamada «enfermedad de Lafora», una forma de epilepsia progresiva.

Durante la guerra, Llopis es nombrado capitán jefe de los Servicios Psiquiátricos del Ejército del Centro, y su trabajo clínico durante el asedio lo enfrenta a un panorama desconocido y terrible: la pelagra, una enfermedad producida por carencias vitamínicas que se ceba en la desnutrida población madrileña. Como jefe de la clínica psiquiátrica de mujeres del centro hospitalario tiene acceso cotidiano a más de un centenar de pacientes afectadas por el mal, y de su tratamiento y estudio nace su valiosa aportación científica denominada «psicosis pelagrosa».

Concluida la guerra, sufre, como otros muchos, un proceso de depuración, y aunque conserva la libertad, es expulsado del trabajo y se le prohíbe el ejercicio de la medicina. Lo acusan de militar en Izquierda Republicana y en la Agrupación de Médicos Liberales, además de «haber sido nombrado por los rojos» médico jefe de sala y capitán del ejército.

Sobrevive y sostiene a su familia gracias a su experiencia juvenil como telegrafista, y complementa los escasos ingresos con empleos esporádicos, como el de acomodador de cine.

Mientras científicos de valía, como Llopis, sufren marginación, cárcel o exilio, el Régimen encumbra a personajes como Antonio Vallejo-Nájera, coronel director de los servicios psiquiátricos militares. «La raza degenera», se quejaba Pepe Isbert en *El verdugo* de Berlanga; pues bien, el psiquiatra franquista cree en esa máxima desde muchos años antes de ser enunciada por el sobresaliente cómico. Autor de diatribas pseudocientíficas sobre la degeneración producida durante el período republicano, el susodicho considera propiedades innatas de la raza hispánica «su masculinismo, su disciplina, su canto a la fuerza, su nacionalismo sublime y su profundo catolicismo»; salvo por el matiz católico, toda una loa al nazismo, del que se declara incondicional admirador. Obsesionado por encontrar el maldito «gen rojo» que provoca tamaña decadencia, experimenta con presos políticos, entre los que incluye a miembros de las Brigadas Internacionales y a separatistas vascos y catalanes. Concluye que todos ellos, como entes infrahumanos —traducción literal del *untermenschen* nazi—, no son susceptibles de rehabilitación.

Las demenciales propuestas de Vallejo-Nájera en el terreno psiquiátrico no quedan en simple teoría. Dado que el marxismo, *quod erat demonstrandum*, es una enfermedad mental, es preciso apartar a los apestados de su prole para no extender la epidemia. Los hijos de las encarceladas son legalmente secuestrados; el Auxilio Social se encarga de buscarles nueva identidad y, en los casos más afortunados, una familia de buena raza hispánica. En torno a treinta mil niños son víctimas de este delito bendecido desde las páginas del BOE.

En tanto estas y otras atrocidades campan a sus anchas en el Nuevo Estado, Bartolomé Llopis sigue trabajando en sus estudios. No es un desconocido para la literatura médica, porque dos años después de acabar la carrera ya había publicado un artículo sobre las reacciones paranoides de los sordos; pero en 1940, con el apoyo de colegas no sospechosos para el Régimen que saben de su valía, tiene la oportunidad de sacar a la luz en una publicación especializada un avance de sus trabajos sobre la pelagra.

Llopis es rehabilitado como médico en 1944. Se reincorpora al Provincial de Madrid, donde trabaja durante casi veinte años antes de ser nombrado director del psiquiátrico de Alcohete, en Guadalajara. En este largo período publica sus obras más notorias, *La psicosis pelagrosa* y *La psicosis única*, ensayo en el que se enfrenta a la tendencia general de la psiquiatría de su época, empeñada en clasificar todo tipo de expresiones patológicas. Explicado en lenguaje profano, podríamos decir que, para Llopis, todo fenómeno psicótico tiene un mismo origen aunque sus manifestaciones sean diferentes.

Afectado por una tuberculosis durante la posguerra, Llopis falleció de neoplasia pulmonar en Madrid, dejando una obra póstuma e inconclusa, *Introducción dialéctica a la psicopatología*. Pero esa no es la única herencia que nos legó. También dejó a su hijo Rafael, que, aunque psiquiatra de profesión como su padre, es el pionero, como traductor, de la narrativa de terror y fantasía más destacada en lengua inglesa o francesa. Gracias a él podemos leer en castellano *Los mitos de Cthulhu* y otras obras de H.P. Lovecraft, Bloch, Derleth y numerosos escritores internacionales del género. No es exagerado decir que tanto la ciencia como la literatura siguen en deuda con Bartolomé Llopis.

Madrid, mayo de 2016